GO!!

# ASH FLOWER

DEBORA C. TEPES

A Granechiare
Jansi: dolle
cuori

Con affetto
Debora C Tepes

Prima edizione, Aprile 2023
Progetto grafico | © AC Graphics
Editing | © Done&Tail

*A Valeria,*
*Ash Flower è tanto mio quanto tuo, resterà per sempre con noi,*
*ne riparleremo tra dieci o venti anni… non la supereremo mai.*

*A Jeremy,*
*il mio Ryker in carne e ossa, bellissimo angelo dannato, hai un posto speciale nel mio cuore.*

# SEGUIMI SU:

Gruppo Facebook:
https://www.facebook.com/groups/101537986865232

Pagina Facebook:
https://www.facebook.com/DeboraC.Tepes

Instagram:
https://www.instagram.com/deboractepes_author/

# PLAYLIST

Chasing Cars – Snow Patrol
Wherever You Will Go – The Calling
Iris – The Goo Goo Dolls
Indelebile – Fasma
It'll Be Okay – Shawn Mendes
How You Remind Me – Nickelback
Train Wreck – James Arthr
Dandelions – Ruth B.
Mary On A Cross – Ghost
Under The Influence – Chris Brown
How To Save a Life – The Fray
I Was Never There – The Weeknd
I Wanna Be Yours – Arctic Monkeys
Consume – Chase Atlantic
Renegade – Aaryan Shah
No Idea – Don Toliver
Only Love Can Hurt Like This – Paloma Faith
Look After You – The Fray
The Reason – Hoobastank
Chiagne – Geolier ft. Lazza
Mi fai impazzire – Blanco ft. Sfera Ebbasta
Duemila volte – Marco Mengoni
After Dark – Mr. Kitty
505 – Arctic Monkeys
Here With Me – d4vd
Sweater Weather – The Neighbourhood
Panico – Lazza
Peaches – Justin Bieber
Uscito di galera – Lazza
Love – Lana Del Rey
Baby Dont Hurt Me – Kapa Boy
Non lo sai – Shiva
Until I Found You- Stephen Sanchez
Il male che mi fai – Geolier ft Marracash

# Maggie

## 1

La vita di ogni essere umano è effimera come un candido fiore dai petali bianchi; a volte succede che ti venga strappata via con mani invisibili, da un momento all'altro, senza alcun tipo di preavviso, impedendoti di sbocciare.

Chi va via non sa cosa lo attende, chi resta, invece, prende da subito coscienza che la sofferenza, atroce e inconsolabile, sarà l'unica cosa che scandirà le sue giornate e gli terrà compagnia.

Non ero pronta a tutto questo.

Non ero pronta a dire addio a mio padre, per sempre.

*"Per sempre"*. È un avverbio che al momento mi suscita un magone alla bocca dello stomaco, perché non riesco a vederci nessuna accezione positiva, eppure, prima della morte di papà, amavo il significato racchiuso in queste due parole.

I miei genitori le usavano spesso, mentre i loro occhi si allacciavano in uno sguardo colmo d'amore, per poi dirottarli su di me.

*Ti amerò per sempre.*

*Saremo per sempre una famiglia unita.*

*Ti vorrò bene per sempre.*

Purtroppo alcune promesse vengono infrante per forza di cose e non puoi fare a meno di accettare la realtà, metabolizzare la delusione, stringere i denti e andare avanti, fingendo che tutto sia normale.

Invece non lo è, e non lo sarà mai.

Si dice che esistano cinque fasi per elaborare un lutto: si parte dalla negazione per poi passare alla rabbia, al patteggiamento, alla depressione e infine all'accettazione.

Io le ho attraversate tutte. Si sono ingarbugliate, addizionate, mettendomi a soqquadro l'anima.

Tutte, tranne l'ultima.

Prendere coscienza che non c'è più è un ostacolo troppo arduo da superare, un gradino troppo alto da salire, una montagna troppo pericolosa da scalare.

Non ci provo nemmeno, sarebbe inutile.

Papà è morto solo da tre mesi, in uno schiocco di dita: un attimo prima c'era, l'attimo dopo ha cessato di esistere.

Un infarto fulminante l'ha colpito mentre era al suo negozio di fiori, circondato da ciò che più amava dopo me e la mamma; dicono che se ne sia andato senza soffrire, io non ci credo.

Sono certa che l'istante prima di esalare l'ultimo respiro abbia pensato a noi e al fatto che ci stesse lasciando.

E conoscendolo so bene quanto avrà sofferto, nel momento in cui ha preso coscienza che stava per abbandonare questo mondo senza poterci dire addio per l'ultima volta.

*Sai perché la mamma e io abbiamo scelto questo nome per te, Maggie?*

*Perché la margherita è il fiore che simboleggia la verità.*

*Sii sempre sincera con te stessa, Maggie.*

*Sii semplice e innocente, come quel bellissimo fiore, e non lasciare che la cattiveria del mondo lì fuori ti corrompa.*

Le sue parole mi risuonano nella testa, come se mi stesse parlando anche adesso, con il suo tono gentile e amorevole, mentre con una carezza mi sfiora i capelli, baciandomi poi adagio la fronte.

Invece non potrà farlo mai più.

Di lui sono rimasti i ricordi, i più bei ricordi della mia vita, quei momenti felici trascorsi insieme che affiorano a ripetizione nella mia mente, spaccandomi il cuore.

Era un uomo gentile e premuroso, avevamo un bellissimo rapporto, io ero la sua piccola Maggie e lui un papà eccezionale.

L'amore che provava per me e la mamma era immenso quanto il cielo stellato, ci metteva sempre al primo posto, noi eravamo tutto per papà e lui era il nostro eroe.

Una lacrima amara sfugge al mio controllo, rotolando giù dalla guancia tempestata di lentiggini, e va a schiantarsi sulla mano intenta a strappare il nastro adesivo per chiudere la grossa scatola di cartone.

La mamma e io stiamo traslocando, sebbene sia del tutto contraria a questa decisione.

Non voglio lasciare Summerville, la mia scuola, le mie due migliori amiche Rosie e Claire e la mia innocua quotidianità.

Non voglio lasciare la mia villetta a due piani dalle pareti glicine, dove i miei genitori super innamorati si erano trasferiti subito dopo il diploma.

È stato il loro nido d›amore, il luogo in cui avrebbero voluto invecchiare insieme, uno scrigno di ricordi bellissimi e adesso dolorosi.

Non sono pronta ad abbandonare tutto questo per trasferirmi

in una grande città come Miami, a lasciarmi alle spalle i miei primi diciassette anni di vita.

Ma capisco la mamma; se io ho incanalato tutte le mie energie nello studio, lei ha realizzato che l'unica soluzione per provare a smorzare la sofferenza è quella di allontanarsi da Summerville, poiché tutto della nostra cittadina le ricorda papà.

La brezza tiepida che fa ondeggiare gli alberi di azalee, il dolce profumo del tipico Sweet Tea del chiosco al parco, il Flower Town Festival a cui non mancavamo per nessuna ragione al mondo.

Eravamo una famiglia semplice ma felice, di una piccola cittadina della Carolina del Sud. Purtroppo però la felicità ci è scivolata dalle dita, calpestata dal destino che crudele ci ha beffeggiato senza pietà.

Io ho perso mio padre, ma la mamma… ha perso l'amore della sua vita, e mi chiedo come si faccia a sopravvivere dopo un lutto così grande.

È possibile?

No, che non è possibile.

È terribilmente disumano.

Guardo mia madre chiudere l'ultima scatola e mi chiedo dove trovi la forza per andare avanti e affrontare il susseguirsi dei giorni con la sua solita energia.

La ammiro così tanto, per questo e per molto altro; vorrei essere come lei un giorno, vorrei riuscire a indossare la sua stessa robusta armatura forgiata nella determinazione, che le conferisce la forza di una guerriera.

Io invece sono fragile e semplice, non possiedo corazze, sono fatta di cartapesta sottile e facilmente malleabile, un miscuglio di brandelli che solo messi insieme prendono forma, altrimenti resterebbero semplici pezzi di carta.

L'ansia e il timore che la vita nella grande città potrebbe rivelarsi per me un incubo a occhi aperti non mi fanno dormire la notte. È da settimane che non riposo bene, cedo al sonno solo quando il pianto mi ha ormai devastato corpo e anima, risucchiando tutte le mie energie, cosicché anche rimuginare diventa estenuante.

Ciononostante in questo momento sono abbastanza lucida da provare un fortissimo disagio, come un buco nero al centro dello stomaco, accompagnato da una morsa che mi stritola forte forte il cuore.

«Mamma, perché proprio Miami? È lontana e ha un tasso di criminalità decisamente alto. Lasciamo un paradiso come Summerville per trasferirci in un pericoloso inferno, ti sembra giusto?» le chiedo, pasticciando ancora con il nastro adesivo.

È da quando ha deciso che dobbiamo trasferirci che le pongo lo stesso quesito, al fine di convincerla a restare, ma sembra che le mie parole siano trasportate via dal vento.

La mamma accorre in mio aiuto, i suoi occhi celesti come l'alba cercano i miei dello stesso colore.

«Non riuscirai a farmi cambiare idea, Maggie May» dichiara, spostandosi una ciocca di capelli castano ramato dal viso, «abbiamo bisogno di cambiamenti, o resteremo per sempre ancorate a questo posto e ai ricordi dolorosi legati a esso.»

Mi porto le mani sulle braccia scoperte, come per riscaldarmi: è agosto, il caldo è soffocante, eppure avverto una sensazione di gelo sottopelle.

«Quindi, per te, papà è solo un ricordo doloroso? Se scappi da qui, credi che riuscirai a dimenticarti di lui e della sua morte?» le chiedo in un sussurro, avvertendo le lacrime spingere dietro le palpebre.

Si fanno spazio con prepotenza mentre io tento di bloccarle, o rischierei di far intristire la mamma, e vederla piangere ancora è l'ultima cosa che voglio.

Scuote la testa, sospirando forte.

«Certo che no, Maggie. Ma andare via da qui ci aiuterà a metabolizzare la sua improvvisa scomparsa. Se resto ancora un minuto tra queste mura… lascia perdere» mormora con la voce incrinata, sul punto di scoppiare in lacrime pur cercando di mostrarsi forte. «Vedrai, piccola, andrà tutto bene a Miami» aggiunge, sforzandosi di sorridere. «Ritorneremo a vivere, un poco alla volta.»

«Restiamo a Summerville, ti prego» insisto, consapevole che non servirà a niente.

È l'ultimo tentativo, ma so bene che non asseconderà la mia richiesta.

«Va' a salutare le tue amiche, domani abbiamo il volo alle sei» conclude, avvicinandosi e carezzandomi il viso.

Poi si alza dal pavimento, dando un'ultima occhiata in giro per assicurarsi che abbiamo preso tutto, ed esce dal soggiorno lasciandomi sola, con un nodo alla gola.

Ormai è deciso, cambierò città, cambierò vita e, cosa non meno importante, cambierò scuola, proprio l'ultimo anno.

*Benvenuta nel tuo piccolo inferno privato, Maggie May Harmon… come se il resto non fosse già abbastanza.*

Due ore più tardi, seduta sull'altalena al parco, mi dondolo tenendomi salda alle catene, mentre Rosie e Claire, le mie amiche, mi guardano in silenzio con la stessa espressione dispiaciuta dipinta sui loro volti.

«È così triste che domani ti trasferisca, non mi sembra ancora vero» mormora Rosie, giocherellando con una ciocca di capelli castana.

«Ho provato a convincere la mamma, ma non vuole sentire ragioni. Mi fa male il cuore, non voglio lasciarvi» sussurro, trattenendo le lacrime.

«Nemmeno noi lo vogliamo» dice Claire, gli occhi blu lucidi.

«Mica ti dimenticherai di noi, una volta a Miami?» domanda Rosie.

«Come potrei? Ragazze… la vita è così ingiusta, sembra che si stia accanendo contro di me.»

Claire sospira, afferrandomi la mano.

«Non sei più riuscita a confessare a Theo che lo ami dal primo anno di liceo» mi fa notare la mia amica.

Theo. Il mio primo e unico amore.

Peccato che lui non lo sappia. Sono così timida e insicura, che in tre anni di liceo non ho mai trovato il coraggio di rivolgergli una sola sillaba.

L'unica occasione in cui ci siamo scambiati due parole in croce è stato il funerale di papà.

Al suo "condoglianze" ho risposto "grazie", ed è finita lì.

«Confessargli il mio amore platonico non avrebbe cambiato nulla. Lui non si è mai accorto di me.»

Insomma, non prendiamoci in giro, sono la tipica ragazza del Sud, dai capelli rossi e tutta lentiggini, studiosa e silenziosa.

Un'autentica ragazza da parete.

Un bruco tra milioni di meravigliose farfalle.

Theo invece è carismatico, affascinante, suona il violoncello e sembra un angelo dai capelli d'oro.

Mi avrebbe di sicuro rifiutata e avrei finito per soffrire di più.

Alcune volte, bisogna tenere i propri sentimenti ben custoditi, per non rischiare che ti si spezzi il cuore in modo irreparabile.

Meglio rinunciare in partenza, anziché affliggersi perché non va come avresti voluto.

«Almeno a Miami potrai conoscere ragazzi nuovi e la cotta per lui ti passerà» cerca di consolarmi Rosie.

Freno il dondolio dell'altalena, piantando le suole delle mie ballerine sulla ghiaia.

Vorrei dire alle mie amiche che da tre mesi a questa parte i ragazzi sono l'ultimo dei miei pensieri, che non m'interessa niente tranne studiare e piangere, ma lascio perdere, non capirebbero.

«Chissà...» mormoro, osservando il sole tramontare adagio, sprigionando fasci di luce arancio che filtrano attraverso i rami di azalee.

Tra le nuvole che galleggiano in cielo, mi sembra di scorgere il volto di mio padre; spesso alzo gli occhi e lo cerco nel firmamento, mi aiuta a sentirlo vicino e a smorzare un po' la sua mancanza.

«Non sarà più lo stesso senza di te, Maggie» confessa Claire, cingendomi le spalle con un braccio.

Anche Rosie si unisce all'abbraccio, e io le stringo a me, come se potessi legarmi a loro e non partire più.

«Mi mancherete, amiche mie. Promettetemi che ci sentiremo ogni giorno. Croce sul cuore.»

«Croce sul cuore» rispondono in coro.

Le lacrime scivolano giù dai miei occhi e dai loro, mentre dico addio a due persone a me care.

Ancora una volta.

*

Il giorno della partenza arriva troppo presto. Seduta sull'aereo per Miami, giro e rigiro tra le dita il ciondolo d'oro a forma di cuore che custodisce la foto di mio padre.

È l'unico oggetto a cui tengo più della mia stessa vita, morirei se dovessi romperlo o smarrirlo, perché è stato papà a regalarmelo, e non me ne separerei mai.

È come un amuleto: ogni volta che mi sento persa e incapace, stringo il ciondolo tra le mani e trovo la forza per andare avanti.

Mi piace pensare che sia lui a donarmi da lassù, o da qualsiasi luogo in cui si trovi adesso, quella forza che mi manca.

La mamma invece ha fatto sparire tutti i suoi regali, anche i più vecchi, quelli che le aveva donato quando si erano fidanzati durante il primo anno di liceo.

Li ha rinchiusi in un baule con tanto di lucchetto e ha conservato la chiave in un posto che conosce solo lei.

È come se avesse iniziato a odiarlo per averla lasciata all'improvviso, non riesce ad accettarlo, sebbene si sforzi di farlo ogni minuto che passa.

Il loro amore era così forte che pensavano potesse sfidare perfino la morte, avrebbero voluto andarsene insieme, mano nella mano, dopo una vita lunga e piena.

Io sono certa di una cosa: sebbene non siano più legati fisicamente su questa Terra, le loro anime continueranno ad amarsi.

Con la coda dell'occhio guardo la mamma; sta scorrendo le foto sul cellulare e, quando arriva a uno scatto di lei e papà, lo cancella con una smorfia di dolore dipinta sul viso.

Rivolgo i miei occhi al finestrino, perché vederla così mi fa stare malissimo, sono tremendamente in pena per lei e, nonostante non condivida alcune delle sue scelte, sono conscia del fatto che non potrò mai capire cosa sta provando da quel terribile giorno.

Immagino che dentro di lei qualcosa si sia rotto.

Non ho mai amato, la cotta per Theo è una sciocchezza in confronto, non può essere minimamente paragonabile.

Ciò che legava i miei genitori era autentico e assoluto; loro, insieme, erano l'emblema del vero amore.

Prima o poi vorrei provare anch'io lo stesso tipo di amore, quello che ti fa tremare le ginocchia, palpitare il cuore a mille, svolazzare farfalle nello stomaco.

Quel tipo di amore fiabesco e puro, dove il tuo lui ti mette al centro del suo universo, promettendoti che i suoi sentimenti per te dureranno in eterno.

Se non dovesse essere così, preferisco non innamorarmi affatto.

Dopo sette ore di volo, trascorse ad ascoltare la mia playlist di musica strappalacrime, atterriamo all'aeroporto di Miami.

Recuperiamo i bagagli, facciamo un salto in bagno e poi prendiamo un taxi.

Mamma sembra entusiasta di essere arrivata in Florida, mi sorride in continuazione mentre siamo in attesa di salire sull'auto. È come se il velo di tristezza avesse abbandonato i suoi occhi per fare spazio alla serenità.

«Potremmo fare un salto in spiaggia nel weekend» propone.

Mi fa piacere che stia affrontando il trasferimento con grinta, forse la aiuterà a elaborare la perdita, ma per me non è così.

Io, al contrario, sono molto infastidita.

È fine agosto, siamo appena arrivate a Miami e il sole mi sta sciogliendo come una coppetta di panna al suolo.

Chiunque al mio posto sarebbe felice… non io.

L'afa e l'umidità mi si attaccano addosso e persistono anche quando abbasso il finestrino per osservare ciò che mi circonda.

Questa città è totalmente diversa dalla mia piccola e incantevole Summerville.

Le strade sono larghe e infinite, da lontano s'intravedono i grattacieli che sfiorano le nuvole e le palme spuntano ovunque, ostacolando il passaggio pedonale.

Non mi piace.

Già odio tutto di Miami, dal clima soffocante al paesaggio artefatto.

Sbuffo sprofondando nel sedile dell'auto, i capelli s'incollano al collo sudato e, come se non bastasse, mia madre continua a osservarmi.

«Per quanto altro tempo non mi rivolgerai la parola, Maggie? Comunque, mi ha già contattato la ditta di traslochi, ci stanno aspettando fuori dalla nostra nuova casa.»

«Okay…» mugugno a stento, rivolgendo la mia attenzione agli altissimi palazzi della Downtown.

Sono talmente contraria al nostro trasferimento da non essermi mai interessata a quello che, tra meno di dieci minuti, sarà il mio nuovo quartiere.

Non m'importa, ormai è fatta, no?

«Non è molto distante dalla scuola, potrai raggiungerla a piedi» m'informa con un sorriso affettuoso.

Annuisco torturandomi le pellicine delle unghie con i denti, una brutta abitudine di cui non riesco a liberarmi.

Quando sono nervosa, mi accanisco così tanto sulle mie cuticole da farle sanguinare.

E se penso che tra circa quarantotto ore sarà il primo giorno del mio ultimo anno di liceo in una scuola di un'altra città, mi vengono i brividi.

Ghiacciati brividi di terrore.

Rosicchierò le mie unghie fino a farle sparire del tutto.

«Ti adatterai presto, ne sono certa» aggiunge fiduciosa.

Faccio spallucce, leggendo di sfuggita sulla segnaletica stradale che siamo giunte a North Miami Beach.

La mamma mi indica quella che dovrebbe essere la nostra nuova casa, una sorta di parallelepipedo bianco dal tetto verde scuro.

Non è a due piani, non ha un portico e il giardinetto che la circonda è privo di fiori.

È decisamente triste! Esattamente come la mia vita.

«Ecco! Siamo arrivate. Non è male, vero? Certo non ha nulla a che vedere con la nostra vecchia villetta, ma apportando piccole modifiche la renderemo più carina. Da oggi inizia la nostra nuova vita, Maggie May. Via quel muso lungo, su!» esclama, con un gran sorriso.

Conosco mia madre come i palmi delle mie mani e so bene che sta mentendo, sforzandosi di apparire felice.

Io invece non riesco a mascherare le mie emozioni, la malinconia si gonfia come una bolla al centro del mio petto, e vorrei solo fuggire via, tornare a Summerville e restare lì per sempre.

Recarmi al chiosco del parco e gustarmi il mio Sweet Tea, dondolarmi sull'altalena mentre fantastico su Theo, in compagnia di Claire e Rosie.

Fare una passeggiata fino al piccolo cimitero in collina e parlare con papà, sostituire i fiori appassiti con delle bellissime margherite bianche.

E infine girare in bici per la cittadina, sostare sotto un salice piangente e rileggere per la quarantesima volta Harry Potter e la pietra filosofale.

È questo che vorrei fare, ma mi limito ad annuire, accettando a malincuore la mia nuova vita, conscia che sarà un enorme disastro.

# Maggie

## 2

*Due giorni dopo*

La sveglia trilla alle sette in punto.

Sbarro gli occhi e mi catapulto giù dal letto, con una morsa che mi stringe la bocca dello stomaco.

Mi guardo intorno rendendomi conto di trovarmi nella mia nuova camera dalle pareti galline; è ancora spoglia, dovrò iniziare a personalizzarla e a sistemare i libri sugli scaffali della libreria.

Lancio un'occhiata fuori dalla finestra e non vedo i maestosi aceri dalle foglie scarlatte e nemmeno i rigogliosi giardini puntellati da fiori colorati.

Ciò su cui si posano i miei occhi è solo un triste stradone di cemento, costeggiato da altrettanto tristi case basse, e palme dalle foglie bruciacchiate.

Mi piacerebbe che fosse solo un terribile incubo, e invece… è la pura e drammatica realtà.

Non vivo più nella mia amata Summerville.

Mi preparo controvoglia indossando una T-shirt a righe rosse e arancio, e sopra una salopette di jeans, ai piedi un paio di ballerine.

Lego i miei capelli rossi in una mezza coda, pregando mentalmente che a scuola non mi prendano in giro per quello, poi esco dalla camera ritrovandomi direttamente nel piccolo salone.

Giusto! Non esistono scale e piani in questa casa.

Mi dirigo in cucina. Mia madre è già pronta, con indosso un vestito di lino e i capelli ondulati raccolti in una crocchia disordinata, e sta bevendo una tazza di caffè fumante.

«Quanto sei carina, tesoro! Ho preparato i pancake con lo sciroppo d'acero e i mirtilli, come piacciono a te. Fa' colazione e usciamo, ti do uno strappo a scuola, così memorizzi la strada. Poi corro al lavoro. Sono molto emozionata anch'io!»

La mamma è un'artigiana professionista, specializzata nel supportare gli artisti o i musei nella realizzazione di lavori di completamento e allestimento dell'opera.

Ha le mani d'oro e io sono molto fiera di lei, perché ha trovato un ottimo impiego al *Miami Contemporary Art Museum.*

«Non ho fame, mamma. Mangerò qualcosa più tardi a scuola.»

Sono troppo nervosa per ingerire anche un solo mirtillo.

«Vuoi che te li impacchetti?» e indica i pancake.

Scuoto la testa. «No, mamma! Passerei per la novellina sfigata che porta la merenda da casa. Non mi sembra il caso.»

Ridacchia. «Mmh… forse hai ragione. Ti lascio venti dollari, mangia qualcosa durante la pausa, okay?»

«Okay.»

Si raccomanda con me perché sa perfettamente che quando sono in ansia mi si chiude lo stomaco.

La rassicuro con un sorriso e infilo i soldi nella tasca interna della cartella di cuoio. La mamma afferra le chiavi dell'auto usata che ha acquistato quando siamo arrivate e usciamo.

La North Miami High School dista da casa circa quindici minuti a piedi.

È un edificio enorme e squadrato color piombo, con i due ingressi principali verniciati di blu, così come i muretti che lo circondano.

Davanti si estende un ampio parcheggio e alle spalle s'intravede il campo di football... o rugby, non sono sicura di quale sia.

Mia madre mi augura una buona giornata, invitandomi a fare amicizia; io faccio altrettanto, poi scendo dall'auto, venendo investita dalla forte umidità.

Fatico a respirare, la T-shirt mi s'incolla sulla schiena, stringo la tracolla tra le dita e, spaesata, mi faccio spazio tra gli studenti che si accalcano all'ingresso.

Non mi guardo intorno, vado dritta per la mia strada con l'intento di recarmi in segreteria e consegnare la documentazione.

Continuo a inoltrarmi tra la folla chiassosa socchiudendo le palpebre a causa del sole, e vado a sbattere contro qualcosa.

Anzi, qualcuno.

«Cazzo! Attenta a dove metti i piedi.»

Una voce profonda e roca mi fa evaporare.

Alzo gli occhi verso il viso del ragazzo, incrociando uno sguardo burrascoso.

Le sue iridi sono scure come il cioccolato fondente, me le sento penetrare fin nelle viscere, i capelli castano chiaro gli ricadono ribelli sulla fronte, i lineamenti perfetti e al tempo stesso rudi stonano con il suo ghigno cattivo.

Diversi tatuaggi serpeggiano sulle sue braccia toniche, ma non riesco a distinguere cosa rappresentino, sono troppo a disagio per farlo.

Il suo sguardo e il suo atteggiamento non sono per niente raccomandabili, al contrario, urlano pericolo a gran voce.

«Ma che hai? Non sai parlare?» sbotta, fulminandomi con un'occhiata.

«Sc… scusa» balbetto, rimpicciolendo.

«Levati dai piedi, rincoglionita.»

Mi dà una spallata che mi fa barcollare e si allontana; non mi volto, resto pietrificata e senza fiato.

Mai nessuno prima d'ora si era rivolto a me con questi toni: a Summerville ci conoscevamo tutti, l'educazione e il rispetto reciproco erano il fondamento della nostra piccola comunità.

Adesso, invece, mi sembra di stare in un girone infernale o di essere entrata in una foresta di famelici lupi.

La malinconia si fa spazio senza preavviso, avverto un magone piantarsi al centro del petto e i miei occhi iniziano a pizzicare.

Ricaccio indietro le lacrime, perché non voglio dare agli altri l'impressione della piagnucolona sfigata o trascorrerò quest'anno tra le grinfie dei bulli.

Stringo il ciondolo portafoto tra le dita, mi aggrappo a esso, cercando dentro di me la forza.

*Non ti abbattere, Maggie. È solo il primo giorno di scuola. Se ti arrendi adesso, cosa farai per i prossimi mesi?*

Traggo un lungo respiro e raggiungo l'entrata dell'edificio, dove vengo spintonata da un gruppetto di ragazze spigliate e rumorose.

«Ma come si è vestita quella? Nemmeno mia nonna si concia così» esclama una di loro.

«Vieni dalla campagna, Carota?» mi deride un'altra.

Bene! Abbiamo iniziato molto bene.

Le ignoro, abbasso la testa e filo in segreteria, firmo un paio di moduli e ritiro l'orario delle mie lezioni.

Mi mordicchio le pellicine del pollice, impalata in mezzo al corridoio, la fronte imperlata di sudore, mentre cerco di capire dove si trova la classe della prima ora.

«Ehi, sei tu la nuova arrivata? Sì, sei l'unica con i capelli rossi in tutta la scuola, in effetti.»

Una voce squillante e amichevole mi fa sobbalzare, e mi volto a osservare la ragazza bassina con una chioma riccia e arruffata e grandi occhiali dalla montatura quadrata.

«Io sono Emma, piacere. Ti farò da guida turistica, per così dire. Ti mostrerò la scuola e la tua classe. Condividiamo gli stessi corsi e ci sono altissime probabilità che noi due diventeremo grandi amiche» esclama con un gran sorriso.

Le stringo la mano, sorridendole anch'io.

«Piacere mio, sono Maggie. E sì, ho proprio bisogno di un'amica e anche di una guida… questa scuola è molto caotica.»

Il corridoio pullula di ragazzi, a stento riesco a sentire la mia stessa voce, non sono abituata a tutto questo schiamazzo.

«Nella tua vecchia scuola c'era la modalità silenziosa?» mi domanda, avviandosi verso la classe.

La seguo a ruota e, per raggiungerla, inciampo nelle mie stesse scarpe, ma non cado, per fortuna.

Annuisco. «Era una scuola privata con pochi studenti. Summerville è una piccola cittadina.»

Emma allarga i suoi grandi occhi castani, fissandomi incuriosita.

«Summerville? E dov'è? Qui in Florida? Non l'ho mai sentita.»

«Ehm… no.»

Preferisco evitare di tessere le lodi della mia cittadina o rischierei di apparire noiosa e petulante, così resto zitta, limitandomi a sorriderle.

Ci fermiamo accanto agli armadietti; infilo la mano nella cartella per pescare il lucchetto, quando la mia attenzione viene catalizzata dalle urla che provengono dal fondo del corridoio.

Due ragazzi corrono verso la folla, sbraitando con foga: «*Rissa, rissa, rissa.*»

Resto di sasso, nella mia vecchia scuola non è mai accaduta una cosa simile, tutti rispettavano le regole in modo ineccepibile.

«C… cosa sta succedendo?» domando a Emma, con la voce che trema un po'.

Lei sbuffa, aprendo il suo armadietto.

«Niente di nuovo. Ryker e la sua gang di teppisti staranno facendo a botte con la squadra di rugby o con qualche altro malcapitato.»

«Quel Ryker è un maleducato con gli occhi scuri e tatuaggi sulle braccia?» le chiedo con uno strano nodo alla gola.

Afferra i suoi libri, richiudendo l'anta con una spallata.

«Ah, hai già avuto la sfortuna di incontrarlo. Sta' lontana da lui, è pericoloso, Maggie. È uscito circa una settimana fa dal riformatorio, più incattivito di prima, dopo sei mesi di reclusione per rissa e spaccio. Distrugge tutto ciò che tocca, non risparmia nessuno. È meglio che non ti noti, o diventerai la sua nuova vittima.»

Mi si ghiaccia il sangue nelle vene al solo pensiero che quel delinquente possa avvicinarsi a me.

Ma perché dovrebbe? Basta che io faccia ciò che mi riesce meglio, ovvero restare nel mio angolino in silenzio.

«Non è mia intenzione farmi notare da lui. Anzi, mi spaventa e non poco» sussurro.

«Certo! Lui è spaventoso» ribadisce.

Apro il mio armadietto con le mani che tremano, prendo i libri e richiudo l'anta.

Quando mi volto verso il corridoio, lo vedo.

Conclusa la rissa, Ryker cammina con spavalderia, come se fosse un gladiatore romano.

È seguito da altri tre ragazzi che sembrano dei veri criminali.

Lui ha il labbro spaccato, le nocche delle mani sbucciate a sangue, un ghigno trionfante stampato sul viso.

Quando mi passa di fianco, sprigiona incubi da ogni poro e mi lancia uno sguardo che mi trancia in due.

Di scatto, gli do le spalle, terrorizzata.

«Oddio, Maggie, mi sa che Ry ti ha già notata. Cerca di non restare mai da sola con lui, o saranno guai seri.»

Annuisco boccheggiando e la seguo in classe, con l'intenzione di non staccarmi da Emma per l'intero anno scolastico.

La giornata trascorre tranquilla, i professori sembrano bravi e disponibili, scambio qualche parola con diversi compagni di classe e, cosa non meno importante, riesco a non entrare nel radar di Ryker.

Per fortuna, condividiamo solo tre lezioni, ma lui e i suoi amici iniziano subito a creare caos e infastidirci e vengono spediti in presidenza.

E io traggo un sospiro di sollievo.

Dopotutto, questo primo giorno non si rivela malaccio… mi aspettavo una giornata decisamente spiacevole.

Dovrei imparare a controllare la mia negatività, e ritornare a vedere il mondo a colori, come ho sempre fatto prima della scomparsa di papà.

Purtroppo ora, ovunque io mi giri, m'imbatto solo in chiazze sbiadite di grigio.

Vorrei con tutta me stessa tornare a essere la vecchia Maggie, ma al momento non ne sono capace.

A fine giornata, aspetto che mia madre passi a prendermi; mi ha mandato un messaggio sulla nostra chat poco fa per avvisarmi.

Mi siedo sul muretto che circonda il parcheggio e osservo gli studenti andare via.

La prima cosa che noto è che tutti vestono molto alla moda, in particolare le ragazze.

Sono audaci e disinvolte, indossano short molto corti, top scollati, e le loro unghie e i capelli sono da red carpet.

Io, al contrario, sembro venuta dalla campagna, il che è vero.

Cosa ci posso fare?

Riconosco di essere una ragazza tranquilla e inesperta, forse troppo per questa società.

Spero solo di non diventare lo zimbello della scuola a causa del mio aspetto poco moderno e della mia personalità per nulla disinibita.

Lo spero tanto.

Dopo circa mezz'ora, il cortile si svuota e mia madre non è ancora arrivata: avrà trovato sicuramente traffico.

Provo a chiamarla più volte, ma il suo cellulare non prende.

Perfetto!

Il panico inizia a farsi largo dentro di me, attanagliandomi lo stomaco; non ricordo il mio indirizzo, North Miami è grande e di sicuro anche pericolosa.

Oddio, cosa faccio?

Riprovo a contattare la mamma e, mentre ascolto la voce robotica della segreteria telefonica, avverto dei passi avvicinarsi.

Fa' che non siano Ryker e la sua gang.

Una scarica di brividi mi attraversa la schiena, le mani iniziano a sudarmi, il cuore a correre veloce e, quando alzo lo sguardo, scopro ciò che speravo non accadesse.

Oh mio Dio! Sono spacciata.

Ryker si muove con un atteggiamento intimidatorio, il ghigno pericoloso, lo sguardo scuro, con l'intenzione lampante di farmi qualcosa di spiacevole.

È seguito dai suoi tre amici, che mi spaventano allo stesso modo. Prendo un respiro profondo e resto immobile, pregando mentalmente che mi passino davanti ignorandomi.

*Perché mai dovrei attirare la loro attenzione?*

Forse perché sono fragile e indifesa e a loro piace prendersi gioco delle persone più deboli, il che è proprio da vigliacchi.

Magari non è così, magari non sono pessimi come sembrano...

Ben presto, prendo coscienza di essere proprio io il loro bersaglio e che non passeranno oltre.

È il momento di scappare.

Mi do lo slancio per scendere dal muretto, ma uno di loro, quello con i capelli biondi e corti e gli occhi verdi cattivi, mi blocca.

«Ehi, campagnola, hai capito che la scuola è chiusa?»

«Io... io...» balbetto, rifuggendo il suo sguardo.

Ryker non parla, si limita a godersi lo spettacolo, con una smorfia crudele a deturpargli il bel viso.

«Non sai parlare, campagnola?» dice il ragazzo dalla pelle color caffè.

«Cosa... cosa volete da me?» sussurro impaurita.

Tutti scoppiano a ridere, divertiti dal mio disagio.

Tutti, tranne Ryker.

«I soldi e il cellulare. Subito» minaccia il terzo teppista.

Ha i capelli rasati, una catena d'oro con una croce al collo e l'accento ispanico.

Si fanno sempre più vicini, mi accerchiano come un branco di lupi affamati.

Deglutisco e, con mani tremanti, inizio ad aprire il portafogli, nel quale sono rimasti solo dieci dollari.

«Ho... ho solo questo.»

Uno di loro mi strappa con forza il cellulare dalle mani e finge di darmi uno schiaffo in faccia.

Mi si mozza il respiro dalla paura di essere colpita e inizio a piagnucolare, stringendomi nelle spalle.

Loro, di rimando, continuano a sghignazzare divertiti, godendo di aver raggiunto il loro scopo, ovvero spaventarmi a morte.

Sono dei bulli e io la loro vittima.

Mi hanno puntato e sono certa che mi renderanno quest'ultimo anno di scuola un vero inferno.

«Lasciatemi in pace, vi prego» piagnucolo.

*Vi prego, vi prego, vi prego.*

Ryker fa un passo avanti, incombendo con la sua altezza e la sua aura minacciosa.

«Questo è solo l'inizio, *Chucky*» intima.

*Chucky?*

Mi rivolge un mezzo sorriso diabolico, seguito dall'eco delle risate dei suoi compagni, poi con un cenno ordina loro di andare via.

Si allontanano da me, lasciandomi in lacrime, terrorizzata; riesco a calmarmi solo quando intravedo da lontano l'auto di mia madre.

*Sono salva, finalmente.*

Almeno per oggi.

# Maggie

# 3

Il pomeriggio lo trascorro a studiare, distratta però dalla terribile sensazione di paura che mi serpeggia sottopelle.

Sono ancora scossa e non ho avuto il coraggio di parlarne con mia madre, non trovando giusto arrecarle altre preoccupazioni. Dovrei sapermela cavare da sola, ma il problema è che non ci riesco.

La mia vita è sempre stata semplice, non mi sono mai cacciata nei guai, non ho mai avuto nemici o bulli che si prendessero gioco di me.

Le mie giornate a Summerville trascorrevano serene; certo, la morte di papà è stato un duro colpo, e mi ha resa più triste e insicura. Ma ciò che è accaduto oggi è stato come schiantarsi a tutta velocità contro un tir.

Come schiantarsi contro la realtà di questo nuovo ambiente.

E, ora come ora, ho timore di tornare a scuola e incrociare Ryker e la sua banda di teppisti.

Ho paura di non riuscire ad arrivare in fondo a quest'ultimo anno di scuola.

Sospiro forte, apro il ciondolo e carezzo la foto di mio padre, avvertendo terribilmente la sua mancanza.

«Papà, mi manchi così tanto» sussurro.

Una lacrima mi scivola lungo la guancia e precipita sulla pagina del libro di trigonometria, formando una macchia.

Quanto vorrei che lui fosse ancora qui con me, mi basterebbe un suo abbraccio per sentirmi al sicuro.

Mi basterebbe un suo sorriso per affrontare la paura.

A volte mi convinco che io stia vivendo solo un brutto sogno e che papà sia ancora vivo, me lo immagino girare le chiavi nella toppa della porta, varcare l'ingresso dopo una giornata di lavoro con un bouquet di fiori di campo tra le mani, e salutarmi con un bacio sui capelli, come era solito fare.

E invece tutto questo non succede, perché la vita è ingiusta e me l'ha portato via troppo presto.

Come potrò andare avanti?

«Tesoro.»

La voce della mamma mi fa trasalire.

Mi asciugo rapidamente le lacrime con il dorso della mano, evitando di guardarla.

«Sì, mamma?»

«Ti andrebbe di venire con me al supermarket? Dobbiamo fare un po› di provviste e poi ti farebbe bene uscire. Non voglio che dedichi quest'ultimo anno solo allo studio.»

Mia madre Sierra e io siamo come il giorno e la notte.

Lei è estroversa, io timida.

Lei grintosa, io pacata.

Nonostante le diversità caratteriali, andiamo d'accordo, il nostro rapporto è bellissimo e sono felice di avere una mamma moderna che mi sprona.

«E cosa dovrei fare? Andare alle feste, ubriacarmi e frequentare ragazzi?» Mi alzo dalla sedia e istintivamente cerco il cellulare, quando ricordo che me l'hanno rubato.

Mi fissa con i suoi occhi vivaci, incorniciati da folte ciglia nere.

«Esatto! È di questo che parlo, Maggie May. Sei certa che sia andato bene il tuo primo giorno di scuola? Ti vedo un po'... strana e giù di morale.»

Sapevo che se ne sarebbe accorta, così mi sforzo di sorriderle per tranquillizzarla.

«Niente di nuovo, mamma.»

Sospira, mi viene incontro e mi stringe in un rapido abbraccio.

«La vita è bella, lì fuori c'è un mondo meraviglioso che ti aspetta. Papà non vorrebbe vederti così.»

Parlare di lui è come una stilettata nel cuore, e non riesco a immaginare se sarò mai in grado di superare la sua perdita.

«Lo so...»

Mi posa un bacio sui capelli. «Ora fammi un bel sorriso e andiamo a comprare tanto gelato.»

Sorrido alla mamma, sebbene dentro di me stia piangendo tutte le mie lacrime.

E mi sento un'egoista, perché dovrei essere io a consolarla e a farle forza, e invece non l'ho mai fatto, mi sono barricata dietro una fortezza di dolore, lasciando che lei affrontasse da sola il suo.

«Lo voglio ai gusti pesca e vaniglia.»

«Andata!»

Durante il tragitto in auto, m'incanto a osservare il cielo al tramonto, spennellato di una vibrante sfumatura arancio.

E da lontano intravedo una fascia blu che bacia la linea dell'orizzonte.

«Mamma, guarda! Da qui si vede l'oceano» esclamo entusiasta.

«Oh, è vero! Magari domenica possiamo andare in spiaggia, non darmi buca come l'altro giorno.»

«Promesso! Mi piacerebbe molto.»

«Potresti invitare qualche tua amica» dice, continuando a guidare verso la meta.

«Non ho ancora amiche…»

«Sei una ragazza meravigliosa e sono certa che ti farai tanti nuovi amici e magari anche un bel ragazzo.» E mi fa l'occhiolino.

«Mamma!»

«Oh, Margaret, fatti passare quella stupida cotta per Theo e guardati intorno.»

Evito di dire alla mamma che sono stata notata, in effetti, ma dalla persona sbagliata.

Quel delinquente di Ryker.

«Theo è il ragazzo perfetto, mamma.»

«Ma non gli hai mai rivolto una sola parola e ora vivi in un altro Stato.»

Ammiro mia madre e il suo essere così realista, cosa che a me non riesce granché.

«Sto bene così.»

Dopo circa dieci minuti, si ferma nel parcheggio del supermarket e mi guarda con un sorriso che la dice lunga.

«Mi darai ragione, un giorno.»

Una volta entrate, io e la mamma ci dividiamo per fare la spesa. Io mi dirigo nella corsia dei cereali e lei in quella della frutta. A Miami anche i supermercati sono giganteschi, a Summerville c'era solo un piccolo emporio in piazza che vendeva poco o niente. Per fare le provviste invernali, era necessario spostarci in auto, macinare miglia e miglia e raggiungere un supermercato più fornito.

*Wow, quante varietà di cereali.*

Mi soffermo per un attimo a scegliere quali mi piacciono di più: quelli al miele o quelli al cioccolato?

Vada per il secondo tipo.

Sto per afferrare la scatola, quando alle mie spalle avverto una presenza che mi provoca un brivido.

È una sensazione di calore mista a gelo, di vuoto allo stomaco e fremiti, di angoscia e… strana eccitazione.

Una sensazione mai provata prima.

«Ci becchiamo anche qui, *Chucky*.»

*Oddio, no.*

*No, no, no.*

*Non può essere vero.*

Riconosco la sua voce profonda e l'intonazione arrogante.

Riconosco addirittura il profumo forte e stordente, un mix di bagnoschiuma, tabacco e menta.

Mi volto impaurita, e Ryker è proprio davanti a me.

Sfioro lo sguardo indurito e crudele che mi rivolge, come se fossi una sua nemica giurata.

Ed è ridicolo, perché non sono…

Insiste, squadrandomi dalla testa ai piedi, per poi abbozzare un sorrisetto letale.

Faccio per superarlo, ma mi blocca il passaggio, e vado a sbattere con la schiena contro la scaffalatura.

Deglutisco a fatica, cercando con gli occhi mia madre, ma non la vedo.

Siamo soli in questo lungo corridoio.

«Ti hanno strappato la lingua, *Chucky*?» incalza, placcandomi ostinato.

Dà una rapida occhiata alla mia salopette sghignazzando, e non ci metto molto a capire il motivo di questo stupido soprannome.

Cavolo! Sono vestita come la bambola assassina e i miei capelli rossi completano il personaggio.

Che stupida, mi sono messa in ridicolo senza volerlo.

Non poteva andare peggio di così.

Anche se mi sento patetica, cerco il coraggio di replicare, mentre i suoi occhi scuri mi scavano una voragine nel petto.

«Lasciami… passare, siamo in un luogo pubblico. Non puoi farmi niente» gli dico, sfuggendo al suo sguardo carico di cattive intenzioni.

Ridacchia.

«Tu credi? Posso farti quello che cazzo voglio e dove voglio, piccola idiota.»

«Non sono da sola, c'è mia madre.»

«Oh, sai che paura» replica, addossandosi al mio corpo tremante.

Lancio una veloce occhiata ai tatuaggi che macchiano le sue braccia, riesco a distinguere solo due soggetti, ovvero un teschio intrappolato nelle spire di un feroce serpente che sembra sia sul punto di prendere vita e azzannarmi.

«Cosa… cosa vuoi da me?»

Si avvicina accostando le sue labbra carnose al mio collo imperlato di sudore.

«Torturarti, o sbranarti. Chi può dirlo…» mormora, abbozzando un sorrisetto torvo che preannuncia una catastrofe.

Lo guardo per un attimo negli occhi, i miei sono intrisi di timore, i suoi, invece, sembrano due buchi neri senza fondo.

«Ti prego, lasciami andare.»

Mi osserva come un predatore affamato, il ghigno perfido non abbandona il suo viso, poi alza il braccio e io, per difesa, stringo gli occhi credendo che stia per colpirmi.

Ma non lo fa.

Afferra una scatola di cereali in alto e me la sbatte contro il petto.

«Io prendo questi.»

«Devo pagare per te?» chiedo confusa.

Fa un cenno con il capo.

«Esatto.»

Davvero non capisco.

«Perché?»

«Fallo e basta. Se farai la brava, potrei ridarti indietro il cellulare. Prova a fare la stronza e ti rovinerò la vita.»

Mi dà le spalle e si allontana spavaldo, lasciandomi tremante nel bel mezzo del corridoio.

Raggiungo mia madre e metto nel carrello i due pacchi di cereali, dei quali uno appartiene a Ryker.

«Perché ne hai presi due? Questo è per bambini» mi fa notare la mamma.

È vero, sono cereali alla frutta, quelli tutti colorati.

«Voglio assaggiarli» mento, poi afferro la scatola. «Anzi, sai che faccio? Inizio a pagarli.»

La mamma annuisce continuando a fare la spesa, mentre io mi dirigo alla cassa, pago i cereali di Ryker ed esco dal supermarket per darglieli.

Quel delinquente mi sta aspettando seduto su un muretto, gli occhi incollati allo schermo del cellulare.

Aspetta… ma quello è il mio telefono.

Gli vado incontro a passo svelto, cercando di mostrarmi impavida, ma so bene di sembrare solo ridicola.

«Tieni. Ora potresti darmi il mio telefonino?»

Mi strappa il sacchetto contenente la scatola di cereali dalle mani e fa cenno di no con il capo.

Cosa?

«Scordatelo!»

Dio! Ma chi si crede di essere?

«C'è tutta la mia vita in quel telefono. I numeri delle mie amiche, i nostri messaggi, le nostre foto. È importantissimo per me.»

Osservo l'espressione contrariata sul suo volto che, mi costa ammetterlo, è davvero bellissimo.

Emette un suono di derisione.

«Sai quanto cazzo me ne frega? Ci farò cento dollari con questo coso.»

Sarei disposta perfino a supplicarlo in ginocchio, pur di riavere indietro il mio cellulare.

«Ti prego, Ryker. Almeno fammi salvare le foto sul computer.»

I suoi occhi color cioccolato fondente mi studiano con attenzione e crudeltà, partendo dal mio viso e finendo sulle mie cosce nascoste dal tessuto di jeans.

«Mmh… ci devo pensare, Maggie May.»

Adesso sa anche come mi chiamo, avrà letto tutti i messaggi scambiati con le mie amiche.

E avrà letto anche di Theo.

Sospiro, levando un ciuffo dalla fronte imperlata di sudore.

«E quanto ti ci vorrà?» gli chiedo, apprensiva.

Con il pollice mi torturo le pellicine dell'anulare.

Balza giù dal muretto piombandomi letteralmente addosso, ignorando la mia domanda.

Indietreggio spaventata, il cuore mi rimbalza in gola e lo stomaco mi si attorciglia.

Allunga una mano verso il mio collo e io evaporo, inghiottendo un respiro.

«Questa deve valere molto» mormora, inclinando di poco il

viso mentre con le dita sfiora il ciondolo portafoto.

Non appena i suoi polpastrelli lambiscono la mia pelle, un solo intenso e bollente fremito mi percorre la schiena, facendomi sussultare.

*No. No. No.*

Questa collana è la cosa più preziosa che posseggo, non gliela darò mai; potrà anche rendermi ogni giorno un inferno, posso sopportarlo.

Ma non posso sopportare che si appropri di un ricordo del mio papà.

D'istinto copro il ciondolo con una mano, toccando per sbaglio la sua, e lui di rimando accenna un sorrisetto diabolico.

«È un regalo del tuo Theo?» mi deride.

Scuoto la testa.

«No! È l'ultimo regalo di mio padre. Non te la darò mai» esclamo, trovando il coraggio di reagire.

Mi fissa con insistenza, socchiudendo gli occhi dalla forma allungata.

«Dammela.»

«No, questa no.»

Si avvicina ancora di più, incendiandomi con le sue iridi scure.

«Ho detto di darmela» mi incalza.

Lancio una occhiata svelta all'entrata del supermarket e vedo mia madre uscire con il carrello colmo di spesa.

Faccio per fuggire, ma lui mi blocca agguantandomi per il polso.

«Lasciami o mi metto a urlare. Mia madre sta venendo verso di noi e c'è una macchina della polizia parcheggiata proprio lì» dico svelta.

Lui, prima di lasciare la presa, mi stringe il polso così forte da farmi soffocare un grido di dolore.

«Non finisce qui, Maggie May» mi avverte.

Mi rivolge un ultimo sguardo minaccioso e si allontana con l'andatura prepotente.

Ritorno a respirare, appoggio il palmo sul cuore sentendolo pulsare impazzito, e capisco che Ryker è davvero il pericolo in carne, ossa e tatuaggi.

E che dovrò stare in guardia, se voglio sopravvivere a quest'ultimo anno di liceo.

# Maggie

## 4

La mattina successiva mi faccio di nuovo accompagnare a scuola dalla mamma; con una scusa insisto per uscire di casa molto presto, in modo da poter filare in classe senza incrociare Ryker.

Quel teppista mi spaventa a morte e ieri ho capito quanto può essere pericoloso.

È appena uscito dal riformatorio, non è un semplice bullo.

È un giovane criminale arrabbiato con il mondo intero.

Ma perché ha puntato proprio me?

Solo perché mi vede debole e indifesa?

Conosco già la risposta: la dura verità è che io sono un bersaglio facile.

E se non mostrerò un briciolo di carattere e coraggio, sono destinata a diventare il suo passatempo preferito.

Non oso immaginare cosa potrebbe farmi, mi vengono i brividi al solo pensiero…

Arrivata a scuola, esco dall'auto in fretta e furia, attraverso il parcheggio con il capo chino ed entro nell'androne.

Sfreccio verso le scale, convinta di averla scampata, ma una voce richiama la mia attenzione.

«Ehi, campagnola, dove scappi?»

Uno degli amici di Ryker mi ha intercettata, fingo di non averlo sentito e salgo un altro scalino, quando avverto una morsa arpionarmi il polso.

*Oddio, è lui.*

Riconosco la sua presa, le sue dita premere sulla mia pelle delicata, il suo profumo avvolgermi e subito dopo stordirmi.

«Dove credi di andare» mormora Ryker.

La sua voce è così roca e profonda da farmi tremare le ossa e incendiarmi le cellule a una a una.

I suoi occhi scuri si scontrano con i miei limpidi.

Abbasso lo sguardo per la paura e l'imbarazzo, ma quando lo rialzo, le sue iridi si allacciano sempre più in profondità alle mie.

«Io… io…» balbetto patetica.

«Tu, cosa?»

Le sue parole hanno ogni volta la capacità di colpirmi, in maniera più violenta di uno schiaffo.

E, ora come ora, vorrei solo scoppiare a piangere, fuggire via e rintanarmi nella mia camera.

Non capisco… cosa vuole da me?

Perché sembra odiarmi così tanto?

«Lasciami, mi stai facendo male.»

I suoi amici ci circondano, facendo da barriera umana, in modo che gli altri studenti non ci vedano.

«Voglio farti male.»

Rabbrividisco, il mio polso stretto ancora tra le sue dita, il mio cuore in fibrillazione, le gambe che diventano molli.

E adesso cosa faccio?

Mi guardo un attimo intorno e mi accorgo che la scuola si sta pian piano affollando, il che sarebbe positivo se solo qualcuno si accorgesse di me, o avesse il coraggio di affrontare questi delinquenti.

«Perché?» gli chiedo in un sussurro.

Mi tira giù per le scale e io sono costretta a seguirlo, mentre i suoi compagni si spostano per farci passare.

«Inutile che ti poni tante domande. Non c'è un perché. Mi va e basta.»

Traggo un lungo respiro rassegnato, prendendo coscienza di essere spacciata.

Sono troppo debole per combattere contro uno come Ryker.

Suona la prima campanella, gli studenti iniziano ad avviarsi nelle classi, e io sono bloccata nelle sue grinfie.

E lui, come una tarantola, non vede l'ora di soffocarmi nella sua fitta ragnatela.

«Andrò a denunciarti dal preside, non puoi farmi questo» esclamo.

Non so dove trovo la forza di ribellarmi; in tutta risposta mi strattona con più energia, trascinandomi verso il lato opposto alla scalinata.

Sogghigna. «Posso farti questo e altro.»

Non so dove mi stia portando o cosa ne sarà di me, ma, se da un lato provo il timore che possa farmi qualcosa di brutto, dall'altro avverto una strana smania.

C'è qualcosa in lui che m'invita a seguirlo, sebbene io sappia per certo che me ne pentirò.

Attraversiamo il corridoio isolato, la sua mano ancorata al mio polso dolorante, i miei occhi che si spostano dalla sua nuca alle braccia, stranamente curiosi di studiare ogni suo tatuaggio.

Ryker avanza svelto e io inciampo più volte per stargli dietro.

«Dove… dove mi stai portando?» gli chiedo con un filo di voce.

Non si volta verso di me.

«Taci.»

Il suo tono minaccioso mi fa sussultare, eppure non posso fare a meno di notare quanto sia alto e quanto siano calde e ruvide le sue mani.

Giungiamo davanti alla porta di quello che probabilmente è un ripostiglio.

«Entra» minaccia.

«N… no.»

I suoi occhi scuri mi scorticano la pelle.

«Ti ho detto entra, o sarò io a sbatterti lì dentro.»

Potrei urlare, o spingerlo via raccogliendo tutta la forza che posseggo, ma mi limito a sospirare, obbedendo al suo ordine.

Mi lascerà tutto il giorno chiusa in una piccola e angusta stanza?

È così che si divertono i bulli di questa maledetta scuola?

Traggo un lungo respiro, facendo a pugni con le lacrime che desiderano a tutti i costi inondarmi gli occhi.

Ma se piango ora, sembrerò ancora più fragile e patetica, e lui se ne approfitterà.

Mi appoggio di schiena contro la scaffalatura in acciaio, arrendendomi all'evidenza di trascorrere la giornata qui.

*Che terribile ultimo anno scolastico si prospetta.*

Ma Ryker ribalta la mia ipotesi.

Entra anche lui nel ripostiglio, chiudendosi la porta alle spalle.

E adesso?

Quali saranno le sue intenzioni?

Sfila qualcosa dalla tasca dei jeans strappati sulle ginocchia e me lo mostra.

È il mio cellulare.

D'impulso, mi lancio verso di lui, annullando la pochissima distanza; i nostri respiri si mescolano, tanto che posso avvertire il calore della sua pelle trasmettersi alla mia e il suo profumo fresco e mascolino solleticarmi le narici.

«Ridammelo» esclamo.

È buio, ma riesco ugualmente a scorgere il ghigno che accarezza il suo viso bellissimo e cattivo.

«No, idiota. Non funziona così. Io do una cosa a te e tu ne dai una a me.»

Questa minaccia velata mi fa rabbrividire, il mio cuore perde battiti palpitando troppo veloce, e ci poggio il palmo della mano per provare a farlo rallentare.

Poi muovo qualche passo indietro, andando a sbattere contro gli scaffali, mentre lui avanza, incombendo su di me.

Mi sento piccola e indifesa sotto di lui, così alto e sicuro di sé, vorrei provare a reagire, ma sono come bloccata in un limbo.

Poi, senza volerlo, sento la mia voce porgli una domanda azzardata.

«Cosa vuoi in cambio del mio cellulare?»

*Stupida, stupida, stupida, Maggie May.*

Riesco a intravedere il sorriso perverso che inarca le sue labbra piene, illuminate dal fioco bagliore dello schermo del mio vecchio telefonino.

«Cosa voglio in cambio?» ripete, trionfante.

Annuisco, temendo di aver peggiorato la situazione.

E difatti…

Ryker si addossa a me studiandomi a lungo, il suo sguardo si sofferma sulle mie labbra dischiuse, poi percorre le forme accennate dei miei seni, e infine le mie cosce rivestite dai pantaloncini di lino.

Ripone il mio cellulare, per sfilare con un gesto rapido qualcos'altro dalla tasca posteriore.

Un… un coltellino svizzero.

Dio mio, vuole… vuole accoltellarmi?

Lo fa scattare con un click che mi risuona nelle orecchie, la lama scintillante che si riflette nelle sue pupille mentre l'appoggia adagio sul mio viso sudato.

È freddissima e affilata.

Oh. Mio. Dio. Morirò.

«Voglio le tue labbra» ordina, assottigliando gli occhi.

Lo guardo piagnucolando, con le lacrime che mi abbagliano la vista, senza capire quale sia la sua pretesa.

Vuole baciarmi, o ferirmi?

Non… non lo so, so solo che la lama del suo coltellino preme sulla mia pelle, e che tra poco andrò in iperventilazione per il terrore.

«Ryker, ascolta… farò tutto ciò che vuoi, ma metti via questo coltello, per favore.»

Non riesco a respirare, non c'è più ossigeno in questo sgabuzzino, e il mio cuore è fuori controllo, me lo sento conficcato in gola. Lui continua a delineare la forma del mio viso con la sua arma, ghignando soddisfatto.

«Ti prego» insisto.

«Non pregarmi, cazzo!» urla lui.

Sobbalzo stringendo forte le palpebre, quando avverto la punta affilata del coltellino tratteggiare le mie labbra.

Un attimo dopo, il freddo viene sostituito da un bruciore improvviso, poi dalle sue dita sul mio labbro inferiore.

«Ops… ti ho tagliata» esclama, tamponando le gocce di sangue.

Porto la mano tremante sulla ferita, iniziando a singhiozzare senza ritegno.

«Bastardo!» strillo tra le lacrime. Normalmente, proverei vergogna per essermi fatta sfuggire una parolaccia, ma in questo momento non me ne può fregare di meno.

Lui, senza fiatare, chiude il coltellino, poi mi afferra per il collo e, prepotente, mi ruba il mio primo bacio.

*Il mio primo bacio.*

Non pensavo sarebbe stato così.

Furioso, violento, passionale.

Labbra calde, lingua umida, sapori che si mescolano.

La sua bocca avvolge la mia, sa di tabacco e menta, di pericolo e triplo giro mortale sulle montagne russe.

Sa di farfalle farneticanti nello stomaco e di spasmi febbrili nel bassoventre.

Mi sento frastornata, su di giri, emozionata… sì, emozionata.

E subito dopo felice, triste, commossa, tutto nello stesso momento.

E quando le sue mani ruvide scivolano sulle spalline del top, e poi più giù fino ad approdare sui miei fianchi, mi sento di precipitare in una spirale di pericolo ed eccitazione, di mille fremiti e sensazioni mai provate prima in tutta la mia vita.

Nessuno mi aveva baciata prima di Ryker.

Nessuno mi aveva toccata prima di Ryker.

Sto davvero facendo la mia prima esperienza con un ragazzo del genere?

No, non può essere vero.

È uno sbaglio, un grossissimo sbaglio.

Non doveva accadere con *lui*.

Non con uno come *lui*.

Eppure, per un solo attimo, mi abbandono tra le sue braccia

forti e alla sua bocca invadente, perdendomi completamente.

Non so cosa mi stia facendo Ryker… ma non dev'essere nulla di buono.

«No» mormoro, ancora intrappolata dal suo corpo.

Raccolgo tutte le energie per respingerlo e staccare le mie labbra dalle sue.

«No» ripeto, con un filo di voce.

Sono sconvolta, turbata, smarrita e lui lo capisce.

Accenna un mezzo sorrisetto bieco, incrociando le braccia al petto.

«Ti ho appena strappato il tuo primo bacio, non è così, Maggie May?»

Il suo tono soddisfatto mi rende ancora più vulnerabile.

Non volevo che accadesse in questo modo.

Non con lui.

*No. No. No.*

Ma negare non servirebbe a niente, ce l'ho scritto in faccia che sono inesperta, chi voglio prendere in giro?

«Perché? Perché l'hai fatto?» gli chiedo, mentre lacrime bollenti mi solcano le guance.

Ritorna serio, inchiodandomi ai suoi occhi scuri.

«Mi divertirò a sporcare la tua deliziosa innocenza. A impossessarmi del tuo corpo immacolato. Lo manderò in fiamme fino a ridurlo in cenere.»

Scuoto la testa, avvertendo l'oscurità della sua confessione penetrarmi sottopelle, nel sangue, nelle cellule, rendendomi una statua di sale, incapace di muovermi e respirare.

Perché sta succedendo questo?

Perché proprio a me?

Deglutisco forte, sostenendo il suo sguardo cupo.

«Non sarò mai tua. Mi hai rubato il mio primo bacio, ma non ti permetterò di fare altro» dichiaro con impeto.

Sghignazza. «Questo lo vedremo.»

«Adesso fammi uscire, devo andare in infermeria a disinfettare la ferita, te lo chiedo per piacere.»

Provo a superarlo per raggiungere la porta, ma lui me lo impedisce, avvicinandosi ancora di più.

Indietreggio, schiacciandomi contro gli scaffali, e lui si addossa a me, le braccia ai lati della mia testa, le sue labbra che approdano sul mio collo.

«Esistono ferite che non guariscono, anche se tenti di disinfettarle. Sono troppo profonde e contaminate, bruciano, pizzicano, prudono al punto da farti impazzire. O impari a conviverci, o rischi di darci un fottuto e definitivo taglio.»

Non so perché mi stia dicendo queste cose, so solo che scorgo un velo di malinconia sul suo viso indurito e, anche se è completamente sbagliato, avverto l'impulso di consolarlo.

*Dio, Maggie, c'è qualcosa che non va in te.*

«Ryker, qualsiasi cosa ti stia facendo soffrire, ricorda che dopo la tempesta arriva sempre il sereno e, se sei fortunato, puoi intravedere perfino l'arcobaleno…» sussurro, studiando l'espressione angosciata che lambisce il suo viso.

Accenna un sorrisetto sprezzante.

«Che cazzo di stupida ingenua che sei.»

Ma che razza di persona è?!

«Io sarò anche ingenua, ma ho dei valori. Tu invece ti diverti a terrorizzare le ragazze indifese per puro divertimento. Sei vuoto e spregevole» esclamo, stringendo le palpebre, impaurita da una sua eventuale reazione.

Mi afferra il viso con una mano, premendo le dita nelle mie guance.

«Guardami!»

Lo faccio, senza obiettare.

«Non provare mai più a dirmi quelle cose, piccola idiota.»

Annuisco, impaurita.

Lascia la presa sulla mia faccia, indicando con un cenno la porta del ripostiglio.

«Sparisci, prima che cambi idea» afferma sprezzante.

Non me lo faccio ripetere due volte, tremando mi divincolo dal suo corpo e raggiungo la via d'uscita.

«G… grazie» balbetto.

Agguanto la maniglia, la giro, sto per uscire quando lui mi rivolge un altro sorrisetto perfido.

«Io non ringrazierei chi sta per renderti la vita un inferno, Maggie May» mormora minaccioso, il tono basso e roco.

Sussulto, aprendo la porta, impaziente di fuggire da qui.

Di fuggire da lui.

«Un'ultima cosa, *Chucky*.»

Ancora quello stupido soprannome?

Mi volto verso di lui e lo guardo, meravigliandomi di quanto la sua bellezza sia pari alla sua cattiveria.

Tamburella le dita sulla tasca dei suoi jeans.

«Il tuo cellulare è ancora nelle mie mani, e non penso proprio che lo riavrai.»

Qualunque siano le sue terribili intenzioni, a questo punto non m'importa, sono pronta a tutto.

«Puoi tenerlo» ribatto, uscendo dallo stanzino.

Scoppia in una risata cattiva e derisoria.

«Non sai cosa ti attende.»

Deglutisco forte, sbattendo la porta alle mie spalle, ma la sua diabolica risata continua a riecheggiare nella mia testa.

# Maggie

# 5

Passo in infermeria a farmi disinfettare la piccola ferita sotto il labbro inferiore, raccontando una bugia su come me la sono procurata.

Se dicessi che è stato Ryker, farei precipitare la mia condizione già di per sé precaria.

L'infermiera mi applica un cerotto rosa di Hello Kitty, scusandosi con me perché ha terminato quelli per adulti, come se non fossi già abbastanza lo zimbello della North Miami Beach High School. Pazienza, ormai è così che deve andare.

La rossa sempliciotta di provincia presa di mira dal ragazzo cattivo della storia.

Mi passo la lingua sulle labbra, rivivendo ciò che è accaduto poco fa nel ripostiglio.

Ryker mi ha baciata, sento ancora il sapore della sua lingua nella mia bocca.

È stato… decisamente intenso.

So bene che per lui quel bacio non ha avuto alcun significato, ma per me non è la stessa cosa.

Insomma, è stato il mio primissimo bacio e lo ricorderò per sempre, anche se a malincuore.

Mi chiedo, però, il motivo per cui lo ha fatto.

I bulli di solito non baciano le loro vittime e non si confidano con loro parlando delle proprie ferite interiori.

Invece lui…

*Smettila, Maggie, accetta l'idea che Ryker ti sta semplicemente prendendo per i fondelli.*

Annuisco, convincendo me stessa che le cose stanno esattamente così.

Devo finirla di vedere del buono in qualsiasi essere umano, perché purtroppo non vale per tutti.

Sfioro il cerotto con le dita, avvertendo ancora il bruciore del taglio.

Una brava persona non se ne va in giro con un coltellino a ferire ragazze indifese.

Una brava persona non spaccia droga, non provoca risse e, di conseguenza, non trascorrere sei mesi in riformatorio.

Ryker è crudele e ha tutte le intenzioni di trascinarmi nel baratro con lui. Può scordarselo, perché io, Maggie May Harmon, non gli permetterò mai più di sfiorarmi, o di rubarmi ciò che è mio, che sia il ciondolo portafoto di mio padre o un altro bacio.

Non avrà più niente da me, anche se proverà ad appropriarsene con la forza.

Sono in ritardo per la prima ora di lezione, così accelero il passo; il corridoio è ancora abbastanza affollato, sistemo la tracolla e, nel farlo, urto qualcuno con la spalla.

«Ehi, va tutto bene?»

Alzo lo sguardo e mi ritrovo a specchiarmi in due occhi azzurri come il cielo mattutino.

«S… sì, tutto bene» mento.

«Sicura? Sembra che tu stia scappando da qualcuno.»

Abbozzo un sorriso. «No… vado solo di fretta.»

Afferra la mia mano, stringendola in una presa forte.

«Io sono Bryce Jordan, tu devi essere la ragazza nuova. Ho sentito parlare di te, ma non avevo ancora avuto l'onore di incrociarti» esclama.

Questo ragazzo è alto quasi un metro e novanta, ha due spalle larghe, un sorriso splendido e i capelli biondo grano.

Sembra si sia appena calato giù dal monte Olimpo.

«Sì, sono Maggie… la nuova arrivata dai capelli rossi.»

Fare la simpatica non è il mio forte.

Bryce sorride. «Mi piacciono i tuoi capelli e anche quel cerotto rosa. Come ti sei ferita?»

E adesso cosa mi invento?

«Ehm… con la piastra per i capelli, mi sono bruciata leggermente, niente di serio» mi affretto a dire.

Mi guarda per una manciata di secondi, prima di riprendere a parlare.

«Ascolta, Maggie, se hai bisogno di aiuto, o di qualsiasi altra cosa, chiedi pure. Questa scuola è un po' la mia casa.»

«Okay, ti ringrazio. Ora scappo…»

Mi rivolge un sorrisone da cardiopalmo.

«Ci becchiamo in giro, bellissima Maggie.» E mi fa l'occhiolino, allontanandosi da me.

D'improvviso, una mano mi afferra il polso, e mi si ghiaccia il sangue nelle vene pensando che sia Ryker, ma ritorno lucida quando mi accorgo che la presa è gentile e delicata.

Emma.

«Ma che fine hai fatto? Ti ho cercata ovunque. E invece… stavi chiacchierando con il Dio del liceo?»

La voce squillante della mia nuova amica mi stordisce ancora di più.

«Quel Bryce è il Dio del liceo?» ripeto.

Annuisce, strabuzzando gli occhi.

«È il capitano della squadra di rugby, una leggenda. Non parla mai con le nuove arrivate, in tutti gli anni di liceo non mi ha mai rivolto la parola. Mai.»

Faccio spallucce.

«Gli avrò fatto pena» biascico.

«Oppure voleva conoscerti…» deduce. «Aspetta… ma cosa hai fatto al labbro?»

Devo dirlo a Emma?

È l'unica amica che ho, l'unica con cui posso confidarmi. Sì, glielo dico, almeno mi tolgo questo peso che mi grava sul petto.

Ma prima mi guardo intorno, per assicurarmi che *lui* non sia in giro.

«È stato Ryker, ma non dirlo a nessuno. Promettimelo, Emma.»

«Oh, ma che cavolo! Ti avevo raccomandato di stare alla larga da quel criminale, Maggie.»

Ecco, ci mancava solo la ramanzina di Emma per concludere, anzi, per iniziare questa pessima giornata.

«Dipendesse da me… Ma lui mi ha trascinato nel ripostiglio e…»

«Dobbiamo dirlo al preside, non può passarla liscia!» esclama, risoluta.

Scuoto la testa. «No, Emma» bisbiglio.

«Cosa dovete dire al preside, eh?»

La voce rauca di Ryker mi arriva addosso come una valanga di lava, incendiandomi le ossa e il sangue.

Sul viso di Emma appare un'espressione di puro spavento che spazza via l'atteggiamento spavaldo di mezzo secondo fa.

Poi, senza dire una parola, mi volta le spalle e corre in classe, lasciandomi da sola con lui.

Sola con il nemico.

«Emma, aspettami» mi affretto a dire.

Lei gira appena il viso, invitandomi con un cenno rapidissimo a seguirla. Muovo giusto un paio di passi prima che quel teppista mi afferri il polso, strattonandomi.

«Ho detto, cosa vuoi dire al preside?» ripete, scandendo lentamente le parole.

«N... niente. Io devo andare in classe» balbetto intimorita, sfuggendo ai suoi occhi penetranti.

Mi fissa con un mezzo sorriso pericoloso, prima di proseguire.

«Non azzardarti, piccola idiota. Non provare mai a incastrarmi» minaccia, avanzando verso di me.

Indietreggio deglutendo forte, con gli occhi cerco qualcuno che possa salvarmi, ma nel frattempo il corridoio si è svuotato.

Sono tutti in classe, dove dovrei essere anch'io.

*Respira, Maggie.*

*Respira.*

*Respira.*

*Respira.*

«Se ti avvicini ancora, mi metto a urlare; questa volta lo faccio sul serio.»

«Se provi a urlare, ti farò sanguinare ancora» ghigna.

Lancia una rapida occhiata al mio cerotto rosa e abbozza un mezzo sorriso di scherno.

E, senza che io riesca a controllarlo, uno strano vuoto allo stomaco mi prende alla sprovvista.

Cosa vorrà mai dire?

Non ne ho la più pallida idea, so solo che mi sento sul margine di un precipizio, una folata di vento e cadrei giù.

«Ehi, cosa succede qui?»

Una voce amica mi soccorre giusto in tempo.

Ryker proietta il suo sguardo pregno di disprezzo verso Bryce, che ci sta venendo incontro con andatura sicura.

«Coglione del cazzo» sbotta. Poi aggiunge: «Stanne fuori, Jordan.»

Il ragazzone si avvicina, ignorando l'avvertimento dell'altro.

«Quando la finirai di spaventare ragazzine indifese, razza di misero delinquente?»

«E tu quando la finirai di rompermi le palle? Sparisci, femminuccia.»

Bryce stringe i pugni ma resta immobile, non avanza.

«Non vale la pena sporcarsi le mani con un reietto come te. Lascia subito andare Maggie. Questa è la mia scuola, criminale. Qui comando io.»

Ryker sposta i suoi occhi scuri nei miei, provocandomi un sussulto. «Non la lascio. Lei è il mio nuovo giocattolo e nessuno deve interferire. Stanne fuori, cazzone, non te lo ripeterò più.»

La situazione sta precipitando, è palese che questi due si detestino, forse condividono trascorsi sgradevoli.

«Non costringermi a chiamare la polizia e farti sbattere di nuovo dentro. D'altronde, il riformatorio è l'unico luogo adatto a te.»

Il mio cuore inizia a pulsare fortissimo, sembra sul punto di uscire fuori dal petto, non riesco più a controllare i battiti impazziti.

Odio la violenza, in qualsiasi forma, mi provoca angoscia e finisco per stare male fisicamente.

«Facciamo scegliere alla rossa. Vuoi andare via con questo coglione, o vuoi divertirti con me?»

Ryker mi inchioda con le sue iridi che come buchi neri mi risucchiano, e capisco che, se non gli darò la risposta "giusta", potrebbe andare molto peggio di così.

Ho due possibilità: farmi salvare da Bryce, o subire il ricatto di Ryker.

In entrambi i casi, sono spacciata.

In entrambi i casi, ad attendermi ci sarà l'inferno sul cui trono siede questo bellissimo e crudele ragazzo, impaziente di punirmi tra le fiamme.

«Io… io…»

Mi sento messa all'angolo, in tutti i sensi.

E, come se non bastasse, il cuore mi si conficca in gola ostruendola, come se qualcuno mi stesse soffocando.

Sono madida di sudore, la testa inizia a girarmi come una giostra e davanti agli occhi appaiono tanti puntini bianchi.

Mi manca il respiro, provo a incamerare ossigeno, ma mi risulta impossibile.

Non provavo un attacco di panico così violento dal giorno della morte di papà, ma ora rieccolo, spietato e improvviso.

Mi porto una mano alla gola come per liberarla… tentativo inutile.

Dei flash di luce mi lampeggiano davanti alle palpebre socchiuse, e poi… non vedo più niente.

Solo buio.

*

Quando mi risveglio, metto a fuoco dei visi conosciuti: Emma, Bryce, l'infermiera Becca e la professoressa Suarez.

E Ryker?

Sono svenuta a causa sua, e lui, invece di restare, è andato via?

Pessimo. Quel ragazzo è pessimo.

Non ho mai odiato nessuno in diciassette anni di vita, ma ora corro il rischio di provare questo brutto sentimento, per lui.

Non sarebbe odio gratuito, avrei già mille motivi che lo giustificano e, sebbene i miei genitori mi abbiano insegnato a essere sempre gentile con il prossimo, stavolta non credo proprio di poterlo fare.

Io, Maggie May Harmon, detesto già ufficialmente Ryker *Sonounteppistadiprimacategoria*.

«Harmon, quante sono queste?» mi chiede la docente, mostrandomi sette dita delle mani.

Mi stropiccio gli occhi, mettendomi a sedere al centro della brandina.

«Sono sette, professoressa.»

La donna trae un sospiro di sollievo. «Molto bene.»

«Cavolo, Maggie, è tutta colpa mia. Sono una pessima amica, ti ho lasciata da sola con quel delinquente e me la sono svignata, perché in realtà sono una fifona» dice Emma d'un fiato, le guance paonazze e i capelli arruffati più del solito.

«Dovevo dargli una bella lezione, la colpa è mia» aggiunge Bryce.

«Prenderemo seri provvedimenti nei riguardi di quel ragazzo, questa volta l'ha combinata grossa» esclama la Suarez, parlando più con se stessa che con noi.

Prendo un lungo respiro.

«La colpa non è vostra, ragazzi. L'unico colpevole è quel… non importa, io sto bene, non è la prima volta che mi viene un attacco di panico» mormoro, scendendo dal letto.

«Te la senti di andare a lezione, Maggie?» mi chiede l'infermiera.

Annuisco, afferrando la mia cartella.

Bryce si offre di scortarmi in classe ed Emma, tenendomi a braccetto, si scusa di nuovo almeno mille volte.

La giornata trascorre tranquilla; nelle ore successive non incrocio né il bullo né i suoi amici, il che mi meraviglia abbastanza.

E mi preoccupa anche, perché potrebbe trattarsi della classica calma piatta prima dell'arrivo di un violento uragano. Come farò ad affrontarlo se ho timore di una semplice giornata uggiosa?

Poi, durante l'ora di pranzo, in sala mensa, accade proprio ciò che temevo di più, ovvero mi ritrovo nell'occhio del ciclone Ryker.

È seduto su un tavolo, con l'atteggiamento di chi non ha paura di niente e nessuno, tantomeno dei professori o del preside. Appoggia le scarpe su una sedia come se fosse a casa sua e, non appena faccio il mio ingresso, mi punta.

E adesso cos'altro vuole?

Gli do le spalle evitando qualsiasi contatto visivo e seguo Emma verso il nostro posto, dove si sono già accomodate alcune sue amiche del laboratorio di robotica. Mi siedo, nascondendomi tra due ragazze.

Ma lui continua a fissarmi con snervante insistenza, mi tiene sotto tiro come un cecchino esperto.

Ho timore che possa colpirmi ancora e sono quasi certa che lo farà.

«Ne vuoi?»

Una delle ragazze mi porge metà del suo polpettone.

«No, grazie, non ho molta fame.»

Ho lo stomaco annodato e tutto a causa di quel bullo che ha deciso di torturare proprio me.

I suoi occhi, scuri e profondi come lo spazio, continuano a fissarmi pericolosamente, li sento bruciare sulla mia pelle, scavare voragini e penetrare nella parte più profonda del mio essere.

Mi concedo di alzare di poco lo sguardo e, facendolo, incrocio il suo, minaccioso.

Un sorrisetto crudele gli spunta sulle labbra, mentre mi mostra il mio cellulare come se fosse un trofeo.

Non so come intenda usarlo contro di me, dato che non c'è nulla di compromettente tra gli SMS, le chat e le foto.

*Pensa, Maggie. Concentrati e pensa.*

Oltre ai messaggi patetici su Theo…

Oh. No.

Ci sono gli appunti e alcune immagini scabrose prese da Pinterest per la fan fiction che sto scrivendo sui *Dramione.*

Se dovesse inoltrare quelle cose agli altri studenti, diventerei lo zimbello non solo della scuola, ma dell'intero quartiere.

Devo impedirglielo, sì, devo.

Ma come? È impensabile che io riesca a fronteggiare un tipo come Ryker.

*Rifletti, Maggie. E fa' presto, prima che quei contenuti arrivino sui telefonini di tutti.*

Prendo un lungo respiro e mi alzo di scatto, piantando le mani sulla superficie dura del tavolo; punto gli occhi su Ryker, come per fermarlo in qualche modo, ma lui è più veloce di me.

La sala si riempie di trilli insistenti che catturano l'attenzione di ogni studente; non trascorre nemmeno un secondo prima che tutti controllino la notifica arrivata sui loro cellulari.

Sono spacciata.

Ciò che segue è un'eco di risate beffarde e paroline cattive.

Percepisco sulla pelle gli occhi di tutti i presenti, e le mie guance si accendono mentre i loro sfottò mi risuonano nelle orecchie.

Un gruppetto di ragazze mi passa di fianco, ridacchiando di

gusto; una di quelle, bionda e alta, ritorna indietro per dirmi: «Sfigata! Puoi solo immaginarle certe cose.»

«*Draco*, colpiscimi con la tua bacchetta» mi deride un ragazzo.

Tutti sghignazzano. Perché sono così cattivi? Cosa ho fatto per meritarmi questo?

Le lacrime non tardano ad arrivare, spingono dietro le palpebre, per poi solcarmi le guance accaldate. Mi guardo intorno, sentendomi un fenomeno da baraccone.

Emma prova a consolarmi, ma è inutile, devo andare via da qui.

Piangendo, attraverso di corsa la sala mensa, e sono sul punto di raggiungere l'uscita quando un tizio mi mette lo sgambetto, facendomi inciampare e cadere di faccia sul pavimento.

Le risate aumentano in modo esponenziale, così come le mie stupide lacrime.

Cerco dentro di me la forza per rialzarmi, stringendo con una mano il ciondolo portafoto; l'umiliazione mi fa tremare le ginocchia e un magone mi attanaglia lo stomaco con violenza.

*Papà, vorrei che tu fossi qui a proteggermi dalla cattiveria di queste persone.*

*Perché non ci sei?*

*Come posso affrontare tutto questo da sola?*

«Afferra la mia mano, Maggie.»

Una voce rassicurante mi riporta alla realtà, ma sembra più un segno divino arrivato a soccorrermi. Stringo gli occhi offuscati dal pianto e alzo il mento in direzione della persona che mi sta offrendo il suo aiuto.

Bryce Jordan.

Il suo sorriso genuino mi rincuora quando con una presa salda mi solleva da terra, per poi osservarmi con premura.

«Va tutto bene, Maggie? Ti sei fatta male?»

Scuoto la testa, confusa e umiliata.

«Ignorali, sono solo degli stronzi senza un briciolo di personalità.»

Annuisco, ingoiando altri lacrimoni.

«G…grazie, Bryce. Sei molto gentile» bisbiglio.

Mi carezza adagio il braccio, lasciando risalire la sua mano sulla mia spalla, in un gesto di protezione.

«Non dirlo neanche. Puoi contare sul mio aiuto, Maggie. Se qualcun altro prova a infastidirti dovrà vedersela con me» dichiara.

Non appena termina di parlare, nella mensa di colpo silenziosa si leva un singolo applauso.

«Wow! Che cazzo di eroe.»

La voce roca di Ryker rimbomba nelle mie orecchie, provocandomi una marea di brividi ghiacciati lungo la schiena.

Con un balzo scende dal tavolo e si avvicina con fare minaccioso, seguito dai suoi fedelissimi tirapiedi.

D'istinto, mi nascondo dietro Bryce usandolo come scudo umano, ma sono certa che quel teppista non si lascerà intimorire nemmeno da un ragazzo nerboruto come lui.

«Lasciala in pace, Ryker. Te lo dico per l'ultima volta» esclama il mio protettore.

«Levati dalle palle, Jordan. Lei è roba mia» minaccia a denti stretti.

Quest'ultima frase mi fa venire la pelle d'oca, perché non capisco se è solo scena o se lui mi ritiene seriamente di sua proprietà.

Bryce fa un passo avanti, continuando a proteggermi.

«Non ci penso proprio.»

Ryker sogghigna.

«Cazzo, vuoi che ti spacchi di nuovo la testa, come l'anno scorso? Sai che non desidero altro.»

«Sì! Rissa!» sbraita uno studente.

Il volto di Ryker viene attraversato da un lampo di eccitazione; sta già stringendo i pugni, pronto a colpire il suo avversario.

Devo fare qualcosa.

Qualsiasi cosa, o finirà molto male per tutti.

# 6
# Ryker

L'odio e la rabbia sono gli unici sentimenti che conosco.

Come una spirale di spine infuocate mi vorticano intorno, riducendo a brandelli ciò che resta di me.

Mi scorticano la pelle.

Mi inceneriscono il cuore.

Mi soffocano l'anima.

È un dannato circolo vizioso dal quale non riesco a uscire, un labirinto che mi risucchia ogni volta che sono a un passo dal raggiungere uno spiraglio di luce.

La realtà è che io non mi impegno affatto a cercare di essere migliore, mi piace sguazzare in questa merda.

Sono perfettamente consapevole delle motivazioni che mi spingono a comportarmi in questo modo, ma evito il più possibile di pensarci.

Preferisco seppellirli i miei guai, sotto la corazza da bastardo che indosso fin troppo bene.

In questo momento, la mia attenzione è tutta catalizzata sulle due persone che mi sono di fronte.

Una la detesto, ma questa è un'altra storia.

L'altra mi provoca due tipi di reazioni che fanno a pugni tra loro.

Attrazione e repulsione: non so ancora quale delle due prenderà il sopravvento, lo sto scoprendo giorno dopo giorno.

Non appena quella patetica imbranata venuta dalla campagna ha messo piede nella *mia* scuola, ha scatenato in me un uragano di sensazioni.

Terrorizzarla è stata sicuramente la prima cosa che volevo fare ed è quello che ho fatto.

Farla scoppiare in lacrime come una bambina mi fa eccitare come poche cose.

Sporcarla è invece ciò che mi donerà un godimento assoluto.

Corrompere la sua anima pura e innocente, come un fiore dai petali bianchi che stritolerò nella mia mano prima di ridurlo in cenere.

Maggie May Harmon è il mio fottuto giocattolo e, cazzo, se sono geloso delle mie cose.

Lei è roba mia, che lo voglia o no.

Quel bamboccione di Jordan farebbe bene a levarsi dalle palle se non vuole che lo mandi al pronto soccorso a farsi ricucire quella testa di cazzo, come è già accaduto in passato.

Non aspetterò mezzo secondo in più, i miei pugni sono impazienti di colpire la sua faccia da coglione.

Mi costerà un'altra sospensione? Sì.

O un'altra piccola vacanza al riformatorio? Probabile.

Ma ne sarà valsa la pena, soprattutto perché si sta frapponendo tra me e il mio delizioso passatempo.

Intravedo la sua chioma rossa, le braccia bianche come il latte zeppe di lentiggini, l'orlo dei suoi pantaloncini; è ancora nascosta dietro Bryce, ma non lo sarà ancora per molto.

Muovo un passo minaccioso verso di loro, quando lei fa lo stesso, superando il suo patetico scudo umano.

Apre la bocca per dire qualcosa, ma le parole le muoiono sulla lingua.

Non ha il coraggio di ribellarsi, nessuno lo ha mai avuto.

Sono il terrore della scuola: chi si mette contro di me non ha vita facile.

Ma questo è ben chiaro a tutti.

«Stavi per dire qualcosa, Maggie May?»

La osservo assottigliando gli occhi per mettere a fuoco ogni impercettibile smorfia che attraversa il suo viso candido.

Scuote la testa, impaurita, chinandola sulle sue scarpe.

«Rispondi» la incalzo.

Jordan si para ancora davanti a lei, man mano che annullo la distanza.

«Già ti ha risposto.»

Con un rapido cenno del capo gli ordino di togliersi dai piedi.

«Sparisci» minaccio a denti stretti, rafforzando il concetto.

Bryce Jordan è di qualche centimetro più alto di me e robusto il doppio, potrebbe ridurmi in poltiglia, ma io so picchiare duro, sostenuto da un'ira cocente.

E l'ho battuto più di una volta.

«Cosa sta succedendo qui? Un'altra rissa?»

La voce baritonale del preside echeggia nella sala mensa, salvando in calcio d'angolo Bryce e la mia preda.

«Ash, vuoi che ti sospenda per l'ennesima volta?» mi rimprovera l'uomo.

*Cazzo!*

Faccio un rapido cenno con la testa e mi ritiro, ma non finisce qui, non mi arrendo facilmente. Scaglio un'ultima occhiata minacciosa ai due, godendo nel vedere la piccola idiota sussultare, e poi mi allontano seguito dai miei amici.

A fine giornata, ho tutte le cattive intenzioni di riprendere il discorso con quei due, all'uscita da scuola, lontano da occhi indiscreti, ma Jaden mi consiglia di aspettare.

Si accende una sigaretta e me la passa; prendo un lungo tiro sbuffando il fumo con rabbia.

Ci siamo fermati in un angolo del parcheggio a fumare, come facciamo ogni giorno.

«Cazzo, ero a tanto così dal menare quel coglione di Jordan» sbotto, calciando una pietra.

Detesto quando m'impediscono di sfogare la mia frustrazione, finisco per incattivirmi maggiormente, per poi eruttare come un vulcano e radere al suolo tutto ciò che mi circonda.

«Fratello, so che sei incazzato e vuoi fargliela pagare, ma non farlo a scuola, rischi l'espulsione. Inoltre, un'altra cazzata e ti sbatteranno di nuovo dentro» esclama Derek, sfiorando con le dita la visiera del suo berretto.

Sto camminando sul filo del rasoio, ne sono consapevole, un passo falso e cadrò giù.

«Pensi che non lo sappia? Farò più attenzione.»

«E con il tuo nuovo giocattolino, cos'hai intenzione di fare?» mi chiede Rio, accennando un sorrisetto obliquo.

Prendo un'ultima boccata dal mozzicone, poi lo calpesto sotto la suola della scarpa.

«Giocarci per un po', prima di farlo in mille pezzi.»

*

Ritorno a casa il più tardi possibile, dopo aver passato il pomeriggio con i miei amici a cazzeggiare in giro.

Varcare la porta della catapecchia in cui vivo è sempre un dannato trauma, perché mi schiaffa in faccia, senza pietà, quanto sia schifosa la mia vita. Mia madre, se tale può definirsi, è stravaccata sul divano, completamente sbronza; l'odore nauseante di alcol e vomito impregna le pareti sottili della casa mobile.

Il suo uomo non è in casa, sarà in giro a spacciare roba.

E poi c'è la piccola Millie, mia sorella, figlia di mia madre Angie e del mio patrigno. Sta piangendo in un angolo perché pensa che la donna riversa sul divano sia morta.

«Fratellone» sussurra, non appena mi vede entrare.

Mi avvicino a lei e le porgo la mano.

«Alzati, piccola. È tutto a posto.»

I suoi occhi verdi sono colmi di lacrime, tira su con il nasino più volte.

«Pensi che oggi sia morta sul serio?»

*Cazzo!*

Lancio uno sguardo di sdegno a nostra madre, il suo respiro è pesante, non si muove di un millimetro, ma non è morta, sfortunatamente. Non mi vergogno ad ammettere che preferirei sparisse per sempre, anziché vederla ogni fottuto giorno in quello stato pietoso.

Cristo! Quanto mi fa incazzare.

È alcolizzata da quanto ne ho ricordo.

Non è mai stata una madre, né per me, né per la piccola Millie.

«No, moscerino. Sta solo dormendo. Hai mangiato?»

Annuisce, scuotendo la massa di capelli biondi annodati e spettinati.

«I cereali alla frutta che mi hai comprato.»

Quelli che ho obbligato Maggie May ad acquistare.

Ridacchio, ricordando l'espressione stupita di quella rincoglionita.

«Bene. Hai ancora fame?»

Apro il frigo e, come mi aspettavo, è completamente vuoto e puzza di marcio.

«Un po'.»

Guardo l'orario sull'orologio da parete, sono quasi le otto di sera e Millie deve cenare.

«Ti va di guardare un cartone animato? Io intanto vado a comprare qualcosa da mangiare. La pizza va bene?»

«Siiii! Adoro la pizza!»

Le sorrido. «Torno presto.»

Apro il cassetto del mobiletto all'ingresso, sfilo venti dollari dal rotolo di banconote e li ficco nella tasca dei jeans.

Esco di casa e attraverso lo stradone, dirigendomi verso la pizzeria.

Avrei potuto chiamare e farmela consegnare a casa, ma preferisco uscire e incamerare quanto più ossigeno possibile.

Restare anche solo tre minuti chiuso tra quelle pareti mi fa venire la nausea.

Prendo un lungo respiro, gonfiando i polmoni di aria pulita.

Lo faccio più volte, inspirando ed espirando, fino a quando non avverto la sensazione di voltastomaco attenuarsi.

Mentre aspetto il mio turno in pizzeria, tiro fuori dalla tasca posteriore il cellulare della mia stupida preda.

Lo accendo e apro l'*app* delle foto, che conosco già a memoria. L'ultima che ha scattato è un *selfie* con le sue amiche, lì nella sua cittadina. Con le dita zoomo sul suo viso, osservandolo nei minimi particolari.

La pelle candida costellata di lentiggini, gli occhi celesti come un cielo d'estate, i capelli che come lingue di fuoco le avvolgono le guance.

Mi soffermo poi sulle sue labbra carnose, dalla forma a cuore e, cazzo, provo disgusto per me stesso per averla baciata.

Soprattutto perché mi è piaciuto.

Il suo sapore dolcissimo, la spontaneità con cui mi ha ricambiato.

Non è stato come infilare la lingua in bocca alle altre che mi scopo di frequente.

È stato fottutamente diverso.

E per questo la odio ancora di più.

«'Fanculo!» mormoro tra me e me.

Con un gesto rabbioso, spengo il telefono e lo rimetto in tasca, mandando via a calci dalla mente lei e le sue dannate labbra.

Ritiro la pizza e torno a casa, con l'unico pensiero di sfamare Millie e metterla a letto.

Non appena varco la porta, vengo investito da un cazzotto in piena faccia, che mi fa indietreggiare.

Barcollo ma non perdo l'equilibrio: ormai ci sono abituato.

«Chi cazzo ti ha detto di toccare i miei soldi, eh?» sbraita Jeff, l'uomo di mia madre.

Mi massaggio il punto in cui mi ha colpito, tenendo gli occhi fissi nei suoi, scurissimi.

«Fottiti, pezzo di merda!»

Scoppia a ridere sguaiatamente, è ubriaco, ma non solo. Avrà assunto sicuramente qualcuna delle sostanze che spaccia, e ora vuole sfogare la sua frustrazione su di me, come ha sempre fatto da quando ha messo piede in questa fottuta catapecchia.

«Ehi, razza di stronzetto, non azzardarti a provocarmi» biascica.

Lo ignoro passandogli di fianco, tra le mani il cartone della pizza, la rabbia cocente che fluisce in ogni terminazione nervosa, bruciandomi il sangue.

Ribattere farebbe solo incazzare di più il bastardo, al quale non serve altro che un minimo pretesto per menarmi.

Il problema è che, quando reagisco, poi se la prende con mia madre e, sebbene io la detesti, non posso permettere a quello lì di ridurla in poltiglia.

È pur sempre mia madre.

«Hai capito, *merdina*?» mi incalza.

Non gli rispondo, attraverso il piccolo corridoio ed entro nella stanzetta di Millie, che è seduta a gambe incrociate sul letto e sta guardando Peppa Pig.

«Mangia tutto, piccola» le dico, passandole la sua cena.

La bimba si fionda sulla pizza come se non mangiasse roba decente da giorni, il che è vero.

«Ne vuoi una fetta?» mi domanda con la sua vocina squillante.

Scuoto la testa, sfilando una sigaretta dal pacchetto.

«Non ho fame, moscerino. Dopo la pizza, subito a nanna.»

Annuisce, guardandomi con i suoi occhioni chiari e innocenti.

«Adesso dove vai?»

«A fare un giro.»

Le poso un bacio sui capelli, apro l'imposta della finestra e scavalco, atterrando con un salto sul cemento.

E ritorno finalmente a respirare.

Mi accendo la sigaretta e prendo un lungo tiro, ma la nicotina non mi basta: ho bisogno di rilassarmi, uno spinello sarebbe l'ideale.

Così mi reco nel posto dove custodisco l'erba, non molto distante da casa, a circa dieci minuti.

Il *Dark Maze* è il mio covo, che ovviamente condivido con i ragazzi. Ne abbiamo preso possesso da un paio d'anni, e ci rifugiamo lì ogni volta che ne abbiamo voglia.

È un ex skatepark al chiuso, non è molto grande, ma è perfetto per noi.

Lo abbiamo adattato alle nostre esigenze: c'è un vecchio divano, un tavolo da biliardo usato, un mini frigo per le birre e altre cazzate del genere.

Insomma, è un luogo di svago per chi come noi preferirebbe farsi investire da un tir in corsa, anziché tornare a casa.

*Bella merda!*

Quando arrivo, non trovo la catena con il grosso lucchetto che tiene chiuso l'ingresso, il che vuol dire che dentro c'è qualcuno.

Alzo la saracinesca, richiudendola poi alle mie spalle, e subito noto Jaden.

Sebbene la luce sia soffusa, intravedo un'altra persona distesa sul divano, così mi avvicino.

«Ehi, e questa chi è?»

Merda, non so quante volte gli ho detto di non portare le ragazze al *Dark Maze*.

Qualche stronzetta potrebbe parlare troppo di quello che succede qua dentro e a quel punto saremmo fottuti.

Jay ha i jeans abbassati ed è posizionato tra le cosce aperte della tizia.

«Porca puttana, Ryker! Non ti ho sentito arrivare.»

Con un cenno indico la biondina.

«Tu, sparisci.»

Lei fa per alzarsi, terrorizzata dal mio tono grave, ma il mio amico la blocca sotto di lui.

«Dai, fratello, divertiamoci un po'. Tu ci stai, piccola?»

«Sono venuto per l'erba, non per scopare.»

Jaden mi scocca un'occhiata perversa.

«Ma la biondina qui è brava, soprattutto con la bocca. Non è vero?»

Lei annuisce con un sorrisetto malizioso, osservando la mia patta.

Un lampo di eccitazione mi attraversa l'uccello, e mi convinco che forse una bella scopata potrebbe aiutarmi a non pensare.

«Dimostralo» le intimo.

Mi abbasso la cerniera dei pantaloni e punto il cazzo verso la bocca della ragazza, che si mette carponi sul divano, mentre Jaden si posiziona dietro di lei per penetrarla.

Non è la prima volta che condividiamo, noi due. Quando la tipa di turno ci sta, afferriamo l'occasione al volo.

È eccitante e ci divertiamo un casino.

La bionda dischiude le labbra, avvolgendole attorno al mio pene, e io socchiudo le palpebre, con l'intenzione di rilassarmi e non pensare.

Tuttavia, quando la mia mente inizia a vagare, l'immagine di Maggie May s'insinua prepotente come nella scena di un fottuto film a luci rosse.

E inizio a fantasticare su come sarebbe farmelo succhiare dalla sua bocca innocente.

Paradisiaco.

Cazzo.

Paradisiaco.

# 1
# Ryker

«Porca puttana, ragazzi! Sembrava un porno. Io che la fottevo da dietro e lei che faceva un pompino a Ry. Poi ci siamo scambiati di ruolo, e questo bastardo l'ha fatta piangere dal dolore. È stato fantastico» esclama Jaden, dandomi una spallata di complicità.

Derek e Rio ci osservano con un misto di frenesia e delusione, perché di certo avrebbero voluto partecipare. E infatti…

«Ma che diavolo, amico, perché non ci hai chiamati? Sarei venuto di corsa» dichiara Derek.

«Io ieri sera ero con Natalia. Scusate, ma le sue bocce non le cambio con niente» commenta invece Rio.

«Ma ti piace sul serio? Ti sarai mica rammollito?» lo rimprovera Jay.

Rio si passa una mano sui capelli rasati, impiegando una manciata di secondi prima di dare una risposta.

«No, amico. È solo sesso. Sporco e forte, mi capisci?»

Ridacchio, avvertendo di colpo qualcosa, anzi, qualcuno magnetizzare il mio corpo.

E poi un profumo.

Un dannato profumo dolce che sa di pesca e… milkshake.

Ne ricordo vagamente l'odore, da quando di rado lo bevevo da bambino. Sebbene mi dia la nausea, non posso fare a meno di voltarmi e inseguirne la scia con l'olfatto, come un lupo durante la stagione di caccia.

Sono affamato.

Dannatamente affamato.

«Eccola, è arrivata! Anche con la verginella sarebbe da fare una cosa a tre. Non la farei sedere per giorni…» afferma Jaden con un risolino turpe.

Ed è in quel preciso momento che la vedo.

Capelli rosso fuoco, sguardo smarrito, un terribile vestitino bianco a fiori, un dito tra le labbra che si tortura con i denti.

Il mio delizioso giocattolo.

Impulsivamente, afferro il mio amico per il collo e lo sbatto contro la parete.

«Non azzardarti nemmeno a immaginarlo, cazzo. Lei è solo mia. E questo vale per ognuno di voi. Sono stato chiaro?»

Le iridi verdi di Jaden si allargano dallo spavento; si affretta ad annuire, scioccato dalla mia imprevedibile reazione.

Non so cosa mi succede quando lei è nei paraggi, perdo del tutto la ragione.

La mia mente si offusca, il mio sangue s'incendia, le mie cellule impazziscono.

L'ossessione non è forse la forma più malsana d'amore?

Lo è, ma io dell'amore non so proprio un cazzo.

So solo che ogni millimetro del mio corpo la pretende e non ne comprendo il motivo.

Perché proprio *lei*? Cosa diavolo ha di speciale? Per quale assurdo motivo il mio cervello si è incaponito con *quella*?

Lascio la presa sul collo di Jay, sentendo addosso gli sguardi contrariati dei miei amici e, senza giustificarmi per il mio comportamento, li saluto con un cenno.

«A dopo.»

Attraverso il corridoio con delle lunghe falcate, puntando la mia preda.

Sta per salire con molta flemma le scale che portano alle aule, ma sono più veloce di lei e la afferro per la tracolla della cartella, impedendole di allontanarsi.

«*Chucky*, dove vai così di fretta?»

Sussulta, voltandosi appena verso di me, mentre resta in bilico tra due scalini.

«S…sto andando in… in classe» balbetta.

«Vieni con me.»

«N…no.»

«Seguimi e non opporti.»

Scuote la testa, intimorita.

«Perché? Cosa ho fatto adesso?»

La strattono con forza e lei, per non cadere, si aggrappa al mio braccio.

Le sue piccole dita bianche premono sulla mia pelle ricoperta di tatuaggi, come tela e inchiostro.

Ha paura di me, non riesce a guardarmi negli occhi e un po' mi dispiace.

Ma d'altra parte è questo il mio scopo: terrorizzarla.

*Ne sei proprio sicuro?*

*È solo questo che vuoi da lei?*

Sì, cazzo.

Voglio nutrirmi delle sue paure, sporcare la sua anima pura, strapparle a morsi la verginità.

Farò di lei ciò che più mi aggrada, e non potrà opporsi in alcun modo.

«Ho detto di seguirmi e basta.»

Si guarda intorno alla ricerca di qualcuno che possa aiutarla, ma il suo fottuto eroe non è ancora arrivato. È costretta ad annuire e obbedire al mio ordine.

Tenendola ancora per la tracolla, la trascino al lato opposto del corridoio, verso l'unica aula vuota, quella dove ho scontato varie "punizioni".

Entriamo nella stanza, chiudo la porta e la blocco con un banco.

Nessuno potrà disturbarci.

Maggie indietreggia guardandosi intorno smarrita, e con le mani va ad abbassarsi l'orlo del vestito sulle cosce, non appena nota che i miei occhi si spostano proprio lì.

Accenno un sorrisetto maligno e mi avvicino a lei lentamente, avvertendo la frenesia fluirmi nelle vene.

Il suo imbarazzo acutizza la mia crudeltà.

La sua paura nutre i miei demoni in gabbia.

La sua innocenza è come linfa vitale per la mia corruzione.

«Levati le mutandine» le intimo, scrutando il suo viso di colpo in fiamme.

Sbarra gli occhi, scioccata, iniziando a tremare come un filo d'erba. «C… cosa? N… no» balbetta.

Anniento la distanza tra i nostri corpi con un solo passo, inchiodandola alle mie iridi colme di pessime intenzioni.

«Non ti è concesso ribellarti, Maggie May. Levati le mutandine, o lo farò io con la forza. E non ti conviene.»

«Ti prego, Ryker, non farmi del male… sei migliore di così…»

Ridacchio.

Pensa davvero che io mi faccia abbindolare dalle sue parole di finto conforto?

Povera illusa!

«Tu non mi conosci, piccola idiota» abbaio tra i denti.

Sobbalza, deglutendo forte.

«È vero, non ti conosco. Ma credo fermamente che ci sia del buono in ognuno di noi, che possiamo scegliere se sbagliare o se fare la cosa giusta… Tu mi spaventi a morte, eppure riesco a percepire la sofferenza che ti porti dentro. Sei ancora in tempo per cambiare, per non lasciarli vincere… i tuoi demoni.»

Cazzo, perché parla così tanto? Cosa ne sa lei dei miei dannati demoni?

«Adesso taci, o te la chiudo io quella bocca» tuono, stringendo i pugni.

La mia minaccia le provoca un altro sussulto, si stringe nelle spalle abbassando lo sguardo intimorito.

Il suo essere così sottomessa e spaventata mi manda fuori di testa, mi eccita da morire, mi fa immaginare tutte le cose sporche che le farei.

Così la afferro per i fianchi, la sbatto su un banco vicino e di prepotenza le apro le cosce, posizionandomi tra di esse.

Le si mozza il respiro, dischiude le labbra per incamerare ossigeno, guardandomi impaurita e oltraggiata.

«Ti hanno mai toccata, Maggie May?»

La mia domanda disonesta le provoca un altro brivido visibile. Conosco bene la risposta ma voglio che sia lei a pronunciarla.

«N… no» risponde in un sussurro.

Un risolino crudele precede le mie parole.

«Ah, giusto, nessuno ti aveva nemmeno baciata, prima di me» la derido.

Si morde il labbro con innocenza e a me viene duro come la roccia all'istante, perciò spingo tra le sue gambe aperte.

Le sfugge un gemito del quale si vergogna, arrossendo ancora di più.

«Ti odio» esclama. «Non dovevi farlo… non il mio primo bacio. Non con te» aggiunge, trovando il coraggio di alzare lo sguardo sul mio viso.

*Stronza.*

*Maledetta bellissima stronza.*

«Avresti preferito baciare Bryce?»

Con le dita sfioro adagio la gonna del vestitino, scoprendo la sua pelle candida e lentigginosa.

Lei mi afferra le mani con le sue per fermarmi, ma non ha abbastanza forza per farlo.

«Smettila, ti prego.»

«Rispondi.»

Mi libero della sua presa, carezzando appena il lembo merlettato dei suoi slip, poi mi sposto per una carezza veloce verso il suo fulcro sensibile.

«Ryker…»

Porca puttana! Mi eccita da morire che pronunci il mio nome con la sua voce flebile e soave.

Con il polpastrello scosto di poco il tessuto, smanioso di toccarla per bene e scoprire quanto sia bagnata e calda.

«Rispondi, cazzo.»

«Non lo so, forse…sì» boccheggia, tenendosi salda al banco.

La sua risposta, seppure ingenua, mi manda di colpo in tilt, scatenando in me un sentimento di rabbia misto a gelosia.

Non doveva dirlo, dannazione!

Così non fa altro che alimentare la mia sete di vendetta contro quel coglione di Bryce Jordan.

«Sei una stupida, Maggie May.»

Glielo dico con voce pregna di disprezzo.

Stacco di getto le mie mani dal suo corpo tremante, mentre l'ira come acido corrosivo mi consuma dall'interno, rischiando di trasformarmi nella peggiore versione di me stesso.

Le do le spalle e, rapido, raggiungo la porta, lanciando via con violenza il banco posizionato lì davanti.

«Dove stai andando?»

«Non sono cazzi tuoi.»

Mi raggiunge di corsa afferrandomi il polso, il suo tocco ancora una volta mi provoca una strana sensazione, come un incontrollabile prurito.

Più i suoi polpastrelli sfiorano la mia pelle e più la voglia di grattarmi a sangue aumenta, è una tortura... di quelle piacevoli.

Merda, mi gratterei fino a scuoiarmi, pur di sentire le sue piccole mani addosso.

«Non farlo, lui non c'entra niente.»

Ridacchio malefico.

«La tua patetica richiesta non mi fermerà dallo spaccargli la faccia.»

Non si arrende, stringe più forte il mio braccio, abbandonando il timore che fino a pochi secondi fa la stava dominando.

E per chi? Per quel cazzone?

Assurdo.

«Perché odi tutti? Cosa ti ha fatto Bryce? Cosa ti ho fatto io? È dal primo giorno di scuola che me lo chiedo, e non riesco a capacitarmi. Sei arrabbiato con il mondo intero, è evidente, ma ti sei mai fermato un attimo a riflettere su come ci sentiamo noi, le vittime dei tuoi soprusi? Io non sono il tuo giocattolo. Sono una persona. L'ultimo anno è stato terribile, ho perso mio padre all'improvviso, mi sono dovuta trasferire in una nuova città, mia madre sta cercando di cavarsela con le sue sole forze... anch'io sono arrabbiata, tanto, eppure non vado in giro a sfogarmi sui più deboli. Perché non è giusto, Ryker.»

*Non è giusto.*

Odio che questa cretina abbia ragione.

Lo odio con ogni fibra del mio corpo.

«Tienilo bene a mente: niente in questo fottuto mondo è giusto.»

«Ma possiamo imparare a renderlo un posto migliore.»

La sua ridicola bontà mi fa incazzare come una bestia, vorrei ammutolirla a modo mio.

«Merda! Mi hai rotto le palle con la tua predica.» Con un cenno del capo indico la porta. «Sparisci!»

Resta di sasso, non si aspettava che la mandassi via e impiega una manciata di secondi per capirlo.

«Ma...»

«Levati dalle palle. Ora sono stato chiaro?»

Trae un lungo respiro, lascia andare il mio polso, si sistema il vestito e mi sorpassa, lasciando l'aula.

Prima di andare si gira per un'ultima volta.

«Sei davvero una brutta persona, Ryker» dichiara.

E a passo svelto si allontana da me, lasciandomi con un senso di irrequietezza tra le costole e il cuore, mai provato prima.

*

La mia mano scivola sulla tela, con la punta del carboncino delineo la forma del viso, un ovale perfetto. Poi passo a disegnare gli occhi, incorniciandoli con delle folte ciglia, il naso è una breve linea che s'incurva leggermente. E le labbra, infine, sono le più piacevoli da disegnare, perché dannatamente perfette.

«Ottimo lavoro, Ryker. Il soggetto del tuo ritratto possiede dei lineamenti delicati e armoniosi, è una persona che conosci?» domanda il professor Burton.

Il corso di arte è l'unico che seguo con interesse, per due motivi. Innanzitutto, perché ho talento, almeno in questo, e poi perché è poco frequentato.

Nessuno dei miei amici sa che disegno, lo faccio di nascosto, spesso di notte, quando l'insonnia s'impossessa del mio corpo e della mia mente.

Se lo sapessero, apparirei ai loro occhi come uno sfigato senza palle e questo non deve succedere.

L'arte in ogni sua forma mi ha affascinato fin da bambino, probabilmente perché un album da disegno e una scatola di pastelli a cera sono stati il primo e ultimo regalo ricevuto da mio padre.

Non mi ricordo di lui, non so nemmeno quale fosse il suo aspetto, o il suo nome, il bastardo ha preferito abbandonarmi, lasciandomi a marcire con quella stronza di mia madre, eppure non mi sono mai separato da quegli oggetti.

Mi vergogno a dirlo, ma li ho conservati; i fogli sono ingialliti, i pastelli consumati e spezzati, ciononostante non me la sono sentita di buttarli.

In qualche modo, creano un legame con lui.

Riempire di colori una tela bianca è diventata non solo una valvola di sfogo, ma un mezzo per comunicare con mio padre… anche se invano.

Quando disegno o dipingo, sento di essere capace anch'io in qualcosa, sento che forse posso realizzare qualcosa di buono.

«No. È frutto della mia mente.»

*Sì, la conosco e ho imparato a memoria ogni più piccolo dettaglio del suo viso.*

Mi dà una pacca sulla spalla, indicando la tela.

«Se ti impegnassi anche nelle altre materie come fai con la mia, non rischieresti di perdere l'ultimo anno.»

Do una rapida occhiata al cespuglio brizzolato che ha al

posto dei capelli, per poi riportare la mia attenzione sul ritratto, pensando che ho già rischiato di brutto di perdere il penultimo. Pur nella sfiga di essere rinchiuso in gabbia per sei mesi, sono capitato in una casa di correzione che si fa vanto di curare l'istruzione dei ragazzi, e ciò mi ha consentito di completare l'anno scolastico. D'altra parte, non è che avessi tanto da fare lì dentro, a parte impormi come nuovo leader su quegli stronzetti e guardarmi le spalle.

Anche se, in fin dei conti… «Sa quanto me ne frega di perdere l'anno? Io sono senza speranza» mormoro, tracciando le linee del collo.

Burton prende uno sgabello e si siede accanto a me.

«Questa è un'enorme cavolata, Ryker. Tutti hanno una speranza e tu sei ancora in tempo per tornare in careggiata. L'anno è appena iniziato, impegnati, fatti aiutare da un tutor, perfino i tuoi amici cercano di cavarsela. Perché tu non dovresti? So bene che gli ultimi sei mesi trascorsi in riformatorio sono stati duri, ma questo deve essere un motivo in più per riscattarti e non ritornare lì dentro. Mai più.»

Scrollo le spalle, tratteggiando la chioma del soggetto.

«Ha finito? Sono stanco di ascoltare prediche. Prima una ragazzina idiota, adesso lei.»

«Ti dico queste cose perché mi sta a cuore la tua situazione e penso che possa valere lo stesso per l'altra persona.»

Mi scappa un risolino di stizza.

«*Lei* mi odia e io faccio di tutto per farmi detestare.»

Sospira.

«Prova a farti amare, piuttosto, scoprirai che è più semplice di quanto pensi.»

Con il polpastrello sfumo piano le lentiggini disseminate sul naso e sulle guance.

«Per me no» taglio corto.

Nessuno può amarmi in questa cazzo di vita.

Perfino la donna che mi ha messo al mondo ignora del tutto la mia esistenza, figuriamoci un'estranea.

D'altra parte, si raccoglie ciò che si semina, e nel mio fottuto giardino crescono solo erbacce e rovi.

Sono un caso perso e qualsiasi cosa io sfiori si riduce irrimediabilmente in cenere.

# 8

# Ryker

«L'hai sverginata nell'aula della detenzione?» chiede Jay super eccitato, afferrando la stecca da biliardo.

«E, secondo te, dopo avrebbe potuto camminare sulle sue gambe?»

Rio e Derek scoppiano a ridere sguaiatamente, mentre si passano uno spinello.

Prendo anch'io un lungo tiro, poi mi alzo dal divano e raggiungo il mio amico per sfidarlo a una partita, mentre dalle casse del vecchio impianto del *Dark Maze* rimbomba *Mary On A Cross* dei Ghost.

«Cazzo, no.»

«Le ho infilato due dita dentro, ha miagolato come una gattina e di colpo le sue mutandine rosa sono diventate fradice.

C'è tempo per prendermi la sua verginità, non vado di fretta.»

Mentire ai miei amici mi rende più bastardo di quello che sono, perché così facendo sporco la reputazione di Maggie.

Che si fotta! Se lo merita, soprattutto per aver detto quelle cose.

«Sta' attento a quel cazzone di Bryce, ha tutte le intenzioni di infilarsi tra le cosce di *Pumpkin Spice Latte*» commenta Rio.

Ridacchio per il nomignolo divertente, ma continuo a preferire *Chucky*.

Mi allungo sul tavolo per iniziare la partita.

«Pensi che glielo permetterò? Se solo proverà a sfiorarla, giuro che lo ammazzo, e questa volta dico sul serio.»

«Rischieresti il carcere a vita per una fica?» commenta Jay, osservando la mia biglia andare in buca.

*Sì, per lei lo farei.*

E, cazzo, non so nemmeno il perché.

«Mmh… vedremo. Bryce Jordan ha un conto in sospeso con me.»

«Deve pagarla» mi fa eco Derek, con la voce strascicata per effetto della canna.

«Quel *cabrón* non è solo il nipote del preside, ma è anche ricco sfondato. Io direi di andarci piano. Quelli come loro vincono sempre contro quelli come noi» interviene Rio.

Lui è il più ragionevole del gruppo, e a modo suo cerca di seguire gli insegnamenti della sua famiglia.

I suoi genitori sono cristiani, come la maggior parte dei sudamericani, ma loro sono diventati particolarmente devoti dal giorno in cui Rio è guarito da una grave malattia, un po' di anni fa.

«Quanto rompi le palle, Rio» si lamenta Jay, colpendo la biglia sbagliata. «Ma che cazzo!»

Abbozzo un sorrisetto bastardo.

«Sono in netto vantaggio, fratello.»

«Sei un figlio di puttana fortunato.»

Scrollo le spalle. «A dire il vero, la fortuna mi gira sempre alla larga.»

Si arrende, lasciando cadere la stecca a terra.

«Come ti pare…»

Jaden, esattamente come me, non sa perdere.

Lui e io siamo molto simili.

Incazzati con il mondo, aggressivi, incattiviti a causa della nostra situazione familiare di merda, lui ci definisce gemelli separati alla nascita, ed è davvero così.

Il legame che ci lega va oltre l'amicizia, è più intimo e profondo, ci pariamo il culo a vicenda e saremmo disposti a sacrificarci l'uno per l'altro.

«Ehi, fratello, dopo ci sei per quella cosa?»

Deve vedersi con una più grande, ovvero la nuova professoressa di musica, una trentenne tutta curve, bionda e sexy.

Jaden sa mettersi nei guai quasi quanto me.

Sebbene l'idea di scoparmi una del genere mi ecciti, ora come ora il mio uccello pulsa per un'altra tipologia di ragazza.

Pura, vergine, bianca come il latte, capelli rosso fuoco.

Inoltre, non trovo alcuno sfizio con quelle esperte: conoscono già tutto.

Una come Maggie, invece, trema e si bagna per un semplice tocco, oltretutto vergognandosi di provare certi impulsi.

Fremo alla sola idea di iniziarla al sesso, sarà pura estasi.

«No, ho da fare.»

Ho intenzione di scoprire dove abita Maggie, in modo da non perderla mai di vista.

«Ma che diavolo, gliel'avevo promesso.»

«Fai promesse con il cazzo degli altri? Problemi tuoi, Jay. Quella è una stronza perfida, non mi piace.»

Con le dita forma una V e ci infila la lingua. «A me sì.»

Mi scappa una risatina. «Merda, quanto sei perverso.»

«Concordo» urla Derek.

Jay mi dà una spallata. «Non sai cosa ti perdi, amico.»

Butto una rapida occhiata all'ora sul cellulare. Maggie sta per uscire da scuola, oggi ha frequentato un corso extracurriculare; lo so perché mi sono procurato il suo programma, è bastato chiederlo una sola volta a quella sua amica fifona.

«Ora devo andare. Ci sentiamo più tardi, brutti stronzi.»

I miei amici mi salutano in coro, mentre io sfilo una Marlboro dal pacchetto e l'accendo, uscendo dal *Dark Maze*.

M'incammino verso la scuola, in circa sette minuti dovrei essere lì; una volta arrivato, seguirò di nascosto Maggie fino a casa.

È una cosa da fottuto stalker, beh... forse lo sono, da questo momento.

Non avevo mai fatto niente del genere per una ragazza, probabilmente i sei mesi al riformatorio maschile hanno peggiorato le mie inclinazioni latenti.

O è semplicemente quell'idiota che mi induce, a sua insaputa, a comportarmi in un certo modo.

Che cazzo ne so!

Giungo nei pressi della scuola, ne tengo d'occhio il portone mantenendomi a distanza, così da non farmi individuare, e dopo una manciata di secondi la vedo uscire.

Si sistema i capelli a un lato del collo, stringe in una mano la tracolla della cartella e, curvando le spalle, inizia a camminare.

La seguo senza perderla di vista, osservando la sua andatura goffa e la sua espressione intimorita.

Questo quartiere è abbastanza pericoloso per una campagnola come lei, vi bazzicano tanti avanzi di galera. Come me, se non peggio.

A un paio di isolati c'è la piazza dello spaccio, gestita da quel pezzo di merda del mio patrigno.

Ma qui vivono anche persone benestanti come quel coglione di Bryce Jordan.

Insomma, North Miami Beach è un ambiente misto.

Maggie accelera il passo non appena vede un gruppo di ragazzini sfrecciare sulle loro bici.

Uno di loro le si piazza davanti per non farla passare, mentre gli altri la accerchiano iniziando a sfotterla.

È una preda facile, con quei capelli rossi e i vestiti di mia nonna; di ragazze come lei non se ne vedono in giro, qui a Miami.

Forse è per questo che mi attira. Lei per me è come il miele per le api.

Maggie fa un passo verso destra e il ragazzino impenna verso di lei con la ruota anteriore della bici, cerca ancora di svincolarsi ma quel piccolo bastardo non ne vuole sapere.

Mi tocca intervenire, cazzo.

Attraverso in fretta, puntando il moccioso che le blocca il percorso.

«Falla passare, subito.»

Non appena Maggie sente la mia voce, sospira sollevata sbirciando nella mia direzione con la coda dell'occhio.

Quando si accorge che si tratta di me, cala il viso sulle sue scarpette oscene.

Il ragazzino non esita mezzo secondo a spostarsi lasciando libero il passaggio.

«Non infastidirla mai più» gli dico, senza alterarmi.

«O... Okay» mormora deluso.

Lui e i suoi amici si allontanano sfrecciando sulle bici, continuando a scherzare tra loro.

Maggie prende un lungo respiro e riprende a camminare a passo svelto, superandomi, ma io l'affianco con rapidità, studiandola di sottecchi.

Non mi ringrazia per averla aiutata. Perché dovrebbe, visto che sono un emerito pezzo di merda?

«Più fai capire agli altri di aver paura e più gli altri se ne approfittano. Anche degli stupidi ragazzini.»

Non mi guarda, si limita a marciare a passo lungo e spedito, come se fosse impaziente di arrivare a casa e liberarsi di me.

Chi può biasimarla?

«Perché mi hai aiutata?»

«Non dovevo?»

Scuote la testa, sistemando ancora la tracolla che tende a scivolarle dalla spalla.

«No, se poi sei il primo a tormentarmi.»

Mi dona per un nanosecondo i suoi occhi, e devo ammettere che, le rare volte in cui lo fa, mi piace che sostenga il mio sguardo.

Se dovessi dipingere il colore delle sue iridi, userei un pizzico di cielo albeggiante e una spennellata di oceano caraibico.

Merda, sono paradisiaci!

«Io posso farlo, Maggie May. Solo io. Non ti è ancora chiaro? Tu sei il mio giocattolo preferito. E io non condivido mai con nessuno le mie cose» ribadisco.

Mi sorpassa ignorando le mie parole, così la blocco per un polso sbattendola di schiena contro la rete metallica di recinzione del campo da basket del quartiere.

«Hai capito cosa ho detto?» la incalzo.

Cazzo, averla di nuovo così, indifesa e tremante, con quel viso da agnellino impaurito, mi fa uscire completamente di senno.

Per non parlare di quanto ce l'ho duro, in questo momento. Non riuscirò a tenermelo nei pantaloni ancora per molto.

Non resisto più.

La voglio.

Tutta.

Ogni millimetro del suo corpo e ogni goccia della sua anima.

Annuisce, arrendendosi all'evidenza: non può combattermi e non ci prova nemmeno.

«Ho capito cosa hai detto, ma sbagli. Non sarò mai tua. Non puoi costringermi.»

Cosa diavolo… ho sentito bene?

Stringo di più la presa, incombendo su di lei che sembra rimpicciolirsi sotto il mio corpo alto e minaccioso.

«Sì che posso, piccola idiota.»

«No, non puoi. Non è usando la violenza che si ottengono le cose, tantomeno le persone» replica, guardandomi dritto negli occhi.

È come una stilettata nel petto e, cazzo, se fa male.

La sua reazione stizzita non fa altro che acutizzare la mia rabbia, scatenando in me un meccanismo contorto che m'induce ad agire come un maledetto bastardo.

«Sbagliato. Con la violenza ottengo sempre ciò che voglio.»

D'impulso, allungo l'altra mano verso il suo collo e, con un gesto brusco, le strappo la collana con il ciondolo portafoto.

Se ne rende conto subito, non appena il bruciore dello strappo si dirama sulla sua pelle delicata che subito si arrossa, mentre lei la sfiora con dita che vibrano dallo shock.

«No, Ryker, ti prego… ridammela. Sai quanto è importante per me.»

Indietreggio, facendo oscillare la catenina davanti ai suoi occhi già umidi di lacrime, per poi riporla nella tasca dei miei jeans.

«Ho il tuo telefono e adesso questa, chissà cos'altro riuscirò a sottrarti. Continua a disubbidirmi e ti ritroverai nuda, in tutti i sensi.»

Si avvicina piagnucolando come una bambina, le guance rosse, l'espressione addolorata.

«Ti scongiuro… farò tutto ciò che vorrai, sul serio… ma ridammi la collana. Non… non puoi essere così cattivo. Ti prego, Ryker.»

Porca puttana, quanto mi sto divertendo!

«No.»

La mia risposta secca le provoca un singulto.

Poi fa una cosa che non mi sarei mai aspettato e che mi lascia di sasso.

Si inginocchia davanti a me, in mezzo alla strada, probabilmente a pochi passi da casa sua.

Le ragazze di solito si inginocchiano per farmi un pompino, lei invece si sta prostrando ai miei piedi per riavere quella fottuta collana.

Cristo! Non ci posso credere.

«Ti prego, Ryker… è tutto ciò che mi resta di mio padre.»

Mi sento una merda. Che diavolo sto facendo? È il caso di umiliarla fino a questo punto?

*Sei ancora in tempo per tornare sui tuoi passi, non permettere al marcio di consumarti fino alle ossa.* La mia coscienza prova ad affacciarsi.

*Sei migliore di così.* Queste parole me le ha dette lei, ma io non ci credo. Al contrario, posso diventare pure peggio di ciò che ha visto finora. Nessuno potrà farmi cambiare, tantomeno lei.

«Sei patetica.»

È la sola cosa che riesco a dire, con sdegno e collera, per lei, per me stesso. Poi, sopraffatto da vaghi sensi di colpa, le volto le spalle e mi allontano, ascoltando il suo pianto diffondersi nell'aria.

*

*Forse sei stato troppo crudele.*

No che non lo sono stato, quella cretina se lo merita.

*Questa volta hai esagerato.*

Ma no, questo è solo l'inizio.

*Devi andare da lei, ridarle la collana e chiederle scusa.*

Sembrerei un debole, un senza palle, non esiste.

La mia coscienza è ufficialmente una grandissima stronza.

È tutta la sera che rimugino sul mio gesto riprovevole e su come comportarmi per tentare di rimediare, ma non riesco ad arrivare a una dannata conclusione.

Sono un caso disperato.

Un serpente che striscia silenzioso con il solo scopo di individuare un bersaglio, azzannarlo e iniettargli il suo schifosissimo veleno.

Un gas tossico che si disperde lentamente nell'ambiente, per poi corrodere tutto ciò che lo circonda.

È questo che sono.

Che sono sempre stato, sin da bambino.

Incazzato, aggressivo, prepotente, bullo.

Terrorizzavo gli altri ragazzini con la violenza fisica e crescendo non mi sono placato, ho affilato il mio modo di agire nei confronti degli altri, diventando abominevole.

Ferire il prossimo mi fa stare meglio, per quel che vale.

È l'unico mezzo che conosco per far sgorgare da me il marciume che mi vive dentro e che, minuto dopo minuto, rischia di logorarmi.

Riconosco che prima o poi dovrò darci un taglio, ma non è questo il momento.

Seduto di schiena contro il muro, mi accendo uno spinello e aspiro una lunga boccata. Mentre il sapore dell'erba si diffonde sulle papille gustative, impreco appallottolando l'ennesimo foglio da disegno.

«Cazzo, non riesco nemmeno a disegnare. È tutta colpa di quell'idiota» sbotto, parlando da solo.

Spero solo che l'effetto della marijuana faccia il suo dovere, perché sono un fascio di nervi.

E se quel pezzo di merda del mio patrigno proverà solo a infastidirmi, non so come andrà a finire.

Non voglio nemmeno immaginarlo.

Resterò chiuso in questo bugigattolo di camera da letto, in attesa di calmarmi.

Sono troppo furibondo anche per uscire, rischierei di prendermela con il primo malcapitato e di finire di nuovo in cella, e non voglio tornarci lì dentro, preferirei farmi asportare un rene da sveglio piuttosto.

Prendo un altro tiro, appoggio la canna sul posacenere e riprovo a disegnare, sentendo già i muscoli allentarsi.

Ora la mia mano scivola fluida sul foglio, delineando la forma del *suo* ovale perfetto.

È da quando l'ho vista la prima volta, un mese fa, che la ritraggo.

Non appena il mio sguardo malevolo si è piantato su di lei, candida e appetitosa come una pesca, ho iniziato ad avvertire l'incessante bisogno fisico e mentale di raffigurarla.

Non so perché, è così e basta.

E, diavolo, è così imbarazzante.

Tuttavia sono certo che, una volta levatomi lo sfizio di scoparla e distruggerla, non sarà più un'ossessione per me, anzi, dimenticherò perfino il suo fottuto nome.

La sua pelle di latte, i suoi capelli di fuoco e le sue iridi di cielo.

La cancellerò dalla mia memoria in un batter d'occhio e sarà come se non fosse mai esistita.

Andrà sicuramente in questo modo.

Per ora, però, non posso fare a meno di disegnarla; è come una pulsione primordiale, come una dipendenza da una sostanza stupefacente… un modo, seppur assurdo, per sfuggire a un diverso genere di prigione, in cui lei è la carceriera.

# Maggie

## 9

*Una settimana dopo*

*Caro diario,*
*continuo a sentirmi una stupida a scriverti, ma è l'unico modo per sfogarmi e impedire che l'ansia mi divori.*
*Durante l'ultima settimana ho dovuto fare i conti con fortissimi attacchi di panico, e mi sono sentita come… morire.*
*In più, la persona di cui ti scrivo sempre peggiora la mia situazione già di per sé infelice.*
*Sono convinta che sia lui la causa del mio continuo malessere, da quando l'ho conosciuto.*
*Più tento di evitarlo e più lui mi cerca, per torturarmi, fregandosene delle mie lacrime.*
*È come se si nutrisse della mia sofferenza.*
*Dovrei odiarlo, soprattutto dopo che mi ha strappato la collana con tutta la cattiveria di questo mondo.*

*Sì, dovrei odiarlo… ma non ci riesco.*
*Al contrario, mi viene spontaneo giustificare ogni sua crudeltà.*
*Sai cosa mi spinge a farlo?*
*La sua sofferenza.*
*Riesco a percepirla, a toccarla con mano, la leggo nei suoi occhi scuri e burrascosi, è disegnata con inchiostro nero su ogni centimetro della sua pelle, dove assume le più svariate forme.*
*Spesso mi soffermo a osservare i suoi tatuaggi, attenta a non farglielo notare, chiedendomi il significato di ognuno di essi. Finora sono riuscita a contarne tredici, ma credo ne abbia molti di più.*
*Oltre al teschio intrappolato tra le spire di un feroce serpente, sono riuscita a distinguere un pipistrello accanto al gomito, una rosa sulla mano, un pugnale, una carpa e diverse frasi.*
*Una in particolare ha colpito la mia attenzione, un giorno in cui indossava una canotta: Ama tamquam osurus. Oderis tamquam amaturus.*
*Il tatuaggio parte dalla clavicola destra e termina su quella sinistra, in una grafia elegante.*
*Non ti nascondo che ho cercato subito la traduzione e ho scoperto che si tratta di una celebre citazione di Cicerone.*
*Il suo significato letterale è questo: Ama come se più tardi dovessi odiare. Odia come se più tardi dovessi amare.*
*Più volte sono stata tentata di chiedergli il significato che si cela dietro a quelle parole e il motivo per cui le ha incise sulla sua pelle, ma ovviamente non l'ho fatto.*
*Perché dovrei porre al mio bullo personale una domanda del genere?*
*E, prima di tutto, perché penso costantemente a lui?*
*Ho provato a darmi una risposta razionale… ma invano.*
*Forse perché mi ha baciata, o perché mi ha… toccata, forse perché è stato il primo in assoluto.*
*Dio, non ne ho idea.*
*Fatto sta che Ryker è una brutta persona e io devo stargli alla larga. È la cosa più saggia da fare.*
*Giusto?*
*Per oggi è tutto, torno a studiare.*
*Al prossimo aggiornamento.*
*Maggie.*

Chiudo il diario facendo scattare la serratura del lucchetto, lo ripongo nel cassetto della scrivania e ritorno a studiare.

Non appena apro il libro, mi arriva un SMS sul nuovo cellulare.

Ne ho acquistato uno economico, in attesa che Ryker mi restituisca il mio.

Ammesso che me lo ridia.

Beh, a questo punto può anche tenerselo, non troverà altro da usare contro di me, le immagini sensuali dei *Dramione* hanno ormai fatto il giro della scuola e sembra che gli altri se ne siano già scordati.

Allontano dalla mente quell'episodio imbarazzante e, prima di concentrarmi sulla lettura di *Il Grande Gatsby*, sbircio rapidamente lo schermo del telefono.

Non conosco il numero e un po' la cosa mi preoccupa, ma decido lo stesso di aprire il messaggio.

> Se rivuoi la collana, vieni davanti alla scuola alle 9 di stasera.
> Numero sconosciuto

Un brivido gelido mi percorre la schiena, diramandosi alla nuca e alle braccia, e provocandomi la pelle d'oca.

Come mi ha rintracciata? Chi gli ha dato il mio nuovo numero? E perché mi sta chiedendo di vederci da soli e di sera per ridarmi la collana, quando può farlo durante l'orario scolastico?

Dio, ho un brutto presentimento.

> Preferisco che tu me la ridia domattina a scuola.
> Maggie

Mi risponde subito.

> O stasera alle 9, o la butto nel cesso. Decidi tu.
> Ryker

Sospiro forte affrettandomi a prendere una decisione, poi i polpastrelli sudati digitano sul display la risposta.

Alle 9 sarò davanti alla scuola. Maggie

Appoggio la mano sul petto per placare il battito accelerato; mi si è seccata la bocca, così prendo un sorso d'acqua dalla mia borraccia con lo stemma di *Grifondoro*. La sola idea di vedermi con Ryker, da soli di notte, mi terrorizza e non poco, perché non so mai cosa dovermi aspettare da lui.

Tuttavia, devo farlo se voglio che l'ultimo ricordo di mio padre ritorni tra le mie mani.

Indossa il vestito a fiori. A dopo. Ryker

Mi soffermo a rileggere l'ultimo SMS cercando di capire il nesso tra le due cose.

Perché vuole che indossi quel vestito?

*Ragiona, Maggie, ragiona.*

Per deridermi? O per…

Un altro fremito mi scuote il corpo al ricordo che indossavo l'abitino bianco a fiori una settimana fa, quando mi ha trascinata nell'aula utilizzata per gli studenti in punizione e mi ha quasi toccata.

Vuole finire ciò che ha iniziato?

Io non lo voglio, per nessuna ragione al mondo.

Anche se… in quei momenti ho provato sensazioni nuove e intensissime. Quando mi ha sollevato l'orlo dell'abito e le sue dita ruvide hanno sfiorato le mie mutandine. Dio, se solo ci penso mi sciolgo sul pavimento della mia cameretta.

E, mi vergogno a dirlo, ma anche ora, ripensando a quel momento, avverto di nuovo tra le gambe quella strana pulsazione che non avevo mai sperimentato prima.

E mi piace.

*Basta, Maggie!*

Cosa mi passa per la testa?

Non posso provare turbamenti del genere per un teppista tutto tatuaggi e crudeltà.

Non posso.

Andrò all'incontro, mi riprenderò la collana, dopodiché chiuderò ogni contatto con lui.

E se dovesse ancora provare a infastidirmi a scuola, andrò di corsa dal preside a denunciarlo.

Per una volta nella mia vita agirò con coraggio, dimostrando al mondo che non sono una debole e che in me risiede una forza sopita impaziente di risvegliarsi.

*

Dopo aver cenato in maniera veloce, vado in camera mia e mi cambio.

Indosso dei jeans, una T-shirt tappezzata di margherite e le Converse, poi lego i capelli in una coda.

Mentre infilo il cellulare e lo spray al peperoncino in una borsetta di cuoio, rifletto sulla scusa da rifilare a mia madre, conscia che quasi certamente capirà che le sto mentendo.

La mamma ha piena fiducia in me e io non ho mai avuto la necessità di dirle delle bugie, ma adesso sono obbligata a farlo.

Non posso raccontarle di Ryker, caricarla di ulteriori preoccupazioni è fuori discussione.

Voglio solo che lei torni a essere serena, e che un sorriso, vero e spensierato, carezzi di nuovo le sue labbra.

«Maggie, fa' presto a infilare il pigiama, o inizio il rewatch di *One Tree Hill* senza di te» esclama dal soggiorno.

E ora cosa le dico?

*Pensa, Maggie, pensa, e fallo in fretta.*

Esco dalla camera da letto, attraverso il breve corridoio torturandomi le pellicine del pollice e mi avvicino a lei.

È seduta sul divano a gambe incrociate, sorregge una ciotola di popcorn caramellati tra le mani, e due Cherry Coke con ghiaccio torreggiano sul tavolino basso.

«Mamma, io devo uscire, ma ritorno subito, okay? Non iniziare senza di me.»

Prende una manciata di popcorn e se li porta alla bocca, masticandoli con gusto.

«Dove vai a quest'ora, Margareth May Harmon? Non è da te.»

Mi osserva assottigliando lo sguardo, leggendomi dentro, il che è semplice visto che sono un libro aperto, soprattutto per lei.

*Pensa, pensa, pensa.*

«Ehm…Vado da Emma, deve darmi degli appunti di matematica, sai che non sono molto brava nelle materie scientifiche. Lei invece è un genio…»

M'interrompe, puntandomi il dito contro.

«Ti vedi con un ragazzo! Com'è? Alto, basso, biondo, moro, rosso? Voglio i dettagli.»

«Ma no. Nessun ragazzo.» Guardo l'ora sull'orologio da parete, mancano otto minuti alle nove. «Adesso vado, torno presto.»

«Poi voglio conoscerlo, chiaro? Ora va' e stai attenta, e ovviamente inizierò il rewatch senza di te.»

«Mamma, no!»

Indica la porta con il mento.

«Va' e ritorna entro le undici.»

«Farò il prima possibile.»

Esco di casa e m'incammino sul vialone costeggiato dalle palme, il quartiere è silenzioso e riesco a udire lo sciabordio dell'oceano.

Fasci di luci blu, rosse e verdi si innalzano verso il cielo notturno, danzando al ritmo della musica proveniente dai locali sul lungomare.

In sere come queste la malinconia si fa spazio dentro di me, mi basta guardarmi intorno per avvertire un magone al centro del petto.

Mi manca il mio papà, mi manca Summerville.

Non so se mi abituerò mai a questa città e a questa nuova vita, è già passato un mese e il mio rigetto è ancora vivo come il primo giorno.

Spesso, quando chiudo gli occhi, prego mentalmente di ritornare indietro nel tempo, a un anno fa, e di risvegliarmi nella mia vecchia camera.

Prego di rivedere il mio papà e la mamma felici.

Prego di riavere la mia famiglia.

Quando le palpebre si riaprono, scopro che non è cambiato un bel niente.

È stupido pensare che un desiderio si avveri solo perché lo vuoi con ogni fibra del tuo essere.

È stupido pensare che il fiume della vita scorra sempre senza intoppi. Nella realtà, cambia il suo corso in continuazione dalla sorgente alla foce, può diventare impetuoso, formare cascate, provocare disastri, e solo quando giunge a valle rallenta, e la sua capacità di sgretolare ciò che incontra sul suo cammino diminuisce.

Accelero l'andatura per arrivare puntuale, resto guardinga durante l'intero tragitto stringendo nel palmo della mano la mia ridicola arma, e penso che prima giungerò davanti alla scuola, prima potrò ritornare a casa.

Dopo circa dieci minuti di passeggiata veloce, arrivo in vista dell'edificio, ma non vedo nessuno.

Lo sapevo, si è preso gioco di me un'altra volta, stupida io che gli ho creduto!

Non riavrò mai più la mia collana, così come il telefonino.

E ora cosa faccio?

Magari è in ritardo e arriverà a momenti, oppure… non verrà affatto.

Mentre rifletto sul da farsi, preoccupata per l'ora tarda in un quartiere che non è troppo raccomandabile, sento vibrare il cellulare. È un messaggio.

Sei arrivata? Ryker

Mi guardo intorno: non c'è anima viva e l'eco lontana delle sirene della polizia mi mette in agitazione.

Si, dove sei? Maggie

Aspetto con ansia che mi risponda, non voglio stare da sola in questo posto, è spaventoso.

Raggiungimi. Cammina per altri 5 minuti, gira a destra, vedrai un parco. Entra. Sono nella casa in legno. Ryker

Sospiro, rimuginando sulle sue sicure cattive intenzioni. Altrimenti, perché mi chiederebbe di andare al parco, di notte, dove saremo solo io e lui?

*Coraggio, Maggie, non aver paura. In fin dei conti è solo un ragazzo.*

Un ragazzo con la fedina penale sporca, che gira con un coltellino in tasca terrorizzando il prossimo.

No, non è solo un ragazzo.

È un incubo in carne, ossa e tatuaggi.

Il mio incubo personale.

Tra l'altro non sono l'unica ad aver paura di lui, l'intera scuola trema al suo passaggio, quindi mi è concesso rabbrividire al pensiero di vedermi con Ryker in queste circostanze.

Traggo un lungo respiro e m'incammino verso il parco, stringendo più forte la borsetta contenente lo spray al peperoncino.

Se sarà necessario, lo userò.

Sono poco credibile, perché so bene che mi sentirei in colpa a farlo, eppure mi tranquillizza pensare il contrario.

Varco l'ingresso del *Tatum Park;* è illuminato a malapena dalla luce soffusa di due lampioni, ma penso che potrei accendere la torcia del telefonino.

Che stupida! Avevo quasi dimenticato che questo cellulare da cinquanta dollari non possiede quella funzione.

Non mi scoraggio, attraverso il viale alberato accelerando il passo e, man mano che mi inoltro, il fievole bagliore diminuisce ancora.

In pochi passi giungo al parco giochi in legno; c'è una casetta su due piani, con scivoli, ponti e parete per l'arrampicata, abbastanza grande da poterci giocare anch'io a diciassette anni.

Nella penombra intravedo una sagoma, e subito dopo la fiamma di un accendino luccicare nel buio.

«Sali.»

La sua voce dura e minacciosa mi arriva addosso come una cascata d'acqua gelida.

Deglutisco forte, sentendo d'un tratto molto freddo, sebbene la temperatura sia afosa e il cielo minacci un imminente temporale tropicale.

Mi arrampico sulla scala, pregando tra me e me di non cadere.

Una volta raggiunta la piattaforma, mi abbasso di poco ed entro nella casetta, dove non filtra nemmeno uno sprazzo di luce.

Un profumo intenso di bagnoschiuma e liquirizia mi assale le narici, stordendomi leggermente.

Però è un odore buonissimo, magnetico, che annuserei per ore.

«Mi hai disubbidito» afferma, puntando la fiamma dell'accendino verso le mie gambe fasciate dai jeans.

Il suo viso al buio sembra ancora più ostile, tuttavia cerco di non fargli percepire quanto io sia impaurita, o almeno ci provo.

«A cosa… ti riferisci?» chiedo in un sussurro.

Si sporge verso di me, agitando l'accendino davanti al mio viso.

«Il vestito a fiori.»

Sfuggo ai suoi occhi color cioccolato fondente, nei quali luccica il bagliore della fiamma, e mi stringo nelle spalle incapace di replicare.

Stare da sola con lui in un luogo isolato, angusto e privo di luce mi mette a disagio e, nel contempo, mi trasmette una scossa di eccitazione mai provata.

Mi schiarisco la voce. «Ehm… La mia collana?»

Preferisco cambiare argomento e arrivare dritta al punto, è per questo che sono venuta fin qui.

Solo per questo.

«È in un posto sicuro.»

Cosa?

«Non l'hai portata?» replico, con un tono stridulo.

Abbozza un mezzo sorriso, soffiando sulla fiamma, l'unica fonte di luce presente.

Il buio cala su di noi e lui sembra goderne.

Lo sento azzerare la poca distanza tra i nostri corpi, le sue mani afferrano i miei fianchi e il suo viso approda sul mio collo imperlato di sudore.

«Hai paura di me?» mi soffia sulla pelle.

Il suo alito caldo mi provoca un fremito lungo la schiena, e subito dopo un vuoto alla bocca dello stomaco.

«S… sì» sussurro.

Mi sfiora con le labbra il lembo di pelle appena sotto il lobo, scendendo con una delle mani verso il mio inguine.

D'impulso stringo le gambe, sussultando.

*Dio, cosa vuole farmi?*

«Bene. Sai che ora dovrò punirti, Maggie May?»

Forza la stretta in cui è intrappolata la sua mano, costringendomi ad aprire le gambe.

Sono stata lungimirante a indossare i jeans.

«Ridammi la collana, Ryker.»

La mia voce è un brusio che si disperde nell'aria.

Le sue dita si avvicinano al bottone dei miei pantaloni, e io perdo un battito, avvertendo un tuffo al cuore.

«Pensi che questo m'impedirà di toccarti, piccola idiota?»

Lo sbottona con un gesto rapido.

Ansimo, bloccandogli subito il polso, benché mi sta piacendo ogni cosa.

Dal respiro caldo che mi solletica il collo, al tocco prepotente sul mio corpo cosparso di piacevoli brividi.

Ma davvero voglio che la mia prima esperienza sia con lui, e in questo posto?

No, non posso volerlo…

Ho sempre immaginato che le mie prime volte sarebbero state speciali e romantiche, con un bravo ragazzo come Theo.

E proprio a Theo avrei voluto dare il mio primissimo bacio, tanto che negli anni ho sognato spesso come sarebbe stato.

Lui e io, mano nella mano sotto un cielo puntellato di stelle, ai piedi di un albero, dopo un giro all'*Azalea Park*.

Invece è andata diversamente.

Le mie labbra sono state catturate con prepotenza da quelle di un cattivo ragazzo, tra le mura di un angusto ripostiglio, senza che io lo volessi.

Per quanto riguarda il sesso… in verità non ci ho mai pensato, ma so per certo che non è questo il momento giusto.

Più di tutto, Ryker non è il ragazzo giusto.

«Ho… ho lo spray al peperoncino» esclamo, cercandolo a tentoni.

Per tutta risposta, scoppia a ridere.

Il suono beffardo della sua risata rimbomba nella casetta, facendomi rabbrividire.

Solleva la testa dalla mia gola, continuando a tenermi intrappolata con il suo corpo, le sue braccia a circondarmi.

Cerca i miei occhi; nel buio mi risulta difficile interpretare la sua espressione, ma l'immaginazione mi viene in aiuto: fronte aggrottata, sguardo furioso, ghigno da duro a increspargli le labbra carnose.

«Hai intenzione di usarlo?» mi deride.

Annuisco impercettibilmente.

«Sì, se non mi lascerai andare.»

«Cazzo, stai diventando coraggiosa.»

Di colpo, molla la presa liberandomi e io, invece di gioire e di scappare da lui, mi sento orfana delle sue mani e del suo respiro.

Un moto di delusione mi scoppia al centro del petto, per poi raggiungere lo stomaco e attorcigliarlo in un nodo.

Non capisco.

Davvero non capisco cosa mi stia succedendo.

*Stupida, stupida, stupida, Maggie. Ti stai cacciando in un grosso guaio.*

# Maggie

## 10

Ryker esce dalla casetta e io lo seguo a ruota, riuscendo finalmente a vedere il suo viso, illuminato dal bagliore dei lampioni non lontani.

Ha un taglietto sul labbro, sembra fresco, e lo zigomo sinistro gonfio, forse causato da un cazzotto recente.

Un impeto di preoccupazione mi attanaglia le viscere e non posso fare a meno di sfiorargli il punto in cui è stato colpito.

Lo faccio con delicatezza, senza rifletterci, in un gesto involontario.

«Chi è stato?»

Lui resta per un attimo sorpreso dalla mia reazione inaspettata, poi si scosta bruscamente come se il mio tocco fosse radioattivo.

«E a te che cazzo frega?»

Il tono con cui me lo chiede non è tanto aggressivo, quanto malinconico e risentito.

E io mi pento subito di essermi esposta.

«Scusa… volevo solo aiutarti.»

Un risolino di stizza precede le sue parole.

«Aiutarmi? E come? Sentiamo.»

Mi fissa come se mi odiasse a morte, come se fossi io l'artefice delle sue ferite e non me ne capacito.

Sfuggo al suo sguardo, risentita.

«Non lo so… Se mi dici chi ti ha ridotto così, possiamo andare a denunciarlo. Insieme.»

*Maggie, ma cosa cavolo stai dicendo?*

*Non lasciarti coinvolgere dai suoi casini, questo ragazzo è una gigantesca fonte di guai.*

Sfila una sigaretta dal pacchetto e se la porta tra le labbra, poi mi fissa alzando il mento, facendomi sentire piccola e stupida.

«Insieme… Sveglia, ragazzina. Questa non è una cazzo di favola e io non sono il principe azzurro. Io sono il cattivo della storia e non esiste una fottuta via di uscita per quelli come me.»

Avverto un nodo stringermi alla gola e non capisco perché le sue parole mi stiano provocando un dolore tangibile, fisico.

Mi aggrappo alla tracolla della borsetta, per impedire alle mie mani di tremare dall'imbarazzo.

«Sì, hai ragione… ho sbagliato. Tu e io. Insieme. È del tutto impossibile. Dimentica quello che ho detto.»

Pesca l'accendino dalla tasca dei suoi jeans neri strappati e accende la sigaretta.

Una nuvola di fumo avvolge il suo viso tanto bello quanto perfido mentre si avvicina, chinandosi verso di me, e io, invece di indietreggiare o di chiedergli di allontanarsi, resto immobile.

Siamo ancora una volta vicinissimi, il suo respiro raggiunge le mie labbra dischiuse, riportandomi alla memoria il momento in cui mi ha baciato per la prima volta.

Un improvviso sfarfallio mi attraversa lo stomaco, le guance s'imporporano, il mio cuore fa le capriole.

Sta per baciarmi di nuovo?

Affondo nelle sue iridi scure e intense, in attesa che la sua bocca si appropri della mia, rendendomi conto di quanto in realtà lo desideri con ogni parte di me.

«Vorresti che ci fosse un *noi*?» mi chiede in un mormorio.

Il calore del suo alito mi scombussola tutta, stringo i pugni per restare vigile e non capitolare ai suoi piedi.

«N… no. Siamo incompatibili» riesco a dire.

Fa un cenno con il capo, restando a un millimetro dalle mie labbra e spegnendo la sigaretta appena accesa sotto la suola della scarpa.

«Eppure mi stai pregando con gli occhi di infilarti la lingua in bocca» sussurra, allungando una mano verso la mia faccia e strofinandomi il labbro inferiore con il pollice.

Una tempesta di sensazioni precipita nel mio bassoventre, fluendo tra le mie gambe in un rivolo di eccitazione.

Ryker lo percepisce subito e ridacchia compiaciuto.

«Non è vero» mento.

La sua mano si sposta dietro la mia nuca e con un solo gesto mi scioglie i capelli, rubandomi l'elastico rosso da cui pende il ciondolo simbolo dei *Doni della Morte*.

Lo infila al polso, dopodiché mi alza il mento e, senza preavviso, si impossessa con veemenza delle mie labbra.

Dovrei respingerlo, dargli uno schiaffo, usare lo spray al peperoncino.

Ma non faccio niente di tutto ciò.

Avvinta, chiudo le palpebre, perdendomi completamente

nel suo sapore. La sua lingua calda avvolge la mia, i suoi denti mordono, le sue mani mi afferrano i capelli.

Avverto un leggero dolore, ma non mi oppongo, al contrario, mi lascio guidare.

È come se il mio corpo stesse fluttuando in un oceano tiepido, per poi crogiolarsi alla luce dorata del sole.

Ryker mi conduce in un bacio al cardiopalmo.

Rovente. Feroce. Febbrile.

E mi chiedo se ne uscirò viva da ciò che mi fa sentire…

«Sei proprio una bugiarda, Maggie» mi dice, staccandosi all'improvviso dalle mie labbra gonfie.

Annaspo, smarrita e senza fiato, tramortita dal suo bacio.

Con gli occhi mi indica il petto ansimante, ma ancora non riesco a capire.

«Non eri venuta per la collana di tuo padre? È al tuo collo da quando sei arrivata.»

Cosa? È serio?

Sbatto le palpebre confusa, abbasso lo sguardo e la vedo, realmente allacciata alla mia gola. Com'è possibile che non me ne sia accorta?

«Ma come?» biascico.

La mia voce fuoriesce flebile e patetica.

*Io* sono patetica.

Si passa una mano nel ciuffo scompigliato, riducendo gli occhi a due fessure scure e seducenti.

«Ti sei smarrita come un candido agnellino e ti ho solo baciata. Quando ti scoperò, dimenticherai perfino il tuo nome?»

Allontano lo sguardo dal suo, compiaciuto, sentendomi una vera idiota. «Non accadrà mai!» dichiaro.

A passo svelto raggiungo la scaletta in legno per andare via il prima possibile, con l'imbarazzo che ha raggiunto livelli insostenibili e mi sta inghiottendo.

«Accadrà molto presto. Sei mia, Maggie May, e questa sera me l'hai confermato.»

Scendo dalla struttura, dandogli le spalle.

«Va' al diavolo, Ryker» sbotto.

Non è da me mandare a quel paese le persone, ma lui fa emergere un lato ribelle che credevo di non possedere.

Ogni volta che sono con lui, avverto la necessità di infrangere le regole e i miei rigidi principi.

Mi raggiunge in men che non si dica, mi afferra per le spalle e mi volta, sbattendomi di schiena contro il tronco di un albero. E io… precipito.

«Stanotte, quando sarai sola nel tuo lettino da bambina innocente, infilerai la mano nelle mutandine e ti toccherai pensando a me. Chiaro?»

Mi afferra il viso con una mano, stringendolo forte tra le dita.

I suoi occhi scuri bucano i miei in una guerra di sguardi, di cui è già chiaro chi sarà il vincitore.

«Ripetilo» aggiunge minaccioso.

«Quando tornerò a casa, e sarò sola nel mio letto, mi toccherò pensando a te.»

«E ti bagnerai?»

Annuisco.

«S…sì.»

«Brava, piccola.»

Allenta la morsa, sfiorandomi i capelli.

«Non legarli mai più. Lascia che il fuoco danzi sul tuo viso candido.»

Annuisco, sconvolta.

«Ora va', prima che io perda il controllo.»

Fa alcuni passi indietro, lasciandomi libero il passaggio.

Non ci penso due volte, mi volto e corro via da lui, e dal

violento temporale di emozioni che mi ha scatenato dentro, che sono certa mi ridurrà in cenere.

*

Arrivata a casa, apro la porta cercando di non fare rumore, il cuore ancora conficcato in gola, la schiena e la fronte imperlate di sudore, scossa e, al tempo stesso, su di giri.

Cammino con passo felpato: la mamma si è addormentata sul divano. Spengo la TV e le copro le gambe con un plaid, poi sfreccio in camera mia.

Voglio solo mettermi a letto e tentare di metabolizzare l'accaduto, conscia che non sarà affatto semplice.

Mi sento ancora frastornata, la testa mi gira come una giostra, le gambe sono di gelatina e l'euforia mi scorre nelle vene.

È come se fossi reduce da una sbronza epocale, e io non ho mai bevuto in vita mia.

Il suo sapore, un mix letale di tabacco e menta, lo avverto ancora nella bocca.

Il suo tocco ruvido e bollente è impresso sulla mia pelle delicata.

I suoi occhi, due laghi scuri e profondi, li percepisco addosso, come se fosse qui davanti a me, in questo preciso istante.

La sua voce roca, ammaliante e autoritaria mi risuona nella testa, ingarbugliandomi i pensieri.

Ryker è come fumo nero e asfissiante.

Ti avvolge in una nuvola scura, ti soffoca, penetra nella tua anima, corrompendola.

E, quando raggiunge i polmoni, risucchia tutto l'ossigeno, lasciandoti un ultimo fatale respiro.

Se mi odia, se per lui sono uno zimbello da deridere, perché mi ha baciata di nuovo?

A quale gioco crudele sta giocando?

Di sicuro non è interessato a me, forse è un piano che ha architettato con i suoi amici teppisti per rovinarmi la vita.

Non ne ho idea.

È la prima volta che m'imbatto in una situazione del genere e mi sento del tutto impreparata.

Ne ho parlato anche con Rosie e Claire, ma non me la sono sentita di scendere nei dettagli, quelli li confesso solo al mio diario.

Le mie amiche non hanno saputo consigliarmi, mi hanno detto soltanto di stargli alla larga, peccato che non sia semplice come pensano.

Forse dovrei confidarmi con Emma, lei sa sicuramente qualcosa in più su Ryker, forse può aiutarmi a fare chiarezza.

Domani a scuola le parlerò, ora voglio solo dormire, ne ho proprio bisogno.

Mi lavo i denti, indosso il pigiama e mi infilo sotto la coperta leggera, poi mi allungo verso il comodino e spengo la luce della lampada.

Chiudo gli occhi, avvertendo una pioggia di frenesia picchiettarmi sottopelle.

Mi impongo di ignorarla, ma quella aumenta attorcigliandomi lo stomaco, come quando sei in cima alle montagne russe e sai che entro meno di un secondo scenderai in picchiata.

*Oh, ma smettila, Maggie. Non può piacerti quel delinquente. È una brutta persona, te ne rendi conto?*

I suoi occhi, le sue labbra, le sue mani…

*Basta!*

La sua voce, il suo profumo, i suoi tatuaggi…

*Piantala, Margaret May Harmon, stai davvero esagerando!*

Il trillo di un SMS mi provoca un sussulto, riportandomi alla realtà. A tentoni cerco il cellulare, lo afferro e vedo il suo numero lampeggiare nella notifica.

Perdo un paio di battiti e mi si mozza il respiro, cerco di convincere me stessa che si tratta di semplice ansia, ma so bene che si tratta di altro e un po' mi fa paura.

Ti stai toccando? Ryker

Leggo il messaggio più volte, indecisa su cosa rispondergli, o forse farei bene a non rispondergli affatto. E se poi si arrabbiasse?

Traggo un lunghissimo respiro prima di digitare la risposta.

Sì. Maggie

È una menzogna. Non mi va di farlo, non ne sono capace.

Ryker mi risponde subito, come se mi avesse letto nel pensiero.

Stai mentendo ancora. Ryker

Come non detto! L'ha capito subito.

Mi rifugio sotto le lenzuola, indecisa su come rispondergli: magari farei bene a cambiare argomento.

Perché mi stai facendo questo? Maggie

È la sola cosa che voglio sapere da lui.

Perché mi terrorizza e poi mi bacia?

Perché mi ruba la collana e poi mi ordina di incontrarci da soli?

E ora perché mi sta mandando questi messaggi scabrosi, chiedendomi di… toccarmi?

Dio! È assurdo e non ci sto capendo più niente.

Attendo con ansia che risponda alla mia domanda, anche se dubito che lo farà.

Non l'hai ancora capito? Ryker

Mi mordo forte il labbro per l'agitazione, digitando con dita tremanti.

No. Non l'ho capito! Maggie

Ribatte con una frase breve e ambigua, impossibile da decifrare.

Peggio per te. Ryker

Decido di non replicare più, a cosa servirebbe?

Non mi confesserà mai il motivo del suo atteggiamento crudele nei miei confronti, ormai è chiaro.

E chiederglielo ancora è solo fiato sprecato.

Lui fa lo stesso, non mi scrive altro, così spengo il telefonino e mi accoccolo su un fianco, socchiudendo le palpebre nella speranza di riuscire ad addormentarmi e di non incontrarlo pure nei miei sogni.

# Maggie

# 11

«Scusami, puoi ripetere tutto da capo? Ci sono diverse cose che non mi tornano.»

Emma mi fissa stranita, allargando i suoi occhi enormi che sembrano ancora più grandi dietro alle lenti graduate.

Le ho chiesto di vederci un po' prima dell'inizio delle lezioni, siamo da sole nell'aula di robotica, dove nessuno può sentirci parlare di lui.

«Hai capito bene, Emma. Ma ti prego di non dirlo a nessuno.»

Non voglio che si sappia in giro cosa è successo tra me e Ryker, finirei sulla bocca di tutti, mi additerebbero come una sgualdrina facendo nascere dicerie sul mio conto.

Sono ingenua, ma non stupida, e mi pare di aver capito come vanno le cose in questa scuola.

Preferisco di gran lunga continuare a essere la ragazza da parete.

Emma si sistema gli occhiali sul naso, dando poi un morso alla sua barretta energetica.

«Ho la bocca cucita. Ma fammi riflettere… vediamo. Che io sappia, lui non ha mai provato interesse per una sua vittima. Ryker terrorizza un po' tutti, fa il bullo con il primo che gli capita, dipende da quanto è arrabbiato. Un paio di anni fa ha preso di mira una ragazza che era nel mio corso di biologia, ti dico solo che per disperazione lei ha cambiato scuola.»

Mi torturo le pellicine delle unghie con i denti, guardando preoccupata la mia nuova amica.

«E l'ha mai baciata? O le ha ripetuto più volte: *tu sei mia*?»

Mi sento sporca solo per aver confessato ad alta voce che lui mi ha baciata, e subito dopo mi sento un'ipocrita, poiché mi è piaciuto da morire.

Emma scoppia a ridere e io vado ancora più in confusione.

«Ma scherzi? Non è mai successo niente di tutto questo. La offendeva pesantemente per la sua forma fisica, la derideva insieme a quegli idioti dei suoi amici, insomma la *bullizzava* senza mostrare un briciolo di pietà.»

«Poverina… mi sa che sarò costretta anch'io a cambiare scuola, se continuerà a infastidirmi.»

Emma appallottola la confezione della barretta e la getta nel cestino dei rifiuti, poi lega i suoi ricci vaporosi con una matita.

«Io ho una teoria» mi dice, come se stesse per spiegarmi un difficilissimo teorema di astrofisica.

Mi accomodo a un banco, ascoltandola attentamente.

«Magari gli piaci, ma sarebbe strano perché sei diametralmente opposta al genere di ragazza con cui lui se la spassa di solito. Non prenderla come un'offesa, ma non sei affatto il suo tipo, per quanto ne so. Quindi bisogna capire perché ti ha baciata…»

Vorrei dire a Emma che io non sono il tipo di nessuno, che odio il mio aspetto, i miei capelli rossi, le mie lentiggini, il mio pallore e il mio corpo magro come un fuscello, eppure mi limito ad annuire.

«E penso di averlo capito» aggiunge, avvicinandosi e abbassando la voce. «Vuole usarti per divertirsi, Maggie. Sì, quel maledetto delinquente vuole portarti a letto, farti innamorare di lui e lasciarti poi nel modo peggiore, magari tramite un messaggino. Ha intenzione di rovinarti la vita, perché, come ben sai, il primo amore non si scorda mai e se finisce male ti segnerà per l'intera esistenza.»

Primo amore? Farmi innamorare di lui?

Emma sta fraintendendo, non può essere niente di tutto questo.

«Cosa dovrei fare? Io non voglio farmi usare da lui, tantomeno innamorarmene. Tra l'altro, come potrei? È lontano anni luce dal mio tipo ideale.»

Emma sospira.

«Io ho poche esperienze con i ragazzi, ma tu, amica mia, sei un caso perso. Non esiste una legge universale in amore, non puoi scegliere di chi innamorarti e il tipo ideale non esiste. Le farfalle nello stomaco, il batticuore, la testa nel pallone, i brividi... le sensazioni che provi quando lo vedi, o ti parla, sono loro che contano. Sono il tuo corpo e il tuo cuore a suggerirti qual è la persona giusta, nient'altro.»

Adesso sono più confusa di prima, poiché provo tutte queste emozioni quando vedo Ryker, ma non riesco a decifrare se scaturiscono dalla paura, o dal fatto che lui possa piacermi sul serio.

Insomma, le sensazioni che mi ha appena elencato sono molto simili a quelle che provo durante un attacco di panico, è possibile?

*Dio, Maggie, ha ragione Emma. Sei proprio un caso perso.*

Mi alzo dalla sedia, accorgendomi che mancano meno di cinque minuti all'inizio della lezione.

«Quindi, se ho capito bene, ragionando per assurdo, starei per innamorarmi di lui?»

La mia preoccupazione si percepisce appieno, è stampata sul mio viso e vibra nella mia voce, così Emma mi rassicura, ma sembra che lo stia facendo solo per tranquillizzarmi.

«Ma no, era solo un esempio. Sei ancora in tempo per evitarlo. Perciò l'unico consiglio spassionato che mi sento di darti è: stagli alla larga. Sul serio, non sto esagerando. So che può risultare difficile, perché è bello e pericoloso, ma cerca di non cascare nel suo tranello. Non farlo mai.»

Le parole di Emma mi provocano un brivido di inquietudine lungo la schiena, ma non posso che darle ragione.

Raccoglierò tutto il coraggio nascosto in un angolo del mio cuore e affronterò Ryker, dicendogli chiaramente che deve smetterla di importunarmi.

Questa volta ce la farò!

Non sono sua e non lo sarò mai, cascasse il mondo intero.

«Grazie per la chiacchierata, Emma. Ho ben chiaro cosa fare, adesso.»

Mi sorride, indicando la porta.

«Se nel mio piccolo posso aiutarti, lo faccio volentieri. Adesso andiamo a lezione, ci attende un'ora di Suarez.»

Ci scambiamo uno sguardo disperato e subito dopo scoppiamo a ridere; mi prende a braccetto e insieme iniziamo una nuova giornata scolastica.

Sono felice di aver trovato, in questo luogo inospitale, un'amica come Emma, che mi sembra di conoscere da una vita.

Non le ho ancora detto quanto io le sia grata per rendere le mie giornate a scuola meno infelici.

Con la sua coinvolgente simpatia riesce a tirarmi su di morale anche quando la malinconia sembra sul punto di inghiottirmi. Emma è come un soffice plaid da tenere sulle spalle per riscaldarmi durante una fredda giornata invernale.

Mi piace pensare che sia stata messa sulla mia strada dal mio papà, con il compito di aiutarmi nei momenti peggiori.

A metà giornata, mi accorgo di non aver ancora incrociato Ryker; non che lo volessi, anzi, sono stata molto più rilassata senza la sua ingombrante presenza, i suoi sguardi minacciosi e le sue assurde pretese.

Una minuscola parte di me si chiede perché non sia venuto a scuola oggi, ma la metto subito a tacere, pentendomi di aver pensato a lui.

Non sono problemi miei.

Lui non è un mio problema.

Inserisco la chiavetta nel lucchetto dell'armadietto e lo apro, sto per riporre i libri quando noto un foglietto, forse mi sarà caduto da qualche quaderno.

Lo prendo e, mentre sto iniziando a leggere la frase scritta con una grafia ordinata, una voce piacevole richiama la mia attenzione.

«Ehi, bellissima Maggie.»

Bryce Jordan è alle mie spalle e mi sta salutando, quindi ripongo il biglietto in tasca e mi volto verso di lui.

«Ciao, Bryce.»

Mi osserva dal suo metro e novanta, con un sorriso genuino sulle labbra sottili.

Bryce è il tipo ideale di cui potrei innamorarmi, è tutto ciò che cerco in un ragazzo e la sua gentilezza mi ricorda quella di Theo; inoltre, hanno anche lo stesso colore di capelli, di un luminoso biondo grano.

Forse Emma si sbaglia sul tipo ideale, per me esiste ed è proprio davanti ai miei occhi.

«Ti stavo cercando.»

«Davvero?» gli chiedo sorpresa.

«Sì! Stasera giocherò una partita importante, vorrei che tu venissi a vedermi, cosa ne pensi?»

I suoi occhi azzurri e splendenti mi trasmettono serenità e sicurezza, al contrario delle iridi scure e penetranti di Ryker che mi suscitano una marea di agitazione.

*Perché pensi a lui senza un motivo, Maggie May? Perché?*

«Grazie per l'invito, ma io non capisco nulla di rugby» confesso d'un fiato.

Una risata cristallina precede la sua replica.

«Tu guarda solo me, può bastare» ammicca.

Bryce Jordan ci sta forse provando con me? Impossibile. È solo gentile, lo è con tutti.

Sento le guance imporporarsi e abbozzo un sorriso timido. L'idea di andare alla partita non mi dispiace, anche se avevo programmato di restare a casa e iniziare l'ennesima rilettura di Harry Potter, però in questo modo non mi farò mai nuovi amici e la mamma si è tanto raccomandata di godermi quest'ultimo anno scolastico.

«Va bene, ci sarò, verrò insieme a Emma.»

Un altro sorrisone. «Grande! A stasera.»

Annuisco e lui si allontana, fermandosi più avanti a parlare con i suoi compagni di squadra.

Tutti amano Bryce, si vede da come gli sorridono e lo salutano mentre attraversa il corridoio, e lui non si dà arie di nessun tipo, ricambia tutti cordialmente.

Lui sì che è un bravo ragazzo.

Chiudo l'anta dell'armadietto e sfilo il foglietto quadrato dalla tasca dei jeans per leggere cosa c'è scritto.

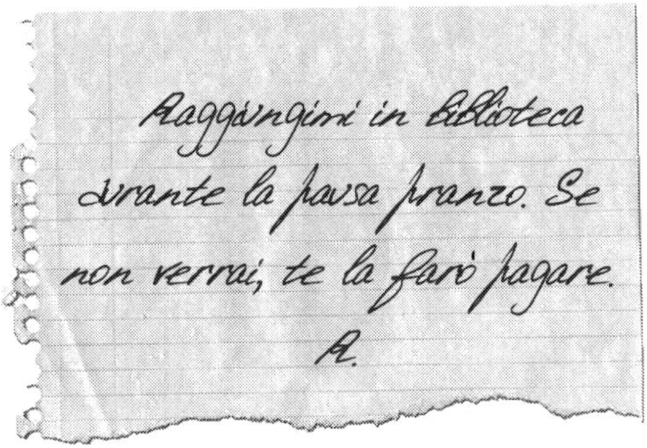


Prendo un lunghissimo respiro socchiudendo le palpebre, poi espiro lentamente.

Lo faccio un paio di volte, tentando di placare l'ansia che quel ragazzo è capace di provocarmi anche solo con un biglietto.

Resto ferma per una manciata di secondi, il tempo di rendermi conto che manca pochissimo alla pausa pranzo e che, se non lo raggiungo, si vendicherà.

Posso continuare a vivere le mie giornate in questo modo?

Si arrenderà solo quando mi avrà ridotta in mille frammenti e dovrò cambiare scuola per sopravvivere?

Appoggio la mano sul cuore, percependo i battiti impazziti sotto il palmo, poi la sposto sul ciondolo e lo stringo più forte che posso.

*Sii sempre coraggiosa, Maggie. La margherita fiorisce dal cemento e dai terreni incolti, e possiede la tempra per resistere a temperature gelide. Dimostra quanto vali, piccola mia. Fiorisci e non appassire mai.*

Le parole del mio papà mi risuonano nella testa, come un dolce monito a cui dovrei dare ascolto, in cui dovrei credere con ogni parte di me.

*Sii sempre coraggiosa. Fiorisci e non appassire mai.*

Raccolgo tutta la mia forza interiore e decido di andare in biblioteca, e non per farmi umiliare ancora da lui, bensì per affrontarlo a testa alta.

Attraverso il corridoio e salgo al primo piano.

Non vola una mosca, gli studenti sono tutti in sala mensa, al piano terra.

Giungo davanti alla porta della biblioteca, incamero quanto più ossigeno possibile ed entro, ignara di cosa mi attende.

Il rumore dei miei passi leggeri echeggia nella stanza e, oltre al battito frenetico del mio cuore, è l'unico suono che si ode.

Inspiro.

Espiro.

Con gli occhi che celano preoccupazione, cerco Ryker tra le corsie delimitate dagli scaffali.

Inspiro.

Espiro.

Dovrei sentirmi a casa, circondata da pile e pile di libri, invece, a causa sua, mi tremano le ginocchia.

Giro l'angolo e lo vedo: indossa dei jeans slavati, una T-shirt nera e la giacca di pelle, è stravaccato su una poltroncina, le gambe divaricate, lo sguardo ardente, un ghigno sardonico sul viso.

Inspiro.

Espiro.

Mi sembra all'improvviso di essere precipitata all'inferno, dove lui è il demonio seduto sul trono di fiamme, impaziente di torturarmi con il suo affilato tridente.

«Sei arrivata.»

Mi fissa assottigliando gli occhi, e lo fa come se volesse togliermi i vestiti di dosso, o almeno è questa la sensazione che avverto.

Mi sento nuda e vulnerabile quando il suo sguardo malizioso si posa su di me, e d'impulso mi strofino le braccia con le mani per riscaldarmi: questa stanza non è mai stata così fredda.

Deglutisco, restando a debita distanza, pugni serrati e palmi sudaticci.

«Cosa… cosa vuoi?»

Vorrei impedire a me stessa di balbettare, ma è un riflesso automatico, mi succede solo con lui, m'impappino, la lingua si ingarbuglia e sembro più impacciata e stupida di quanto realmente io sia.

Ryker continua a studiarmi attentamente, non si muove di un millimetro, eppure il suo sguardo me lo sento incollato addosso.

«Ieri mi hai mentito, Maggie May. So bene che non ti sei toccata, sei troppo innocente per farlo, quindi dovrai toccarti adesso, davanti a me.»

Cosa ha appena detto? Mi ha chiesto di venire qui per…?

Inspiro.

Espiro.

«No! Non lo faccio» replico, sostenendo il suo sguardo.

Con uno scatto si alza dalla poltroncina e azzera con due falcate la distanza che ci separa.

Me lo ritrovo letteralmente addosso, come è già successo altre volte, mentre vengo schiacciata di schiena contro la libreria.

D'un tratto l'aria si surriscalda, i palpiti del mio cuore impazziscono, le gambe a stento mi sorreggono.

Ryker m'incastra contro gli scaffali, le braccia tatuate ai lati della mia testa, poi inclina il viso, abbozzando un mezzo sorriso perfido.

«Ti sei appena ribellata?»

Il suo respiro caldo mi provoca formicolii dalla testa ai piedi e il suo odore s'insinua sottopelle.

Per istinto vorrei rifuggire il suo sguardo e farmi piccola sotto di lui, ma poi ricordo che sono venuta per affrontarlo e non per farmi umiliare, quindi decido di reagire.

*Sii sempre coraggiosa, Maggie. Fiorisci e non appassire mai.*

«Esatto! Devi lasciarmi in pace, sono venuta qui per dirti questo.»

Ridacchia divertito e io sprofondo nell'abisso delle sue iridi.

«E pensi che lo farò?»

«Se non la smetterai di importunarmi, denuncerò la cosa e non solo al preside» puntualizzo.

«Ah… *Chucky, Chucky, Chucky,* non sai cosa stai dicendo.»

«Invece lo so bene.»

Soppesa la mia risposta prima di ribattere, continuando a tenermi intrappolata con il suo corpo bollente, tanto che posso sentire il calore della sua pelle trasmettersi alla mia.

«Se solo ti azzardi a denunciarmi, giuro che ti spezzo entrambe le gambe. Per te sarà la fine, cazzo!»

La sua minaccia mi provoca un sussulto, e subito dopo mi ammutolisco, prendendo coscienza che lo farebbe sul serio.

Avverto un improvviso groppo alla gola, riconoscendolo subito.

È un pianto devastante che si sta raccogliendo nel mio petto per poi spingere dietro le palpebre e inondarmi gli occhi.

Vorrei tanto trovare la forza di ricacciare indietro le lacrime e dissolvere il macigno che mi grava sul petto, ma non sono dura abbastanza.

Non lo sarò mai.

# 12

# Ryker

Una lacrima si ferma tra le sue ciglia lunghe, per poi scivolare lungo la guancia piena di efelidi.

Mezzo secondo dopo, i suoi occhi si arrossano e inumidiscono, e alla prima lacrima se ne aggiungono molte altre.

Scoppia a piangere come una bimbetta indifesa e un po' mi ricorda Millie: frignano nello stesso modo.

Di solito conforto la mia sorellina, le mormoro all'orecchio che andrà tutto bene stringendola in un abbraccio.

Dovrei fare lo stesso con lei?

Anche se sono io la fottuta fonte della sua tristezza?

Cazzo! Sono combattuto.

Vorrei ridurla in briciole e subito dopo scoparla per cancellare il dolore, o baciarla… sì, vorrei baciarla.

Ma non faccio niente di tutto questo, perché sono un pezzo di merda e ferire il prossimo è l'unica cosa che mi riesce bene.

«Smettila di piangere. Ti rende più patetica del solito» le dico con disprezzo.

Il suo petto si alza e si abbassa al ritmo dei singhiozzi, mentre con il dorso della mano si asciuga il viso, cercando di ricacciare indietro le lacrime.

Ma non si fermano, anzi sgorgano copiose solcandole le guance rosse.

È sfinita, il viso accaldato, gli occhi gonfi, il corpo tremante; prende un lungo respiro e poi, all'improvviso, si lascia andare.

Sta per accasciarsi sul pavimento, priva di energia, ma l'afferro in tempo per i fianchi.

Merda! Che diavolo ho fatto?

«Ehi, che ti prende?» le chiedo, allarmato.

Socchiude le palpebre respirando a fatica, così la prendo in braccio; lei a stento riesce a tenersi a me.

«Non stai bene?» incalzo.

Non mi risponde, si porta la mano al petto rabbrividendo come se fossimo nel pieno di una bufera. Attraverso di corsa il corridoio e l'adagio su un divanetto in fondo alla stanza.

Sudo freddo mentre cerco di capire che diamine sta succedendo: le sta venendo un infarto?

Prego di no, sarebbe un fottutissimo enorme guaio.

Porca puttana!

Le do un paio di buffetti sul viso, il mio cuore rimbalza al punto di sentirlo battere nella trachea.

«Maggie, mi senti? Maggie!» chiamo il suo nome, cercando di farla riprendere.

Apre di poco gli occhi e bisbiglia: «A… acqua.»

Acqua. Vuole dell'acqua.

Annuisco, mi guardo intorno avvertendo il panico serpeggiare nel sangue, sono in apnea, mi manca l'ossigeno, ma cerco di restare lucido, non posso crollare anch'io.

Intercetto il distributore dell'acqua, lo raggiungo in due falcate e riempio un bicchiere correndo subito da lei.

La aiuto a sollevarsi un po' e le do da bere.

«Bevi piano» le dico, sostenendola per la nuca.

Maggie sorseggia l'acqua afferrandomi per la giacca di pelle, come per sorreggersi a me.

Riprende pian piano il colorito e ritorna a respirare in modo regolare, la guardo star meglio ma adesso sono io a sentirmi male per il terribile senso di colpa.

Finisce di bere e poi si mette a sedere.

Io non mi muovo, resto accanto a lei senza toglierle gli occhi di dosso per il timore che possa sentirsi di nuovo poco bene.

«Che cazzo è stato?»

Sono ancora scosso, le mie mani tremano e il cuore picchia impazzito dentro la gabbia toracica.

«Un… un attacco di p…panico.»

«Porca puttana! Pensavo fosse un infarto.»

«Un infarto…» sussurra con voce malinconica, stringendo in una mano il ciondolo portafoto e chiudendo le palpebre.

Le vorrei chiedere perché si aggrappa a quel dannato ciondolo ogni volta che è in difficoltà, ma non mi sembra il momento giusto.

Merda! *Io* non sono la persona giusta per porle questa domanda del cazzo.

Una marea di brividi le attraversa il corpo facendole tremare perfino le labbra.

«Hai freddo?»

«Un po'.»

Senza pensarci due volte, mi tolgo la giacca di pelle e la

appoggio sulle sue spalle, e lei si crogiola nel tepore accoccolandosi.

«Va meglio?»

Non mi risponde, io non insisto e mi limito a osservarla.

Dopo un paio di minuti di silenzio tombale, Maggie trae un lungo sospiro e si alza dal divano barcollando.

Una volta in piedi, si libera della giacca, lasciandola cadere sul pavimento.

«L'odio non è un sentimento che conosco, sono sempre stata circondata da persone che mi volevano bene. Ho sempre sorriso alla vita, fino a quando non è morto mio padre. Ho pianto tantissimo quel giorno, gli occhi non mi si aprivano più, la gola ardeva, il petto mi scoppiava. Piango ancora, ogni giorno, di nascosto, in silenzio e nei momenti meno opportuni. Piango perché lo amavo e non potrò più rivederlo» sussurra, senza guardarmi.

La ascolto, cercando di capire dove voglia arrivare.

«Poi sei arrivato tu. Tu che mi terrorizzi, tu che umili, tu che mi fai piangere. Ma adesso basta. Non voglio più versare le mie lacrime per una persona come te, per una persona che detesto. L'odio ora è un sentimento che conosco ed è solo colpa tua» conclude rivolgendomi uno sguardo risentito che non si addice al suo dolce volto.

Non riesco a replicare, mi sento colpito nel più profondo della mia anima corrotta, come non era mai accaduto prima.

È più doloroso delle percosse che mi riserva il mio patrigno.

È più doloroso dei pianti inconsolabili di Millie.

È più doloroso del vedere mia madre riversa sul divano, ogni fottuto giorno.

Fa male il triplo, anzi di più, fa un male cane.

È il tipo di dolore fisico che ti penetra nelle ossa, costringendoti a piegarti in due.

Scatto in piedi per fermarla, non voglio che se ne vada, non voglio che mi detesti, cazzo!

Ma lei questa volta non me la dà vinta e non riesco a darle torto: sono una bestia e merito di essere odiato.

«Stammi alla larga, Ryker. Non mandarmi più SMS o bigliettini. Non provare più ad avvicinarti a me. Vuoi continuare a *bullizzarmi*? Fa' pure. Questa è l'ultima volta che ho pianto a causa tua.»

Un'altra coltellata al petto mi arriva senza preavviso infilzando il muscolo che vi alberga.

Dovrei chiederle scusa e rispettare la sua richiesta o mandare ancora una volta tutto a puttane?

*Ma tu, esattamente, cosa vuoi da lei?*

È la stessa domanda che mi tortura il cervello come un maledetto tarlo da quando l'ho conosciuta.

Il fatto è che conosco bene la risposta, l'unico problema è che non lo accetto.

Non accetto di volerla con ogni fibra del mio essere.

Ma è così.

La voglio in ogni cazzo di modo e non mi arrenderò fino a quando non sarà mia, con il corpo e con l'anima.

«Maggie, aspetta» la agguanto per il polso senza stringere troppo, ma lei si agita per liberarsi.

«Lasciami andare.»

I suoi capelli rossi ondeggiano sprigionando un profumo di vaniglia che m'inebria i sensi.

«Non puoi odiarmi» le dico, senza alterarmi.

Non ancora.

Afferro l'altro polso e la incastro contro gli scaffali, nuovamente.

Lei si dimena agitando le sue braccia esili, ma non sembra impaurita. Adesso è incazzata a morte.

E mi eccita un sacco vederla combattere contro di me.

Cristo, quanto mi eccita!

«Sì che posso! Io ti odio, Ryker. Ti odio» urla a gran voce.

Mi addosso al suo corpo concitato con l'intenzione di infilarle la lingua in bocca e metterla a tacere, di strapparle la maglietta rosa ricamata e subito dopo di abbassarle i jeans, scostare le mutandine e penetrarla a fondo impossessandomi della sua verginità.

Stringo di più la morsa spingendo la mia erezione verso il suo pube e con la bocca raggiungo la sua, fermandomi a mezzo millimetro. «È così? Mi odi?»

Annuisce, sbattendo le palpebre costellate di lentiggini.

«Sì, sì e sì.»

«E se ora ti baciassi? Cosa faresti? Non mentirmi, Maggie May» l'avverto.

«Urlerei a squarciagola.»

Quanto mi eccita questa piccola idiota, non lo immagina minimamente.

«A farti urlare così ci penserò io, il prima possibile» le soffio sulle labbra addentandole.

Lei soffoca un gemito mentre le succhio il labbro inferiore con ferocia, il suo corpo inizia a rilassarsi così tolgo una mano dal suo polso e la infilo sotto la sua maglietta, per palpeggiarle un seno.

È piccolo ma sodo, perfetto per la mia presa.

«Ryker» bisbiglia.

«Ssh, abbandonati a me.»

Scuote la testa, ma non appena la mia lingua si fa spazio nella sua bocca umida, lei si scioglie lasciandosi condurre in un bacio febbrile e violento.

Le scosto il reggiseno e con le dita le stuzzico un capezzolo turgido provocandole un guizzo improvviso.

La sua mano libera arpiona la mia T-shirt e si aggrappa a me, come se ne avesse l'incessante bisogno.

Mi stacco per un attimo dalle sue labbra, cercando i suoi occhi semichiusi.

«Ti piace? Dimmi di sì.»

«S…sì» sussurra.

«Ora ti infilerò due dita dentro.»

Mi blocca il braccio intento a sbottonarle i jeans, guardandomi intensamente.

«No, non mi sento pronta.»

«Non farà male.»

«Ryker… no» replica, confusa.

«Rilassati, ti piacerà.»

Sospira. «Okay, ma se sento dolore… devi fermarti.»

Annuisco, liberandole i polsi e portandomi le sue braccia attorno al collo, poi le abbasso la zip dei pantaloni, smanioso di invadere la sua fica stretta e intatta.

«Divarica le gambe.»

Lo fa, il petto che si solleva e si abbassa per i grossi respiri che prende mentre si avvinghia al mio collo.

Mi lubrifico le dita con la saliva, guardandola dritto negli occhi, mentre il mio uccello diventa duro come la pietra.

Maggie dischiude le labbra carnose e, non appena la penetro, le sfugge un vagito di dolore misto a piacere.

Arrossisce, abbassa lo sguardo ma voglio che le sue iridi limpide affondino nelle mie scure.

«Guardami» le intimo muovendo le dita dentro di lei.

È calda, è pura, è mia.

Mi dona i suoi pezzi di cielo, stringendo con forza il tessuto della mia T-shirt tra le dita sottili.

«Cazzo, quanto sei stretta» le dico, eccitato.

Sono appena giunto in Paradiso e ho intenzione di restarci per un po'.

«Io, non posso… non voglio» farfuglia, smarrita.

«La tua fica appartiene a me, Maggie May. Io il primo. Io l'ultimo.»

La bacio di nuovo con furia, andando su e giù tra le sue cosce, poi con il pollice le sfrego il clitoride strappandole un lungo miagolio.

Sogghigno, osservandola trasalire dal godimento.

«Oh mio Dio» bisbiglia.

La sua esclamazione è un misto di stupore ed estasi, e me lo fa venire sempre più duro.

Aumento il ritmo divorandole la bocca e lei, invece di resistermi, inizia a ricambiare, modellandosi al mio corpo arroventato.

Ho scopato con un sacco di ragazze nella mia giovane vita, ma nessuna mi ha mai eccitato in questo modo.

Nessuna. È assurdo!

Spesso mi chiedo cosa abbia lei di speciale: cazzo, non è per niente il mio tipo.

Le tizie con cui me la faccio sono totalmente diverse, nell'aspetto e nell'atteggiamento.

Forse è proprio la sua innocenza ad attirarmi, ne avverto l'odore da lontano, come accade ai lupi con il sangue.

«Stai venendo, lo sento» ringhio.

«Ti odio» biascica a un attimo dall'orgasmo.

Vado più a fondo percependo il calore avvolgere strette le mie dita, tra le sue pareti finora inviolate.

E viene.

Maggie si tiene a me mentre le sue gambe tremano; poi, il suo respiro si placa e un leggero sorriso sfiora le sue bellissime labbra, che prenderei a morsi altre mille volte.

Vorrei dirle che è stupenda in questo momento, spaesata e accaldata, con gli occhi che le brillano per il piacere, ma non lo faccio, mi limito a scostarle una ciocca di capelli dal viso e lei nota il suo elastico al mio polso, quello da cui pende il simbolo dei *Doni della Morte*.

«Questo è mio» dice sussurrando.

È ancora stravolta dalle sensazioni nuove che il suo corpo innocente ha provato grazie alle mie dita, e questo è solo l'inizio. Non immagina quanto cazzo la farò godere e urlare quando passeremo ai veri preliminari.

«Non più.»

Sta per replicare, ma un rumore improvviso richiama la nostra attenzione: qualcuno sta entrando in biblioteca.

Maggie si allaccia rapidamente i jeans, si sistema i capelli e la maglietta, poi fa per scappare ma la fermo afferrandola per i fianchi.

Infilo il naso tra le sue lingue di fuoco, drogandomi del suo profumo di milkshake alla pesca.

«Stasera ti porto in un posto» le sussurro all'orecchio, pregustando tutte le cose sporche che le farò.

La sua risposta mi blocca i pensieri, lasciandomi di merda.

«Stasera ho un impegno con Bryce e poi… ti odio ancora.»

Si libera della mia presa e, senza degnarmi di uno sguardo, corre via facendomi sentire un coglione senza palle.

*Dannazione, Maggie May, mi hai fottuto alla grande!*

# 13
# Ryker

La rabbia rimonta in petto con la stessa ferocia di un leone che rivendica il possesso sulla sua femmina.

Che cazzo vuol dire che ha un impegno con quel coglione di Bryce?

È possibile che io debba temere quel tizio azzimato?

Ora vado da lui e lo picchio a sangue fino a farlo svenire, così ci penserà due volte prima di posare di nuovo gli occhi su ciò che è mio.

E lei, quella stronza, come si è azzardata a rispondermi con tanta audacia? Pensa che io non gliele spezzi sul serio quelle gambette?

Dannazione!

Quella ragazza mi suscita impulsi violenti e possessivi, mi

manda in tilt il cervello, mi rende più bastardo di ciò che sono.

Ora vorrei solo andare da lei, afferrarla e bloccarla contro un muro e farle rimangiare ciò che ha appena detto, obbligandola a stare con me stasera.

Sono sull'orlo di una crisi di nervi; se i miei amici non mi fermano, faccio una strage!

«Non farlo» mi dice Rio, osservando la mia espressione incazzata.

Ho i muscoli tesi, la mascella contratta, il fuoco che mi ribolle nelle vene, le mani che mi prudono, e lui se ne accorge subito.

«'Fanculo, Rio.»

«E dai, fratello, perché te la prendi tanto?» interviene Derek con la sua solita nonchalance.

Questi due stronzi non potranno mai capire come mi sento, per loro sto esagerando, invece per me tutto questo non è ancora niente.

L'intera scuola deve sapere che Margaret May Harmon è di mia proprietà e che annienterò chiunque osi avvicinarsi a lei.

Dopo circa tre minuti ci raggiunge Jaden, per riferirmi ciò che ha scoperto, mentre il parcheggio della scuola si svuota completamente.

«L'ha invitata alla partita di stasera e lei ha accettato, andrà insieme a quella sua amica nerd» afferma sfilando una sigaretta dal pacchetto.

*Cazzo. Cazzo. Cazzo.*

La mia accecante gelosia per lei sta prendendo il sopravvento e non so dove mi porterà, ma una cosa è certa: non riuscirò a controllarmi, darò il peggio di me.

*La gelosia è un mostro dagli occhi verdi che dileggia il cibo di cui si nutre*, diceva Shakespeare nell'Otello.

È una delle frasi incise sulla mia pelle, dietro la schiena, lungo la colonna vertebrale, dove mi è difficile leggerla.

Non voglio ricordare a me stesso i miei innumerevoli difetti, ci pensa già il mondo lì fuori a farlo costantemente.

«Gli rovinerò la serata, sarà l'ultima cosa che faccio» dico rabbioso.

«Ascolta, Ryker, durante le partite sono presenti il coach e il preside, non fare cazzate, amico. Quelli non vedono l'ora di cacciarti a calci in culo e rispedirti in riformatorio» mi dice Rio cercando di persuadermi.

Ha ragione e lo riconosco, ma la rabbia è troppo accecante per farmi desistere.

«Che si fottano! Chi è con me?» chiedo, guardandoli a uno a uno.

Jay mi strizza l'occhio.

«Io ci sono sempre quando si tratta di scatenare un po› di caos.»

Derek dà una spallata a Rio e lui di rimando gli fa un cenno con il capo.

«Non mancheremo.»

Sfilo la sigaretta dalle dita di Jaden e ne prendo un lungo tiro socchiudendo le palpebre.

«Bene!»

«Che intenzioni hai, fratello?» mi chiede Rio.

«Ho intenzione di distruggerli.»

*

Sono le sette quando esco di casa, ma prima mi assicuro che Millie mangi qualcosa per cena e che si metta a letto.

Quella bambina può contare solo su di me.

Il padre di merda che si ritrova non c'è quasi mai, si trastulla tra la piazza dello spaccio e altre cazzate, mentre mia madre il più delle volte vegeta su quel fottuto divano.

Nessuno dei due nutre un minimo di riguardo nei confronti della figlia, se ne fottono altamente se beve, mangia, si lava, dorme o va a scuola.

Faccio tutto io.

Non mi pesa, è la mia sorellina, ma vederla piangere perché ignorata dai suoi genitori mi fa stare male, cazzo!

Di conseguenza, preferisco stare dentro quelle quattro mura decrepite il meno possibile, forse perché sono un codardo, eppure basta un suo minuscolo e raro sorriso per farmi ricredere.

La verità è che sono e rimango un pezzo di merda, ma con lei mi comporto da bravo fratello maggiore.

Prima o poi la porterò via da lì, le darò un futuro migliore e la farò ridere di continuo.

*Prima o poi…*

Mi vedo con gli altri davanti alla scuola per andare alla partita; il crepuscolo sta calando disegnando in cielo una sfumatura blu screziata di viola e il brusio degli spettatori è un continuo crescendo. Tutto quel caos m'infastidisce, preferisco il silenzio o, se proprio devo, la mia playlist sparata nelle casse del *Dark Maze*.

I miei amici sono in compagnia, si sono portati dietro le tipe con cui scopano attualmente, e con loro c'è pure Brianna, che rottura di palle!

Quella brunetta sinuosa dalla pelle olivastra è ossessionata da me, ma frequenta un'altra scuola, per questo non può starmi alle calcagna come vorrebbe.

Non la vedevo da sette mesi, da quando sono stato sbattuto dentro, anche se mi ha scritto ogni mese, mentre ero lì. Chiaramente, non le ho mai risposto.

Tra me e lei è stato solo sesso.

Sesso feroce, sporco, animalesco.

L'ho usata per i miei porci comodi e poi l'ho accartocciata e buttata via come un pacchetto vuoto di sigarette.

Do una rapida occhiata a Jaden, indicando le ragazze.

«Perché ve le siete portate dietro?»

Brianna si avvicina, con l'espressione eccitata stampata sul viso; sono certo che si farebbe fottere anche ora, nel parcheggio, davanti a tutti.

«Non si saluta, Ry?»

Mi si struscia addosso come una gatta in calore afferrandomi la mano, e io la lascio fare… forse mi servirà per il mio scopo.

Potrebbe tornarmi utile.

«Ehi.»

«Per compagnia» afferma Jay, strizzandomi l'occhio.

Con un cenno del capo dico loro di entrare.

«Andiamo.»

Passo un braccio sulle spalle della brunetta e lei infila la mano nella tasca posteriore dei miei jeans, rivolgendomi un sorrisetto provocante.

«Ti trovo bene.»

«Anche io ti trovo bene.»

«Ti sono arrivate le mie lettere?»

Giungiamo al campo da rugby e con gli occhi cerco Maggie tra gli spalti, ma c'è un mucchio di gente, non sarà semplice individuarla.

«Quali lettere?» mento.

I suoi occhi scuri come il carbone mi fissano a lungo, soppesando la mia risposta.

«Sai di quale lettere sto parlando, stronzo.»

Brianna non è ingenua, è una figlia della strada, come me, ma non deve rompermi il cazzo.

«Taci e siediti lì» intimo, indicando un posto libero.

Ci sediamo, i miei amici fanno lo stesso trovando spazio dietro di noi, intanto continuo a scrutare la folla con accanimento cercando una testa dai capelli rossi, tra le tante con degli stupidi berretti verdi.

«Chi stai cercando?» mi chiede Brianna.

Porca puttana! Odio quando le tipe si appiccicano come delle sanguisughe, mi snervano e finisco per diventare detestabile.

Non le rivolgo la mia attenzione, continuo a setacciare gli spalti.

«Non sono cazzi tuoi» concludo.

In quattro anni di scuola superiore non sono mai, e sottolineo mai, andato a vedere una sola partita.

*Guarda cosa sto facendo per te, piccola idiota!* Penso tra me e me, e poi… e poi la vedo.

Capelli di fuoco legati in una coda e maglietta giallo canarino.

*Mossa sbagliata, Maggie May, mossa sbagliata.*

Mi sta disubbidendo e non capisco se lo faccia con innocenza o con l'intenzione di farmi imbestialire. Beh, in entrambi i casi mi eccita e mi fa incaponire ancora di più.

È in compagnia della sua amica, quella che trema quando mi vede, quella che mi ha dato il suo nuovo numero senza fiatare, quella che per paura mi venderebbe sua madre.

Stanno consumando due bibite, ridacchiando e guardando entusiaste la squadra fare il suo ingresso in campo.

*Stronza.*

Le levo quel sorrisetto dalle labbra a furia di morsi, sanguinerà e piangerà dal dolore.

Seguo con lo sguardo ogni suo movimento e mimica facciale, è abbastanza lontana da me e non riesco a sentire ciò che dice ma vedo fin troppo bene quel cazzone di Bryce voltarsi verso di lei, alzare la mano e salutarla simulando una cosa del tipo "guarda solo me".

*Guarda solo me*, un cazzo!

È il momento di agire.

La partita inizia, la folla impazzisce tifando per la squadra della nostra scuola, e io sfilo il cellulare dalla tasca dei jeans e mando a Maggie un SMS.

Ti stai divertendo alla partita? Ryker ✓✓

Poi afferro Brianna per i fianchi, la faccio sedere in braccio a me e le infilo la mano tra le cosce, aspettando che Maggie legga il messaggio per poi cercarmi.

Lo fa!

Cristo, quanto è prevedibile!

È come un libro aperto per me, riesco a leggerle la mente, i pensieri, i dubbi, i desideri, appropriandomi giorno dopo giorno di ogni brandello della sua anima candida.

Quando m'intercetta sbianca di colpo e allarga gli occhi vedendomi con la brunetta sulle gambe, la mia mano infilata sotto la sua minigonna e le mie labbra che le mordicchiano il collo.

Le rivolgo un mezzo sorriso bastardo, sentendo il senso di vittoria propagarsi in ogni terminazione nervosa.

*"Non ci credo"* sussurra, riesco a leggerle il labiale.

Colpita e affondata, Maggie May.

Distoglie lo sguardo dirottandolo sulla partita, ma io insisto mandandole un altro SMS.p

Ti è piaciuto lo spettacolo, Maggie May?
Ryker ✓✓

Lei prima m'ignora, sorseggia la sua bibita, parlotta con la sua amica e poi si degna di rispondere.

Sei riprovevole. Maggie

Ridacchio, mentre Brianna mi massaggia l'uccello sussurrandomi paroline sconce all'orecchio.

> Ammettilo, vorresti stare al suo posto.
> Seduta sulle mie gambe, la mia mano nelle
> tue mutandine rosa, la mia lingua in bocca.
> Oggi in biblioteca ti è piaciuto, dico bene?
>
> Ryker

Arrossisce di colpo, impedendo all'amica di leggere il messaggio: non vuole far sapere in giro che non è più una santarellina e che Ryker Ash l'ha corrotta.

> Non mi scrivere più! Maggie

Ripone il cellulare nella borsa, concentrandosi su quel coglione di Bryce ed ignorandomi.

Decido di stare al gioco, prima o poi la partita finirà e dovrà fare i conti con il sottoscritto.

«Ti va di appartarci? Ti voglio troppo» sussurra Brianna, mordendosi le labbra.

Una piccola parte del mio cervello recepisce la sua proposta, tutto il resto del mio corpo è magnetizzato da *lei.*

Lei, il mio delicato fiore bianco.

Lei, la fonte della mia possessività.

Lei, la pennellata di colori vivaci nella mia vita color piombo.

Lei, il ritratto che disegnerei per ore, giorni, anni, fino a consumarmi le dita.

'Fanculo!

Mi alzo e faccio cenno alla brunetta di seguirmi; ci avviamo verso le scale quando vedo che anche Maggie si sta alzando, dirigendosi verso l'uscita del campo.

Afferro Brianna per il polso e la trascino con me, per raggiungere la piccola idiota.

Maggie cammina in direzione dell'entrata secondaria della scuola, io la seguo in silenzio attento a non farmi vedere; mi risulta semplice perché lei non si volta mai indietro.

«Ma chi è quella? Perché la stiamo seguendo?» domanda Brianna.

Attraversiamo lo spiazzo di ghiaia incrociando altri studenti, che non appena mi vedono calano la testa impauriti.

«Zitta e cammina, Brianna.»

Una volta dentro l'edificio, Maggie percorre il corridoio del piano terra. I suoi passi echeggiano nell'ambiente silenzioso, fin quando si ferma accanto al distributore automatico traendo un lungo sospiro.

«Sta al gioco» dico alla brunetta.

Sbuffa. «Ooookay, ma quando mi scopi?» mormora sbattendo le ciglia da cerbiatta.

«Tu fa' quello che ti dico io e ti ricompenserò.»

Mi rivolge un sorrisetto sexy, accettando di spalleggiarmi.

# Maggie

# 14

Inserisco una moneta nel distributore, indugiando per un tempo che sembra infinito su cosa scegliere.

Gli M&M's, i Reeses, le Twizzlers o gli Oreo?

La verità è che non ho fame, il mio stomaco è chiuso a chiave con tanto di lucchetto, un nodo mi stringe la gola e quella briciola di spensieratezza che ho provato prima sugli spalti è stata inghiottita dalla tristezza.

Non so per quale assurdo motivo io sia qui e non nel mio posto sicuro. A casa mia sul divano, a leggere.

Stupida io che ho preso l'infelice decisione di uscire dalla mia comfort zone.

Sapevo che sarebbe stato un disastro, sapevo che in un modo o nell'altro mi sarei fatta del male.

Magari è così che deve andare.

Prima di vedere l'arcobaleno, bisogna attraversare la tempesta.

È solo un periodo buio, passerà…

*Sì, Maggie, passerà.*

Fatto sta che lo odio!

Sul serio, odio Ryker con ogni particella della mia anima, con ogni fibra del mio corpo, con tutto ciò che fa di me Maggie May Harmon.

Come ha potuto?

Dio! Come ha potuto amoreggiare con un'altra ragazza, dopo quello che è successo tra noi in biblioteca?

Quindi è vero, ha ragione Emma, lui vuole solo usarmi.

Non nutre un minimo di interesse nei miei confronti, fa così con tutte, passa da una ragazza all'altra come un'ape sui fiori di campo.

Sono dovuta scappare via dagli spalti per impedire al mio cuore di schiantarsi a terra e ai miei occhi di colmarsi di lacrime che di sicuro non merita.

Perché mi tratta come se io gli piacessi, per poi accartocciarmi in una mano?

Perché mi bacia e poi mi annienta?

Perché insiste nel tenermi legata a lui, quando in realtà mi detesta?

Ora capisco cosa intende quando mi ha paragonata a un fiore bianco.

Mi ha calpestato, spezzato, strappandomi con violenza ogni petalo, per poi dare fuoco a ciò che resta di me.

Vorrei scoppiare a piangere, urlare, piangere di nuovo e correre via da qui.

Mi sento così patetica, sto soffrendo per qualcosa che non esiste.

Lui ed io non esistiamo, non siamo niente *insieme*.

Ryker si sta solo approfittando della mia ingenuità ed io glielo lascio fare senza capirne il motivo.

*Forse perché ti stai innamorando di lui.*

No! Non è possibile, io non potrei mai provare per lui un sentimento così puro come l'amore.

*E allora perché ce l'hai sempre in testa, scrivi di lui sul tuo diario e vorresti curare ogni sua ferita?*

Io... non lo so.

Scuoto il capo allontanando via dalla mente queste stupide supposizioni, poi pigio il tasto del distributore scegliendo le liquirizie rosse.

Mi accovaccio per prendere il pacchetto quando avverto una presenza carica di rancore alle mie spalle, poi un profumo, il *suo;* lo riconoscerei anche se perdessi l'olfatto.

Prima di voltarmi incamero ossigeno, conscia che tra pochi secondi ne sarò a corto.

«Guarda chi si rivede. Tutto bene, *Chucky*?» Il suo tono canzonatorio e cattivo mi fa ghiacciare il sangue nelle vene e irrigidire come una statua di sale; deglutisco e mi giro verso di lui... di loro.

È in compagnia di quella ragazza mora e audace, la tiene stretta a sé per la vita.

La sua mano le sfiora il ventre scoperto, lei ridacchia contro il suo petto.

Non so spiegare come mi sento in quest'istante, so solo che vorrei si aprisse una voragine sul pavimento per potermici tuffare dentro.

È venuto qui per umiliarmi ancora una volta e per gettarmi in faccia ciò che sono per lui.

Un giocattolo da usare, rompere e buttar via.

Le sue iridi scure mi scavano nel petto, ha un sopracciglio

sollevato, un accenno di sorriso crudele gli sfiora le labbra.

Sfuggo al suo sguardo, chino la testa sulle mie Converse e faccio per allontanarmi, ma lui mi blocca il passaggio tenendo ancora stretta a sé la ragazza.

Forse è la *sua* ragazza.

«Lasciami passare» bisbiglio.

A stento riesco a sentire il suono della mia voce.

«Lasciami passare» mi scimmiotta lei, per poi scoppiare a ridere.

Ryker mi osserva con astio, un ghigno gli deturpa il viso, non c'è traccia del ragazzo che mi ha aiutata durante un attacco di panico prendendomi in braccio e dandomi da bere.

Non riesco a scorgere in lui nemmeno uno spiraglio, ciò che vedo sono solo nubi plumbee che gli aleggiano intorno.

È ben chiaro che questo è il vero Ryker.

Il bullo cinico e rabbioso.

«Facci compagnia, Maggie May, stiamo andando in biblioteca a scopare ferocemente. Potresti guardare o partecipare.»

La perfidia con cui pronuncia queste parole è come una pugnalata alle spalle, la lama però giunge fino al cuore, trafiggendolo.

Vorrei urlargli contro tante di quelle cose, ma sento di non possedere più voce.

Forse, non ne ho mai avuta una e per questo le persone si approfittano di me.

«Io non ti condivido con nessuna, tantomeno con una così» dichiara la ragazza osservandomi dalla testa ai piedi con spocchia.

Mi si blocca il respiro, le mani iniziano a formicolare e il cuore a palpitare più veloce.

*Fa' che non sia un attacco di panico.*

*Ti prego, ti prego, ti prego.*

«La mia amica mi sta aspettando, devo proprio andare.»

*Brava, Maggie, è così che si fa, tienigli testa.*

Lui mi fissa assottigliando lo sguardo, io non riesco nemmeno a guardarlo negli occhi, lo faccio per un solo istante e mi basta per starci male.

Quanto vorrei possedere il mantello dell'Invisibilità di Harry, per sparire ora da questo posto e da questa situazione.

Ho imparato però che la magia non esiste, nessuna bacchetta e nessun incantesimo possono aiutarti a sconfiggere il male, bisogna armarsi di coraggio, l'arma più potente di tutte.

*Sii sempre coraggiosa, Maggie. Fiorisci e non appassire mai.*

«Anche quel cazzone di Bryce ti sta aspettando?» sbotta come se volesse schiacciarmi sotto la suola delle sue Nike.

E lui cosa ne sa dell'invito di Bryce?

È per questo motivo che si sta comportando in modo così spregevole?

No, lui è così e basta.

Non esistono scuse plausibili per giustificare le sue azioni e, pure se fosse, non sarebbe perdonabile.

«E a te cosa importa?»

«Gesù Cristo, quanto mi sto annoiando» s'intromette la smorfiosa.

«Taci, Brianna!»

Brianna, è questo il suo nome, si zittisce di colpo.

«Devi vederti con lui dopo la partita, stronza? Chi credi di prendere per il culo? Me? Sai bene che è impossibile.»

Stronza. Prendere lui per il culo. Ma cosa…?

«Io… tu… lascia perdere.»

Faccio un passo laterale per sorpassarlo, incapace di esprimere apertamente ciò che vorrei.

Questo è uno dei miei difetti più grandi.

Incassare il colpo e ammutolire, quando invece vorrei urlare a squarciagola.

«Tu che cosa?» sbraita.

Mi agguanta per il gomito e mi trascina con sé lasciando andare la presa su Brianna, che resta a bocca asciutta nel mezzo del corridoio.

Non provo nemmeno a ribellarmi, a cosa servirebbe?

In qualunque modo vada, è sempre lui a vincere.

Lui è forte, io debole.

Lui aggressivo, io remissiva.

Lui sporco, io candida.

Lui cenere, io fiore.

Lontani, diversi, opposti, eppure straordinariamente complementari, come il sole e la luna.

Ryker mi fa entrare in un'aula vuota, sbattendo la porta alle sue spalle.

Le sue dita tatuate premono sulla mia carne bianca tempestata di efelidi, lasciando il segno del loro furioso passaggio.

È vestito completamente di nero, come un nefasto presagio pronto ad abbattersi su di me.

«Vuoi uscire con lui?»

Sbatto le palpebre, smarrita.

«Rispondi, dannazione! O giuro che lo ammazzo!» dice, alzando di un tono la voce.

Sembra arrabbiato e geloso, sì, sembra geloso di Bryce e dell'eventualità che io possa uscire con lui.

*Ti sta solo usando, ricordalo, è tutta scena.*

*È una cattiva persona, fuggi più lontano che puoi da lui e dai suoi guai.*

«Non sono affaracci tuoi! Io e te non siamo niente. E me l'hai dimostrato poco fa, portando con te la tua ragazza. Che cavolo vuoi da me? Io sono libera di uscire con chi voglio.»

Ora sono io che parlo a gran voce stringendo i pugni dalla collera, e mi meraviglio di me stessa per essere riuscita ad impormi.

Scuote la testa e ridacchia.

«Non hai capito proprio un cazzo, Maggie May.»

Mi assale fisicamente afferrandomi per i fianchi, mi sbatte contro la lavagna imprigionandomi.

La mia schiena emette un tonfo quando colpisce la parete, la fitta si espande lungo la colonna vertebrale e poi alle spalle.

Soffoco un gemito di dolore, ma non fa male quanto il suo sguardo cupo su di me, dentro di me, ovunque riesca a penetrare.

«Mi stai facendo paura, Ryker.»

«Io mi nutro della paura, Maggie.»

Sospiro forte.

«Non farmi del male.»

«Tu non costringermi a farti del male.»

Con il pollice asciuga una lacrima scappata al mio controllo, lasciando il palmo della mano sulla mia guancia accaldata.

Socchiudo le palpebre beandomi di questo contatto stranamente dolce e poi lo guardo dritto negli occhi.

«Perché mi ferisci in continuazione? Ci trovi gusto nel vedermi soffrire? Cosa ti ho fatto per meritarmi questo? Dimmelo, Ryker.»

Mi guarda a lungo e in silenzio, nelle sue iridi scorgo il caos, la bufera, il tormento, sta combattendo contro se stesso e contro i suoi spietati demoni.

Poi, anziché rispondermi, mi pone una domanda.

«Mi odi?»

Il suo respiro caldo mi solletica il collo, provo l'istinto di allungare una mano verso di lui e carezzarlo anche se non lo merita, anche se non fa altro che farmi soffrire.

Vorrei rispondergli di no, ma non è questa la verità, io lo odio con tutto il cuore.

E odio il fatto di non odiarlo nemmeno un po'.

«Sì.»

S'irrigidisce incassando il colpo, il ghigno dipinto sul suo viso spigoloso lascia spazio alla delusione ma dura pochissimo, giusto il tempo di pensare cosa farne di me.

«Bene! Va' pure da lui. Il tuo principe azzurro del cazzo.»

Fa un paio di passi indietro, lasciandomi libero il passaggio.

Asciugo un'altra stupida lacrima con il dorso della mano fissandolo negli occhi, senza muovermi.

«Ma che diavolo! Sei sorda o scema? Ho detto di sparire! Vattene. Non ti voglio tra i piedi.»

«Ma…»

Mi afferra di nuovo per il braccio, apre la porta dell'aula e mi butta letteralmente fuori.

Io resto spiazzata, inerme, senza fiato.

A stento riesco a capire cosa sta accadendo.

Lui con un fischio richiama l'attenzione di Brianna, che era rimasta fuori in corridoio; la ragazza si avvicina ed entra nella stanza.

«Te ne vai, sgorbietto? Noi grandi abbiamo cose zozze da fare» afferma lei, con un tono malizioso.

Ryker mi rivolge un'ultima occhiata ostile, cinge Brianna palpeggiandole una natica e mi sbatte la porta in faccia.

*Crack.*

Sento il mio cuore spezzarsi in mille frammenti, graffiandomi la carne, scalfendomi le ossa, pungendomi l'anima.

Stringo le palpebre e dischiudo le labbra portandomi una mano sul petto.

Non riesco a compiere un solo passo, sono come pietrificata, non pensavo che dopo la morte di papà avrei potuto sentirmi ancora così vuota e infelice.

Non lo meritavo…

*Va' via da qui, Maggie. Ora.*

Devo andare via, non posso restare un secondo in più.

Un trillo mi fa rinsavire, è il mio cellulare, sicuramente Emma.

Dovevo solo comprare uno snack e non sono più ritornata al campo.

Leggo il suo SMS e le rispondo che sto arrivando.

Mi preparo un finto sorriso sulle labbra, raccolgo il pacchetto di liquirizie dal pavimento ed esco fingendo che vada tutto bene, che il mio cuore sia ancora intatto e privo di crepe.

# Maggie

# 15

A fine partita voglio solo filare a casa, indossare il pigiama e rifugiarmi tra le lenzuola a leggere.

Ormai è quasi buio e il cielo ha perso le sfumature calde del tramonto.

Ho sempre pensato che il sole che bacia l'orizzonte sia pura poesia: lo fa lentamente, con gentilezza e romanticismo, sprigionando un tripudio di luce che inonda il mondo d'oro.

Mentre il sole spariva, avrei voluto crogiolarmi nel tepore di quel momento e godere dello spettacolo offerto dalla natura, ma non ero dell'umore giusto, mi sentivo spezzata e come se tutta la mia forza vitale fosse scivolata fuori dal mio corpo.

E mi sento così ancora adesso.

«Io torno a casa» dico a Emma, con un sorrisetto forzato.

Lei mi prende a braccetto, per impedirmi di scappare via.

«Ma no, Maggie. Ora usciranno i ragazzi della squadra e ci inviteranno a festeggiare la vittoria con loro.»

Sbuffo, guardandomi in giro.

Gli spalti si stanno sfollando, con gli spettatori che si dirigono verso il parcheggio della scuola.

Mi sento un'idiota nel cercare Ryker tra la folla.

Una patetica stupida masochista.

È questo che sono.

«Non mi va, Emma. Sul serio.»

La mia amica mi fa gli occhi dolci sistemando, con l'indice, gli occhiali sul naso, dove le scendono molto spesso.

«Dovresti far stringere le astine» aggiungo.

«Non preoccuparti dei miei occhiali, Maggie. C'è qualcosa di molto più importante a cui dovresti prestare la tua attenzione» dice con un gran sorriso, guardando alle mie spalle.

Mi volto e vedo Bryce Jordan avvicinarsi con un suo compagno di squadra; indossano il bomber del college rosso e blu con il simbolo della mascotte cucito sul petto, e sembrano molto felici della vittoria.

«Eccoti! Pensavo fossi scappata via.»

Vorrei farlo, penso tra me e me.

«Bella partita! Complimenti, ragazzi» esclama Emma.

«Complimenti» ripeto, guardando la mia amica di sottecchi.

Lei mi fa un cenno con la testa, ma non capisco cosa mi stia suggerendo di fare.

Bryce mi sorride, indicando un'auto rossa parcheggiata poco distante.

«Ti va di andare a prendere una cosa?»

Mi sta chiedendo di salire nella sua auto, da soli?

Neanche per sogno!

*Ma con Ryker…*

Scuoto la testa, allontanando quel delinquente dai miei pensieri.

*Basta Ryker!*

«Io… non…»

«Insieme a Emma.»

Lei mi guarda con un sorrisone, facendo di sì con la testa.

«Okay, andiamo.»

Emma e io ci sediamo dietro, Bryce alla guida e il suo amico moro e muscoloso di nome Lucas di fianco a lui.

Rivolgo lo sguardo all'esterno del finestrino osservando il parcheggio ormai vuoto, ma, quando passiamo davanti all'ingresso principale della scuola, lo vedo.

Perdo un mucchio di battiti.

Ryker è insieme ai suoi amici, c'è ancora Brianna con lui e altre tre ragazze; quando l'auto di Bryce costeggia il marciapiede, anche lui mi vede.

Le nostre iridi, le mie di luce e le sue di tenebre, si scontrano per una frazione di secondo e sembra che il tempo si blocchi nel nostro sguardo e tutto intorno a noi si geli.

E il freddo lo sento nelle ossa, mi prende a morsi l'anima, mi ghiaccia il sangue, ma provo a scrollarmelo di dosso, come provo a farlo con i *suoi* occhi che sono certa mi seguiranno ovunque io vada.

Bryce ci porta a casa di un suo compagno di squadra, dove danno una festicciola per celebrare la vittoria.

Non sono mai stata a una festa, ne organizzavano poche a Summerville, e io e le mie amiche preferivamo fare altro, come andare al cinema o passeggiare in centro.

Sono un po' agitata ed Emma se ne accorge subito, forse ce l'ho scritto in faccia il mio disagio.

A volte vorrei essere meno trasparente, ma un ruscello non può mai diventare pozzanghera.

«Andiamo, Maggie! Ci divertiremo.»

Mi prende la mano, sorridendomi, e insieme seguiamo Bryce e Lucas.

Una volta dentro casa, veniamo accolti dalle urla euforiche del resto della squadra che inneggia al capitano, ovvero Bryce.

Lui gongola abbracciando i suoi amici, ringrazia per i complimenti che riceve da alcuni studenti e poi ritorna da me.

«Cosa ti va da bere? Un succo?» mi domanda.

«Sì, un succo va bene.»

Mi fa l'occhiolino. «Vado e torno.»

Si allontana con la sua stazza enorme, eppure è così gentile, mi ricorda un gigante buono.

«È pazzo di te» mi dice Emma all'orecchio.

Scrollo le spalle. «Ma smettila.»

Di rimando, mi dà una spallata.

«Smettila tu! Non vedi come ti guarda? Vorrebbe divorarti come una caramella alla fragola.»

«Non è vero e poi… non m'interessa.»

Mi fissa, indagando, come una giovane Sherlock Holmes.

«E perché? Non mi dire che ti piace qualcun altro.»

Faccio spallucce ascoltando in sottofondo *Look After You* dei The Fray, una canzone a cui sono particolarmente legata perché papà la cantava spesso a me e alla mamma.

«Nessuno, Emma. Nessuno.»

Vedo Bryce venirci incontro con due bicchieri tra le mani.

«Cavolo! Ti sei innamorata di Ryker?»

Una pugnalata al cuore.

Un cazzotto allo stomaco.

Un nodo di spine alla gola.

«Ma che dici? Sei forse impazzita? Non dirlo neanche per scherzo.»

Solo dopo mi rendo conto di aver urlato come un'isterica.

Emma mi fissa sbigottita per la mia reazione e Bryce, ormai a un passo da noi, mi chiede se va tutto bene.

«Sì! Va tutto bene» confermo, prendendo il bicchiere e impedendo alla mia mano di tremare.

Lui si mette di fianco a me, sovrastandomi con il suo metro e novanta.

«Parlami un po' di te, Maggie. Sono curioso di conoscerti meglio.»

Emma mi strizza l'occhio e si allontana per lasciarmi sola con Bryce; io faccio di tutto per farle capire che non deve, ma lei se ne infischia.

Quindi eccomi, in un angolo del salone di casa di uno sconosciuto, a fare conoscenza con un ragazzo, per la mia prima volta.

Sorseggio il succo alla pesca, sentendo le guance arrossarsi.

«Cosa vuoi sapere? Non sono una persona interessante…»

«Ehi, questo lascialo decidere a me.»

«Sono come mi vedi: una ragazza semplice, proveniente da una cittadina di nome Summerville. Studio molto e la mia passione più grande è leggere. Sono una *Potterhead*.»

I suoi occhi celesti sono incollati al mio viso, ma non mi provocano nulla di tutto ciò che una sola rapidissima occhiata di Ryker è capace di suscitarmi.

«Sei diversa dalle ragazze di qui. Sei vera ed è una cosa che mi piace tanto di te. Non è l'unica, in verità.»

Sfuggo al suo sguardo, sentendomi in imbarazzo.

«Grazie, sei molto gentile, Bryce.»

«E senti questa: anch'io sono un *Potterhead*.»

«Sul serio?»

Annuisce.

«Io sono Grifondoro, tu?»

«Non l'avrei detto. Anch'io Grifondoro, senza ombra di dubbio.»

Prendo un altro sorso dal bicchiere, sentendomi meno triste, anzi, provando un pizzico di euforia.

«Ascolta, Maggie, so che la domanda che sto per porti è un po' affrettata e che non ci conosciamo ancora bene, ma mi stavo chiedendo se ti andrebbe di uscire con me.»

Oddio! E adesso cosa gli rispondo?

«Io… non… mi hai preso alla sprovvista.»

«Pensaci, okay? Senza fretta.»

Annuisco. «Okay.»

Mi sorride ed io ricambio allo stesso modo.

«Ti piacciono le feste?»

Mi guardo intorno, sentendomi un pesce fuor d'acqua, ma devo ammettere che non è male questa atmosfera.

È una festicciola tranquilla, nulla di esagerato.

«Certo.»

«Bene! A fine mese darò, come da tradizione, la festa di Halloween a casa mia. Non devi mancare! Anche se deciderai di non uscire con me, insisto nel volerti alla mia festa, okay?»

Questo ragazzo sembra un angelo giunto sulla Terra, a cavallo di un destriero alato.

«Ci sarò.»

«Bene! Non appena inizi ad annoiarti, dimmelo, che ti accompagno a casa.»

«Non preoccuparti, posso chiamare mia madre…»

«Insisto.»

Annuisco, finendo di bere il mio succo.

Bryce e io parliamo del più e del meno, spesso mi fa ridere poi mi porta in pista a ballare, ma sono un'imbranata e ci rinuncio subito.

La serata trascorre piacevole e quasi non mi accorgo che è arrivata l'ora di ritornare a casa.

Recupero Emma, intenta a dialogare con un gruppo di

ragazze che probabilmente seguono i suoi stessi corsi e le dico che devo andare.

«È tardi. Alle undici devo essere a casa.»

«Ragazze, ci vediamo a scuola. Andiamo, Maggie, vengo con te.»

Saliamo sull'auto di Bryce e lui accompagna prima la mia amica, la cui abitazione è poco distante dalla mia, poi, in circa cinque minuti, giungiamo davanti casa mia.

Bryce mi guarda speranzoso, con gli occhi luminosi che si specchiano nei miei; sta per sporgersi verso di me, ma io salto giù dall'auto in un baleno.

«Grazie per il passaggio» esclamo, ormai quasi alla porta.

Lui mi sorride. «Di niente, buonanotte, Maggie.»

Lo saluto con la mano. «Notte.»

Accelera e va via.

Il quartiere è silenzioso, il rombo dei motori si avverte solo in lontananza.

Cerco le chiavi nella borsa, non voglio bussare, soprattutto se la mamma sta già dormendo.

Le trovo e le inserisco nella toppa; sto girando la prima mandata quando avverto una presenza alle mie spalle.

Il cuore mi rimbalza in gola, non ho il coraggio di voltarmi, per paura che si tratti di un ladro o un malintenzionato.

Con le mani che mi tremano cerco di fare più in fretta che posso, ma la chiave s' inceppa nella serratura.

Che sfiga!

Ci riprovo, ma sono troppo agitata, mi volto di poco per vedere chi si trova dietro di me e resto senza parole.

Ryker è qui.

Tra le dita stringe il collo di una bottiglia di birra mezza vuota, e i suoi capelli spettinati fuoriescono dal cappuccio della felpa, che porta calato sul viso.

Non so cosa vorrei fare in questo momento, se fuggire in casa o buttarmi tra le sue braccia.

«Cosa ci fai qui? Chi ti ha detto dove abito?»

La mia voce scioccata trema a ogni sillaba che pronuncio, la sento echeggiare nella notte.

Lui mi fissa assottigliando gli occhi, prendendo un lungo sorso di birra.

«Ti ha baciata?» biascica.

Cosa? È serio? Mi chiede se un altro ragazzo mi ha baciata, dopo aver fatto quelle cose schifose con la sua amichetta?

Pazzo, questo ragazzo è completamente pazzo!

«Non sono affari tuoi.»

Finalmente riesco ad aprire la serratura, ma lui annulla la poca distanza tra noi.

«Cazzo! Sì che lo sono, Maggie May.»

«Sei ubriaco.»

«Nah… ho bevuto solo una birra. Sono lucido.»

«Okay, se sei lucido capisci che devi andartene. Io ora devo entrare.»

Sto per girare la maniglia quando lui mi afferra per il braccio facendomi sbattere la schiena contro il suo petto.

«Vieni con me.»

«No, Ryker. È tardi.»

Mi fa voltare per guardarmi in faccia, senza mollare la presa.

«Maggie, vieni con me.»

Mi fissa intensamente, con i suoi occhi cupi e lucidi.

«No! Non ci vengo con te» ribadisco.

Sospira, poi tracanna altra birra, finendola d'un fiato.

«Ti prego, Maggie, vieni con me.»

La sua richiesta mi fa trasalire e tremare il cuore, lo osservo per una frazione di secondo e capisco che in questo momento è sincero.

Vuole realmente stare con me.

Me ne accorgo dal suo sguardo afflitto, da come si aggrappa al mio braccio, dal tono quasi supplichevole nella sua voce.

Sto per dirgli di sì, sto per abbandonarmi a lui ancora una volta, sto per farmi avvolgere dal suo fumo nero e asfissiante, senza remore.

Ma poi ricordo ciò che fatto questo pomeriggio: un lampo mi squarcia la mente e decido di prendere la decisione più saggia.

«Non voglio venire con te! Te ne devi andare subito o chiamo mia madre. Sparisci!»

Mi libero della sua presa, oppure è lui ad allentarla, ed entro in casa rapidamente.

Mi chiudo la porta alle spalle e corro alla finestra per guardare cosa fa, nascosta dietro la tenda.

Lui lancia la bottiglia vuota di birra contro il cassonetto della spazzatura, si passa le mani sulla faccia e poi nei capelli con un gesto disperato, fa per avvicinarsi alla porta di casa mia, ma poi ci ripensa facendo dietrofront.

Ficca le mani nelle tasche, risolleva il cappuccio e, a passo svelto, sparisce.

# 16 Ryker

*Una settimana dopo*

«Perché non stai andando a scuola?»

La vocina di Millie è un balsamo per la mia anima disseminata di ferite sanguinanti.

Sono nella sua stanza, lei sta guardando i cartoni animati e io sto disegnando sul mio album.

«Perché non mi va.»

Dopo quella sera davanti casa di Maggie, dopo che mi ha mandato via come l'ultimo degli uomini, come fossi feccia, mi sono sentito male da far schifo.

Ho trascorso l'intera settimana al *Dark Maze,* ad autodistruggermi.

Alcol, erba, ancora alcol, e ancora erba.

Sono stato tentato di provare qualche altra sostanza dall'assortimento di Jeff, ma non sono disperato fino a questo punto.

Non per una ragazza.

Non per *lei*.

Non la vedo da sette giorni e non ho chiesto di lei ai miei amici.

Che se ne andasse a 'fanculo quella stronza!

Ha già scelto.

E la sua fottuta scelta non sono io.

«Sei uno stupidino! Devi andare a scuola.»

Le do un pizzicotto sul fianco.

«Ora mi fai la ramanzina? Non provarci più, moscerino.»

Millie scoppia a ridere, allungandosi con il collo per sbirciare il contenuto del mio album, appoggiato sulle mie ginocchia.

«Chi è questa ragazza che disegni sempre? La tua fidanzata?»

Cazzo! I bambini di oggi sono così perspicaci e attenti, a questa marmocchia non sfugge niente.

«Nessuno.»

Mi rivolge una smorfia buffissima.

«Sì, certo, nessuno! Come si chiama?»

Sbuffo, chiudendo l'album con un rapido gesto.

«Hai fame?»

Annuisce, facendo ondeggiare i suoi boccoli spettinati.

«Voglio il cheeseburger.»

Le punto il dito contro. «Solo se farai la brava. Stasera bagnetto e shampoo, hai i capelli pieni di nodi.»

Si lascia cadere sul letto, alzando le gambe all'aria.

«Noooo. Tu mi fai male quando mi pettini.»

«Ehi, vuoi che ti vengano i pidocchi? I ragazzini scapperanno da te a gambe levate e ti prenderanno in giro. E poi sarò costretto a picchiarli tutti!»

Mi fissa con uno sguardo da furbetta.

«Oookay, ma in cambio…»

«Questo non è un baratto.»

«E dai, Ry! In cambio devi dirmi il nome della ragazza che disegni.»

Merda! La mia sorellina è proprio cocciuta e intelligente per la sua tenera età.

«Ma vedi un po' tu se devo farmi ricattare da un moscerino…»

Balza sul letto, guardandomi di sbieco.

«Il suo nome.»

«Maggie… si chiama Maggie» mormoro, arrendevole.

Una violenta fitta mi attraversa il petto mentre pronuncio il suo nome.

Non mi chiedo più perché mi succede, ormai mi sono rassegnato.

Il mio corpo risponde da solo, in automatico, quando penso a lei.

Millie mi sorride, mostrando la finestrella che ha tra i denti.

«E tu a lei piaci?»

Mi alzo dal pavimento, guardando l'orario sul cellulare.

«Allora?» strilla.

«No! Lei mi odia.»

Mi sembra di vivere un deja-vu, questo dialogo l'ho già intavolato con il professor Burton, ma non solo.

Anche con me stesso, allo specchio, ogni fottutissimo giorno.

Millie mette il muso.

«Perché? Perché odia il mio super fratellone?»

Sospiro, incappando per sbaglio nel mio riflesso alla finestra e ciò che vedo è un giovane uomo con la pelle ricoperta di tatuaggi, un'ombra perenne sul viso e la rabbia nel cuore.

«Perché la ferisco… spesso.»

«E perché lo fai?»

*Perché sono un pezzo di merda egoista.*

Semplice.

Ovviamente lo penso soltanto, senza ripeterlo ad alta voce, e sbuffando mi sposto verso l'uscita della cameretta.

«Hai finito con il gioco del perché? Ora devo uscire a comprarti la cena. Non muoverti, resta nella tua stanza e chiuditi a chiave, fuori ci sono gli amici di tuo padre. Come li chiamiamo noi?»

«Spazzatura!»

«Brava! E la spazzatura dove deve restare?»

«Fuori dalla porta.»

Le faccio l'occhiolino.

«Torno tra un po'.»

Millie fa ciò che le dico, girando la chiave nella toppa con due mandate e serrandosi nella sua stanza.

Attraverso il piccolo corridoio ritrovandomi nell'angusto salotto dove Jeff, mia madre e altra gente di merda come loro si stanno facendo di crack, seduti intorno al tavolo.

Passo di fianco senza degnarli di uno sguardo, ho ancora un occhio livido a causa di quel bastardo, visto che l'altro ieri ci siamo scontrati per l'ennesima volta.

Lui mi ha provocato.

Io mi sono ribellato.

Lui mi ha colpito.

Io mi sono difeso.

È sempre così che va, da lunghi dannatissimi anni, da quando quella stronza di mia madre l'ha fatto entrare nelle nostre vite.

L'unica cosa buona che ne è uscita è quella dolce bambina chiusa nella sua cameretta, ma a quale prezzo?

Millie è infelice, trascurata, vive in un contesto pessimo e l'unico a prendersi cura di lei è il sottoscritto.

Bella merda!

Una volta fuori dalla casa mobile, mi avvio lungo lo stradone in direzione del McDonald's. Sono tentato di fare una deviazione, girare a destra e proseguire fino a casa di Maggie per vederla, mi basterebbe farlo anche solo per un attimo.

Non lo faccio.

Cazzo, non sono un debole!

Io sono il prepotente, lo stronzo, il cattivo ragazzo.

Ma anche i cattivi soffrono, forse più di tutti gli altri.

Perché si portano dentro piaghe infette, che bruciano dolorose e in profondità, impossibili da curare. Ai cattivi non resta altro che attendere nel loro limbo che qualcuno venga a salvarli.

Ammesso che siano disposti ad accettare l'aiuto altrui.

Per quanto mi riguarda, non so bene cosa voglio, se continuare a sguazzare nel mio abisso zeppo di fango o risalire in superficie, verso l'ossigeno.

Mentre aspetto i miei panini ricevo una telefonata da Jaden; non ci vediamo da ieri, è stato impegnato con la sua professoressa.

«Oh, fratello, che si dice?»

«Tutto uno schifo, come sempre. A te? Sei con la prof?»

Ridacchia. «Sono stato con lei fino a mezz'ora fa. Che gran scopata! Senti, ma lo sai che sabato sera quel coglione di Jordan darà la sua solita festa di Halloween?»

«Chi se ne fotte!»

«Pure se dovesse esserci anche Maggie...?»

Eccola! Un'altra fottuta pugnalata al petto.

«Che se ne andassero a 'fanculo. Tutti e due.»

«Ma davvero vuoi farti rubare la polpetta dal piatto? Porca puttana, Ryker! Quella verginella è tua.»

Lancio un'occhiata al mio polso, all'elastico per i capelli che ho sottratto a Maggie, riflettendo sulle parole del mio amico e un ennesimo moto di gelosia mi scuote le viscere.

«Hai ragione, cazzo!»

«Imbuchiamoci a quella festa di merda e prenditi la sua verginità. Poi potrai pure lasciare i tuoi avanzi a quel coglione.»

Come diavolo lo spiego a Jaden che non mi accontento solo della verginità di Maggie, ma che la voglio tutta?

Desidero come un affamato ogni cosa di lei, dai suoi capelli rossi alla sua bocca umida, dal suo sguardo dolce alla sua anima candida.

Non ho mai posseduto niente nella mia vita e non ho mai nutrito il desiderio di farlo. Ma ora so cosa voglio.

Lei.

Voglio solo lei.

È complicato da spiegare a parole, Jaden non capirebbe, inoltre non mi va di farmi prendere per il culo da lui o dagli altri, tanto vale acconsentire.

«Diamine se lo farò! A domani, Jay.»

«A domani, amico.»

Ritiro i panini e ritorno a casa, riflettendo su come fare per riappropriarmi di ciò che è mio.

Maggie May non ha ben chiaro con chi ha a che fare, non sa quanto io possa essere testardo e possessivo.Non sa che quando m'incaponisco non c'è niente che possa farmi desistere, nemmeno Dio.

Ritornerò alla carica sabato sera alla festa, e lei cadrà ai miei piedi senza battere ciglio.

Perché lo so che lei mi vuole da impazzire, deve solo riuscire a farglielo ammetterlo, prima di tutto con se stessa.

*

È sabato sera, io e gli altri siamo al *Dark Maze*, ci stiamo ricaricando prima di imbucarci alla festa di Jordan.

Rio mi passa lo spinello, prendo un lungo tiro sbuffando fuori il fumo biancastro, poi mi faccio un paio di sorsi di birra.

Derek ha comprato per tutti delle maschere horror da clown, ma se lo scorda che io la indossi.

«È Halloween, che sfizio c'è se non ti travesti?» insiste.

Gli altri due scoppiano a ridere perché Derek sembra aver preso la questione molto a cuore, tanto che tra non molto si metterà a piangere, per effetto dell'erba.

«Merda! Ti ho detto di no! Devono guardarmi in faccia quando arrivo, non voglio nascondermi dietro a una maschera da quattro soldi.»

«Oh, le ho pagate tredici dollari ciascuna!»

«E vedi che ti hanno fatto il pacco?» interviene Jay.

Ridiamo tutti, tranne chi stiamo sfottendo.

«Siete proprio dei gran figli di puttana» replica Derek risentito.

Rio mi ripassa lo spinello, prendo l'ultimo tiro e spengo il mozzicone nel posacenere, dopodiché finisco la mia birra.

Il mix di erba e alcol mi lascia una strana ma rilassante sensazione di euforia, non sono sbronzo e nemmeno fatto, solo un po' su di giri, il giusto.

Non ho esagerato perché non so cosa mi attende alla festa, meglio restare lucido per qualunque evenienza, a strafarmi ci penserò dopo, se le cose non dovessero andare come previsto.

Jaden si alza dal divano, guardando l'orario sul suo cellulare.

«È ora. Andiamo?»

Gli rispondo con un cenno.

«E le maschere?» chiede Derek, senza mollarle.

Ridacchio. «Che palle! Portale, le indosseremo per entrare in casa, giusto due minuti.»

Mi passa un braccio sulle spalle.

«Grande, Ry!»

Usciamo dal *Dark Maze* e ci avviamo verso la zona nord del quartiere, dove le case non sono fatiscenti, al contrario, ci sono villette niente male e i parchi pubblici sono ben tenuti.

Impieghiamo circa una ventina di minuti per arrivare a casa di Jordan e, non appena siamo nei pressi, tutti e quattro indossiamo le maschere.

L'abitazione di Bryce è addobbata per l'occasione con archi di palloncini arancio e neri, dal prato spuntano finte lapidi e sul patio, ai lati della porta, torreggiano due zombie fantocci.

L'ingresso è libero. Un gruppo di ragazzi della nostra scuola entra prima di noi, che li seguiamo sbucando nell'ampio salone adibito a discoteca.

Da sotto la maschera intercetto Bryce: sta parlando con quei cazzoni dei suoi compagni di squadra, non mi ha ancora visto.

M'inoltro tra gli invitati, seguito dai miei amici, con la musica che pompa dalle casse sofisticate dell'impianto stereo, e mi fermo in un angolo per cercare Maggie.

Sono tutti mascherati e truccati, lo sarà anche lei, quindi non riesco a intercettarla subito.

Sulla pista da ballo non c'è, addossata al muro a farsi toccare da qualcuno nemmeno, potrebbe essere in cucina o seduta sul divano in fondo alla stanza.

Da qui la visuale fa schifo, così mi sposto senza dare troppo nell'occhio.

E riesco a vederla.

Cazzo! È travestita da una *Grifondoro*. Con quella gonnellina a pieghe che lascia scoperte le sue gambe di latte, mi viene duro subito.

Ha lasciato i capelli sciolti che, come fiotti di lava, le ricadono sulla mantella nera aperta, sotto ha una camicetta bianca che le aderisce perfettamente e al collo ha allacciato la cravatta nei tipici colori rosso e oro.

Non tolgo ancora la maschera, lo farò solo quando sarò accanto a lei; aspetto il momento giusto per avvicinarmi, ma un tizio mi precede e va a sedersi sul divano.

Merda! Ora gli spacco la faccia.

Stringo i pugni, pronto ad afferrare quel coglione per il colletto da Conte Dracula e scaraventarlo contro la portafinestra, ma uno dei miei amici mi blocca in tempo.

«Non fare casini, ti copriamo noi le spalle con Jordan e la squadra.»

Annuisco.

Se facessi scoppiare la solita rissa non riuscirei ad avvicinarmi a lei; Bryce chiamerebbe la polizia, come ha già fatto in passato, e mi rispedirebbero di corsa al riformatorio.

Devo restare lucido.

Non devo permettere al mio lato aggressivo di sguainare la spada e prendere il sopravvento.

*Controlla i tuoi demoni, Ryker.*

*Ingabbiali e non lasciarli vincere.*

Muovo alcuni passi senza staccare gli occhi da lei che, con la sua innata gentilezza, sta declinando l'invito a ballare del vampiro coglione.

Il tizio si leva finalmente dalle palle e io prendo il suo posto, sedendomi di fianco a lei.

Non mi riconosce, ho ancora la maschera sul viso e non mi guarda nemmeno, tiene gli occhi fissi sulle sue mani, mentre tortura le pellicine delle unghie.

Poi la vedo muovere impercettibilmente le narici, come se stesse annusando un profumo… il mio profumo.

Si volta verso di me, lancia uno sguardo alle mie dita tatuate e si irrigidisce di colpo.

«Ryker…» sussurra.

Mi levo la maschera, mostrando la mia faccia da stronzo.

«Maggie May.»

Mi osserva a lungo, sembra triste, arrabbiata e di nuovo triste, mentre allunga una mano verso di me.

«Il tuo occhio… hai fatto di nuovo a botte?»

*I wanna be yours* dei Arctic Monkeys sovrasta la sua voce flebile e le luci colorate stroboscopiche illuminano il suo viso di rosso, blu e verde.

Mi sfiora il livido con la punta dei polpastrelli, dischiudendo le labbra turgide.

«Faccio sempre a botte.»

«Dove?» ritrae di colpo la mano stringendo gli occhi, come per non piangere. «Dove ti eri cacciato? Perché non sei venuto a scuola questa settimana?»

La sua voce è incrinata da un mix di apprensione e tristezza, e questa cosa egoisticamente mi appaga.

«Hai sentito la mia mancanza?»

Porca puttana! Sto per saltarle addosso e infilarle la lingua in bocca, non so cosa mi stia dando l'autocontrollo in questo momento.

Ma non durerà ancora per molto, fremo dalla smania di infilarmi tra le sue cosce, impossessarmi della sua verginità e sentirla piagnucolare dal piacere sotto di me.

Dio! Sto impazzendo.

Maggie sbatte le palpebre, abbassando di colpo lo sguardo.

«N… no.»

Le sposto un ciuffo di capelli dal viso, per guardarla negli occhi.

«Sai che non devi mentirmi.»

Sospira, ritornando a scrutarmi e per me è come respirare a pieni polmoni, non più in apnea come di solito.

Lei è puro e fresco ossigeno.

«Sì, mi sei mancato e… mi hai fatto preoccupare tantissimo.

Pensavo ti fosse accaduto qualcosa di brutto. Io… volevo chiedere di te ai tuoi amici, ma loro mi fanno paura e non sono riuscita ad avvicinarmi.»

La sua confessione, così ingenua e buffa, mi fa sogghignare, sto per sporgermi verso di lei e farle le cose più zozze che la mente e il mio uccello mi suggeriscono, quando vengo interrotto sul più bello.

«Eccoti, reietto! Come ti sei permesso di imbucarti alla mia festa?»

Bryce Jordan mi si è parato davanti, le mani sui fianchi e lo sguardo minaccioso… che non fa paura nemmeno a una mosca.

Lancio una rapida occhiata ai miei amici, già sul piede di guerra.

Sta per scoppiare una fottuta rissa, sento già l'euforia incendiarmi il sangue nelle vene.

Scatto in piedi, sostenendo il suo sguardo.

Ci separano in altezza solo pochi centimetri, questo coglione non ha ancora capito che non m'intimorisce affatto?

Quanto è ridicolo.

«Sono qui solo per lei. Della tua festa me ne sbatto le palle.»

Maggie si alza, frapponendosi tra me e lui.

«Non litigate, ragazzi, per favore.»

«Maggie, allontanati da questo delinquente. Ora chiamerò la polizia, così lo sbatteranno fuori dalla mia proprietà» esclama Jordan a gran voce.

Emetto un risolino di scherno.

«Sì, chiama pure chi cazzo ti pare, femminuccia. E dopo non dimenticarti di andare a piangere da mamma e papà perché ti ho fottuto la ragazza.»

Assottiglia lo sguardo avanzando verso di me, mentre Maggie resta immobile tra di noi.

«Maggie non sarà mai tua.»

«Lo è già. Dal primo giorno.»

«Di cosa sta parlando?» le chiede.

Lei è confusa, non sa cosa dire o fare, è palesemente in difficoltà.

«Io… vi prego, smettetela, okay? Non dovete picchiarvi per me, assolutamente.»

Intanto gli invitati smettono di ballare e fare ciò che di solito si fa a una festa e ci accerchiano per assistere all'imminente scontro.

«Diglielo, Maggie May. Il nostro amichetto lo vuole sapere.»

Maggie mi fissa implorandomi con gli occhi di darci un taglio, ma il mio innato e crudele orgoglio me lo impedisce.

«Bene, cazzone, se lei si vergogna, te lo dico io.»

# Maggie

## 17

Piazzata tra Ryker alle mie spalle e Bryce davanti a me, mi sento come se stessi camminando sul filo di un funambolo.

Sono in precario equilibrio, basterebbe una leggerissima spinta per inciampare e cadere giù, tra le fiamme.

Ryker è agguerrito, nei suoi occhi scuri danza il fuoco della vendetta, ma il suo rivale è altrettanto arrabbiato.

Mi trovo tra l'incudine e il martello e non vedo alcuna via d'uscita.

Questa sera qualcuno si farà male.

«Maggie e io scopiamo da due mesi, e dopo aver assaggiato il mio cazzo credi che vorrà passare al tuo cosetto piccolo e moscio? Ovviamente no. E te lo ripeto, lei è roba mia. Guardala ancora e ti cavo gli occhi, Jordan.»

Resto allibita, senza fiato, rigida come una statua di sale.

Mi sento osservata, additata, tutti mi fissano come se fossi un fenomeno da baraccone, o peggio, come se fossi una poco di buono.

Perché Ryker ha mentito?

È possibile che trovi sempre un modo per umiliarmi?

Pensavo che dopo l'ultima volta, davanti casa mia, avesse capito.

Pensavo che fosse cambiato, almeno un po'.

E invece è più crudele di prima.

E mi ha ferito di nuovo.

Lui mi ferisce sempre.

Bryce dirotta il suo sguardo colmo di shock sul mio viso paonazzo e accaldato.

«È vero, Maggie?»

Scuoto la testa, confusa e triste per aver solo immaginato di dare a Ryker una seconda possibilità e di donargli il mio cuore.

«No! Non è vero. Diglielo, Ryker. Diglielo che stai mentendo» esclamo, con tutti gli occhi dei presenti puntati su di me, quasi come se avessi commesso un crimine.

Ryker mi cinge per i fianchi, stringendomi da dietro al suo petto solido.

«Non vergognarti, piccola. Prima o poi l'avrebbero scoperto.»

Cerco di liberarmi dalla sua presa ma lui è più forte di me, in ogni senso, e non riesco a divincolarmi.

«Voglio andare via» affermo, risoluta.

Sono le uniche parole che mi escono dalla gola, quando invece vorrei urlare ben altro.

Bryce mi guarda deluso, quasi nauseato, si sposta di lato e lascia passare me e Ryker, che mi tiene stretta a lui in una morsa.

Attraversiamo il salone, io a testa bassa, mentre paroline

scortesi e appellativi poco urbani mi arrivano alle orecchie, come tante spine intinte di veleno.

«Continuate pure con la vostra festa di merda, sfigati!» urla Jaden.

Una volta fuori, Ryker allenta la presa, guardandomi con un sorrisetto compiaciuto.

È possibile che non capisca di aver sbagliato?

O ne è consapevole e ci prova gusto?

Ci raggiungono pure i suoi compagni di scorribande, che lo salutano in fretta dileguandosi nella notte e lasciandoci soli.

Lui mi fissa come se volesse divorarmi, le sue iridi spudorate mi squadrano dai capelli alle scarpe, soffermandosi sulle mie cosce semiscoperte.

Poi, mordendosi il labbro, si spinge verso di me per baciarmi, immagino, ma gli mollo uno schiaffo in piena faccia.

«Sei uno stronzo!» strillo.

Non credo alle mie orecchie e nemmeno ai miei occhi.

L'ho fatto sul serio?

Ho insultato e colpito Ryker Ash, il bullo?

Mi guarda sorpreso, non si sarebbe mai aspettato dalla stupida Maggie May una reazione del genere.

Beh, nemmeno io.

E invece…

«Ma che cazzo ti prende? Perché mi hai colpito?»

«Non l'hai capito?»

Aggrotta la fronte, increspando le labbra carnose in un ghigno di dissenso.

«Non volevi far scoprire al tuo fottuto principe azzurro di noi?»

Di *noi*?

La rabbia che graffia la sua voce colpisce anche me, come un pugno allo stomaco.

«Mi hai umiliata, Ryker. Ancora. Hai raccontato una bugia, davanti a tutti, te ne rendi conto?»

Scrolla le spalle sfilando il pacchetto di sigarette dalla tasca dei jeans, ne prende una e se la sistema sull'orecchio.

«Che sarà mai? Qui tutti scopano con tutti, non è nulla di eclatante. E poi tutte le tipe della scuola vorrebbero farsi una degna scopata con me, dovresti sentirti lusingata.»

Ho sentito bene? Certo che sì, come potevo aspettarmi una risposta diversa da lui?

«Mi fai schifo, Ryker!»

Gli volto le spalle e mi allontano a passo svelto, ma lui mi raggiunge in pochi secondi, afferrandomi per il polso.

«Aspetta, Maggie.»

«Cosa vuoi?»

«Stai un po' con me.»

«Perché? Perché dovrei stare un po' con te?»

Si passa una mano sulla faccia, come per cancellare la frustrazione, e noto che porta ancora il mio elastico al polso, e questa cosa un po' mi intenerisce.

«Cazzo… perché sì.»

«*Perché sì* non è una motivazione.»

Cattura la sigaretta tra le dita portandosela tra le labbra, poi con l'accendino dà fuoco all'estremità.

«Concedimi solo un'ora.»

Ora il suo tono di voce si è ammorbidito e io, come spinta da una forza invisibile, cedo, nonostante sia consapevole che tutto questo è sbagliato e che lui mi trascinerà giù, in un baratro senza fine.

«Posso concederti solo quindici minuti, ho il coprifuoco alle undici.»

Prende un tiro dalla sigaretta e lo sbuffa in alto, per evitare che mi arrivi in faccia. «Ti accompagno a casa.»

Camminiamo in silenzio per un po', fianco a fianco, il cielo sopra di noi è carico di nuvole minacciose, si è alzata una brezza fresca che mi provoca un brivido lungo la schiena.

Lui si schiarisce la voce continuando a fumare, guardandomi di sottecchi di tanto in tanto.

Per la prima volta sono io a rompere il ghiaccio, perché ho una domanda che mi serpeggia sottopelle, mi fa prudere le dita e mi provoca una sensazione di angoscia che mi grava sul petto.

«Posso chiederti una cosa?»

Fa cenno di sì con il capo.

«Ehm… beh… quella ragazza… Brianna. È la tua fidanzata?»

Un sorrisetto trionfante inarca le sue labbra carnose e perfette.

Guardandole, ripenso al nostro primo bacio e mi sembra di camminare a dieci metri da terra.

Sbuffa una nuvola di fumo fissandomi con la coda dell'occhio, mentre io mi avvolgo nella mantella dell'uniforme, sentendo il suo sguardo bruciarmi le guance.

«No.»

No? Solo no? Tutto qui?

Cavolo, che rabbia!

«Ma vi state frequentando, giusto?» indago.

Sogghigna ancora.

«In passato sì, ci siamo frequentati.»

«In passato? Sei stato con lei il giorno della partita» gli faccio notare, con una nota di acidità nella voce.

Mi imbarazzo per essere stata così trasparente e aver messo a nudo ciò che sento.

*Stupida, stupida, stupida, Maggie.*

«Se me lo chiedi, non ci scoperò più.»

«Io… non m'interessa con chi vai a letto, perché dovrei chiederti di non farlo?»

Spegne la sigaretta sotto la punta del suo anfibio e mi afferra per le spalle, spingendomi contro la saracinesca di un negozio chiuso.

Un lampo squarcia il cielo e, un istante dopo, una pioggia furiosa precipita su di noi.

Ryker mi ripara con la sua schiena, la tettoia dell'edificio sotto cui ci troviamo non è abbastanza ampia per impedire a entrambi di bagnarci.

Così, istintivamente, lo afferro per il lembo della felpa scura, facendolo addossare al mio corpo attraversato da un'infinità di brividi.

Non c'è distanza.

Solo la stoffa sottile dei nostri vestiti ci separa e vorrei che lui se ne liberasse subito.

Prima di conoscerlo, non avrei mai immaginato di provare certi impulsi; il mio corpo non ha mai mandato segnali di questo tipo.

Ora è come se dentro di me stessero scoppiando dei fuochi d'artificio.

Da quando Ryker è entrato come un caterpillar nella mia vita tutto è cambiato, anch'io mi sento diversa e non so se sia un bene ma non riesco a stargli lontana.

Probabilmente siamo legati da fili lunghi e invisibili che finora ci hanno permesso di procedere in direzioni diverse, ma a un certo punto devono essersi ingarbugliati, accorciati, annullando la distanza che ci separava.

«Cazzo, Maggie,» mormora, afferrandomi una coscia «potrei fotterti contro questo muro.»

Le sue parole colme di smania mi provocano un vuoto alla bocca dello stomaco; il mio cuore, d'altro canto, inizia a picchiare contro la gabbia toracica così forte da uscirmi dal petto.

«Ryker...» sussurro sulla sua bocca.

Lui non mi dà il tempo di aggiungere altro, mi addenta le labbra infilando una mano sotto la gonnellina e scostando gli slip per toccarmi.

Gemo cingendogli il collo con le braccia, mentre le nostre lingue si intrecciano in una danza passionale e famelica.

Le dita di Ryker si muovono fuori e dentro di me con foga, il suo profumo mi avvolge, il calore della sua pelle mi riscalda, mentre intorno a noi si scatena il finimondo.

Sono preda della sua bocca esperta che mi consuma, che mi risucchia fino a farmi mancare il respiro, fino a farmi girare la testa come su una giostra.

Dovrei odiarlo, dovrei allontanarlo, dovrei... sì, dovrei fare un milione di cose per impedirgli di starmi vicino, di toccarmi, di parlarmi in questo modo, ma sono caduta nella sua trappola come un fiore immacolato nella cenere.

Lui è tutto ciò che non avrei mai voluto.

Ma adesso è l'unica cosa che voglio con tutta me stessa.

Ryker si stacca per un attimo guardandomi negli occhi, i suoi colmi di sporco desiderio.

«Sto per entrarti dentro, Maggie May. Sto per prendermi la tua verginità.»

Annaspo, aggrappandomi forte alle sue spalle, con lo scroscio della pioggia che batte sull'asfalto creando un sottofondo perfetto.

«Ryker, non mi sento pronta» bisbiglio.

Avverto che m'infila un altro dito dentro e sussulto, mordendomi il labbro.

«Farò piano.»

Scuoto la testa.

«Non così, non per strada... non l'ho immaginata in questo modo la mia prima volta» confesso in un sussurro.

Si adombra di colpo, assottigliando lo sguardo.

«E come, principessina? In un fottuto castello, magari?» mi accusa.

Dischiudo le labbra, ancora tramortita dal suo bacio furioso.

«Perché sei così cinico? Hai rovinato un bel momento…»

Alza un sopracciglio e, con un rapido gesto, sfila le mani da sotto la mia gonna, afferra le mie braccia ancora intorno al suo collo e le leva brusco.

Non capisco…

«Tu l'hai rovinato! Me la stai facendo sudare, ma che diamine. Le altre aprono le gambe per me senza che io dica una sola parola. Tu invece te la stai tenendo stretta, per chi? Per quel coglione di Bryce?»

Un secondo fa, mi sembrava di toccare il punto più alto del Paradiso con un dito, ora invece i miei piedi sfiorano le fiamme dell'Inferno.

E brucia, brucia tantissimo.

Un moto di delusione si espande nel mio petto risalendo per la gola come un groppo che stringe, impedendomi di respirare.

Stavo per dargli ogni cosa di me, ma lui voleva solo… quello.

Beh… era chiaro dall'inizio, ma mi sono lasciata accecare dalle stupide emozioni che mi sconquassano l'anima ogni volta che penso a lui.

È come una sinfonia che ipnotizza, costringendoti ad ascoltarla ininterrottamente senza accorgerti che le orecchie sono sul punto di sanguinare.

Sospiro, sfinita e amareggiata dal suo comportamento.

«Non meriti nemmeno una risposta. Ora fammi passare, devo tornare a casa.»

Lui lo fa, senza esitare, senza provare nemmeno a scusarsi.

«Sì, va', tornatene a casa, piccola idiota.»

Pronuncia le ultime due parole con sprezzo, scandendole bene.

La pioggia mi colpisce in pieno inzuppandomi tutta in un battito di ciglia, e lo stesso succede a Ryker che mi fissa con un atteggiamento da prepotente, il mento alzato, gli occhi ridotti a due fessure allungate.

Non li capisco i suoi sbalzi d'umore, non capisco cosa voglia realmente da me, né capisco perché io mi sia lasciata abbindolare da lui.

Siamo così diversi, distanti, siamo due entità opposte che inspiegabilmente combaciano, creando qualcosa di perfettamente imperfetto.

«Sei soltanto un bullo arrogante e violento che pensa a se stesso, fregandosene dei sentimenti altrui» esclamo, sovrastando il fragore del temporale. «Sai cosa ti dico? Io volevo davvero che funzionasse tra noi, anche dopo le umiliazioni, gli insulti, le minacce... ma mi hai appena dimostrato che di me non t'importa niente, sono solo un trofeo o magari una scommessa fatta con i tuoi stupidi amici. Le persone che mi vogliono bene mi hanno avvertita, mi hanno messa in guardia, sono stata una vera idiota a fidarmi di te. È finita, Ryker, qualunque cosa strana e tossica ci fosse tra noi.»

Mi ascolta attentamente, le mani ficcate nelle tasche dei pantaloni neri, gli occhi puntati sul mio viso umido, fa un passo verso di me, ma io indietreggio.

Non voglio che mi tocchi, non dopo quello che ha detto.

Il cielo cessa di piangere all'improvviso, i nuvoloni grigi vengono spazzati via ma non c'è nemmeno una stella a illuminare il buio.

È come se Ryker le avesse inghiottite tutte nella sua oscurità.

«Cazzo! Finalmente hai avuto le palle di dirmi in faccia ciò che pensi di me» dichiara, ostile.

Rabbrividisco, non solo perché ho tutti i vestiti fradici, ma anche per quella costante sensazione che provo quando lui si adombra, sprigionando i suoi demoni.

Io non ho altro da aggiungere, voglio solo tornare a casa, liberarmi del gelo con una doccia calda e piangere da sola, sotto le coperte.

Così gli volto le spalle, per andare via.

Spero che lui mi fermi per dirmi qualcosa, qualsiasi cosa, ma la speranza muore non appena odo i suoi passi allontanarsi nella direzione opposta.

Non mi giro. Continuo per la mia strada, che non combacia con la sua.

# Maggie

# 18

*Due giorni dopo*

Caro diario,
sono di nuovo io, la ragazza più stupida del pianeta. Sabato sera è stato un disastro.
Sono andata a quella festa per svagarmi e cercare di godermi la mia adolescenza, mi sono addirittura travestita da Hermione Granger, anche se tutti mi hanno scambiato per Ginny, ma non importa.
È ben altro ciò di cui voglio parlarti.
E sai già bene di chi. Insomma, si tratta della persona per cui inondo di inchiostro le tue pagine, sempre lui... solo lui.
Ryker.
Non pensavo s'imbucasse alla festa di Bryce, non dopo essere sparito per una settima intera; e sai quanto sono stata in apprensione

per lui, per il forte timore che gli fosse accaduto qualcosa di veramente brutto.

Ma lui stava bene, a parte un occhio livido o qualche altra ferita, che non ho idea di come si procuri, forse facendo a botte un po' con chi capita.

Ritornando alla festa... quando si è seduto accanto a me non avevo capito che fosse lui, indossava una maschera da clown spaventosa ma l'ho riconosciuto dal suo profumo di bagnoschiuma e liquirizia.

Non immagini come io mi sia sentita in quel momento, dentro il mio stomaco ha iniziato a volare impazzita una legione di farfalle, il mio cuore ha ripreso a pulsare come dopo aver corso per miglia e miglia e la mia testa girava come un carosello.

E sai questo cosa vuol dire, caro diario?

Sì, proprio quello.

Vuol dire che sono stracotta di lui.

Non chiedermi come sia possibile, dato che mi ha reso la vita difficile da quando ho messo piede a scuola, eppure è così.

Lo sento vibrare in ogni cellula, fluire nelle vene, mordermi il cuore.

Ma... c'è un grosso MA.

Lui mi ferisce in continuazione, e l'ha fatto anche sabato sera, umiliandomi davanti a tutti, raccontando una bugia.

Ci sono passata sopra, stupidamente.

E dopo, sotto la pioggia, ci siamo addossati a un muro e lui mi ha baciata con veemenza, toccandomi lì sotto, ma poi la magia è svanita quando gli ho detto che non volevo andare oltre.

Lui è diventato un mostro senza cuore, mi ha spinta via come se fossi infetta e mi ha fatto chiaramente capire che da me vuole solo sesso.

Vuole che io vada a letto con lui, per il solo sfizio di prendersi ciò che di più intimo posseggo e poi sono certa che, una volta ottenuto il suo scopo, sparirà dalla mia vita.

Io non voglio cedere al suo ricatto ma... non voglio nemmeno perderlo.

Sono in bilico, triste e senza energie, non faccio che piangere da due giorni, ascoltando playlist deprimenti.

*Vorrei vederlo, parlargli, abbracciarlo, ma non è questo ciò che lui vuole da me e non immagini come io mi senta inutile e ingenua.*
*D'altra parte, c'era da aspettarselo... un cattivo ragazzo come lui non potrebbe mai perdere la testa per una come me.*
*Quella ragazza con cui si frequentava, Brianna, è... è totalmente diversa da me, non solo nell'aspetto: la sua personalità, il suo modo di vestire, di parlare... di una come lei potrebbe innamorarsi.*
*Non di me.*
*È meglio che io mi rassegni, è la cosa più saggia da fare.*
*Ora devo andare a scuola, al prossimo aggiornamento.*

*Tua, Maggie.*

È lunedì e vorrei che fosse di nuovo domenica all'infinito per restarmene a letto, con la musica nelle orecchie, a liberarmi della tristezza attraverso lunghi pianti devastanti.

E invece devo andare a scuola, affrontare Bryce, gli altri studenti e Ryker, ammesso che lui ci sia.

Inoltre, ho un test di analisi alla prima ora e ho studiato davvero poco: questa giornata non poteva iniziare peggio di così.

Mi dà uno strappo la mamma, ha insistito nell'accompagnarmi perché mi ha visto particolarmente triste per tutta la giornata di ieri.

Mi rivolge uno sguardo rassicurante, oggi è più bella del solito.

I suoi occhi chiari sono luminosi, e ha lasciato i capelli castano ramati sciolti in morbide onde.

«Buona giornata, piccola. E ricorda: *fiorisci e non appassire mai.*»

Mi sporgo per darle un bacio sulla guancia.

«Grazie, mamma, le parole di papà sono il mio mantra. Inoltre, stai molto bene oggi, hai qualche evento importante?»

Mi sorride, carezzandomi il viso.

«Sì, ho un incontro con un artista tedesco prima della mostra che si terrà questo sabato. Te l'ho detto ieri, Maggie, ma sei un po' con la testa tra le nuvole ultimamente.»

Sospiro. «È vero…»

Indica la scuola. «Adesso entra! Ci vediamo dopo, fatti valere.»

Le rivolgo un accenno di sorriso ed esco dall'auto, avviandomi verso la bolgia di studenti accalcati all'ingresso della scuola.

Al contrario di ciò che mi ha raccomandato la mamma, calo la testa e mi muovo veloce tra la folla per arrivare in classe ma, non appena svolto il corridoio, noto che c'è Emma ad aspettarmi.

Ha già i capelli arruffati raccolti con una matita, la T-shirt con la stampa del logo dei BTS sporca di caffè e uno sguardo allarmato lampeggia da dietro alle lenti dei suoi occhiali.

«Maggie, ma che cavolo di fine hai fatto? Da sabato sera sei come sparita nel nulla. Sei proprio tu?»

«Scusami, Emma, volevo avvisarti, ma è successo tutto troppo in fretta.»

Scuote la testa poggiando le dita sulle tempie, come per attivare il teletrasporto.

«Cosa è potuto mai accadere nel brevissimo tempo di una pipì? Cavolo! Prima che andassi in bagno era tutto normale, poi cosa è successo?»

Sospiro alzando e abbassando il petto.

«Poi è arrivato Ryker» sussurro, guardandomi intorno.

Fa una faccia buffa come per esprimere l'antipatia che nutre nei suoi confronti.

«Ah, adesso si spiega tutto! Ti importuna ancora?»

Non appena Emma mi pone questa domanda, a cui non so dare una risposta sincera, intravedo Bryce immettersi nel corridoio. So che non gli dovrei dare spiegazioni, ma lui è sempre stato gentile con me e merita di sapere.

«Emma, ci vediamo in classe. Devo parlare con Bryce» le dico, svelta.

Mi armo di coraggio, raddrizzo la schiena e vado incontro al ragazzone.

Non appena i suoi occhi azzurri si accorgono di me, li dirotta altrove, come se avesse appena visto Medusa nell'intento di pietrificarlo.

Non mi scoraggio, accelero il passo e lo raggiungo fermandomi davanti a lui.

«Ciao, Bryce, possiamo parlare?»

Manca un quarto d'ora all'inizio della lezione, ho abbastanza tempo per chiarire con lui.

Sembra titubante, una smorfia dubbiosa gli attraversa il viso ma poi accetta.

«Certo, andiamo in un posto meno affollato. Ti faccio strada.»

«Okay.»

Ci dirigiamo verso la parte opposta del corridoio dove, se ho capito bene, ci sono gli spogliatoi della squadra.

Passiamo davanti all'ingresso dell'edificio e, proprio in quel momento, vedo entrare Ryker insieme ai suoi amici.

Distolgo in un baleno lo sguardo sentendo invece il suo bruciarmi la pelle, il sangue e le ossa.

Ryker mi lancia delle scariche elettriche che si diramano ovunque, provocandomi una leggera tachicardia.

Vedermi camminare di fianco a Bryce per lui sarà un affronto impossibile da digerire; per me, invece, è una piccola rivincita.

Giunti fuori dagli spogliatoi, Bryce si appoggia di schiena contro la parete lasciando andare un lungo sospiro.

«Ascolta, Maggie, non devi giustificarti con me. Sei libera di uscire con chi vuoi, ma... non lo dico perché tu mi piaci e vorrei che scegliessi me… insomma, Ryker non è il ragazzo adatto a te. È un delinquente, fa uso di droghe, combina guai su guai insieme a quegli altri teppisti dei suoi amici, è uno sbandato. Tu hai bisogno di una persona che si prenda cura di te, non di uno stronzo che ti maltratti. Hai bisogno di sentirti protetta, non minacciata. Scusa se mi permetto, ma non capisco cosa ci trovi in lui. Siete su due pianeti opposti e distanti. Tu sei bellissima, intelligente, gentile, lui è nocivo, aggressivo e cattivo. Farà di tutto per danneggiarti.»

Le parole di Bryce mi lasciano di sasso perché sono vere, sentite, oneste e non me l'aspettavo.

A volte è più confortante nascondere la testa sotto una montagna di sabbia anziché guardare in faccia la verità, lo si fa per evitare di soffrire ma a un certo punto bisogna prendere atto che le illusioni non aiutano, arrecano solo danni.

Sarebbe preferibile accettare la realtà pur rischiando di spezzarsi il cuore, ma non so se ne ho il coraggio, e poi i miei genitori mi hanno insegnato a sperare e a credere nel prossimo… e magari posso farlo, solo un altro po'.

«Non sono stata a letto con lui, se l'è inventato. Volevo che tu lo sapessi, tutto qui…» confesso d'un fiato, le guance che mi s'imporporano dall'imbarazzo.

Accenna un sorriso gentile.

«Ti credo, Maggie.»

«Grazie per la fiducia.»

Mi sorride ancora.

«Questo venerdì, io e gli altri andremo a *Dreamland*, è un luna park vicino alla spiaggia, ti va di venire?»

*Accetta. Prova a uscire con lui, dagli una possibilità.*

*Accetta, Maggie May.*

*Ma Ryker…*

*Dimentica quello stronzo!*

«Ehm… okay, sì. Magari verrò con Emma e alcune sue amiche.»

«Grande! Ci vediamo venerdì, anzi ci vediamo in giro per scuola e poi al luna park, venerdì sera.»

«Certo… sì.»

«Andiamo in classe? Abbiamo il test di analisi» mi ricorda.

«Giusto! Andiamo in classe.»

Camminiamo fianco a fianco lungo il corridoio, di sottecchi lo osservo e sarei una bugiarda se dicessi che Bryce non mi piace, con il suo viso pulito, i capelli dorati e lo sguardo sincero: lui sarebbe perfetto per me.

Ma… ma non provo emozioni, il sangue non mi ribolle nelle vene, le pulsazioni del mio cuore non aumentano di colpo, le farfalle nel mio stomaco non volano, nessun brivido.

Forse dovrei conoscerlo meglio, magari uscendo con lui venerdì sera cambierà qualcosa, potrebbe iniziare a piacermi sul serio.

Forse, forse, forse…

«Buona fortuna con il compito» esclama, prima di entrare in classe.

Lo seguo. «Anche a te.»

Entrando vedo Ryker seduto dietro il mio solito posto in prima fila: assurdo per uno che occupa sempre quello in fondo.

M'impongo di ignorarlo sebbene i suoi occhi, come sprazzi di cielo notturno, mi risucchino nell'oblio della sua ombra.

Mi accomodo lanciando uno sguardo a Emma, seduta al banco accanto al mio, che mi ricambia con una smorfia dubbiosa.

Anche lei si è chiesta la stessa cosa.

Ryker pensa che io gli passi le risposte del test? Se lo può scordare!

Non mi farò più usare da lui, in alcun modo.

Prendo il mio astuccio dalla cartella e sfilo una matita, già perfettamente temperata, riponendola sul banco.

Lui si sporge verso di me, e il suo respiro caldo sulla mia nuca mi provoca un piccolo brivido di piacere che si diffonde alle braccia e lungo la schiena.

«Passami le risposte» intima con un tono minaccioso.

Bene, siamo ritornati a essere il bullo e la bullizzata, davvero meraviglioso.

«Neanche per sogno» ribatto.

Non mi volto, non voglio dargli questa soddisfazione.

Lui, per ripicca, allunga le gambe sotto la mia sedia colpendomi i polpacci.

Afferro il banco e lo trascino più avanti, ma lui mi imita attaccandosi quasi a me, mentre i suoi amici ridacchiano in sottofondo.

Che razza di stupidi!

Finalmente entra il professore, così magari Ryker si darà una regolata.

L'uomo prende un plico di fogli e chiede a Emma di distribuirli, poi ci guarda a uno a uno, facendo un appello silenzioso.

«Ah, che onore, stamattina c'è anche il signor Ryker per il test di analisi. Sto per piangere dalla commozione» scherza il prof.

Ryker ignora la provocazione, lo sento sogghignare a bassa voce, poi ritorna alla carica dando un calcio contro il piede della mia sedia.

Mi fa sobbalzare ma non resto zitta, continuo a non dargli corda e alzo la mano richiamando l'attenzione del professore.

«Professore, posso fare cambio di posto? Lo studente seduto dietro di me mi sta infastidendo.»

L'uomo sbuffa sfinito, conoscendo bene Ryker e le sue attitudini.

«Ash, che ne dice di andarsi a fare un giro in presidenza?»

«No. Voglio restare in classe» replica.

«Ah, che fortuna questa mattina! Bene, non ti chiedo di piantarla, perché so già che non lo farai. Harmon, siediti alla cattedra.»

Prendo la matita e il compito, alzandomi svelta.

«Stronza, questa me la paghi» minaccia Ryker tra i denti.

Ovviamente non replico, incasso l'ennesimo insulto e l'ennesima minaccia, andando a sedermi al posto del professore.

«Bene, iniziate! E mi raccomando, se copiate fatelo con intelligenza» esclama guardando il teppista e i suoi amici.

Poi prende una sedia e si accomoda accanto alla lavagna, sorseggiando il suo caffè da asporto.

Inizio il compito sentendomi addosso gli occhi di Ryker che mi spellano viva, ma non mi lascio piegare, non alzo lo sguardo dal foglio e per una volta lascio che sia lui a cuocere nelle sue stesse fiamme.

# 19
# Ryker

*Cazzo!*

Imprecare è la sola cosa che mi riesce in questo momento.

*Merda!*

Lei mi sta tenendo testa.

*Porca puttana!*

È da sabato notte che mi comporto come un grandissimo stronzo, ma giuro che non lo faccio di proposito; in me scatta un meccanismo automatico, un allarme acuto che mi fracassa il cervello; è come se avessi ingoiato una granata e, non appena vedo Maggie insieme a Bryce, esplodo radendo tutto al suolo.

Più quei due si guardano, si parlano, vanno d'accordo e più m'incattivisco, covando rabbia, vendetta, ossessione, e finisco per nutrire il desiderio di malmenare Bryce e di ferire Maggie.

Ho sbagliato per l'ennesima volta.

Sbaglio sempre.

Sono recidivo, incapace di controllare le mie emozioni, le stesse che mi riducono a un fottuto rottame.

Sabato alla festa stava andando tutto secondo i miei piani, avrei portato via Maggie e me la sarei scopata, ma quel coglione ha rovinato tutto.

Ho frenato la mia collera, non l'ho ridotto in poltiglia solo perché mi trovavo in territorio nemico.

È vero, dannazione, ho raccontato una bugia, ma l'ho fatto per vanagloria, per godere dell'espressione scioccata di quel bamboccione; invece, così facendo, ho umiliato Maggie.

Non contento, poco dopo, l'ho fatto di nuovo prendendomela con lei.

L'ho trattata come uno straccio, a causa della mia accecante gelosia, e l'ho persa di nuovo.

Prima, all'entrata, li ho visti di nuovo insieme camminare fianco a fianco, parlare sottovoce come se fossero intimi e l'ira più nera ha preso il sopravvento, vincendo un'altra volta.

È questo ciò che sono.

Un concentrato di collera, astio ed egoismo.

Uno tsunami imprevedibile e violento.

Una tempesta di fulmini a ciel sereno.

Dovrei farmi da parte, lasciare che Maggie frequenti Bryce, magari prendere di mira qualcun altro per colmare il vuoto che ho dentro, ma non ci riesco.

Non posso farlo.

Non posso.

Me la devo riprendere, anche dovessi spezzarle altre mille volte il cuore, o forse sarà lei a spezzare il mio, non importa, ma Maggie non può fuggire da me.

E io non posso fuggire da lei.

Siamo come due colori primari che, miscelati, generano una nuova e bellissima tonalità.

Siamo come il sole e l'oceano, che con il loro bacio di fuoco danno vita al tramonto.

Siamo le persone più diverse di questo mondo, eppure non ho mai visto due opposti volersi così intensamente come noi.

Aria e terra.

Angelo e diavolo.

Bianco e nero… Insieme potremmo creare l'argento più luminoso di sempre.

Se continuerò a essere come sono, lei non vorrà più avere niente a che fare con me e di noi non resterà che un grigio spento come cenere.

Finita l'ora di lezione, Maggie consegna il test al professore ed esce dalla classe; io non ho combinato un cazzo, ho scelto le risposte a casaccio, ma lascio il foglio sulla cattedra e la seguo.

Attraversa il corridoio per raggiungere il suo armadietto, io resto a tre passi di distanza e decido di avvicinarmi solo quando si ferma.

Noto che ha difficoltà con il lucchetto, così mi posiziono alle sue spalle e con un pugno colpisco l'anta, aprendola.

Lei sobbalza, senza voltarsi verso di me.

«Per colpa tua prenderò un'altra F.»

Porca puttana! Non mi smentisco mai.

Maggie ripone dei libri e ne prende degli altri.

«Certo, è sempre colpa mia» mormora, stringendosi i tomi al petto.

Sembra rassegnata, sfinita, a stento mi guarda e so bene cosa questo vuol dire: ha perso interesse.

Non le faccio più nessun effetto, non mi odia nemmeno più, non ha paura: le sono indifferente, cazzo.

Questo sì che è un colpo basso.

Anzi, bassissimo.

«Senti, prima ho esagerato.»

La butto lì cercando di rimediare, ma non penso servirà a molto.

Lei con una lieve spallata chiude l'anta, cercando di svignarsela senza nemmeno rivolgermi i suoi occhi di cielo e oceano, che custodisce sotto le folte ciglia chiare.

«Non importa» taglia corto.

Mi sorpassa, ma io mi paro davanti approfittando del fatto che il corridoio si sta riempendo di gente.

«Non mi vuoi parlare?»

«Non ho niente da dirti.»

La pugnalata mi arriva dritta a quel cuore piccolo e nero che mi ritrovo, e il dolore si espande dappertutto.

«E se avessi io qualcosa da dirti?»

Continua a tenere lo sguardo basso e questa cosa mi fa incazzare come una belva, ma devo andarci piano se non voglio far precipitare tutto, come se non stessi già bruciando nelle viscere dell'inferno.

«Non voglio ascoltarti.»

Emetto un risolino amaro.

«Quindi hai fatto la tua scelta» deduco.

Sospira scrutandomi confusa e io finalmente posso specchiarmi nei suoi squarci di azzurro, ma ciò che vedo non mi piace, il mio riflesso mi disgusta, perché in apparenza sono tosto, ma dentro sono rotto e mi sento patetico.

«Non so di cosa tu stia parlando. Ora spostati, per piacere, che devo andare a lezione.»

*Spostati un cazzo!*

*Ora ti afferro, ti sbatto contro il muro e ti scopo così forte da farti piangere, poi ti bacio fino a farti svenire.*

Lo penso, ma non faccio niente di tutto questo, e non perché il corridoio sia affollato, ma perché lei non me lo permetterebbe.

Mi sposto di lato lasciando libero il passaggio, e Maggie mi sorpassa allontanandosi da me.

Sprizzo rabbia da ogni poro: feroce, indomabile, mi consuma dall'interno bruciandomi le viscere e conosco solo un modo per farla scivolare fuori dal mio corpo.

Fermo in mezzo al corridoio, intercetto quel coglione di Jordan uscire dalla classe e mi avvicino con andatura minacciosa con il solo scopo di picchiarlo a sangue.

Scatenare una rissa è l'unica cosa che placherà la belva che mi ruggisce dentro, sfogare la mia frustrazione su di lui sarà catartico.

Mi piazzo davanti a Bryce che sta parlando con un suo amico e, a tradimento, gli assesto un cazzotto sul setto nasale.

Il rumore delle ossa che impattano tra loro è pura melodia per le mie orecchie.

«Che cazzo le hai detto, coglione?» sbraito.

Lui barcolla, portandosi una mano sul naso sanguinante.

«Ma che diavolo ti dice il cervello?» urla, sotto shock.

Ogni volta che ci siamo malmenati, gli ho concesso un vantaggio, un piccolo avvertimento, ma questa volta no.

Mi avvicino ancora afferrandolo per lo scollo della T-shirt, mentre qualcuno nei paraggi urla alla rissa.

«Dimmi cosa le hai detto» ripeto, minaccioso.

Bryce cerca di divincolarsi dalla mia presa, ma non lo mollerò fino a quando non lo avrò ridotto in poltiglia.

«Le ho detto solo la verità.»

Lo sapevo che questo bastardo ci aveva messo lo zampino.

Lo colpisco con un altro gancio carico di collera facendolo cadere sul pavimento, mentre gli studenti si accalcano attorno a noi.

Gli piombo addosso e lo blocco sotto di me, con l'intenzione di spaccargli la faccia fino a fargli perdere conoscenza, ma il codardo si protegge con gli avambracci.

«Cosa, pezzo di merda? Parla, cazzo!» lo incalzo.

Lui riesce a spingermi via, rotolo a terra ma mi sollevo di scatto e gli assesto un calcio nel fianco.

Lui non si difende, quando invece potrebbe farlo: vuole passare per la vittima inerme addossando tutta la colpa a me, facendomi così rischiare l'espulsione.

Però si alza e spazza via la polvere dai pantaloni guardandomi dritto negli occhi.

«Le ho detto che tu non la meriti perché sei un miserabile, un delinquente e un tossico, esattamente come tua madre.»

Le ultime parole mi mandano in tilt.

So bene che mi sta provocando, ma io non sono il tipo di persona che razionalizza, io parto in quarta e basta.

«Ti ammazzo, bastardo.»

Sto per scaraventarmi su di lui quando sento qualcuno afferrarmi il braccio.

Mi volto per mandare al diavolo Rio, o Derek, ma è una mano bianca e delicata a stringermi.

«Basta, Ryker, ti prego» m'implora Maggie.

Studio la sua espressione apprensiva ma l'ira non cessa, al contrario, aumenta di colpo.

È accecante e distruttiva.

«Non vuoi che picchi a morte il tuo ragazzo? Sei patetica» ringhio con sprezzo.

Mi libero bruscamente della sua presa, andando incontro a Bryce che mi guarda compiaciuto.

Ma Maggie non molla, si aggrappa con entrambe le mani alla mia maglietta facendo forza.

«Parliamone, okay? Voglio ascoltare ciò che hai da dirmi» insiste, usando un tono cauto.

«Cosa succede qui?» urla il professore uscendo dall'aula, guardando me e Jordan. «Voi due, volete trascorrere le prossime ore in detenzione?»

Bryce indietreggia mettendo le mani in tasca, mentre dal naso gli cola un rivolo di sangue.

«No, professore.»

«E tu, Ash? Non sei stanco di essere ammonito di continuo? Tornate tutti nelle vostre classi prima che chiami il preside!»

Lancio un'ultima occhiata ostile al mio avversario e lui fa lo stesso prima di allontanarsi.

Maggie stringe ancora tra le mani il tessuto della mia T-shirt, mollandolo solo quando la arpiono per un polso costringendola a seguirmi.

Senza dire una parola la conduco al lato opposto del corridoio, verso il ripostiglio del nostro primo bacio.

Apro la porta.

«Entra.»

«Perché qui dentro?» dice, entrando comunque.

«Perché mi piacciono gli spazi stretti e umidi» replico, guardandola tra le cosce.

Lei le stringe muovendo alcuni passi indietro e con la schiena si appoggia contro la scaffalatura.

Accendo la debole luce della lampadina, così da poter osservare bene il suo viso.

«Dimmi.»

Le sue guance diventano di fuoco e inizia a torturarsi le pellicine delle unghie; lo fa quando è in difficoltà o in imbarazzo, ovvero ogni volta che io le sono accanto.

«Tu hai detto che volevi parlarmi…»

«Cosa ti ha raccontato quel bastardo sul mio conto?»

«Niente, non abbiamo parlato di te» mente.

Non è brava a raccontare bugie, è semplice capirlo perché

diventa rossa, sfugge al mio sguardo e il suo tono di voce cambia.

Mi avvicino, incombendo su di lei, e la incastro piazzando le braccia ai lati della sua testa.

I suoi capelli profumano di pesca e vaniglia, sembra di stare in un negozio di caramelle, dove lei è quella più succosa e dolce.

«So quando menti, Maggie May.»

Alza il viso verso il mio, non è bassa, è slanciata, ma sembra minuscola sotto il mio metro e ottantotto di tatuaggi e crudeltà.

«Prometti che non lo picchierai?»

«Potrei sempre accoltellarlo.»

«Ryker, ti prego.»

«T'importa così tanto di lui? Ti piace? Te lo vuoi scopare? Non dirmi di sì o giuro che sfascio tutto.»

Sospira, con gli occhi che di colpo s'inumidiscono.

«Perché non capisci?»

«Io capisco solo ciò che vedo. Quel cazzone ti gironzola sempre intorno. E tu, Maggie, sembri felice che quello ci provi di continuo con te. Di questo passo, finirò per tagliargli le palle e spaccargli la testa.»

«Vuoi sapere cosa mi ha detto? Che non sei il ragazzo giusto per me, perché sei violento, aggressivo, nocivo. Tutte cose vere.»

*Grandissimo figlio di puttana!*

Sferro un pugno contro l'alluminio dello scaffale sbucciandomi le nocche, ma quasi non sento il dolore, concentrato come sono su di lei.

«E quindi? Tutti sanno chi sono, non è una novità.»

«Lui non capisce cosa io ci trovi in te e sinceramente nemmeno io.»

Merda! Questa ha fatto male.

Non credevo che le parole potessero ferire più dei pugni e invece mi sbagliavo.

Emetto un risolino amareggiato.

«Ah no?»

Continua a fissarmi, lasciando che il mio corpo si addossi al suo e che questi combacino come due metà imperfette.

«No! Non fai altro che ferirmi, umiliarmi, trattarmi come uno zerbino, l'ultima volta sabato sera. Pensavo che fossi venuto alla festa per chiedermi scusa, per provare a rimediare, ma hai solo peggiorato la situazione. Io non so più cosa pensare... non so cosa tu voglia realmente da me. Potresti, almeno per una volta, rispondermi con sincerità?»

Faccio un cenno con la testa.

Si morde il labbro imbarazzata e a me viene di colpo durissimo, cosicché lei soffoca un gemito sentendolo rigido contro il suo bassoventre.

«Io ti piaccio?» aggiunge.

Cazzo, questa ragazza dorme o cosa?

Le vorrei dire che non solo mi piace, ma che è diventata la mia maledetta ossessione, che è sempre nella mia mente, che ho gli album da disegno zeppi dei suoi ritratti, che se mi comporto come uno stronzo è solo per poterla avere tutta per me.

Le vorrei dire che lei è diventata la mia debolezza più grande, la miccia che mi fa esplodere, la destinataria dei miei pensieri più intimi e sporchi.

Ma mi limito ad annuire, fissando le sue labbra turgide.

E posso giurare di scorgere un piccolo sorriso trionfante su quella bocca innocente.

«Ho un'altra domanda.»

«Sentiamo.»

«Hai intenzione di fare sul serio con me? Io sono diversa da Brianna o dalle altre con cui sei andato a letto. Ho i miei tempi e i miei valori, e so che tu non hai intenzione di aspettare, lo hai detto chiaramente... ma io sono così.»

«Prendere o lasciare, dunque?»

«Più o meno, sì.»

«Quindi tu vorresti una cosa seria con me. Ne sei proprio certa, Maggie May?»

Studio la smorfia che fa, soffermandomi ad ammirare le lentiggini che puntellano la pelle candida del suo nasino e delle gote come una costellazione nel firmamento.

«No, non ne sono certa, tanto è vero che venerdì sera uscirò con Bryce. Voglio fare chiarezza e capire cosa provo.»

Cosa cazzo… ho sentito bene?

È così ingenua da non capire di aver commesso un errore madornale, che rischia di provocare un fottutissimo disastro?

L'ira mi rimonta in petto, scorre nel sangue, raggiungendo di corsa i miei pugni.

È automatico, non riesco a gestirla; gli scatti di rabbia incontrollata mi accompagnano sin da bambino, e magari dovrei davvero andare da uno strizzacervelli, ma preferirei farmi tagliare un braccio piuttosto che raccontare i miei traumi a uno sconosciuto.

«Tu cosa?»

Si nega al mio sguardo furibondo facendosi piccola piccola sotto di me, ma io agguanto il suo viso con una mano impedendole di sfuggire ai miei occhi.

«Ripetilo.»

Sto per sbroccare.

«Ripetilo! Subito, dannazione!»

L'urlo mi graffia la gola, rimbombando nell'angusto stanzino.

«Cosa… cosa ho detto di male? Noi non stiamo ancora insieme e, se voglio capire quali sono i miei sentimenti, ho bisogno di uscire almeno una volta con Bryce.»

Sto per spaccare tutto.

«Ma che cazzo!» sbraito, afferrando la prima cosa che trovo sullo scaffale e lanciandola a terra. Il forte tonfo fa sobbalzare Maggie, che si stringe nelle spalle impaurita.

«Ryker…» sussurra.

«Se uscirai con quello, scordati pure di me.»

Do un calcio contro la scaffalatura, facendo cadere alcune bottiglie di detersivo che per poco non colpiscono entrambi.

Al diavolo!

Lei guarda prima me, spaventata, poi il liquido blu che si sparge sul pavimento.

«Sei impazzito? Avresti potuto farmi male.»

«Siamo pari. Tu fai male a me, io faccio male a te.»

Mi stacco dal suo corpo tiepido e tremante e afferro la maniglia della porta per andarmene, prima di perdere del tutto il controllo.

Prima di commettere qualcosa di irreparabile.

«Ryker, non capisco… tu sei stato con Brianna. Tra l'altro non credo sia l'unica, non immagino con quante altre ragazze ti vedi… e io non posso uscire con Bryce per chiarirmi le idee?»

Mi guarda smarrita, con il fiato corto e le braccia lungo i fianchi, è spaventata dalla mia reazione, ma questo non è niente, lei non immagina come io possa diventare quando mi faccio sopraffare dalla belva.

«È diverso» ringhio.

Scuote la testa. «No, è la stessa cosa. Anzi, io almeno un motivo ce l'ho per vedermi con un altro. Non lo faccio per puro divertimento o chissà per cosa.»

*Per farti ingelosire, piccola idiota.*

*È per questo che mi sono scopato Brianna, solo per questo.*

La fisso minaccioso regolando il tono di voce e le pulsazioni deliranti del muscolo che mi picchia in petto.

«Ascolta, Maggie May. È semplice. O lui, o me.»

Esco dal ripostiglio aspettando, appena oltre la porta, che lei dia una risposta al mio ultimatum.

Prende un lungo respiro, guarda il disastro che ho combinato e poi me.

«Bene! Ho fatto la mia scelta.»

Mi viene incontro facendo attenzione a non scivolare sul detersivo e si alza sulle punte come per baciarmi; io già pregusto il suo sapore umido e dolce, le sue curve accennate tra le mie mani, ma lei si ferma a due millimetri dalle mie labbra impazienti.

«E non sei tu» bisbiglia.

Non mi dà il tempo di assimilare le sue parole, mi sorpassa e si allontana a passo svelto lasciandomi, per la prima volta, senza fiato.

# 20
# Ryker

*Non sei tu.*

Tre parole che mi fracassano il cervello come un martello pneumatico.

*Non sei tu.*

L'ha detto solo per farmi incazzare.

*Non sei tu.*

E se invece avesse detto la verità?

No, lei è pazza di me, le si bagnano le mutandine solo a sentire il mio nome, muore ogni volta che mi vede, sono il suo chiodo fisso, il suo sogno proibito, l'unico che le fa ribaltare le viscere e scoppiare il cuore.

Ha mentito, non può aver scelto Bryce, sebbene sembrino fatti l'uno per l'altra, e non lo sceglierà nemmeno dopo il loro fottuto primo appuntamento perché giuro che glielo renderò un vero inferno.

Sia l'ultima cosa che faccio, cazzo!

Non la seguo, non provo a fermarla, incasso il colpo sfogando la mia frustrazione prima contro il muro, spaccandomi le nocche a sangue, poi contro il distributore automatico di snack, sfondandolo a furia di calci, e poi ancora con il primo essere umano che ha la sfortuna di trovarsi sulla mia strada.

Non so chi sia, è un tizio con gli occhiali e la faccia piena di brufoli, lo afferro lanciandolo contro gli armadietti e gli assesto un cazzotto in faccia; davanti agli occhi vedo rosso, non capisco più un cazzo e, quando lui crolla sul pavimento, gli piombo addosso massacrandolo.

È come se fossi fuori dal mio corpo, un estraneo che assiste a un film, mentre i miei pugni colpiscono con violenza la faccia di un innocente.

Non riesco a fermarmi.

Sono precipitato in un dannatissimo tunnel senza via di uscita e per venirne fuori avrei bisogno solo di un intervento divino o di qualcuno che mi indichi la luce.

«Merda, Ryker, così lo ammazzi!»

Rio e Derek mi bloccano per le braccia allontanandomi dal malcapitato, mentre Jaden lo aiuta ad alzarsi raccomandandogli di non dire niente.

Stringo forte gli occhi, scuoto la testa cercando di ritornare lucido, ma è una fottuta impresa titanica.

«Che diavolo ti è preso? Chi è quello?» chiede Rio.

Cazzo, è conciato male, stavo quasi per ammazzarlo e senza un dannato motivo.

«Senti, va' in infermeria e dici che sei caduto per le scale. Se ti permetti di fare il suo nome le prenderai di nuovo, ogni giorno, fino alla fine dell'anno. Hai capito?» dice Jay al ragazzo.

La vittima annuisce terrorizzato, raccoglie i suoi occhiali a pezzi dal pavimento e, barcollando, va via.

Jaden mi afferra per le spalle, imponendomi di guardarlo.

«Stai per diventare maggiorenne, un'altra cazzata come questa e ti sbatteranno in carcere, fratello. Datti una calmata. Noi possiamo pararti il culo, ma fino a un certo punto.»

«Non lo so che cazzo mi è preso...» mormoro, affannato.

«È per *Pumpkin Spice Latte*?» interviene Rio.

Jaden mi guarda incupendo lo sguardo.

«Stavi ammazzando uno per *quella*? Che cazzo ti dice la testa? Spera che il quattrocchi non ti denunci o sei fottuto, Ryker.»

Con un gesto brusco mi libero della presa del mio amico e li guardo tutti, uno per uno.

«Fatevi i cazzi vostri.»

«Amico, noi siamo dalla tua parte» esclama Derek, risentito.

«Voglio rimanere solo» taglio corto.

Li lascio lì, ficco le mani doloranti nelle tasche e mi allontano, rifugiandomi nell'unico posto in cui posso stare in santa pace, a parlare con i miei demoni interiori, a tentare di capirli, magari a giustificarli o semplicemente ad assecondarli.

Mi chiudo la porta dell'aula di arte alle spalle, inspirando l'odore di vernice, tela nuova e carboncino.

Crollo a sedere a terra, tra i cavalletti e la polvere, e socchiudo gli occhi tenendomi la testa tra le mani spaccate a sangue.

Ho commesso un'enorme cazzata, lo riconosco.

Quel ragazzo poteva rimanerci secco sotto i miei pugni; se non fosse stato per i miei amici, probabilmente sarei arrivato a un punto di non ritorno.

Questo mese compirò diciotto anni, un'altra denuncia per aggressione o rissa e mi rinchiuderanno direttamente in carcere.

Devo tenere a bada le mie pulsioni distruttive o finirò per fottermi la vita, una volta per tutte.

Solo una persona potrebbe placare il finimondo che ho dentro, la stessa che ha la capacità di ridurmi a un rottame umano.

Non mi sono mai sentito come se mi mancasse la terra sotto ai piedi, sono sempre stato uno sbandato, certo, ho sempre agito d'impulso, con rabbia e crudeltà, ma ora è come se non sapessi più chi sono.

Quando mi guardo allo specchio, non riconosco la persona riflessa.

Non sono più io. Perché *lei,* inconsciamente, mi sta cambiando, ma… a quale prezzo?

Covo più collera, la gelosia mi acceca, divento violento come una bestia.

Perché una cosa così bella, invece di rendermi felice, mi distrugge di più a ogni minuto che passa?

Cosa cazzo c'è di sbagliato in me?

Sono difettoso, rotto, incapace di amare e di farmi amare; forse dovrei troncare questa cosa tra noi sul nascere, perché non credo di poter andare avanti così.

È deleterio.

Per me e per lei.

A volte bisogna avere la fermezza di rinunciare, chi pensa che insistere sia un atto di coraggio è solo un idiota.

Il vero coraggioso sa quando è il caso di arrendersi, di alzare la bandiera bianca e battere in ritirata.

Non è da vigliacchi desistere, al contrario, è una forma di autoconservazione, di difesa, è uno scudo grazie al quale proteggersi quando il tuo fottuto mondo sta crollando.

Non so quante ore trascorro nell'aula vuota. Abbozzo qualche ritratto, imponendomi di non disegnare il suo viso.

Inizio bene, poi man mano mi perdo e il volto sulla tela assume i suoi lineamenti.

Merda, sono un caso disperato.

Ho bisogno di disintossicarmi da lei, di cancellarla dalla mia memoria, forse di odiarla.

Ma l'odio e l'amore viaggiano sullo stesso binario, sono le due facce di una stessa medaglia, l'uno dipende dall'altro come l'alba e il tramonto.

Ora basta.

Tiro fuori dalla tasca dei jeans il mio coltellino, faccio scattare la lama e con foga la infilzo nella tela tagliandola a metà.

Il ritratto si apre in due.

Non contento lo afferro e lo scaravento contro la parete, poi lo calpesto con brutalità, fino a quando non resta che un'accozzaglia di legno e lino.

Esco dall'aula solo quando dalla finestra vedo gli studenti andare via, uscire dall'ingresso e dirigersi al parcheggio.

Una volta fuori, mi accendo una sigaretta e prendo un tiro disperato, sentendo la nicotina bruciarmi la gola. Cazzo, ne avevo un disperato bisogno.

Poi m'incammino verso il *Dark Maze*, perché di ritornare a casa non ho proprio voglia; mi dispiace solo per Millie, magari farò un salto più tardi per controllare se ha cenato.

Arrivato al covo, prendo una birra dal mini-frigo, mi preparo uno spinello e mi stravacco sul divano.

Ho la necessità di allontanare Maggie dai miei pensieri e l'unico modo per riuscirci è stordirmi fino al punto da far schifo, ma sono consapevole che sarà solo un dannato palliativo.

Nessuna sostanza può estirparla dal mio cuore, lei vive dentro di me.

Più tardi è una voce familiare a strapparmi dal mio pessimo stato; sono strafatto e ubriaco, la mia testa è come se venisse infilzata da una miriade di chiodi, a stento riesco ad aprire gli occhi.

«Sei uno straccio, amico. Quanto hai bevuto e fumato?» mi domanda Jay, sedendosi accanto a me sul divano.

«Che cazzo ne so…» biascico, la bocca impastata e secca.

«Cristo! Sai che ore sono? Le undici e mezzo.»

*Millie.*

«Porca puttana… Millie.»

Mi aiuta a mettermi seduto afferrandomi per le spalle.

«Tranquillo, le ho portato io la cena, sta bene.»

Faccio una smorfia di dolore, ho la testa che mi scoppia.

«Sei il migliore, Jay.»

Accenna un sorrisetto.

«E tu sei un coglione. Ridurti così per quella? Almeno te la sei scopata?»

Le luci al led blu sotto il soffitto fanno apparire le iridi verdi di Jaden più ciniche del solito.

«Non… non parlare così di lei. E no, non me la sono scopata.»

Sbuffa, allungando le gambe sul tavolino.

«E cosa aspetti? Non dirmi che ti piace sul serio, dai, amico. Ma l'hai vista? Senti, ora faccio venire Brianna, ti fai una bella scopata così ti scordi di quella lì.»

Pensa che scopando con una qualsiasi io possa cancellare Maggie dal mio cervello malridotto?

Sarebbe troppo facile.

«Cazzo, Jaden.» Lo fisso dritto negli occhi, anche se mi risulta difficile concentrarmi. «Stanne fuori.»

«Oh, io voglio solo aiutarti» replica, indurendo il tono di voce.

«Non voglio essere aiutato.»

«'Fanculo! Fa come cazzo ti pare.»

Sfila una sigaretta dal pacchetto e l'accende con un gesto rabbioso, poi fa partire la musica dalle vecchie casse dell'impianto stereo.

Tra me e lui non so chi sia peggio, andiamo d'accordo perché siamo simili, ma basta un nonnulla per farci scornare come due cervi che combattono per il predominio.

«Fottiti, Jaden.»

Sbuffa fuori il fumo, guardandomi con la coda dell'occhio.

«Che c'è, Ryker, vuoi menare pure me?» mi sfida.

Sogghigno.

«Sai che ti ridurrei in pezzi, amico.»

Si alza con uno scatto dal divano, sostenendo il mio sguardo.

«Vediamo.»

Mi avvicino per colpirlo, ma lui si scansa dandomi una spinta.

«Guardati, non ti reggi in piedi. Merda, non è da te, Ryker.»

Cazzo, quanto mi costa ammettere che ha ragione.

Scuoto la testa e mi passo le mani in faccia con rabbia, come per tentare di cancellare questa fottuta frustrazione che mi sta consumando fino all'osso.

«No… non è da me» ammetto.

«Non voglio vederti così, fratello. O te la vai a prendere o te la scordi.»

Crollo a sedere sul divano rubando la sigaretta dalle dita del mio amico, poi la porto tra le labbra prendendo un'avida boccata.

«Lei non mi vuole, ha scelto quel coglione di Jordan. Sono perfetti insieme, non trovi?»

A stento riesco a riconoscere la mia voce, è incrinata da ciò che sembra pura disperazione o addirittura un maledettissimo pianto.

Ma, cazzo, io non piango mai.

Non posso piangere per lei.

Mai e poi mai.

Scrolla le spalle studiando la mia espressione, so bene che ho l'aspetto di un miserabile.

«Sì, sono proprio perfetti insieme.»

Un risolino nervoso precede la mia risposta.

«Fai schifo a consolare un amico, Jaden.»

Mi assesta una spallata affettuosa.

«Sono solo obiettivo. Facciamo una partita alla PlayStation? Ho un gioco nuovo. L'ho rubato prima di venire qui.»

Ridacchio, spegnendo il mozzicone nel posacenere.

«Vada per la partita.»

Mi strizza l'occhio.

«Non ti preoccupare, ti farò vincere.»

Afferro il joystick, mostrandogli il dito medio.

«Semmai il contrario, cazzone.»

«Vedi? Già ti sei ripreso, basta poco.»

Come no, se bastasse così poco saremmo tutti felici.

D'altra parte, che io voglia o no, devo scrollarmela di dosso, in fondo lei non è niente per me, è solo lo sfizio del momento.

Sì, è solo un delizioso capriccio.

«Giochiamo adesso, ho proprio voglia di romperti il culo.»

«Questo è da vedere.»

Il resto della nottata lo trascorro giocando ai videogame con il mio amico fraterno, quello di sempre, colui che c'è sempre stato e che resterà, nonostante tutto.

Sono riuscito a distrarmi, a svitare quel chiodo fisso dal cervello e a metterci un po' di stucco per riparare il danno.

Ma sono conscio che il foro è ancora lì, basterà una piccola scossa per far crollare il rattoppo, permettendo a quel maledetto tarlo di tornare alla carica e tormentarmi fino a mandarmi fuori di testa.

# Maggie
# 21

Rischiare non è mai stato facile per una come me che vive all'ombra delle proprie insicurezze e che ha paura di muovere un solo passo al di fuori della sua comfort zone.

Ho sempre scelto la semplicità, è il mio modo di essere, è così che vivo la mia vita e, quando il gioco si fa duro, io non mi armo di coraggio e combatto, ma scappo a gambe levate.

Riconosco di essere una codarda, di accontentarmi di ciò che è più facile raggiungere, so anche che correre il rischio potrebbe farmi del bene, magari permettendomi di uscire dal bozzolo.

Ma soffro di vertigini e ho il terrore di cadere e spezzarmi le ossa.

Bryce Jordan è la scelta più saggia e sicura, uscire con lui mi confermerà che è perfetto per me, magari potrebbe pure iniziare a piacermi fino a innamorarmene.

Ryker invece è il pericolo, è un giro sulle montagne russe più alte del mondo, è una corsa in motocicletta ad altissima velocità, è un salto nel vuoto, è follia, panico, adrenalina, è sensualità, calore e brividi.

Mi si è incollato addosso, si è impresso nella mia anima, mi cammina nei pensieri ogni secondo della giornata.

È come se mi fosse entrato in circolo nel sangue mescolandosi al mio, è una sorta di seconda pelle, un'espansione di me stessa, come se una metà di me non fosse più mia, ma sua.

Solo sua.

Eppure, prima di gettarmi nel vuoto, ho bisogno di capire se il terreno su cui cammino è saldo; sono una fifona e questo niente potrà cambiarlo.

Venerdì sera sarà determinante per decidere a chi donare il mio cuore, e non solo.

Sono pronta, o forse no.

«Quindi venerdì sera si va al luna park? Non vedo l'ora» strepita Emma prendendomi a braccetto.

È martedì mattina, una coltre di nuvole appanna il cielo rendendo l'aria particolarmente afosa, sono i primi di novembre e mi manca la frescura di Summerville.

Di questi tempi indossavo il cappotto, tappeti di foglie color bruciato ricoprivano i viali alberati e un vento frizzante mi scompigliava i capelli.

Qui a Miami, invece, la maggior parte delle persone gira ancora a mezze maniche e va in spiaggia come se fosse estate.

Quel tipo di estate malinconica che non vedi l'ora che finisca.

«Sì, anche io.»

Mi rivolge una smorfia dubbiosa.

«Beh, che entusiasmo, sembri una condannata a morte.»

Sbuffo. «È solo che…»

E poi lo vedo entrare a scuola e il mio cuore cessa di battere per un attimo eterno, per riprendere subito dopo a pulsare farneticante.

*Tum. Tum. Tum.*

Me lo sento nei polsi, nella gola, nello stomaco e fuori dal petto.

*Tum. Tum. Tum.*

Ryker è più bello e dannato del solito; indossa una T-shirt bianca e dei jeans neri, ha l'aspetto un po' stanco, le occhiaie solcano i suoi splendidi occhi, i capelli spettinati gli ricadono sulla fronte corrugata. Quando mi passa di fianco seguito dai suoi amici, mi ignora, letteralmente.

Non un'occhiata, non un saluto, non un cenno, niente di niente, come se fossi trasparente o, peggio, insignificante.

È così che mi sento, un oggetto inutile, grigio e triste, riposto in un angolo e dimenticato lì.

Resto ferma come una stupida a seguirlo con lo sguardo, come per imprimerlo nella mia memoria, semmai dovessimo allontanarci per sempre.

«Ah, menomale! Ha smesso di torturarti, avrà adocchiato qualche altra vittima» esclama Emma.

*No… non può essere vero.*

Una ragazza bionda del terzo anno lo ferma per parlargli e lui si appoggia con una spalla contro il suo armadietto sfoderando un sorrisino malizioso.

Dovrei esserne felice, dovrei sentire un peso sollevarsi dalle mie spalle e invece ho solo voglia di piangere, piangere e ancora piangere.

Non esisto più per lui? Mi ha già dimenticata? O non sono mai stata nei suoi pensieri?

*Se uscirai con quello, scordati pure di me.*

Sono state queste le sue parole, ieri, è stato categorico, duro, ma non credevo che dicesse sul serio; forse ha solo bisogno di tempo per sbollire la rabbia, ma non mi ha cancellata definitivamente.

«Io devo parlargli…» dico d'un fiato.

Emma mi prende il viso tra le mani, costringendomi a distogliere da lui le mie iridi inumidite.

Lui che sfiora i capelli della bionda con le sue dita tatuate.

Lui che le cinge i fianchi, mordendosi il labbro.

Lui…

«Cosa? Sei pazza? Dovresti stappare una bottiglia di champagne, piuttosto! Lascialo perdere e concentrati sul tuo appuntamento con Bryce» strepita, senza mollare la mia faccia arrossata.

Sì, è questo che dovrei fare, mi dice la mente, ma il cuore suggerisce ben altro.

«Non posso…»

Il pianto sta per arrivare, lo sento, è vicino, e poi, ecco, quel terribile groppo alla gola che m'impedisce di deglutire, le lacrime che spingono, impazienti di liberarsi, il magone alla bocca dello stomaco.

*Non farlo, Maggie, non permettere alla tristezza di sopraffarti.*

*Lui non merita le tue lacrime.*

*Non merita niente di te.*

Emma sbuffa, mi afferra per le spalle facendomi voltare di schiena così da non vedere più quella scena.

«Ma devi! Vedrai che andrà benissimo, è Bryce il ragazzo perfetto per te.»

Come se avesse udito la nostra conversazione, Bryce fa il suo ingresso in tutta la splendente perfezione da Dio del liceo, mi saluta con la mano e io ricambio. Poi traggo un lungo sospiro di rassegnazione, provando a convincere me stessa che sia lui quello giusto.

La giornata trascorre lenta e tediosa, non sono riuscita a concentrarmi nemmeno durante l'ora della mia materia preferita, ovvero letteratura.

I miei pensieri hanno vagato in tondo, soffermandosi come di consueto sulla stessa persona; vorrei conoscere almeno una risposta alle mille domande che mi sono posta in modo ossessivo invece di seguire la spiegazione del professore.

Dovrei parlargli o sarebbe meglio lasciare tutto in sospeso?

Dovrei andare all'appuntamento con Bryce o è inutile perché in cuor mio so già a chi appartengo?

Sono confusa, arrabbiata, triste, sfinita, non immaginavo che un sentimento puro e romantico come l'amore mi potesse ridurre come lo sbiadito riflesso di me stessa.

L'ho sempre visto come un'esperienza idilliaca, grazie all'esempio dei miei genitori. Pensavo che la felicità accompagnasse l'intero percorso, dalla conoscenza all'innamoramento vero e proprio.

Invece, per me è diverso.

Non riesco a scorgere serenità all'orizzonte.

Forse non è il momento giusto, forse sono sbagliata io o è semplicemente così che deve andare.

Ryker continua a ignorarmi per il resto della giornata: preferivo di gran lunga quando mi tormentava e vorrei che tornasse a farlo, anziché fingere che io non esista.

Sono tentata di andare da lui e parlargli, anche se mi scarseggia il coraggio, anche se la mia unica amica mi ha consigliato di non farlo, ma è più forte di me, ne sento l'irrefrenabile necessità.

Potrei farlo a fine lezione, prima di andare in sala mensa, o magari all'uscita di scuola.

Sempre riflettendo su questo, vado in bagno.

Dopo aver fatto la pipì, lavo le mani e mi getto dell'acqua fredda in faccia per riprendermi.

Mi guardo per un attimo allo specchio e la ragazza che vedo è davvero patetica: sul mio viso c'è un'espressione apatica, gli occhi spenti, malinconici, non c'è più alcuna traccia della Maggie di un anno fa.

Provo a sorridere, ma quella piccola curva sulle mie labbra appare falsa e forzata.

«Sei una stupida, Maggie» mormoro a me stessa.

Sfioro il ciondolo portafoto cercando la forza interiore di affrontare i miei ostacoli.

*Puoi farcela, Maggie.*

*Fiorisci e non appassire mai.*

Mi do una rapida sistemata ai capelli – li ho lasciati sciolti come piacciono a *lui* – aggiusto la camicetta color pesca nei jeans, mi asciugo le mani sudaticce con un fazzoletto di carta ed esco dal bagno.

Sono pronta per andare da Ryker e parlargli; non so ancora bene cosa gli dirò, lascerò che sia il cuore a farlo al posto mio.

Non appena svolto l'angolo, immettendomi nel corridoio silenzioso, qualcuno richiama la mia attenzione.

«Ehi, ti chiami Maggie, dico bene?»

Mi volto nella direzione di quella voce irritante e sgarbata, incontrando per la prima volta gli occhi glaciali di Jaden, il migliore amico di Ryker.

Tra tutti è la persona che più mi terrorizza, gli si legge in faccia che è cattivo.

«S… sì, perché?» sussurro.

Si avvicina con fare minaccioso in due passi, inchiodandomi alla parete con il suo sguardo spietato.

«Ascolta bene ciò che sto per dirti» dichiara, mettendomi con le spalle al muro. «Ryker per me è un fratello. È sangue del mio sangue e io voglio solo il suo bene. Tu devi levarti di mezzo, non azzardarti mai più a cercarlo o giuro che le pagherai cara.

Io non sono come lui. Sono peggio. E sai questo cosa significa? Che non mi farò problemi a farti fuori con le mie mani per tenerti lontana dalla sua cazzo di vita. Sono stato chiaro?»

Annuisco, incapace di metabolizzare del tutto le sue parole, troppo sotto shock; ho bisogno di tempo per capire.

Avverto le ginocchia tremare dalla paura, mentre il resto del corpo si irrigidisce. Jaden mi rivolge un'ultima e rapida occhiata nauseata.

«Porca puttana! Più ti guardo e più non capisco cosa lui ci trovi in te» mi dice sprezzante.

Fa per andarsene ma poi torna indietro, puntandomi il dito contro con astio.

«Non una parola con Ryker. O sei finita.»

Mi si blocca il respiro, ma per istinto di sopravvivenza mi affretto a fare di sì con la testa.

Mi scaglia addosso un ultimo sguardo terrificante che mi provoca un sussulto e si allontana con l'atteggiamento di un vero delinquente.

Mi porto una mano al petto, cercando di regolarizzare il respiro e sentendomi una nullità.

Farei bene a restare nel mio angolino caldo e soffice, perché nel mondo caotico, pericoloso e sopra le righe di Ryker non c'è spazio per me, ma, soprattutto, le persone che gli sono vicine non apprezzano la mia presenza, anzi vorrebbero vedermi morta.

Durante la pausa pranzo, prendo un'insalata; infilzo la forchetta in una foglia, ma non la porto alla bocca, ho lo stomaco aggrovigliato e, dopo la minaccia di quel Jaden, di sicuro non mangerò per giorni.

«Ti senti bene? Sei più pallida del solito, ti sei forse presa un virus?» mi chiede Emma, preoccupata.

«Probabile...»

«Vogliamo passare in infermeria? Puoi farti dare qualcosa per il mal di stomaco.»

Scuoto la testa. «Preferisco tornare a casa. Magari vedo se mia madre può venire a prendermi prima.»

«Sarebbe l'ideale, Maggie, si vede che stai male.»

Annuisco alzandomi di scatto dalla sedia e un improvviso capogiro mi assale, così mi rimetto a sedere.

Prendo un sorso d'acqua, aspettando che la vertigine passi.

«Vado fuori a chiamare mamma» biascico.

«Okay, ti accompagno?»

«No, finisci di mangiare.»

Provo a rialzarmi con calma, sfilo il cellulare dalla tasca dei jeans e attraverso la caotica sala mensa; quando passo di fianco al tavolo dove siede Ryker con i suoi amici, abbasso lo sguardo, proseguendo dritto.

Distratta, vado a sbattere contro qualcuno.

«Maggie, tutto bene?»

Alzo gli occhi incrociando quelli luminosi di Bryce.

«Diciamo… sto andando a fare una telefonata.»

«Hai già pranzato?»

«Sì.»

«Peccato, mi sarebbe piaciuto pranzare insieme a te.»

Faccio spallucce. «Sarà per un altro giorno.»

Mi sorride. «Ci conto! Ci becchiamo dopo.»

Gli rivolgo un rapido sorriso, uscendo dalla sala mensa.

A passo svelto raggiungo l'uscita posteriore, quella che affaccia sul campo da rugby, inspirando finalmente un po' di ossigeno.

Chiamo la mamma guardando il cielo carico di pioggia, sperando che mi risponda il prima possibile.

Dopo diversi squilli, la linea cade, così riprovo, ma avverto una presenza alle mie spalle, accompagnata da un profumo bellissimo e familiare.

Ryker.

Non mi giro verso di lui, resto come paralizzata, ricordando il terribile avvertimento del suo amico, poi mia madre finalmente risponde.

«Piccola, cosa succede?»

«Ehm… non sto molto bene, potresti venire a prendermi?»

«Adesso? Sto andando in riunione con il curatore delle mostre.»

«Mamma, non posso aspettare, ti prego» insisto.

Il mio tono è talmente disperato che me ne vergogno, anche perché c'è lui che mi sta ascoltando.

«Va bene, piccola, arrivo subito.»

«Grazie.» E riattacco.

Prendo un lunghissimo respiro, rimetto il cellulare in tasca e mi volto, cadendo nei suoi occhi profondi.

Ryker è appoggiato allo stipite della porta, la sigaretta tra le labbra piene, una mano in tasca, i tatuaggi che serpeggiano sulle sue braccia in tensione. La sua è una bellezza pericolosa, sensuale, cattiva, è impossibile non notarlo e non cadere ai suoi piedi come un frutto maturo dall'albero.

Passerei ore ad ammirare i suoi lineamenti spigolosi e perfetti, a far scorrere le dita tra i suoi capelli spettinati, a interpretare il significato di ogni simbolo e frase incisi sulla sua pelle.

Passerei giorni interi a parlare con lui per scoprire cosa si cela dietro la sua corazza da duro, per scovare le sue ferite più profonde e provare a risanarle insieme.

Ma ovviamente sto vaneggiando, tutto questo non accadrà mai nella realtà, è solo frutto della mia immaginazione o, per essere più precisi, è un mio intimo desiderio.

Distolgo subito lo sguardo, andandogli incontro per rientrare ma, quando gli arrivo vicino, lui non mi fa passare, piazzandosi davanti a me.

Tenendo la testa china, balbetto qualcosa che stento io stessa a capire.

«Io… io dovrei passare, per… per piacere.»

«Non stai bene?»

La sua voce calda e roca è come una coccola per il mio cuore infranto, ma lui non lo sa.

Deglutisco, non rispondo, resto immobile come una cretina in attesa che lui liberi l'accesso.

«Mi fai… entrare?»

Sbuffa fuori il fumo, getta la sigaretta sporgendosi di lato e, nel momento esatto in cui io passo, mi arpiona i fianchi da dietro tenendomi stretta contro il suo petto.

«Non vuoi più parlarmi?» mi mormora tra i capelli.

Mi si mozza il respiro sentendo il suo corpo saldo contro la mia schiena e le sue mani ruvide premere sul mio ventre.

«Mi stai ignorando da tutto il giorno» ribatto in un mormorio.

«Ti ha dato fastidio?»

«Certo che sì» mi lascio scappare.

Mi stringe più forte sfiorandomi il collo con la bocca e lasciando una scia di baci leggeri e umidi che m'incendiano la pelle.

«Cazzo, mi stai mandando in pappa il cervello, Maggie May.»

Il tono di disperazione che pervade la sua voce mi riscalda l'anima, ma nel contempo fa scattare in me l'allarme di pericolo.

Jaden e la sua minaccia.

Le parole con cui mi ha ordinato di stare alla larga da Ryker risuonano acute nelle mie orecchie mettendomi in guardia, conscia che il suo amico fraterno non scherzi affatto.

Così, a malincuore, mi libero del suo abbraccio, indurendo ciò che resta del mio cuore.

«Devo andare.»

Mi fa voltare verso di lui, agguantandomi per il polso.

«Tu non vai da nessuna partc.»

Mi prende il viso tra le mani, sporgendosi verso di me per baciarmi, ma mi scanso allontanandolo con una spinta.

«Non hai capito? Io non ti voglio, Ryker. Non mi piace niente di te, niente! Sei violento, volubile e immaturo, fai sempre a botte, assumi droga e, Dio, sei stato in riformatorio. Come potrei stare con un delinquente? È impensabile. Io odio i tipi come te, li odio con tutta me stessa. Dimenticami, io l'ho già fatto.»

Stento a credere di avergli urlato contro tutte queste cattiverie, ma ho dovuto farlo.

Lui mi guarda scioccato, le sue iridi scure diventano di colpo lucide, non si muove, non dice una parola mentre lo fisso con le lacrime che spingono impazzite dietro le palpebre, cercando di ricacciarle indietro.

Deglutisce forte, lanciandomi un'occhiata indecifrabile a metà strada tra la collera e l'angoscia.

«Sei una fottutissima stronza.»

Non urla, lo dice con un timbro basso, scandendo ogni parola con ira cocente.

Incasso l'offesa, sentendomi esattamente come mi ha definita, e lui mi passa di fianco dandomi una spallata che mi fa barcollare.

Lo guardo andare via per sempre e, solo quando svolta l'angolo, mi concedo di crollare in minuscoli frammenti sul pavimento, annegando in un mare di lacrime.

# Maggie

# 22

*Caro diario,*

*perdonami se da questo momento in poi bagnerò le tue pagine di lacrime. Per caso conosci una soluzione per fermare il pianto? Ripensandoci, non penso che servirebbe a molto... continuerebbe a scendere incessante dentro di me, tanto vale farlo sgorgare dagli occhi attraverso quelle gocce salate. Dicono che dopo ci si senta meglio..*

*Ma sai, dopo aver pianto non mi sento affatto meglio, mi si forma un buco nero nel petto, mi brucia la gola, le palpebre si gonfiano, l'energia abbandona il mio corpo lasciandomi in uno stato catatonico. Vorrei reagire, sorridere alla vita, sfiorare con mano la felicità, ma al momento mi sembra irrealizzabile.*

*Ho rovinato tutto, l'ho ferito a morte dicendogli cose bruttissime, e non potrò mai dimenticare la sofferenza impressa sul suo viso, il suo sguardo scioccato, l'odio nelle sue parole.*
*Cosa ho fatto?*
*Potrò mai rimediare?*
*Riuscirà a perdonarmi?*
*Dio, mi sento estranea al mio corpo, come se stessi guardando un film drammatico: questa non può essere la mia vita.*
*Ma basta poco per prendere coscienza che invece lo è e che sto sbagliando tutto.*
*Lui ora non vorrà più vedermi, parlarmi o guardarmi, mi detesterà con ogni fibra del suo essere.*
*Chi può biasimarlo? Sono stata pessima.*
*Sono stata più cattiva di lui.*
*Vorrei dirgli che se l'ho allontanato è perché il suo amico mi ha costretta, in realtà avrei voluto che quell'abbraccio durasse per sempre. Ma non posso, è inutile girarci intorno, tra noi non potrà mai funzionare.*
*Io... vorrei scrivere altro ma sono troppo stanca e triste per farlo, ti aggiorno non appena riuscirò a smettere di piangere.*
*Tua*
*Maggie.*

Chiudo il diario, lo ripongo nel cassetto della scrivania e mi tuffo sul letto, nascondendo la faccia nel cuscino per soffocare un pianto inconsolabile.

Davanti ai miei occhi chiusi e gonfi rivedo il suo viso e sto ancora più male, sulla mia camicetta è ancora impresso il suo profumo e un altro singhiozzo mi sconquassa il petto, sul collo avverto ancora il sapore dei suoi baci e mi sento di morire.

«Maggie, posso entrare?»

La voce affettuosa della mamma mi arriva alle orecchie.

Le rispondo di sì e lei viene a sedersi sul bordo del letto, carezzandomi adagio i capelli.

«Piccola, la prima delusione d'amore è devastante, ma ti assicuro che ti renderà più forte.»

Non le ho raccontato nulla, ma lei come sempre sa leggermi nel pensiero.

«Lui adesso mi odia» biascico tra un singhiozzo e l'altro.

Continua ad accarezzarmi, posandomi un bacio sulla fronte.

«Non ti odia, ha solo bisogno di tempo.»

Scuoto la testa, nascondendola tra il piumone e il cuscino.

«Invece sì, ho rovinato tutto.»

«Puoi ancora rimediare, piccola mia. Pensi che io e papà non abbiamo mai avuto alti e bassi? Durante il liceo abbiamo sofferto entrambi, ci siamo lasciati per quasi sei mesi, abbiamo frequentato altre persone per poi tornare ad amarci più di prima. Io non conosco questo ragazzo, non me ne hai mai parlato, ma è chiaro che per te è qualcosa di più di una semplice cotta. Lo ami, vero?»

«Non lo so...» mormoro, sentendo una fitta fortissima al cuore.

«Ti va di raccontarmi qualcosa su di lui?»

«S... sì.»

«Prendo il gelato, fammi spazio.»

Mi metto a sedere al centro del letto asciugando le lacrime con il dorso della mano; la mamma ritorna con il barattolo di *Ben e Jerry's* alla vaniglia e si accomoda accanto a me porgendomi un cucchiaio.

Sospiro, tirando su con il naso.

«Si chiama Ryker.»

«Mmh… Ryker, un nome da cattivo ragazzo.»

Affondo il cucchiaio nel gelato e lo porto alla bocca.

«Lo è…»

Mia mamma mi sorride.

«No, non credo sia cattivo, magari è solo ferito. E lo sai perché lo dico? Perché tu, Maggie, non avresti mai aperto il tuo cuore a una persona crudele. Sei saggia, buona e matura e fai sempre la scelta giusta.»

Prendo un'altra cucchiaiata, accennando un mezzo sorriso.

«Hai ragione.»

«La mamma ha sempre ragione.»

Le parlo di lui, le racconto tutto sin dall'inizio, dal nostro primo incontro allo scontro di questa mattina a scuola, sorvolando solo su alcuni particolari perché mi sento in imbarazzo a parlarne apertamente.

È ormai sera e abbiamo finito l'intera confezione di gelato, la mamma mi osserva a lungo prima di darmi un ultimo consiglio.

«Ora che conosco bene i fatti, voglio dirti due cose. La prima è che devi combattere per ciò che ami, sempre. La seconda è che non devi mai e dico mai farti influenzare dagli altri. Sei confusa, lo capisco, e quel suo amico è stato tutto fuorché un amico, se lo vedo all'uscita di scuola gliene dico quattro.»

«Mamma!»

«Cosa c'è? Quel prepotente ha bisogno di una bella lezione, comunque, tornando a noi, aspetta che lui metabolizzi ciò che è successo, tu intanto esci con il *golden boy*. Com'è che si chiama? Brad?»

«Bryce.»

«Ah, sì, Bryce… Dicevo, venerdì va' all'appuntamento e posso assicurarti che farai chiarezza sui tuoi sentimenti. Un po' di lontananza non guasta mai, anzi, alle volte è un balsamo per i cuori rotti e indecisi.»

«E se lui si allontanerà per sempre?»

«Non lo farà, fidati di me.»

«Vorrei essere come te, mamma. Forte, determinata e coraggiosa.»

Mi asciuga una lacrima stringendomi in un abbraccio amorevole che mi dona conforto.

«Lo sei, Maggie, devi solo uscire dal bozzolo e librarti in volo come una meravigliosa farfalla. Credo in te, piccola mia. E sai che anche papà ti avrebbe incoraggiato allo stesso modo.»

«Lo so… mi manca tanto.»

Mi stringe più forte e io mi crogiolo tra le sue braccia confortevoli. «Manca tanto anche a me.»

«Grazie, mamma, avevo proprio bisogno di sfogarmi.»

Scioglie l'abbraccio per guardarmi negli occhi, e mi sembra quasi di vedere me stessa da adulta, anche se è a papà che somiglio di più.

«Sono sempre pronta ad ascoltare la mia bambina. Ti andrebbe di uscire? Non ho proprio voglia di cucinare stasera.»

«Okay… McDonald?»

«Andata! È da tempo che non mangio cibo spazzatura.»

Mi do una rinfrescata, lego i capelli in una mezza coda e indosso una maglietta a maniche lunghe color crema, sotto lascio i jeans e le Converse.

Saliamo in auto e ci dirigiamo verso il McDonald più vicino, che dista circa dieci minuti, parcheggiamo ed entriamo.

Mentre la mamma prende posto accanto alla vetrata, io mi metto in fila per ordinare: ho proprio voglia di abbuffarmi di schifezze.

Osservo il menu, indecisa su cosa prendere, quando sento uno schiamazzo provenire da un tavolo in fondo alla sala e riconosco subito, tra le tante, la *sua* voce.

Con la coda dell'occhio guardo in quella direzione e vedo

Ryker insieme ai suoi amici; con loro ci sono anche delle ragazze, diverse da quelle che c'erano alla partita.

Riconosco la bionda del terzo anno: Ryker le tiene il braccio sulla spalla e lei se la ride allegramente.

«Avanti il prossimo.»

Distolgo lo sguardo da lui e ordino rapidamente qualcosa, per poi tornare di corsa a sedermi.

«Mamma, quando sarà pronto puoi prendere tu l'ordinazione?» le chiedo scivolando sulla sedia, in modo da non farmi vedere da Ryker.

«Stai bene, Margaret May Harmon?»

«È solo che lui è qui, con gli amici e delle ragazze.»

La mamma affila lo sguardo, incuriosita.

«Dove? Sono curiosa di vederlo.»

«Non girarti, mamma.»

Mi zittisce con un gesto della mano.

«Non me ne farò accorgere.»

Mi nascondo quasi sotto al tavolo, indicando Ryker con un cenno della testa.

«È quello bellissimo, con i tatuaggi e la faccia da stronzetto?»

«Sì, è lui.»

«Ottima scelta, piccola mia. E scommetto che il biondino con gli occhi chiari è il suo *amico-non amico*, giusto?»

«Giusto.»

«Si vede che è un teppista.»

«Mamma, smettila.»

Scrolla le spalle alzandosi per andare a prendere i nostri panini, mentre io sono sul punto di appiattirmi sul pavimento.

Quando ritorna devo per forza mettermi composta, ma faccio comunque in modo che lui non mi veda.

«Ah, Maggie! Petto in fuori, sguardo alto e un bel sorriso. È insieme a un'altra ragazza, devi apparire sicura di te.»

Adoro la mamma, ma io non sono come lei.

Prendo un sorso di Coca-Cola, inzuppando una patatina nella maionese.

«Non ci riesco.»

Lei addenta il panino scuotendo la testa esasperata, mentre io spio Ryker di tanto in tanto.

«Va' a parlargli.»

«Assolutamente no.»

Sorseggia la sua bibita, inarcando un sopracciglio.

«Hai seriamente paura di quel delinquente del suo *non amico*? Lo metto in riga con due parole.»

«Mamma, no. Non fare niente, anzi, perché non andiamo via?»

Si pulisce le mani con il fazzoletto, prendendo un altro sorso di Coca-Cola.

«Va bene, andiamo via.»

Nel momento in cui mi alzo, do una rapida sbirciata e ciò che vedo mi fa rivoltare lo stomaco e balzare il cuore in gola.

Ryker sta baciando la ragazza bionda, e intanto le palpeggia un seno da sopra la maglietta mentre i suoi amici ridacchiano e lo incitano a darci dentro.

«Subito, mamma» bisbiglio.

Ma, nell'afferrare la mia borsetta, non so come, forse perché le mani hanno iniziato di colpo a tremarmi, colpisco il bicchiere e mi rovescio tutta la bibita addosso attirando l'attenzione dei presenti.

Che sfiga!

«Oddio, Maggie» esclama la mamma, cercando di pulirmi con i fazzoletti.

Il liquido ghiacciato mi infradicia i vestiti e le mie guance diventano paonazze quando mi accorgo che lui mi sta fissando con un sorrisetto di scherno, mentre i suoi amici scoppiano in grasse risate.

Esco di corsa dal locale trattenendo le lacrime, l'imbarazzo che mi divora dall'interno come un animale dalle grosse fauci e le zanne affilate.

La mamma mi raggiunge, fa scattare la sicura dell'auto e con un'espressione dispiaciuta mi fa cenno di entrare.

Salto su, nascondendomi la testa tra le mani.

«Dio, che imbarazzo! Sono una sfigata.»

«Poteva capitare a tutti, non farne un dramma, Maggie.»

Ora il suo tono è leggermente severo, mi sta rimproverando per la mia odiosa insicurezza, come è già successo svariate volte.

«Certo, ma guarda caso è capitato davanti a lui mentre baciava un'altra» esclamo isterica.

La mamma guida verso casa, scuotendo la testa.

«Pazienza, che sarà mai, Maggie. Sei troppo dura con te stessa, piccola, devi provare a vivere la vita con più leggerezza, non hai ancora diciott'anni, sei giovane, dovresti essere spensierata e allegra. Lo so che la morte di papà ti ha dilaniato, ma continuare a piangerti addosso ti condurrà in una spirale di cupa solitudine dalla quale sarà duro venire fuori. Devi reagire, fallo per papà. Mi prometti che ci proverai?»

Annuisco, guardando dal finestrino il cielo notturno puntellato da poche stelle, le più luminose.

«Te lo prometto, ci proverò» sussurro.

«Grazie.»

Arrivate a casa, la mamma si accomoda sul divano a guardare una serie TV, mentre io mi libero dei vestiti fradici e faccio una lunga doccia.

Intanto che l'acqua calda mi scorre sulle spalle, rimugino sulle parole di mia madre, su tutta la situazione con Ryker e un po' anche su me stessa.

La mamma ha ragione, devo smetterla di piangermi addosso,

così facendo non concluderò nulla nella vita o nelle relazioni.

Se non reagirò, se mi farò bloccare dalla paura, rimarrò per sempre schiava degli attacchi di panico e finirò per condurre un'esistenza grigia e sbiadita.

Papà non vorrebbe vedere la sua Maggie malinconica e afflitta, lui mi vorrebbe felice.

*Lo faccio per te, papà.*

*Proverò a renderti orgoglioso di me e a vivere come se tu fossi ancora qui con noi.*

# 23
# Ryker

Va tutto bene.

È la decima volta che me lo ripeto guardando quella stronza di Maggie parlare con Bryce, sedersi accanto a lui durante le lezioni, conservargli il posto a pranzo.

Certo, va tutto bene.

No. Non va bene per un cazzo!

È venerdì mattina, stasera quei due si vedranno per un fottuto primo appuntamento, e non dovrebbe importarmi, non sono fatti miei.

Lei è stata chiara, non mi vuole e io ho provato a rassegnarmi uscendo con un'altra. Tuttavia, quel maledetto chiodo fisso dai capelli di fuoco, la pelle di latte e gli occhi di cielo continua a trapanarmi il cervello in ogni dannato minuto.

Dimenticare qualcuno a cui si tiene non è semplice.

Magari esistesse una gomma magica del cazzo per poterla cancellare come una sbavatura fatta con la matita.

Magari…

La verità è che o mi sottopongo a una lobotomia o sarò condannato a vivere con quel ricordo fino alla morte.

Merda! Mi pianterei due pali negli occhi pur di non vederli insieme, quei due.

Giuro che sto provando a metterci una pietra sopra, ma la pietra in questione è troppo pesante da spostare.

Jaden dice che è meglio così, che Maggie mi stava rammollendo, pensa che non sia adatta a me e voglio convincermi che abbia ragione lui.

Insomma, sono giovane, ho tutta la vita davanti, perché dovrei restare intrappolato in una cosa seria a nemmeno diciott'anni?

Ho tempo per queste cazzate, ora devo pensare solo a divertirmi e a scoparmi le ragazze più sexy della città.

Che si fotta, quella santarellina! Lei e quel fighetto del suo principe azzurro. Non so cosa farmene di una come lei, è una schiappa perfino a baciare, figuriamoci a fare altro.

Certo, avrei potuto soddisfare il mio perverso sfizio di sverginarla, in fondo è sempre stato questo il mio sporco obiettivo, fin dall'inizio.

*Ne sei proprio sicuro?*

Ovvio che sì, ne sono sicuro.

*Non raccontarti palle, Ryker, sii uomo e ammetti a te stesso come stanno le cose.*

'Fanculo la mia coscienza! 'Fanculo tutti!

«Allora? Non hai niente da raccontarci? Te la sei scopata la biondina del terzo anno?» mi chiede Derek, con una faccia da pervertito.

Sprofondo nella sedia, prendendo un sorso d'acqua dalla bottiglietta. La sala mensa è un delirio e detesto questo dannato caos, ne ho già abbastanza nella testa.

«E me lo chiedi? Ovvio. Quando voi siete andati fuori a fumare.»

Jaden mi strizza l'occhio, compiaciuto.

«Una sveltina nel cesso del McDonald, cosa c'è di meglio?» commenta Rio.

Gli lancio un'occhiataccia.

«Non siamo tutti romantici come te, Rio.»

Jay sghignazza.

«Ry e io non sappiamo manco cosa voglia dire quella fottuta parola.»

Derek passa un braccio sulle spalle di Rio, ridacchiando.

«Sei proprio un rammollito, amico.»

«Le donne vanno trattate con i guanti bianchi, grandissimi figli di puttana. Delle rose, una cena fuori, un regalo e sapranno ricompensarvi.»

«Cristo! Quella Natalia ti ha proprio fottuto il cervello» dichiara Jay, nauseato.

«Probabile… ma non immaginate che pompini eccezionali mi fa, e le sue tette poi… impazzisco!»

Abbozzo un sorrisetto inciampando con lo sguardo, per sbaglio, negli occhi di Maggie.

Dura un fottuto attimo, ma basta per aiutarmi a respirare a pieni polmoni.

Lei abbassa gli occhi sul suo piatto di insalata arrossendo di colpo e la trovo bellissima quando si imbarazza, per non parlare di quando dischiude le labbra.

Dannazione!

Muoio dalla voglia di farmelo succhiare da quella bocca innocente e perfetta.

Oggi indossa una maglietta bianca a maniche lunghe, è leggermente trasparente e s'intravede la forma del reggiseno: da un lato mi scoppia l'uccello, dall'altro impazzisco di gelosia.

Ha lasciato i capelli sciolti, come piacciono a me, e a quel proposito ricordo di portare al polso ancora il suo elastico. Dovrei bruciarlo ma non lo faccio, anzi credo che non lo toglierò mai.

Arriva anche quel bamboccione di Jordan e lei gli fa spazio scalando di poco con la sedia; mi si contorcono le viscere perché dovrei stare io al suo posto, seduto lì, accanto a quella piccola idiota.

Stringo dalla rabbia la bottiglietta d'acqua, e senza accorgermene spruzzo il getto contro la faccia di Derek seduto di fronte a me.

«Cristo, fratello, ma che fai?» esclama.

Lo ignoro, magnetizzato da lei e dal modo in cui sorride a quel coglione di merda.

Mi alzo con uno scatto pronto ad andare verso di loro, a picchiare lui e trascinare lei in un'aula vuota, e farle le cose più sporche e assurde che mi passano per la testa.

«Che cazzo vuoi fare, Ryker?»

Ma Jaden mi blocca in tempo sedando il pandemonio che ho nel sangue, nelle cellule e nel cervello.

«Niente, devo andare al cesso.»

Sono consapevole che Jay mi sta alle calcagna solo per proteggermi da me stesso, perché lui mi conosce meglio di chiunque altro e sa che razza di animale posso diventare.

Non vuole che io commetta un'altra cazzata rischiando la prigione, sa che sarei capace di ammazzare Bryce pur di non vederlo con Maggie.

«Non fare stronzate, fratello» si raccomanda.

Gli rispondo con un cenno del capo e attraverso la sala

mensa senza fare ciò che vorrei, sentendo lo stomaco attorcigliarsi dalla frustrazione.

Com'è strana la vita! Ho sempre vissuto fregandomene degli altri, ho sempre agito assecondando i miei impulsi, anche i più tossici, ma adesso a causa di una ragazza sto tenendo a bada me stesso. Chi l'avrebbe mai detto.

Il problema è che non so se ci riuscirò ancora a lungo o se esploderò come una supernova annientando ogni cosa, me compreso.

Entro in bagno e mi getto dell'acqua ghiacciata in faccia, sono solo, nessuno vedrà le mie debolezze.

Qui, in questa scuola del cazzo, tutti mi temono, non mi hanno mai visto vacillare, mi sono sempre mostrato forte, prepotente e aggressivo.

Ma a volte vorrei solo poter apparire per quel che sono davvero, spezzato e fragile.

Ho ricoperto la mia pelle di tatuaggi e gli altri pensano che sia per intimorirli, per sembrare pericoloso, ma la verità è che ogni disegno e ogni frase sono ferite aperte dalle quali sgorgano sangue e inchiostro.

«Cazzo!» sbotto, guardandomi allo specchio.

Sferro un pugno contro il vetro, spaccandomi le nocche e crepando la superficie. Con la mano dolorante e il viso umido, esco senza sapere bene cosa fare.

Poi, come un segnale divino, mi passa davanti l'amica di Maggie.

«Tu, fermati subito» le ordino.

Lei si gira di poco e accelera il passo per sfuggirmi, ma la raggiungo subito, bloccandola per un braccio.

«Cosa vuoi da me?» mi chiede impaurita.

«Dove andranno stasera Maggie e quel coglione? Dimmelo.»

Deglutisce, sistemando gli occhiali sul naso.

«Lasciala in pace, l'hai fatta soffrire abbastanza.»

«Non farmi incazzare. Dimmi dove.»

«Perché?»

«Porca puttana! Non costringermi a usare la violenza.»

Sussulta, serrando la mascella.

«Continuando a comportarti in questo modo non riuscirai a conquistarla. Comunque andranno a *Dreamland,* contento adesso?»

Mollo la presa sul suo braccio, annuendo.

«Non dire niente a Maggie.»

Si sistema la T-shirt, incrociando le braccia al petto.

«E tu non rovinarle l'appuntamento.»

Questa sta ribattendo ancora?

«Fatti i cazzi tuoi. Puoi andare adesso» taglio corto.

La ragazza scuote la testa e si allontana entrando in sala mensa. Ora che so dove andranno, potrò sabotare la loro prima uscita e fare di Maggie tutto ciò che voglio.

*

Sono le sette quando arrivo a *Dreamland.* Le luci variopinte delle giostre illuminano questa notte fatta di rivincita e rabbia, una terribile musichetta da circo viene trasmessa in loop, le risate dei bambini e lo schiamazzo dei miei coetanei mi rimbombano nelle orecchie e un odore nauseante di zucchero filato mi assale le narici.

Ci sono già stato a questo dannato luna-park, ci ho portato Millie e si è divertita molto, io un po' meno.

È stata una delle poche volte in cui l'ho vista ridere spensierata e, lo ammetto, è stato bello vederla felice per un paio d'ore.

Ma ora sono qui per fare danni, come mio solito.

Non sarà facile trovare Maggie tra questo marasma di persone, ma non ho nient'altro da fare, sono capace di salire su ogni fottuta attrazione di questo posto pur di raggiungere il mio scopo.

Ho spento il cellulare, in modo da risultare irraggiungibile per i miei amici; nessuno di loro sa che sono qui o mi avrebbero rotto i coglioni.

Ficco le mani nelle tasche dei jeans, tengo il cappuccio della felpa calato sul viso e m'inoltro tra la folla che si accalca attorno ai chioschi o che si mette in fila.

Passo per il labirinto degli specchi, per le montagne russe, il carosello e la casa stregata, ma niente, non riesco a trovarli.

Prendo da bere e continuo a cercarli senza accorgermi che è già trascorsa un'ora, ma non mi arrendo, sono nei dintorni e prima o poi li intercetterò.

Mi accendo una sigaretta, per sopportare meglio quella sinfonia di sottofondo che mi fa sanguinare le orecchie, e intanto con lo sguardo tengo d'occhio la fila per la ruota panoramica: sono sicuro che quel coglione di Bryce la porterò lì, per provarci con lei, toccarla e baciarla.

Scontatissimo.

La sola idea mi manda fuori di testa, ma resto concentrato, prendo un lungo tiro e lo butto fuori con rabbia.

Attraverso la nuvola di fumo, li intravedo.

Finalmente, dannazione!

Stanno salendo sulla cabina, da soli, il coglione ha un sorriso stampato in faccia e si azzarda a prendere la mano di Maggie, palesemente in imbarazzo.

Controllo la mia collera, devo restare calmo, ho pochi secondi per trascinarla via da lì prima che inizi il giro.

Spengo la sigaretta, salto il cordone di persone arrivando direttamente al botteghino, scavalco la transenna mentre il tizio dei ticket mi urla contro e, con uno slancio, mi appendo alla porticina della cabina, afferro Maggie per il polso e la faccio scendere.

Il tutto in una manciata di istanti.

Lei impiega un po' a capire cosa sta accadendo, ma realizza appieno quando mi fermo abbastanza distante dalla folla, per guardarla negli occhi.

Porca puttana, è bellissima stasera.

Indossa un vestitino giallo chiaro a fantasia – lo studio bene per capire che vi sono disegnate delle pesche – ha lasciato i capelli sciolti ma non lisci come sempre, sono ondulati e le sue labbra sono lucide e più rosse.

Resto quasi a bocca aperta perché, maledizione, mi fa impazzire, ma subito dopo sento il rancore ribollirmi dentro, quando ricordo che si è fatta bella per un altro e non per me.

Dio, questa cosa mi annienta.

«Ryker, cosa… cosa ci fai tu qui?»

Mi guarda scioccata, sbarrando le palpebre, eppure mi dà l'impressione di essere tutt'altro che scontenta.

«Seguimi, ho qualcosa da dirti.»

Si morde le labbra spaesata, voltandosi indietro di poco.

«Sono qui con Bryce, non posso venire con te.»

L'agguanto per il polso, non volendo ascoltare una sola parola in più.

«Lasciala subito, Ryker. Ora mi hai proprio seccato.»

Jordan, il coglione, appare alle spalle di Maggie, con un'aria minacciosa che trovo solo ridicola.

Lei si frappone tra noi, nel timore che scoppi una nuova rissa.

Io sono già pronto a massacrarlo.

«Vi prego, non iniziate un'altra volta.»

Bryce prende la mano di Maggie per portarla via da me, ma

non ha capito proprio un cazzo, dovrà passare sul mio cadavere.

«Andiamo Maggie, il giro sulla ruota panoramica sta iniziando.»

«Levale quelle mani di dosso o te le taglio.»

Tiro fuori dalla tasca posteriore dei jeans il mio coltellino e faccio scattare la lama.

Maggie fissa prima me e poi l'altro, terrorizzata.

«Ryker, non fare stupidaggini, verrò con te, ma posa quel coltello, okay?»

Jordan sbianca di colpo anche se cerca di non darlo a vedere, ma so bene che se la sta facendo sotto.

«Sei in un luogo pubblico, reietto, e stai rischiando grosso.»

«Lascia andare Maggie e nessuno si farà del male.»

«No, lei è con me stasera.»

Ridacchio avanzando di un passo verso di lui, la lama della mia arma luccica nelle mie pupille dilatate dall'eccitazione.

«Ma è me che sogna, ogni notte. È me che vuole tra le sue cosce bianche. È per me che si bagna solo se la guardo. Ed è con me che ha avuto il suo primo orgasmo. Non ti è ancora chiaro?»

Maggie sussulta, dischiudendo le labbra carnose che ben presto addenterò fino a farle sanguinare.

«Stai delirando, Ash» replica Jordan, ma lo vedo il dubbio nei suoi occhi.

Tenendo ancora il coltellino puntato verso di lui, sposto l'altra mano dal polso di Maggie alla sua vita addossandola a me, e lei non si ribella, al contrario, si rilassa contro il mio corpo infervorato.

«Bryce, io… io vado con Ryker, mi dispiace» sussurra d'un fiato.

«Cosa stai dicendo, Maggie? Questo è il nostro primo appuntamento…»

Ripongo la mia arma, ormai non serve più, ci ha pensato lei ad affondare il colpo.

«Hai capito bene, Jordan. Ti avevo avvertito, Maggie May appartiene a me.»

Jordan scuote la testa, incapace di rassegnarsi all'idea che lei abbia scelto me, un delinquente, e non lui, il ragazzo perfetto.

«Mi hai deluso profondamente, Maggie, e sappi che stai commettendo un grosso errore. Lui ti trascinerà giù nel baratro.»

«Può darsi, ma sono pronta a seguirlo.»

Cristo! Non mi aspettavo una risposta del genere. Sono piacevolmente colpito, esaltato direi.

Bryce Jordan scuote la testa rassegnato e si allontana senza aggiungere altro: almeno è abbastanza intelligente da non continuare a rendersi patetico.

Non posso fare a meno di sogghignare eccitato mentre, tenendo Maggie per mano, cerco un posto isolato dove poter stare soli.

La conduco dietro la casa stregata, alle spalle della struttura c'è un piccolo spiazzo di ghiaia, delimitato da una recinzione arrugginita; lì nessuno potrà vederci.

La prendo di peso per i fianchi e la faccio sedere su una vecchia panca di legno, posizionandomi tra le sue cosce.

Sono smanioso, voglio toccarla, morderla, segnarla.

Voglio scoparla a sangue, voglio scoparla così forte da non permetterle di camminare per giorni, ma prima i preliminari, ho la necessità di gustarmi lentamente il mio delizioso pasto.

Mi avvicino al suo collo color latte e lo addento, e il suo profumo di *milkshake* alla pesca m'inebria i sensi, acutizzando la fame che ho di lei.

«Sai di buono.»

«Mmh… Aspetta» bisbiglia.

Le mie dita tatuate premono nella sua carne morbida, impazienti di giungere alla sua fica stretta e umida.

«Non ci penso proprio.»

Sto per baciarla, ma lei mi copre le labbra con la mano, guardandomi come se volesse rimproverarmi.

«Prima parliamo.»

Sospiro, gettando la testa indietro, e lei sposta il palmo facendolo scivolare sulla mia felpa, poi stringe il tessuto tra le dita aggrappandosi a me.

Mi vuole, lo sapevo.

Non poteva essere diversamente.

«Cosa vuoi sapere?»

«Ogni cosa.»

So che vuole delle spiegazioni, ma adesso non riesco a fermarmi, la desidero, sto bruciando.

Le sposto una ciocca di capelli dal viso, portandola dietro all'orecchio e scrutando la sua bellezza innocente.

«Sono i gesti che contano, non pensi?»

Abbassa lo sguardo sulla mia mano che stringe la sua gamba e trae un sospiro.

«Ma alcuni gesti hanno il potere di ferire.»

«Le parole di più.»

Le sollevo il viso con un dito, obbligandola a guardarmi negli occhi e, cazzo, sono sul punto di capitolare in quegli sprazzi di cielo.

«Non penso nemmeno una singola parola di ciò che ti ho detto l'altro giorno, l'ho fatto per allontanarti e per tentare di cancellarti, ma è stato invano.»

Non immagina quanto mi rassicuri sentirglielo dire, le sue parole sono come un balsamo per il mio animo dilaniato.

«Sono stato con Brianna e con quell'altra del terzo anno solo per farti ingelosire. È te che voglio» confesso.

Non appena finisco la frase, Maggie si sporge verso di me e mi dona la sua bocca calda e morbida, e io mi faccio spazio con la lingua intrecciandola alla sua, mentre con le dita approdo sotto il suo vestitino, le scosto le mutandine e la penetro piano.

Si addossa a me, che con l'altra mano raggiungo il suo seno e le stuzzico il capezzolo, sentendola soffocare un gemito che mi fa eccitare all'inverosimile.

Eppure, farla mia non è solo un bisogno fisico.

È qualcosa che va oltre la carnalità, è una necessità che si addentra nel petto, si aggrappa al cuore, dandogli la scossa per ritornare a battere.

È come se Maggie mi stesse riportando in vita, dopo ore infinite di agonia.

Le addento il labbro inferiore, lo succhio, invado di nuovo la sua bocca con la lingua, impedendole quasi di respirare.

Lei geme, il mio bacio feroce la sta torturando, così provo a essere più delicato anche se mi riesce difficile.

«Ho le labbra che mi fanno male» sussurra.

Sono gonfie e arrossate e m'invitano a usurparle con maggiore violenza.

«Questo non è ancora niente.»

Aggiungo un altro dito dentro di lei, e li muovo tra le pareti avvolgenti della sua fessura, poi mi sbottono i jeans e tiro fuori l'uccello dai boxer.

«Afferralo.»

È buio, ma riesco a vedere le sue guance arrossarsi dall'imbarazzo, e mi viene ancora più duro.

La sua mano delicata circonda il mio pene eretto, ma resta ferma, non sa cosa fare e la sua purezza mi manda completamente in tilt.

«Ti guido io.»

«Okay» bisbiglia.

Copro la sua mano con la mia e le mostro come masturbarmi, continuando a spingere le mie dita dentro di lei.

«Brava, continua così» le mormoro sulle labbra.

«Oddio, Ryker.»

«Vuoi che mi fermi?»

«N… no.»

«Implorami.»

Sussulta, preme le sue labbra sulle mie, incalzando il ritmo goffamente, ma a me piace lo stesso.

Mi piace che si stia lasciando andare, per me e nessun altro.

«Ti prego, non fermarti» dice in un gemito.

«Cazzo, non ho nessuna intenzione di farlo.»

# 24
# Ryker

Sfilo le dita dalla sua fica pulsante, mi accovaccio davanti alle sue gambe spalancate e con entrambe le mani le sfilo le mutandine, conservandole nella tasca dei miei jeans.

Poi infilo la testa sotto l'orlo del suo vestito, e con la bocca raggiungo il suo punto più sensibile.

«Oh mio Dio.»

Mi afferra per il cappuccio della felpa irrigidendosi, ma, non appena la mia lingua sfiora il suo clitoride, la sento sciogliersi come burro.

La scopo con la bocca, invadendola, succhiando forte, poi penetro la sua fessura con la lingua.

Il suo sapore è celestiale, potrei morire seppellito tra le sue cosce, e penso che questa sarà la mia dannata fine.

Cristo! Questa ragazza mi ha fottuto il cervello, ma ora sono io che voglio fottere lei.

Me la lavoro per bene, raggiungo i suoi seni con le mani, titillando i capezzoli turgidi attraverso la stoffa sottile del vestito.

«Oh, Ryker, sì…» farfuglia.

Emetto un gemito di piacere, la felpa si attacca alla mia schiena sudata mentre il mio cazzo va a fuoco.

Maggie mi stringe le gambe attorno al collo e mi afferra i capelli, incitandomi a continuare.

Cristo! Mi sta uccidendo.

Sta per venire, lo sento, si dimena cavalcando a modo suo la mia bocca avida, spinge il bacino contro la mia faccia e io la mordo, strappandole un urletto di godimento.

«Ryker» piagnucola.

«Sì, Maggie May, urla il mio nome» ringhio, mangiandola ancora.

«Ryker!» urla, conficcandomi le unghie nella schiena.

«La tua fica è così bagnata e dolce, Maggie May. Mi fa delirare.»

«Ah, ah, ah… Oddio» ansima.

«Stai venendo, cazzo.»

E lo fa, raggiunge l'orgasmo inarcando la schiena e inondandomi dei suoi umori, con le gambe che le tremano, e io la lecco fino alla fine, poi mi sollevo e raggiungo le sue labbra dischiuse infilandole la lingua in bocca.

La guido in un bacio febbrile, spingendo tra le sue cosce l'erezione dolorosa. «Ora te lo ficco dentro, Maggie May.»

Boccheggia, guardandomi spaesata nel buio, e sul suo viso illuminato a intermittenza dalle luci del luna park riesco a scorgere la paura.

«Ryker, non voglio… non me la sento. Non ancora.»

«Sono troppo eccitato» mormoro sulle sue labbra turgide.

«Non ti sto rifiutando… te lo giuro.»

Cerco i suoi occhi lucidi, poi le prendo la mano riportandola sul mio uccello in pieno stato di frenesia.

«Masturbami.»

Deglutisce, senza riuscire a guardarmi tra le cosce.

«Ti spaventa guardarlo?»

Scuote la testa, massaggiandolo con delicatezza.

«È solo che non ne ho mai visto uno.»

L'afferro per la nuca avvicinando il suo viso al mio e, nel mentre, muovo il bacino contro la sua mano.

«Il mio è l'unico che vedrai, Maggie May. Capito?»

Annuisce fissandomi intensamente, le labbra dischiuse e il petto che si alza e si abbassa in modo spasmodico.

«Io il primo. Io l'ultimo. Dillo.»

«Tu il primo. Tu l'ultimo» bisbiglia.

«Ancora.» Le addento il lobo, provocandole un sussulto.

«Tu il primo. Tu l'ultimo.»

Stringo con più vigore il suo collo, succhiandole il labbro.

«Brava, piccola. Ora continua e fammi venire.»

«Sono un disastro…» commenta, senza fermarsi.

«Ti mostrerò tutto io e dopo non potrai più farne a meno.»

Le calo la manica del vestito, scoprendole un seno e approdo con la bocca sul suo capezzolo, stuzzicandolo con la punta della lingua.

Il suo corpo è tutto un fremito, la sua pelle accaldata e sudata, i capelli che le si attaccano al viso.

«Sto… sto andando bene?» balbetta, serrando la presa attorno al mio pene.

Succhio forte, annuendo.

«Non fermarti. Aumenta il ritmo con più intensità.»

Lo fa, seguendo il mio insegnamento mentre con i denti le torturo prima un seno, poi l'altro.

La sento ansimare, il mio cazzo è sul punto di esplodere e lei se ne accorge, sebbene sia alle prime armi.

«Ti sta piacendo?» mi domanda apprensiva.

Risalgo con baci febbrili sulla sua clavicola, poi sul collo, fermandomi sotto al lobo.

«Quando me lo prenderai in bocca, piacerà molto di più a entrambi» sussurro.

Boccheggia e io m'impossesso delle sue labbra gonfie, venendole poco dopo nella mano, con un ruggito soffocato.

Dopo qualche secondo, mi stacco da lei per sistemare i boxer e i jeans. Maggie, paonazza, si guarda la mano sporca di sperma.

«Aspetta.»

Mi levo la felpa, restando con la T-shirt a mezze maniche, e la uso per pulirla con un sorrisetto a incurvarmi le labbra.

«Questa puoi tenerla come ricordo» la sfotto, sghignazzando da vero bastardo.

«Ryker, sei disgustoso!»

Ridacchio, flettendo i muscoli, e mi accorgo che lei fissa con attenzione ogni mio singolo tatuaggio.

«Muori dalla voglia di scoprire cosa si cela dietro a ognuno di essi, dico bene?»

Scende dalla panca, aggiustandosi il vestitino ormai stropicciato.

«È dal primo giorno di scuola che vorrei conoscere il loro significato, di uno in particolare» ammette.

«Quale?»

Studio la sua espressione dolce sentendo il mio cuore pulsare impazzito, i battiti che incalzano ogni volta che mi avvicino a lei.

«*Ama tamquam osurus. Oderis tamquam amaturus.*»

Lo immaginavo.

Ho notato più volte che lo fissava, quindi non mi sono sbagliato.

«Per me l'amore e l'odio viaggiano sullo stesso binario, sono entità opposte ma complementari, come l'alba e il tramonto. Amare una persona intensamente può condurti a odiarla, perché prendi consapevolezza che senza di lei non saresti in grado nemmeno di respirare. Viceversa, la odi con ira cocente quando non accetti che inconsciamente la ami, con ogni tua dannata cellula.»

Mi ascolta con attenzione, rivolgendomi uno sguardo commosso e al tempo stesso angosciato, e mi chiedo se ho detto qualcosa di sbagliato.

«Quindi… questo tipo di sentimento l'hai già provato per qualche ragazza? È dedicata a una tua ex quella frase?»

La preoccupazione che trema nella sua voce mi fa sorridere; la agguanto per i fianchi, portandola sul mio corpo accaldato.

«Ti dispiacerebbe?»

«Un po'…»

«Solo un po'?»

Sfugge al mio sguardo bruciante, ma io la obbligo a riportare i suoi occhi nei miei, alzandole il viso con un dito.

«Tantissimo, in realtà.»

Sfrego il pollice sul suo arco di cupido, gongolando.

«Di tutti i miei tatuaggi solo uno è dedicato a una persona, gli altri sono per me stesso e le mie ombre.»

Mi scruta con dolcezza, meditando se chiedermi o meno chi sia la persona in questione.

Poi lo fa.

«Posso sapere chi è?»

Sospiro, sentendo una leggera fitta al petto. Non mi apro facilmente con gli altri, solo Jaden conosce ogni trauma e casino della mia vita e forse non me la sento ancora di riversare su Maggie tutta la mia merda.

«Un giorno te lo dirò.»

Annuisce, comprendendo la mia scelta.

«Come preferisci, Ryker.»

Ho bisogno di sdrammatizzare il momento, perché m'incupisco quando si toccano argomenti così intimi e non voglio rovinare la serata, così mi stacco da lei e faccio alcuni passi indietro, poi sfilo le sue mutande rosa dalla tasca e le faccio oscillare davanti al suo viso.

«E queste? Ora sono mie.»

«Oddio, no, non posso tornare a casa senza.»

Accenno un sorrisetto indietreggiando ancora e guardandola con aria di sfida.

«Vieni a prenderle, se hai il coraggio.»

Mi sorride divertita e si avvicina cercando di sfilarmi le mutandine dalla mano, ma la agguanto per i fianchi e me la carico in spalla, dandole una bella palpata al culo.

«Lasciami andare, Ryker.»

«Mai. Non ti lascerò andare mai» affermo risoluto.

«Almeno fammi rimettere gli slip» urla.

La metto giù, sogghignando, ma prima le mordo la coscia, strappandole un gridolino.

«Questo te lo concedo.»

Le porgo ciò che le appartiene e lei mi fissa con le guance rosse.

«Potresti… voltarti?»

«Ma che cazzo, ti ho appena divorato la f…» Mi copre la bocca con la mano, impedendomi di terminare la frase.

«Basta con queste volgarità.»

Ridacchio.

«Ti imbarazzi?»

Infila gli slip in fretta e furia, diventando dello stesso colore dei suoi capelli.

«Moltissimo.»

«Sai che me lo fai esplodere quando diventi rossa?»

«Oddio, Ryker» mi rimprovera.

La afferro per i fianchi, seppellendo la faccia nell'incavo del suo collo, drogandomi del suo odore.

«Giuro, la smetto» le mormoro all'orecchio.

Mi prende il viso tra le mani, cercando le mie iridi, colme di lei. «Facciamo un giro nella casa stregata?»

Scrollo le spalle facendo cenno di sì con la testa, senza dirle di esserci già stato quando la stavo cercando.

Lei di rimando mi sorride e solo ora mi rendo conto che non l'aveva mai fatto prima d'ora.

E mi sento una merda per averla maltrattata, minacciata e spaventata, e mi sento una doppia merda realizzando che lei mi sta dando l'ennesima possibilità.

Le prendo la mano.

«Andiamo.»

Durante il giro nell'attrazione, tra fantocci di fantasmi, vampiri e zombie, urla di persone spaventate e versi mostruosi, non le stacco gli occhi di dosso.

Mi bevo la sua immagine come se lei fosse una sorgente d'acqua miracolosa e io un malato in procinto di morire.

Mi piace tutto di lei, dai suoi capelli di fuoco alle sue lentiggini, dalla sua voce delicata alla sua pelle lattea, dal suo profumo alle espressioni imbarazzate.

Maggie May mi ha stregato, è una sirena, cazzo.

Quando usciamo da quella stronzata di giostra, mi accorgo che mi guarda di sottecchi, camminando al mio fianco.

Intanto il luna park è sfollato e il trambusto diminuito.

«Che c'è?» le domando.

«Sembri spensierato, non ti ho mai visto così. Stai addirittura sorridendo, pensavo che non lo sapessi fare.»

«Forse è così, non lo so fare.»

Inaspettatamente mi prende la mano, intrecciando forte le sue dita alle mie.

«Ti insegno io, almeno ci provo. È da tempo che anch'io non rido di gusto, forse ho dimenticato come si fa...»

I sensi di colpa mi afferrano le viscere e me le riducono in poltiglia, ma lei se ne accorge subito e cambia discorso, indicandomi il carretto dello zucchero filato.

«Ne voglio uno!»

La seguo e le compro ciò che vuole, poi ci sediamo su una panchina accanto al carosello e io me la mangio con gli occhi mentre lei fissa i cavalli volteggiare con un'espressione malinconica, dondolando le gambe.

«A Summerville, ogni estate, c'era una fiera bellissima, e io e i miei genitori ci andavamo sempre, era una tradizione per noi. Ricordo che il mio papà mi portava sul carosello e mi teneva la manina per tutta la durata del giro perché avevo paura di cadere. Sono sempre stata una stupida fifona.»

Studio la sua espressione commossa, sfiorandole con un dito il ciondolo che porta al collo.

«Deve mancarti parecchio, tuo padre.»

Annuisce, staccando un pezzetto di zucchero dalla nuvola rosa e appiccicosa. «Come l'aria. Sai, ti sarebbe piaciuto. Tu forse gli saresti piaciuto un po' meno.»

Abbozzo un sorriso.

«Io sono l'incubo di tutti i genitori, guardami, chi mi vorrebbe come ragazzo della propria figlia?»

Ho appena detto *ragazzo*?

È questo che voglio essere per lei?

Diavolo, se mi sto rammollendo!

«Mia madre pensa che tu sia molto bello e meno cattivo di quanto sembri.»

La sua confessione mi fa sorridere, di nuovo.

Le passo un braccio sulle spalle tirandola a me e lei mi afferra la maglietta addossandosi al mio petto, dove il muscolo che vi alberga pulsa violento.

«Quindi ho la benedizione di tua madre, buono a sapersi.»

Assottiglia lo sguardo, facendo una smorfia deliziosa.

«Come se te ne importasse.»

«Effettivamente.»

Scuote la testa, fingendosi offesa, poi diventa seria, mi prende una mano portandosela in grembo.

«Ascolta ciò che sto per dirti» mormora, sostenendo il mio sguardo.

Faccio un cenno con il capo corrugando la fronte, un po' timoroso che mi possa mandare improvvisamente a 'fanculo.

«Ti ascolto.»

«Voglio conoscere i tuoi demoni, Ryker, per sconfiggerli insieme, mano nella mano, proteggendoci con lo scudo forgiato dal sentimento che ci lega. Una volta annientati, curerò le ferite che ti hanno arrecato e farò in modo che non si infettino più.»

Avverto una fitta al petto, non di dolore, bensì di conforto, e non mi era mai successo.

Le accarezzo la guancia, incapace di comprendere cosa si stia scatenando dentro di me, so solo che è qualcosa di bellissimo e ignoto.

Mi schiarisco la voce, prima di risponderle.

«Per farlo dovrai calarti nelle viscere dell'inferno, lì il fumo è nero, asfissiante, scalare le montagne di cenere sarà doloroso e arduo, te la senti di rischiare?»

Allunga una mano verso il mio viso indurito, sfiorandomi adagio la mandibola contratta.

«Per te, sì. Per te, rischio tutto.»

Le bacio il palmo, sentendomi amato per la primissima volta in tutta la mia vita di merda.

Amato veramente.

E stento a crederci, perché quelli come me non meritano l'amore altrui e io lo so fin troppo bene, ne sono l'esempio vivente.

Ignorato, bistrattato, trattato come un dannato sacco di spazzatura da chi avrebbe dovuto mostrarmi un minimo d'affetto.

Sono cresciuto con la convinzione di non poter ricevere nulla dagli altri se non calci in culo; è questo che succede quando tua madre è un'ubriacona e il suo uomo un manesco del cazzo, ti rassegni all'idea che anche tu, di riflesso, sia feccia.

Probabilmente lo sono, ma ora come ora vorrei provare a smantellare quella convinzione e vivermi questo momento in serenità.

Impedire al marcio di risucchiarmi nell'angolo più recondito del mio malessere; sono stanco di sguazzare nella melma, voglio ripulirmi.

E, per farlo, ho bisogno di lei.

Rivolgo un sorriso alla bellissima ragazza per cui ho perso la testa, pregando Dio di non rovinare tutto.

Ma ho timore che prima o poi accadrà.

Dopo poco decidiamo di andare via, Maggie ha il coprifuoco, così mi offro di accompagnarla a casa.

Durante il tragitto parliamo poco, lei è introversa, io scontroso, non è proprio il massimo, ma va bene così, abbiamo entrambi bisogno di tempo per aprirci e io non ho alcuna fretta.

Una volta arrivati, la prendo per i fianchi e la bacio come se ne sentissi il bisogno fisico, come se questa fosse la prima e l'ultima notte insieme.

Lei mi ricambia modellandosi al mio corpo, mi infila le dita tra i capelli e io con la mano risalgo sul suo ventre, le sfioro i seni, per poi posarle il palmo sulla gola.

«Mi fai impazzire, cazzo» ringhio sulle sue labbra gonfie.

Mi stampa un altro bacio, lanciando uno sguardo al di sopra delle mie spalle.

«Devo entrare, o la mamma si arrabbierà.»

Annuisco, malvolentieri, lasciando libero il suo corpicino tiepido e lei raggiunge la porta di casa.

«Buonanotte, *Peach*» mormoro, seguendola con lo sguardo.

Si volta di poco, sorridendomi allegra.

«Peach?»

Indico le pesche disegnate sul suo vestito.

«Preferisci *Chucky*?» la sfotto.

Scuote la testa. «La pesca è il mio frutto preferito.»

Ecco perché quel profumo: non immagina quanto mi faccia delirare.

«Da questo momento è anche il mio» ammicco.

«Buonanotte, Ryker. Scrivimi quando arrivi a casa.»

Faccio un cenno col capo, lei inserisce le chiavi nella toppa ed entra, salutandomi ancora con la mano.

Aspetto che la luce nella sua camera si accenda e, attraverso le tende della finestra, la vedo saltare sul letto come una bambina gioiosa.

Mi allontano con il sorriso stampato in faccia.

Ma subito dopo prendo coscienza che sto per tornare alla catapecchia in cui vivo e alla mia schifosissima realtà, e la curva sulle labbra scompare, lasciando il posto a una linea dura.

Merda! Ho appena firmato la mia condanna e anche la sua.

# Maggie

# 25

Non pensavo che sarebbe venuto, non dopo il nostro ultimo affronto, avevo timore che si fosse arreso, cancellandomi per sempre dalla sua vita.

Invece, come mi aveva anticipato la mamma, Ryker aveva solo bisogno di tempo e io, d'altro canto, di fare chiarezza.

È bastato poco per capire che Bryce non era la scelta giusta, non più di cinque secondi.

Esatto, mi sono bastati cinque secondi per rendermi conto che non avrei voluto incontrare lui all'ingresso del luna park, ma Ryker.

Sono rimasta lo stesso, lasciando che il nostro appuntamento andasse avanti, ma in verità non ho fatto altro che pensare al ragazzo "sbagliato".

Quando Ryker mi ha trascinato giù dalla ruota panoramica, come se avesse appena corso una maratona sfiancante, ne ho avuto la certezza.

Era lui.

Lo è sempre stato.

Non m'importa che con me sia stato cattivo, gli ho perdonato tutto e ora come ora vorrei solo imparare a conoscerlo.

Armandomi di pazienza e determinazione, vorrei addentrarmi a fondo nella sua anima trincerata di rovi e spine, so per certo che mi pungerò durante il tragitto, ma ne varrà la pena poiché, alla fine del sentiero, potrò abbracciare il suo cuore.

È solo questo che voglio e non permetterò a nessuno di intromettersi o di spaventarmi, compreso il suo amico fraterno.

Voglio vivermi questa storia come una normale adolescente, senza farmi paranoie o troppi problemi; mi lascerò guidare dall'istinto, seguendo il filo invisibile che mi conduce a lui.

Ho tanto amore da donare, da troppo tempo custodito nel mio petto, e Ryker è l'unico che potrà riceverlo, senza remore.

Qualcuno mi dirà che sto sbagliando tutto, che finirò per ferirmi a morte, che stare con lui mi condurrà nella bocca dell'inferno; ne sono consapevole, eppure voglio rischiare, sono pronta a farlo.

Nella vita non possiamo fare previsioni di alcun tipo, può capitare che il cielo sia scuro e nuvoloso e che minacci un violento temporale, ma poi improvvisamente un raggio di sole squarcia la coltre di nubi e con la sua luce dorata spazza via l'oscurità.

La mattina seguente, mi sveglio con il sorriso stampato sulle labbra e con una piacevolissima sensazione di vuoto allo stomaco.

Apro gli occhi, allungo il braccio sul comodino e afferro il cellulare, trovando diverse notifiche.

Come prima cosa controllo se Ryker ha risposto al messaggio di ieri sera, in cui gli chiedevo se fosse rientrato a casa, ma stranamente non lo ha fatto.

Traggo un sospiro e apro la chat con Emma, che sarà sicuramente arrabbiata con me per averla abbandonata al luna park senza avvisarla. Tra l'altro, mi sono dimenticata di farlo anche una volta giunta a casa.

> Maggie, ma che fine hai fatto? Ho appena finito il giro sulla ruota panoramica insieme a quel Lucas e non ho trovato né te né Bryce.
> Emma

> Tu sei completamente pazza, amica mia! Ho incontrato Bryce e mi ha detto che sei andata via con Ryker e che lui l'ha minacciato con un coltellino. Cavolo! Stai bene? Ti ha messo le mani addosso? Dove sei?
> Emma

> Basta! Se non mi rispondi, chiamo la polizia o tua madre. Che cosa ti ha fatto quel bastardo delinquente? Rispondi per piacere.
> Emma

Oddio, spero che non l'abbia fatto davvero. Digito subito la risposta, sperando di essere ancora in tempo.

> Emma, non mi dire che hai chiamato realmente la polizia! Sto bene, anzi... benissimo. Ryker e io ci siamo messi insieme, almeno credo, sei più tranquilla adesso?
> Maggie ✓✓

Mi risponde subito, come se non avesse dormito in attesa di un mio segnale.

> No, che non sono tranquilla. Comunque, ieri sera ho chiamato prima tua madre e mi ha detto che sicuramente eri con Ryker. Sa più cose lei di me, ehi, sono io la tua migliore amica! Ora dimmi, cosa è successo? Voglio sapere tutto, cavolo!
> Emma

Dalla gola mi lesce un risolino divertito, mentre le scrivo il messaggio.

> Più tardi ti chiamo e ti spiego tutto. Ho le farfalle allo stomaco e sono felicissima, mi metterei a urlare dall'emozione.
> Maggie

> Mmh… va bene, ci sentiamo dopo. Voglio i dettagli, sia chiaro. Bacetti.
> Emma

Prendo un lungo respiro ed entro nella chat con Ryker, rileggo il messaggio di ieri indugiando con le dita sulla tastiera, non so se mandargliene un altro o aspettare che sia lui a farsi vivo.

Non vorrei sembrare appiccicosa, ma al contempo sono preoccupata.

Cosa dovrei fare?

*Pensa, Maggie.*

*Pensa, pensa, pensa.*

Okay, ho deciso! Gli mando il mio buongiorno.

Dovrebbe apprezzarlo, o è troppo sdolcinato per uno come lui?

*Oh, quante stupide paranoie, Maggie May Harmon, digita quel messaggio e basta.*

> Buongiorno, Ryker. Sei sveglio? Ieri sera non mi hai più risposto, va tutto bene?
>
> Maggie

Incollo i miei occhi ancora assonnati allo schermo del telefono, impaziente di sentirlo, con il cuore che pulsa frenetico.

Attendo qualche minuto, ma nulla.

Sono tentata di telefonargli, ma a quel punto sarebbe davvero *troppo*, anche perché non ho ancora chiaro se la nostra sia una relazione o se ho solo frainteso, come al mio solito.

Desisto e mi alzo dal letto, esco dalla mia camera spostandomi in cucina dove la mamma è già in attività.

«Ma buongiorno, Margaret» esclama con un gran sorriso, reggendo una tazza di caffè fumante.

Crollo a sedere sullo sgabello, piantando i gomiti sulla penisola.

«'Giorno, mamma.»

Mi guarda al di sopra del bordo della tazza.

«Non hai nulla da raccontarmi?»

Afferro la forchetta e la allungo nel piatto su cui torreggia una pila di pancake con sciroppo d'acero e fragole, prendendone un pezzo.

«In verità, sì.»

«Sentiamo.»

«Ieri è venuto al luna park e, mentre stavo salendo sulla ruota panoramica con Bryce, mi ha letteralmente portata via.»

«Vi siete baciati?»

Porto alla bocca un altro pezzo di pancake, sentendo sulle labbra il sapore di Ryker, e un fremito mi percorre il corpo, fluendo tra le gambe.

«Sì» mugugno.

E non solo... ma questo non lo dico alla mamma.

«Piccola, ascolta. Da quello che ho potuto capire, Ryker mi sembra un ragazzo molto… come dire… esperto in materia. Tu invece sei alle tue primissime esperienze, quindi voglio raccomandarmi, quando lo farete usate il preservativo. Okay?»

«Mamma! È… così imbarazzante» borbotto, con la bocca piena.

Prende un sorso di caffè, scrollando le spalle.

«Sono tua madre, cosa c'è di imbarazzante? Come pensi che ti abbia concepito? Tornando a noi, hai capito? Precauzioni e… lo so che gli ormoni alla vostra età sono fuori controllo, ma non farti mettere fretta, concediti solo quando ti sentirai pronta.»

«Sì, mamma, non preoccuparti.»

«Bene. Oggi è sabato, dove andrete di bello stasera?»

Faccio spallucce, bevendo un po' di latte.

«Non lo so, in verità non ci siamo ancora sentiti. Ieri sera gli ho scritto, e di nuovo stamattina appena sveglia, ma non mi ha risposto.»

La mamma assottiglia lo sguardo come se ci stesse ragionando su.

«Mmh… sta facendo lo sfuggente.»

«In che senso?»

«I cattivi ragazzi fanno sempre così, sono uscita con uno di loro prima di conoscere papà. Prima ti cercano e ti vogliono, poi improvvisamente spariscono e tu ci cadi come una pera cotta. Non dico che sia questo il caso, ma, se fossi in te, insisterei. Testa alta, sempre, Maggie. Ricordalo.»

Parlare con mia mamma Sierra è sempre illuminante e confortevole, adoro la sua energia, non potevo chiedere madre migliore di lei.

Prendo un ultimo pezzo di pancake e poi sbatto la forchetta sul ripiano in legno.

«Hai ragione, mamma. Sai cosa faccio? Lo chiamo.»

Mi fa l'occhiolino, annuendo.

Torno in camera e prendo il cellulare dal comodino, speranzosa di vedere la notifica di un suo messaggio, ma la delusione mi attanaglia lo stomaco quando scopro che non c'è un bel niente.

Decido di aspettare ancora un po' e nel mentre faccio doccia e shampoo, usando il mio bagnoschiuma preferito alla pesca e, davanti agli occhi, lampeggia la scena di ieri sera, quando mi ha chiamata *Peach*.

Ero talmente emozionata che non sono stata capace di spiccicare più di qualche parola comprensibile, omettendo di dirgli che adoro alla follia questo soprannome così dolce, in particolare se pronunciato dalle sue labbra peccaminose.

Dio, sono stracotta di lui, non immagina il potere che ha su di me e quanto io sia attratta da lui e dalla sua anima oscura.

Non immagina che gli donerei la mia purezza senza pensarci, permettendogli di corromperla con le sue tenebre.

Non immagina che il mio cuore appartiene a lui dal primo giorno in cui ci siamo incontrati, mi è bastato annegare nei suoi occhi turbolenti per capitolare e sentirmi sua.

Esco dalla doccia, mi avvolgo nel telo e mi asciugo i capelli, con lo sguardo attaccato al cellulare; non so se mi sta ignorando perché, come dice la mamma, è il suo modo di fare da cattivo ragazzo o se gli è accaduto qualcosa.

In ogni caso, appena avrò finito di prepararmi gli telefonerò, e se non dovesse rispondere andrò a cercarlo.

Il problema è che non so dove abita, in pratica non so nulla di lui, ma mi inventerò qualcosa, non posso aspettare fino a lunedì di rivederlo a scuola.

No, non potrei mai riuscirci.

Una volta asciugati i capelli, indosso dei pantaloni leggeri e una maglietta a maniche lunghe; oggi per fortuna le temperature si sono rinfrescate e l'afa sembra sparita del tutto.

Mi siedo sul bordo del letto, prendo un lungo respiro cercando in me il coraggio di chiamarlo, indugio un po', giro e rigiro il telefono tra le mani e poi lo faccio.

Inoltro la telefonata.

Non è spento, inizia a squillare e, dopo alcuni secondi, sento il suono della sua voce rude che mi provoca uno sfarfallio nello stomaco.

«Ehi.»

Il suo tono distaccato non preannuncia nulla di buono, ma non ci do peso più di tanto.

Mi schiarisco la voce, torturandomi le pellicine del pollice con i denti.

«Ciao, Ryker, sono… sono Maggie» balbetto, stupidamente.

Sospira, sembra annoiato.

«Lo so. Dimmi.»

«Nulla, volevo sapere se poi sei rientrato a casa ieri sera, non mi hai più risposto. È successo qualcosa?»

«Uhm… senti, ti contatto dopo, ora ho da fare.»

«Oh… okay, okay… a dopo.»

Non finisco nemmeno di parlare che mi riattacca il telefono in faccia.

Iniziamo proprio bene.

Non so cosa pensare, fino a ieri sera mi ha dimostrato che mi voleva. In una notte, cosa è potuto mai cambiare?

Forse si è reso conto che non gli piaccio abbastanza? O mi ha preso di nuovo in giro?

Se fosse così, non credo che riuscirei a superarla, ci sono dentro con corpo e anima… Come potrei andare avanti?

*Non farti prendere dal panico, Maggie. Respira e pensa positivo.*

Lo faccio, prendo lunghi respiri, mi siedo alla scrivania, sfioro con le dita la foto con me e papà e apro il libro di letteratura per fare i compiti.

Provo a concentrarmi sul paragrafo che sto leggendo, ma i miei pensieri corrono a Ryker, come da tre mesi a questa parte, e non riesco a frenarli.

Fluiscono liberi e incessanti su quella traiettoria, come un fiume in piena.

Basta pensare a lui.

Basta!

Prendo la matita e sottolineo il concetto più importante di ciò che sto studiando, cercando di allontanare dalla mente i suoi occhi scuri, le sue labbra perfette, il suo profumo stordente, le sue mani ruvide e tutte le cose sconvolgenti che mi ha detto e fatto ieri al luna park.

Scuoto la testa, stringo gli occhi e bevo un lungo sorso d'acqua pronta a concentrarmi, ma Ryker me lo impedisce ancora una volta.

Perché il telefono squilla.

Dovrei farlo aspettare, come ha fatto lui con me per ore, e invece, da stupida che sono, mi precipito a rispondere.

«Sì?»

«Che fai?»

«Sto studiando, tu?»

«Sto cazzeggiando… senti, stasera vengo a prenderti. Metti un vestitino, o una gonna.»

Stringo le gambe sentendo uno spasmo lì sotto, perché immagino le sue intenzioni impudiche.

«O… okay, dove andiamo?»

«In un posto dove poter stare un po' soli.»

«Al cinema?»

Ridacchia. «No, stavo pensando più alla stanza di un motel.»

Cosa? È impazzito per caso?

«Mi dispiace, ma non sono d'accordo.»

«Non te l'ho mica chiesto, Maggie May.»

«Allora io resto a casa.»

«Fa' come ti pare, la fica non mi manca, anzi.»

Ma… è disgustoso.

«Bene, Ryker, goditi pure la fila interminabile di ragazze.»

«Lo farò, ci puoi giurare.»

E riattacca.

Dio! E questo cos'era? Hanno sentito bene, le mie orecchie?

Ho le guance che vanno a fuoco dalla rabbia e le mani che mi prudono dalla voglia di spaccargli quella faccia da schiaffi.

Che stronzo!

Mi alzo dalla scrivania e vado in bagno a lavarmi il viso accaldato, poi apro la finestra per inspirare ossigeno prima di esplodere.

Torno alla scrivania e noto un suo messaggio: che se ne vada a quel paese, non lo leggerò mai.

# Maggie
# 26

Non resisto per più di dieci secondi, allungo la mano e afferro il cellulare per leggere il suo messaggio.

Com'è che si definisce questo mio modo d'essere? Masochista? Stupido? O semplicemente da innamorata?

Passo a prenderti alle 7. Sii puntuale. Odio aspettare.
Ryker

Se l'avessi davanti, gli darei uno schiaffo in piena faccia… che bugiarda che sono, in realtà lo bacerei.

Va bene, a più tardi.
Maggie

Scrivo il messaggio con un sorrisetto ebete che m'incurva le labbra, perché sapevo che non stava dicendo sul serio prima.

Ho apprezzato che stavolta mi abbia contattato lui per primo, ma se non l'avesse fatto quasi certamente ci avrei pensato io.

Forse sono una debole, forse lui si approfitterà della mia bontà, forse mi rovinerà la vita.

Ma non m'importa.

Io lo voglio con me.

Sono circa le sei di pomeriggio quando apro l'armadio e fisso in trance i miei vestiti; non so cosa mettere, è tutto così casto, lontanissimo dallo stile delle ragazze che Ryker frequenta.

Chiedo consiglio alla mamma e lei mi suggerisce di indossare un abitino rosa pastello a fantasia floreale, la gonna arriva alle cosce ed è impreziosita da piccole balze, non è male.

Sopra metto un cardigan panna che lascio aperto e ai capelli applico un fermaglio, tirandoli da un lato.

La mamma si offre di truccarmi – sa bene che io sono negata – usando solo un po' di mascara, blush e lipgloss alla ciliegia.

Poi mi fissa attraverso lo specchio come se io fossi una delle sue creazioni artistiche.

«Guardati, piccola, sei bellissima e quanto sei cresciuta. Hai una luce diversa negli occhi» esclama, con un gran sorriso.

«Io non mi vedo bella…»

Mi accarezza i capelli. «Ti sottovaluti, Maggie. Sei bella fuori e dentro e vali molto più di ciò che credi.»

Le sorrido, annuendo. «Grazie, mamma.»

«E di che, tesoro! Sono quasi le sette, sei emozionata?»

Prendo un lunghissimo respiro.

«Emozionatissima, non sto nella pelle.»

«Che bello! Però, ricorda ciò che ti ho detto. Ti sto dando piena fiducia, sono una mamma moderna, ma usa la testa e cerca di non farmi pentire delle mie ampie vedute. Inoltre, non vorrei correre troppo, ma, se le cose si faranno serie con Ryker, avrò bisogno di conoscerlo.»

Prendo la borsetta di cuoio e la sistemo a tracolla infilando all'interno il cellulare, le chiavi di casa e il lucidalabbra.

«Tutto chiaro, mamma. Tu, invece, cosa farai questa sera?»

Fa spallucce, aggiustandomi le pieghe del vestito.

«Guarderò un thriller e mangerò sushi accompagnandolo con un calice di vino.»

«Direi una serata perfetta.»

Mi fa l'occhiolino, poi guarda l'orologio da parete e subito dopo si avvicina alla finestra, spostando di poco la tendina.

«È già qui! Dio, ha una faccia da prendere a sberle» commenta.

«Mamma!»

«Va' e buon appuntamento. Il coprifuoco è a mezzanotte, non oltre.»

Annuisco e traggo un lungo respiro, poi la mamma e io lasciamo la mia camera e ci spostiamo in soggiorno. Mi concedo un'ultima rapida occhiata allo specchio che si trova all'ingresso ed esco di casa, con le mani sudate dall'emozione.

Non appena il mio sguardo si posa su Ryker, mi viene un colpo. Il mio cuore rimbalza in gola e le farfalle cominciano la loro solita svolazzata nel mio stomaco attorcigliato.

Indossa una felpa rossa con il cappuccio, ha arrotolato le maniche mostrando i suoi tattoo, i jeans slavati gli stanno a pennello e ai piedi calza delle Nike nere.

Ha le mani ficcate nelle tasche, il suo viso indurito è segnato da un livido fresco sotto l'occhio destro e un taglietto attraversa l'angolo delle labbra.

Mi precipito da lui preoccupata e, senza nemmeno dirgli ciao, gli chiedo cosa sia successo.

«Ryker, ti sei cacciato in un'altra rissa?»

L'apprensione mi fa tremare la voce, ma non basta per farlo aprire.

Mi lancia un'occhiata che mi fa ribaltare le viscere e sospira facendo una smorfia di dolore.

«Lascia perdere. Andiamo?»

«No, non lascio perdere, mi dici per piacere come ti sei procurato queste ferite?»

Scrolla le spalle, poi sfila la mano dalla tasca per afferrarmi il polso.

«Non rompere, Maggie.»

Mi trascina via dal mio viale e sono costretta a seguirlo, ma si scorda che io mi arrenda, voglio sapere.

«Dimmi chi è stato» insisto.

Stringe di più la presa, guardandomi con la coda dell'occhio.

«Nessuno. Ho fatto a botte con dei tipi, succede spesso nella mia zona del cazzo.»

«Peccato che io non ti creda.»

«Pazienza.»

Non ribatto, perderei in partenza, quindi decido di cambiare discorso e di ritornare sull'argomento più tardi.

«Dove stiamo andando?» gli chiedo, studiando il ghigno impresso sul suo viso.

Stiamo percorrendo a piedi la strada che porta a scuola, il cielo è scuro e un'aria fresca mi solletica la pelle, preavvisando un temporale a breve.

«Al mio covo.»

«Il tuo covo?»

«Smettila di fare domande, ti preferivo quando ammutolivi dal terrore.»

Gli scaglio un'occhiataccia e di rimando le sue labbra s'incurvano in un sorrisetto di scherno.

Passeggiamo per un'altra decina di minuti, fino a quando non giungiamo a destinazione.

Dall'esterno l'edificio sembra un vecchio magazzino, il

muro è vandalizzato da graffiti colorati, la saracinesca è chiusa con un grosso lucchetto, ma Ryker pesca la chiave dai jeans e la apre, poi con un cenno mi indica di entrare.

«Questo è il *Dark Maze*» annuncia, richiudendosi la serranda alle spalle con un tonfo che mi fa sobbalzare.

Mi guardo intorno incuriosita scoprendo che questo posto, in realtà, era uno skate park al chiuso che lui ha adibito a tana per sé e i suoi amici.

Non immagino cosa ci facciano qui dentro, non ci voglio pensare.

C'è tutto il necessario per sopravvivere, è come una casa a tutti gli effetti, forse manca solo il letto, ma in compenso c'è un vecchio divano.

«È carino» mormoro, studiando l'ambiente.

Sono un'ottima osservatrice e mi piace studiare in silenzio tutto ciò che mi circonda, che sia un luogo o una persona.

Lui mi rivolge una rapida occhiata dalla testa ai piedi, che mi fa surriscaldare.

«Tu sei carina.»

Arrossisco di colpo, sfuggendo ai suoi occhi intensissimi che, come due buchi neri, mi risucchiano l'anima.

«È qui che vivi?» gli chiedo, seguendo con lo sguardo i suoi movimenti.

Si avvia verso il sofà, vi si stravacca sopra e, con un cenno del capo, mi indica di sedermi accanto a lui.

«Diciamo di sì, passo gran parte della giornata qui.»

Mi accomodo irrigidendomi, mi sento a disagio e conosco il motivo.

Stare da sola con Ryker in un posto del genere, dove non c'è anima viva, mi allarma, perché ho paura che lui possa insistere e prendersi ciò che io non sono ancora pronta a donargli.

«E perché mi hai portata qui?»

Mi fissa come se volesse mangiarmi, si passa la lingua sul labbro superiore, allunga una mano e mi afferra la coscia seminuda.

«Perché voglio stare da solo con te.»

Un brivido bollente mi percorre la schiena.

«Potevamo andare altrove, tipo al cinema o al ristorante, e parlare per… per conoscerci» dico svelta.

Si spinge verso di me, sfiorandomi il collo con le sue labbra carnose.

«Non ho mai portato nessuna qui, tu sei la prima, *Peach*» sussurra, solleticandomi la pelle.

Rabbrividisco, serrando le dita attorno alla tracolla della mia borsetta come se fosse un'ancora di salvezza.

«Non… non ti c… credo» balbetto.

Mi addenta la carne, risalendo con la mano verso l'interno coscia e con i polpastrelli mi sfiora le mutandine.

Mi si mozza il respiro, socchiudo le palpebre, pronta ad abbandonarmi a lui, poi penso che non è questo il modo per conoscerci.

«Aspetta, Ryker» boccheggio.

Cerco i suoi occhi nel buio, il bagliore colorato dei led che incorniciano la parete è l'unica fonte di luce e sembra di stare in discoteca o a una festa.

Lui non ha alcuna intenzione di aspettare o fermarsi, vorrebbe arrivare dritto al sodo, ma io non ci sto, non questa volta.

Lo allontano, piantando entrambe le mani sul suo petto solido e mettendo le cose in chiaro.

«Se pensi che io stasera mi conceda a te, beh, mi dispiace deluderti, ma non succederà. Tu mi piaci, Ryker, mi piaci tantissimo, ma prima di tutto voglio imparare a conoscerti. Non aver timore di aprirmi il tuo cuore, sono qui per ascoltare ciò che hai da raccontarmi. Puoi fidarti di me.»

«Io non mi fido nemmeno di me stesso» ribatte, passandosi annoiato una mano in faccia.

Gliela prendo e intreccio le sue dita alle mie, studiando l'espressione frustrata sul suo viso.

«Ti prego, fa' un piccolo sforzo.»

Sbuffa, allunga le gambe sul tavolino posto davanti al divano, liberandosi della mia presa. «Senti, Maggie, tu non hai capito con che bastardo hai a che fare.»

«Perché ti definisci in questo modo? Sotto alla corazza che hai forgiato con la rabbia e l'aggressività, io intravedo del buono, è nascosto ma c'è.»

Mi guarda con la coda dell'occhio, distendendo il ghigno che gli indurisce il volto.

«Sei sempre così ottimista, vedi il mondo con gli occhi innocenti di una bambina… invece dovresti odiarmi.»

Mi allungo verso di lui e adagio gli sfioro il livido sullo zigomo con i polpastrelli; lui non si ribella, me lo lascia fare.

«Non potrei mai odiare chi porta le mie stesse ferite.»

Mi dona i suoi occhi scurissimi nei quali mi tuffo senza paura, al contrario, amo inabissarmi in quei due laghi senza fondo.

«Le nostre ferite sono diverse.»

Gli accarezzo la pelle tumefatta, guardandolo con dolcezza.

«È vero, ma sanguinano allo stesso modo.»

Mi prende la mano e mi bacia il palmo con delicatezza poi, agguantandomi per l'altro polso, mi tira su facendomi sedere a cavalcioni su di lui.

I nostri corpi sono vicinissimi in una posizione che mi fa sentire a disagio, avverto la sua erezione tra le mie cosce e il mio cuore accelera all'improvviso.

Ryker mi toglie la borsetta che ho ancora a tracolla e la lancia accanto a noi, poi acciuffa una ciocca dei miei capelli passandosela tra le dita.

«Sono così morbidi e profumati» mormora, quasi sovrappensiero.

«Odio il colore dei miei capelli, è stato sempre il pretesto per prendermi in giro, sin da bambina. Quanti nomignoli stupidi. Il tuo è stato quello più originale» gli dico con un sorriso.

Ridacchia anche lui, spostandomi la chioma su un lato del collo e premendoci sopra il palmo ruvido.

«Cazzo! Me l'hai servito su un piatto d'argento.»

«Che stupido che sei!»

Mi fissa con intensità, e nelle sue iridi fiammeggia anche del pentimento, che sento arrivarmi fin dentro al petto.

«Sì, sono stato uno stupido.»

Gli cingo il collo con le braccia, inclinando il viso per leggergli dentro anche se mi risulta ancora difficile.

«Sei ancora in tempo per rimediare, lo sai, vero?»

Con le mani approda sui miei fianchi, pigia le dita nella mia pelle e la sento bruciare, nonostante la stoffa del vestito faccia da ostacolo.

Fa un cenno del capo, senza staccarmi gli occhi di dosso.

«Proverò a fare il bravo stasera, ma sappi che muoio dalla voglia di scoparti. Non resisterò a lungo.»

Avverto le mie gote imporporarsi dalla vergogna, non sono abituata a certi termini, ma devo ammettere che mi piace sapere che Ryker mi vuole: mi fa sentire desiderata.

È una bella sensazione.

«Forse questa posizione non aiuta…»

Emette un suono simile a un ringhio.

«Fosse solo la posizione. Sei tu, il tuo profumo di pesca e il fottutissimo vestitino a fiori che indossi. Merda, mi stai mandando in tilt, Maggie May.»

Abbasso il viso, sentendomi terribilmente in colpa: lo sto provocando senza volerlo?

I suoi ormoni staranno impazzendo, non ci avevo pensato.

«Scusa…» bisbiglio.

«Porca puttana! Stai peggiorando la situazione.»

«Okay… non parlo più.»

Prende un lungo respiro, passandosi nervoso la mano tra i capelli, spettinandoli.

«Facciamo così, usciamo a mangiare un boccone e poi ritorniamo qui.»

Mi alzo dalle sue cosce con uno scatto e prendo la borsetta, sistemandola sulla spalla.

«Sono d'accordo.»

Scatta in piedi anche lui, continuando a fissarmi con insistenza e poi inizia a imprecare sottovoce, mentre controvoglia si avvia verso l'uscita del *Dark Maze*.

Mi affretto a seguirlo, sentendomi una totale stupida.

Da un lato capisco che lui voglia fare sesso con me, ma deve anche comprendere che io sono inesperta nelle relazioni e che vorrei compiere un passo per volta.

Ryker alza la saracinesca e io sguscio via da questo posto come una ladra; non appena sono fuori e la brezza serale mi colpisce il viso, riprendo a respirare.

Sono impacciata, ansiosa e inesperta, per me sentirmi a disagio in una situazione come questa è del tutto normale.

Un'altra ragazza al mio posto si sarebbe spogliata appena varcata la soglia del covo, io non ci riesco, anzi, mi meraviglio che mi sia lasciata fare quelle cose bellissime ma nuove al luna park.

Ho diciassette anni, la maggior parte alla mia età ha già un sacco di esperienza, so di essere strana, ma non posso farci niente.

È così che sono.

«Cosa ti va di mangiare?» mi chiede, chiudendo il catenaccio.

«Mmh… a te cosa va?»

«Avrei divorato te, ma a quanto pare stasera andrò a letto digiuno.»

Ignoro la sua provocazione.

«Per me McDonald.»

È il posto più vicino da raggiungere a piedi; a Miami se non hai una macchina non puoi arrivare da nessuna parte.

«Come vuoi» taglia corto.

Ci incamminiamo verso la paninoteca senza proferire parola e il gelo cala su di noi come una coltre di nebbia che soffoca e offusca la vista.

E per quanto io sia intenzionata a rimanere ferma sui miei passi, non posso fare a meno di sentirmi in colpa.

# 27
# Ryker

Non mi sono mai aperto con le ragazze, a nessuna ho mai parlato di me, la verità è che la mia merda non voglio spiattellarla in giro.

Le ragazze con cui sono stato conoscono solo il mio cazzo, oltre a sapere che sono un delinquente, che fino a poco tempo fa spacciavo e che scateno risse in continuazione.

Ma queste sono cose di dominio pubblico.

A scuola, come nel mio quartiere, tutti sanno cosa combino, qual è la mia tempra e il motivo per cui devono starmi alla larga.

Eppure ignorano ciò che succede tra le quattro mura di quella sottospecie di casa in cui vivo, anzi, vedono soltanto ciò che io voglio mostrare.

Maggie invece, ha intenzione di scavare a fondo nel mio animo nero e rabbioso, vuole leggermi dentro, dove tutto è opaco e graffiato, per scoprire il vero Ryker.

Neanche immagina le difficoltà che dovrà affrontare, gli ostacoli da superare, le pugnalate al cuore e alle spalle, la profondità del precipizio verso il quale si sta dirigendo.

Sarà un inferno e le fiamme bruceranno le sue ali bianche di angelo.

Ci sediamo in disparte, in un angolo del locale, faccia a faccia e, cazzo, non posso scappare.

Maggie mi guarda con i suoi occhi dolci, le labbra succose curvate in un sorrisetto sognante, quei capelli setosi, rosso fuoco, che fiammeggiano sul suo incarnato bianco latte.

Merda! L'uccello sta per scoppiarmi nei pantaloni dall'urgenza di sprofondare dentro di lei, in questo preciso momento.

E invece devo sedare gli impulsi e il sangue che mi ribolle nelle vene, restare lucido per affrontare questa parte della serata, mangiare un fottuto panino fingendo che vada tutto bene.

Ma che diavolo!

Non ci riuscirò mai.

Il mio corpo reclama il suo come la luna reclama le stelle per dar vita alla notte più luminosa di sempre.

«Cosa vuoi?» le chiedo, incapace di non guardarle le tette.

Sono piccole, sode, costellate di lentiggini e risaltano grazie alla scollatura di quel vestitino maledetto.

*Se vuoi che funzioni con lei, fa' il bravo, pezzo di stronzo*, mi dico.

*Non comportarti come un troglodita arrapato e prova ad accontentarla.*

*Parlale, raccontale qualcosa di te.*

Come se fosse semplice, dannazione!

«Un milk-shake alla fragola.»

Dio! Immagino tutte le cose perverse che le farei con quel dannato frullato, lo succhierei dalla sua fica dolce e poi dai suoi capezzoli turgidi, glielo cospargerei sul ventre e sulle cosce, leccandolo tutto fino a consumarle la pelle.

Mi passo la lingua sul labbro inferiore, sentendo l'erezione sussultare come durante la visione di un film porno, ma ciò che ho in mente di farle supera di gran lunga qualsiasi film.

«Va tutto bene?» mi chiede con innocenza.

«Porca di quella p… sì, vuoi altro?»

Scuote la testa, rivolgendomi un altro sorriso.

Cazzo, ho bisogno di fumare per sedare i nervi o impazzirò sul serio questa sera; sono come un vulcano in eruzione, implacabile e feroce.

Mi alzo, fregandomene di nascondere la mia condizione, e mi metto in fila per ordinare; per me prendo solo una Coca-Cola, non ho fame, anzi, ce l'ho, ma è un altro tipo di fame.

Pago e dopo una manciata di minuti ritiro l'ordinazione, torno al mio tavolo e mi siedo di fronte a lei.

Maggie afferra il bicchierone tra le mani, avvolgendo la bocca attorno alla cannuccia.

Gesù Cristo, questa è una tortura disumana.

Ogni gesto che compie o parola che dice per me si trasforma in un film a luci rosse, e non mi era mai successo prima.

Mai.

Probabilmente perché le tipe mi si buttano addosso e si inginocchiano davanti al mio uccello pregandomi di scoparle, sin da ragazzino.

Non so cosa voglia dire aspettare, supplicare e sperare di poter fare sesso con una, ma c'è sempre una prima volta, giusto?

Il fatto è che non sono preparato, e nemmeno il mio cazzo lo è.

«Perché hai preso solo da bere?» mi domanda, osservandomi con attenzione.

Mi piace il modo in cui mi guarda e mi parla, non come fanno gli altri con me, con superficialità; lei lo fa con premura e reale interesse, preoccupandosi per me.

Nessuno si era mai preoccupato per me.

Anche prima, quando mi ha visto con la faccia mezza ammaccata, la sua apprensione mi ha scaldato dentro, ma non l'ho dato a vedere, perché ho sempre il timore di non potermi fidare, nemmeno di lei.

Scrollo le spalle.

«E tu, perché?»

Arrossisce di colpo, sfuggendo al mio sguardo.

«Perché quando sono emozionata mi si chiude lo stomaco» confessa a bassa voce.

*Che adorabile piccola idiota!*

Abbozzo un sorrisetto.

«Non hai provato ancora le vere emozioni, Maggie May.»

Si mordicchia l'interno della guancia, riportando i suoi occhi nei miei.

«Ho un po' paura...» bisbiglia.

«La paura è pur sempre un'emozione, forse la più forte.»

Prende un altro sorso di frullato, incapace di nascondere l'imbarazzo.

«E tu, la tua prima volta, hai avuto paura?»

La sua domanda mi spiazza un attimo, non la facevo così diretta, non su questo argomento, e invece è riuscita a stupirmi.

«Vuoi che ti racconti?»

Annuisce, mordicchiando la cannuccia nervosamente.

Sorseggio un po' della mia bibita ghiacciata, stravaccandomi sulla sedia scomoda.

«Avevo tredici anni, lei diciotto. Eravamo vicini di casa. Vanessa era molto bella e sexy, capelli neri, pelle olivastra e occhi verdi. Mi piaceva, piaceva a tutti, ma lei era interessata a me. Ero piccolo per lei, anche più basso, le arrivavo alle tette...»

Maggie mi fissa, quasi incantata dal mio misero racconto.

«Siamo passati direttamente al sesso, saltando baci e preliminari, era affamata, voleva solo il mio cazzo. L'abbiamo fatto di sera, contro un albero nel parco del mio quartiere, senza protezione, come due animali. Non ho avuto paura, ero eccitato da impazzire, ma ho provato tristezza quando ho realizzato che lei mi aveva solo usato. Dopo un po' ha iniziato a frequentare uno più grande ed è rimasta incinta.»

Maggie sbianca, allargando gli occhi dallo shock e io la tranquillizzo subito, anche se non ne ho la certezza.

«Non era mio il bambino, tranquilla. Mi ha confessato di aver preso la pillola del giorno dopo.»

Deglutisce forte, irrigidendosi.

«E tu le hai creduto?»

«Sì. Poi si è trasferita altrove, ho perso le sue tracce ma, anche se mi avesse mentito, non avrei potuto assumermi una responsabilità così grande, ero io stesso un bambino, cazzo.»

Inizia a tirare lunghi respiri come se avesse fame d'aria.

«Ti sta venendo un attacco di panico?»

Inspira altro ossigeno, espirandolo dalle labbra.

«N... no, sto bene. Sono solo un po' scioccata.»

«Ti avevo avvertita, Maggie. Con me ti brucerai.»

Beve dell'altro milk-shake rilassandosi pian piano, poi mi afferra la mano da sopra il tavolo intrecciando le nostre dita.

«Mi dispiace, devi esserti sentito abbandonato, è stata crudele.»

Abbasso per un attimo lo sguardo sulle nostre mani, così diverse eppure così perfettamente incastrate, e poi ritorno a scrutarla.

«Ci sono abituato, comunque è acqua passata.»

«Voglio abbracciarti, posso?»

Le rispondo con un cenno del capo.

Maggie si alza, gira l'angolo del tavolo, viene a sedersi sulle mie cosce e mi getta le braccia attorno al collo, poggiando il viso sulla mia spalla.

Il mio uccello riprende subito vita ma cerco di tenerlo a bada per godermi il momento, così dolce. La stringo per i fianchi, cercando la sua bocca.

Non ci siamo ancora baciati da quando ci siamo visti, e ora ho la necessità fisica di farlo.

Le dischiudo le labbra con la lingua, succhiando il suo sapore alla fragola e ciliegia; lei mi lascia entrare, solleva un po' la testa e il nostro bacio da delicato diventa subito focoso.

M'impadronisco della sua bocca calda, le nostre lingue duellano, si toccano, si attorcigliano, poi passo ai morsi, azzanno il suo labbro inferiore, strappandole un gemito.

Maggie si plasma al mio corpo, premendo il sedere sulla mia erezione, e non so chi mi stia dando la forza di non fotterla proprio qui, su questa sedia, davanti a tutti i presenti.

Le proporrei di andare al cesso, ma lei non merita una sveltina in quel posto di merda.

E io non mi accontenterei mai di penetrarla contro un muro, alzandole solo la gonna.

No, la voglio tutta nuda, per assaporare con gli occhi ogni millimetro della sua pelle distesa sotto di me, per mordere ogni parte sensibile del suo corpo, per ascoltare i suoi gemiti... Tempo, sì, ho bisogno di tempo per farla mia.

Mi stacco per un attimo, premendo le dita nella sua carne.

«Torniamo al *Dark Maze*» sussurro, eccitato da morire.

Si bagna le labbra con la lingua, annuendo.

«Sì, andiamo via.»

Per strada cammino rapido, trascinando Maggie, molto più lenta di me, per arrivare quanto prima al covo; lei mi segue inciampando di tanto in tanto, poi si aggrappa al mio braccio stringendo il tessuto della mia felpa tra le dita esili.

Una volta fuori al covo, noto che la saracinesca non è chiusa con il lucchetto: porca puttana, c'è qualcuno dentro.

Mi ero raccomandato con quei bastardi dei miei amici di lasciarmi libero il *Dark Maze* stasera e invece qualche coglione non ha recepito il messaggio.

Con ferocia alzo la serranda, puntando i miei occhi colmi di collera su quel grandissimo stronzo di Jaden.

È insieme a una tizia che non conosco, bassina e mora.

«Che cazzo ci fai qui? Sono stato chiaro quando ti ho detto che avevo da fare al covo. Fuori!» urlo. «Ora.»

Maggie resta dietro di me, tenendosi ancora alla mia felpa, come se non volesse farsi vedere dal mio amico, che a quanto pare teme.

D'altra parte, tutti hanno paura di Jaden.

«Oh, rilassati, Ryker. Siamo passati per un po' di rifornimento.» Mi mostra due spinelli. «Ce ne andiamo, così tu potrai giocare a scacchi con la verginella.»

Jaden quando ci si mette sa essere un gran pezzo di stronzo.

«Va' a farti fottere, Jay.»

Mi rivolge un mezzo sorriso meschino, afferrando la tipa per i fianchi.

«Sicuramente qualcuno stasera fotterà e quello non sei tu, amico. Andiamo, *Pussy*.» E ci passa di fianco, stringendo la mora.

Maggie non osa guardarlo in faccia, tiene la testa bassa e s'irrigidisce come un pezzo di ghiaccio trattenendo il respiro, che ritorna a essere regolare solo quando il mio amico va via.

«Ti ha detto o fatto qualcosa?» indago.

Conosco Jaden e so di cosa è capace.

Scuote la testa, restando impalata al centro della stanza, mentre si tortura le pellicine con l'unghia del pollice.

«N… no.»

«Se dovesse infastidirti, dimmelo, ok?»

Annuisce, ritornando a guardarmi.

Con un cenno del capo le dico di seguirmi e lei lo fa esitando un po'; mi siedo sul divano e con un calcio sposto il tavolino per farle spazio.

Non ce la faccio più.

La voglio.

E se lei non si sente pronta per fare sesso, mi farò bastare i preliminari.

«Inginocchiati.»

Strabuzza gli occhi, schiudendo le labbra per lo stupore davanti alla mia richiesta.

«Ryker, io…»

Mi calo la cerniera dei jeans, afferro lei per i fianchi e la invito a chinarsi sul pavimento.

«Vedrai, ti piacerà.»

Deglutisce, facendo ciò che le dico e, sebbene il suo viso sia illuminato dai led blu e rossi, riesco a vedere l'imbarazzo accenderle le guance.

Mi abbasso i pantaloni, tirando giù anche i boxer e il suo sguardo cade sul mio uccello già eretto.

«Io…» bisbiglia, coprendosi la bocca con la mano.

«Non devi vergognarti, è una cosa bella, Maggie. Dischiudi le labbra e assaporalo, poi avvolgile attorno. Guardalo bene, perché il mio è l'unico cazzo che vedrai in tutta la tua vita.»

Le arpiono i polsi, portandole le mani sulle mie cosce, poi spingo il bacino verso il suo viso studiando l'espressione che le attraversa il volto innocente.

Non mi guarda, né guarda tra le mie gambe, ma pare convincersi e socchiude le palpebre lambendo la punta del mio pene con le labbra.

«Sì, *Peach,* non immagini quanto io sia arrapato. Succhialo, apri di più la bocca, fammi entrare, piccola.»

Fa come le dico e, sebbene sia del tutto inesperta, a me sta piacendo da morire.

La visione di lei, così innocente, piegata davanti a me mentre mi fa un pompino, paonazza dalla vergogna, mi eccita da pazzi.

Sono un maledetto bastardo perverso, lo so, e non posso farci niente.

La sua lingua umida e calda sfiora con delicatezza la punta, e le palpebre mi si abbassano in automatico, ma subito riapro gli occhi perché voglio godermi ogni attimo.

Muovo il bacino in avanti per farglielo prendere più a fondo, ma lei sbarra gli occhi e dalla gola le fuoriesce un suono strozzato, prima di tirarsi indietro.

Con la mano si pulisce le labbra, poi balza in piedi fissandomi come se volesse uccidermi o scoppiare in lacrime.

«Perché ti sei fermata? Non ti stava piacendo?»

«Fai schifo, Ryker» esclama, trattenendo le lacrime.

Ma che cazzo…

Mi sistemo l'uccello nei jeans e mi alzo dal divano, sovrastandola con la mia altezza.

«Di cosa parli?»

Si tira giù le maniche del cardigan, per poi incrociare le braccia al petto in segno di difesa.

«Di cosa parlo? Hai anche il coraggio di chiedermelo?»

«Esatto, stava andando tutto alla grande fino a mezzo secondo fa, cosa diavolo ti è preso?»

«Non era così che avevo immaginato il nostro primo appuntamento. Questo mi è preso.»

Una risata cinica mi fa scuotere il petto.

«Sentiamo, e come? Fiori e passeggiate romantiche? Hai

sbagliato persona, Maggie. Io sono rabbia, cenere e spine. Se cerchi altro, tornatene dal tuo fottuto principino.»

Un secondo dopo sono già pentito di aver detto queste parole, ma non faccio nulla per rimediare.

Le sue iridi si colmano di lacrime, che non asciuga, lasciando che le inumidiscano le guance arrossate.

«Perché sei così cinico? Perché non provi a venirmi incontro? Io… voglio stare con te, ma tu alzi sempre un muro invalicabile, e quando cerco di scalarlo scivolo di continuo, rischiando di rompermi le ossa.»

Vederla piangere mi fa stare male, perché capisco che la sto ferendo e che forse continuerò a farlo.

«Cazzo, Maggie, io ci sto provando, ma non è facile per me.»

Annuisce, avvicinandosi e sfiorandomi la mano.

«Lo so, Ryker… E capisco che hai delle esigenze alle quali io non riesco ancora a sopperire, ma…»

La interrompo. «Pensi che io voglia solo scoparti?»

Ci riflette un po' prima di rispondermi.

«Sì! È così. E sono terrorizzata, okay? Ho paura che se mi darò a te, tu mi userai e poi mi lascerai, spezzandomi il cuore. Io voglio solo che tu ti innamori di me, ma forse chiedo troppo…»

Faccio un passo indietro, indurendo lo sguardo; in me è scattato un meccanismo di autodifesa, nel cervello mi risuona un allarme che mi ricorda la mia incapacità di amare e di essere amato.

«Senti, ora è meglio che te ne torni a casa, o rischiamo di peggiorare le cose» taglio corto, con il mio solito cinismo.

Tira su con il naso, cancellando le tracce delle lacrime con un lembo del suo cardigan.

«Mi hai appena confermato ciò che pensavo. Me ne vado» mormora, voltandomi le spalle.

*No, cazzo, non te ne andare*, penso.

Ma resto immobile, il mento sollevato e i pugni serrati.

La guardo dirigersi verso l'uscita, abbassarsi per passare sotto alla saracinesca aperta a metà e sparire dalla mia visuale, lasciandomi un vuoto dentro che solo lei potrà colmare.

# 28 Ryker

Rovino sempre tutto.

Ho appena tarpato le ali a ciò che stava per diventare la cosa più bella della mia vita, sono un fottuto distruttore, un flagello, un buono a nulla.

Resto stravaccato sul divano del *Dark Maze* per ore, tracannando un paio di birre e fumandomi uno spinello e mezzo pacchetto di sigarette.

Passerò qui la notte e anche la giornata di domani, un'altra domenica del cazzo.

Avrebbe potuto essere un giorno diverso dai soliti, avrei potuto trascorrerlo con Maggie, magari guardando un film o andando in spiaggia, ma siccome sono un pezzo di merda autodistruttivo non succederà niente di tutto questo.

Sono stanco della mia vita, sono stanco di essere come sono, voglio cambiare, sul serio, voglio migliorare, lasciarmi alle spalle tutto lo schifo che mi sommerge.

Ma sono anche consapevole di non poter scappare da ciò che sono.

Purtroppo, quella merda mi si è appiccicata addosso e, fino a quando non potrò fare qualcosa di concreto, sarò costretto a sguazzarci per molto tempo ancora.

E poi c'è Millie, non posso abbandonarla, tocca a me salvare quella bambina dall'inferno in cui vive ogni giorno e, nel frattempo, devo necessariamente convivere con i miei demoni.

Per quanto riguarda Maggie, beh… lei pensa che io voglia solo usarla. Chi può biasimarla? Ho agito sempre così con le altre e la mia prima intenzione era di fare lo stesso con lei.

Ora, però, è diverso, voglio davvero provare a stare con lei, conoscerla, aprire ciò che resta del mio cuore, fidarmi dei suoi sentimenti, eppure so che non sarò mai in grado di costruire una relazione sana.

Io sono tossico e anche la nostra storia, se mai dovesse andare avanti, lo sarà.

È un dato di fatto.

Farà un male cane, tirerà fuori il peggio di noi, ci annienterà.

Tuttavia lei e io insieme potremmo incendiare il mondo, lo sento. Se solo fossi meno egoista e stronzo, e lei meno insicura e sognatrice.

Cazzo, siamo totalmente diversi. È come se stessimo cercando di forzare due tasselli di un puzzle che non potranno mai incastrarsi; l'unica soluzione sarebbe smetterla di provarci, ma non voglio e farò di tutto affinché quei due pezzi combacino.

Di tutto.

È giunto il momento che io mi metta in gioco seriamente o

rischio di perderla e pentirmene per tutta la mia schifo di vita.

Il giorno dopo, mi sveglio verso le dieci. Sono uno straccio, ma trovo la forza di alzarmi dal divano, di lavarmi la faccia e uscire dal covo.

Mi stropiccio gli occhi alla luce del sole, puzzo di birra ed erba, ma non posso farci niente.

Mi dirigo verso casa di Maggie, senza sapere bene cosa fare.

Bussare alla sua porta in queste condizioni non è il massimo. Se dovesse aprirmi sua madre e trovarsi davanti un tizio tatuato e strafatto, mi impedirebbe di vederla, come è giusto che sia.

L'altra opzione è quella di mandarle un messaggio, chiederle di vederci per chiarire. Opto per questa soluzione.

Mi siedo su una panchina alle spalle del campo da basket vicino casa sua e le scrivo.

Ehi, sono al campo da basket vicino casa tua. Vediamoci.
Ryker

Attendo una sua risposta e, nel mentre, fumo un'altra sigaretta, guardando apatico dei ragazzini giocare a pallacanestro.

La sua risposta non tarda ad arrivare.

Non so se ho voglia di vederti... Maggie

Se non vieni entro cinque minuti, me ne vado. Lascio a te la scelta. Chiarire oppure no.
Ryker

Sogghigno da vero bastardo, curioso di leggere le sue parole.

Fra tre minuti arrivo. Maggie

Li conto quei tre minuti, centottanta secondi, scanditi dai

tonfi del pallone sull'asfalto; sembrano non passare mai, si dilatano diventando lunghi come ore.

È questo che succede quando ti manca così tanto una persona? Impazzisci aspettando di rivederla?

Mi alzo il cappuccio della felpa, schiacciando il mozzicone sotto la suola delle mie Nike, gli occhi puntati sul vialetto da cui dovrebbe arrivare Maggie.

Quattro minuti.

Sto per mandarle un altro messaggio, ma poi sento da lontano il suo profumo alla pesca, alzo lo sguardo dallo schermo del cellulare e, come una visione, lei appare davanti a me.

Indossa dei jeans stretti, le Converse e un maglioncino verde pastello che fa risaltare il colore dei suoi occhi.

È venuta di fretta, ha l'affanno e le scarpe slacciate.

«Avevi detto tre minuti. Ne sono passati quattro» dichiaro, fingendomi incazzato.

Si porta la mano sul cuore, sedendosi accanto a me sulla panchina. «Ho fatto il prima… possibile, ero… ero ancora a letto.»

Scruto il suo viso e noto le tracce di pianto.

«Stavi piangendo?»

Sfugge al mio sguardo, curvando le spalle.

«S… sì, per colpa tua.»

*Che piccola idiota adorabile!*

Le alzo il viso afferrandolo con una mano, costringendola a piantare le sue iridi lucide nelle mie arrossate.

«Cazzo, Maggie, non litighiamo più, okay?»

Annuisce. «Litigare con te è l'ultima cosa che voglio.»

Le asciugo una piccola lacrima con il pollice, sporgendomi verso le sue labbra che addento con avidità.

Lei mi cinge il collo con le braccia, rispondendo al mio bacio famelico e urgente, mentre le mie mani le arpionano i fianchi, per tenerla più stretta a me.

Cristo! Quanto amo baciare questa ragazza, non me ne stancherei mai, lo farei per tutto il giorno, senza interruzione.

Sto diventando un rammollito del cazzo, sono patetico e i miei amici non dovranno mai saperlo.

Maggie si stacca per un attimo, osservandomi a lungo come è solita fare.

«Indossi la stessa felpa di ieri e hai un aspetto poco riposato… Non sei tornato a casa?» indaga.

Sospiro forte, avvertendo una fitta al petto.

«Vuoi la verità? Mi sono sballato al *Dark Maze* per tutta la notte, per provare a sedare il dolore di averti ferita ancora una volta.»

Mi rivolge un sorriso dolcissimo, tracciandomi il viso con la sua mano tiepida.

«Ti va di venire a casa mia, fare una doccia e pranzare da me?»

*Merda! Merda! Merda!*

«Non mi sembra una buona idea. Non sono… presentabile.»

Mi afferra entrambe le mani, intrecciando le nostre dita.

«Mia madre vuole conoscerti, non ti giudicherà, te lo prometto.»

«Porca puttana, Maggie, guardami. Sono un rottame, tua madre mi odierà.»

Da quando m'importa cosa pensano i genitori delle tipe che mi scopo?

*Dannazione, Ryker! Come ti sei ridotto…*

Balza in piedi, tirandomi su con lei.

«Dai, accontentami per una volta. Mia madre è moderna, comprensiva… ti assicuro che non ti odierà. Passa con me questa giornata, ti prego.»

Addolcisce lo sguardo e io non riesco a dirle di no.

Mi ha in pugno.

«Okay, ma sappi che non mi sforzerò di sembrare diverso da come sono.»

Mi stampa un bacio sulle labbra.

«Per me sei perfetto così.»

*

Quando varco la porta d'ingresso della casa di Maggie, vengo colpito da un piacevole profumo di biscotti misto all'odore di bucato pulito, e fare un penoso confronto nasce spontaneo: da che ne ho ricordo, la catapecchia in cui vivo ha sempre puzzato di muffa e stantio.

Mi guardo intorno, l'arredamento è semplice ma possiede un tocco artistico che ai miei occhi risalta subito.

Il salone non è grande, è intimo e dona una sensazione di calore, di famiglia.

«Mamma, siamo qui» esclama Maggie, tenendomi per mano.

Il suo entusiasmo mi scalda dentro perché mi fa sentire parte di qualcosa, come non mi è mai successo in quasi diciotto anni di vita.

Resto dietro di lei, a osservare un quadro astratto appeso alla parete di fianco al tavolo da pranzo: pennellate dai colori sgargianti si alternano a due linee parallele nere dando vita a un caos calmo.

«Quel quadro è il mio preferito. Io sono Sierra, la mamma di Maggie, e tu devi essere il famoso Ryker.»

Una donna dai lunghi capelli castano ramato e gli occhi della stessa sfumatura di quelli della figlia spunta dalla cucina e si presenta con un sorriso cordiale.

«Sono io.» Le stringo la mano per mezzo secondo, ritirandola subito.

«Resti a pranzo, Ryker?»

Scrollo le spalle, lanciando uno sguardo rapido a Maggie.

«Sì, mamma, resta a pranzo.»

Sierra mi osserva per una manciata di secondi con intensità, come se mi stesse facendo una TAC.

«Bene! Mostragli pure la tua camera, io intanto continuo a cucinare. Ovviamente la porta resta aperta» dichiara in tono gentile, scoccandomi l'ennesima occhiata.

«Sì, mamma» cantilena Maggie.

Poi mi conduce attraverso un breve corridoio, svoltiamo a destra ed entriamo nella sua camera da letto.

Sono tentato di chiudermi la porta alle spalle, ma che figura ci farei con sua madre? Scelgo di comportarmi bene, nonostante non sia da me.

«Eccoci!» esclama, volteggiando. «Non si capisce che sono una fan della saga di Harry Potter, vero?»

Poster, cuscini, pupazzi, copriletto, la libreria colma di libri e Funko Pop della saga.

Ridacchio. «Per niente.»

Mi siedo sul suo letto continuando a guardarmi intorno per apprendere quante più cose possibili su di lei.

«A te piacciono? Intendo i libri… o hai visto solo i film?»

Il mio sguardo si posa su di lei, magnetizzato da questa creatura eterea, quasi fatata. Dio… cosa cazzo le farei.

«Ho visto tutti i film. Toglimi una curiosità, hai ancora l'uniforme di Grifondoro che hai messo alla festa di Halloween?»

Mi guarda per un attimo titubante, poi annuisce.

«Sì, perché?»

La agguanto per i fianchi, e la tiro a me tra le mie cosce aperte.

«Perché con quel vestito mi ecciti da morire.»

Maggie ridacchia imbarazzata nascondendo il viso nell'incavo del mio collo, mentre le mie mani approdano sotto il suo maglioncino.

«Fermo… mia mamma è dietro l'angolo» bisbiglia.

Cerco la sua bocca, premendo i polpastrelli sulla sua pelle candida e tiepida.

«Ti voglio troppo.»

Sono disperato, affamato, eccitato, ma Maggie mi stampa un bacio casto sulle labbra, passandomi poi una mano tra i capelli senza levarmi gli occhi di dosso.

«Vuoi fare la doccia?»

Lo chiede in modo innocente, ma a me arriva come un invito a scoparmela ferocemente sotto l'acqua bollente.

Mi mordo il labbro.

«Vieni con me?»

Scuote la testa, trattenendo un sorrisetto.

«Ti prendo degli asciugamani, ma non ho nulla da darti. Aspetta… forse ho una felpa che mi va grande.»

Sbuffo, rassegnato, seguendola in bagno; lei appoggia gli asciugamani puliti su un mobiletto indicandomi dove trovare bagnoschiuma, shampoo e phon.

Inizio a spogliarmi, levo le scarpe, la felpa e i jeans rimanendo in boxer e lei si immobilizza, scrutandomi come se fossi un muro pieno di graffiti indecifrabili.

Abbozzo un mezzo sorriso di soddisfazione, perché so l'effetto che le provoco e so anche che si sta trattenendo a causa dei suoi valori e delle sue paure.

«Ti piace ciò che stai vedendo, *Peach*?»

Annuisce, si avvicina e sfiora le linee del tatuaggio che ho sul petto, a labbra dischiuse.

«Sei bellissimo» sussurra.

«Sono una parete sporca di inchiostro e colma di crepe.»

Nega con il capo, risalendo con i polpastrelli sul mio viso

per accarezzare prima lo spigolo della mandibola indurita e poi la bocca.

«Sei un'opera d'arte, Ryker.»

Ridacchio.

«Cristo! Sei strana, Maggie May.»

Le sue guance si accendono dall'imbarazzo, ma resta con gli occhi incollati ai miei e con le mani sul mio corpo nudo e accalorato.

«Mi piaci così tanto, Ryker, da sentire male al cuore…» confessa ingenua, affondando nelle mie iridi bramose.

«Cazzo, non dire così o giuro che ti scopo proprio adesso, e al diavolo se di là c'è tua madre.»

Boccheggia, il suo petto si alza e abbassa spasmodico, così, senza aggiungere altro, l'afferro per i fianchi e la faccio girare di schiena, piegandola sul lavandino.

Sto per sbottonarle i jeans quando la voce di sua madre mi blocca.

*Merda!*

«Maggie! Vieni a darmi una mano in cucina» urla dall'altra stanza.

Lei sbianca, si raddrizza, mi lancia uno sguardo che è un mix di colpa e imbarazzo e scappa verso l'uscio.

«Ci vediamo di là quando hai finito» dice svelta.

Sospiro forte, guardando la cupola formata nei boxer dal mio uccello eretto.

«A dopo.»

Chiude la porta lasciandomi da solo, a bocca asciutta, eccitato da morire.

Anche stavolta mi toccherà provvedere in autonomia.

Povero me!

# Maggie

## 29

Ryker mi raggiunge in salotto con addosso la mia felpa bianca su cui è stampata la sagoma di Edvige, la civetta di Harry Potter; gli va corta e un po' stretta e la cosa mi fa sorridere.

«Non azzardarti a sfottermi, Maggie May.»

Scuoto la testa, trattenendo una risata.

«Non ti sto prendendo in giro, ti sta molto bene.»

Mi dà una spallata scherzosa.

«Stronzetta. Ora te la faccio pagare!»

Di rimando, gli do un pizzicotto sul fianco, ma lui mi afferra i polsi e mi blocca, ridacchiando di gusto.

Amo vederlo sorridere, i suoi occhi scuri prendono vita e gli si formano delle fossette ai lati della bocca.

«Mi fai male, scemo» esclamo, divertita.

Lui si accosta al mio collo e me lo azzanna come se fosse un vampiro assetato di sangue.

«Ti sbrano, *Peach*.»

«Ahia!»

Provo a divincolarmi dalla sua presa, ma lui me lo impedisce e mi stringe da dietro, infilando il viso tra i miei capelli.

Mi beo del suo abbraccio rude assorbendo il calore del suo corpo, la pelle rabbrividisce grazie al suo respiro tiepido e nello stomaco le farfalle riprendono a svolazzare a un ritmo farneticante.

«Mi piace quando mi abbracci, mi fai sentire protetta» mormoro, intrecciando le nostre dita.

«Non sono in grado di proteggerti, non da me stesso.»

La sua affermazione mi fa male, perché so che con lui sto rischiando di precipitare nel vuoto, so che sarà tutto fuorché semplice, che Ryker è problematico e i suoi demoni potrebbero divorare entrambi.

Ma non posso fermare questo sentimento che mi scoppia nel petto, perché sarebbe come chiedere al sole di smettere di illuminare il mondo.

«E invece puoi riuscirci, io lo so» lo rassicuro.

«Ragazzi, è pronto! Venite a tavola» esclama mia madre, facendo capolino dalla cucina.

Ryker scioglie l'abbraccio, io gli prendo la mano e ci accomodiamo per pranzare.

La mamma non è una cuoca eccezionale, ma oggi si è impegnata per preparare qualcosa di buono.

«Ti piace il roast beef con il purè di patate, Ryker?» chiede mia madre, porgendo un piatto al nostro ospite.

Lui fa un cenno del capo.

«Sai, Maggie mi ha parlato molto di te…»

«Mamma!»

Le rivolgo uno sguardo che significa: *"Ti prego, non iniziare"*.

«E cosa le ha detto?» interviene Ryker, spostando gli occhi dal mio viso a quello della mamma.

«Che sei un delinquente.»

Lui ridacchia. «Beh, questo lo sanno pure le mosche.»

«E che ti sei comportato da bullo nei suoi confronti, terrorizzandola. Dico bene?»

Prendo un sorso d'acqua e mi affretto a interromperla.

«Mamma, ti prego, non è il caso…»

Lei si versa un calice di vino rosso fissando negli occhi Ryker, come un detective dell'FBI durante un interrogatorio.

«Sì, è tutto vero» dice lui con nonchalance.

«E ora, quali sono le tue intenzioni, piccolo criminale tatuato? La mia Maggie non è come le altre ragazze, è buona, gentile e ingenua. Se la stai usando solo per farti bello con quegli idioti dei tuoi amici, dillo subito, assumiti le tue responsabilità. O rischierai di ferirla in modo irreversibile. E lei ha già sofferto abbastanza.»

Oh mio Dio, questo pranzo domenicale non poteva andare peggio di così.

«Mamma, non c'è bisogno del tuo intervento, so cavarmela da sola.»

«Ah sì? Fino a stamattina piangevi come una fontana per colpa di questo qui, Margaret May Harmon.»

«Cazzo, io me ne vado. Non sono il benvenuto, a quanto pare.»

Ryker si alza con l'intenzione di scappare da casa mia, da mia madre e anche da me.

Ma la mamma lo ferma.

«No, ragazzino. Siediti, mangia e rispondi alla mia domanda.»

Lui trae un lungo sospiro e torna a sedersi sulla sedia.

Guarda prima me riducendo gli occhi a due fessure, quasi

come se volesse tagliarmi la gola, e poi di nuovo mia madre.

«Senti, signora, io ho sbagliato con Maggie e lei lo sa. Ma ora faccio sul serio, ci tengo a lei, non voglio usarla o prenderla per il culo. Mi piace davvero e, se fosse il contrario, non starei mica qui, seduto di fronte a sua madre che mi squadra dalla testa ai piedi come un dannato sbirro della CIA. E di poliziotti ne ho conosciuti tanti al riformatorio, ma nessuno mi ha mai riservato parole del genere.»

«Perché non sei uscito con le loro figlie.»

«Mamma! Ora basta» insisto.

Ryker si passa una mano tra i capelli spettinati, ridacchiando con sfacciataggine.

«Cristo! Posso mangiare adesso?»

«Sì, puoi mangiare adesso. Anche tu, Maggie. Iniziamo pure a pranzare» conviene la mamma.

Consumiamo il pranzo in silenzio, con Ryker che non sembra molto a suo agio, anche se cerca di non darlo a vedere. Eppure avverto sottopelle il suo nervosismo e ho timore che questa giornata possa rovinare il nostro rapporto già di per sé precario.

Non voglio che si allontani da me, ma lo capirei se dovesse farlo: mia madre è stata soffocante e inopportuna, poteva approcciarsi a lui diversamente.

Ma comprendo anche lei: è spaventata, forse più di me.

A fine pranzo, dopo aver gustato anche il dolce, vedo che Ryker controlla più volte il suo telefono digitando di continuo messaggi.

Ecco, lo sapevo, si è già scocciato di me e ha contattato un'altra, forse quella smorfiosa di Brianna.

«Cosa fai?» gli chiedo ansiosa, cercando di sbirciare sul display.

Siamo seduti sul divano, la mamma è in cucina a lavare i piatti, siamo soli e vorrei tanto baciarlo o che lui mi toccasse con le sue mani calde e ruvide.

«Niente, io ora vado, mi vedo con gli altri.»

Ripone il cellulare nella tasca dei jeans e si alza di colpo.

«Sei arrabbiato?» gli domando in un sussurro, scrutando la sua espressione indurita.

«Sì, te l'avevo detto che era un'idea di merda! Ma tu sei sempre così ottimista e sognatrice. Cazzo, svegliati dal sogno, Maggie.»

Mi volta le spalle, avviandosi verso l'ingresso, ma io lo seguo a ruota e lo afferro per la manica della felpa, facendolo voltare verso di me.

«Aspetta, stiamo litigando di nuovo?»

Sbuffa, liberandosi della mia presa.

«Che palle, lasciami in pace!»

«Ryker, ma...» balbetto, senza capire.

Mi rivolge un'ultima occhiata impenetrabile e, senza aggiungere altro, apre la porta chiudendola con forza alle sue spalle.

Sobbalzo per il tonfo, sbattendo le palpebre più volte, il cuore che mi rimbalza in gola conficcandosi lì.

Sono spiazzata dal suo repentino cambio di umore, dal suo comportamento assurdo e da come mi ha appena trattata.

Vorrei seguirlo, afferrarlo, scuoterlo, gridargli in faccia che non è giusto, ma sono una debole e mi limito a scappare in camera mia, crollare sul letto e annegare nel pianto.

*

È lunedì mattina e non sono affatto pronta per affrontare la giornata. Tra meno di cinque minuti incrocerò Bryce e i suoi compagni di squadra. Chissà quante paroline e occhiatacce mi riserveranno per avergli dato il due di picche, venerdì sera.

Ma c'è di peggio, ovvero incontrare Ryker dopo ieri e capire come comportarmi con lui.

Non mi ha contattata, io gli ho scritto prima di andare a dormire ma non ho ricevuto risposta, e sono a pezzi.

Ho trascorso l'intero pomeriggio a frignare come una bambina, in attesa di un suo cenno… Non posso continuare così, è deleterio.

*Ce la puoi fare, Maggie. Prendi un lungo respiro, cammina a testa alta e affrontali tutti.*

Certo, ce la posso fare, come no…

Prima di varcare l'ingresso di scuola, incamero quanta più aria possibile stringendo la tracolla della cartella tra le mani.

Mi confondo tra la folla di studenti, avviandomi direttamente al mio armadietto; lo apro e prendo i libri che mi serviranno la prima ora, avvertendo alle mie spalle un chiacchiericcio che mi provoca uno stato di agitazione terribile.

*"Eccola, fa tanto la santarellina, ma in realtà è un gran puttanella. Usciva con Bryce e Ryker contemporaneamente. E alla fine ha scelto Ryker".*

*"Quelle che sembrano innocenti, in realtà sono le più troie".*

*"Come fa Ryker a uscire con una come lei? È imbarazzante".*

Mi giro di poco e scopro che delle ragazze mi stanno lanciando occhiate assassine, sparlando di me senza conoscere realmente i fatti.

È possibile che in questa scuola siano così crudeli?

Dov'è finita la solidarietà femminile?

Sono tentata di avvicinarmi e affrontarle, ma sono troppo fifona per farlo e mi odio per questo.

Vorrei possedere almeno un briciolo di coraggio sufficiente a metterle a tacere.

Dio, quanto lo vorrei!

«Dite solo un'altra parola su Maggie e giuro che vi spezzo le gambe, stronze del cazzo.»

La voce roca e intensa di Ryker mi fa trasalire, mi volto di scatto e lo trovo alle mie spalle, che mi sta difendendo da quelle arpie.

Le civette ammutoliscono, si prendono a braccetto e vanno via spaventate dalla minaccia del bullo della scuola.

Lui mi rivolge lo sguardo e io perdo un paio di battiti.

I suoi occhi intensi saettano nei miei provocandomi un bruciore al centro del petto e un vuoto alla bocca dello stomaco.

«Grazie» sussurro.

Fa un cenno del capo.

«Seguimi.»

Attraversa il corridoio gremito di studenti e io gli sto dietro cercando di tenere il passo, poi si dirige alle scale; afferro il passamano ma lui, arpionandomi il polso, mi tira su per i gradini.

Giungiamo davanti alla porta della biblioteca, la apre e mi spinge dentro, poi lascia andare la presa per spostare un mobiletto e bloccare l'uscita.

Non capisco il suo atteggiamento, ieri mi ha in pratica mandata a quel paese e adesso mi trascina qui dentro?

Sono confusa, non capirò mai cosa gli frulla nella testa o cosa lo spinge a comportarsi in un certo modo.

Io ce la sto mettendo tutta per provare a comprendere i suoi demoni ma lui li tiene in gabbia, non mi permette di combatterli… La verità è che non si fida abbastanza di me da aprirsi e mostrarmi le sue fragilità.

E questo mi fa male, non immagina quanto.

Traggo un lungo sospiro guardandolo dritto negli occhi, è giunto il momento che io mi faccia valere e che dia sfogo a ciò che penso e sento.

«Sono stanca, Ryker» affermo, esausta. «Sono stanca dei tuoi repentini cambi di umore, stanca di essere trattata come se non valessi niente, stanca di camminare ogni minuto su un filo come una funambola, con il costante terrore di perdere l'equilibrio e precipitare giù. Ti prego, lascia che mi prenda cura di te, non barricarti dietro una fortezza invalicabile. Permettimi di arrivare al tuo cuore, lo cullerò come se fosse il mio, ci metterò tutto l'amore che posso, te lo prometto. Mi credi?»

Gli ho appena donato la parte più intima della mia anima e mi auguro che lui lo capisca e ne faccia tesoro.

Lo osservo e comprendo che le mie parole lo hanno spiazzato, me ne accorgo dall'espressione colpita sul suo viso bellissimo e rude.

Si avvicina intenerendo lo sguardo, e mi afferra la faccia tra le mani facendo cenno di sì con la testa.

«Ti credo, *Peach*.»

Le mie labbra si aprono in un sorriso di gioia; sono sollevata e il nodo alla gola che stringeva fino a farmi mancare il fiato si allenta pian piano.

Ryker fa scivolare le mani sulle mie spalle, poi approda sui miei fianchi, attirandomi a sé con vigore.

«Sono felice che tu voglia fidarti di me» sussurro, perdendomi in lui.

Mi accarezza la guancia con il pollice, fissandomi con un'intensità che mi fa piegare le ginocchia.

«Non deludermi, Maggie. Io farò di tutto per essere migliore, voglio che funzioni.»

Mi allungo verso il suo viso e gli sfioro adagio le labbra con le mie.

«Anch'io voglio che funzioni, Ryker.»

Mi rivolge un mezzo sorriso abbozzato che rivela la sua voglia di combattere al mio fianco, poi raggiunge il mio orecchio per sussurrarvi qualcosa: «Ti va di saltare la scuola?»

«Ehm… non posso, ho un test e poi non l'ho mai fatto.»

Mi fa l'occhiolino.

«Con me avrai tutte le tue prime volte, Maggie May. Dai, secchiona, corri il rischio.»

Mi prende la mano, intrecciando le nostre dita, le sue lunghe, affusolate e ricoperte di inchiostro, le mie piccole e pallide.

Ci penso un po' su, arrivando alla conclusione che non posso proprio rifiutare la sua proposta.

«È da pazzi? Sì! Ho una fifa assurda? Sì! Mi sentirò in colpa per il resto dell'anno scolastico? Sì! Ma voglio farlo, corriamo il rischio.»

Mi sorride ancora, facendo spuntare quelle deliziose fossette.

«Andiamo.»

Lo seguo senza esitare, felice e totalmente presa da lui.

Lui che è pericolo, adrenalina, rovi e cenere.

E io che sono il suo fiore bianco, la sua *Peach*, la sua Maggie May e tutto ciò che vorrà.

Usciamo dalla biblioteca e di corsa attraversiamo il corridoio, raggiungendo l'uscita di emergenza sul retro dell'edificio.

Una volta fuori, percorriamo il parcheggio lasciandoci la scuola alle spalle.

«Dove andiamo?» gli chiedo affannata, portandomi la mano sul cuore.

Se mia madre mi vedesse, mi ammazzerebbe seduta stante, ma è stata lei a spronarmi a *vivere* ed è quello che sto facendo con Ryker.

Sto vivendo.

«A fare un po' di cose sporche» mormora, palpeggiandomi il sedere.

Lo rimprovero con un semplice sguardo, ma lui se ne infischia e non molla la presa, anzi mi stringe più forte la natica provocandomi un piacevole dolore.

«Ryker…» mi lamento.

«Ti metterei a novanta sul cofano di una di queste auto e ti schiaffeggerei il culo fino a coprirtelo di lividi. Cazzo, Maggie May, istighi il mio lato più violento.»

La passione con cui confessa che mi vuole mi fa ardere tra le cosce, che stringo, imbarazzatissima.

«Ehm…»

«Un giorno lo farò e sarà fottutamente bello, vedrai» dichiara, con l'eccitazione che gli infiamma le iridi.

Sposta il palmo dal mio didietro al mio fianco per poi prendermi la mano.

«Smammiamo da qui, prima che qualcuno ci veda.»

Annuisco e, intrecciando le sue dita, mi lascio condurre ovunque lui voglia, con il cuore in gola e la frenesia a serpeggiarmi sottopelle.

Prendiamo il bus e ci rechiamo in una località a nord del nostro quartiere, chiamata Pembroke Park, impiegando circa un'ora.

Durante il tragitto, osservo il paesaggio scorrermi davanti agli occhi e devo ammettere che sto imparando a farmi piacere questa città; lui invece si chiude nel suo silenzio, limitandosi a guardarmi di tanto in tanto.

Giunti a destinazione, Ryker, tenendomi per mano, mi conduce lungo una strada alberata; io non chiedo dove mi stia portando, sebbene la curiosità sia alle stelle.

Solo quando ci fermiamo davanti a un negozio la cui insegna è la riproduzione del cartello del Binario 9 e 3/4, capisco.

Lo guardo lanciando un gridolino di gioia che lo fa sorridere spensierato, mi sporgo verso la sua guancia e gli do un bacio, impaziente di varcare l'ingresso di questo luogo magico.

# Maggie

# 30

«Ryker!» esclamo, con gli occhi che mi brillano di felicità.

Lui mi indica di entrare all'interno del negozietto, nascondendo subito l'accenno di sorriso che gli lambiva le labbra fino a un attimo fa.

Varchiamo la porta e subito vengo catapultata nel mondo in cui sarei voluta nascere, un mondo magico che per anni mi ha avvolto come un caldo plaid, aiutandomi a scappare dalla realtà.

Ho sempre preferito rifugiarmi nella fantasia, sono una sognatrice; compongo storie nella mia mente che poi trascrivo su carta, ed è in quel momento che avviene il vero incantesimo.

Un giorno vorrei che la mia passione diventasse un lavoro, ma fare la scrittrice implica una buona dose di coraggio di cui io sono priva al momento, perciò mi accontento di scrivere fan fiction, poi si vedrà…

Mi guardo intorno: dal soffitto di travi in legno pende una fila di Nimbus 2000, mentre a destra sono esposte le toghe, complete di sciarpa di ogni casata di Hogwarts.

Su un'altra parete torreggiano le bacchette di ogni personaggio della saga, gli Horcrux e una serie di boccini d'oro.

Proseguo, ammirando tutti i gadget scolastici: penne, matite, diari, taccuini, astucci per pastelli.

«Oddio, ci vivrei qui dentro» esclamo, estasiata.

Sono tentata di acquistare l'ennesimo taccuino per potervi abbozzare le idee per una nuova storia.

Ryker scuote la testa, ridacchiando.

«Ti è piaciuta la sorpresa?»

D'impeto, gli getto le braccia al collo stampandogli un bacio sulle labbra.

Mi meraviglio di me stessa, della mia spontaneità e di come Ryker faccia intravedere di tanto in tanto, attraverso il fumo grigio, uno spiraglio di luce.

Mi basta? Sì.

So quanto si sta sforzando, so che ha bisogno di tempo, so che non è semplice per un ragazzo come lui permettermi di accedere al suo mondo, pervaso di rabbia e ostilità, e apprezzo ogni piccolo passo che compie verso di me.

«Tantissimo! È la sorpresa più bella di sempre. Vedi? Sotto la corazza da bullo cattivo, si nasconde un tenerone.»

Si rabbuia riducendo gli occhi a due fessure, e contrae la mascella in un ghigno spietato.

«Scordatelo, l'ho fatto solo perché dopo mi aspetto una ricompensa.»

Sebbene il suo tono di voce sia grave, gli sorrido.

«Bugiardo.»

«Sono serio. Dopo mi aspetto qualcosa.» E con lo sguardo percorre il mio corpo fasciato dalla gonna in jeans midi e dalla camicetta lilla in seta.

Sciolgo l'abbraccio dirigendomi verso la scaffalatura piena di bottiglie di *burrobirra.*

«Vedremo…»

Mi segue fino a colpire la mia schiena con il suo petto, poi mi cinge i fianchi, seppellendo il viso tra i miei capelli, e il suo respiro caldo mi solletica il collo, suscitandomi un maremoto nello stomaco.

«Non farlo.»

«Cosa?» chiedo in un sussurro.

«Fingere che non mi vuoi. Il tuo corpo non mente, *Peach.* Sappiamo entrambi che mi desideri. Che vuoi la mia bocca tra le tue cosce, le mie mani sulle tue tette, il mio cazzo…» E spinge l'erezione contro il mio sedere. «Sto perdendo la pazienza, non voglio fare il cattivo con te, ma tu stai soffiando sul fuoco.»

Mi si mozza il respiro e il fuoco di cui parla mi divampa tra le gambe come un falò estivo.

È vero, lo voglio da morire, ma sono bloccata dalla paura, anche se mi piacerebbe essere meno rigida e lasciarmi andare di più.

Mi volto verso di lui, ignorando la presenza del commesso che ci osserva da dietro la cassa.

«È vero, ti voglio, Ryker. Ma tu devi promettermi che non mi spezzerai il cuore.»

Siamo occhi negli occhi, in un'atmosfera che sprizza magia, soli, a nudo, basta solo essere sinceri l'una con l'altro.

Io lo sono, ma non so se lui sia disposto a esserlo.

Si morde il labbro, indurendo ancora di più la sua espressione.

«Sai che succederà.»

«Non dire così, ti prego…»

Mi sfiora la guancia con le sue dita tatuate, portandomi una ciocca di capelli dietro l'orecchio.

«Vuoi una di queste?» E mi indica la scatola di gelatine tuttigusti+1.

Ma che…

«No, voglio sentirtelo dire, Ryker.»

Un risolino di stizza fuoriesce dalla sua gola.

«Preferisci illuderti? Okay… non ti spezzerò il cuore, contenta?»

Senza pensarci su lo spingo via con tutta la forza che ho, sentendo gli occhi pizzicarmi dalla frustrazione.

«Sei uno stronzo!»

Gli passo di fianco ed esco di fretta dal negozio, prendendo respiri veloci.

*Inspiro. Espiro. Inspiro. Espiro.*

Mi rifiuto di ascoltare la verità, vorrei vivere ancora un po' nell'illusione, ma lui ogni volta spezza l'incanto.

Ryker mi segue mentre io cerco di non scoppiare in lacrime e mi afferra per le spalle costringendomi a piantare le mie iridi lucide nelle sue, buie.

«Pensi che io voglia essere così? Mi faccio schifo, Maggie. Quando mi guardo allo specchio, provo ribrezzo per ciò che sono. Ho commesso tanti errori, il marcio mi consuma le viscere, non ho un padre, mia madre è come se non ci fosse e il suo uomo, quel pezzo di merda, mi picchia da quando ne ho ricordo. Vivo in una casa mobile, in un quartiere degradato e ho una sorellina di nome Millie a cui badare. Ora dimmi, come può un bastardo come me prometterti quelle cose? Dimmelo, cazzo! Io non so nemmeno perché diavolo mi sono fatto coinvolgere da tutto questo e da… merda, da ciò che provo per te…»

Le sue parole mi investono come una valanga impetuosa, mi congelano, mi ghiacciano le vene, mi spezzano le ossa e io non posso fare a meno di sentirmi male per lui.

Vorrei assorbire il suo tormento, ho ancora un po' di spazio per sopportarlo, lui invece no, ne è zeppo fino al collo e io questo gliel'ho letto da subito negli occhi.

Sono riuscita a vedere, oltre la prepotenza e la cattiveria, la sua anima opaca e per questo non l'ho mai odiato davvero, perché capivo che a spingerlo a fare o dire cose sbagliate non fosse la crudeltà, bensì la sofferenza.

«Ryker, mi dispiace così tanto… posso solo immaginare il peso del dolore che ti grava sul petto, deve essere insostenibile.»

Deglutisce forte, serrando la mascella.

«Lo è, ma ormai ci ho fatto l'abitudine.»

Una lacrima scappa al mio controllo, rotolando sulla mia guancia arrossata, mentre allungo una mano verso il suo viso.

«Non è giusto… non è giusto abituarsi al dolore.»

Lo vedo socchiudere per un attimo le palpebre beandosi della mia carezza, poi, senza aggiungere altro, lo abbraccio forte.

Ne ha bisogno, lo so, anche se non lo chiede.

Mi alzo sulle punte e gli cingo il collo posando la guancia sul suo petto, assorbo il suo calore, annuso il suo profumo, faccio combaciare la mia anima con la sua.

Lui resta per un attimo sulle sue, poi lo sento sospirare e mi stringe a sé, lo fa come se mi volesse inglobare nel suo corpo, mescolare al suo sangue, unire al suo cuore crepato.

Afferro tra le dita la stoffa della sua felpa aggrappandomi a lui come per non lasciarlo mai più, per fargli capire che ci sono.

«Ti va di parlarne? Io ti ascolto, Ryker e lo farò sempre, qualsiasi cosa dovesse accadere.»

È vero, anche se mi dovesse spezzare il cuore un milione di volte, io per lui ci sarò. Sempre.

Mi posa un bacio delicato sulla fronte, stritolandomi tra le sue braccia.

«Sì, ma prima voglio tenerti stretta a me ancora per un po'.»

Le sue parole mi scaldano dentro, le lacrime si mescolano al sorriso mentre i nostri corpi s'intrecciano in modo perfetto.

Non so quanto dura il nostro abbraccio, abbastanza da farmi capire che lui ha bisogno di me e che io sono sicura di amarlo con ogni singola pulsazione del cuore.

È questo che provo per lui?

Amore?

Sì, probabile… insomma, sì.

Deve essere proprio amore.

Raggiungo le sue labbra piene e le bacio con passione, poi cerco i suoi occhi angosciati.

«Andiamo in un posto dove poter parlare, cosa ne dici?»

Fa cenno di sì con la testa, assecondando la mia richiesta.

Ci rechiamo in un parco lì vicino e ci sediamo su una panchina all'ombra di un albero. Ryker si stende appoggiando la testa sulle mie gambe e giocherella nervoso con il ciondolo del mio elastico per capelli che porta ancora al polso.

Lo guardo a lungo, incantata dalla sua bellezza rude, poi tocco piano il livido leggermente schiarito che si estende sotto il suo occhio sinistro, avvertendo una fitta al petto.

«Lo fa ogni giorno?»

Non mi guarda, probabilmente raccontarmi determinate cose lo fa sentire a disagio e lo capisco.

«Più o meno, quando lo contraddico e mi ribello, cosa che capita molto spesso. È per questo che passo più tempo al *Dark Maze* che in quella topaia. Se non fosse per Millie, la mia sorellina, me ne sarei già andato.»

«Non hai mai pensato di… denunciarlo?»

Una risata precede la sua risposta.

«Un delinquente che è stato arrestato per spaccio che denuncia il suo *capo*? Mi sembra il colmo.»

Arrossisco per l'imbarazzo, le mie guance bruciano.

«Quindi tu hai lavorato… o lavori ancora per lui?»

«Quel bastardo gestisce la piazza di spaccio del mio quartiere e io davo una mano. Da quando sono uscito dal riformatorio ho smesso, ma prima o poi mi obbligherà a rientrare nel giro.»

Gli afferro il viso con forza e lo dirigo verso di me.

«Non devi! Non voglio che ti rovini la vita, che perdi l'anno e che ti faccia arrestare di nuovo. Meriti il meglio, Ryker, e io ti aiuterò con tutte le mie forze.»

«Pensi che io abbia l'opportunità di scegliere? Tra un po' compirò diciotto anni, potrei mandare tutto a 'fanculo, ma c'è una bambina innocente da considerare, non posso abbandonarla.»

«Gli assistenti sociali…»

M'interrompe di colpo.

«La porterebbero via, in una cazzo di struttura o in affidamento. No.»

Annuisco, sentendomi impotente.

«Hai ragione… quanti anni ha Millie? Parlami un po' di lei.»

Un lieve sorriso inarca le sue bellissime labbra.

«Ha sei anni, è una bimba sveglia, coraggiosa e rompipalle. Le piacciono la pizza, i cereali alla frutta e guardare Peppa Pig.»

*I cereali alla frutta.*

«Posso conoscerla?»

Si alza dalle mie cosce mettendosi dritto, estrae il pacchetto di sigarette dalla tasca dei jeans, ne sfila una e l'accende.

Sembra arrabbiato… cosa ho detto di male?

«No,» inspira una boccata «non dovrai mai avvicinarti alla mia famiglia, Maggie. Sono stato chiaro?»

Il tono grave mi provoca un brivido lungo la schiena, e con

la mano spazzo via la nuvola di fumo che sbuffa, prima che mi bruci le narici.

«Sì, sei stato chiaro.»

Prende un altro lungo tiro, soffiandolo fuori sotto forma di cerchi perfetti. «Bene.»

«Posso chiederti un'ultima cosa?»

Mi guarda con la coda dell'occhio, assumendo il suo solito atteggiamento da duro.

«Spara!»

«Mi dici qual è il giorno del tuo compleanno? Voglio saperlo per farti un regalo, sempre se a te fa piacere…»

Abbozza un mezzo sorrisetto.

«Il diciotto di questo mese.»

«Sabato prossimo?»

«Esatto, piccola idiota.»

Gli rivolgo uno sguardo che dovrebbe sembrare furioso e lui di rimando ridacchia, continuando a fumare.

«Ritornando al discorso di prima…»

«Cazzo, Maggie, viviamoci il presente senza troppe seghe mentali, ci riesci?»

Ecco, mi ha anticipato, vorrei dirgli di no, che non voglio vivermi solo il presente, vorrei dirgli che con lui anelo al *per sempre,* ma perché rovinare un momento come questo?

Quando ricapiterà che lui si metta a nudo, parlandomi dei suoi demoni?

Quindi dico di sì, anche se non ne sono convinta.

«Va bene, ci proverò.»

Balza in piedi, spegne il mozzicone sotto la suola della scarpa e con un cenno mi dice di seguirlo.

«Ho sete, andiamo a comprare qualcosa.»

Passiamo in un *food market,* io prendo una bottiglietta d'acqua e un lollipop alla ciliegia, Ryker appoggia sulla cassa una lattina di una bevanda energetica e mi dice di pagare.

Lo faccio, mentre lui si allontana verso il corridoio centrale: forse ha dimenticato di prendere qualcosa?

Ritorna dopo una manciata di secondi e con un rapido sguardo mi fa capire che dobbiamo andare.

Prendo il sacchetto con le cose che ho appena comprato e lo seguo fuori.

Non mi dà nemmeno il tempo di bere, mi afferra il polso e mi trascina correndo verso la fermata del bus. L'autobus arriva dopo pochissimo, e noi saliamo e andiamo a sederci in fondo.

«Mettiti tu dentro.»

Lo faccio, senza chiedere spiegazioni.

Lui, prima di accomodarsi, sfila dai jeans e da sotto la felpa una bottiglia di whiskey.

«E questa?»

«È una bottiglia di Jack Daniel's.»

Strabuzzo gli occhi.

«So cos'è, Ryker, non sono ingenua fino a questo punto. L'hai rubata» bisbiglio, assicurandomi che le due persone anziane presenti nel bus non mi sentano.

Le sue labbra s'incurvano in un sorrisetto disonesto.

«Ovvio che sì.»

«Ma come…? Lascia perdere.»

Mi volto verso il finestrino traendo un lungo sospiro, poi pesco la bottiglietta d'acqua dal sacchetto e ne bevo un po', e lui fa lo stesso con l'alcolico.

«Sei incazzata?»

Me lo chiede con una nota di derisione e io, di conseguenza, lo guardo dritto negli occhi, sostenendo il suo sguardo sfacciato.

«Sono delusa, è diverso.»

Prendo il lecca-lecca, lo scarto e lo porto tra le labbra, magari un po' di dolce riuscirà a mandare via l'amaro.

Ryker mi fissa la bocca con cattive intenzioni, posa la bottiglia ai suoi piedi, mi afferra le gambe e le porta sulle sue; lo lascio fare, conscia che sta per commettere qualcosa di proibito.

# 31
# Ryker

Le ho aperto uno spiraglio sul mio mondo marcio e corrotto, ed è stato più semplice di quanto credevo, anzi, da un verso è stato perfino liberatorio, infatti ora mi sento più leggero.

Maggie non mi ha giudicato.

Mi ha capito, si è interessata a Millie e mi ha promesso di aiutarmi con tutte le sue forze.

Che stupida ingenua! Come può pensare di potermi aiutare? Non capisce che tutto questo è troppo grande per lei?

Ma apprezzo lo sforzo perché so che è sincera, come so che farebbe di tutto per me, a suo rischio e pericolo.

Sono un fottuto egoista, la sto trascinando a fondo, dove c'è oscurità e melma, dovrei fermarla in tempo, troncare quello che c'è tra noi prima che finisca per farsi male.

Ma non posso… non voglio. E so già che me ne pentirò.

Me la mangio con gli occhi, è così dannatamente bella e non lo sa, mentre le sue labbra carnose avvolgono il lecca-lecca alla ciliegia, succhiandolo con delicatezza e facendomelo viene duro come l'acciaio.

Ciò che più mi piace di lei è che non immagina neanche l'effetto che mi fa: la sua innocenza da bambina mi manda in tilt, è priva di malizia ma ai miei occhi risulta sensuale da morire.

Proprio come in questo momento.

Le sfioro le gambe bianche, la gonna di jeans che indossa è un po' risalita mostrando più pelle, così, guardandola negli occhi, m'insinuo sotto il tessuto per toccarla.

Maggie s'irrigidisce, fissandomi scioccata.

«Ryker, cosa fai? Ci vedranno…»

Mi spingo verso il suo viso e con la bocca le sfioro il collo.

«Shh… nessuno ci vedrà.»

Non le do il tempo di replicare.

Di prepotenza le sfilo il lecca-lecca dalle labbra, le allargo le gambe con una mano e, dopo averle scostato gli slip, lo faccio scorrere tra le sue pieghe strappandole un gemito.

Maggie si aggrappa al sediolino, il suo respiro diventa ansante, io mi faccio più vicino per baciarla e lei fa spazio alla mia lingua donandomi la sua al gusto di ciliegia.

Muovo il lecca-lecca su e giù, lo faccio con lentezza e sembra piacerle, tanto che ha socchiuso le palpebre e si sta lasciando andare.

«Ryker» sussurra sulle mie labbra.

«Mmh?.»

«Voglio sentire le tue dita dentro» bisbiglia, e le sue guance si accendono per l'imbarazzo.

«Cazzo, *Peach*» ringhio, mordendole il labbro inferiore.

Allontano il lecca-lecca dalla sua fica e me lo porto in bocca gustando il suo sapore, poi le infilo un dito dentro e lei mi accoglie spingendo il bacino contro la mia mano.

La penetro, il suo calore mi avvolge, i suoi occhi semichiusi e la sua espressione estasiata per l'aumento dell'eccitazione, poi afferro la sua mano e me la porto sulla patta dei jeans dove la mia erezione è sul punto di strapparli.

Maggie mi massaggia da sopra il tessuto, e mi colpisce il fatto che si stia sciogliendo, per di più in un fottuto luogo pubblico.

Questa ragazzina ha solo bisogno di essere spronata e guidata e sono certo che mi darà grosse soddisfazioni.

Mi levo il lecca-lecca dalla bocca, infilandolo nella sua.

«Prendilo in mano.»

Mi lancia un'occhiata smarrita, ma poi fa ciò che le dico; si allunga verso il mio inguine, mi sbottona i jeans, mi cala di poco i boxer e, osservando attentamente il mio uccello, lo afferra per iniziare a masturbarmi.

Ci stiamo toccando a vicenda in un bus, con il rischio che possano sorprenderci e denunciarci per atti osceni. Dovrei controllarmi, ma non ci riesco.

Lei alimenta i miei impulsi più perversi, mi istiga inconsciamente a fare peggio, ravviva il fuoco che mi divampa dentro, fino a consumarmi come un dannato fiammifero.

Quando mi prenderò la sua verginità, rischierò di impazzire e ne vorrò sempre di più, ogni giorno, ogni minuto; sarà come entrare in un vortice vizioso, generato dal rosso dei suoi capelli, dal suo profumo di pesca e dalla delicatezza della sua pelle.

Farnetico alla sola idea di sprofondare dentro di lei, sebbene sia consapevole, che una volta successo, sarà la mia maledetta fine.

Le tolgo il lecca-lecca dalla bocca, perché avverto il necessario bisogno di mischiare le nostre salive, intrecciare le nostre lingue, morderci a vicenda.

Le agguanto la faccia con la mano libera appropriandomi delle sue labbra turgide e dolci, mentre con il pollice le sfrego il clitoride, provocandole un sussulto.

«Oddio, Ryker» ansima, gettando la testa all'indietro.

«Porca puttana, sei così bella quando stai per venire.»

Ho il sangue che mi ribolle nelle vene e il cazzo che si fa più grosso tra le sue dita, perché vorrei scoparmela, ora, fregandomene di tutto.

Le leverei la gonna con un gesto netto e scivolerei tra le sue gambe, proprio su questi dannati sediolini, mentre torniamo verso casa.

Ma mi sono imposto che la nostra prima volta dovrà essere memorabile, e sarebbe un peccato farlo così, oltre che umiliante per Maggie.

Chiude gli occhi, abbandonandosi all'estasi dell'orgasmo, e io le agguanto il polso, incitandola a muovere con più energia la mano che avvolge il mio pene.

Lo fa, gemendo come una gattina, stringe le gambe e io gliele spalanco di nuovo per continuare, ma biascica un *no* di piacevole agonia.

Non le do ascolto e riprendo a toccarla.

«Sei… sei cattivo» farfuglia, ancora su di giri.

Ridacchio.

«Sono molto peggio di così, Maggie May» l'avverto, procurandole altro piacere.

Lei deglutisce forte, s'inumidisce le labbra aumentando il ritmo, pompando il mio cazzo in procinto di esplodere.

Siamo confinati in una bolla fatta di gemiti e passione, tutto ciò che ci circonda non esiste più.

Solo quando il bus si ferma per far salire altri passeggeri, ci rendiamo conto di non poter continuare.

«Che vergogna, Ryker!» sussurra, levando di scatto la mano

dalla mia erezione e guardando paonazza le persone sedersi.

Mi sistemo in fretta reprimendo il piacere che era ormai prossimo e impreco sottovoce mentre abbasso la gonna di Maggie.

Pensa che finisca qui?

«Sei in debito, *Peach*.»

Sfugge al mio sguardo prevaricatore, afferra la bottiglietta d'acqua e ne beve un paio di sorsi.

«Hai capito?» insisto, addossandomi al suo corpo accaldato.

Si schiarisce la voce, annuendo.

Le carezzo la testa, con un sorrisetto bastardo a inarcarmi la bocca.

«Brava, bambina, obbediscimi sempre.»

«Ryker!» mi rimprovera, incenerendomi con lo sguardo.

La sua reazione mi provoca una risatina, le circondo le spalle con il braccio e la tiro a me, e lei si accoccola sul mio petto, giocherellando con il ciondolo portafoto che ha al collo e nascondendo quello che sembra un dannato sorrisetto malizioso.

Quaranta minuti dopo arriviamo a destinazione, scendiamo alla fermata nei pressi di scuola, e siccome è ancora presto le propongo di andare al *Dark Maze*, l'unico posto sicuro.

Lei accetta, ma mi anticipa che la sua intenzione è quella di studiare.

Ma che diavolo…

Le dico di sì, illudendola che non proverò a infilarmi tra le sue gambe.

Arrivati al covo, Maggie mi chiede di usare il bagno, e io spero che quel coglione di Derek l'abbia pulito, visto che ieri era il suo turno.

Intanto do una sistemata al divano, posiziono la bottiglia di Jack Daniel's sul tavolino per alcolici e controllo se nel mini-frigo c'è da bere.

Prendo una birra, faccio scattare la linguetta e ne butto giù un lungo sorso; dopo un po' Maggie esce dal bagno e si ferma a osservare i murales sulla parete accanto alla rampa da skateboard inutilizzata.

«Sono bellissimi» esclama e con le dita tratteggia il volto della bambina i cui capelli mutano in farfalle azzurre. «Chi l'ha fatto?»

«Io. Tutti i murales sono miei» confesso.

Si volta verso di me, sbalordita.

«Tu disegni?»

«Pare strano, vero? Uno come me che è bravo in qualcosa…»

Si avvicina, con gli occhi colmi di quella che pare commozione.

«Non intendevo questo, Ryker… Sono solo stupita, perché non ne avevo idea, non ti ho mai visto farlo. E sei davvero talentuoso. Perché sprechi un dono del genere? Dopo il diploma, potresti studiare arte al college, ci ha mai pensato?»

La sua domanda ingenua mi fa scoppiare a ridere.

È una risata derisoria, da cui emerge anche un po' di stizza.

«Io al college? È già tanto se mi diplomo quest'anno, Maggie.»

Inclina il viso, facendo una deliziosa smorfia di rimprovero.

«No! Tu non perderai l'anno. Studierai con me, ti aiuterò a recuperare le insufficienze. Basta perdere tempo e provocare risse ogni giorno. Ci stai?»

Prendo un altro sorso di birra, scrollando le spalle.

«Ci penso…»

«Cosa vuol dire che ci pensi? Stiamo parlando del tuo futuro, Ryker.»

Sbuffo, passandomi una mano in faccia.

«Io non ho futuro.»

Abbassa lo sguardo in un'espressione di sconforto, sembra offesa dalla mia affermazione.

Cosa ho detto di sbagliato?

È la sacrosanta verità.

«Fa male sentire queste parole, perché implica che non ci sarà nemmeno un *noi.*»

Mi volta le spalle e fa per allontanarsi, ma io la arpiono per la vita, addossandola al mio petto e con le labbra sfioro i suoi capelli profumati di pesca.

«Dai, *Peach,* non fare così.»

Si scioglie al suono della mia voce e si volta di poco, donandomi i suoi frammenti di cielo.

«E tu non dire più una stupidaggine del genere.»

Le rispondo con un rapido cenno del capo, solo per assecondarla.

Lei lo capisce, ma non insiste.

«Voglio vedere altri tuoi disegni.»

Cazzo! Con quale coraggio le mostro il mio album tappezzato dal suo viso da ogni angolazione?

Capirà che sono ossessionato da lei e finirà per stancarsi di me e abbandonarmi.

È questo che succede. È una legge universale.

Quando ti comporti da stronzo e le tratti di merda, le tipe ti stanno dietro, quando invece capiscono di averti in pugno, si annoiano e ti mandano al diavolo.

No.

Non posso farle vedere i miei disegni.

«Sono personali, non li mostro a nessuno.»

Addolcisce lo sguardo, afferrando la mia felpa tra le dita.

«Ma io sono *io*. Non sono un nessuno qualunque.»

Dannazione! Ogni volta mi lascia senza fiato, le sue parole hanno il potere di lenire il mio dolore e di chiudere un altro lucchetto alla catena che mi tiene legato a lei.

«Mmh… sentiamo, chi saresti tu?» la provoco.

Un fascio di luce fioca entra dal finestrone alle mie spalle illuminandole il viso.

Le sue efelidi risaltano al bagliore e nella mia mente prendono di nuovo l'aspetto di una costellazione sulle sue guance lattee.

Maggie mi cinge il collo con le braccia, avvicinando il suo viso al mio e io m'inebrio del suo profumo dolcissimo.

«La tua *Peach*» sussurra sulle mie labbra.

Come faccio a resisterle? È una tortura disumana.

«Mia. Solo mia. Io il primo…»

Mi bacia dolcemente. «Tu l'ultimo.»

Le accarezzo il viso con i polpastrelli e lei si bea di questo contatto, poi porta la sua mano sulla mia, intrecciando le nostre dita.

È una cosa che le piace particolarmente e io gliela lascio fare, proprio perché è lei.

«Mi piace stare con te, Maggie May.»

Per me è difficile esternare ciò che provo, di solito non lo faccio con le parole, uso il mio corpo e anche nel modo sbagliato.

Ogni qual volta l'ho afferrata bruscamente o strattonata, l'ho fatto solo per gelosia, spero che l'abbia capito.

Le sue labbra succose si incurvano in un bellissimo sorriso che mi manda in tilt.

«Anche a me, Ryker. È il momento della giornata che preferisco. Ora però dobbiamo studiare. Ho già infranto troppe regole da quando sto con te.»

Ridacchio.

«E ne infrangerai molte altre, ma te lo concedo.»

Scioglie l'abbraccio, mi prende per mano e mi porta verso il divanetto; ci sediamo e lei tira fuori dalla cartella i suoi quaderni che di certo saranno pieni di appunti.

Ci concentriamo sull'analisi di una poesia che sarà l'argomento principale del prossimo test di letteratura, cosa che io ignoravo del tutto.

Maggie è molto concentrata, s'impegna, è una deliziosa secchiona e mi piace come mi spiega le cose, me le fa capire.

Sebbene tutto il suo corpo mi distragga, mandandomi segnali porno, io m'impongo di stare buono, ma già sa di essere in debito e che dopo lo studio ritorneremo al discorso interrotto su quel maledetto bus.

Verso l'ora di pranzo ordiniamo una pizza e lei invia un messaggio a Sierra dicendo che andrà a studiare dalla sua amica.

Cazzo, avevo quasi scordato che sua madre mi odia e che non può dirle di essere con me, nel mio covo di perdizione, con le mie mani disoneste addosso.

Pazienza! Prima o poi troverò il modo di piacerle.

Dopo mangiato, Maggie vorrebbe subito riprendere a studiare ma io ho altre intenzioni, tipo seppellire la mia faccia nella sua dolce fica. È da stamattina che voglio farlo, ma lei è intransigente.

«No, Ryker. Dobbiamo studiare. Se ci provi di nuovo, vado a finire i compiti da Emma.»

Dio! Davvero mi sta tenendo per le palle?

Sospiro annoiato, frustrato, per non parlare del mio uccello, ancora insoddisfatto.

«Continua da sola, io mi sono rotto i coglioni, faccio una partita alla Play.»

Fa una smorfia dispettosa.

«Peggio per te.»

In tutta risposta le mostro il dito medio, afferro il joystick e accendo la TV, mentre lei scuote la testa borbottando qualcosa sottovoce.

Dopo un'oretta, la vedo appisolarsi con il quaderno tra le mani e questo è perché doveva studiare… Piccola idiota!

Le prendo le gambe e gliele stendo sul divano per farla stare comoda, poi mi levo la felpa, restando in T-shirt, e la uso su di lei come una coperta.

Sospira nel sonno e si accoccola accanto a me che resto seduto, strappo un foglio dal suo quaderno, le frego una matita e la ritraggo mentre dorme.

In questa posizione, con gli occhi chiusi e quella chioma rosso rubino a incorniciarle il viso, sembra una fatina dei boschi. Le mancano solo le ali, ma quelle gliele aggiungo io su carta.

Dopo un po' avverto le palpebre pesanti, sto cedendo anch'io al sonno, questa volta senza dovermi prima distruggere di alcol e erba. Crollo come un bambino che si è stancato dopo aver giocato al parco, divertendosi per ore e ore, e solo grazie a lei.

# 32
# Ryker

«Guardali! Scattagli una foto, così lo sfottiamo a vita.»

«Porca puttana! Si è rammollito, lo stiamo perdendo, è arrivato il momento di intervenire.»

«Ma lasciateli in pace, siete proprio due bastardi.»

Il vociare dei miei amici mi strappa bruscamente dal sonno; afferro la prima cosa che ho a portata di mano e la lancio contro Derek che mi sta scattando una foto con il suo cellulare, e solo quando gli arriva addosso e sento il tonfo mi rendo conto che si tratta di un libro di Maggie.

«Ahia, amico!»

Mi passo una mano sulla faccia e poi pigio i polpastrelli sulle palpebre.

«Cancella quelle foto, coglione.»

«Seriamente, fratello? La porti al *Dark Maze* per studiare? Non sei più tu, Ryker.»

Le parole di Jaden sono colme di fastidio e rancore, nemmeno gli avessi ucciso qualcuno.

Odia il fatto che Maggie stia placando la collera che mi ha reso il leader del gruppo e il terrore della scuola.

Mi alzo dal divano, avvicinandomi a lui.

«Ti sbagli, sono sempre io.»

I suoi occhi verdi mi trapassano da parte a parte quando alza il mento in segno di sfida.

«Dimostramelo.»

«Non ho proprio un cazzo da dimostrare, Jay.»

Rio interviene nella discussione, prima che prenda una piega violenta.

«Calma, ragazzi. Non esagerate.»

«Io sono calmissimo» afferma Jaden, assottigliando lo sguardo.

Incrocio le braccia al petto, sostenendo la sua occhiata omicida.

«Anch'io. Dimmi perché questa situazione ti fa girare i coglioni.»

Ridacchia, passandosi una mano sui capelli biondo cenere che ha tagliato più corti.

«Perché *quella* ti fotterà la vita.» La indica con un'occhiata.

Maggie sta ancora riposando, ignara di tutto.

«La mia vita è già fottuta e tu lo sai.»

«Lei non va bene per te, non ti capirà mai. Inizierà a giudicarti e finirà per incastrarti.»

«Parli proprio tu. Ti scopi la professoressa, o l'hai scordato?»

Un ghigno di rabbia gli attraversa il viso come un lampo.

«Mi scopavo la professoressa. Mi sono divertito e poi ci ho dato un taglio, prima di arenarmi.»

«E chi ti dice che io non stia facendo lo stesso? So bene che non sono il ragazzo giusto per lei e che finirò per ferirla.»

Scuote la testa, la tensione tra di noi è talmente densa che si potrebbe tagliare con una lama.

«Ti sbagli, fratello. È lei che ti spezzerà il cuore. Tienilo bene a mente.»

Rio mi dà una pacca sulla spalla, mentre io mi sento per un attimo destabilizzato dalla convinzione con cui Jaden ha appena pronunciato quelle parole.

«Ben svegliata, *Pumpkin Spice Latte*» esclama Derek attirando la nostra attenzione.

Maggie si guarda per un attimo intorno, ancora assonnata e, quando il suo sguardo si posa su Jaden, sussulta, poi si mette a sedere rigida come una scultura di ghiaccio.

Mi avvicino a lei con due falcate, la agguanto per il gomito e la faccio alzare dal divano.

«Torna a casa.»

Mi lancia un'occhiata smarrita che io schivo, un po' per dimostrare ai miei amici che si sbagliano, un po' perché le parole di Jaden mi stanno scavando un buco nel cervello.

Lei raccoglie le sue cose e le inserisce nella cartella, di certo chiedendosi il motivo del mio atteggiamento.

Una volta finito, cerca i miei occhi.

«Mi accompagni?» domanda in un sussurro.

Nel mentre, quei bastardi dei miei compagni ridacchiano e la fissano per metterla in soggezione.

Merda! Che gran figli di puttana che sono.

«Le gambe le hai, vattene. Ryker ha cose più importanti da sbrigare» dichiara Jaden.

Lo guardo con la coda dell'occhio, stringendo i pugni.

Vorrei colpirlo, ma non farei altro che stare al suo gioco: è questo che vuole, lo conosco fin troppo bene.

E ora come ora non mi va di fare a pugni, non con il mio migliore amico.

Maggie non risponde alla provocazione, ma sospira aggrappandosi alla tracolla della cartella.

«Ci sentiamo più tardi?»

Le indico la saracinesca con un cenno, facendole intendere che deve andare.

«Mi faccio vivo io.»

Annuisce sconfitta, mi volta le spalle e si allontana a passo lento.

Avverto lo slancio di seguirla e baciarla, prima di vederla sparire dalla mia visuale, ma non lo faccio.

Derek mi dà una spallata affettuosa.

«Ehi, ragazzi, vi ricordate che la settimana prossima questo bastardo compie diciotto anni? Faremo un festino da sballo» urla euforico.

Cazzo.

«Jaden e io stiamo già pensando al regalo» dice Rio, guardando l'altro con complicità.

Conosco bene le loro sporche intenzioni.

Due anni fa, per i miei sedici anni, pagarono delle spogliarelliste travestite da poliziotte sexy e comprarono anche della cocaina di pessima qualità da Jeff.

Ricordo poco o niente di quel festino, tranne che fu un vero delirio.

E sono certo che quest'anno vorranno esagerare di brutto, ma non sanno che anche Maggie ha intenzione di festeggiare con me.

Sono nella merda fino al collo.

È meglio non pensarci per il momento, così mi stravacco sul divano mentre Jaden e Rio si posizionano al tavolo da biliardo per una partita.

«Derek, prepara uno spinello.»

«Subito, amico.» E mi strizza l'occhio.

Con lo sguardo cerco il foglio su cui ho ritratto Maggie mentre dormiva, tra i cuscini non c'è e nemmeno sul pavimento polveroso, questo significa una sola cosa, ovvero che nella fretta l'ha infilato nella sua borsa.

Dovrebbe farmi piacere che lei veda un suo ritratto, ma la verità è che mi fa incazzare, perché quando disegno mi metto a nudo e non voglio che lei intraveda le mie fragilità.

Non ancora… non tutte.

«Ecco a te, Ry.»

Derek mi passa la canna che ha appena rollato, io la infilo tra le labbra e lui me l'accende.

Prendo una lunga boccata, il sapore dell'erba mi stuzzica la lingua e trattengo quanto più posso il fumo per poi soffiarlo.

L'effetto rilassante non tarda ad arrivare. Allungo le gambe sul tavolino e continuo a fumare fingendo di ascoltare il mio amico che blatera di cose senza senso, mentre il mio cervello si arrovella sulle parole di Jaden: *è lei che ti spezzerà il cuore, tienilo bene a mente.*

Provo a convincermi che il mio amico fraterno si stia sbagliando, insomma, è ridicolo… ma possibile.

E per questo sento rimontare in petto un vortice di collera, bruciante, feroce, indomabile, e, siccome sono un bastardo, lo scaglierò come un'onda anomala contro Maggie, creando l'ennesima crepa.

*

I giorni successivi sono dannatamente strani, oppure sono io a esserlo.

A scuola, circondato dai miei amici, nell'ambiente che più

odio ma che governo, m'impongo di tenere le distanze da Maggie.

La saluto da lontano con un cenno, non mi siedo accanto a lei, faccio lo stronzo come di consueto, ma mi assicuro che nessuno si avvicini o la importuni.

Quando non ce la faccio a resistere, le scrivo dicendole di vederci in un posto appartato.

Ho troppa voglia di lei.

Maggie ci sta, ma prova più volte a chiedermi il motivo del mio comportamento di merda, ottenendo solo parole secche in risposta.

Il giorno prima del mio compleanno, decide di affrontarmi una volta per tutte.

Sono nel corridoio insieme agli altri e per noia stiamo importunando alcuni giocatori della squadra di rugby, quelli del terzo anno.

Jaden dà uno scappellotto a uno di loro, sfottendolo pesantemente.

Il tizio cerca di reagire, ma io gli assesto una spinta violenta facendolo cadere con il culo a terra.

«Non provarci mai più» intimo.

Da lontano intravedo Bryce Jordan avvicinarsi con passo minaccioso e sul viso mi preparo un sorrisetto crudele che lo istigherà.

«Non infastidire i miei ragazzi» dichiara, sostenendo il mio sguardo torvo, poi aiuta l'altro ad alzarsi dal pavimento.

«Non infastidire i miei ragazzi» ripete Derek, sbeffeggiandolo.

Faccio un passo verso Jordan e lui indietreggia.

Che razza di fighetta!

«Non ti è ancora bastata la lezione dell'ultima volta? E di quella prima ancora?»

I miei amici ridacchiano in sottofondo, accerchiando Bryce e i pivelli della squadra.

Lui scuote la testa e, invece di replicare, decide di non darmi corda.

Che peccato!

«Non ho tempo da perdere a litigare con te, Ash.»

«Io invece stamattina mi sono svegliato con una gran voglia di spaccarti la faccia, come la mettiamo?» ribatto, facendo schioccare le nocche.

«Ryker.»

La voce dolce di Maggie richiama la mia attenzione e subito dopo il suo profumo magnetizza i miei sensi.

Mi volto di poco, trovandomela all'improvviso di fianco; lei saluta educatamente Bryce e lui ricambia in modo scostante.

«Devo dirti una cosa, puoi venire con me?»

Porca puttana! Proprio adesso?

Bryce rivolge una lunga occhiata a Maggie che mi fa imbestialire e poi fa dietrofront allontanandosi da noi, seguito dagli altri membri della squadra.

«Cosa vuoi?»

«Parla, siamo impazienti di ascoltarti» s'intromette Jaden, con una nota di malignità nella voce.

Maggie abbassa lo sguardo, deglutisce, poi raccoglie il coraggio, tenendomi testa.

«Da soli, Ryker.»

«Oh, che sporcacciona!» esclama Derek.

Rio mi dà una spintarella. «Ti tiene per le palle, amico.»

Li incenerisco con gli occhi, ma scanso volutamente quelli di Jaden, che lui mi tiene addosso.

«A dopo» li saluto.

Mi incammino insieme a Maggie, dirigendoci al lato opposto del corridoio, verso il "famoso" ripostiglio. Per la prima volta, è lei ad aprire la porta e a chiedermi di entrare.

Una volta dentro, giro la chiave nella serratura, mentre lei accende la luce fioca della lampadina e mi guarda incrociando le braccia al petto.

«È una settimana che ti comporti in modo volubile e scostante, a stento mi saluti, mi vuoi vedere solo per baciarmi o fare altro, non mi contatti, non rispondi ai miei messaggi, prima stavi per scatenare un'altra rissa e senza alcuna motivazione. Davanti ai tuoi amici ritorni a essere Ryker il bullo, quando siamo da soli sei la versione migliore di te e non capisco perché ti trasformi. In più, domani è il tuo compleanno, come potremo festeggiarlo insieme se tu non vuoi nemmeno guardarmi? Mi spieghi cosa succede? Ho fatto qualcosa di sbagliato? Te lo chiedo per piacere, Ryker, dammi una risposta sensata. Non mi liquidare con due monosillabi.»

Siamo in uno spazio ristretto, faccia a faccia, occhi negli occhi, ma si sono invertiti i ruoli.

Questa volta è lei a incombere su di me, sebbene lo faccia con i suoi modi gentili e il suo visino delicato.

E io vorrei solo scappare, pur di non affrontare questo discorso.

Sono un codardo?

Forse.

Sto per commettere un altro errore?

Probabile.

Me ne pentirò?

Sicuramente.

Ficco le mani in tasca, addossandomi alla scaffalatura e piantando le mie iridi nelle sue.

«È così che sono, non esiste una spiegazione. E per quanto riguarda domani… mi organizzeranno qualcosa al *Dark Maze*, come tutti gli anni.»

Sospira forte, mettendo su un'espressione confusa che la rende ancora più appetitosa.

Il sangue mi ribolle nelle vene, avverto l'impulso indomabile di fiondarmi su di lei e impossessarmi delle sue labbra, per poi farle molto altro, ma continuando così non arriverò da nessuna parte, tantomeno tra le sue gambe.

«Quindi mi stai dicendo che non festeggeremo il tuo compleanno insieme? Per quanto riguarda l'altra risposta, preferisco sorvolare, davvero. Tanto ho capito che lo fai solo per sembrare un tipo tosto davanti ai tuoi amici, ma credimi non ne hai bisogno. Tutti sanno che sei uno stronzo egoista.»

La sua offesa finale mi lascia per un attimo di sasso... L'ha detto davvero?

La pura e raffinata Maggie May mi ha appena dato dello stronzo?

Cazzo, la sto portando sulla cattiva strada.

«Maggie May, non dovesti dire le parolacce» la rimprovero con un velo di ironia.

«Non ci trovo niente di divertente in questo, Ryker. Mi stai facendo impazzire, sono più le volte che mi tratti male che quelle in cui mi tratti come la tua ragazza, ammesso che io lo sia. Sono confusa, frustrata e arrabbiata con me stessa e con te. Soprattutto con te. Quando capirai quali sono le tue priorità, sai dove trovarmi.»

Lo ammetto, mi ha spiazzato.

Sta tirando fuori il carattere e il coraggio e, quando si incazza mostrando quella smorfia deliziosa, mi fa eccitare da morire, cazzo.

Mi volta le spalle e afferra la maniglia, ma io annullo la poca distanza che ci separa attaccandomi alla sua schiena, poi allungo il braccio cingendole la vita e impedendole di girare la chiave.

«Sei tu la mia priorità» le mormoro tra i capelli.

Le si mozza il respiro e inizia a tremare, mentre la schiaccio contro la porta.

«Non si direbbe...»

La sua risposta è un fievole bisbiglio che s'insinua nella mia mente, offuscata da lei e dal suo corpo.

Spingo l'erezione contro il suo culo sodo fasciato dai jeans e con l'altra mano le sposto i capelli dal collo, per addentarlo.

Maggie lancia un gridolino, respirando affannosamente.

«Te lo giuro.»

Mi offre la sua pelle e io la riempio di morsi per poi succhiarla con forza nel punto sensibile sotto il lobo.

Anche la sua carne sa di pesca, è morbida e liscissima.

«Non… non ti credo…» farfuglia.

Sposto le mani dai suoi fianchi e inizio a sbottonarle i jeans, impaziente di infilarle le dita dentro e di appurare quanto sia bagnata per me, però lei mi rovina i piani.

«Non posso, ho lezione» dichiara, girando la chiave con forza.

Riesce ad aprire la porta prima che io la imprigioni di nuovo tra le mie braccia, infine mi lancia una rapida occhiata d'imbarazzo e se ne va accelerando il passo.

# Maggie

## 33

*Il giorno dopo*

«Capisci? Credevo che stesse andando tutto per il meglio e che finalmente si stesse aprendo con me, e invece? Puff, è svanito l'incantesimo. E rieccomi a soffrire per lui. Sembrava troppo bello per essere vero…»

Emma mi guarda assumendo un'aria da saputella che a parole potrei tradurre con un "te l'avevo detto".

È ora di pranzo e, siccome la temperatura mite di metà novembre lo permette, stiamo mangiando fuori, sugli spalti del campo.

Il sole mi bacia la pelle e io mi crogiolo nel tepore, per avvertire meno gelo dentro.

«Scusa, amica mia, ma cosa ti aspettavi da un delinquente come lui? Ryker è una *red flag* vivente, io ti avevo avvertita sul suo conto e tu cosa hai fatto? Ci sei cascata come una pera cotta.»

Spilucco controvoglia il trancio di pizza che ho preso in mensa, pulendo poi le mani con un fazzoletto.

«*Red flag*? Cosa sarebbe?»

Sospira esausta.

«In che epoca vivi? Vabbè, lasciamo perdere. È un segnale! Il tuo ragazzo è un criminale, violento, possessivo, dagli atteggiamenti tossici? Allarme *red flag*. La tua relazione con lui ti sta annientando? Allarme *red flag*.»

Sorseggio un poco d'acqua, annuendo.

«Ho capito, Emma, ho capito. Ma lui sa essere anche molto tenero, qualche volta. Ti ho già raccontato della sorpresa che mi ha fatto quando abbiamo marinato la scuola? E del soprannome dolcissimo con cui mi chiama?»

«Oh Dio mio, Maggie! È un manipolatore, vuoi capirlo? Sono tutte tattiche per circuirti e portarti a letto, è a quello che mira.»

L'affermazione di Emma mi fa male, davvero male, è come se mi avesse appena infilzato con una spada intinta nel veleno.

«Perché lo dici con tanta convinzione? Lui non potrebbe innamorarsi di me? Sono patetica e sempliciotta? È così che anche tu mi vedi?»

Sento le lacrime spingere dietro le palpebre e le guance pizzicare dalla rabbia e dalla tristezza.

Sono così ingenua da non aver capito niente di lui oppure è Emma a sbagliarsi?

La mia amica scuote la testa.

«Ma no, cosa dici, Maggie. Il problema non sei tu… è lui. Ma è probabile che io stia vaneggiando e che Ryker ci tenga davvero a te.»

Tiro su con il naso cercando di ricacciare indietro le lacrime, poi sposto i capelli dal collo perché sto bruciando di frustrazione e noto che Emma mi fissa e con il dito indica la mia gola.

«È un succhiotto quello?»

*Cosa?*

In fretta e furia attivo la fotocamera interna del mio cellulare e osservo scioccata il grosso segno violaceo che marchia la mia pelle delicata.

Ieri sera ho notato una chiazza rossa, dopo che Ryker nel ripostiglio della scuola mi aveva mordicchiato il collo, ma non pensavo che fosse un succhiotto.

«Oddio! Come posso coprirlo? Mia madre non deve vederlo.»

«Ehm… Del correttore? Un foulard? Una maglia a collo alto?»

«Avrei proprio voglia di schiaffeggiarlo.»

Emma si schiarisce la voce.

«Parlando del diavolo.» E indica alle mie spalle con un rapido sguardo, sistemandosi gli occhiali sul naso.

Lo sento arrivare, è come una saetta che squarcia il cielo prima di scatenare un violento temporale.

Il suo profumo mascolino e fresco mi stuzzica le narici, starei ore e ore abbracciata a lui ad annusarlo, mi porterei a casa una sua maglietta, impregnata del suo odore, per poterci dormire e immaginare che lui sia lì con me.

«Cazzo, Maggie, ti ho cercata ovunque.»

Mi volto e i nostri sguardi si scontrano creando quello che in fisica si definisce campo elettromagnetico.

Emma, che se ne intende di materie scientifiche e anche un po' d'amore, capisce che deve lasciarci soli.

«Io rientro, ci vediamo dopo a lezione» dice svelta.

La saluto con la mano, sentendo incollati addosso gli occhi scuri e rancorosi di Ryker.

Mi alzo, indugio un attimo, perché non so come fargli gli auguri.

Lo abbraccio? Lo bacio? E se dovesse respingermi, perché i suoi amici teppisti sono nei paraggi?

Ho sempre il timore di sbagliare qualcosa e scatenare in lui una reazione avversa, quindi opto per la terza possibilità, ovvero starmene sulle mie.

«Buon compleanno, Ryker.»

Mi torturo le pellicine e mi mordicchio l'interno della guancia per l'agitazione.

Un cenno del capo è la sua risposta, poi cambia argomento.

«Perché stai qui fuori? Vuoi attirare l'attenzione di quei coglioni della squadra?»

Faccio spallucce. «Il campo è vuoto, Ryker.»

M'interrompe prima che io possa continuare: «Tra poco inizieranno gli allenamenti, Maggie May.»

«Non lo sapevo...»

«Stai cercando di farmela pagare facendo la stronza con Bryce?»

*Cosa, cosa, cosa?*

Mi sento colpita nell'orgoglio, non farei mai una cosa del genere, non mi appartiene e dovrebbe saperlo.

«L'hai detto sul serio?»

«Ho visto ieri come ti ha guardata. Quel pezzo di merda ti vuole ancora. E se tu gli darai corda, sarò costretto a massacrarlo, lo capisci, *Peach*?»

Traggo un lungo sospiro, incrociando il suo sguardo torvo e rabbioso.

«Sei assurdo, Ryker! Prima mi ignori per una settimana e adesso fai il geloso?»

Si avvicina, osservandomi come un predatore affamato e io mi sento come sempre la sua preda preferita.

«Io sono sempre geloso,» mi arpiona per i fianchi, facendomi sbattere contro il suo petto «non scordarlo mai.»

«Perché mi stavi cercando?»

«Vuoi ancora festeggiare con me?»

Annuisco, accennando un piccolo sorriso.

«Certo che voglio… da soli?»

Un ghigno perverso gli increspa le labbra carnose.

«Da soli.»

«E i tuoi amici?»

«Merda! Se ne faranno una ragione. Voglio stare con te stasera.»

Non sta mentendo, è sincero, lo sento, glielo leggo dentro e basta quello per spazzare via l'arrabbiatura e ogni dubbio che nutro sul suo conto.

«Io… ehm… ti ho organizzato una sorpresa, anche se ti sei comportato molto, ma molto male.»

Si spinge sulle mie labbra dandomi un bacio da cardiopalmo che mi fa diventare le ginocchia come due gelatine.

«Mi farò perdonare.»

Poi con una mano mi scosta i capelli dal collo e pigia il polpastrello sul segno che mi ha lasciato.

«Non coprirlo, tutti devono sapere a chi appartieni. Ti ho marchiata come mia.»

«Sono tua dal primo istante, Ryker» mormoro.

Lo dico con impeto, lo stesso che mi sconquassa il cuore quando penso a lui, quando lo vedo o lo bacio.

È un maremoto di infinite emozioni che mi annoda lo stomaco e mi accelera il cuore, è bellissimo, straziante, tumultuoso… è l'opposto di ciò che sognavo, perché con Ryker non esiste romanticismo o dolcezza, eppure è tutto ciò che voglio nella realtà.

Inclina di poco il viso, fissandomi intensamente.

«Per caso hai trovato un disegno tra le tue cose?»

«No, perché?»

«Niente. A che ora ci vediamo?»

«Alle sette.»

Mi stampa un bacio sulla fronte, facendo scivolare i palmi sul mio sedere e palpeggiandolo.

«A più tardi.»

Si stacca da me e io avverto già la sua mancanza, vorrei corrergli dietro, aggrapparmi alla sua maglietta e non staccarmi più, restare lì come un'estensione del suo corpo per tutto il giorno, anzi, per sempre, ma sembrerei solo ossessiva e appiccicosa e lui si stancherebbe di me.

Mi ero raccomandata di non farmi più tante paranoie, di vivere la mia prima storia d'amore con spensieratezza, ma non ci riesco, la paura di sbagliare mi attanaglia le viscere e il terrore di perderlo non mi fa dormire la notte.

Una volta mi hanno detto che non esiste amore senza dolore, non capivo il senso di quelle parole, per me era illogico.

Ma ora sì, ho compreso fin troppo bene cosa vogliano dire.

Un attimo prima spicchi il volo come le farfalle che ti svolazzano nello stomaco e l'attimo dopo le tue ali si bruciano e precipiti in un burrone a patire le pene dell'inferno.

Sfioro il mio ciondolo pensando al mio papà e ai suoi racconti sul sentimento che lo legava alla mamma.

Poi alzo gli occhi al cielo, lo cerco tra le nuvole, da dove mi protegge e mi infonde coraggio, e gli sorrido, avvertendo la sua forza d'animo migrare nel mio corpo, come una pozione magica.

*

Sono le sette in punto quando dalla finestra vedo arrivare

Ryker. I miei occhi brillano di felicità, come quelli di una bimba davanti al carretto dello zucchero filato.

Mi guardo per l'ultima volta allo specchio, trovandomi molto carina stasera. Ho indossato un vestitino nuovo, è rosso, svasato e lascia scoperte le gambe. Mi sono perfino truccata, un velo di mascara e tanto lucidalabbra alla ciliegia. Prima di andare, indosso un giubbetto di jeans e sistemo la borsetta a tracolla, dove ho riposto il regalo per il festeggiato.

Esco dalla mia camera e, arrivata in salotto, faccio una giravolta.

«Come sto?» chiedo alla mamma.

Lei mi sorride, stringendo un calice di vino rosso tra le dita.

«Sei un incanto, piccola.»

«Mamma, sei troppo buona.»

«Ma per piacere, sei davvero bellissima.»

Mi inchino e lei scoppia a ridere, poi si avvicina e mi aggiusta un ciuffo fuori posto.

«Divertitevi, fagli tanti auguri da parte mia e rassicuralo. Non lo odio.»

Annuisco.

«Sarà fatto.»

La saluto con un bacio sulla guancia ed esco di casa, impaziente di buttarmi tra le braccia di Ryker.

Lui, quando mi vede uscire, s'irrigidisce per un attimo, poi si avvicina con il suo atteggiamento spavaldo e mi squadra dalla testa ai piedi.

«*Peach*, quanto cazzo sei bella.»

Sento le guance imporporarsi e un sorriso incantato aprirsi sul mio viso.

«Anche tu sei molto bello, ti sta bene il nero.»

Sogghigna. «Nero come il mio cuore.»

Gli prendo la mano guardandolo negli occhi e non scorgo

traccia di tormento, ma solo quella che sembra serenità.

E non posso sentirmi più felice di così.

«Ti sbagli, il tuo cuore è rosso e palpitante, lo sento ogni volta che ti abbraccio.»

«Probabilmente senti qualcos'altro, di più grosso e più duro.»

Lo guardo, scioccata ma anche divertita dalla sua battuta.

«Ryker! È possibile che pensi solo a *quello*?»

Mi attira a sé, circondandomi la vita con le braccia e, nel farlo, m'infila una mano sotto l'abitino, stringendomi una natica con forza.

«Sto delirando, Maggie. Ti voglio tutta. Fammi questo regalo di compleanno.»

Sembra quasi dolce, ma so bene che cerca solo di convincermi a fare sesso con lui.

Ma dovrà aspettare e questa volta anche un po' per ripicca, dato che si è comportato da stronzo nell'ultima settimana.

«Te l'ho già preso il regalo, andiamo.»

Impreca sottovoce ma non aggiunge altro, anzi, mi segue senza obiettare. Saliamo sull'Uber che ci stava aspettando a pochi metri e partiamo.

«Che cosa hai combinato, piccola idiota?» mi domanda curioso, intrecciando le dita alle mie.

«Aspetta e vedrai.»

«Ah, vuoi fare la misteriosa...»

Sorrido facendomi più vicina a lui, che mi passa un braccio sulle spalle, stringendomi.

«Non voglio rovinare la sorpresa, tutto qui.»

«Mi auguro per te che mi piaccia, in caso contrario, dovrò punirti.»

Sta scherzando, ma dal tono di voce grave sembra che l'abbia detto con la reale intenzione di farlo.

«Che stupido che sei.»

Accenna un sorrisetto storto, che mi provoca un brivido bollente lungo la schiena, poi appoggia il mento sulla mia testa rilassandosi e io faccio lo stesso, godendomi questo momento tutto nostro.

Giungiamo a destinazione dopo circa venti minuti; quando Ryker vede dove siamo, sorride: un sorriso vero, spontaneo e bellissimo.

Gli brillano gli occhi e l'insegna illuminata del *Museum of Contemporary Art* si riflette nelle sue pupille dilatate.

«Ci sei mai stato?» gli chiedo, apprensiva.

Spero di averlo sorpreso almeno un po' e di non aver commesso una cavolata.

Scuote la testa.

«No.»

Traggo un sospiro di sollievo.

«Meglio così. Mmh… sarà una visita privata. La mamma lavora qui e mi hanno concesso di farlo, ma potremo restare solo per un'ora.»

Non mi risponde, non mi guarda, serra la mascella e aggrotta la fronte, improvvisamente rabbuiato, con una nuvola oscura ad aleggiargli intorno come un'aura negativa.

Non capisco… è arrabbiato, triste o contento? Forse è così che esprime la sua gratitudine?

Non lo so, so solo che mi sento in imbarazzo e confusa, come capita spesso quando sono con lui.

Di conseguenza, ammutolisco anch'io, facendogli solo cenno di proseguire.

Attraversiamo l'ampio piazzale costeggiato da palme per poi varcare l'ingresso del museo; è il custode ad aprirci e ci ricorda la durata della visita.

Ryker e io ci inoltriamo verso la prima galleria, il rumore dei nostri passi echeggia nel silenzio mentre le opere d'arte che ci circondando sembrano osservarci e comunicarci qualcosa.

Lui studia con attenzione ogni quadro, scultura e composizione, li contempla senza emettere alcun suono, come in estasi.

Continuiamo il giro, camminando vicini ma senza sfiorarci; lo guardo di tanto in tanto per cercare di capire cosa stia pensando della sorpresa, di me e di queste opere, ma ha innalzato di nuovo un muro e questa volta non so come scalarlo, quindi mi faccio da parte e aspetto che sia lui ad abbatterlo.

Finito il tour, triste e demoralizzata mi avvio verso l'uscita, saluto il custode con un sorriso forzato e aspetto Ryker.

Mi raggiunge dopo alcuni secondi, sta per dirmi qualcosa, ma lo interrompo allungando verso di lui la mano che contiene una scatolina nera: il suo regalo.

«Questo è per te, ammesso che sia di tuo gradimento» mormoro, con una nota di stizza nella voce.

Le sue dita lunghe e tatuate indugiano un secondo prima di scartare il dono.

Prende il cartoncino – l'iscrizione a un laboratorio artistico che si tiene proprio in questo museo – e se lo porta davanti alla faccia, leggendo a mente cosa c'è scritto.

«C'è anche un bigliettino, ma non leggerlo adesso» mi affretto a dire, con le guance arrossate e calde.

«Grazie.»

Che bello! Gli è ritornata la parola…

«Ehm… prego.»

Ho un groppo alla gola che m'impedisce di respirare e lui se ne accorge subito; ormai mi conosce meglio di quanto io conosca me stessa, sono così disperatamente trasparente per lui, mi legge attraverso tuffandosi a capofitto nella mia anima, che s'illumina non appena Ryker la sfiora.

«Cazzo, Maggie, stai per piangere?»

Sì, cavolo! Sto per piangere, ancora, come una stupida emotiva senza un briciolo di spina dorsale.

Mi asciugo rapidamente le lacrime con il dorso della mano e mi volto.

«Lascia stare, Ryker.»

Mi afferra per le spalle facendomi girare di colpo, poi cerca i miei occhi lucidi.

«Perché diavolo stai piangendo, eh?»

«Perché non ti è piaciuta la sorpresa e nemmeno il regalo, sono un'idiota.»

Scuote la testa, una smorfia di esasperazione gli contorce il viso.

«Sì, sei proprio un'idiota. Pensi che non mi sia piaciuto? Merda! È stato tutto perfetto... anzi, troppo. La visita privata al museo, l'iscrizione al workshop con gli artisti più famosi di Miami, tu che mi guardi come se fossi il tuo fottuto mondo. Non lo merito, porca puttana! Non merito niente di tutto questo e mi sento una merda, Maggie. Se mi adombro è perché penso ossessivamente a quanto tu sia speciale, dolce, bellissima... oltre, tu sei oltre, e ho seriamente timore di farti del male.»

Non appena finisce, scoppio a piangere più forte, e sento il mascara sciogliersi e colarmi sulle guance, mentre il sapore salato delle lacrime mi bagna le labbra e dentro di me si scatena una tempesta emotiva che solo lui è in grado di placare.

«Non capisci? Mi fai male quando non mi parli, quando ti rabbui, quando sei scostante. Mi fa male sentirti dire che non ti merito, che sono troppo per te, perché non è vero, noi siamo perfetti insieme, diversi sicuramente, ma perfetti. Ti prego,» tiro su con il naso, afferrando la sua maglietta in un pugno «non dirlo più, okay?»

Sospira afflitto, poi mi asciuga le lacrime con le dita e avvicina la bocca alla mia.

«Okay, promesso.»

Mi stampa un bacio sulle labbra e io crollo tra le sue braccia, aggrappandomi ai suoi fianchi.

Lo stringo, più forte che posso; vorrei scomparire dentro di lui, farmi piccola piccola e occupare un angolino nel suo petto, per prendermi cura del suo cuore ogni volta che pensa di non essere abbastanza.

# Maggie

# 34

«Andrai al workshop? È di sabato, non abbiamo scuola, potrei venire con te. La mamma ha detto che le lezioni sono molto interessanti, gli argomenti sono vasti e per tutti i livelli di preparazione…»

Mi mette a tacere con un bacio, afferrandomi il viso tra le mani. «Shh… sta' un po' zitta ora.»

Siamo andati al *Dark Maze*, abbiamo ordinato da mangiare e Ryker mi sta facendo stendere sul divano, coprendomi con il suo corpo accaldato.

Ha levato la felpa, è a torso nudo e io percorro con i polpastrelli le linee dei suoi tatuaggi partendo dal mio preferito, poi passo a quello più minaccioso, giungo a quello colorato, imprimendo nella mia mente ogni soggetto e frase.

Sono parecchi, gli ricoprono entrambe le braccia, i pettorali, il collo, persino l'inguine, difatti riesco a intravedere l'estremità di un'ala spuntare dai suoi jeans.

Fa scivolare la mano lungo il mio fianco destro continuando a baciarmi, mi solleva il vestito e cattura la mia coscia tra le dita, portandosela attorno al bacino.

Avverto la sua erezione spingere tra le mie gambe, la sfrega contro il mio bassoventre scatenando una pulsazione che a tratti sembra tormentarmi.

Gli cingo il collo, lasciandomi trasportare dal suo bacio irruento ma lento, mentre le nostre lingue si aggrovigliano e i nostri sapori si mescolano, dando vita a un tripudio di emozioni che mi scoppiano nel petto.

«*Peach*» mormora, staccandosi di poco dalle mie labbra gonfie.

Naufrago nei suoi occhi, tenendomi ancorata alle sue spalle per timore di cadere, tanto è forte la vertigine che mi procura la sua voce.

«Sì?»

«Io credo di…»

Un trambusto improvviso spezza la sua frase, seguito da una voce che urla: «È qui la festa?»

Ryker e io ci voltiamo simultaneamente verso l'ingresso del covo e vediamo irrompere i suoi amici muniti di confezioni di birra e, subito dopo, altre persone.

«Cazzo!» sbotta Ryker sollevandosi, afferrando la felpa e indossandola. «Siete dei pezzi di merda» prosegue, rivolgendosi ai tre che ridacchiano soddisfatti.

Mi alzo dal divano in fretta e mi sistemo il vestito, le guance accese dall'imbarazzo, con gli sguardi insistenti dei suoi amici a peggiorare la situazione.

Intanto, il *Dark Maze* nel giro di pochi secondi continua

a riempirsi di gente, arrivano anche ragazzi più grandi di noi, qualcuno fa partire la musica e il silenzio di soli tre minuti prima viene inghiottito da un caos totale.

Ryker mi prende per mano e mi porta in un angolo del locale.

«Resta qui.»

Annuisco, schiacciandomi con la schiena contro il muro senza perderlo d'occhio.

Si avvicina a Jaden e gli dice qualcosa, ma una terribile canzone rap, addizionata al chiasso degli invitati, sovrasta la sua voce e non riesco a sentire.

I due discutono animatamente, poi il suo amico gli mostra una bustina trasparente contenente della marijuana e Ryker si calma e gli rivolge un sorrisetto, lasciandosi andare a un abbraccio amichevole.

«Stavate facendo le porcate?»

Con la coda dell'occhio vedo da chi arriva la domanda, ma prima è il mio naso ad avvertire il suo alito che odora di alcol, fin troppo.

È Derek, quello che sembra il pagliaccio del gruppo.

«Come, prego?»

Mi rivolge un sorrisone, i suoi denti bianchissimi spiccano sull'incarnato color cioccolato, poi mi passa un braccio sulle spalle, come se fossimo in confidenza, senza il mio permesso.

«Stavate scopando? Il suo wurstel stava per entrare nella tua patatina? O non ti ha ancora sverginata?»

Sbatto le palpebre, sconcertata.

I suoi amici conoscono ogni cosa? Anche quelle più intime?

Apprendere questo mi destabilizza un po' ma cerco di non darlo a vedere, eppure non riesco a trovare una risposta sensata, adatta a rimetterlo al suo posto.

«Che cazzo dici, Derek? La nostra *Pumpkin Spice Latte* è una ragazza per bene, non puoi parlarle così» interviene l'ispanico, quello che si chiama Rio, se non sbaglio.

Era di spalle e si è voltato verso di noi non appena ha sentito parlare l'amico.

L'altro scoppia a ridere già brillo e si allontana per prendere un'altra bottiglia di birra.

«Scusalo,» mi dice Rio, avvicinandosi al mio orecchio «è un po' esuberante.»

Intanto con lo sguardo cerco Ryker ma, tra il marasma di persone che affollano il covo, non riesco a più a trovarlo.

«Non importa.»

«Vuoi da bere?» mi domanda, piazzandosi davanti a me e coprendomi quel poco di visuale che mi restava.

Sfuggo al suo sguardo scurissimo e ai riflessi del crocifisso d'oro che ha al collo, che fa da specchio ai colori sgargianti dei led, abbagliandomi la vista.

«No, grazie, sto bene così.»

«Vuoi uno spinello?» E me lo mostra, sfoderando un sorrisetto beffardo. «Oh, perdonami. Tu non bevi, non fumi e non fai sesso. Sei come una suora? Sai, io sono molto credente.»

*Non capisco cosa vogliano i suoi amici da me. Cosa sta succedendo esattamente?*

«Rio, sparisci!»

Ryker è tornato finalmente e io riprendo a respirare in modo regolare.

Il suo amico ride, dandogli una spallata.

«Mica ti stavo infastidendo, *Maddie*? Diglielo, stavamo solo facendo un po' di conoscenza.»

«Levati dalle palle, cazzone» lo incalza Ryker, ma non sembra arrabbiato, al contrario, le sue labbra s'incurvano divertite in un sorrisetto.

«Me ne vado, me ne vado.» E mi strizza l'occhio, per poi

farsi spazio tra la folla e raggiungere una ragazza formosa dai lunghi capelli scuri.

«Sono dei figli di puttana, non prendertela se scherzano in un certo modo» mi dice, facendosi più vicino.

Si posiziona davanti a me, ancora ferma contro la parete, e m'incastra contro di essa con le braccia inchiodandomi al suo sguardo.

«Non me la prendo… ma sapevi che sarebbero venuti?»

«No, lo giuro.»

«Ryker, dimmi la verità.»

Mostra un ghigno infastidito, sollevando un sopracciglio.

«Non mi credi, Maggie?»

«È solo che potevi…»

«Dov'è il festeggiato?» urla una voce femminile.

Ryker sbuffa e mi dà un bacio veloce dicendo: «Torno subito.» Poi alza il braccio per farsi notare.

Si allontana di nuovo, andando incontro a un gruppetto di ragazze e abbracciando una di loro, quella con i capelli fucsia a caschetto.

Non immaginavo che avesse tutti questi amici e amiche, pensavo fosse un solitario e che si fidasse solo dei suoi compagni di scorribande, e invece è circondato da persone che gli vogliono bene, a quanto vedo. Io sono solo una minuscola goccia in un oceano infinito.

Sconsolata e giù di morale, resto nel mio angolino, mentre gli altri bevono, fumano erba, ballano, ridono e si divertono fregandosene della mia esistenza, compreso il ragazzo per cui sono rimasta a questo festino assurdo.

Come se non bastasse, arrivano altre persone tra cui Brianna, fasciata in un abitino bianco attillato, e la prima cosa che fa, dopo aver varcato la porta del *Dark Maze*, è buttarsi tra le braccia di Ryker per fargli gli auguri.

Perfetto, non poteva andare peggio di così.

Sento un groviglio di spine gonfiarsi nella mia gola, provo a mandarlo giù ma è incastrato, mi graffia, m'impedisce di deglutire, quindi prendo un lungo respiro.

Non scivola giù.

Inspiro ed espiro più volte, pregando mentalmente che non sopraggiunga il mio nemico invisibile, l'attacco di panico.

È pur vero che in un luogo sovraffollato, dove l'ossigeno è irrespirabile perché inquinato dal fumo dell'erba, evitare che io mi faccia sopraffare dall'ansia è un tantino improbabile.

Ma devo reagire o continuerò a essere la *ragazza da parete*, la stupida che viene presa di mira dai bulli, la santarellina ingenua.

In più, voglio far capire a tutti i presenti che Ryker è mio e che non starò buona a guardare mentre un'altra si struscia addosso a lui.

*Maggie, raccogli il coraggio e affronta le difficoltà.*

*Sei forte abbastanza per farlo.*

No, non lo sono.

*Sì, che lo sei.*

Ryker resta a parlare con Brianna sorseggiando della birra e fumando un altro spinello, e lei gli tocca i bicipiti guardandolo come se volesse divorarlo.

*Ora, Maggie.*

Altri cinque minuti…

L'insicurezza mi incatena al muro impedendomi di compiere un solo passo, ma, quando vedo Brianna alzarsi sulle punte e raggiungere l'orecchio del mio ragazzo per sussurrargli chissà cosa, un impeto di gelosia rovente m'infiamma il petto, fluisce nelle gambe e, quasi senza accorgermene, sto camminando verso di loro.

M'inoltro tra gli invitati, vengo spintonata più volte, soffocata dalle nuvole di fumo denso, qualcuno mi calpesta i piedi, il cuore mi pulsa frenetico perdendo qualche battito, ma alla fine riesco a raggiungere Ryker.

Lui si gira verso di me, sul volto la smorfia colpevole di chi è appena stato beccato.

«Ehi, stavo venendo da te» urla, mandando giù altra birra.

La sua voce è attutita dalle note di *Peaches* di Justin Bieber.

Mi prende per mano e, facendosi spazio tra la calca, mi conduce verso la rampa da skate, dove sembra meno affollato; mi siedo su degli scalini lì accanto e lui fa lo stesso, fissandomi con insistenza.

Sono arrabbiata e glielo faccio notare, lascio che i miei capelli a mo' di tendina ci dividano perché non ho voglia di guardarlo, ma lui me li scosta, portandoli a un lato del mio collo.

«Mi fai impazzire quando fai la gelosa.»

Metto su il broncio, lo sguardo basso e il cuore che fa le capriole.

«Non sono gelosa...» mento spudoratamente.

Mi afferra la faccia con una mano, costringendomi a guardarlo dritto negli occhi.

I suoi sono sempre bellissimi, ma lucidi, quasi euforici.

Ha bevuto e fumato erba, è su di giri, e non mi piace quando è in questo stato.

Ridacchia. «Ah no?»

«Ma dove cazzo è quel figlio di puttana del festeggiato?» sbraita un tizio che non conosco.

Ryker finge di non sentirlo, ma poi interviene anche Jaden, che ci intercetta e ci raggiunge.

«Che fate qui in disparte? Andiamo a giocare.»

Le sue labbra sottili s'incurvano in un mezzo sorriso diabolico.

«Giocare? A cosa?» sussurro a Ryker.

Lui si alza, mi porge la mano e io gliel'afferro.

«Al gioco della bottiglia.»

«Non voglio giocare» mi affretto a dire.

Jaden, che sta camminando davanti a noi, si gira per dire solo: «Bene. Resta a guardare.» E mi strizza l'occhio.

Ho capito il suo intento, sta facendo di tutto per farci separare, mi detesta, pensa che io non sia la ragazza giusta per il suo amico, ma ora sta esagerando, è meschino da parte sua comportarsi così.

Ryker non fa che assecondarlo, come se la sua amicizia fosse più importante della nostra relazione.

E forse per lui lo è.

«Fate spazio al festeggiato» esclama Derek, sostenendo una bottiglia vuota di whiskey.

Hanno sgombrato la sala e chi ha deciso di giocare è già seduto in cerchio per terra, mentre gli altri invitati continuano a fumare e ballare, anche se il volume della musica è stato abbassato e funge da sottofondo.

Mi accomodo su un angolino del divano, Ryker si siede sul bracciolo, vicino a me, di fianco ho la sua amica dai capelli fucsia che mi sorride con simpatia.

Di fronte ho Brianna e le sue amiche che mi lanciano occhiate velenose, parlano tra di loro e ridacchiano come arpie.

«Cristo! L'ho sempre odiata quella serpe» afferma Capelli Fucsia, poi mi porge la mano. «Io sono Taylor, un'amica di quello stronzo.» Con un cenno indica Ryker.

«Piacere, Maggie, la sua... ragazza» mi azzardo a dire.

Lei mi guarda sbalordita, sbattendo le ciglia truccate di blu elettrico.

«Da quando hai la ragazza, testa di cazzo?» chiede al diretto interessato.

Lui guarda prima lei, poi me, scrolla le spalle e sfila una sigaretta dal pacchetto, senza rispondere.

E questa sua *non risposta* cosa vorrebbe significare?

Dovrei indagare o stare zitta e lasciare che la serata prosegua?

Taylor mi dà una spintarella.

«Lo conosco, fa così quando ci tiene, non arrovellarti il cervello.»

«Siete… stati insieme?»

Scoppia a ridere. «Ma chi? Noi due? No, no, diciamo che sei più tu il mio tipo, mica quel bulletto tatuato. Mi sono diplomata l'anno scorso alla vostra scuola.»

«Ah, capisco.»

«Taylor, parla poco» interviene Ryker, lanciandole uno sguardo eloquente.

Lei gli mostra il dito medio accompagnando il gesto con una linguaccia e lui, di rimando, ridacchia divertito.

«Si inizia!» urla Derek adagiando la bottiglia al centro del cerchio umano. «Ry sarà il primo a farla girare. Qual è la tua posta in gioco? Bacio con la lingua, palpatina al culo, pugno in faccia, body shot o frustata con la cintura? Scegli, amico.»

Ho sentito bene? Non lo ricordavo così questo gioco, sono io a essere troppo casta o sono loro a esagerare?

Ryker infila la sigaretta sul padiglione dell'orecchio e guarda il suo amico con un sorrisetto divertito.

«Ma che diavolo, Derek… scelgo il pugno in faccia.»

Si alza dal divano, si accovaccia sul pavimento e fa ruotare la bottiglia, mentre tutti i presenti attendono euforici di scoprire chi sarà la vittima.

Al termine del giro, il collo della bottiglia indica Rio che, prima di alzarsi per ricevere il cazzotto, si fa il segno della croce.

«Vacci piano, Ry» si raccomanda.

Ryker ridacchia, si avvicina all'amico e lo colpisce con un gancio.

Sul serio.

Lo colpisce sul serio.

Io sobbalzo per il tonfo che produce il colpo, guardando allibita la scena.

«Vaffanculo, fratello» esclama Rio, massaggiandosi la guancia, poi ritorna al suo posto e il gioco riprende.

«Perché l'hai fatto?» chiedo a Ryker quando si siede.

Mi sento così stupida nel porgli una domanda del genere, lui è questo, lo è sempre stato, anche se con me ha cercato di mostrare le sue fragilità.

Mi afferra la coscia con una mano, avvicinandosi al mio orecchio. «Rilassati un po', *Peach*, ci stiamo solo divertendo» sussurra, mordicchiandomi il lobo.

Solo divertendo? Con la violenza?

Sono senza parole.

«Io per niente» ribatto, scostandomi.

Lui sbuffa, prende la sigaretta e l'accende, inondandomi di fumo.

Mentre il gioco va avanti tra risate, schiamazzi e pegni da pagare, controllo l'orario e mancano solo dieci minuti al coprifuoco. Come ho fatto a dimenticarmene?

Mi alzo e Ryker mi segue con lo sguardo.

«Dove stai andando?»

Gli mostro l'orario sul cellulare.

«A casa, si è fatto tardi.»

«Ti accompagno.»

Annuisco, sorpasso le persone sedute a terra e, mentre Ryker fa per issarsi, la bottiglia ruotata da Brianna indica lui.

Attimo di panico.

«Dove credi di andare, Ry?» cinguetta la ragazza, avvicinandosi al mio ragazzo con un'andatura sensuale.

Resto ferma, certa che Ryker si opporrà, ma non succede…

Brianna lo afferra per la T-shirt e lo bacia con la lingua, davanti ai miei occhi sbarrati, e lui, invece di allontanarla, ci sta, risponde al bacio afferrandola per i fianchi e incollandosi al suo corpo formoso.

Non può essere vero…

Non può averlo fatto, non…

È un incubo, vero? Se mi do un pizzicotto, forse mi sveglio e scopro che sto sognando.

Perché?

Sento il mio cuore infrangersi, le lacrime mi riempiono gli occhi e un vuoto atroce si espande nello stomaco facendomi piegare in due dal dolore.

Sono incredula, devastata, a pezzi, prego di riuscire a raccogliere i miei cocci e rimetterli insieme almeno il tempo di tornare a casa e di non crollare sul pavimento di questo maledetto posto, tra queste persone orribili.

*Maggie, va' via.*

Le gambe non si muovono.

Brianna si spalma sul corpo di Ryker continuando a baciarlo con foga, mentre le mani del ragazzo che amo la palpeggiano avide.

*No. No. No.*

Tremante, faccio alcuni passi indietro, andando a sbattere contro qualcuno.

«Guardalo come si diverte. Lui è uno spirito libero, non merita di essere imprigionato. Se lo ami davvero, lascialo andare. Eviterete di soffrire e di rompere equilibri consolidati. Ascolta il consiglio di un amico.»

Le parole velenose che Jaden mi sussurra all'orecchio potrebbero sembrare un consiglio, ma in realtà sono solo una strategia meschina, il frutto del suo perfido piano, e lui me lo conferma con una risatina carica di perfidia.

Il mio cuore, che fino a poche ore prima traboccava amore, adesso si è inaridito e le crepe che lo attraversavano sono mutate in fratture profonde e irreparabili, come se un terremoto si fosse abbattuto su di esso, riducendolo in briciole.

Stremata, con le gambe che a stento mi reggono e la vista offuscata dalle lacrime, barcollo verso l'uscita del *Dark Maze*.

Non appena la brezza notturna mi schiaffeggia il viso, anziché respirare e incamerare aria pulita, vado in apnea, una fitta lancinante mi attraversa il petto e le vertigini mi risucchiano la testa in un mulinello.

Eccolo il nemico invisibile, era in agguato, aspettava paziente dietro l'angolo e io gli ho appena servito il pretesto per annientarmi.

# 35
# Ryker

Sono ubriaco marcio, strafatto di erba, un po' intontito e un po' eccitato, ho la lingua di Brianna in bocca, il suo corpo avvinghiato al mio e le mie mani sul suo culo, ma… che diavolo sto combinando?

Stringo forte le palpebre, mi stacco dalle sue labbra e la spingo via, trovando in me stesso la forza per tornare lucido.

*Cazzo!*

Nessuno dei miei amici mi ha fermato; al contrario, quei pezzi di merda avevano premeditato tutto, non posso fidarmi nemmeno più di loro.

Brianna riprova a saltarmi addosso, ma la spintono collerico.

«Levati dalle palle!» sbraito, fuori di me.

Il mio unico pensiero è Maggie.

Dov'è? Quanto dolore ha provato? Potrà mai perdonarmi per l'ennesimo sbaglio che ho commesso?

Attraverso il locale sorpassando in malo modo chiunque si metta tra i piedi e, quando è il mio miglior amico a tentare di bloccarmi l'uscita, non ci vedo più.

L'ira mi ribolle nel sangue come lava, stringo i pugni pronto a scagliarli sulla sua faccia da bastardo.

«Lasciala perdere, fratello.»

«Sparisci, Jaden, o giuro su Millie che ti distruggo.»

Le rare volte in cui giuro sulla mia sorellina, vuol dire che la situazione è grave e io sono serio come la morte.

Lui si passa una mano sulla faccia e si fa da parte, sapendo bene di cosa sono capace quando è la mia bestia interiore a prendere il sopravvento.

Di corsa, esco dal covo; è notte fonda, solo un lampione mezzo fulminato illumina il vialone deserto e Maggie non c'è.

Non può essere andata lontana, non dopo avermi visto con quella lì, distrutta e con il cuore a pezzi.

È nei paraggi, me lo sento.

Percepisco la scia del suo profumo di pesca o ne è semplicemente impregnata la mia felpa.

Non importa, la devo trovare, devo chiederle scusa, devo fare qualcosa per rimediare…

Raggiungo la strada principale in un attimo, un'auto della polizia con le sirene a palla mi sfreccia davanti e io faccio un balzo indietro percependo un groppo alla gola.

*Dove sei, Peach?*

Ho una paura fottuta che qualcuno possa aggredirla in questo quartiere degradato, ma la verità è che l'unico a ferirla sono stato io.

Sempre e solo io.

Io. L'artefice del suo tormento.

Io. La sua disperata fine.

*Sei una merda, Ryker.*

*Distruggi ogni cosa che sfiori, sei cenere, fumo, spine e veleno.*

*Non sei nulla di buono.*

No, non sono nulla di buono.

M'incammino a grandi falcate lungo il tragitto che porta a casa sua, provo a telefonarle, ma il suo cellulare squilla a vuoto, impreco contro me stesso, contro Dio, e di nuovo contro me stesso.

È possibile che io sia irrecuperabile fino a questo punto?

È possibile che non esista redenzione per me e i miei dannati demoni?

E che, anche se ci provo, siano sempre loro a vincere?

Non mi fermo, continuo a camminare e, dopo una manciata di minuti, nel buio, intravedo una sagoma rannicchiata sul cemento.

Più mi avvicino e più metto a fuoco la figura, riconoscendo i suoi capelli rossi che come fiamme le avvolgono il viso nascosto tra le ginocchia.

«Maggie!» urlo, precipitandomi da lei.

Vedo sfocato, ho la testa nel pallone e la bocca secca, sono ridotto a uno straccio perché non so impormi un freno.

Maggie alza la faccia, è una maschera di dolore e lacrime, ha le palpebre gonfie e le guance accaldate, singhiozza, quasi in iperventilazione.

Mi accovaccio davanti a lei e le copro le guance con le mie mani fredde.

«Respira, Maggie. Ci sono io qui con te. Respira.»

Sono patetico, cazzo!

È in queste condizioni per colpa mia, ha fame d'aria per colpa mia e io le dico di respirare?

Forse è preferibile che io sparisca dalla sua vita, ma non potrei mai lasciarla in questo stato, da sola, a notte fonda, almeno devo assumermi la responsabilità e comportarmi da uomo.

Maggie prova a trarre un lungo respiro, portandosi la mano sul petto e, nel pieno di un attacco di panico, riesce a sussurrare qualcosa.

«Non… non ti… voglio… q… qui.»

È un colpo al cuore, mi sento di morire ma questa è solo una piccola parte della punizione che merito.

«Lo so, ma lascia prima che ti aiuti e poi sparirò dalla tua vita. Merda! È giusto così.»

Il suo pianto aumenta di colpo, diventa una cascata che le solca le gote arrossate, mentre i singhiozzi la fanno sussultare e socchiudere gli occhi dalla debolezza.

Mi sposto accanto a lei, la abbraccio facendola adagiare sul mio petto, e Maggie non si oppone, crolla su di me che le carezzo la schiena.

«Sono qui, *Peach*. Sono qui per te» mormoro.

Vorrei ingoiare ogni goccia del suo dolore, assorbire ogni sua lacrima e ogni suo lamento per far sì che lei sia felice.

Felice, senza di me.

Non so per quanto restiamo abbracciati; mi accorgo che è scaduto il nostro tempo solo quando Maggie si stacca dal mio corpo, dopo aver superato l'attacco di panico.

Avverto subito la sua mancanza, è come se mi avessero strappato un braccio o una gamba, così scatto in piedi e la guardo, perché non posso fare altro.

Non sono in grado di farla stare bene né di chiederle scusa, è come se avessi perso ogni maledettissima capacità.

Lei prende un respiro profondo, dischiude le labbra per dirmi qualcosa, ma poi ci ripensa, mi passa di fianco senza degnarmi di uno sguardo e sale sull'auto della madre che è appena arrivata.

La guardo andare via e sotto ai miei piedi si apre una voragine che m'inghiotte; sento freddo e non vi entra uno spiraglio di luce, ma è qui che merito di stare, tra la melma e le ombre, dove la sofferenza è talmente acuta da lacerarmi l'anima.

Va bene così...

Sapevo fin dall'inizio che la nostra storia sarebbe morta prima del tempo e che io avrei fatto la stessa fine.

*

«Ry! Ry! Ry! Ti svegli? Mi devi accompagnare a scuola.»

La vocina squillante di Millie e le sue manine che mi scuotono mi strappano al sonno troppo presto.

A fatica apro gli occhi che mi bruciano un casino, per non parlare della testa, in cui sembra stiano avvitando dei chiodi appuntiti.

Metto a fuoco la mia sorellina, provando ad alzarmi. Solo dopo essermi dato la spinta, mi accorgo di aver dormito sul pavimento, con una marea di fogli sparsi intorno a me su cui è disegnato il volto di Maggie.

Ricordo poco e niente degli ultimi due giorni, ho bevuto, fumato erba, bevuto ancora e... quella parete è sempre stata crepata?

Sposto lo sguardo sulle nocche sbucciate a sangue delle mie mani, ho fatto a pugni anche con un maledetto muro.

«Che giorno è?» biascico.

Millie sbuffa, incrociando le braccia al petto.

«È lunedì, Ry!»

Un altro lunedì del cazzo.

«Dammi un minuto e ti accompagno, okay? Va' a mangiare i cereali.»

Afferra il suo zainetto rosa di Peppa Pig e scuote la testa.

«I cereali sono finiti! L'ho detto anche a papà, ma non li ha comprati.»

«Ci penso io.»

Mi sollevo dal pavimento, tenendomi al comodino per non barcollare, mi sento uno straccio strizzato più e più volte, ma devo riprendermi e accompagnare Millie a scuola.

Mi sposto in bagno, afferro i bordi del lavandino e alzo la faccia verso lo specchio.

Cazzo!

Ho un occhio nero, un taglio sullo zigomo sinistro e il labbro spaccato, ma ho tante di quelle sostanze nelle vene da non sentire dolore fisico.

Mi sciacquo la faccia con l'acqua fredda, poi tampono le ferite con del disinfettante e, una volta finito, mi sposto nel cucinino dove Millie mi sta aspettando.

«Andiamo, ti compro una ciambella strada facendo.»

Gli occhioni azzurri della piccola si illuminano di felicità.

«Siii! Voglio quella rosa.»

Accenno un sorrisetto e inizio ad avvertire un leggero dolore al labbro.

«Va bene.»

Mi assicuro che mia madre e Jeff stiano dormendo nella loro squallida camera da letto e prendo dei soldi dal solito posto.

Con un cenno indico alla piccola di andare, lei mi prende la mano e con un gran sorriso mi segue.

Dopo aver accompagnato Millie a scuola, rifletto se andarci anch'io o rintanarmi al *Dark Maze*.

Merda! Questa mattina non sono in me, peggio degli altri giorni; sono arrivato a un punto della mia vita che non capisco più chi sono.

Ma forse la vera domanda è: chi voglio essere?

Il delinquente senza speranza o il ragazzo che merita un'altra occasione?

Il pensiero che Maggie mi possa perdonare dopo l'ultima bastardata mi sfiora la mente, per un attimo quasi ci credo, ma un attimo è troppo poco.

Potrei provarci, insistere, farle capire che per me lei è l'unica, cazzo, ed è così, ma questa volta l'ho fatta grossa e comprendo che non sarà facile perdonarmi, anzi immagino che sia del tutto impossibile.

M'incammino, demoralizzato e senza una meta, accendendo l'ultima sigaretta che mi è rimasta e fumandola lentamente, godendomi ogni tiro.

Quasi senza rendermene conto, passo davanti casa di Rio e lui mi vede e si avvicina.

«Ehi, amico.»

*Amico?*

«Non ti spacco la faccia solo perché mi reggo a stento in piedi.»

Mi guarda con un misto di dispiacere e comprensione.

«Non pensavo che andasse a finire così, volevamo solo organizzarti una festa, come tutti gli anni…»

«Cazzate! Avete fatto di tutto per allontanarmi da lei.»

Rio scuote la testa.

«Ti sbagli, Ryker. L'unico artefice del tuo destino sei tu. Non mi pare che ti abbiamo puntato una pistola alla testa costringendoti a baciare Brianna.»

*Che pezzo di merda!*

«Ma non mi avete fermato, ed ero in pessime condizioni, lo sai. Che razza di amici siete, eh?»

«Ti dovevamo fermare? Eravamo tutti sbronzi e strafatti… senti, mi dispiace. Se vuoi, posso darti una mano a chiarire con Maggie.»

Sbuffo il fumo, lanciando il mozzicone sul cemento.

«Non c'è nulla da chiarire e lei non mi vorrà più vedere. Lo capisci, cazzo?»

«Proviamoci, cos'hai da perdere?»

«Niente. Non ho più niente.»

«Hai noi.»

Una risata di rabbia mi vibra nella gola.

«Voi per me siete morti. Ah, un'ultima cosa: avverti Jaden che se solo proverà ad avvicinarsi a me lo farò pentire di essere nato.»

«Lui voleva solo aprirti gli occhi» prova a giustificarlo.

Abbozzo un sorrisetto forzato.

«E ci è riuscito.»

Lo saluto con un cenno del capo e mi allontano, ponendo fine alla nostra conversazione.

Da un lato Rio ha ragione, devo assumermi la responsabilità delle mie azioni, eppure non smetterò mai di incolpare anche loro, in particolare Jaden, colui che considero un fratello, colui che, invece di volermi felice insieme a Maggie, mi preferisce solo e collerico.

E per cosa?

Davvero non riesco a capirlo.

Alla fine decido di andare a scuola e di evitare per i prossimi giorni di frequentare il *Dark Maze*, per ovvie ragioni.

Arrivo prima del solito, l'ingresso è semivuoto, i pochi studenti che mi circondano evitano il mio sguardo, impauriti.

Mi sono sempre nutrito della paura altrui, ma ora non mi fa più nessun effetto, nessuna scintilla, nessuna scossa, è ben altro a rendermi vivo, e l'ho perso per sempre.

Mi trascino lungo il corridoio dirigendomi agli armadietti e mi appoggio con la schiena contro quello di Maggie: è qui che l'aspetterò.

Non passa molto prima che la veda varcare l'ingresso dell'istituto: la sua figura illumina ogni cosa, i suoi capelli rossi fiammeggiano nel grigiore e i suoi occhi mi conducono in paradiso.

La sua sola presenza mi tira su come se fosse un'iniezione di dopamina ma, nel momento in cui i nostri sguardi si incontrano, lei cambia direzione uccidendomi.

La seguo, senza rifletterci, perché ho bisogno di parlarle, ho bisogno che mi ascolti almeno una volta.

L'afferro per un braccio, godendomi ogni istante di questo tocco, conscio che non potrò più farlo.

«Ti prego, fammi spiegare.»

Con una forza che non ha mai posseduto, lei si libera della mia presa.

«Non voglio ascoltarti» dichiara categorica, senza nemmeno guardarmi.

Si allontana rapidamente raggiungendo con una corsetta la sua amica e insieme salgono al primo piano; faccio per seguirla, ma qualcuno mi ferma.

«Cazzo, giuro che ti uccido» sbotto, voltandomi con i pugni chiusi verso la persona che mi sta trattenendo.

Mi fermo in tempo, specchiandomi nelle iridi scure del professor Burton.

«Volevi davvero colpirmi, Ryker?»

Abbasso il braccio in tensione, scuotendo la testa impercettibilmente.

«Mi scusi, pensavo fosse qualcun altro.»

Mi rivolge un sorriso comprensivo.

«Ti va di parlarne?»

Il vecchio me gli avrebbe riso in faccia, ma adesso sono talmente disperato da accettare senza pensarci su nemmeno mezzo secondo.

Ci spostiamo nel laboratorio di arte e, tra tele, carboncini e acquerelli, do libero sfogo ai miei pensieri raccontando a un adulto tutto ciò che mi tormenta.

A fine ora Burton deve iniziare la lezione ma, prima di andare, mi rassicura che le cose possono aggiustarsi.

«Ricorda, Ryker, che la vita è come una di queste tele bianche, basta impugnare un pennello e iniziare a dipingere, scegliendo il soggetto o i colori. Capisci cosa intendo?»

«Che siamo noi a scegliere se sbagliare o meno.»

Si alza dallo sgabello, assestandomi una pacca affettuosa.

«Esatto, ragazzo. Ma è pur vero che agli sbagli si può sempre rimediare, è come sfumare una sbavatura.»

Mi tiro indietro i capelli, stringendo forte le palpebre.

«E se la sbavatura è troppo estesa?»

Mi stringe la spalla nel palmo della mano, come per infondermi i suoi insegnamenti.

«Puoi sempre usare la gomma pane.» E mi fa l'occhiolino.

«Gomma pane del cazzo» borbotto sottovoce.

Mi lascia solo, chiudendosi piano la porta alle spalle e io resto qui, nel mio posto sicuro, a rimuginare su come cancellare al meglio le sbavature e fare in modo che il disegno risulti perfetto.

# Maggie

## 36

*Caro diario,*
*sono trascorse esattamente tre settimane da quella maledetta sera, è arrivato dicembre, il clima è ancora piacevole di giorno, di notte invece cala la frescura e vorrei che qualcuno mi abbracciasse stretta per riscaldarmi contro il suo petto.*
*Peccato che quel qualcuno non esista più per me.*
*O, per meglio dire, vorrei che non esistesse più, invece, quando lo incrocio a scuola, devo scappare via per non scoppiare in lacrime davanti a lui.*
*Se solo mi arriva la sua voce alle orecchie, mi sento di morire dentro.*
*E non riesco a seguire più le lezioni, a studiare, a mangiare, ridere, o parlare.*
*Piango e scrivo, sono le due uniche azioni che riesco a compiere.*

*Lui ha provato più volte a riavvicinarsi e io l'ho rifiutato senza se e senza ma, poi, dopo averci riprovato ancora, venerdì scorso, si è arreso e mi ha lasciato andare.*
*Sai, mi chiedo e mi richiedo perché l'abbia fatto, pensavo che lui provasse qualcosa di profondo per me, pensavo di essere la sua Peach, invece è bastato pochissimo per dimenticarsi di me... di noi.*
*Ma ciò che più mi fa stare male è che io non riesco a odiarlo, nemmeno un poco, darei tutto per poter ritornare con lui, perché in fondo al cuore l'ho già perdonato.*
*Si può amare così tanto una persona da rinunciare ai valori in cui credi? Si può amare così tanto una persona da concedergli l'ennesima possibilità sapendo che sbaglierà ancora?*
*Non lo so... non so più niente, so solo che mi manca da morire e che vorrei tornare indietro nel tempo per evitare di innamorarmi di lui.*
*Ma forse era scritto nelle stelle che dovesse andare così e noi esseri umani siamo solo dei puntini in confronto all'immensità del firmamento.*
*Ora devo scappare a scuola, ti aggiorno al mio rientro.*
*Tua, Maggie.*

Quando arrivo a scuola, vedo gli studenti accalcati davanti all'ingresso e da quel cordone umano si alzano urla di esultanza, come se stessero assistendo a una partita, o peggio, a uno scontro di lotta clandestina.

È praticamente impossibile entrare nell'edificio, ma cerco di farmi spazio tra le persone per vedere cosa sta succedendo; tra uno spintone e una pestata sui piedi, m'infilo tra due studentesse e guardo la scena, con il cuore in gola.

Nella rissa sono coinvolti Ryker, i suoi amici, Bryce e alcuni compagni di squadra, e se le stanno dando di santa ragione, con calci, pugni, ginocchiate, testate: è un massacro.

Mi pietrifico, troppo scossa per intervenire, mi guardo intorno e nessuno muove un dito, si limitano a incitare i ragazzi coinvolti nella zuffa e a filmare con i telefonini.

Ma quando Ryker tira fuori il coltellino per colpire uno degli avversari, non riesco più a stare ferma e con uno slancio corro da lui per impedirgli di commettere un errore irrimediabile.

«Ryker, no!» urlo afferrandolo, e nello stesso momento sento la lama lambirmi la pelle e subito dopo un bruciore acuto pizzicarmi la carne.

Lui si ferma subito.

«Maggie, ma che diavolo…» Lascia cadere il coltellino e mi agguanta il braccio da cui sgorga un rivolo di sangue. «Cazzo, stai sanguinando…»

Questa è la prima volta che ci parliamo, dopo ventuno giorni; la circostanza non è un gran che, ma non m'importa.

M'interessa solo che lui mi stia toccando e guardando con occhi colmi di preoccupazione.

«Non… non è niente, sto bene» lo rassicuro.

Ma lui sembra a pezzi e non solo perché la sua faccia è tumefatta per le botte prese.

L'arrivo improvviso del preside rimette tutti in riga; gli studenti si dileguano in un attimo, così come Bryce e gli altri, mentre Rio afferra l'arma di Ryker dal selciato e la infila nei jeans, sparendo anche lui subito dopo.

Io, senza pensarci su, stringo la mano di Ryker e lo trascino dentro, poi corro fino all'infermeria chiudendo la porta a chiave.

«Dove cazzo è l'infermiera?» sbotta lui, senza lasciare la presa.

La donna esce da uno stanzino e, quando vede il mio braccio sanguinante, sbarra gli occhi.

«Oh, accidenti, cosa ti è successo, mia cara?»

Ryker e io ci guardiamo per un secondo negli occhi, prima di inventare una scusa veloce e plausibile.

«Ehm… mi sono tagliata…»

Lui m'interrompe. «Sono stato io, involontariamente.»

L'infermiera Becca alza gli occhi al cielo.

«Sei sempre tu, Ryker. Ma almeno questa volta l'hai ammesso e non l'hai fatto in maniera intenzionale, se devo crederci.»

«No, è stato un incidente, davvero...» mi affretto a confermare.

«Siediti sul lettino, controlliamo la ferita e la medichiamo. Non dovrebbe essere mortale.» E ridacchia divertita.

Anche se non vorrei, sfilo la mia mano da quella di Ryker e mi lascio medicare, mentre lui va su e giù per la stanza scagliando un calcio contro il carrellino dei disinfettanti e imprecando più e più volte.

«Tranquillo, il mio braccio sta bene. È vero, Becca?»

La donna annuisce, pulendomi la lesione con una garza sterile.

«Sì, vedi? La nostra Maggie ti ha già perdonato.»

I nostri occhi si cercano, si scontrano e si allacciano e io, per la frazione di un istante che sembra infinito, mi concedo di nuotare nelle sue iridi calde e scure e di crogiolarmi nella sua piacevole oscurità.

Ma lui abbassa lo sguardo, irrigidendosi tutto.

«No, non l'ha fatto e mai lo farà.»

Sto per dirgli che non è così, che lo amo da morire, che lo scuso per il suo ennesimo errore e che sarei disposta a dimenticare pur di tornare come prima, ma le parole mi muoiono sulla lingua e io le mando giù, col cuore dolente.

Una volta finito, con il braccio fasciato e indolenzito, Ryker e io usciamo dall'infermeria; su di noi è calata una coltre di ghiaccio, un po' come all'inizio, ma questa volta fa più male.

Mi fissa per un po', si morde il labbro, le mani ficcate nelle tasche, sta per dirmi qualcosa, ma la voce preoccupata di Emma si frappone tra noi.

La mia amica mi corre incontro e mi abbraccia.

«Maggie, mi hanno detto cosa è successo» esclama affannata, poi con uno sguardo incenerisce Ryker. «È sempre colpa tua, non ti è bastato spezzarle il cuore? Ora sei passato a colpirla con un cavolo di coltellino? Non ti permetterò più di avvicinarti a lei, razza di bastardo! E se ci proverai ancora, giuro che chiamerò la polizia, così trascorrerai i prossimi anni in prigione, chiaro?»

Lui resta impassibile, non ribatte, non la minaccia, non sembra più il vecchio Ryker, il bullo della North Miami High School.

Ai miei occhi innamorati appare come un ragazzo spezzato, che ha bisogno di aiuto, di sentirsi amato, e non posso abbandonarlo, non ora che è senza speranza.

Perché l'unica speranza per lui sono io.

Sto per intervenire, prendere le sue difese, dire a Emma che è stato un incidente, ma Ryker, prima che dalla mia bocca esca una sola parola, si allontana verso il lato opposto del corridoio.

E la mia amica, prendendomi a braccetto, mi convince a desistere, anche se vorrei correre da lui e gettarmi tra le sue braccia.

Mi arrendo, perché forse è giusto così.

*

A fine giornata, mentre sto riponendo i libri nel mio armadietto, avverto una presenza alle mie spalle, ma non è Ryker, il suo profumo lo riconoscerei tra mille, e non è nemmeno Jaden, la cui aura cattiva mi fa venire i brividi. Così, con estrema cautela, mi volto, trovando Rio dal viso mezzo pesto che giocherella con il crocifisso d'oro che porta appeso al collo.

«Ehi, *Pumpkin Spice Latte*.»

Con una spallata chiudo l'anta, traendo un lungo sospiro.

«Cosa vuoi, Rio?»

Lui non mi fa paura, sembra addirittura cordiale, o magari è solo apparenza.

«Devo chiederti un favore.»

Questa è bella, lui che chiede un favore a me.

«Non voglio avere niente a che fare con voi, se non ti dispiace.» E faccio un passo avanti per fargli capire che deve spostarsi. «Dovrei tornare a casa.»

Ma lui mi impedisce il passaggio, senza per questo risultare minaccioso.

«Si tratta della mia ragazza, Natalia. Le ho fatto un regalo per il nostro anniversario, ma non so se le piacerà, avrei bisogno di un parere femminile.»

«Chiedi a qualche vostra amica, tipo… Brianna» replico, meravigliandomi della mia spigliatezza.

Assume un ghigno di disgusto.

«Nah! Quella ha dei gusti trash, tu sei raffinata. Per favore, impieghiamo giusto due minuti.»

Sbuffo. «E dove sarebbe questo ipotetico regalo?»

Mi fa cenno di seguirlo, tirandosi su i jeans che gli cadono sui fianchi mostrando l'elastico dei suoi boxer.

Ci incamminiamo lungo il corridoio, verso le aule in cui svolgiamo i laboratori.

Lui si ferma fuori dalla classe del professor Burton e apre la porta.

«Qui, vieni.»

Mi blocco sull'uscio.

«Pensi che io sia stupida, Rio?»

Osservo l'aula al buio, poi sento la sua mano afferrarmi per tirarmi all'interno, dopo di che in un battito di ciglia Rio torna indietro, esce dalla stanza e mi chiude lì dentro con più mandate.

A tentoni cerco l'interruttore della luce e lo pigio, illuminando ciò che mi circonda.

Non posso credere ai miei occhi.

Lo spazio è tappezzato da tele e fogli su cui è rappresentato, da più angolazioni, il mio ritratto.

Ovunque io mi giri, vedo me stessa come se fossi in una casa degli specchi, con la differenza che questo è mille volte più bello e commovente.

Sono disegnata a carboncino, ad acquerello, a matita, in primo piano, di profilo, mentre sorrido e mentre piango.

Sento le lacrime spingere dietro le palpebre, le farfalle svolazzare nello stomaco e una tempesta di brividi attraversarmi la pelle.

«Disegno il tuo viso dalla prima volta che ti ho vista.»

La voce intensa di Ryker mi fa trasalire, non pensavo fosse qui con me, ma lui si palesa uscendo da uno stanzino in fondo all'aula.

Mi si mozza il respiro, mentre cammina lento venendomi incontro con un ghigno affranto sul volto.

«P… perché?» sussurro.

«Non riesci a capirlo?»

Scuoto la testa, troppo sopraffatta dalle emozioni per spiccicare una sola parola sensata.

«Sei incisa dentro di me, Maggie May. Non faccio che pensare a te dal primo istante in cui i miei dannati occhi si sono posati sul tuo viso e siccome odiavo l'idea di volerti, ho iniziato a disegnarti, credendo che la mia ossessione per te passasse, invece è andata diversamente.»

«Beh, non direi…» mi lascio sfuggire.

Accorcia ancora le distanze tra noi, mentre io resto ferma al centro della stanza, il petto che mi scoppia di gioia, malinconia e rabbia.

«So che la cazzata che ho fatto è imperdonabile, odio me stesso in un modo che neanche immagini, perché ho mandato a puttane l'unica cosa bella che la vita mi avesse dato, e… spero solo di essere ancora in tempo per rimediare e dimostrarti che per me esisti solo tu. Saprei disegnarti anche bendato, perché tu sei in ogni mio senso. Voglio guardare solo te.»

E mi fissa intensamente.

«Voglio toccare solo te.»

E mi sfiora la guancia.

«Voglio annusare solo te.»

E mi sfrega il naso sui capelli.

«Voglio assaporare solo te.»

E preme adagio le sue labbra sulle mie.

«Voglio udire solo te.»

«Ryker…» farfuglio.

Abbozza un piccolo sorriso.

«Sì, *Peach*?»

«Perché l'hai fatto?»

Si tira i capelli indietro con rabbia, serrando la mascella.

«Non lo so, giuro. Ero completamente sballato, lei mi si è buttata addosso e io non sono stato abbastanza forte da fermarla, ma quel bacio non ha significato niente, lei per me non è niente.»

Gli credo, non sta accampando scuse, ma ho bisogno di certezze. «Come posso fidarmi di te?»

Fa una smorfia di dolore, cerca le mie mani e intreccia le dita alle mie, guardandomi afflitto.

«Fidati del mio cuore nero e pieno di crepe, è tuo, lo affido a te.»

Una lacrima mi scivola sulla guancia accaldata, depositandosi sulle labbra, e lui si spinge verso di me e la bacia piano.

Glielo lascio fare, anche se dovrei respingerlo, perché la scena di quella sera alla sua festa è impressa nella mia mente e ci sto ancora malissimo, ma ci starei male il triplo se non tornassi con lui.

Mi arrendo.

Mi arrendo a lui e al bisogno che provo di stargli accanto, nonostante le ombre, la cenere e i demoni.

Lo perdono, conscia che la sua oscurità mi farà appassire, poiché nessun fiore sboccia senza la luce del sole.

«Me ne prenderò cura io» dico in un sussurro.

Mi agguanta per i fianchi e mi stringe contro il suo petto, così forte da farmi soffocare.

«Mi sei mancata da morire, cazzo.»

Mi tengo alla sua felpa, con nessunissima intenzione di lasciare la presa: passerei l'intera giornata abbracciata a lui in questo modo.

«Anche tu.»

Mi bacia la fronte, la punta del naso, le gote e la bocca, e io mi beo di questa sua rara manifestazione di affetto.

Poi la vibrazione del suo cellulare ci riporta alla realtà; lui lo sfila dalla tasca dei jeans e legge il messaggio emettendo un risolino divertito.

«Perché stai ridendo?»

«Quel cazzone di Rio non ci ha lasciato le chiavi e le tue orecchie innocenti non possono ascoltare le porcate che ha scritto. Ma posso fartele provare» mormora sensuale, divorandomi con gli occhi.

Mi stacco dal suo corpo, guardandomi intorno, allarmata.

«Deve esserci un altro modo per uscire.»

Scuote la testa e si siede su uno sgabello, accanto a un cavalletto.

«No, *Peach*, passeremo la notte qui, insieme. Rassegnati.»

Cosa dico alla mamma? Ed Emma mi coprirà sapendo che sono con Ryker?

Ma soprattutto, cosa succederà tra noi stanotte?

*Calma, Maggie, respira e risolvi un problema per volta.*

«Ryker, non capisci, non posso raccontare una bugia a mia madre, perderei la sua fiducia.»

«Dille la verità.»

«Sei pazzo! È fuori discussione.»

«So che mi detesta, ma prima o poi dovrà capire che mi vuoi, e se ne farà una ragione.»

«Non dopo che mi ha visto piangere ininterrottamente per tre settimane. Chiederò a Emma di coprirmi, ma non sono certa che voglia farlo.»

«Non hai sofferto solo tu, Maggie. Anch'io sono stato uno schifo, senza avere nessuno accanto per di più. Sai, sono felice che tua madre ti ami profondamente, sarebbe piaciuta anche a me una mamma così» confessa, spostando lo sguardo verso il basso.

Mi faccio più vicina, percependo sulla pelle tutto il suo tormento, e gli carezzo lo zigomo livido con tenerezza.

«Posso solo immaginare come ci si senta a non essere amati dalla propria famiglia, è devastante.»

Deglutisce forte, tornando a guardarmi.

«Non mi pesa più. E poi ho te e Millie, ho tutto.»

Gli sorrido, premendo forte le mie labbra sulle sue, impaziente di perdermi in uno dei suoi baci famelici e passionali. Ma prima mando un messaggio a Emma.

Dopo un po' di storie si convince a coprirmi con mia madre e io, nonostante l'agitazione, non potrei sentirmi più felice di così.

# 37
# Ryker

Sono felice.

È strano, lo so, che uno come me provi un sentimento diverso dalla rabbia e dalla vendetta.

Che uno come me abbia occhi solo per la bellissima ragazza che riempie la stanza di luce.

Che uno come me chieda scusa, quando sono sempre stato incapace di farlo.

Non sono cambiato e questo i miei amici non l'hanno capito ancora, eppure ho deciso di mettere da parte le incomprensioni e siamo ritornati a essere uniti come prima.

Ho semplicemente lasciato che la parte migliore di me emergesse in superficie, per lei e solo con lei.

Sono dell'idea che in ogni essere umano convivano il bene e

il male, sta a noi decidere a quale delle due entità far prendere il sopravvento, a seconda del contesto, della persona, dello stato d'animo.

Siamo sfaccettati noi uomini, non esiste solo il nero e il bianco, ma un'infinità di colori, e questo l'ho capito grazie a Maggie.

La guardo, ha le guance arrossate e si tortura le pellicine con i denti, oggi indossa una minigonna di velluto marrone bruciato, un maglioncino rosso sottile e un cardigan a righe abbinato.

È in tinta con il colore dei suoi capelli, mi ricorda l'autunno, le foglie di acero, il fuoco, il tramonto su un campo di margherite, mi dona serenità.

Muoio dalla voglia di scoparmela, dopo queste settimane separati; farla mia sarà l'esperienza più bella e appagante di sempre, fremo alla sola idea di affondare dentro di lei.

Mi alzo dallo sgabello senza staccarle gli occhi di dosso, i muscoli tesi e l'uccello in tiro.

Maggie si morde il labbro con innocenza, sfuggendo al mio sguardo disonesto.

«Hai fame? Burton ha sempre qualche scorta di snack.»

Fa di no con il capo, mi fa impazzire ancora di più quando è imbarazzata; so bene perché lo è, ha capito che stanotte non gliela darò vinta e che farò mio il suo corpo immacolato.

«Ti piacciono?» Le giro intorno come un alligatore affamato, indicando i ritratti.

Sfiora una tela con i polpastrelli, annuendo.

«Sono stupendi, Ryker, non ti nascondo che mi sono commossa, nessuno aveva mai fatto una cosa tanto bella per me.»

Mi posiziono alle sue spalle, la catturo per i fianchi e con la bocca raggiungo il suo collo profumato.

«Ti va se ti ritraggo ora?»

Sussulta.

«Certo…»

Con una mano le alzo l'orlo della minigonna, approdando tra le sue cosce.

«Nuda.»

«Ryker.»

Le succhio il lobo provocandole un fremito, mentre con il pollice le sfioro il clitoride da sopra gli slip.

«È un sì?»

«S… sì.»

«Ma prima…»

M'interrompe, anticipando ciò che stavo per dirle.

«Voglio farlo.»

Un sorrisetto trionfante m'inarca le labbra, sfilo la mano da sotto la sua gonna e stringo le dita attorno al suo polso sottile, conducendola in un angolo del laboratorio.

Stendo un telo sul pavimento, mi levo la felpa e la appallottolo a mo' di cuscino, poi mi tolgo le scarpe e il resto dei vestiti, rimanendo in boxer.

Maggie è impacciata, piano si sfila il cardigan, poi passa agli stivaletti guardandomi di sottecchi, con le guance accese di rosso.

«Stenditi, finisco di spogliarti io» le dico, impaziente.

La voglio troppo per poter aspettare un solo minuto in più.

Lo fa, si adagia sul telo traendo un lungo respiro, e io mi inginocchio davanti a lei, le tolgo prima la gonna poi il maglioncino, assaporando ogni millimetro del suo corpo in biancheria intima.

«Cazzo, quanto sei bella, *Peach*.»

«Puoi… puoi spegnere la luce?»

«Non vuoi che ti veda nuda?»

«Mi vergogno.»

«Stronzate! Non devi vergognarti del tuo aspetto, sei perfetta.»

Abbozza un sorriso ma è nervosa, così spengo la luce principale e accendo la lampada da scrivania, che diffonde una luminosità soffusa, calda ma fievole.

Mi libero dei boxer e Maggie si sofferma a guardarmi il pene in erezione, con un'espressione un po' preoccupata e un po' curiosa.

L'ha già visto, ma questa volta è diverso.

«All'inizio farà un po' male, poi diventerà piacevole. Ti fidi di me?»

Annuisce.

«Sì, mi fido di te.»

Con entrambe le mani le abbasso le mutandine sentendo il sangue ribollirmi nelle vene e pompare verso il mio cazzo fremente, poi osservo la peluria ramata che ricopre la sua fica, deglutendo a fatica.

«Levati il reggiseno, Maggie.»

Obbedisce con mani tremanti, restando completamente nuda sotto di me.

È una maledetta visione celestiale.

I suoi seni piccoli e sodi mi mandano in pappa il cervello. Dannazione, non so da dove iniziare.

*È la sua prima volta, pezzo di merda, rendila memorabile, non comportarti come un animale.*

Maggie è speciale e devo fare in modo che anche questa esperienza lo sia per lei, per noi.

Mi allungo verso i miei vestiti sparsi sul pavimento e sfilo un preservativo dalla tasca, sentendomi addosso gli occhi di Maggie.

Con i denti strappo la confezione e infilo il condom, con il cuore che picchia duro contro le costole.

Sono nervoso anch'io, ed è ridicolo, non ne capisco il motivo… il sesso è sempre lo stesso, no?

«Hai paura?» le domando, posizionandomi tra le sue gambe.

«Un po'...» sussurra.

Le accarezzo il viso, le bacio piano le labbra per farla rilassare, e lei mi cinge il collo, sfiorandomi i capelli.

Con la bocca approdo sui suoi seni, le prendo un capezzolo tra le labbra succhiandolo forte, poi faccio lo stesso con l'altro strappandole un gemito.

Percorro con la lingua il suo ventre fino a raggiungere la sua vagina, che lecco a fondo, gustando il suo sapore dolce, mentre Maggie inarca la schiena miagolando dal piacere.

La percorro con le dita lasciando che sui polpastrelli si depositino i suoi umori misti alla mia saliva e li spargo sul mio uccello per lubrificarlo, infine, piano, inizio a penetrarla.

Oh, cazzo, sì!

«Dio, *Peach*, quanto sei stretta» ringhio.

Ansima aggrappandosi alle mie spalle, una smorfia di dolore le lambisce il viso, mentre cerco di spingermi in profondità.

Il suo calore mi avvolge e, nonostante la mia eccitazione sia alle stelle, provo anche uno strano senso di pace, mai avvertito prima. Aspettavo questo momento da quando le ho strappato il primo bacio, ma adesso mi rendo conto che non sto solo prendendomi la sua verginità, perché in realtà questa non è soltanto la sua prima volta.

È la *nostra* fottuta prima volta.

E, Dio, mi sento di morire tra le pareti strette della sua fica. Se la mia vita dovesse finire, vorrei che fosse in questo preciso istante.

Mi muovo piano, anche se vorrei aumentare il ritmo, le accarezzo i capelli, la bacio e lei si tiene a me, donandomi le sue labbra morbide e la sua lingua umida.

«Fa tanto male?» le chiedo, riflettendomi nei suoi frammenti di cielo.

Preme le sue labbra sulle mie, il suo corpicino accaldato a contatto col mio in ogni punto.

«No, è sopportabile.»

«Sicura?»

Mi rivolge un piccolo sorriso. «Sicura.»

Affondo con una stoccata più forte e lei mi conficca le unghie nella schiena, ma resiste, mentre io mi spingo fino in fondo.

«Mmh...» piagnucola, dischiudendo le labbra.

Mi avvicino al suo viso arrossato e le mordo il labbro inferiore, e nello stesso tempo con il pollice raggiungo il clitoride e lo sfrego, in modo da sostituire il dolore con il piacere. Lei pian piano si rilassa, inizia a gemere non più per il fastidio, le sue pareti mi accolgono ed è in quel momento che inizio a muovermi più veloce.

I nostri ansimi echeggiano nell'aula vuota, accompagnati dalle pulsazioni furiose dei nostri cuori che battono all'unisono, colmando il silenzio.

Stento a credere che Maggie ora sia tutta mia, pensavo di averla persa per sempre, pensavo che non ci fosse più alcuna dannata speranza per noi e invece siamo qui, noi due, i nostri corpi accaldati che si incastrano alla perfezione, diventando un unico intreccio di carne, sangue e gemiti.

Nascondo il viso nell'incavo del suo collo, succhiandole la pelle morbida, le sue mani tra i miei capelli e i suoi sospiri che mi risuonano dentro.

«Oddio, Ryker, è bellissimo...»

Senza fermarmi la penetro con vigore, continuando a stuzzicarle il fulcro del piacere con il dito e respirando con affanno.

«Sì, che lo è, cazzo!»

Con la lingua percorro la sua gola, la clavicola, soffermandomi sui capezzoli turgidi, li stuzzico e Maggie lancia un gridolino mordendosi il labbro.

Mi spingo dentro e fuori con foga e intensità, e lei sussulta afferrandomi i capelli.

«Stai venendo, *Peach*» mormoro, addentandole un seno.

Maggie accompagna il mio movimento con il bacino, socchiude le palpebre gemendo sottovoce.

«Oh, sì...» farfuglia.

Io sono prossimo all'orgasmo ma voglio che lo raggiunga prima lei.

Mi bagno un dito con la saliva, ritorno a sfregarle il clitoride pulsante e, dopo un'ultima violenta stoccata, sento Maggie venire.

«Dio, piccola, sei mia.»

Le tremano le gambe, si abbandona alla sensazione di godimento, baciandomi con impeto, mentre vengo anch'io infilandole la lingua in bocca.

Restiamo così, sudati e accaldati, mentre un sorriso di gioia le sfiora le labbra e, senza rendermene conto, sto sorridendo anch'io.

«Sono tua. Tu il primo, tu l'ultimo» dice in un sussurro.

Le stampo un altro bacio sulle labbra, sentendomi totalmente legato a lei con il corpo e con l'anima.

«E io sono tuo, *Peach*.»

«Ryker.»

Vedo il mio riflesso nelle sue iridi luminose, e sembro diverso, oserei dire felice e in pace.

Le passo un dito sull'arco di cupido, ammirando la sua bellezza, dopo essermi appropriato di ogni singola parte di lei.

«Dimmi.»

Le sue gote arrossiscono di colpo, mettendo in risalto le lentiggini che puntellano il suo nasino.

«Io... ti amo» confessa d'un fiato.

Resto per un attimo bloccato, con il cuore che mi ostruisce

la gola e l'incapacità di reagire alla sua confessione.

Cazzo, non vorrei combinare un altro guaio, rovinando tutto.

*Cosa diavolo le rispondo?*

*Ma, soprattutto, anche io la amo?*

Beh… non lo so.

Voglio che sia mia e che nessun altro la sfiori nemmeno con lo sguardo, ma non sono certo di amarla.

Non ancora.

È complicato darle una risposta in questo preciso momento.

Quindi preferisco sviare la discussione, è la cosa che mi riesce meglio quando mi sento messo all'angolo, perché in fondo sono un codardo.

«Devo togliere il preservativo.»

Dannazione, che mi dice il cervello?

Lei annuisce, sempre più rossa in faccia, e io mi sciolgo dall'abbraccio e mi sollevo per darmi una ripulita.

Lei si mette a sedere e, imbarazzatissima, acciuffa i vestiti come se avesse fretta di indossarli.

«Aspetta, non vuoi più posare per me?» le chiedo, infilando i boxer e i jeans.

Mette il reggiseno e le mutandine con gesti rapidi.

«No, non mi va.»

«Dannazione, Maggie, ti incazzi per nulla.»

Sbarra gli occhi, sbalordita.

«Per nulla? Lascia stare, Ryker, non importa, davvero.»

Si riveste e va a sedersi accanto alla finestra, mettendosi a osservare il tramonto.

Io posiziono una tela nuova sul cavalletto, prendo il carboncino e la ritraggo, riportando non solo la sua posizione ma anche i suoi sentimenti.

È ancora appagata, ma delusa e probabilmente arrabbiata con il sottoscritto.

Niente di nuovo.

È così che va tra noi, io che la ferisco e lei che mi perdona ogni dannata volta, pur sapendo che finirò per farle ancora del male.

Maggie si accorge che sto disegnando; nel silenzio, la mina che scivola sul lino della tela è l'unico suono che si sente.

Così si avvicina e sbircia.

«Non ti ho detto che potevi guardare.»

«E io non ti ho detto che potevi ritrarmi» ribatte.

Ridacchio.

«Maggie May, mi ecciti tantissimo quando fai la bimba disubbidiente.»

Sposto rapidamente lo sguardo dal disegno al suo viso imbronciato, accennando un sorrisetto bastardo.

«Quindi è solo questo che provi per me? Attrazione fisica? E tutte le belle parole che mi hai detto prima, a cosa sono servite? A manipolarmi per convincermi a fare sesso con te?»

Cazzo. Cazzo. Cazzo.

È possibile che io non ne faccia una giusta?

Lascio cadere il carboncino, annientó la distanza tra noi e la afferro per le spalle.

«Sei proprio una piccola idiota, se pensi questo. E mi fa incazzare a morte che tu abbia una così bassa considerazione di me. Sono un figlio di puttana e lo sappiamo tutti, ma io sto cercando di dimostrarti che tu per me non sei una qualunque. Tu sei la mia *Peach*. Eppure sembra che non basti.»

Sospira forte, guardandomi dispiaciuta.

«Scusa, so che ti stai impegnando per dimostrarmi che ci tieni a me, è solo che ho mille dubbi e paure…»

«Su cosa?»

«Un po' su tutto, ma cercherò di superarli. Non voglio perderti di nuovo, Ryker, non potrei sopportarlo.»

La stringo a me, rassicurandola.

«Sono qui, Maggie.»

Stringe nei pugni la stoffa della mia T-shirt, solleva il mento e mi bacia.

«Non lasciarmi mai.»

Le sfioro i capelli con le labbra.

«Mai.»

# Maggie

## 38

Ho confessato a Ryker di amarlo.

Lo sento ancora dentro di me, è come se avesse lasciato un frammento della sua anima a danzare con la mia.

Le gambe mi tremano ancora, lo stomaco è stretto in una morsa, il cuore mi batte forte e tra le gambe avverto un leggero bruciore che sono certa passerà entro un paio di giorni.

Non era previsto, ma le cose più belle sono quelle inaspettate.

Fino a stamattina non ci parlavamo e guardavamo più, poi, dopo i suoi piccoli grandi gesti, tutto è cambiato, e ora lo amo non solo con il cuore ma con ogni parte di me.

Fare l'amore con lui è stata l'esperienza più eccitante e magica della mia vita; al contrario di ciò che pensavo, Ryker è stato dolcissimo, mi ha coccolata e non mi ha fatto sentire fuori posto o inesperta.

Ha fatto in modo che mi sentissi a mio agio e si è fatto spazio nel mio corpo con delicatezza, guardandomi come se non avesse mai visto niente di più bello.

Mentre ci muovevamo all'unisono, intrecciati e ansimanti, sono riuscita a scorgere le sue fragilità e ai miei occhi è apparso come la persona migliore di questo mondo. Per me lo è, anche se lui non sa di esserlo.

Ha sbagliato, ma ha imparato dai suoi errori, sta cercando di essere migliore e io apprezzo ogni suo minuscolo sforzo.

Ryker ha tanti difetti e io amo anche quelli, ma ciò che mi lascia senza fiato sono i suoi pregi: è meraviglioso a volte e mi dispiace che lui pensi di essere una pessima persona.

Ce la metterò tutta per fargli capire quanto vale e che la vita gli sta donando la possibilità di dimostrarlo a tutti.

«Sai, si potrebbe organizzare una mostra con tutti i quadri che hai realizzato» gli dico, poggiando la testa sul suo petto.

Siamo seduti sul pavimento, lui con le spalle al muro e io davanti a lui, tra le sue cosce, e stiamo sgranocchiando delle patatine prese dalla dispensa del professor Burton.

«Scordatelo, sono troppo geloso per esporti al pubblico.»

La sua affermazione mi fa sorridere, ma insisto perché è davvero bravo e il suo talento non deve andare sprecato.

«Non sono mica nuda, si vede solo il mio viso» lo provoco.

Mi addenta il collo stringendomi più forte a sé e io sussulto dal piacevole dolore.

«Ogni fottuto millimetro del tuo corpo è mio, non scherzare su questo, Maggie May, non lo sopporto.»

Mi volto di poco verso il suo viso e capisco che non è ironico, si è rabbuiato mettendo su un ghigno collerico, così lo rassicuro.

«E va bene, niente mostra. Almeno potresti frequentare il workshop.»

«E chi ti ha detto che io non l'abbia fatto?»

La notizia mi rallegra all'istante.

«Davvero? Ci stai andando?»

Annuisce pescando una patatina dal sacchetto, poi se la porta tra le labbra muovendole in modo sensuale.

Si accorge che lo sto guardando imbambolata e accenna un mezzo sorriso malizioso.

«Mi stai pregando con gli occhi.»

Mando giù la saliva.

«Di… cosa?» balbetto.

«Di scoparti con la bocca.»

Distolgo lo sguardo dal suo, sentendo le guance imporporarsi.

Le sue mani, che finora erano intrecciate alle mie, si spostano lente sotto la mia gonna provocandomi uno spasmo al bassoventre.

«Non imbarazzarti, *Peach*, è normale che provi certe sensazioni, sai quanto mi fa eccitare che io sia il primo e l'ultimo a farti sentire le farfalle nello stomaco e non solo lì... Ne vado fiero» mi soffia sul collo scostandomi gli slip con le dita.

Un fremito caldo mi attraversa il corpo, dal punto in cui mi sfiora con l'alito fino alle dita dei piedi.

«Mi imbarazzo perché mi piace.»

Con un dito mi penetra succhiandomi il lobo, e io cerco la sua bocca per baciarlo.

«Ti piace perché a scoparti sono io, Maggie May.»

S'impossessa delle mie labbra, dandomi un bacio che mi fa volteggiare la testa, mentre con le dita continua a toccarmi a fondo.

Gli infilo le mani tra i capelli, intrecciando con più foga la mia lingua alla sua; non ci stiamo semplicemente baciando, ci stiamo scambiando i respiri, stiamo esplorando terre sconosciute, stiamo sfiorando il sole senza scottarci.

Da soli, chiusi a chiave in un'aula di scuola, illuminati dal fievole bagliore della luna, ci stiamo donando l'uno all'altro senza paure, senza fretta o vergogna.

Siamo solo noi due.

Maggie e Ryker, pianeti lontani che s'intersecano, fuoco e cenere, paradiso e inferno, amore e odio.

Spinta da un impulso irrefrenabile, mi sollevo e mi siedo a cavalcioni su di lui tornando a incollare la mia bocca alla sua.

Ryker mi agguanta il sedere, lo strizza con forza spingendomi sulla sua erezione.

«Ti voglio leccare tutta.»

«Fallo…»

Mi morde con violenza il labbro inferiore, l'eccitazione gli divampa nelle iridi, riesco a scorgerla anche se siamo al buio perché la sento anch'io vibrarmi all'interno e sulla pelle.

Con la lingua scivola sul mio collo e sulla mia clavicola sporgente, infilando le mani sotto al mio maglioncino.

«Cazzo, sai di pesca» mormora, leccandomi l'orecchio.

Sorrido perché mi sta facendo il solletico e lui inchioda i miei occhi ai suoi, la passione che fiammeggia nella sua voce bassa e roca.

«Ti avverto, *Peach,* sto per farti piangere.»

Mi si mozza il respiro per la serietà con cui ha pronunciato queste parole, l'adrenalina inizia a fluirmi nel sangue come liquido incandescente.

Le mani ruvide di Ryker mi sfilano il maglioncino con urgenza, sganciandomi poi il reggiseno.

Si appropria dei miei seni stuzzicandoli con i denti, e io mi avvinghio a lui mentre mi tortura dolcemente.

«Oh, Ryker…» gemo.

Afferrandomi per i fianchi cambia posizione, mi mette giù, mi spoglia tutta e io non provo più imbarazzo, ma solo voglia di sentirmi sua.

Mi divarica le gambe e approda lì con la bocca, trasportandomi in un luogo dove paradiso e inferno coesistono, dove i peccati sono vere e proprie benedizioni, dove le nuvole fanno da cuscino alle fiamme che ci avvolgono.

Ryker è la mia prima volta in tutto e non esagero quando penso che sarà anche l'ultimo.

Dopo che lui ti sfiora, bruciandoti, niente è più lo stesso, e nessuno potrà mai equiparare le emozioni che è capace di farmi provare perché per me Ryker è semplicemente la fine del mondo.

Oltre lui non esiste nulla.

«Mmh… anche la tua fica sa di pesca» soffia, scatenandomi un'esplosione di brividi con la lingua che mi lambisce. «È così fottutamente dolce, e ora ti mangio»

E lo fa. Mi divora.

Prima con calma e delicatezza, poi con intensità, sollevando di poco il viso, cercando i miei occhi per leggervi il piacere che mi fa provare.

«Oh mio Dio, Ryker…» boccheggio, inarcando la schiena.

La luce soffusa della lampada illumina la sua pelle marchiata dai tatuaggi, tra i quali ne scopro sempre di nuovi.

Come carboncino e tela, stiamo tratteggiando insieme il disegno più bello di sempre.

La sua bocca mi assapora, mentre le sue mani mi stringono entrambi i seni titillandomi i capezzoli.

Il falò che mi si è acceso nel bassoventre sta per divenire lava e sfociare in un lago di beatitudine assoluta.

Ma sull'orlo dell'orgasmo, lui si ferma, mi bacia prima l'interno coscia, poi solleva il busto, cala giù i jeans e i boxer, indossa il preservativo e subito affonda dentro di me con vigore, strappandomi un gemito.

Si adagia su di me, il suo petto che schiaccia i miei seni, le labbra sulle mie, senza perdere il contatto visivo.

«Ci sto andando piano, *Peach*, ma sappi che da domani in poi ti scoperò più forte» mi avverte, mordendomi la spalla.

Gli infilo le dita tra i capelli, un po' sbigottita dalla sua avvertenza. «Non so se riuscirò a starti dietro…»

Mi passa la lingua sulle labbra come un predatore affamato spingendosi in me con affondi decisi.

«Stai andando benissimo» mormora, scostandomi una ciocca sudata dalla guancia, poi con il palmo scivola sulla mia gola e la serra tra le dita. «Impari molto in fretta.»

«Voglio provare ogni cosa con te.»

Accenna un sorrisetto, si issa di poco, mi prende una gamba e se la porta sulla spalla, e io lo sento arrivare più in fondo.

«Aaah…» mi lamento, mordendomi il labbro.

Mi stringe il collo con frenesia e stranamente non sento dolore, ma solo pura eccitazione.

«Ogni fottuta cosa, *Peach*. Ci puoi giurare.»

E dopo altre stoccate più energiche, veniamo insieme, a distanza di secondi, raggiungendo il nostro angolo di infernale paradiso tra sospiri e brividi, ansimi e gemiti.

Dopo un po' ci rivestiamo; è ormai sera quando mi accoccolo sul suo petto e, sfiorandogli i tatuaggi che serpeggiano sulle sue braccia, ascolto i battiti rapidi del suo cuore.

Lui mi tiene stretta a sé, accarezzandomi la schiena; a bassa voce mi spiega il significato dei tattoo che gli indico e lo fa con naturalezza, sebbene sia una cosa molto intima.

«E questo?» Con il dito tratteggio i numeri di una data e poi un piccolo insetto giusto accanto.

«Questo è l'unico tatuaggio che ho dedicato a una persona, è la data di nascita di Millie e l'insetto che vedi è un moscerino. È il soprannome che le ho dato, perché quando è nata era minuscola e debole, tanto da rischiare di morire. Però ha combattuto e ora è una peste che sprizza energia da tutti i pori.»

Sento un improvviso tuffo al cuore.

Scosto la guancia dal suo petto per guardarlo negli occhi.

«Sei un fratello maggiore meraviglioso, Ryker, e adoro la dedizione con cui ti prendi cura della tua sorellina. Non è affatto scontato.»

«Voglio solo donarle un futuro migliore, non merita di vivere in quella merda, è solo una bambina.»

Lo fisso e scorgo tutte le sue paure e insicurezze, quelle che non ha mai mostrato agli altri e che fa uscire solo con me.

«Ci riuscirai e io sarò al tuo fianco, per qualsiasi cosa. Non avere timore di chiedere aiuto, a volte pensiamo che non ci serva invece è fondamentale poter contare su qualcuno, avere una spalla alla quale appoggiarsi per restare in equilibrio quando la terra trema.»

Sospira, annuendo.

«Riuscirai a sorreggermi?»

Premo le mie labbra sulle sue, incollandomi al suo corpo; le sue braccia mi cingono i fianchi così forte, come se avesse paura che io possa sgusciare via da un momento all'altro.

«Sì, sempre e per sempre.»

Mi bacia la punta del naso e, poco dopo, ci addormentiamo abbracciati, in un luogo che prima ci ha visti carnefice e vittima, nemici e poi amanti; il luogo dove tutto è iniziato, dove non finirà, mai.

Caro diario,
negli ultimi giorni sono successe tante cose, tutte bellissime. Ryker e io ci siamo riappacificati; lui mi ha sorpreso mostrandomi i ritratti che ha realizzato da quando ci siamo conosciuti e il suo gesto mi ha commosso profondamente. Sai, è bravissimo. Nei suoi disegni è capace di cogliere tutte le emozioni esistenti e di riportarle su tela, usando solo le sue mani e un carboncino, compiendo una magia con tratteggi e chiaroscuri.
Dopo aver chiarito e aver ammesso i suoi errori, abbiamo fatto l'amore, stesi sul pavimento alla fievole luce di una lampada, tra l'odore della pittura.
È stato tenero, elettrizzante, dolcissimo e magico.
È stato più bello di come avevo immaginato la mia prima volta, anche perché Ryker è il ragazzo che amo e che amerò sempre.
Sono talmente felice che quasi me ne vergogno, sono talmente felice che lo urlerei a squarciagola, rendendomi ridicola.
Non è forse questo l'amore?
Emozionarsi, arrabbiarsi, fare cose stupide e scelte sbagliate, donare all'altro il proprio cuore e ogni singola parte di sé, perdonare e combattere, soffrire, cadere e infine rialzarsi.
Amando Ryker ho capito che non esiste un solo tipo di amore, perché ogni persona ama a modo suo, ognuno ama come può e non bisogna giudicare.
I miei genitori sono stati l'emblema del sentimento romantico e sereno, non li ho mai visti litigare, mia madre non ha mai patito per un errore commesso da mio padre e viceversa.
La loro era, e lo è ancora, una storia d'amore esemplare.
La mia invece non è iniziata nel migliore dei modi, è stato, e lo è ancora, come attraversare una foresta fitta, piena di sentieri tortuosi e pericoli, di dirupi e animali selvatici intenzionati a sbranarmi. Non è per niente semplice, eppure da lontano riesco a udire lo sciabordio della sorgente e a intravedere un raggio di sole.
So che ho riempito le pagine precedenti di inchiostro e lacrime, so che Ryker è stato più volte crudele con me, mi ha tormentato, mi ha ridotto il cuore in poltiglia, tuttavia mi ha anche dimostrato che

*mi ama; l'ha fatto come riesce, con gesti semplici e poche parole, ma l'ha fatto e io lo apprezzo tantissimo.*
*Da oggi in poi, mi godrò la nostra relazione fino all'ultimo respiro, perché di un amore così grande non va sprecato nemmeno un millesimo di secondo.*
*Ora ti lascio, lui sta arrivando e... tranquillo, non mi dimenticherò di trascrivere le mie più intime emozioni.*
*A prestissimo*
*Sempre tua, Maggie*

# 39

# Ryker

«Stasera ci sei? Mi serve una mano esperta» mi chiede Jaden, studiando l'espressione del mio viso mentre si accende la sigaretta che ha tra le labbra.

Mi metto a sedere dritto sul divano del covo, finendo di rollare uno spinello.

«Ho da fare, perché?»

«Devo racimolare un po' di soldi, tu che hai da fare? Devi vederti con la verginella?»

Me lo chiede con il suo solito tono dispregiativo e io lo fulmino con un'occhiata omicida.

Non sa ancora che Maggie e io abbiamo fatto sesso. D'altra parte, perché dovrei dirglielo?

«Esatto, qualche problema?»

Sbuffa il fumo contro la mia faccia, passandosi con rabbia una mano sulla testa, tra i capelli biondo cenere che sta lasciando ricrescere.

«Porca puttana, fratello, sono già due settimane che non ti fai vedere per stare dietro a quella, e ti capisco, sei libero di fare ciò che diavolo vuoi, ma ora ti sto chiedendo un aiuto, e tu rifiuti? Sono ancora il tuo migliore amico, o no?»

Annoiato, sistemo la canna sul padiglione dell'orecchio destro, mi è passata la voglia di fumare.

«Ovvio che lo sei, ma non posso ficcarmi nei guai, Jay. Sei stato il primo a fermarmi quando volevo massacrare quel coglione di Jordan, l'hai scordato?»

«Questa è una situazione diversa.»

Scuoto la testa, alzandomi con uno scatto.

«No, è la stessa cosa. Se mi beccano, mi sbattono in cella. Non posso rischiare.»

Fa un lungo tiro, fissandomi amareggiato.

«È una cosa sicura, non ci acchiapperanno.»

«Mi dispiace, amico, ma non posso. Fatti aiutare da Derek.»

Sbuffa. «Cristo! Quello è un cazzone, si farebbe fottere nel giro di due minuti. Vabbè, ho capito, come non detto. Preferisci la fica a tuo fratello. Bravo.»

Sospiro forte, cercando di non sbroccare e al contempo di non cedere al suo tentativo di persuadermi.

Sono combattuto, certo, lui è il mio migliore amico, un fratello, ne abbiamo passate tante insieme, ma adesso è diverso.

Ora è Maggie la mia priorità, anche se non lo dico apertamente.

«Pensala come ti pare, ora vado, ci sentiamo» lo saluto con un cenno del capo.

Lui non ricambia, mi ignora imprecando tra sé e sé e accende la Play, così gli volto le spalle ed esco dal *Dark Maze* con uno strano groppo alla gola dovuto al senso di colpa, per avergli dato buca e aver preferito Maggie a lui.

Faccio un salto a casa, mi assicuro che Millie stia bene, ignoro le cazzate che spara mia madre dalla bocca e me la svigno prima di incrociare Jeff: non ho alcuna voglia di scontrarmi con quel bastardo, non gli permetterò di rovinare il periodo più bello della mia fottutissima vita.

Prima di andare, prendo i miei quaderni mai utilizzati e raggiungo casa di Maggie, che mi sta aiutando a recuperare le insufficienze. Io per ripagarla le regalo orgasmi multipli.

È da due settimane che stiamo insieme ufficialmente e che scopiamo come ricci.

Lo facciamo a scuola, quando ci è possibile, in biblioteca, nel nostro ripostiglio, nel laboratorio di arte e pure nel cesso delle ragazze.

E poi a casa sua, quando la madre non c'è. Sto evitando di portarla al *Dark Maze*, perché lì non saremmo sicuri di rimanere soli.

Una volta arrivato, busso alla porta e lei viene ad aprirmi subito, mi getta le braccia al collo e mi bacia con trasporto come se non ci vedessimo da mesi.

Le sue dimostrazioni d'amore mi fanno sentire vivo, amato, protetto… Maggie è la cura per il mio cuore malato e io non le sarò mai grato abbastanza per avermi donato la speranza e per avermi insegnato ad amare.

«Oggi studieremo tanto, domani hai il test di letteratura» mi ricorda, dandomi la mano per condurmi nella sua stanza.

La seguo e, nel mentre, le do una bella palpata al culo.

«Cazzo, *Peach*, oggi avrei solo voglia di affondare tra le tue cosce e leccare il tuo sapore» mormoro, chinandomi verso il suo collo.

Rabbrividisce sfiorando il punto in cui il mio respiro l'ha

solleticata, però lascia andare la mia mano e scuote l'indice.

«No, no, no, Ryker, oggi si sgobba.»

Sbuffo, mi stravacco sul suo letto, prendo un cuscino con la sagoma di Harry Potter e glielo lancio in faccia, ridacchiando.

«Sei proprio una secchiona insopportabile.»

Mette su una smorfia arrabbiata, prende il cuscino dal pavimento e me lo scaglia addosso.

«E tu uno stupido scansafatiche.»

Assottiglio lo sguardo, balzo in piedi con fare minaccioso e mi avvicino a lei.

«Mi hai appena dato dello stupido? Non azzardarti più, piccola idiota.»

Sto scherzando, ma pronuncio la frase con una serietà che la spiazza.

Maggie mi studia per un attimo, incerta su come reagire ma, prima che apra bocca, la catturo tra le braccia e me la carico in spalla.

«Ti sto sfottendo, stupida» esclamo, sbattendola sul letto.

«Sei proprio un cretino.»

Salgo su di lei, imprigionandola sotto di me, e mi perdo nei suoi scorci di cielo, tra la costellazione di efelidi, e nell'eco della sua risata cristallina che mi vibra dentro.

Maggie mi guarda come se fossi tutto il suo universo, la strada verso casa, il suo futuro già scritto.

Io, cazzo, vorrei che fosse così, vorrei poterle garantire che tutto andrà per il meglio, ma la mia vita è un fottuto casino e per il momento non posso donarle alcuna certezza.

Mi adombro, come accade spesso, e lei lo nota subito, così mi carezza il viso con la sua innata delicatezza.

«Cosa c'è che ti turba? Sai che a me puoi dire tutto.»

«Niente.»

«Ryker.»

Non posso dirle ciò che realmente penso di noi, della nostra storia e di ciò che ne sarà, quindi le parlo di altro.

«Problemi con Jaden. Mi ha chiesto di aiutarlo stasera a fare una rapina o qualcosa del genere e io ho rifiutato, lui si è incazzato e ora mi sento in colpa, questo è tutto.»

Mi metto a sedere, liberandola e lei si sistema accanto a me incrociando le gambe.

«Non devi sentirti in colpa, hai preso la decisione giusta e scusa se te lo dico, ma ho la sensazione che lui non si comporti da amico, altrimenti non avrebbe tentato di coinvolgerti sapendo cosa rischi.»

«Non è così, noi siamo fratelli, non conosci i retroscena della nostra amicizia. Abbiamo sempre fatto cazzate del genere, ma ora ho capito che se commettessi un errore così grave, non solo andrei in prigione, ma rischierei di perdere te e Millie.»

Annuisce, mi prende la mano e se la porta al viso, baciandola piano.

«Non perderesti me, bensì te stesso. E non voglio che accada, per nessuna ragione al mondo.»

Dio, questa ragazza mi fa incendiare l'anima.

Le passo il pollice sul labbro, serro le dita attorno alle sue guance e m'impossesso della sua bocca calda.

Ho bisogno di entrarle dentro per poter cancellare la frustrazione, ho bisogno di ascoltare i suoi gemiti per placare il mio inferno, ho bisogno di lei e di tutto ciò che mi dona per andare avanti.

Così con le mani raggiungo l'elastico delle sue calze e faccio per abbassarle ma veniamo interrotti dal rumore della serratura proveniente dalla porta d'ingresso.

Maggie si stacca dalle mie labbra, sbarrando gli occhi.

«Oddio, è tornata mia madre» sussurra in fretta.

Balza giù dal letto e va a sedersi alla scrivania, apre di colpo un libro e con un cenno mi dice di sedermi accanto a lei.

Eseguo, poi afferro un quaderno e una penna, fingendo di scrivere.

Cazzo, cosa mi tocca fare!

Sierra viene subito a controllarci, perché immagina che quando siamo da soli facciamo tutto fuorché studiare. Beh… è abbastanza prevedibile.

«Ciao, ragazzi, vedo che state studiando… che bravi» esclama, scuoiandomi vivo con il suo sguardo laser.

«Ciao, Sierra, è bello rivederti.»

Mi rivolge un brevissimo sorriso e poi mima con le dita che mi tiene d'occhio.

«Vi va una merenda?»

Nemmeno quando avevo sei anni mia madre mi chiedeva mai se volessi la merenda.

Maggie annuisce con un gran sorriso.

«Sì, grazie, mamma.»

«Vado a prepararla.»

La donna mi fissa minacciosa per l'ultima volta, poi sparisce in cucina.

«Merda! Mi odia ancora» sbotto, scarabocchiando sul foglio.

«Ti sbagli, lei non ti odia, Ryker. Sai cosa mi ha chiesto? Di invitarti a pranzo qui da noi a Natale. Ci farebbe molto piacere trascorrere le festività insieme.»

Mmh… strano, sarà una dannata trappola, non mi fido degli adulti, non ne ho mai conosciuto uno decente.

«Non posso lasciare Millie da sola quel giorno.»

«L'invito è esteso anche a Millie, portala qui, vorrei conoscerla. Ehm… sempre se ti fa piacere, non sentirti obbligato.»

«Ci penso.»

Mi sorride, dandomi un bacio a stampo e trasmettendomi

tutta la sua gioia di volermi con lei quel giorno, come una bambina chc riceve in regalo il biglietto per Disneyland e freme alla sola idea di andarci.

«Pensaci bene, potrebbe essere bellissimo.»

I suoi occhi si illuminano al solo pensiero.

*Piccola buffa Maggie May.*

Annuisco, accennando un mezzo sorriso e lei non riesce a trattenere un gridolino euforico.

*Potrebbe essere bellissimo…*

E lo sarà, almeno spero.

*

Vado via da casa di Maggie prima di cena, lei ha insistito affinché rimanessi ma ho preferito di no; prima di salutarmi mi ha pregato di non farmi coinvolgere nelle stronzate di Jaden e le ho promesso che non l'avrei fatto.

Passo al minimarket per comprare del cibo a Millie, poi mi avvio verso casa sorseggiando distratto una bibita energetica, quando ricevo una telefonata da Rio. Sento subito puzza di guai.

«Dove sei?» mi domanda con un tono ansioso.

Non è da Rio, lui è quasi sempre calmo e ragionevole.

«Sono quasi a casa, perché?»

Ho il sentore che sia successo qualcosa agli altri, oh sì, di sicuro.

«Passo a prenderti. Jaden e Derek hanno bisogno di noi.»

«Ma che cazzo è successo, Rio?»

«Te lo spiego da vicino.»

Riattacco imprecando a voce alta; al volo lascio la cena alla mia sorellina e, dopo nemmeno sei minuti, salto sulla vecchia Pontiac GTO di Rio in direzione Little Haiti, uno dei quartieri più malfamati di Miami.

Il mio amico guida a tutta velocità lungo lo stradone isolato, mentre io mi accendo una sigaretta per cercare di sedare l'agitazione.

Ma nemmeno la nicotina riesce a tenere a bada i nervi.

«Hanno rubato un'auto nei pressi di Ocean Drive, il proprietario li ha colti sul fatto e li ha inseguiti insieme ai suoi compari; li avranno tamponati costringendoli a scendere e ora… *Dios mío*, li staranno massacrando.»

«Merda! Chi ti ha avvertito?»

«Mi ha telefonato Derek mentre fuggivano a tutto gas e mi ha chiesto di raggiungerli.»

Soffio via il fumo, prendendo un'altra avida boccata di tabacco.

«Hai qualche arma?»

Io ho solo il mio coltellino svizzero, ma in questo caso serve qualcosa di più grosso e letale.

«Ho portato una spranga di ferro e una pistola a salve.»

«Bene, siamo coperti.» Guardo la strada correre verso la notte, poi riporto gli occhi su Rio. «Accelera, dannazione!»

Annuisce premendo il piede sull'acceleratore, e dopo soli quindici minuti giungiamo a destinazione.

Non so per quale botta di culo riusciamo subito a trovare i nostri amici, o forse grazie alle preghiere sussurrate in spagnolo da Rio stringendo tra le dita la sua croce d'oro.

Fatto sta che varcato il confine di Little Haiti, vediamo due auto ferme in mezzo alla strada, con le portiere spalancate e i fari accesi.

La luce accecante mi fa individuare subito Derek.

È riverso sul marciapiede, la sua faccia è una maschera di sangue e non riesce a mettersi in piedi.

Jaden invece si sta battendo contro tre uomini, tutti ben piazzati e suppongo anche armati.

Senza rifletterci nemmeno per mezzo secondo, prendo la spranga dal sedile posteriore e scendo come una furia dall'auto, poi mi avvicino al tizio che sta menando il mio migliore amico e lo colpisco alla schiena.

*Bam!*

Il tonfo mi risuona nelle orecchie e il colpo mi vibra nelle mani, l'adrenalina circola nelle vene con rapidità e la rabbia mi fa scoppiare il cervello.

Non so esattamente cosa accada dopo. Accecato dal bisogno di vendicare i miei amici, penso solo ad agire.

Sferro bastonate con la mia arma e ricevo colpi che mi fanno piegare in due dal dolore, mentre Jaden mi guarda le spalle, ma è debole e ferito.

Derek intanto si trascina verso l'auto di Rio. Un altro cazzotto mi arriva in piena faccia e subito dopo un calcio mi buca lo stomaco.

Mi accascio a terra e Jay fa lo stesso ricevendo una ginocchiata dietro la schiena. Vorrei alzarmi, prendere il mio amico di peso e scappare, ma non riesco a muovere un solo fottuto dito.

Uno dei tre bastardi mi solleva dal cemento afferrandomi per la felpa e mi accorgo di aver mollato la spranga.

Il mio avversario sta per colpirmi ancora, quando un boato ferma tutto e il tizio lascia la presa portandosi la mano sul petto.

Gli altri due si girano in direzione dello sparo e anch'io mi volto di scatto, scoprendo che Rio ha appena fatto partire un colpo dalla sua pistola a salve.

«Andiamo, sbrigatevi, ora!» urla.

Raccolgo le poche energie rimaste nel mio corpo e mi alzo dall'asfalto, aiuto Jaden a sollevarsi e lo trasporto all'auto, saltando su in fretta.

«Vai, parti, cazzo!» sbraito, battendo la mano sul cruscotto.

Il tizio colpito prende coscienza di non essere ferito e ordina agli altri due di inseguirci, così incito Rio ad andare più veloce.

«Smammiamo da questo quartiere del cazzo, Rio. Se ci acchiappano, siamo fottuti. E voi, che diavolo vi dice il cervello?» grido, rivolgendomi ai due stravaccati dietro.

«Non… non è il momento per una predica, Ryker» farfuglia Jaden, portandosi una mano allo stomaco. «Che male, avrò qualche costola incrinata» aggiunge.

«'Fanculo! E quell'altro? Perde sangue da ogni maledetto poro, dobbiamo portarlo in ospedale» affermo, osservando Derek.

È ridotto malissimo.

Rio intanto riesce a seminare quei balordi immettendosi su Ocean Drive; questa volta è affollato e per nostra fortuna girano le volanti degli sbirri.

«S… sì, vi prego, andiamo in ospedale» biascica, e sembra che stia per perdere conoscenza.

Mi allungo verso di lui e lo scuoto, per cercare di tenerlo sveglio.

«Non addormentarti, cazzone, siamo quasi arrivati.»

Annuisce, tamponandosi il naso sanguinante con la manica della sua giacca di jeans ormai logora.

Pochi minuti dopo arriviamo in ospedale e, mentre in pronto soccorso aspettiamo il nostro turno, mi accorgo di aver ricevuto un messaggio da Maggie.

> Sei tornato a casa? Hai cenato o sei già a letto? Non andare a dormire tardi, domani mattina hai il test alla prima ora. Mi manchi. La tua Peach.
>
> Maggie

Diavolo! E ora cosa le dico?

Se le raccontassi cosa è successo la deluderei profondamente e, merda, sono troppo stanco e malridotto per discutere con lei, quindi faccio ciò che mi riesce meglio, ovvero comportarmi da grandissimo stronzo.

Non le rispondo, spengo il cellulare, lo ficco in tasca e mi preparo a trascorrere una lunghissima nottata del cazzo.

# Maggie

# 40

Ryker non ha risposto al mio messaggio di ieri sera e nemmeno a quello di stamattina, il suo cellulare risulta spento, a scuola non si è presentato, è come sparito nel nulla. In più, oggi non c'è nessuno dei suoi amici e questo è abbastanza sospetto, sono più che sicura che stanotte sia accaduto qualcosa di spiacevole.

Mi ha promesso che non si sarebbe lasciato coinvolgere negli atti criminali di Jaden e invece mi ha mentito, ancora una volta.

La nostra storia non è nemmeno iniziata e lui ha già tradito la mia fiducia un milione di volte. Possibile che non riesca a comportarsi in modo sano? Non pretendo che lui scelga tra me e i suoi amici, vorrei solo che non si cacciasse nei guai e che imboccasse la strada giusta, voglio solo il meglio per lui.

Cosa dovrei fare ora?

Aspettare che si faccia vivo o andare a cercarlo? E dove? A casa sua, di cui non conosco nemmeno l'indirizzo?

Magari potrei passare al *Dark Maze*, ma non credo che sia lì.

Dio! L'ansia mi sta risucchiando, ho già avuto due terribili attacchi di panico da stamattina e ho il sentore che ne arriveranno altri fin quando non rivedrò Ryker.

Sapevo che non sarebbe stato semplice stare con lui, ma non immaginavo fino a questo punto. Come può ignorarmi ed eclissarsi senza pensare alle conseguenze?

Senza pensare a quanto io mi preoccupi per lui?

Cavolo! Questo ragazzo mi sta consumando il cuore a poco a poco; forse si renderà conto dei suoi sbagli solo quando me l'avrà ridotto in polvere in maniera irreversibile.

A fine giornata mi vedo con Emma, che mi prende a braccetto guardandomi preoccupata.

«Non si è fatto ancora sentire il tuo ragazzo?»

Bryce ci passa davanti, mi rivolge un'occhiata veloce, alza la mano e mi saluta, e io ricambio educatamente.

«No...»

«Se avessi scelto Bryce, a quest'ora saresti più rilassata, sicuramente.»

Annuisco e insieme ci incamminiamo verso l'uscita di scuola.

«È vero... ma non l'avrei amato.»

«Già!»

Sbuffo, sentendo un fardello opprimermi il petto e schiacciarmi le costole, senza pietà.

«E se chiedessi in segreteria il suo indirizzo?»

«Non te lo darebbero, per la privacy. Ma sta' tranquilla, non è la prima volta che sparisce per giorni, avrà combinato qualche casino con quegli altri teppisti.»

Sospiro forte, invidiando la nonchalance di Emma, mentre io sono nel panico totale.

«Appunto, come posso stare tranquilla? E se fosse in ospedale? O se l'avessero arrestato? Oddio, non voglio nemmeno immaginarlo...» piagnucolo, stringendo il suo avambraccio tra le dita.

Improvvisamente avverto quella sensazione bruttissima e familiare di fame d'aria, il respiro mi si blocca tra la gabbia toracica dolorante e il cuore rimbalza in gola.

Mi porto una mano sul petto e cerco di prendere lenti respiri, di far decelerare le pulsazioni e di impedire alla mia testa di volteggiare.

Emma si accorge subito del mio stato pietoso e mi fa sedere sul muretto, poi prende la borraccia dalla mia cartella e me la porge.

«Su, bevi un po', Maggie.»

Sorseggio l'acqua, socchiudo le palpebre e mi sforzo di controllare la respirazione.

«Va meglio ora?»

«S...sì» biascico, asciugandomi i palmi sudati sulle cosce.

La mia amica sorride, mi prende le mani e le stringe.

«Andrà tutto bene, okay? Fammi controllare una cosa...»

Sfila il suo cellulare dalla tasca dei pantaloni e ci smanetta un po' arricciando il naso.

«Trovato! Ricordavo bene, quell'imbecille di Derek ha l'account Instagram, ora gli mando un messaggio.»

Emma si siede accanto a me e mi mostra il profilo di Derek. Ci sono una decina di foto scattate allo specchio e una con tutti gli altri al *Dark Maze* datata settembre; Ryker spicca per la sua bellezza crudele e per gli occhi tumultuosi che bucano lo schermo.

«Ha risposto?» le domando apprensiva.

Non ho nessun profilo social e ne capisco davvero poco, ma pare giunta l'ora che io mi modernizzi un po'.

«Sta scrivendo… ecco» esclama.

Si sistema gli occhiali sul naso e legge la risposta ad alta voce.

«*Ehi, bambolina*… bambolina? Mi ha appena chiamata bambolina?» strepita arrabbiata, poi continua: «… *tranquillizza Maggie. Ryker è da Jaden, lui sta abbastanza bene. Io invece avrei bisogno di cure, che ne dici di passare da me, dolce Emma?*» Emma sbarra gli occhi, scioccata. «Ma è impazzito?»

«Chiedigli dove abita Jaden e perché Ryker ha spento il cellulare» mi affretto a dire.

La mia amica scrive ciò che le ho chiesto e Derek risponde subito.

«*E che ne so… Comunque l'indirizzo di Jaden è 187th Street. Io abito di fronte, ti aspetto, bambolina.*»

«Aspettati un bel calcio nelle palle. Addio!» urla Emma, digitando la risposta.

Ridacchio.

«Quel Derek è completamente folle. Mi accompagni a casa di Jaden?»

«Ovvio» dichiara, e, balzando giù dal muretto, mi porge la mano. «Andiamo a recuperare il tuo ragazzo.»

Prendiamo il bus per raggiungere l'indirizzo, che non dista molto da scuola, all'incirca dieci minuti; è un quartiere degradato dove piccole case fatiscenti, recintate da reti metalliche arrugginite, si alternano a cumuli di spazzatura sparsa lungo lo stradone.

Probabilmente sto rischiando grosso a recarmi di mia spontanea volontà nella tana del lupo, ma non posso fare altrimenti: Ryker è qui e devo vederlo, devo parlargli, mi deve delle spiegazioni.

Scendiamo dal bus e proseguiamo per pochi minuti a piedi, entrambe spaventate; non si sente volare una mosca, sembra che si sia abbattuto un ciclone su questa zona della città.

*Google Maps* annuncia che siamo giunte a destinazione e, di fatto, davanti a noi si erge un prefabbricato grigio delimitato da un recinto integro solo per metà.

Prendo un respiro lunghissimo, prima di trovare il coraggio di bussare alla porta di Jaden.

Emma mi supporta, tenendomi per mano: sembriamo due bambine spaventate in procinto di picchiare il battente di una magione stregata.

Mi sudano i palmi, ho il cuore a mille e l'agitazione mi serpeggia sottopelle, ma poi mi dico: *che sarà mai?*

Sono qui solo per il mio ragazzo e, se Jaden dovesse aggredirmi, ci penserebbe Ryker a fargli abbassare la cresta.

Mi schiarisco la voce, stringo il pugno e colpisco la malandata porta di alluminio per due volte.

Odo un vociare provenire da dentro e riconosco subito il timbro di Ryker, poi sento dei passi avvicinarsi.

Emma mi stritola la mano e io faccio lo stesso con la sua.

La porta si apre e nella penombra si palesa la persona che stavo cercando.

«Cazzo, Maggie, che ci fai qui?»

Ha mezzo viso tumefatto, come di chi pratica la boxe a livello agonistico, e l'aria sfatta di chi ha appena trascorso una nottataccia senza chiudere occhio.

Dio, mi cadono le braccia e mi si spezza il cuore. Perché deve ridursi così?

Perché?

«Che cosa ci faccio qui? È da ieri sera che aspetto una tua risposta, sei sparito per tutto il giorno, hai il telefono spento e mi chiedi perché sono qui?»

«Ma chi diavolo è?» biascica Jaden in lontananza.

Ryker sbuffa facendo una smorfia di dolore, poi, dopo essere uscito, si chiude la porta alle spalle.

«Senti, Maggie, non è un buon momento. Jaden ha bisogno di me.»

*Cosa? Ho sentito bene?*

Emma si mette in disparte per lasciarci soli e io mi sento come un naufrago in mezzo all'oceano che vede allontanarsi la zattera a cui avrebbe potuto aggrapparsi.

Pianto i miei occhi pregni di delusione in quelli arrossati del ragazzo che amo, in modo che non mi sfugga.

«Ryker… per piacere, mi dici cosa sta succedendo?»

Flette il collo e le spalle, come per sgranchirsi.

«Non è evidente?»

Scuoto la testa, incapace di formulare una risposta adeguata perché lui mi ha lasciato senza parole, ma in senso negativo.

«No! Spiegami… sono qui, mi vedi? Sono qui per te e tu… non apprezzi niente di ciò che faccio per te. Sono stanca… e stiamo insieme da quanto? Nemmeno un mese.»

«Sapevi che non sarebbe stato semplice.»

Incrocio le braccia al petto, furiosa.

«Ma ti prego! Smettila con la solita tiritera, sono stufa, davvero. Pretendo delle spiegazioni e non me ne andrò da questo posto orrendo fino a quando non mi dirai cosa succede.»

Si passa frustrato una mano tra i capelli spettinati.

«Non c'è nulla da spiegare, Maggie. I miei amici avevano bisogno di me ieri notte e io sono corso da loro, tutto qui.»

«Certo… e perché non me l'hai detto e sei sparito? Sai che sono stata malissimo? Sai che per colpa del tuo comportamento immaturo ho avuto ben tre attacchi di panico? Ma tanto a te non importa, giusto?»

«Merda, non è così, *Peach*.»

Prova a prendermi la mano, ma io mi scosto bruscamente indietreggiando. Non mi lascerò abbindolare stavolta, sebbene il desiderio di abbracciarlo e baciarlo sia incontrollabile.

«Tu non mi ami, è questa la verità» dico in un sibilo doloroso.

Mi afferra il viso tra le mani e io glielo lascio fare, solo per poter sentire sulla pelle il calore del suo tocco ruvido.

«Ehi, non dire così, sai che non è vero.»

Ricaccio indietro le lacrime, perché non voglio piangere, non adesso, sono forte e voglio dimostrarlo a lui e a me stessa, così gli arpiono i polsi e stacco i suoi palmi dalle mie guance accaldate.

«Peccato che invece ti comporti come se lo fosse. Adesso devo andare. Quando vorrai spiegarmi, sai dove trovarmi.»

Gli volto le spalle allontanandomi da lui e sento che muove qualche passo verso di me, ma poi ritorna indietro, chiudendosi la porta alle spalle.

Stronzo lui e scema io.

Emma scuote la testa, vorrebbe confortarmi, ma è in difficoltà e non la biasimo.

«Milkshake e shopping al centro commerciale?» propone, imitando un tono allegro.

Mi sforzo di sorriderle e accetto; ho proprio bisogno di svagarmi e di allontanare Ryker dai miei pensieri, almeno per un po'.

*

È sera quando ritorno dal centro commerciale; è passata a prenderci la mamma, abbiamo accompagnato Emma a casa, poi ci siamo fermate a un negozio di cibi biologici e abbiamo comprato la cena.

Mi sono divertita e anche svagata un po', non ho controllato i messaggi per tutto il tempo, ma ora avverto la necessità di farlo, di vedere se lui mi ha cercata.

Do una rapida sbirciatina allo schermo… niente, non mi ha scritto. Traggo un lungo sospiro di frustrazione e adagio le shopper piene di cianfrusaglie inutili sul letto, pensando che le sistemerò dopo cena.

«Cosa ha deciso Ryker? Verrà a pranzo da noi a Natale?» mi chiede la mamma, versandosi del vino rosso.

Domanda di riserva?

Prendo un po' di cous cous con verdure e lo porto alla bocca, facendo spallucce.

«Non lo so ancora…»

«Natale è martedì prossimo, Maggie.»

Sbuffo. «Lo so, mamma.»

Scuote la testa, accennando un sorrisetto perspicace.

«Avete litigato di nuovo?»

Scosto la sedia dal tavolo balzando in piedi, con i nervi a fior di pelle.

«Non mi va di parlarne. Scusami, vado a dormire.»

Sorseggia il suo vino senza scomodarsi, ormai è abituata ai miei continui sbalzi d'umore dovuti al rapporto malsano con Ryker.

«Certo, va pure, ne riparliamo domattina, adesso sono troppo stanca, signorina. Sai cosa faccio? Andrò anch'io a dormire.»

Si alza, afferra con una mano il calice e con l'altra la bottiglia di rosso, mi rivolge un'occhiataccia e si dirige verso la sua camera da letto.

Bene! Ho fatto arrabbiare mia madre. Dopo una giornata terribile, questa è la ciliegina sulla torta.

Ritorno nella mia stanza chiudendomi la porta alle spalle, prendo le buste e le sposto sul pavimento accanto alla libreria – non ho più voglia di svuotarle – poi inizio a spogliarmi per mettere il pigiama.

Mentre levo i jeans, vedo due mani tatuate aggrapparsi all'infisso della finestra e, una manciata di secondi dopo, Ryker scavalcare entrando di soppiatto nella mia camera.

Indossa una felpa pulita, ha sistemato i capelli fissandoli all'indietro e i lividi sul suo viso sono più scuri, ma ci vorrà del tempo prima che spariscano.

«Ma sei impazzito, per caso?»

La mia voce esce strozzata dalla gola, un po' per lo spavento e un po' per la sorpresa di vederlo qui dopo il confronto di prima.

Si avvicina, accennando un sorrisetto perverso che mi riduce a burro fuso.

«Sono arrivato giusto in tempo.»

E mi guarda le mutandine color verde menta a fantasia floreale.

Afferro il pantalone del pigiama e mi copro, sentendo le guance avvampare e un piacevole fuocherello prendere vita tra le cosce.

«Se mia madre ti scopre sarà la fine.»

Mi strappa i pantaloni dalle mani e li getta sul pavimento, poi mi prende il viso tra le dita premendo il pollice sulle mie labbra dischiuse.

«Shh...»

«Cosa ci fai qui?» gli domando in un sussurro.

Mi guarda come se volesse prendersi il mio corpo, la mia anima e il mio cuore, tutte cose che già gli appartengono in realtà.

«Facciamo pace?»

Il tono con cui me lo chiede mi fa capitolare senza pensarci su nemmeno un attimo; sa come prendermi... in tutti i sensi.

«N... no.»

Mi carezza il viso addolcendo lo sguardo, poi infila la mano nella tasca dei suoi jeans e ne estrae due oggetti luminosi.

Uno lo allaccia al mio polso, mormorando la frase incisa

sulla piccola targhetta d'argento, *ama tamquam osurus*, e l'altro lo allaccia al suo, sopra l'elastico per capelli che mi ha rubato mesi fa, *oderis tamquam amaturus.*

Guardo incantata il regalo che mi ha appena fatto e poi lui, il cuore che mi esplode nel petto, picchiando forte contro le costole.

Sono sbalordita, emozionata, confusa, non me l'aspettavo per niente e invece mi ha appena dimostrato che non sbaglio a credere in lui e in noi.

«Sono senza parole» sussurro, unendo i nostri polsi per formare la frase completa «Grazie, li amo.»

La mia voce è un concentrato di commozione ed euforia, trema come tutto il resto del mio corpo.

Mi bacia sorreggendomi per il collo e io mi gusto il suo sapore di menta e tabacco.

«Non toglierlo mai» mi soffia sulle labbra.

«Mai.»

Gli salto in braccio appendendomi alle sue spalle, mentre lui mi sostiene per il sedere trasportandomi verso il letto e poi mi ci adagia sopra.

Sono ancora in slip e maglietta, così mi libera di tutto lasciandomi nuda, poi leva la felpa e si abbassa i pantaloni e i boxer.

Si ferma per un po' a scrutarmi, le pupille dilatate, la smania che vibra nelle sue iridi scure e burrascose.

«Sei la cosa più bella di questo fottuto mondo, Maggie May. La mia vita è sempre stata grigio cenere ma, da quando sei arrivata tu, l'hai spennellata di colori vibranti.»

Si fa spazio tra le mie gambe e prende tra le mani una ciocca dei miei capelli. «Rosso tramonto.» Mi sfiora gli occhi. «Azzurro cielo.» Poi le guance. «Rosa pastello.» Il suo palmo scivola infine sul mio petto, dove i battiti pulsano frenetici. «Hai colorato la mia vita d'amore.»

Mi s'inumidiscono gli occhi e un sorriso commosso si allarga sulla mia faccia accaldata.

«Ti sei appena conquistato il mio perdono, Ryker Ash» sussurro.

Mi asciuga una lacrima scappata al mio controllo, posandomi un dolce bacio sulla fronte.

«Non sono poi così male con le parole.»

Un risolino mi sconquassa la gola.

«Non lo sei per niente.»

Prende in fretta un preservativo dalla tasca e lo indossa, mentre io allargo le gambe e poi le avvinghio attorno al suo bacino, pronta ad accoglierlo.

Si spinge dentro di me con un vigoroso affondo, baciandomi la bocca, il collo, le spalle, i seni.

La nostra pelle, la mia candida e la sua macchiata di inchiostro, collide dando vita a un disegno che sembra realizzato dalle sue mani talentose.

E non esiste cosa più bella di questa.

Facciamo l'amore con intensità e passione, tra gemiti e sospiri, morsi e baci, parole sussurrate e carezze.

Lo facciamo senza fretta, al buio, godendoci appieno ogni secondo scandito dal ritmo frenetico dei nostri cuori.

Lui va via solo dopo che mi sono addormenta, avvinghiata al suo corpo caldo, con le sue mani che mi accarezzavano, il suo respiro che mi lambiva i capelli e il nostro odore che, unito, riempiva la stanza.

# 41
# Ryker

Il giorno di Natale per me è sempre stato un giorno di merda come tanti.

Non abbiamo mai festeggiato, mia madre troppo sbronza per preparare i biscotti di marzapane, Jeff troppo fatto per decorare l'albero. Di conseguenza, Millie e io ce ne stavamo in camera a guardare *Il Grinch*: era l'unico modo per farle vivere lo spirito natalizio.

Ma oggi le cose sono diverse: voglio che la mia sorellina trascorra questa giornata come è giusto che sia, per questo che ho deciso di portarla con me a casa di Maggie.

Lì potrà sentirsi avvolta dal calore di una famiglia, durante il periodo più magico dell'anno per i bambini, potrà mangiare del cibo vero, spacchettare i doni, cantare quelle stupide canzoni natalizie.

Potrà sentirsi amata da qualcun altro che non sia io.

L'ho fatta svegliare presto e l'ho aiutata a prepararsi, e ora le sto pettinando i capelli arruffati.

«Sei piena di nodi, Millie, devi pettinarli più spesso» la rimprovero.

Purtroppo, deve cavarsela da sola anche per queste cose, io non riesco sempre a starle dietro.

«Okaaaay, fratellone» esclama, dondolando le gambe magre come due matite.

«Sei felice di venire insieme a me a casa di Maggie?»

Annuisce ripetutamente. «Siii, voglio troppo conoscerla.»

Ridacchio.

«Anche lei non vede l'ora di conoscerti, moscerino.»

Si gira, guardandomi con i suoi occhioni verdi.

«Ma l'hai detto alla mamma e a... papà?»

È preoccupata che i due tizi di là m'impediscano di portarla con me, il che non mi meraviglierebbe.

Le lego i capelli in due codini disordinati.

«Sì, tranquilla.»

Non è vero, non ho avvertito Angie e Jeff, tanto a loro poco importa di Millie. Probabilmente Jeff si opporrebbe solo per ripicca nei miei confronti.

Millie mi sorride e balza giù dal letto, prende il cappotto e lo indossa. Io infilo la mia solita felpa nera e sopra un giaccone di jeans, poi le prendo la manina e usciamo dalla sua cameretta.

Attraversiamo il cucinino in silenzio, mia madre e il suo uomo immagino dormano profondamente, sono appena le dieci di mattina, si sveglieranno tra almeno quattro ore, ammesso che si sveglino.

Sto per aprire la porta quando il suono ripugnante della voce di Jeff mi blocca.

Cazzo, non stava dormendo?

«Dove diavolo pensi di andare con mia figlia, *merdina*?»

Jeff è in canottiera e mutande, uno scempio per gli occhi, in una mano stringe una bottiglia di birra mezza piena e mi fissa con lo sguardo appannato a causa delle sostanze che assume senza freni; mi chiedo come faccia a essere ancora vivo.

A volte Dio è proprio ingiusto.

«Fatti i cazzi tuoi!»

La mia è una risposta breve e concisa, rabbiosa e ostile.

Dalla fogna che ha al posto della bocca fuoriesce una risata sguaiata, si avvicina barcollando e Millie si nasconde dietro di me, terrorizzata.

«Quella è mia figlia, pezzo di merda e non si muoverà da questa casa, ok?» biascica.

Resto fermo, a proteggere Millie con il mio corpo in tensione, perché non so quale reazione possa avere quel bastardo di suo padre.

Non l'ha mai picchiata, ma potrebbe sempre iniziare a farlo.

«Millie viene con me.»

«Ah sì?» sbraita, e nel farlo mi lancia contro la bottiglia di vetro, che riesco a schivare per un pelo continuando a fare da scudo alla piccola.

Il tonfo fa sussultare Millie che stringe più forte il mio giaccone tra le mani, mentre i frammenti taglienti si spargono sul pavimento insieme al liquido ambrato.

«Fottiti, stronzo» dico tra i denti.

Apro la porta in fretta e spingo fuori Millie, sapendo bene che Jeff tra pochi secondi si scaglierà contro di me.

Lo fa.

Mi viene addosso, intenzionato a picchiarmi, ma io sono più forte e lucido di lui, così lo spintono con energia facendolo indietreggiare e inciampare.

«Lurido bastardo» mi ringhia contro.

Afferra il tostapane dal mobile della cucina e me lo scaraventa contro, colpendomi di striscio alla spalla.

Raccolgo l'oggetto e mi avvicino in due passi con la tentazione di fracassargli il cranio, ma io sono meglio di così, non voglio sporcarmi le mani e finire in galera per questo pezzo di merda, anche se sono conscio che prima o poi succederà qualcosa di brutto.

Lui si para la faccia con le braccia e io faccio il gesto di colpirlo, ma poi mollo l'arma improvvisata facendola cadere a terra.

«Non ti uccido solo perché Millie è una bambina, ma sappi che, quando sarà cresciuta e sarà lei a chiedermelo, non ci penserò due volte a eliminarti, figlio di puttana.»

Lui in tutta risposta scoppia in una rozza risata.

«Tu? Sei solo un cacasotto che si crede forte, non riusciresti a uccidermi... ma sta' attento, che prima o poi ti farò sputare sangue» biascica.

«Fottiti, Jeff.»

Mi urla qualcosa di incomprensibile dietro, ma io lo ignoro ed esco dalla topaia sbattendo la porta con violenza, poi prendo Millie per mano e ci allontaniamo da questo posto del cazzo che non oso definire casa.

Dopo un po' arriviamo da Maggie; il suo quartiere è addobbato a festa e anche la sua villetta è decorata con le luminarie, inoltre sulla porta è applicata una grossa ghirlanda natalizia.

Busso il campanello sistemando i codini di Millie e, facendolo, avverto un leggero dolore alla spalla: di sicuro si starà formando un dannato livido.

Maggie viene ad aprirci subito e, non appena i miei occhi si posano su di lei, sento il mio fottuto cuore rimbalzarmi in gola.

Cazzo, è bellissima!

Indossa un maglioncino natalizio a tema Harry Potter, una

minigonna in velluto, dei calzettoni che le arrivano al ginocchio e degli stivaletti di cuoio.

I capelli li ha lasciati sciolti e le ricadono sulle spalle in onde morbide simili a spirali di fuoco.

«Eccovi finalmente. Buon Natale!» esclama euforica, gettandosi tra le mie braccia.

La stringo forte a me, inspirando il suo profumo alla pesca e sentendomi finalmente a casa.

Lei è la mia unica casa.

Mi lascia un bacio veloce sulle labbra, ma io non voglio sciogliere l'abbraccio, necessito di tenerla stretta a me ancora per un po', e lei se ne accorge e mi lascia fare.

Quando il tumulto che ho dentro si placa, Maggie si stacca piano e si dedica a mia sorella.

«Tu devi essere Millie» dice, accovacciandosi. «Il tuo fratellone mi ha parlato molto di te.»

La piccola annuisce. «E tu sei la ragazza dei ritratti, la *famosissimissima* Maggie.»

Le sorride, carezzandole la guancia.

«Sono proprio io. Venite, datemi le giacche e mettetevi comodi.»

Con un cenno dico a Millie di levarsi il cappotto e lei mi rivolge uno sguardo complice.

Sierra fa capolino dalla cucina e viene a salutarci, indossa anche lei un maglione natalizio e qualcosa mi dice che dovremo farlo anche noi invitati.

«Piccola, ti va di aiutarmi a realizzare la casetta di pan di zenzero?» domanda a Millie.

Mia sorella mi guarda per avere una conferma, io annuisco e lei strafelice esclama di sì, seguendo la madre di Maggie in cucina.

«Va tutto bene?» mi chiede la mia *Peach.*

Si è accorta del mio malessere ovviamente, mi sa leggere dentro come nessun altro.

Scrollo le spalle. «Sì.»

«Andiamo in camera mia.»

«Vuoi farti una sveltina?»

Sorride, dandomi una spintarella.

«Quanto sei stupido.»

Ridacchio seguendola nella sua stanza, Maggie si avvicina alla sua scrivania, ne prende un maglione rosso e verde piegato e me lo mostra.

Merda! È la cosa più brutta che abbia mai visto.

«Indossalo, su. E non fare storie.»

Ecco, lo sapevo.

«Ma che cazzo, Maggie.»

Mi fa gli occhi dolci, sbattendo le lunghe ciglia chiare e io non riesco a dirle di no.

«E dai. Ne ho preso uno anche per Millie.»

Sbuffo, sfilando la felpa. «E va bene…»

«E questo?» Indica la mia spalla, si vede già il segno della botta nonostante i tatuaggi.

«Niente, quel bastardo di Jeff mi ha colpito con un tostapane mentre uscivamo per venire qua.»

Prendo l'indumento dalle sue mani e lo infilo in fretta.

Maggie si avvicina e mi sfiora il viso adagio, guardandomi con gli occhi colmi di preoccupazione.

«Devi denunciarlo, Ryker.»

«Non ne voglio parlare» taglio corto, indurendo il tono di voce.

«Ma… potrebbe ferirti gravemente, lo capisci?»

«Porca puttana, Maggie. Lascia perdere.»

«Okay…» sussurra.

Afferra il maglioncino per Millie e si avvia fuori, offesa dalla mia reazione.

Non vorrei alterarmi con lei, ma alle volte è troppo insistente e non capisce che deve farsi gli affari suoi.

Okay, è la mia ragazza, ma le ho chiaramente detto di stare alla larga dalla mia famiglia di merda, in tutti i sensi. Non voglio coinvolgerla, punto.

Mi auguro che l'abbia capito, una volta per tutte.

La giornata trascorre piacevole, Sierra ha preparato tantissimo cibo, tutto ottimo, abbiamo pranzato e parlato molto, fatto giochi di società e guardato film natalizi.

Millie si è divertita un sacco, ha aperto i regali sedendosi ai piedi dell'albero illuminato, ha disegnato su un album con gli acquerelli che le ha regalato Sierra e si è abbuffata di biscotti e dolci.

A fine serata è crollata sul divano, stanchissima, ma con il sorriso sul visetto smunto.

«Se vuoi, tu e Millie potete dormire qui e trascorrere il resto delle festività con noi» propone Sierra, adagiando un plaid sul corpicino di mia sorella.

«Non voglio disturbare e poi Millie non è abituata a dormire fuori casa.»

Mi piacerebbe stare qui per un po' e farebbe bene anche alla piccola, ma quel pezzo di merda di Jeff non lo permetterebbe mai.

«Va bene, come preferisci. Quando vuoi andare via, ti do un passaggio in auto.»

«Okay, sarebbe grandioso.»

Sierra mi rivolge un sorriso veloce e poi si sposta in cucina.

Quella donna mi mette in soggezione, non l'ho ancora inquadrata, è moderna, ma anche severa e ha impartito a Maggie un'educazione ricca di valori, per questo la mia *Peach* è così speciale e diversa dalle altre.

Lei è unica.

Maggie mi afferra per l'orlo del maglione e mi conduce verso il divano; una volta seduti accanto a Millie, fa partire *Mamma ho perso l'aereo* su Netflix.

«Ancora film di Natale? Guardiamo un horror oppure andiamo di là.» Mi avvicino al suo orecchio e le mordo il lobo. «Ho voglia di leccartela.»

Soffoca una risatina d'imbarazzo.

«Sei proprio terribile» sussurra.

«Sei tu che mi istighi. Hai messo pure la minigonna.»

Si morde il labbro, mentre io approdo con la mano sulla sua coscia seminuda.

«Sai che non possiamo farlo, non ora e non qui» bisbiglia.

«Che palle!»

Maggie mi prende la mano e intreccia le sue dita alle mie, appoggiando la testa sulla mia spalla.

«Grazie per essere venuto. Non sapevo come sarebbe stato questo primo Natale senza il mio papà, credevo triste e invece tu e Millie l'avete reso speciale. Anche la mamma è stata bene.»

Le sfioro con le labbra i capelli profumati e poi la punta del nasino, sentendomi dannatamente fortunato ad averla nella mia vita. Come diavolo ho fatto a vivere prima di lei?

«Sono io che devo ringraziarti, *Peach*. Hai donato a Millie una giornata piena di calore e amore, non lo dimenticherò mai.»

Mi bacia piano, cercando i miei occhi.

«Siete parte della famiglia, Ryker, questa casa per voi è sempre aperta e io ci sarò sempre, qualsiasi cosa dovesse accadere, okay?»

Abbozzo un sorrisetto.

«Sei la cosa migliore che mi potesse capitare, Maggie May.»

Si accoccola sul mio petto, strofinando il viso nell'incavo del mio collo.

«E tu sei tutto ciò che stavo cercando, Ryker.»

Se qualcuno tempo fa mi avesse detto che una ragazza goffa e dai capelli rossi mi avrebbe cambiato la vita, non ci avrei creduto nemmeno per un istante, gli sarei scoppiato a ridere in faccia e magari l'avrei mandato a quel paese.

Non ho mai permesso a nessuna ragazza di entrare, ho sempre chiuso a tutte le porte in faccia, ma con Maggie è stato diverso dal primo istante.

Non la stavo cercando, eppure il destino l'ha guidata sulla mia strada tortuosa come un angelo custode giunto per proteggermi; in un periodo in cui tutto andava storto, lei è stata la salvezza.

Mi sta guarendo, mi sta salvando, mi sta rendendo un uomo.

Non mi ha mai abbandonato, anche quando avrebbe dovuto, non ha mai mollato quando tutti l'avrebbero fatto, perché Maggie pensa di essere fragile come un candido fiore, ma in realtà è forte come un rampicante sempreverde.

Mi si è appiccicata sul cuore donandomi sollievo e pace e voglio che resti lì fino alla fine.

Lei la prima, lei l'ultima.

# Maggie
# 42

Raggiungimi nel ripostiglio. Ryker

Sono in classe e mi è appena arrivato un suo messaggio, mi giro di poco verso di lui, seduto in fondo all'aula e gli lancio uno sguardo interrogativo.

Ora? La prof sta spiegando, non possiamo uscire. Maggie

Mi fa l'occhiolino, digitando la risposta.

Ora, Maggie May. Sono troppo eccitato e tu sei troppo bella stamattina. Ryker

Arrossisco avvertendo uno sfarfallio tra le cosce e gli sorrido accettando la proposta. Lui si alza dalla sedia e chiede di andare in bagno; attendo circa cinque minuti e faccio lo stesso.

Attraverso rapidamente il corridoio vuoto e raggiungo Ryker, che mi sta aspettando appoggiato con la schiena contro la porta dello sgabuzzino.

La apre, mi afferra la mano tirandomi all'interno, poi richiude la porta bloccandola con il carrello lavapavimenti.

Mi afferra per i fianchi sbattendomi contro la scaffalatura, il suo tocco brucia sulla mia pelle.

«Cazzo, sto scoppiando» mormora, addossandosi al mio corpo.

Gli cingo il collo con le braccia, cercandolo con la mia bocca impaziente. «Baciami, Ryker…»

«Non ti bacio. Ti mangio, *Peach*.» E mi morde il labbro inferiore con forza, per poi succhiarlo avidamente.

Le sue mani si spostano giù, con le dita mi sbottona i jeans e li abbassa, poi con un gesto rapido mi fa girare di spalle.

«Voglio scoparti da dietro.»

Sussulto, tenendomi agli scaffali.

«Farà… male?»

Mi morde la spalla, abbassa i pantaloni, sfila il preservativo dalla tasca e lo indossa.

«No, sarà solo più intenso. Se invece ti riferisci al tuo bel culo, beh… per quello ci vorrà un po' di preparazione.»

Giro la testa, cercando i suoi occhi carichi di frenesia.

«Ryker, non lo faremo mai in quel modo.»

Accenna un sorrisetto perverso.

«Ti sbagli, Maggie May, lo faremo eccome.»

Mi agguanta per i fianchi e struscia la sua erezione contro il mio sedere, poi mi fa piegare un po' e con una stoccata decisa si fa spazio dentro di me.

«Ahi!»

È vero, è decisamente più intenso.

«Dannazione! Sono dipendente dalla tua fica, *Peach*. Sei la mia droga più dolce e pericolosa...» Mi morde il lobo leccandomi poi il collo. «E se non ti assumo con regolarità, vado in astinenza.»

«Oddio, Ryker» farfuglio, tenendomi stretta alla struttura in alluminio, mentre lui mi penetra con vigore.

Ringhia muovendosi feroce e con una mano sale lungo la mia schiena, per poi soffermarsi sulla gola e avvolgerla con le dita ruvide.

Sentirlo dentro di me è una sensazione indescrivibile, assoluta, completa, è come se io fossi stata creata per accoglierlo e lui per insinuarsi nel mio essere.

Percepisco ogni frammento di emozione, ogni bacio, dal più soave al più animalesco, ogni tocco, dal più delicato al più forte, ogni parola mormorata o urlata, ogni tipo di sguardo... custodisco tutto nel petto, per non dimenticare nemmeno un secondo di quelli trascorsi con lui.

È già metà gennaio e le ultime settimane sono state decisamente infuocate, ma non sono mancati momenti di tenerezza.

Ryker è così. Una bomba pronta a esplodere, un tornado di emozioni, un terremoto di magnitudo 9.5, una tempesta tropicale, ma quando vuole sa anche essere gentile come una pioggerella estiva e cullarti come lo sciabordio delle onde.

Giorno dopo giorno, sto scoprendo nuovi lati del suo carattere sfaccettato e li sto amando tutti, anche quelli che ad altri risulterebbero odiosi.

Ammetto che non è sempre semplice rapportarsi con lui, soprattutto nei suoi momenti *no*, quando si rabbuia e chiude il mondo fuori o quando accecato dalla gelosia aggredisce chi osa solo guardarmi.

Eppure questo non mi spinge ad allontanarmi da lui, al contrario, mi sento sempre più legata a questo cattivo ragazzo che mi ha cambiato la vita.

E lo amo, Dio, quanto lo amo, lo amerò fino alla fine dei tempi, anche tra un milione di anni il mio cuore apparterà al suo.

E se la vita dovesse condurci a un bivio e tentare di dividerci, allora preferirei restare sola, anziché farmi toccare da altre mani o baciare da altre labbra, perché nessuno può competere con Ryker.

Lui sarà per sempre il mio unico grande amore.

È così che va da quando stiamo insieme, non riusciamo a controllarci, vorremmo stare avvinghiati ogni minuto e, quando il desiderio è così forte da consumarci, ci appartiamo per amarci intensamente.

Non sono più la Maggie timida e impacciata, con lui percorro strade diverse dove il brivido è all'ordine del giorno.

Venerdì scorso sono stata per la prima volta in detenzione, perché Ryker stava per picchiare un ragazzo di terza che mi aveva chiesto un'informazione; io li ho divisi e la prof ha punito anche me.

D'altra parte sto cercando con tutte le mie forze di far migliorare i suoi voti affinché possa superare i test di ammissione al college, non permetterò che sprechi il suo talento.

Trascorriamo la maggior parte della giornata insieme e capita spesso che la notte s'intrufoli in camera mia dalla finestra, per infilarsi nel mio letto e poi andare via all'alba.

Altre volte invece sparisce per ore e so bene che in quelle occasioni è con i suoi amici, in giro a fare casini o al *Dark Maze*. Quando è con loro sembra tornare il Ryker bullo che mi spaventava, con la differenza che adesso non se la prende più con me.

Insomma, essere la ragazza di Ryker Ash è impegnativo ma

meraviglioso, e grazie a lui sto liberando me stessa dalla timidezza, mi sento più sicura, come una farfalla appena uscita dal bozzolo pronta a spiccare il volo.

Essere innamorati è anche questo, aiutare l'altro a migliorare, a modificare i propri difetti rendendoli pregi, supportarsi a vicenda e sostenersi quando si è sul punto di cadere.

A fine giornata ci riuniamo nel corridoio affollato accanto agli armadietti; con me e Ryker ci sono anche Emma e gli altri della banda.

«Stasera super festino al *Dark Maze,* vietato mancare» esclama Derek, passando un braccio sulle spalle di Ryker.

«Stasera non possiamo, andiamo al cinema» m'intrometto.

Ryker mi fa l'occhiolino e Jaden alza il mento, fissandomi con la sua solita area ostile.

«Chi ti ha detto che sei invitata? È una festa per soli maschi.»

Jaden e io ci tolleriamo a stento, quando siamo in gruppo lo ignoro e anche quando mi lancia stupide frecciatine; lo faccio per Ryker, perché so che gli vuole bene come un fratello e per amore posso sopportare anche quell'odioso.

«Mmh, ora sì che si ragiona. Spogliarelliste e alcol a fiumi?» esclama il mio ragazzo, con un sorrisetto divertito.

«Le più porche di Miami Beach, fratello» interviene Rio.

«Che schifo!» commenta Emma.

«Siete davvero disgustosi» affermo, poi afferro Ryker per la felpa, costringendolo a guardarmi. «Tu non andrai da nessuna parte senza di me.»

«Oooh, *Pumpkin Spice Latte* ti tiene per le palle, amico» strepita Derek allargando gli occhi.

Ryker mi agguanta per i fianchi posizionandosi alle mie spalle, per poi mordicchiarmi il collo.

«Quando fai la gelosa me lo fai venire durissimo, *Peach,* e ora ho voglia di un pompino» mi sussurra all'orecchio.

«Smettila, ci guardano tutti.»

Mi lecca la pelle fregandosene che i suoi amici e Emma assistano e questo un po' m'infastidisce, perché io sono riservata, soprattutto quando si tratta di effusioni amorose.

«Cazzo, e sciogliti un po'.»

Mi volto verso di lui, assottigliando lo sguardo.

«Sei proprio un immaturo.»

«Ooh, ennesimo litigio all'orizzonte» commenta Derek.

«E tu una piccola idiota. Stasera andrò alla festa senza di te, Maggie May. Restatene a casa.»

«Ryker, sei serio?»

Scioglie l'abbraccio, mi volta le spalle e fa cenno ai suoi amici di seguirlo. Poi si allontana, Dio, si allontana.

Lo inseguo correndogli dietro per poi piazzarmi davanti a lui.

«Allora?»

Mi rivolge uno sguardo crudele, che mi trancia in due come la lama affilata di un pugnale.

«Serissimo.»

Mi passa di fianco mentre i suoi compagni ridacchiano divertiti ed escono da scuola. Io resto lì come una scema, a fissarlo con occhi colmi di rabbia.

«Hai sentito? Io dico… tu… tu hai sentito? Ma che razza di comportamento è questo? Cosa gli è preso?» mi sfogo con Emma, che mi prende a braccetto traendo un lungo sospiro di rassegnazione.

«È semplicemente il volubile, stronzo e insopportabile Ryker Ash, niente di più, niente di meno. Da quando state insieme questa sarà la… fammi pensare… trentesima volta che litigate. Te ne rendi conto, Maggie?»

Mi stringo nel cappotto, oggi fa particolarmente freddo, stamattina al meteo hanno detto che qui in Florida è giunta una corrente gelida da New York e l'ideale sarebbe stato trascorrere la serata al cinema, ma Ryker ha deciso di fare lo stronzo e rovinare i piani.

«Sì, Emma, pensi che io non lo sappia? È così che va tra noi. Io sono molto accomodante, lo sai, ma a volte lui mi esaspera e finiamo per scontrarci.»

«La tua è una relazione tossica, amica mia.»

Guardo Ryker ridacchiare con gli altri a pochi passi da me, nel cortile di scuola, come se nulla fosse accaduto.

«Sì, forse è così…»

«Sai cosa facciamo? Andremo alla festa di Lucas, il tizio della squadra di rugby, per dare uno schiaffo morale al tuo ragazzo. Così magari capirà che è il caso di placarsi un po'.»

Scuoto la testa, immaginando la reazione esasperata di Ryker.

«Tu sei pazza, Emma. Lui potrebbe dare il peggio di sé, non è una buona idea. Per niente.»

Mi afferra per le spalle, come fa spesso quando vuole scuotermi e piazza i suoi occhi nei miei.

«E lascerai che decida al posto tuo? Tu a casa e lui a sballarsi?»

«L'ha detto solo per ripicca, non lo farebbe mai. Dopo verrà da me e si scuserà.»

La mia amica fa spallucce.

«Se lo dici tu. Pensaci, ci farebbe bene una serata tra ragazze, sei sempre appiccicata a lui.»

*Lui* che mi tiene d'occhio da lontano, con un cavolo di atteggiamento intimidatorio, i pugni serrati, la mascella contratta e lo sguardo tagliente.

«Ci penserò, promesso.»

*

Alle otto di sera non ho ricevuto nessuna telefonata o messaggio di scuse da parte di Ryker; mi guardo allo specchio per l'ennesima volta rimuginando se andare o meno alla festa.

Emma ha insistito, mi ha scritto mille volte e alla fine ho ceduto, un po' per ripicca e un po' perché voglio svagarmi.

Mi sono preparata indossando un abitino rosso che lascia scoperte le gambe, ho applicato un velo di mascara e il lucidalabbra alla ciliegia, ho raccolto i capelli in una mezza coda arricciando un po' le punte, ai piedi però ho ancora le pantofole, indosserò le ballerine prima di uscire.

Sono sola in casa, la mamma aveva una mostra al museo, tornerà più tardi del solito. Mentre sto prendendo la borsetta dall'armadio, odo un trambusto provenire dalla finestra, mi volto di scatto impaurita e il mio cuore scoppia nel petto quando vedo Ryker scavalcare e atterrare con un balzo sul pavimento.

Ha il cappuccio calato sul viso, lo sguardo che punge come aghi, un ghigno duro, odora di tabacco e anche un po' di alcol, avrà bevuto una birra prima di venire da me.

Si avvicina lento, studiandomi dalla testa ai piedi con il suo innato istinto predatorio.

«Dove cazzo pensi di andare vestita così?»

Che bello! È più tirannico del solito.

«Alla festa di Lucas.»

Muove altri due passi verso di me, invadendo il mio spazio personale.

«Chi diavolo sarebbe Lucas?»

Mi rimpicciolisco, avvertendo la sua aura tempestosa abbattersi su di me come un uragano.

«L'amico di Bryce.»

Non appena termino di pronunciare quel nome, lui mi afferra per i fianchi e mi sbatte contro la parete.

«Vuoi mandarmi in galera, Maggie May?» Con il ginocchio s'infila tra le mie gambe e le apre, premendo la sua erezione contro il mio bassoventre già in fiamme. «Io lo ammazzo quel coglione se solo osa guardarti e lo sai che ne sono capace.»

Sussulto, schiacciandomi di schiena contro il muro mentre lui si addossa con veemenza a me.

«Perché sei qui? Non avevi un super festino al *Dark Maze*?»

Inclina di poco il capo, mi scruta come se volesse divorarmi con avidità, poi alza la mano e raggiunge i miei capelli, che scioglie impossessandosi del mio elastico.

È rosso e c'è applicata una pesca di stoffa, lui lo guarda ridacchiando e lo mette al suo polso accanto all'altro.

«Ero venuto per chiederti scusa, ma, siccome ti sei fatta bella per andare a fare la stronza alla festa di un mio nemico, ho cambiato idea.»

«Stronza? Io? Dio, Ryker, è così sfiancante starti dietro… non ho voglia di litigare, quindi vattene. Sì, va' pure a sballarti insieme ai tuoi amici, io resterò qui buona a rileggere la mia saga preferita. È questo che vuoi, giusto?»

Si spinge di più tra le mie cosce, mi respira sulla pelle, provocandomi un fremito lungo la schiena.

«No.»

Sospiro, restando imprigionata sotto di lui che è un fascio teso di muscoli e calore, e io sto letteralmente andando a fuoco.

«E allora cosa?»

«Ora *voglio* solo fotterti contro questo muro.»

Con un gesto rapido mi alza l'orlo del vestitino e mi cala giù le mutandine; io gli blocco i polsi perché non può vincere sempre lui e non può risolvere ogni cosa in questo modo, ma sono troppo debole e avvinta dal potere che esercita su di me.

Mi dono a lui senza riserve, gli cingo il collo con le braccia mentre si sbottona i jeans e libera la sua erezione, con la saliva la lubrifica e fa per spingersi dentro di me.

«Aspetta… il preservativo.»

«Voglio farlo senza.»

«Ryker… no.»

Mi addenta le labbra, poggia la sua fronte sulla mia inchiodandomi alle sue iridi.

«Starò attento» mi promette in un mormorio.

Annuisco, mi fido. Lui mi afferra una coscia e se la porta al bacino, poi affonda con una stoccata vigorosa e io accolgo estasiata la sua ingombrante presenza.

«Oh… Ryker.»

«*Peach*, dannazione, sei fradicia. E *mia*. Solo *mia*.»

Mi tengo alle sue spalle, mentre lui si muove lento e vigoroso, baciandomi il collo, mordendolo, leccandolo.

«Tua… solo tua.»

# 43
# Ryker

La penetro con forza, frustrazione e collera.

Affondo tra le pareti soffici della sua fica, come se il mondo lì fuori stesse per finire e potessi non rivederla più.

Ha perdonato anche quest'altra mia cazzata, ma se dovesse essere l'ultima volta? Se prima o poi si stufasse dei miei continui sbagli e finisse per odiarmi?

Dio, non potrei vivere senza di lei… Non potrei.

Preferirei una morte lenta e atroce a una vita intera senza Maggie.

La guardo negli occhi toccando il cielo, è così bella, dolce, speciale e la voglio, la voglio anche adesso che sono dentro di lei, perché… cazzo, lei non mi basta mai.

Il suo profumo alla pesca m'inebria i sensi, il suo respiro

caldo mi solletica la carne e il suo corpo sottile ma morbido mi riempie le mani.

Premo le mie labbra sulle sue tenendola ancora avvinghiata a me, ma non mi accontento.

«Ti voglio nuda, *Peach*.»

Lei mi bacia, facendomi intuire che vuole lo stesso.

La sollevo per le natiche e la trasporto sul letto, ve l'adagio levandole l'abitino, poi le sgancio il reggiseno e butto tutto sul pavimento.

Mi spoglio anch'io in un attimo, premo le mie dita sui suoi fianchi stretti e la faccio sedere a cavalcioni sul mio uccello, aiutandola a posizionarsi.

«Cazzo, sì» ringhio.

Mi cavalca con movimenti sinuosi e lenti incastrandosi perfettamente al mio corpo bollente ed eccitato, si aggrappa alle mie spalle, getta la testa all'indietro e i suoi capelli come lingue di fuoco ondeggiano a ogni sua movenza.

Le fisso i seni tondi e sodi, i capezzoli turgidi che reclamano i miei denti e la mia bocca.

Ne raggiungo uno, lo prendo tra le labbra e con la lingua lo stuzzico, provocando in Maggie un guizzo di piacere.

«Oh… sì.»

Dopo aver torturato anche l'altro, mi stacco dai suoi seni per risalire verso il suo collo, dove lascio una scia di baci e morsi e la mia saliva bagna la sua pelle tempestata di lentiggini; infine approdo di nuovo sulla sua bocca, usurpandola.

La bacio così forte da impedirle di respirare e, non contento, sposto una mano dai suoi fianchi e la serro attorno alla sua gola, perché sono un grandissimo figlio di puttana e la voglio in tutti i modi, anche in quelli sbagliati.

Quando scopo, lo faccio forte, e se con lei finora sono sempre stato gentile ora voglio di più.

Maggie mi afferra il polso e fa forza per levarlo dal suo collo, sbarra gli occhi, scollandosi dal mio viso.

«Ryker,» sussurra ansimando «così mi fai male.»

Ha il viso accaldato, sulla pelle i segni rossi della mia presa, e sembra un pò' scossa.

«Merda... scusa, ho esagerato.»

Mi guarda comprensiva.

Il suo incarnato, nella penombra, illuminato solo dal bagliore della notte, sembra fatto di luce di luna.

Dio, quanto diavolo è bella!

«Non riesco a controllarmi, *Peach*, sono come sopraffatto da te e da tutte le emozioni che provo. In verità, sei tu l'emozione. La più grande, intensa e assoluta. E, cazzo, quando sono con te la cenere grigia svanisce, perché tu sei il mio angolo di pace, tra le tue braccia il mio cuore riposa e la mente cessa di fare casino. E ho paura...» confesso.

Maggie mi ascolta con gli occhi lucidi, mi prende le mani e se le porta in grembo.

«Di cosa hai paura, Ryker?»

«Di me stesso.»

Mi bacia, poi si porta le mie braccia attorno alla vita e mi cinge il collo con le sue, stingendomi forte, i nostri corpi nudi e accaldati un intreccio di carne e sospiri.

«Non mi ferirai, io credo in te.»

«E se invece dovesse succedere? Tu finiresti per odiarmi e mi cancelleresti dalla tua vita, e io non potrei sopravvivere. Non potrei sopravvivere nemmeno un fottuto minuto senza di te» mormoro, avvertendo un magone allo stomaco.

Non so perché le sto confessando i miei tormenti più intimi, forse perché sono stanco di sostenere da solo questo peso e ho bisogno di condividerlo con l'unica persona che mi capisce e mi ama.

«Oh, Ryker, non ti ho mai odiato e non ti odierò mai. Anche se dovessi sferrarmi un colpo mortale, io sarò lì ad amarti ancora con ogni singola parte di me. Sei l'amore della mia vita. Il primo e l'ultimo. Ricordalo sempre.»

«Cazzo, non penso di meritare il tuo amore, Maggie.»

Preme le sue labbra calde sulle mie, schiacciando i suoi seni contro il mio petto in tumulto.

«Non pensare mai di non meritare qualcosa o qualcuno. Tutti meritiamo di essere amati, tu più di qualunque altra persona in questo mondo, okay?»

La sua voce è incrinata dalla commozione, presto muterà in pianto. Così le sfioro la guancia con i polpastrelli catturando una lacrima impigliata tra le sue ciglia; non voglio che pianga a causa mia, non più.

Poi, senza aggiungere altro, la faccio stendere sotto di me, la copro con il mio corpo, allaccio i suoi occhi ai miei e riprendo a muovermi.

Lo faccio con stoccate intense, portandole i polsi sulla testa e unendo così la frase incisa sui nostri braccialetti.

I suoi gemiti mi riecheggiano dentro come una melodia ammaliante, la nostra pelle infervorata quasi si fonde.

Tatuaggi ed efelidi, rabbia e pace, cenere e nuvole.

Noi due, uniti e opposti, siamo la cosa più bella e incasinata di sempre.

La penetro più forte, stuzzicandole con un dito il clitoride e assaggiando con la lingua la sua bocca calda.

Lei spinge il bacino incontro al mio uccello, inarcando la schiena e con le gambe avvolte ai miei fianchi mi tiene stretto a sé.

Sto per venire e anche Maggie è sul punto di raggiungere l'orgasmo: ansima, piagnucolando per la dolce tortura che le sto infliggendo.

«Sì, piccola… sì» soffio sulle sue labbra.

«Sto venendo, Ryker…» geme.

Ancora un'altra stoccata e le sue pareti si stringono attorno a me.

«Lo so. Ti sento.»

«Oh… sì.»

Dopo pochi secondi, lei inizia a rilassarsi e sento i suoi umori avvolgermi, è venuta e sto per farlo anch'io.

Esco dalla sua fica umida giusto in tempo e soffoco un ruggito di godimento svuotandomi sul suo ventre piatto e sui suoi seni perfetti.

Maggie, tra un ansimo e l'altro, piazza i suoi occhi stupendi nei miei, poi li sposta sui rivoli biancastri che le attraversano la pelle e le sue guance si accendono di imbarazzo.

«Io dovrei…» farfuglia, ancora scossa dall'estasi.

Ridacchio.

«È il caso di andare a fare una doccia. Insieme.»

Accenna un sorrisetto dolce.

«Non hai mica intenzione di continuare?»

Le stampo un bacio sulle labbra.

«Cazzo, sì.»

Mi alzo dal letto, la prendo in braccio e la conduco nel suo bagno. Tra risatine e baci, sotto il getto d'acqua bollente, continuiamo ad amarci ancora per un po'.

*

Le settimane successive sono, credo, le più belle della mia vita.

Tra me e Maggie va alla grande, siamo fottutamente felici.

Io ho evitato di commettere altre stronzate, mi sto impegnando nello studio, sto continuando a frequentare il workshop di arte e, cosa non meno importante, sto cercando di comportarmi bene, per quanto riesco.

A casa purtroppo è sempre la stessa merda, ma nel mio piccolo provo ad alleggerire l'atmosfera: se Jeff mi provoca, invece di attaccarlo, lo ignoro. Se mia madre si riduce come un dannato sacco di immondizia, provo a compatirla; lo faccio per Millie e anche per me stesso.

Sono stanco di combattere, di affannarmi. Sono stanco di sopravvivere soltanto. Ora voglio dedicarmi a Maggie, vivere appieno la mia storia con lei e impedire al marciume di seppellirmi e soffocarmi. Ho già sofferto abbastanza.

È il momento di darci un taglio.

So bene che sfuggire alle difficoltà non permette loro di sparire, sono sempre lì, fetide e ammucchiate in un angolo della mia coscienza, il puzzo è nauseante, ma merito di respirare ossigeno anch'io.

Adesso o mai più.

Inoltre, trascorrere la maggior parte del mio tempo con Maggie, inonda di luce ogni seccatura, mi dimentico di tutto ciò che è nocivo nella mia esistenza, perché lei occupa ogni spazio nella mente e nel cuore.

Quando sono con lei, non esiste niente altro.

Maggie è un'esplosione di colori, profumi e sensazioni che mi abbagliano, mi catturano, mi incantano, come bere una dannata pozione magica. Quella ragazza mi ha fottuto il cervello.

Sono più suo che di me stesso.

«Molto bene, Ryker, stai recuperando le tue insufficienze. Mi raccomando, non perderti strada facendo, ormai manca poco al diploma» dichiara la professoressa Suarez, consegnandomi il test corretto. «Lo stesso discorso vale per te, Derek.»

«Tutto merito della mia tutor» dichiaro, lanciando un'occhiata veloce a Maggie.

Lei, seduta a un banco di distanza, mi sorride congratulandosi a bassa voce con me.

«Bene! Siccome lavorare in gruppo vi piace tanto, sto valutando di assegnarvi un progetto multimediale sull'ultima tragedia di Shakespeare che abbiamo studiato. Ricordi qual è, Derek?»

Quell'idiota di Derek scrolla le spalle.

«Il *Macbeth*» esclama rassegnata la Suarez. «Avete un mese di tempo per prepararlo.»

«Professoressa, gruppi da quante persone?» domanda Emma.

«Da quattro.»

«Io sto con Maggie» dichiaro risoluto.

Con la coda dell'occhio fisso minaccioso quel coglione di Bryce Jordan, già pronto ad approfittarsi dell'occasione.

«Che cazzo guardi, girati dall'altra parte» gli dico tra i denti.

Lui non ribatte, distoglie subito lo sguardo da me e dalla mia ragazza rivolgendolo altrove.

*Che grandissimo pezzo di merda!*

«Siamo in tre» dice Maggie. «Emma, tu, io e… manca il quarto.»

Do una gomitata a Derek, seduto di fianco a me e, con un cenno, gli faccio capire che deve proporsi prima che lo faccia Jordan.

«Ahi, amico, mi hai fatto male» si lamenta, massaggiandosi il braccio. «Sono io il quarto del vostro gruppo. Ti fa piacere, bambolina?»

Si rivolge a Emma con un sorriso perverso.

La ragazza lo guarda nauseata attraverso i suoi grossi occhiali da vista poi si volta di scatto davanti a sé, e io scoppio a ridere a causa dell'espressione da ebete del mio amico.

«Ritenta, magari sarai più fortunato» lo sfotto.

Lui sbuffa e ritorna a cazzeggiare con il suo cellulare.

A fine lezione ci intratteniamo cinque minuti accanto agli armadietti, prima di cambiare aula: io ho il laboratorio di arte, Maggie invece ha un'ora di lingue straniere.

«Siete dei bastardi, dovevamo fare gruppo noi quattro» dice Rio, scuotendo la testa.

«Così ne avremmo combinata un'altra delle nostre e ci saremmo fatti sospendere anche stavolta» intervengo ironico.

Abbiamo partecipato ai progetti di gruppo una sola volta in quattro anni; dovevamo realizzare un video in PowerPoint sulla storia americana, ma il giorno della presentazione mandammo in onda un filmino porno, e i gemiti e le parole sporche degli attori echeggiarono in tutta la sala audiovisivi.

Ci sospesero per due settimane.

Derek ridacchia, ricordando l'episodio.

«Lasciali perdere, sono degli sfigati» interviene Jaden, alzando il mento. «Sono sicuro che prima o poi Ryker si stancherà di "tutto questo"» aggiunge, senza mai risparmiarsi una frecciatina del cazzo.

Maggie si sente chiamata in causa, le sue guance diventano di fuoco per la frustrazione e la capisco, perché a volte provo anch'io lo stesso quando mi rapporto con lui.

Palesemente offesa, mi rivolge un rapido cenno e si allontana verso la classe della sua prossima lezione, seguita dall'amica.

«Ma che diamine, Jay, devi sempre rompere le palle.»

Non voglio incazzarmi, non voglio aggredirlo, voglio solo essere lasciato in pace, ma, a quanto pare, Dio deve odiarmi di brutto.

«Ehi, scherzavo, la tua tipa è troppo suscettibile» mi provoca, con un sorrisetto storto che gli incattivisce il viso.

*Merda, ci risiamo.*

Pare che criticare Maggie e la mia relazione con lei sia diventato il suo fottuto hobby preferito.

Perdere la mia calma precaria e rovinarmi la giornata sono le ultime cose che voglio, quindi rilasso i muscoli in tensione, faccio sbollire la collera e non cedo alla sua provocazione.

«Vado a lezione, ci becchiamo dopo.»

Mi incammino verso il lato opposto del corridoio lasciando pure che continuino a parlare di me; non me ne frega niente, ormai mi scivola tutto addosso.

Sono i miei amici, gli voglio bene come fratelli, farei di tutto per loro e un po' mi scazza che pensino sia diventato un rammollito.

Eppure, non posso farci nulla.

Nella vita bisogna compiere delle scelte, possediamo il potere del libero arbitrio e io non l'ho mai utilizzato nel modo giusto, al contrario, ho fatto sempre scelte sbagliate e dannose per me stesso.

Ora, però, è diverso.

Ho scelto di essere felice.

E nessuno mi porterà via ciò che desidero da tutta la vita.

Nessuno.

# Maggie

## 44

*Caro diario,*
*è già arrivato febbraio e mi sono resa conto che non imbrattavo le tue pagine con i miei pensieri d'inchiostro da un paio di settimane, e non perché io non voglia, ma perché ultimamente ho poco tempo visto che ne trascorro tanto con Ryker.*
*Tra di noi sta andando a gonfie vele, in quest'ultimo periodo lui sembra più sereno, meno irascibile e ha recuperato le insufficienze a scuola.*
*Sono molto felice per lui, si sta impegnando per il suo futuro – ha capito che non è giusto gettare la sua vita in sciocchezze inutili – e mi sta rendendo orgogliosa dei suoi progressi.*
*Credeva di essere irrecuperabile e di non meritare il mio amore, ma gli ho dimostrato che non è affatto così e sembra che ne abbia preso coscienza.*

*Lo amo tanto, a volte penso di essere troppo piccola e fragile per contenere tutto l'amore che provo per Ryker.*
*Ma ce la faccio, giuro.*
*Mi armo di dedizione e sentimento, di coraggio e forza, per affrontare le ombre che spesso lo avvolgono e lo risucchiano in un limbo di inquietudine.*
*A volte penso di non essere abbastanza forte e lo sconforto grava sul mio petto come un macigno; in quei momenti, vorrei solo troncare tutto, non lo nascondo, ma non posso perché lui mi mancherebbe come l'aria un attimo dopo.*
*Probabilmente...*

«Stai studiando ancora, Maggie May?»

La voce rude di Ryker mi prende alla sprovvista incendiandomi la pelle come una folata di scirocco, un brivido si espande dietro la mia nuca e sussulto voltandomi verso la finestra.

Ha appeno scavalcato intrufolandosi in camera mia, come di consueto.

Con un gesto rapidissimo chiudo il diario e faccio per riporlo nel cassetto della scrivania, ma lui mi raggiunge in due falcate con l'intenzione di strapparmelo dalle mani.

Finora sono sempre stata attenta a non farmi scoprire, ma questa volta mi ha colto con le mani nel sacco.

«E questo cos'è?»

Mi alzo di scatto dalla sedia nascondendo il diario dietro la schiena, per impedirgli di impossessarsene.

«Non è niente...»

Mi fissa con un mezzo sorriso provocante, per nulla propenso a starsene buono, anzi, sembrando molto interessato all'oggetto che custodisco.

«Tieni un diario segreto, Maggie May? Hai riportato su carta tutti i dettagli? Anche quelli più sconci? Voglio leggerlo.»

«No, Ryker, non puoi.»

Indietreggio, proteggendo il mio tesoro a spada tratta, ma lui avanza per acchiapparmi e ci riesce perché sono lenta e goffa.

Mi prende per i fianchi e mi butta sul letto incastrandomi tra le ginocchia, mentre una mano si appropria del diario, ignorando le mie proteste.

«Ridammelo subito!»

Si allontana, mi dà le spalle e lo apre, poi legge una pagina a voce alta.

«*Caro diario, il mio ragazzo, Ryker Ash, è un animale quando mi scopa. Me la lecca da dietro e io glielo prendo in bocca fino in fondo…*» mi sfotte, inventando di sana pianta.

Mi alzo, paonazza in viso, riesco a sottrarre il diario alle sue grinfie e lo stringo forte in grembo come se fosse un bambino da proteggere.

«Sei proprio uno stronzo, Ryker» urlo a squarciagola.

Ho le guance che mi bruciano, le sento andare a fuoco e il calore si espande fino alle orecchie, il cuore invece mi si è bloccato tra le costole, impedendomi di respirare in modo regolare.

Dio, non lo sopporto quando scherza così, non capisce che è offensivo e inopportuno?

Che mi fa rivivere i momenti in cui si comportava da bullo nei miei confronti?

Ripongo il diario nel cassetto girando la piccola chiave di ottone nella serratura, poi mi porto la mano sul petto restando di spalle.

Sono in fibrillazione.

«Ehi, *Peach,*» mormora, abbracciandomi da dietro «ti stavo solo sfottendo un po', scusa.»

Traggo un lungo sospiro, sentendomi stupida, confusa e arrabbiata.

«Ci sono i miei pensieri più intimi su quelle pagine, è come violare la mia anima, Ryker.»

Preme i polpastrelli sui miei fianchi, mi fa girare verso di lui e raggiunge le mie labbra con le sue.

«Capisco, non lo faccio più.»

Lo guardo dritto negli occhi, avvertendo la rabbia assopirsi pian piano.

«Non comportarti mai più come il Ryker che mi *bullizzava*, mi ferisci così.»

Per un attimo scorgo sul suo volto un'espressione colpevole, trattiene il respiro come se stesse tornando con la mente ai giorni in cui mi ha procurato dolore, ricordandoli tutti in modo cristallino.

Si rabbuia e una coltre di nubi scure cala su di lui.

«Grazie per avermi ricordato quanto io sia un pezzo di merda.»

Allenta la presa dai miei fianchi e muove un paio di passi indietro, avviandosi verso la finestra.

«Dove stai andando?» gli chiedo in un sussurro.

Scrolla le spalle, sedendosi sul davanzale.

«A dimenticare.»

Si gira verso l'esterno e con un saltello atterra sull'erba secca del mio giardinetto.

Non posso lasciarlo andare in giro ad autodistruggersi, non gli permetterò di mandare all'aria tutto il lavoro che ha compiuto finora, così esco di fretta dalla mia camera, attraverso il salotto e in pochi secondi sono fuori.

Lo seguo, camminando più veloce che posso.

«Ryker, aspetta. Parliamone, per piacere.»

Lui accelera, come se volesse liberarsi di me ed evitare di ascoltarmi, e non capisco se è arrabbiato, offeso o entrambe le cose.

Il sole sta tramontando inondando il cielo di oro puro, una fresca brezza mi scompiglia i capelli e io mi stringo addosso il golfino di filo, rabbrividendo.

Lo raggiungo e afferro la sua felpa tra le dita, costringendolo a fermarsi e a parlarmi.

«Non andartene, ti prego» imploro in un sussurro.

«Sono stanco, Maggie…»

Non mi guarda, resta di spalle, i muscoli in tensione e i pugni chiusi. Sento il cuore creparsi e la voce incrinarsi dalla tristezza fuoriuscendo fievole dalla mia gola, al punto che a stento riesco a sentirla.

«Di me? Sei… stanco di me?»

*Ti prego, ti prego, ti prego, non dire di sì.*

*Non dire di sì o ne morirò.*

Emette un lungo sospiro.

«Di me stesso. A volte mi chiedo quale sia il mio fottuto scopo su questa terra. Arreco solo dolore, dolore e ancora dolore a chiunque capiti sul mio cammino. Che cazzo! Non ne posso più.»

Lo abbraccio forte, cingendogli i fianchi e poggiando la guancia sulla sua schiena.

«Non è vero, Ryker. Dimentica ciò che ho detto prima, tu mi rendi felice, ogni giorno. E ti amo, lo sai, vero? Sai che ti amo con ogni singola parte di me. Hai sbagliato e stai rimediando, perché hai compreso i tuoi errori…»

«Ma continuo a commettere cazzate, è più forte di me. È come se fossi guasto. Lo capisci, Maggie?»

Lo stringo ancora, con più vigore, fino a stritolarlo tra le mie braccia esili.

«Tutti lo facciamo, tutti commettiamo errori, basta solo riconoscerli e cercare di non ferire il prossimo. Tu non sei guasto, Ryker. Sei tormentato, arrabbiato, sfinito e hai tutte le ragioni per sentirti in questo modo. Ma non puoi mollare adesso. Combatti. Fallo per me e per Millie. Non arrenderti, okay?»

Si gira verso di me, i suoi occhi scuri sono lucidi, velati da quelle che sembrano lacrime, mi copre le guance con i suoi palmi ruvidi guardandomi come se fossi la sua unica fonte di luce.

«Per te e per Millie.»

Annuisco trattenendo il pianto perché, se iniziassi a frignare ora, non riuscirei a sostenere Ryker, e lui ha bisogno di me.

«Sì.»

Si schiarisce la voce, flettendo le braccia.

«Ti va di fare una nuotata?»

«Ora? Tra un po' farà notte.»

«È proprio questo il bello.»

Mi lascio convincere subito, basta che mi guardi in un certo modo per cedere a ogni richiesta, anche la più strana e pericolosa.

«Mi hai convinta, andiamo.»

Mi rivolge il suo solito sorrisetto da capogiro, mi porge la mano e io gliela stringo, seguendolo in ogni posto in cui mi vorrà portare.

Lo seguirei fino in capo al mondo, se fosse necessario.

Arriviamo al *Flamingo Park Pool* dopo circa un quarto d'ora di passeggiata; la piscina pubblica è ovviamente chiusa dato l'orario, così guardo Ryker con un'espressione titubante.

«Riapre domattina, Ryker, come hai intenzione di fare una nuotata?»

Le sue labbra carnose si curvano in un accenno di sorriso furbo.

«È semplice, *Peach*. Vedi quel cancello azzurro? Lo scavalchiamo.»

Sbarro gli occhi, scuotendo il capo.

«No, Ryker, è illegale. E poi io non sono capace di arrampicarmi, potrei scivolare e spaccarmi la testa o rompermi una gamba.»

Ridacchia, calandosi il cappuccio sul viso.

«Cazzo, sei proprio una schiappa. Ti aiuto io, seguimi.»

Mi trascina verso l'ampia scalinata che porta alla biglietteria dalle saracinesche abbassate, alle cui spalle si erge il cancello che dovremmo superare.

«Non è una buona idea. E se dovessero scoprirci?» sussurro, guardandomi intorno impaurita e stringendogli con più energia la mano per fermarlo. «Finiremmo nei guai.»

Ora capisco quando prima mi ha confessato che commettere sbagli è più forte di lui, è come se non riuscisse a farne a meno, è il motore che lo anima.

Lui ha bisogno di vivere con l'adrenalina nelle vene e io non me la sento di tarpargli le ali, ma non so se sono capace di stare al passo.

«Fidati, non ci scopriranno. Non è la prima volta che vengo qui.»

Sospiro, salendo le scale, e una volta arrivati accanto all'inferriata lui si accovaccia.

«Sali sulle mie spalle.»

Impacciata lo faccio, sostenendomi alle sbarre di ferro.

Lui mi afferra per le caviglie per tenermi salda e si alza, in modo da farmi raggiungere l'estremità del cancello.

«Ora alza una gamba, poi l'altra, ti giri tenendoti stretta alla cancellata e con un balzo atterri dall'altra parte.»

«Non ne sono capace, Ryker, so già che finirà male» mi affretto a dire.

«Ma che diavolo, Maggie. Fallo subito, che mi pesi sulle spalle.»

«Stronzo» borbotto tra me e me.

«Ti ho sentito, piccola idiota.»

Sbuffo, facendo ciò che mi ha detto, mentre la luce accecante dei lampioni mi abbaglia la vista.

Non ho idea di come io riesca a oltrepassare questo maledetto ostacolo e, quando salto spaventata a morte e tocco terra, avverto un dolore lancinante alla caviglia.

«Ahia» mi lascio sfuggire.

Bene! Mi sa che mi sono appena procurata una distorsione alla caviglia.

Ryker scavalca il cancello in un attimo, si arrampica con estrema agilità, e balza a terra con la stessa destrezza di un puma.

«Merda! Ti sei fatta male?»

Annuisco, mordendomi il labbro e lui non riesce a trattenere una risatina di scherno.

«Sei una deliziosa stupida imbranata, Maggie May.»

Metto su il broncio, fingendomi offesa.

«Te l'avevo detto che mi sarei rotta un osso.»

Si accovaccia davanti alle mie gambe e con le dita mi massaggia la caviglia, inchiodandomi ai suoi occhi colmi di cattive intenzioni.

«Ora va meglio?»

«Un po'.»

Si alza, incombendo su di me con la sua altezza e il suo fascino crudele.

«Spogliamoci ed entriamo in acqua, ti farò passare io il dolore.»

Un'esplosione di sensazioni mi scoppia tra le cosce, che stringo sentendo l'eccitazione camminarmi sottopelle.

«Okay» dico avvinta, in un sussurro.

Attraversiamo il lungo vialone delimitato da palme, per poi giungere dopo pochissimi minuti alla piscina; l'odore di cloro mi assale le narici, ma il silenzio notturno rende l'atmosfera molto romantica.

Anche se Ryker e il romanticismo corrono su due binari opposti.

Il cielo è tempestato di stelle, la luna piena ci illumina con il suo bagliore argenteo e un venticello fresco sfiora l'acqua, increspandola.

Ryker inizia a spogliarsi e con un cenno m'invita a fare lo stesso, ma prima si procura dei teli, prendendoli dai lettini che costeggiano il bordo piscina.

Mi levo le ballerine, sentendo ancora un forte fastidio alla caviglia.

«Hai detto che non è la prima volta che vieni qui. Chi… chi ci hai portato?» gli chiedo, spinta da un moto incontrollabile di gelosia.

Resta completamente nudo, con solo i tatuaggi dalle linee delicate e definite a serpeggiare sul suo corpo, e io mi soffermo incantata a fissare l'angelo inciso su un lato dell'inguine, proprio accanto al suo grosso membro in erezione, e mi si secca la bocca.

«È solo tuo, *Peach*» mormora riferendosi al suo pene.

Mi tolgo i jeans e anche la maglietta, aspettando che lui mi dia una risposta.

«Con chi sei venuto in questa piscina? Non farò l'amore con te in un luogo che hai condiviso con un'altra.»

Si avvicina lentamente, inclinando di poco il viso e sostenendo il mio sguardo.

«Non ti ho mai scopato in un posto che non fosse solo nostro. Te lo giuro.»

In un attimo le sue mani afferrano le mie mutandine e me le toglie, sganciandomi poi il reggiseno.

«Il ripostiglio, la biblioteca, il laboratorio di arte e ora qui… mi giuri davvero che non ci hai portato nessuna?»

Detesto la sola idea che altre ragazze prima di me l'abbiano ammirato, toccato o baciato e che lui abbia fatto lo stesso con loro.

Non mi riconosco più e non capisco come mai io sia diventata così gelosa di lui quando per natura non lo sono, forse ho solo paura di perderlo e reagisco in questo modo assurdo per un meccanismo di difesa.

«Te lo giuro su Millie.»

«Va bene… ti credo.»

Respiro a fatica, avvertendo un'ondata di brividi attraversarmi la pelle. Ryker mi prende per mano per condurmi verso l'acqua, poi si volta fissandomi con la coda dell'occhio.

«Ti avverto, è molto fredda.»

Senza alcun preavviso, fa scivolare le mani sui miei fianchi, mi prende di peso e mi getta in piscina.

Lancio un urlo, lo schianto con l'acqua è terribile, mi tappo il naso quando sono sotto, poi agito le gambe e le braccia ritornando in superficie e mi guardo intorno per cercarlo.

*Che stronzo!*

Si è tuffato anche lui di sicuro, ma nel buio non riesco a scorgerlo, poi lo sento avvicinarsi, mi volto e lui mi spruzza dell'acqua in faccia.

Mi colpisce gli occhi, che stropiccio ascoltando il suono della sua risata divertita.

«Sei un cretino, Ryker!»

Mi vendico appendendomi alle sue spalle, lo spingo giù, ma lui riesce a portarmi con sé sott'acqua.

Stringo le palpebre avvertendo le sue braccia cingermi e le sue labbra premere sulle mie e sorrido, perché ho sempre desiderato ricevere un bacio subacqueo: tutta colpa dei film e delle serie tv d'amore che guardo.

Risaliamo in superficie prendendo fiato, Ryker mi tira a sé da dietro, premendo il suo corpo contro il mio infreddolito.

«Sai, nell'acqua si possono sperimentare nuove posizioni, anche quelle che sfidano la gravità» mi soffia all'orecchio.

Mi volto verso di lui lasciandomi sfuggire un risolino, poi mi aggrappo al suo collo specchiandomi nelle sue iridi profonde.

«Mmh… non lo sapevo.»

Mi addenta il labbro inferiore sostenendomi per il sedere, e io avvolgo le gambe attorno alla sua vita.

«Ora lo sai.»

# 45
# Ryker

Bacio le labbra bagnate di Maggie stringendo le sue natiche sode tra i palmi, i suoi seni turgidi premono contro i miei pettorali mentre l'acqua fredda ci avvolge.

Tenendola in braccio la trasporto dove si tocca, verso la scaletta.

Lei trema, così si avvinghia con vigore al mio corpo, sfiorandomi i capelli.

«Ho freddo, Ryker» farfuglia.

Ha la pelle d'oca, è notte ed è un febbraio abbastanza fresco per gli standard di Miami.

«Ti riscaldo io.»

Le infilo la lingua in bocca, gustando il suo dolce sapore mentre mi faccio spazio tra le sue cosce, tenendola stretta per i fianchi.

È più leggera del solito, sembra una piuma tra le mie mani; il mio cazzo diventa di pietra e reclama la sua fica, perciò la faccio appoggiare di schiena contro il muretto e la penetro, appurando quanto sia particolarmente stretta.

Non mi piace scopare in acqua ma, una settimana fa al cinema, Maggie mi ha fatto sciroppare un film romantico dove i protagonisti si baciavano in piscina e i suoi occhi si sono illuminati… forse lo trova romantico.

E così ho pensato di esaudire questo suo strano desiderio.

Cazzo, è proprio stramba!

Ma è anche per questo che mi fa impazzire.

Perché apprezza le piccole cose, il suo cuore è semplice, buono e non ha alcuna intenzione di abbandonarmi.

Lei sarà per sempre al mio fianco.

Continuo a pensare che Maggie sia troppo per me e che finiremo per annientarci, ma non posso mettere fine a tutto questo o cesserei di respirare.

Forse sono un egoista del cazzo, forse dovrei lasciarla andare e permetterle di vivere serenamente, lontana dai pericoli, dai giorni bui e dal malessere che infetta la mia anima, ma non posso perché lei ne morirebbe e farla soffrire ancora a causa mia è l'ultima cosa che voglio.

Se prima godevo nel vederla piangere e disperarsi, ora mi basta un suo sorriso per sentirmi vivo.

«Ryker» sussurra tra un bacio e l'altro.

«Sì, Maggie May?» le mormoro sulle labbra.

Cerca i miei occhi nel buio, delle gocce d'acqua come rugiada sono impigliate tra le sue ciglia chiarissime.

«Tu…»

«Ehi, voi due, cosa diavolo ci fate nella piscina?»

Il vocione di un uomo e la luce abbagliante di una torcia ci fanno sobbalzare senza preavviso.

«Cazzo! Usciamo in fretta» esclamo, spingendo Maggie verso la scaletta.

Lei, impacciata, fa come le dico mentre il custode del *Flamingo Park Pool* ci viene incontro imbestialito.

Esco anch'io dalla piscina, afferro i teli e ne porgo uno a *Peach;* lei lo avvolge attorno al suo corpo infreddolito acciuffando i suoi vestiti.

«Dio! Che figuraccia.»

«Non provate a scappare, devo identificarvi e denunciarvi» dichiara il tizio avanzando.

*Merda!*

Afferro il polso di Maggie e con un cenno del capo le ordino di seguirmi.

«Dobbiamo fuggire, adesso!»

Annuisce, tenendo il telo stretto attorno al corpo e lascia che io la trascini via, mentre il custode inizia a rincorrerci urlando di fermarci.

Noi siamo più veloci, giungiamo al cancello e aiuto Maggie a scavalcarlo, con un po' di difficoltà anche per la caviglia dolorante, poi mi volto e vedo l'uomo ormai vicino, così mi arrampico con rapidità e con un balzo sono dall'altra parte.

Prendo Maggie per la mano e corriamo via, giù per la scalinata e poi lungo il viale, ancora nudi, con il solo asciugamano a coprirci e i nostri vestiti sottobraccio.

Una volta lontani abbastanza dalla piscina comunale, ci ripariamo in un vicoletto cieco per rivestirci.

«Lo sapevo. Lo sapevo che ci saremmo fatti beccare. L'abbiamo scampata per un pelo, il custode aveva intenzione di chiamare la polizia. Dio! Sarebbe stato un epocale disastro. Te ne rendi conto, Ryker?»

Maggie è fradicia, affannata, scioccata e io non posso fare a meno di scoppiare a ridere.

«Cazzo! Sembri un gattino bagnato… però è stato uno spasso.»

Spalanca la bocca e allarga gli occhi strizzandosi la chioma.

«Uno spasso? Tu hai qualche problema. Qualche serio problema.»

È furiosa ma anche divertita: sta cercando in tutti i modi di trattenere il sorriso.

Mi tampono i capelli con il telo, conscio che domani ci sveglieremo con febbre e raffreddore.

«Ho una moltitudine di problemi, non lo sapevi?» la provoco, ridacchiando.

Starnutisce. «Che stronzo che sei.»

«E tu sei bellissima quando ti incazzi.»

Si stringe nel golfino, rabbrividendo.

«Non provare a incantarmi, sono realmente arrabbiata questa volta.»

Scrollo le spalle sfilando una sigaretta dal pacchetto e me la porto tra le labbra.

«Chiamo Rio per un passaggio.»

Mi rivolge uno sguardo assassino che non si addice per niente al suo viso angelico.

«No, io torno a piedi.»

Si avvia verso casa e io le cammino di fianco fumando lentamente e lanciandole sguardi con la coda dell'occhio. Lei continua a tenermi il broncio e non mi parla.

Quando arriviamo davanti al suo portone, mi abbasso verso le sue labbra per baciarla, ma si scosta.

«Non vuoi baciarmi?»

Scuote la testa, i capelli ancora umidi e i brividi che le percorrono la pelle.

«No. Ora rientro, ho bisogno di fare una doccia e di riscaldarmi con una tisana.»

«Dai, *Peach*, non puoi incavolarti per una bravata. Non ti avrei mai fatto finire nei guai, so come uscirne pulito.»

Afferra la maniglia della porta e la gira.

«Certo, lo sai così bene che sei finito al riformatorio per sei mesi e non mi pare che la tua fedina penale sia pulita, Ryker. Adesso vado, 'notte.»

Entra in casa sparendo dalla mia vista e io mi ritrovo a fissare come un coglione il legno sbeccato della porta.

Cazzo! Questa ha fatto male.

Quando ci si mette sa come pungermi nel profondo, e non è la prima volta che con poche parole mi colpisce con più violenza di un cazzotto o di una randellata.

*Piccola maledetta Maggie May.*

Non vado via subito: intorpidito e ancora con i vestiti un po' umidi, mi metto a osservarla dalla finestra semiaperta.

Solo dopo che ha indossato il pigiama e si è messa a letto, decido di restare.

Attento a non svegliarla, mi arrampico in silenzio intrufolandomi in camera sua. Raggiungo il letto e mi stendo senza emettere un suono, mi avvicino a lei e faccio combaciare il mio corpo al suo, anche se coperto dalla trapunta.

Inspiro il suo profumo dolcissimo e la guardo dormire, sfiorandole adagio i capelli con le dita; il suo respiro caldo mi solletica la pelle mentre il suo petto si alza e abbassa lieve.

«Ti amo, Maggie May» le sussurro, ora che non può sentirmi. Una volta pronunciate quelle fatidiche parole, però, mi sento più leggero, come se potessi volare e correre sulle nuvole e, dannazione, tutto questo è ridicolo, ma è così.

La amo, cazzo.

Lei si accoccola a me continuando a dormire profondamente; le poso un bacio sulla fronte e, poco dopo, crollo anch'io, sfinito ma felice.

*

«Ryker! Ryker, su, devi svegliarti… è tardi, se la mamma ti trova qui, si trasformerà in Voldemort, te l'assicuro.»

La voce soave di Maggie mi arriva alle orecchie strappandomi pian piano dal sonno ma, per quanto il suo tocco delicato mi scuota, sono troppo stanco per alzarmi.

E la testa, merda, mi sta scoppiando.

Mi passo una mano in faccia stropicciandomi gli occhi, è come se sulle palpebre avessi due sassi.

«Che ore sono e che… giorno è?» biascico, guardando il suo volto.

È sfocato, il rosso dei suoi capelli si confonde con il bianco della sua pelle.

Diamine, perché mi sento un tale schifo?

Sospira, fissandomi preoccupata.

«È sabato e sono le nove» sussurra, poi mi tocca la fronte e il suo palmo è gelato. «Aspetta, ma tu scotti e pure tanto.»

«Ma che cazzo! Ho… ho la febbre?»

«Sì, hai dormito con i vestiti bagnati? Che testa…»

«Boh…»

Sospira guardandosi intorno, poi si alza dal letto, ma io la blocco per il polso.

«Aspetta, dove vai, *Peach*? Devi curarmi.»

Mi sorride, accarezzandomi una guancia.

«Devo riferire alla mamma che sei qui e che hai bisogno di cure, e anche di vestiti asciutti. Non muoverti, torno subito.»

Socchiudo di nuovo le palpebre abbracciando il cuscino, mentre Maggie esce dalla camera.

Dopo un po' la sento ritornare e non è sola, con lei c'è anche Sierra.

«Dovrai spiegarmi perché, anziché dormire a casa tua,

sei stato qui stanotte, a mia insaputa. Ma prima fa' una doccia, indossa dei vestiti puliti, mangia qualcosa e prendi il paracetamolo.»

Sierra mi parla a raffica e io a stento riesco ad afferrare le prime parole, per quanto sono stordito.

Annuisco mettendomi seduto, mentre Maggie mi porge degli asciugamani e una sua tuta, che sicuramente mi starà stretta e corta.

«Ho solo questo, mi dispiace.»

«Maggie, andiamo a preparare la colazione» esclama Sierra guardando sua figlia, poi saetta i suoi occhi severi su di me. «Dopo raggiungici in cucina» aggiunge.

«Agli ordini, Sierra» la sfotto, ma non ho nemmeno la forza di sogghignare.

Dopo una doccia ricostituente, mi vesto e mi trascino fuori dalla camera, ho bisogno di mangiare e di prendere qualcosa per questa febbre del cazzo o la testa mi scoppierà davvero.

Sierra mi mette davanti un piatto contenente una torre di pancake con sciroppo d'acero e una tazza di caffè fumante.

«Rimettiti in forze, ne avrai bisogno per affrontare la mia rabbia, caro Ryker.»

«Mamma!» interviene Maggie.

«Mamma? Mi hai delusa, Margaret, far intrufolare il tuo ragazzo in camera… ma che modi sono?»

«Abbiamo solo dormito, mamma» si giustifica.

Mi sorreggo la testa con le mani.

«Questa volta sì, lo giuro.»

«Questa volta?» urla Sierra.

Maggie mi dà un calcio da sotto il tavolo, mimando di stare zitto.

«Non sa cosa dice, sta delirando, deve prendere al più presto il paracetamolo» afferma *Peach*.

Annuisco mandando giù un po' della colazione, ma subito dopo inizio a tossire e starnutire e, come se non bastasse, lunghi brividi mi attraversano la schiena e gli arti.

Porca puttana, sono ridotto proprio male.

Sierra prende un lungo respiro e si massaggia le tempie, poi si alza, apre un mobiletto e tira fuori il medicinale.

«Bene, prendi questa e tornatene a letto. E tu, signorinella, faremo i conti più tardi. Ora accompagnalo, su, sparite dalla mia vista.»

Ingoio la pillola e con l'aiuto di Maggie ritorno in camera sua, mi metto a letto sotto la trapunta e lei si siede accanto a me.

Mi accarezza i capelli, piantando le sue iridi di cielo nelle mie, lucide.

«Sei uno stupido mascalzone, lo sai questo?»

«Mmh… non mi offendere solo perché non sono in grado di… di ribattere» brontolo, assonnato.

Emette un risolino divertito, continuando a toccarmi piano.

«Perché non sei tornato a casa tua stanotte?»

Sbuffo. «Non mi andava di… di allontanarmi da te dopo aver litigato.»

Mi bacia piano, scompigliandomi i capelli.

«Quanto sei dolce.»

«Dolce? Io? Sono ancora Ryker o mi hai dato da bere una pozione? Com'è che si chiama? *Polisucco*?»

Maggie scoppia a ridere.

«Ah, vedo che sei ferrato in materia. E comunque sì, sei molto dolce quando vuoi.»

Mi ficco più sotto le lenzuola per riscaldarmi, non mi ammalavo così da anni, meglio una rissa con spranghe e mazze da baseball allo stato pietoso in cui versa il mio fottuto organismo.

«Come ti pare.»

«Ora riposa, io mi porto avanti con il progetto di letteratura.»

Faccio cenno di sì chiudendo le palpebre e, senza nemmeno accorgermene, vengo risucchiato dal sonno.

Resto a casa di Maggie per l'intero weekend, lei si prende cura di me e io mi sento in colpa per averla messa nei guai, non solo alla piscina comunale, ma anche con sua madre.

Non ho mai avuto quel tipo di rapporto con la mia, Angie non sa fare il genitore, alterna momenti in cui è troppo sbronza per essere presente ad altri in cui delira diventando aggressiva.

La detesto e detesto che non si sforzi minimamente nei confronti di Millie.

Sierra invece è una donna con le palle, ama Maggie, la sprona, è comprensiva ma severa e loro due hanno un legame di fiducia e affetto che, per colpa delle mie stronzate, rischia di incrinarsi.

Quindi, domenica sera, passata la febbre, decido di fare l'uomo e parlare con Sierra per chiederle scusa; ne approfitto mentre Maggie è sotto la doccia.

Mi appoggio contro la penisola della cucina e mi schiarisco la voce.

«Senti, Sierra, io ti devo delle scuse.»

La donna sta lavando i piatti, si volta e con un cenno mi dice di avvicinarmi.

«Aiutami, io lavo, tu asciughi.»

Annuisco, posizionandomi accanto a lei. Prima che possa aprire bocca, dà il via a una paternale che un po' mi turba.

«Ryker, come ben sai il papà di Maggie ci ha lasciate all'improvviso e io ho dovuto fare le sue veci in molte occasioni. Questo è un discorso che avrebbe affrontato lui, il mio amato John, ma purtroppo non può più farlo… Però io sono qui e ho bisogno di sapere se ami sul serio mia figlia.» Mi passa il piatto pulito e io lo asciugo con lo strofinaccio. «Esigo che tu sia sincero.»

«Sì, la amo.»

«Non si direbbe. In questi mesi sono state più le volte in cui l'ho vista piangere e soffrire che quelle in cui ha riso e scherzato, il vostro non è un rapporto sano, perché tu non lo sei. Mi dispiace doverti dire queste cose, sei un ragazzino, potresti essere mio figlio, ma sei tossico, Ryker, e non sei la persona giusta per Maggie.»

Cazzo.

Mi blocco, restando con le mani in aria, mentre dentro sto morendo dolorosamente.

«Vuoi che la lasci?» mormoro, avvertendo il cuore schiantarsi.

Scuote la testa, continuando a strofinare un vassoio incrostato con nonchalance.

«Maggie non me lo perdonerebbe mai e poi ti ama, non posso impedirle di stare con te.»

«E allora cosa vuoi che faccia?»

«Lo sai bene.»

«Ce la sto mettendo tutta, è la verità, Sierra.»

Mi incenerisce con uno sguardo colmo di ciò che sembra risentimento.

«Devi impegnarti di più.»

«Ehi, di cosa parlate voi due?»

Maggie fa capolino dalla porta della cucina, è già in pigiama, ha le gote rosse e i capelli profumati di shampoo appena fatto.

Sierra mi anticipa, sorridendo alla figlia.

«Discorsi tra suocera e genero, niente di che.»

«Suocera? Genero?» domanda lei, meravigliata.

Merda! Sono anch'io un attimo sorpreso.

«Devo andare» dico d'un fiato, sentendomi soffocare da tutto questo.

Poso lo strofinaccio salutando Sierra con un cenno e lei ricambia con un breve sguardo che esprime più di mille parole.

Maggie mi accompagna alla porta e, prima di salutarmi, mi abbraccia forte posandomi un bacio sulle labbra.

«È stato bellissimo trascorrere questo weekend con te, anche se non abbiamo potuto dormire insieme. Potremmo rifarlo, magari per il mio compleanno. Che ne pensi di un viaggetto da soli?»

Abbozzo un mezzo sorriso.

«Ti scoperei per due giorni di seguito senza darti un minuto di tregua, lo sai, vero?»

Annuisce arrossendo, anche se ormai è abituata al mio linguaggio sporco.

«Posso immaginarlo… il mio compleanno è il venti marzo, non dimenticarlo.»

La bacio, sentendo un fottuto magone estendersi dalla bocca dello stomaco al petto a causa di ciò che mi ha detto prima sua madre.

«Come potrei, *Peach*. Buonanotte.»

Preme ancora le sue labbra morbide sulle mie, guardandomi con tutta la devozione di questo maledetto universo.

«Buonanotte, Ryker.»

# Maggie

# 46

*Due settimane dopo*

Vedere Ryker sereno, con il sorriso che gli sfiora le labbra, gli occhi privi di burrasca e il volto senza un'ombra di lividi, per me non solo è il regalo più bello, ma una vera e propria benedizione.

Assistere giorno dopo giorno alla sua guarigione mi rincuora, sgretolando ogni dubbio, perché ho la certezza che il nostro amore è fortissimo, indissolubile, forse non perfetto, ma cosa lo è?

Rincorrere l'idea della perfezione spesso porta a illudersi che questa possa esistere davvero, ma amando Ryker ho capito che le sbavature, le crepe, le imperfezioni sono di gran lunga più vere e meravigliose.

Scavando tra le montagne di cenere che ricoprono la sua anima, mi sono imbattuta nelle sue debolezze, che ai miei occhi fanno apparire Ryker fragile, bellissimo, unico, un ragazzo che ha solo bisogno di essere amato; e io lo faccio, sempre di più.

Ogni giorno che passiamo insieme, ci doniamo l'un l'altro mettendoci a nudo, mostrando le nostre ferite e i nostri traumi, i nostri timori e i nostri sogni, senza remore di alcun tipo.

Ci stiamo fidando del sentimento che ci lega, amandoci con ogni particella di noi, come non credevo si potesse amare.

I miei attacchi di panico si sono affievoliti, anzi, quasi del tutto spariti, anche grazie a lui.

Quando sono sopraffatta dallo stress e avverto che l'ansia sta per arrivare, Ryker mi prende il viso tra le mani e mi ricorda di respirare, facendolo insieme a me, lentamente.

Sa essere gentile, tenero e amorevole, si sta aprendo con me, e io sto scorgendo estasiata tutto il suo caldo bagliore e la necessità di sentirsi protetto.

Amo quando mi abbraccia da dietro e infila il viso tra i miei capelli sfregando il naso nell'incavo del mio collo, o tutte le volte che si addormenta sul mio petto, avvinghiato al mio corpo come se fosse un bambino.

E ancora, quando si sofferma a ritrarmi sul suo quaderno, in classe, durante la lezione.

Amo il suo modo di sussurrarmi *Peach* all'orecchio, mentre facciamo l'amore, e ogni volta che mi afferra per i fianchi addossandosi a me, per baciarmi i capelli, la fronte e la punta del naso.

Lui crede di non essere capace di amare, io gli sto dimostrando che invece lo sa fare, a modo suo, con i suoi tempi, con ferocia e tenerezza; la verità è che il suo amore mi arriva addosso come una valanga di fuoco, mi incendia l'anima, il cuore e le viscere.

Ryker non è cenere.

Lui è una fiamma rossa e vibrante, una vampa perenne che a volte brucia, a volte riscalda, e io mi lascio avvolgere crogiolandomi nel suo tepore.

Con lui è stato semplice fin dall'inizio esternare quella parte nascosta e buia che ho sempre evitato di mostrare agli altri, ma anche quella luminosa che ho sempre desiderato che gli altri vedessero.

Ryker ha tirato fuori la vera Maggie, e gli sono grata per amarmi e per avermi aiutata ad amare me stessa.

Gli ultimi quattordici giorni sono stati i più tranquilli da quando ci conosciamo, non abbiamo litigato nemmeno una volta, ci stiamo vivendo la nostra storia senza intoppi o intromissioni, come è giusto che sia.

Trascorriamo la maggior parte del tempo insieme, spesso si ferma a dormire da me, sul divano, con il consenso della mamma, che lo adora ma cerca di non farglielo capire, per timore che lui se ne approfitti.

Qualche volta porta Millie con sé; la sua sorellina è una bimba dolce e vispa e, proprio come Ryker, soffre a causa della loro situazione familiare.

Questa cosa mi fa stare in pena, vorrei fare qualcosa, qualsiasi cosa, ma purtroppo, al momento, non posseggo i mezzi per rendere migliore la vita di Millie, e lo stesso vale per Ryker.

Un giorno, sicuramente, riusciremo ad allontanarla da quel contesto, per ora possiamo solo inondarla d'affetto e far sì che rida il più possibile, circondata da persone che le vogliono bene davvero.

Mia madre ha un debole per Millie, le prepara la cena, la conserva in un contenitore ermetico che consegna a Ryker quando torna a dormire a casa sua.

Nelle occasioni in cui andiamo a fare shopping, compriamo

sempre qualcosa per la bimba, che sia un vestitino o un giocattolo.

Non è molto, e Ryker tra l'altro non vuole, poiché è orgoglioso e ostinato a cavarsela da solo, eppure noi, nel nostro piccolo, proviamo a fargli percepire che ci siamo e che Millie fa parte della famiglia, tanto quanto lui.

Questa sera ad esempio, non so se tornerà a dormire a casa sua, o se al contrario resterà da me, siamo molto indaffarati con il progetto di gruppo che ci ha assegnato la Suarez.

Anche Emma e Derek sono con noi oggi, e siamo tutti in camera mia a studiare.

«Siccome il grosso del lavoro lo stiamo svolgendo Maggie e io, a voi toccherà la presentazione multimediale del video, che sarà proiettato in palestra davanti a tutti gli studenti dell'ultimo e del penultimo anno. Ah, quanto mi divertirò!» esclama Emma rivolgendosi ai ragazzi, poi prende una matita e la infila tra i ricci vaporosi per tenerli a bada.

La mia amica ha proprio ragione, quei due scansafatiche hanno fatto ben poco, Ryker almeno ha disegnato un paio di scene significative del Macbeth che inseriremo nel video, Derek invece ha oziato tutte le volte che ci siamo incontrati e ha anche infastidito parecchio.

«Qual è il problema, bambolina? Io sono un ottimo oratore. Anzi, a proposito di doti orali, con la bocca potrei assaggiare la tua patatina e…» dice ammiccando.

Emma sbarra gli occhi, nauseata, e io faccio altrettanto.

«Bleah, mi fai schifo, Derek» urla lei, lanciandogli contro il suo portapenne. Lo prende in pieno viso e il ragazzo scoppia a ridere divertito.

Ryker osserva la scena sghignazzando di gusto, e io lo guardo incantata, perché amo quando ride: i suoi occhi diventano due mezzelune luminose e le fossette che si formano ai lati delle guance mi mandano in brodo di giuggiole.

«Quei due finiranno per scopare» mi dice all'orecchio.

Siamo seduti sul letto, circondati da quaderni, fogli da disegno, penne e matite.

«Non credo proprio, il tipo ideale di Emma è Kim Taehyung dei BTS.»

Raggiunge il mio collo con le sue labbra carnose, provocandomi un piacevole solletico che mi fa sorridere e sciogliere.

«Non so chi cazzo sia. Ma so che anch'io non ero il tuo tipo, o sbaglio, Maggie May? E invece ora mi preghi di scoparti. Vedi? Le cose possono sempre cambiare…»

Emetto un risolino d'imbarazzo, lasciandomi catturare dalle sue braccia forti.

«Sei volgare e vizioso» sussurro, mentre mi fa stendere e mi blocca sotto di lui dandomi un bacio che mi fa mancare il respiro.

«Ma mi ami lo stesso.»

Premo le mie labbra sulle sue, annuendo con un sorrisetto stralunato. «Con tutta la mia anima e il mio cuore.»

Mi fissa a lungo, appagato, baciandomi poi la punta del naso.

«Oh, mica scoperete davanti a noi? La bambolina qui si scandalizza facilmente» proclama Derek.

«Ma taci, troglodita!» replica Emma.

«Hai ragione,» mormoro a Ryker, annegando nell'intensità delle sue iridi «in realtà si piacciono.»

Preme la sua erezione contro il mio bassoventre, la stoffa leggera del mio vestitino si solleva di poco e lui la riabbassa geloso, strofinando il naso nell'incavo del mio collo.

«Gli opposti si attraggono, Maggie. Sempre.»

«E finiscono per amarsi» aggiungo.

«Cavolo! Ehi, voi due, avete finito con la pausa effusioni amorose? Bisogna consegnare il progetto dopodomani e non abbiamo ancora finito.»

Malvolentieri, spingo via Ryker e balzo giù dal letto, sedendomi alla scrivania accanto a Emma per riprendere a lavorare, mentre i ragazzi se la spassano.

Iniziano un'infantile lotta con i cuscini, tra urla e parolacce, si mettono addirittura a giocare con i miei Funko-Pop della saga di Harry Potter, infine fumano uno spinello seduti alla finestra, lasciando ancora una volta a noi lo studio.

A fine pomeriggio, decidiamo di andare a prendere uno *Slurpee* da 7-Eleven vicino casa, e a noi si accodano anche Rio con la fidanzata Natalia e Jaden con una nuova ragazza, mai vista in precedenza.

Il rapporto con Jaden è migliorato, quantomeno non ci odiamo più, raramente ci parliamo, giusto il necessario, ma lui ha capito che non deve più intromettersi nella nostra storia.

Mi soffermo a guardare il nostro gruppo mentre mi gusto la mia granita alla ciliegia, e penso che in questi mesi sono cambiate tantissime cose, e quasi stento a credere che Ryker e i suoi amici teppisti, coloro che mi hanno terrorizzata all'inizio, siano diventati parte della mia vita, e che ognuno di loro, dietro la corazza da bullo, nasconda fragilità invisibili al resto del mondo.

Non bisogna mai giudicare dalle apparenze, perché ogni persona ha una sua storia, e magari sta combattendo una guerra interiore di cui non sappiamo nulla; guardare oltre è il gesto più nobile che si possa compiere, perché è solo arrivando al cuore e all'anima che si può dire di conoscere davvero quella persona.

Io l'ho fatto, ho guardato oltre i tatuaggi, la rabbia e la crudeltà, oltre le spine, la cenere e l'inferno, di Ryker ho percepito subito le cicatrici nel petto, e le sto curando giorno dopo giorno, affinché tutti vedano che ragazzo meraviglioso lui sia e quanta luce nasconda dietro le nuvole.

Amarlo per me è tutto.

Lui per me è tutto.

Se mi chiedessero cosa sia la felicità, senza rifletterci su, pronuncerei il suo nome, cinque lettere, un ragazzo, il mio unico amore.

E so che vale lo stesso anche per lui.

Ryker resta a cena da me e dopo aver mangiato andiamo in camera mia, ci stendiamo sul letto e facciamo partire una serie TV su Netflix; questa volta ho lasciato decidere a lui e ha scelto *Stranger Things*.

Mi accoccolo sul suo petto e lui mi tiene abbracciata a sé con un'espressione appagata sul viso, mentre mi carezza adagio la schiena con la punta dei polpastrelli.

«Ryker» bisbiglio, osservando il bagliore della TV danzare nei suoi occhi concentrati.

La stanza è al buio, non abbiamo acceso il paralume, anche perché la mamma mi ha obbligato a lasciare la porta aperta e dal soggiorno giunge uno strascico di luce.

Mi guarda con la coda dell'occhio, respirando in modo regolare.

«Dimmi, *Peach*.»

Mi sento un po' stupida a porgli la domanda che ho sulla lingua, ma lo faccio perché non posso più trattenerla.

«Resterai con me per sempre?»

*Stupida, stupida, stupida, Maggie.*

*Perché ti complichi la vita?*

Attendo la sua risposta, ammirando con devozione il suo profilo perfetto e poi le linee sottili dei tatuaggi che si snodano sul suo collo.

«Spero di sì.»

«Speri?» gli chiedo d'un fiato, il cuore che mi rimbalza nel petto perdendo un paio di battiti; gli prendo il viso tra le dita e lo giro verso il mio.

I miei occhi si tuffano nei suoi, restando a galla in quei laghi scuri e profondi.

Lui abbozza un sorrisetto di scherno che mi fa precipitare.

«Non posso fare previsioni, non sappiamo cosa la vita ci riserverà, e poi io sono abituato a vivere alla giornata, ignoro come sarà il mio dannato futuro. Quindi sì, lo spero, spero di stare con te anche tra dieci o vent'anni. Lo spero con ogni cellula, con ogni goccia di sangue e con ogni mio respiro.»

Sentirglielo dire mi riscalda l'anima e mi rasserena, eppure non riesco ad accontentarmi questa sera, sono avida e ho urgenza di chiedergli un'altra cosa.

«E perché…?»

La domanda che sto per porgli con spigliatezza mi muore nella gola e non riesco più a pronunciarla, sicuramente per l'imbarazzo e un po' per paura di un riscontro poco piacevole.

*E perché non mi hai mai detto che mi ami?*

«E perché, cosa? Cos'altro vuoi sapere, piccola idiota?»

M'imbroncio, rivolgendo il mio sguardo allo schermo, dove dei ragazzini in bicicletta pedalano lungo un vialone alberato.

«Nulla… non voglio sapere più nulla» borbotto a voce bassa.

Lui sorride, dandomi un bacio sui capelli, e poi sulla punta del naso.

«L'ho già fatto.»

Lo guardo smarrita, cercando di capire a cosa si stia riferendo, mentre lui mette su un ghigno tra il divertito e il soddisfatto.

*Come fa a leggermi dentro con tanta facilità?*

«Cosa? Cosa hai già fatto?»

Si stiracchia e le sue gambe fuoriescono dal letto, così le piega, mettendosi più comodo.

«La cosa che stavi per chiedermi.»

Alzo gli occhi al cielo, impaziente di capire se lui ha davvero compreso, o se sono io che sto immaginando tutto.

«Cosa stavo per chiederti, allora?»

Ridacchia, passandosi svogliato una mano dietro la nuca ed evitando di guardarmi.

«Lo sai.»

«No, non lo so.»

Sbuffa spazientito, stringendo il mio cuscino con la sagoma di Harry Potter al petto.

«Ma che cazzo, Maggie, lo sai. Hai capito.»

Scuoto la testa, mettendomi a sedere a gambe incrociate, poi accendo l'abat-jour per poterlo osservare bene.

«Dio, sei terribile! Dillo, Ryker, su!»

«Quelle parole» risponde annoiato, tenendo gli occhi fissi sullo schermo.

Non mollo, sarò più forte di lui, ce l'ho in pugno e me le farò dire, costi quel che costi.

«Quali parole?»

Si alza con uno scatto, dandomi le spalle. «Basta, mi hai rotto le palle» sbotta infastidito.

No, non può cavarsela così, lo afferro per l'orlo della T-shirt e lo tiro a me, facendolo risedere sul letto.

«Non ci provare! Quando me l'avresti detto?»

Resta di spalle, muove la gamba con nervosismo come se fosse a disagio, il che è strano per un tipo sicuro e spigliato come lui, io invece mi sento euforica e al tempo stesso dispiaciuta di non aver mai sentito il *ti amo* dalla sua bocca. Probabilmente se lo sarà inventato, perché altrimenti lo ricorderei, sarebbe inciso a fuoco nella mia memoria.

«Mentre dormivi… Ora posso tornare a guardare questa fottutissima serie?»

*Cosa, cosa, cosa? È sleale!*

«Mentre dormivo? E perché non quando sono sveglia e posso sentirlo? Dimmelo adesso. Dimmi quelle due parole, Ryker.»

*Sto esagerando o sto facendo bene a insistere?*

Scuote la testa, rimettendosi steso con le braccia incrociate al petto a mo' di difesa.

«Scordatelo, Maggie May.»

«Ah, la metti in questo modo? Allora tu scordati tutto questo» affermo stizzita, indicando me stessa in tutta la mia goffaggine.

Trattiene una risatina cattiva.

«Ora sei passata ai ricatti?» si avvicina, abbassa la voce rauca, invadendo il mio spazio personale. «Sai bene che posso prendermi il tuo corpo quando e come voglio.»

«Stronzo.»

«La prossima volta resta sveglia quando sto per dirti qualcosa di importante.»

«Stronzo al quadrato.»

Sghignazza rilassandosi tra i miei cuscini e ritorna a guardare *Stranger Things*, come se nulla fosse.

Mi rimetto stesa anch'io, con il broncio che m'increspa le labbra e le braccia strette in grembo, pensando che ancora una volta ha vinto lui.

# 47
# Ryker

A volte Maggie mi fa proprio incazzare.

Vorrei che apprezzasse gli sforzi che sto facendo per essere migliore, per lei, per noi, per la nostra storia e il nostro futuro.

Ieri sera si è offesa perché non le ho mai detto apertamente *ti amo*, ha messo su il broncio, non mi ha più parlato per l'intera serata e io di conseguenza ho preferito andare a dormire nella mia catapecchia, perché non ho proprio voglia di litigare con lei.

Esternare le emozioni non è semplice, non per uno come me, con i gesti ci provo, la abbraccio, la bacio, le palpo il culo e la scopo con tutta la passione di questo mondo, ma a parole… beh, è come se mi si mozzasse la lingua.

Sono un po' frenato, e non perché io non sia innamorato di lei, è solo che non riesco a dirlo, o magari ho solo paura di farlo.

Ripensandoci, anche alla mia sorellina non ho mai detto *ti voglio bene*, ma glielo dimostro, ogni santo giorno.

E lo stesso faccio con Maggie.

Perché diavolo non prova ad accontentarsi, almeno per ora?

Se lei avverte l'esigenza di dirmelo ogni minuto, non significa che debba valere lo stesso per me, e non perché io non la ami, ma solo perché sono fatto in modo diverso.

Tutto qui.

La mia *Peach* è dolcissima, pura e buona, ma sa essere anche pungente, e più volte mi ha graffiato, con l'intenzione di farlo.

Ma pure questo è amore, no?

Volersi, cercarsi, amarsi e desiderarsi, allontanarsi, ferirsi, odiarsi e tornare ad amarsi con maggiore intensità, fino a piangere dalla contentezza e a ridere dalla commozione.

Io, cazzo, vorrei solo che Maggie capisse cos'è lei per me.

L'universo, le stelle, il sole, l'aria, l'acqua, il tramonto e l'alba.

Tutto.

Maggie è in tutto, tutto è Maggie.

In ogni cosa che mi circonda, ogni odore, sapore, tocco, se lei non è con me, la vedo lo stesso, perché Maggie *esiste* in me.

Ma come glielo spiego? Come le spiego che lei si è presa ogni frammento del mio essere, e che, come mi sa demolire, sa pure rimettere insieme i pezzi?

Come le spiego che tutta la mia fottuta vita dipende da lei?

Mi sento patetico, ma soprattutto sono… spaventato.

Ciò che provo mi terrorizza perché, se dovesse finire, io sarei *finito*.

Senza di lei, nulla avrebbe più senso.

«Fratellone!»

Millie corre verso di me con le braccia spalancate, e io la prendo in braccio e la faccio volteggiare, mentre i suoi capelli biondi e spettinati le ricadono sul visino.

«Ehi, moscerino. Come è andata la giornata?»

Sono passato a prenderla a scuola, e lei è felicissima quando riesco a farlo, perché poi di solito la porto al McDonald.

«Benissimoooooo! Ma Maggie? Perché non è venuta con te? Avete bisticciato?» mi domanda, con una smorfia triste.

Scuoto la testa, specchiandomi nei suoi occhioni verdi e vivaci.

«No, moscerino. Ha molto da studiare.»

Mette su un broncio dubbioso.

«Sicuro?»

Ho già detto che questa piccola peste è troppo perspicace?

La metto giù e lei mi porge la manina, che le stringo incamminandoci verso il *fast food*.

«Ti racconto mai bugie?»

Scuote la testa. «Mai.»

Le sorrido.

«E perché?»

Dondola il braccio legato al mio, iniziando a saltellare allegra.

«Perché le bugie hanno le gambe corte e il naso lungo… come Pinocchio.»

Ridacchio.

«Brava! E Pinocchio diventerebbe mai un bambino vero se continuasse a raccontare le bugie?»

Fa di no con la testolina.

«No, resterebbe per sempre un burattino.»

«Non è il massimo essere un burattino.»

Fa schioccare la lingua, calciando una pietruzza sul selciato.

«Noooo, è triste. Povero Pinocchio.»

Le scompiglio i capelli con la mano libera, sentendo lo stomaco in una morsa.

«Sì, povero Pinocchio» ripeto tra me e me.

Dopo averle preso il gelato, porto Millie alle giostre in legno nel parco pubblico del mio quartiere. Mentre lei salta dallo scivolo all'altalena facendo amicizia con tutti i marmocchi presenti, io indugio per un tempo interminabile con le dita sullo schermo del cellulare.

Vorrei mandare un messaggio a Maggie, chiederle se le va di vederci stasera, ma c'è qualcosa che mi blocca, come una dannatissima forza invisibile.

Il fatto è che non mi va di affrontare ancora la questione del *ti amo*, ma restando da soli succederebbe, e, merda, non ho nessuna voglia di discutere, incazzarmi, urlare, ignorarla e poi cercarla per fare pace.

Voglio solo che le cose vadano bene: sono stanco di essere tossico e di iniettare veleno nella nostra relazione.

Ho bisogno di pace.

Scrivo e riscrivo più volte il messaggio nella nostra chat, poi lo cancello per l'ultima volta e contatto Rio, l'unico fidanzato da più tempo del gruppo.

Rio, ho bisogno del tuo aiuto. Ryker

Mi risponde subito.

Quale guaio hai combinato questa volta? Rio

Lancio un'occhiata a Millie, per assicurarmi che non cada dalla casetta in legno, e nel contempo digito la risposta al mio amico.

Nessuno. Voglio un consiglio, vieni al parco. Ryker

Tra dieci minuti sono da te. Rio

Attendo l'arrivo del mio amico fumando una sigaretta, mentre Millie continua a divertirsi come una matta, e tra le dita giro e rigiro il telefonino sperando in un messaggio da parte di Maggie, ma pare che questa volta si sia proprio incaponita.

*Bene, vediamo chi la spunta per primo!*

«Amico, cosa succede?» mi domanda Rio, venendomi incontro allarmato.

Ci salutiamo con un mezzo abbraccio veloce e io sospiro forte prima di parlare.

«Senti, tu quando hai detto a Natalia di amarla?»

Il mio amico mi fissa serio per un attimo, poi scoppia a ridere di gusto, assestandomi una spallata amichevole.

Ma che cazzo!

«Che diavolo ridi a fare, eh?»

Lui continua a sghignazzare, muovendo il petto su e giù.

«Pensavo ti fossi cacciato in qualche guaio e invece…» ride ancora, e la sua dannata risata fa girare le poche persone presenti «… non sai come dire a Maggie che la ami?»

Lo spintono rabbioso. «Fottiti, Rio, sei proprio un coglione!»

Con la coda dell'occhio controllo Millie, mentre il mio amico non smette per un attimo di ridacchiare come un cazzone.

«Scusa… scusa, la smetto» prova a ritornare serio, ma poi, fissando il mio viso collerico, soffoca un'altra maledetta risata.

«Allora?» lo incalzo.

Mi sfila la sigaretta dalle dita e dà un tiro.

«Ho detto a Natalia di amarla dopo circa un mese, mentre scopavamo in macchina, sotto un cielo pieno di stelle. Gliel'ho detto io per primo.»

Sbuffo e mi riapproprio della Marlboro, per prendere l'ultima boccata. «Io gliel'ho detto mentre dormiva e ieri, quando ne abbiamo parlato, si è incazzata e offesa. Vuole che glielo dica di nuovo, ma non riesco e non so perché, maledizione.»

Mi passa un braccio sulle spalle con fare fraterno, accennando un sorrisetto.

«Non sentirti in colpa, ognuno dimostra il suo amore come può. Però le ragazze sono un po' fissate con queste cose, soprattutto le più romantiche, e Maggie lo è tantissimo. Di conseguenza, si aspetta che tu glielo dica, magari durante il sesso, oppure potresti organizzarle una sorpresa, come hai fatto al laboratorio d'arte. Non è difficile, basta guardarla negli occhi e pronunciare quelle due parole.»

«Grazie al cazzo, Rio!»

«Gesù Cristo, se la cosa ti blocca, allora scrivilo, disegnalo, ma comunicaglielo in qualche modo.»

«Potrei regalarle un album da disegno e rappresentare il mio amore su ogni foglio» rifletto, ad alta voce.

«Fallo! Vedrai che apprezzerà.»

Annuisco, richiamando l'attenzione della mia sorellina per tornare a casa.

«Grazie, amico» gli faccio l'occhiolino, tenendo bene a mente cosa fare per Maggie.

«E di che. Chi l'avrebbe mai detto? Ryker Ash innamorato pazzo è un paradosso, eppure mi piace vederti finalmente felice. Maggie è la ragazza giusta per te, al contrario di ciò che dicono gli altri. Ti ha reso un uomo migliore.»

«Sì, fratello, è proprio così.»

Ci fermiamo ancora un po' a parlare, dato che Millie non ne vuole sapere di andare via; vorrebbe restare fino a stanotte, fosse per lei, e non la biasimo, però con qualche sforzo si convince.

Dopo gli ultimi capricci, me la carico sulle spalle, saluto Rio e mi avvio verso casa.

Varcata la porta, do una rapida occhiata in giro.

Non voglio rotture di palle, né da parte di Angie, tantomeno da quel bastardo di Jeff.

Mia madre è riversa sul divano, come sempre, ma non sta dormendo, si sta lamentando e il suo piagnucolio rimbomba tra le quattro pareti anguste della topaia in cui viviamo.

Non appena si rende conto che Millie e io siamo tornati, si mette a sedere con fatica e con gli occhi chiari e arrossati cerca i miei.

«Se n'è… andato» biascica. «Se n'è andato» ripete provando ad alzarsi, ma barcolla, crollando di nuovo.

«Millie, va' in cameretta e accendi la TV, okay?»

La piccola annuisce svelta e fa come le dico, andando subito a chiudersi in stanza.

Prendo un respiro profondo e fisso mia madre, provando pena, rabbia, ripugnanza, tutte le emozioni più brutte che esistono, ma per fortuna, da quando Maggie mi ama, riesco a incanalarle solo verso le persone che meritano il mio odio.

«Hai c… capito? Lui… lui è sparito» tartaglia, i capelli come paglia, la pelle zeppa di macchie, la maglietta sporca, l'aspetto di una barbona.

Quel bastardo di Jeff lo fa sempre, di tanto in tanto sparisce per settimane, ma poi ritorna e non perché se ne freghi di Angie o di sua figlia, solo per comodità, per avere un tetto sulla testa.

«Meglio così, potrebbe essere la volta buona che ti ripulisci e impari a fare la madre.»

Ride sguaiatamente senza capire davvero, talmente sbronza da non connettere, i pochi neuroni ancora funzionanti hanno preferito impiccarsi.

«Io… io non sono una b… buona madre? Vaffanculo, Ryker! Stronzo che non sei altro, tu sei un… un pessimo figlio. Fai… fai schifo, proprio… proprio come tuo padre.»

Pensa di ferirmi?

Pensa, nominando l'uomo che mi ha abbandonato, di provocarmi sofferenza?

Pensa che le parole di un'ubriacona possano realmente colpirmi?

Prima sì, sicuramente.

Ora mi scivolano addosso, a stento le ascolto, è come se avesse parlato il vento, anzi, il nulla cosmico.

Non mi toccano più.

«Vergognati, Angie. Non riesco nemmeno a odiarti perché sei troppo miserabile, ma sappi che ti toglierò Millie, lei non merita un essere come te nella sua vita.»

Emette un suono gutturale, si mette in piedi puntandomi il dito contro, ma traballa.

«Lei è mia… figlia, questo non… non cambierà.»

Accenno un mezzo sorriso.

«Farò in modo che cambi, ci puoi giurare.»

Lei ribatte, ma io mi rifiuto di ascoltarla e di sprecare altro fiato; allora prende qualcosa e me lo lancia contro, io schivo il colpo, le do le spalle, attraverso il piccolo corridoio e raggiungo Millie nella sua cameretta.

*Ubriacona del cazzo!*

Prendo un album da disegno nuovo dal ripiano della cassettiera, lo apro e penso a come esprimere il mio amore per Maggie.

Io so amare, anche se non me lo hanno insegnato.

So amare e glielo dimostrerò.

La amerò più forte che posso.

Io. So. Amare.

# Maggie

# 48

È dall'altro ieri che i miei pensieri si attorcigliano nella mente come rovi, dove le due parole *ti amo* sono spine che pungono fino a farmi sanguinare.

Non mi capacito: perché non vuole dirmi che mi ama, ad alta voce e guardandomi negli occhi?

Perché lo ha fatto, ammesso che sia vero, mentre dormivo?

Voglio ascoltarlo, ricordarlo, imprimere quel momento nel cuore e nella memoria… Perché non me lo permette?

Non chiedo mica tanto.

Nonostante la timidezza, io gli ho sussurrato di amarlo d'un fiato, con spontaneità, senza remore, e davvero non capisco perché lui sia così ostinato a non volerlo fare.

Sono delusa, e anche dispiaciuta di aver custodito questi

pensieri per me, evitando di trascriverli sul diario; in verità è da un paio di settimane che non apro le sue pagine, quasi ho dimenticato di possederlo, illudendomi che non mi servisse più.

*Sbagliato, Maggie, ti serve fissare su carta le tue emozioni, è l'unico modo per non implodere.*

Scrivere è una salvezza, non c'è cosa più vera di questa.

«Amica! Sei pronta per la presentazione?»

Emma mi viene incontro saltellando, stamattina è più allegra del solito, sembra che anche il cantante k-pop stampato sulla sua T-shirt stia ridendo insieme a lei.

«Pronta! Hai già consegnato la chiavetta USB al ragazzo che si occuperà di trasmettere il video?»

Nelle sue iridi riesco quasi a scorgere due cuori rosa.

«Sì, l'ho fatto…» afferma stralunata.

Agito una mano davanti alla sua faccia imbambolata, cercando di riportarla alla realtà.

«Emma, sei ancora in te?»

«È bellissimo, Maggie. Ha origini coreane e assomiglia a Tae-hyung, non l'avevo mai visto prima, dove si era nascosto per tutto questo tempo?»

Sta parlando dell'addetto agli audiovisivi, giusto?

«A farsi le seghe guardando i film porno» interviene Derek, apparendo alle nostre spalle, con una nota di gelosia nella voce.

Emma fa una smorfia disgustata e mi prende sottobraccio, ignorando l'amico di Ryker.

«Il solito troglodita.»

«A che ora è la presentazione?» domanda Ryker, e io mi volto verso di lui, catalizzata dalla sua voce.

Mi fissa da sotto le sue lunghe ciglia nere con un ghigno distaccato, e noto che in una mano stringe un album da disegno: forse ha il laboratorio d'arte dopo pranzo.

Da quando abbiamo affrontato il discorso del *ti amo,* l'altra sera, è calato un po' di gelo tra di noi, ieri ad esempio non ci siamo visti e sentiti per tutto il giorno e lui non è passato da me neanche sul tardi.

Io non gli sono stata con il fiato sul collo, ho preferito concedergli i suoi spazi, se ne vorrà riparlare sa dove trovarmi e sa che lo ascolterò.

Ho capito che mettergli fretta non serve, quando si sentirà di pronunciare quelle fatidiche parole, io sarò lì ad aspettarlo.

«Tra un'ora» informo, avvertendo la smania di toccarlo, ma non lo faccio, resto sulle mie un po' impacciata.

«Bene!» dichiara, sfilando uno spinello dalla tasca dei jeans, poi dà una gomitata a Derek. «Andiamo a rilassarci un po'.»

I due si allontanano, raggiungendo Rio e Jaden in fondo al corridoio, per poi spostarsi nei bagni maschili; io guardo Emma, rivolgendo le mie attenzioni a lei.

«Allora? Raccontami tutto ciò che c'è da sapere su questo bellissimo coreano.»

Lei annuisce, con ancora un sorrisone sognante stampato sulle labbra.

«Subito!»

Un'ora dopo ci rechiamo tutti in palestra, Ryker e io non abbiamo avuto modo di parlarci, anche perché abbiamo seguito due lezioni diverse, ma ho intenzione di chiarire con lui dopo la presentazione del progetto e appianare questo piccolo screzio.

Siamo in molti noi studenti della Suarez, perché al quarto anno si sono accodati anche quelli del terzo, e il brusio che echeggia tra gli spalti denota il fermento cresciuto attorno a questo progetto. La professoressa ha promesso un premio al gruppo vincitore, non sappiamo cosa di preciso, ma Emma e io vogliamo vincere a tutti i costi.

Il primo a presentare il video sul Macbeth è il gruppo di Bryce: discreto, potevano fare di meglio.

Poi è il turno di uno degli alunni più bravi della classe – un certo Oliver, progetto eccellente – dopodiché tocca a noi.

Mentre scendiamo dagli spalti, Ryker mi agguanta per il polso, provocandomi un sussulto.

«Dopo la presentazione, devo darti una cosa» mormora al mio orecchio.

«Cosa?»

«Il mio album da disegno.»

Annuisco, rivolgendogli un rapido sorriso che lui ricambia, curiosa di scoprire cosa ha disegnato, poi insieme a Emma e Derek ci avviciniamo al telone dove proiettano il filmato, mentre la platea ha gli occhi fissi su di noi, il che è abbastanza imbarazzante.

Dopo il lavoro del primo della classe, il nostro in confronto sembrerà insignificante, ma ormai è fatta.

«Avete ripassato le dispense che vi ho fornito?» chiede la mia amica ai due.

Ryker e Derek si guardano negli occhi, il primo scrolla le spalle, l'altro ridacchia divertito.

Bene! Non hanno memorizzato un bel niente, toccherà a me ed Emma sobbarcarci anche la presentazione, giacché i due scansafatiche non lo faranno.

Il ragazzo addetto al proiettore, ovvero il mezzo coreano, dà il via al video.

Alzo gli occhi verso il telone, impaziente di presentare il nostro progetto e ritornare al mio posto quanto prima, perché parlare in pubblico non è proprio il mio forte, anzi non lo è affatto.

Ciò che viene riprodotto, però, non è il nostro lavoro multimediale, bensì una carrellata di pagine scritte a mano.

Pagine che sembrano… quella è la mia grafia?

«E questo cos'è?» domanda Emma, stranita.

Strizzo gli occhi, me li stropiccio, per mettere bene a fuoco ciò che l'intera scolaresca sta guardando, fotografando e filmando, tra risatine crudeli e battutine allusive.

Il mio diario?

Quelle sono le pagine del mio diario.

Non ci credo, non è possibile, questo è un incubo, uno stramaledettissimo, atroce incubo.

Resto di sasso, le gambe sono paralizzate e il cuore pesa come se fosse diventato all'improvviso di pietra, provocandomi un forte dolore al petto.

Fisso ancora il video, incredula, per cercare di illudermi che quelle non siano le pagine del mio diario e invece è un tentativo vano poiché sono i miei pensieri quelli trasmessi in formato cinema.

Come è potuto accadere?

Chi ha potuto prendere il mio diario e compiere questo gesto riprovevole e meschino?

Una stilettata mi trapassa la schiena da parte a parte, e il sangue sgorga dalla ferita fino all'ultima goccia, prosciugandomi.

*No, mi rifiuto di crederlo.*

*Non può essere stato lui.*

*Non può averlo fatto…*

Mi gira la testa con la violenza di un vortice, tra le costole si dilata una voragine, la stessa che mi si sta aprendo sotto ai piedi, il soffitto mi crolla addosso e spero che mi schiacci uccidendomi adesso.

Sì, in questo preciso istante.

Mi sento violata, nell'anima e nel corpo: tutti i miei pensieri più intimi, le mie prime esperienze, le mie emozioni, tutto è spiattellato senza pietà.

Dalla prima all'ultima pagina.

È… è… impossibile…

È…

«Maggie.»

Ryker mi viene incontro, pronunciando cauto il mio nome.

*No.*

*Non può averlo fatto.*

*No, non lui.*

I flash dei cellulari, le punzecchiate, le sghignazzate risuonano nella palestra, facendomi scricchiolare tutte le ossa e ribaltare gli organi.

«Tu…» bisbiglio in un filo di voce, tremando dalla testa ai piedi, lo stomaco stretto in una trappola mortale «come… come hai potuto?»

*Solo lui sa del mio diario.*

*Solo lui l'ha visto.*

*Solo lui ha potuto prenderlo.*

*Non può essere vero…*

Muove due passi verso di me, parandosi con le mani, quasi per timore di una mia reazione esasperata.

Di sottecchi, vedo Emma correre, superarmi e, dopo una manciata di secondi che sembrano interminabili, il video viene stoppato.

«Non sono stato io, Maggie, te lo giuro.»

*No, non è stato lui, non può averlo fatto, no…*

*Lui mi ama, anche se non me l'ha detto a parole.*

*Lui mi ama, me l'ha dimostrato in diverse occasioni.*

*Lui mi ama.*

*E allora perché l'ha fatto?*

*Perché?*

*Perché?*

*Perché?*

«Eri l'unico a sapere del diario. L'unico.»

La voce fuoriesce fievole e incrinata dalla mia gola secca,

a stento riesco a udirla, mentre i palpiti del muscolo nel mio petto vanno via via scemando, come se non avesse più la forza di battere.

Come se fosse sul punto di arrestare per sempre la sua corsa.

Ryker avanza ancora, guardandomi con occhi colmi di angoscia e frustrazione, mentre i miei bruciano, pizzicano, ma non lacrimano.

«Guardami, *Peach*. Guardami. Non ti avrei mai fatto una cosa del genere, te lo giuro. Mai.»

*Non capisco…*

Non so a cosa credere, se alle sue parole che sembrano sincere o ai fatti.

Il mio diario è sempre stato custodito nel cassetto della mia scrivania, nessuno ne conosce l'esistenza, nessuno, tranne lui.

E questo significa che purtroppo, anche se mi costa ammetterlo, anche se mi fa male solo a pensarlo, deve essere stato lui…

Non riesco nemmeno a piangere, è come se anche le mie lacrime fossero stanche di sgorgare, ormai inaridite come acqua nel deserto.

«Dov'è il mio diario, Ryker?» gli domando in un bisbiglio. Devo capire, voglio che lui me lo spieghi. «Dimmi dov'è» aggiungo con un soffio di voce.

Deglutisce forte, sul viso una smorfia di colpevolezza, i pugni serrati, le braccia lungo il corpo, il respiro di colpo affannoso, restando immobile di fronte a me che lo fisso sbigottita.

*Non dirlo, non dirlo, non dirlo.*

*Ti prego, non dirlo…*

«Io… ho fatto una cazzata, l'ho preso una settimana fa per leggerlo, solo per leggerlo, giuro. L'ho portato a scuola e custodito nel mio armadietto, aspettando l'occasione per rimetterlo a posto in camera tua senza che lo scoprissi» dice svelto, tenendo il viso basso. «Lo so di essermi comportato male, so che non avrei dovuto farlo, ma non c'entro nulla con questo video del cazzo.»

*No, no, no.*

*Non può essere vero.*

*Non può essere vero…*

Non ci vedo più, sono furiosa, addolorata, spezzata, morta.

Sì, sono morta dentro e niente potrà più riportarmi in vita.

Niente e nessuno.

Mi avvicino a lui e lo colpisco così forte da provare dolore alla mano, mentre il palmo si arrossa bruciando tantissimo.

Lo schiaffo che gli scaglio in faccia rimbomba nella palestra, facendo bloccare di colpo il vociare sgradevole dei presenti.

«Come hai potuto? Come hai potuto farmi questo? Dopo… Dio, dopo che ti ho donato tutta me stessa, io… io… non riesco…» balbetto scombussolata. «Non posso crederci.»

Ryker sbarra gli occhi, coprendosi il punto in cui l'ho colpito e subito dopo si porta una mano al cuore, come se fosse quello il posto che gli fa più male.

«Ascolta, Maggie, non puoi credere sul serio che sia stato io» mormora, boccheggiando, ancora sconvolto per il ceffone.

«E chi allora? Chi?» dico, portandomi le mani tra i capelli con disperazione. «Dimmelo!» urlo.

Continua a mentire? Continua a negare l'evidenza?

Come può essere così meschino, come?

«Io… non lo so.»

Non lo sa…

Guardo lui, poi i suoi compagni di gang, addolorata.

«Finora è stata tutta una finzione? Hai finto di amarmi per arrivare a questo? Per sferrarmi il colpo di grazia? È così?» urlo a squarciagola, fregandomene di tutto e tutti.

La mia voce risuona acuta e per poco non mi spacca i timpani. E che importa, visto che il resto di me è già spaccato?

«Ma che cazzo dici? È vero, ho preso il diario, ho sbagliato e me ne vergogno, ma non sono stato io a fare quel video di merda, e giuro che ammazzerò il bastardo che ha osato commettere questo gesto. Lo ammazzo, Maggie.»

Scuoto la testa, incredula, nauseata, scossa, avvertendo la sensazione di vomitare, ma la controllo anche se risulta complicato.

*Io davvero non comprendo…*

*Io non capisco più niente…*

«Il diario lo hai tu. Come puoi ancora negarlo?» ripeto, svuotata di ogni emozione possibile, non riuscendo a credere alle mie stesse parole.

Sono solo un guscio vuoto, Maggie May Harmon non esiste più.

«No, qualcuno deve avermelo rubato. Per forza.» Si avvicina per sfiorarmi, ma glielo impedisco, schiaffeggiandolo via. «Merda, diteglielo anche voi che non lo avrei mai fatto. Te lo giuro su Millie. Non… sono stato io» mormora, con la voce incrinata dalla disperazione.

Come posso credergli quando quel video confuta le sue parole?

Come?

Rio e Jaden annuiscono in difesa del loro amico.

«Sta dicendo la verità, Maggie» conferma Rio.

Mando giù la bile, stanca di tutti loro; odio i loro volti, le loro voci, il loro odore, non voglio vederli mai più.

Mai più.

«E dovrei credere a voi? Pensate che io sia realmente così stupida?» provo a strillare, ormai con un filo di voce.

Mi fa male tutto, il cuore, la testa, lo stomaco, gli occhi, le braccia, le gambe… tutto, è come se fossi stata masticata più volte e poi sputata via.

È esattamente così che mi sento: maciullata.

E il fatto che la colpa di tutto questo sia del ragazzo che amo, di cui mi fidavo e per cui avrei dato la vita, rende il mio dolore devastante, incurabile, letale.

Non mi riprenderò mai più, non la supererò mai, nemmeno tra dieci o vent'anni. Sono finita.

Lui mi ha annientata.

Emma viene in mio soccorso, vedendomi piegata in due dalla disperazione, e si allunga per sorreggermi.

«Andiamo via da qui, Maggie» mi dice, tenendomi per i fianchi. «Siete dei bastardi, tutti voi!» aggiunge, rivolgendosi ai colpevoli.

Sfinita, privata di ogni cosa, distrutta, mi aggrappo alla mia amica come a una scialuppa in mezzo a un oceano pieno di squali e lascio che mi porti lontano da loro.

«Aspetta, Maggie» esclama Ryker.

Anche la sua voce, che fino a un'ora fa era il suono più bello del mondo, ora è solo uno stridio insopportabile.

Mi volto appena, guardandolo per un lunghissimo istante doloroso.

*Ti amo da morire, Ryker.*

*Come hai potuto farmi questo?*

*Come?*

«Tra noi è finita» dichiaro categorica.

Scuote la testa. «No, no, no, ti prego…» sussurra scioccato «ascoltami, ti prego, ascoltami.»

Mi raggiunge, prova a prendermi il viso tra le mani, ma rifiuto il suo contatto, respingendolo con la poca energia che mi rimane.

Non riesco, non posso, devo metabolizzare, devo… non so cosa devo fare, so solo che mi sento morire.

Eppure, trovo in me la forza di dargli le spalle e barcollando mi avvio verso l'uscita della palestra, avvertendo gli sguardi di tutti addosso.

Sento i suoi passi seguirmi in fretta, ma non gli rivolgo i miei occhi stracolmi di lacrime, non più.

Mi allontano da *lui* per sempre.

# 49
# Ryker

Cosa cazzo è appena successo?

Non ho ancora realizzato, il mio cervello è in blocco, il mio corpo è rigido, e il mio fottuto cuore si è appena schiantato a terra rompendosi in mille pezzi taglienti.

Cosa cazzo è appena successo?

Non capisco, tutto questo è un dannatissimo incubo a occhi aperti e io stringo più volte le palpebre pesanti per mettere a fuoco ciò che mi circonda. Sto sognando, o è accaduto davvero?

Maggie mi ha appena lasciato, ha detto che mi odia, che per lei sono morto, crede che sia stato io a scattare le foto del suo diario e a montare il video trasmesso, pensa che io abbia architettato tutto questo fin dall'inizio, probabilmente con i miei amici.

Non è possibile.

Non. È. Possibile.

Solo ieri sera ho dipinto ogni foglio dell'album per dimostrarle quanto io la ami e ora mi ha lasciato?

Non ci credo.

Non posso crederci.

È vero, sono stato uno stronzo, un coglione irrispettoso a prendere di nascosto il suo diario, ma l'ho fatto solo per curiosità, volevo leggere i suoi pensieri sul mio conto, le emozioni che prova quando è con me, perché sono un insicuro di merda, ma giuro su ciò che ho di più caro al mondo che non sono stato io a creare quel video.

Non sono stato io.

E non mi capacito del fatto che lei creda il contrario: non ha capito niente di me?

Il mio fottuto amore non le è mai arrivato?

Pensa davvero che io sia così disumano?

Porca puttana! Mi manca l'aria, mi sento di annegare, forse sono morto e non lo so, anzi, dopo che lei mi ha guardato come se fossi un mostro e mi ha detto quelle parole pregne di astio e disprezzo, sono certo di essere già nella bara, metri sottoterra, in decomposizione.

«Chi è stato?» mormoro, guardando i miei amici. «Chi cazzo è stato?» sbraito, alzando di colpo la voce, il grido a graffiarmi la gola.

Se dovessi scoprire che c'entrano qualcosa, li ammazzo tutti.

«Siete stati voi, figli di puttana? Eh? Avete aperto il mio armadietto e preso quel cazzo di diario?» urlo, avventandomi contro di loro.

«No, amico, non ne so nulla» risponde Derek scuotendo la testa. «E poi, perché avrei dovuto fare quel filmato? Io ti voglio bene, sei mio amico e voglio bene anche a Maggie.»

È sincero, glielo leggo in faccia, non sta mentendo per paura, non l'avrebbe mai fatto, Derek è un buono.

Così dirotto i miei occhi lucidi e sicuramente arrossati su Rio e Jaden.

«E voi, ne sapete qualcosa?»

Jay alza il mento e assottiglia lo sguardo, che diventa tagliente come la lama di un pugnale.

«Ma ti pare? È questa la considerazione che hai di noi? Dopo tutti questi anni?»

Incombo su di lui con un atteggiamento minaccioso, i pugni serrati e la mascella contratta.

«Guarda caso tu odi Maggie.»

Rio interviene, frapponendosi tra me e Jaden, io sul piede di guerra, lui invece impassibile.

«Te la stai prendendo con le persone sbagliate, Ry, non siamo stati noi. Siamo tuoi fratelli e sappiamo quanto ami Maggie, non le avremmo mai, e sottolineo mai, fatto una bastardata del genere. Ne abbiamo parlato proprio ieri, amico. Non vi avremmo mai ferito in questo modo, devi crederci.»

Un precipizio si apre sotto ai miei piedi laddove, tra le fiamme e la cenere, mi attende l'inferno.

«Io non credo più a niente…»

*Dio, prendimi ora, perché di vivere non me ne fotte più!*

«Ash» mi chiama la Suarez.

Mi volto e scopro che tutti i presenti mi stanno studiando come se fossi un cazzo di alieno a tre teste.

Non ho nemmeno la forza di rispondere, sono sfinito, inerme, perfino i demoni che albergano nella mia anima hanno appena alzato bandiera bianca, stufi di torturarmi.

«Il preside vuole vederti, adesso.»

Con un ghigno amaro, le faccio un rapido cenno con il capo e, senza più udire le pulsazioni del mio cuore, mi trascino fuori dalla palestra seguendo la professoressa dal preside.

E lì ho la conferma che se di te pensano il peggio, anche quando ti comporti bene, per loro resti sempre melma.

*Bello schifo la vita!*

Detesto l'uomo che è seduto di fronte a me – il nonno di quel coglione di Bryce Jordan – che pensa solo a fare il pervertito con le professoresse giovani e le studentesse: un grandissimo pezzo di merda.

Non ascolto una singola parola di ciò che mi dice, la mia mente è altrove, dietro a Maggie; i pensieri la rincorrono, rimuginando su dove sia adesso, su come si starà sentendo, se starà piangendo oppure urlando.

*Dio, Maggie, che cosa ti ho fatto?*

Ho appena preso coscienza di essere colpevole anch'io tanto quanto il bastardo che ha realizzato quel video, perché, se non le avessi sottratto il diario per poi portarlo a scuola, tutto questo non sarebbe accaduto.

Ho giocato sporco, credendo di poterla scampare, perché sono un fottutissimo figlio di puttana che non bada al bene altrui, ma pensa solo ai suoi dannati bisogni.

E, per uno stupido sfizio, ho perso Maggie per sempre.

Questa volta è successo davvero.

Questa volta non ci sarà perdono, non ritornerà sui propri passi, è finita.

E non sono riuscito nemmeno a dirle che la amo.

*Cazzo, che cosa ti ho fatto, Maggie? Che cosa ho fatto a noi due?*

Mi odio con tutto me stesso, vorrei morire e poter rinascere diverso da ciò che sono, anzi non rinascere affatto.

Uno come me è meglio che non stia su questo mondo.

«Ash, hai capito cosa ti ha detto il preside Jordan?»

La voce della Suarez mi scuote per un attimo, ma non basta a sottrarmi dal mio stato catatonico.

«Ryker, sto parlando con te, il preside ti ha sospeso per due settimane, per il gravissimo atto di bullismo che hai commesso. Un altro passo falso e sarai espulso dalla scuola, e ti potrai scordare il diploma.»

«Che diavolo me ne fotte…» biascico intontito, nemmeno avessi ingerito un cocktail di superalcolici e droghe pesanti.

Mi alzo dalla sedia e, senza degnare i presenti di uno sguardo, esco dalla presidenza, ignaro di cosa ne sarà della mia schifosa vita da questo momento in poi.

Senza Maggie, la mia non è più vita.

La sera arriva troppo presto. Disteso sul divano del *Dark Maze*, dopo aver bevuto un numero indefinito di birre e fumato erba come se non ci fosse un domani, fisso il soffitto con occhi appannati, udendo da lontano i tuoni squarciare il cielo.

Sono strafatto, ubriaco, stremato, vuoto e addolorato, ma devo parlare con Maggie, devo vederla, provare con tutte le mie forze a farmi credere e perdonare.

Non può chiudermi la porta in faccia, non lei… ascolterà ciò che ho da dirle, sì, lo farà.

Lei mi ama, non mi abbandonerebbe mai, me l'ha promesso.

E io le credo.

Credo in noi.

Così, privo di energie, mi metto a sedere e una fortissima vertigine mi risucchia la testa, ma non mi fermerà dal correre da lei.

Niente mi fermerà.

«Devo… devo andare da… da Maggie» biascico confuso, vedendo doppio, o forse triplo.

Merda! Non mi sbronzavo in questo modo da un bel po'. Grazie alla mia *Peach* mi ero ripulito, e ora non reggo più il mix che ho assunto.

«No, Ryker, devi lasciarle i suoi spazi, dalle un po' di tempo, rimettiti steso» mi dice Rio, quasi con fare paterno.

Lo guardo di sbieco, cercando di mettere a fuoco la sua figura.

«Sei… sei mio padre?»

Scuote la testa, scambiando uno sguardo preoccupato con Jaden.

«No, non sono tuo padre, sono il tuo amico Rio.»

«Mmh…» Mi isso di scatto e la stanza inizia a girarmi intorno, così mi risiedo, avvertendo un conato di vomito risalirmi in gola. «Devo… devo vomitare.»

«Cazzo, che schifo!» commenta Jaden.

Rio prende il secchio della spazzatura e di corsa lo appoggia davanti ai miei piedi e io rimetto tutto, pure l'anima.

Una volta liberatomi del malessere, mi sollevo in piedi intenzionato a uscire e andare da Maggie.

«Devo andare da… da lei, non mi fermate.»

Rio si para davanti a me, ma Jaden lo sposta per lasciarmi passare.

«Non possiamo fermarlo se è questo che vuole, Rio.»

«Peggiorerà solo la situazione.»

Barcollo verso la saracinesca come uno zombie a cui hanno risucchiato cervello e cuore, ascoltando di sfuggita il loro scambio, e penso tra me e me che peggio di così non possa andare, perciò vale la pena tentare.

Con un mal di testa atroce, le gambe come macigni, gli occhi semichiusi e lo stomaco attorcigliato, mi dirigo a piedi, sotto a un cielo grigio piombo e colmo di nuvoloni neri, verso casa di Maggie, con la speranza che voglia vedermi.

Mi bastano dieci secondi.

Sì, mi bastano.

Solo dieci secondi, il tempo di tuffarmi nei suoi occhi e farle percepire il mio amore e la mia innocenza.

Posso riuscirci.

Devo riuscirci.

Una volta arrivato, ancora intontito e nauseato per le sostanze che mi circolano nel sangue, mi piazzo davanti alla sua porta, quando un altro tuono sconquassa l'universo provocandomi un sussulto.

«Maggie!» la chiamo. «Maggie, ti prego… dobbiamo parlare, esci, ti… ti prego.»

Una goccia d'acqua mi colpisce il viso, subito dopo un'altra e poi un'altra ancora.

Inizia a piovere, e magari mi laverà via il marcio, ma in realtà brucia come sale su una ferita infetta.

«Maggie, sono qui fuori, parliamo… ti prego» urlo ancora, mentre la pioggia si fa via via più incalzante e tagliente.

La porta si apre di poco e dallo spiraglio riesco a scorgere il suo viso arrossato e i suoi capelli come una cascata di rubini.

«*Peach*…» mormoro, avvicinandomi lentamente, già inzuppato dalla testa ai piedi.

«Va' via, Ryker, non voglio più vederti» dichiara, con voce ferma.

«No, Maggie, non dire così… non sono stato io, vuoi capirlo? Devi credermi… Devi credermi.»

Scuote la testa, tenendosi salda alla maniglia della porta, come per non crollare.

«Non ti credo, Ryker, e non potrò mai perdonarti. Mai.»

Ancora un altro passo e quasi la raggiungo, ma accanto a lei compare sua madre e io mi blocco.

Lo sguardo severo di Sierra mi scuoia vivo.

«Ryker, per piacere, lascia in pace mia figlia. Se non lo farai sarò costretta a chiamare la polizia.»

No, no, no, questo è un fottutissimo incubo.

«Cazzo, cazzo, cazzo. Perché non mi credi? Perché?» sbraito, fuori di me, prendendo a calci il bidone della spazzatura, mentre il temporale mi colpisce la carne come tanti aghi intinti nel veleno.

Rabbrividisco, non perché sono fradicio, ma perché lei mi sta guardando come se fossi un pazzo, un reietto, un nemico.

Il suo acerrimo nemico.

E non l'ha mai fatto, nemmeno quando aveva tutte le ragioni per farlo.

«La domanda che devi porre a te stesso è questa, Ryker: come potrei crederti? Non posso. Ora… ti prego, va' via» bisbiglia, gli occhi velati dalle lacrime, il viso stravolto.

Non mi arrendo, cancello la distanza di mezzo metro che ci separa, è solo mezzo metro e potrei abbracciarla, baciarla e dirle ciò che mi scoppia nel petto.

«Io ti amo, Maggie. Ti amo più della mia stessa vita, ti amo da morire, *Peach.* Sei tutto quello che ho, non mi abbandonare, ti prego… non farlo, dammi un'ultima occasione, ti scongiuro. Io… ti amo» le confesso con gli occhi che mi bruciano e non per l'acquazzone tropicale, ma per le lacrime che non ho mai versato in tutta la mia vita e che ora mi stanno dilaniando.

Piove sopra di me e anche dentro di me.

Piove nelle iridi e anche nel cuore, di entrambi.

Sussulta, muovendo un passo indietro.

«Ryker… non ce la faccio» farfuglia, tirando su con il naso. Si asciuga le lacrime con il dorso della mano e scappa via, sparendo dalla mia vista.

«Maggie, no… torna qui. Torna da me» grido, l'eco della mia voce che squarcia la coltre di nubi.

Mi piego in due dallo strazio, le ginocchia battono sull'asfalto bagnato, gli aghi diventano più appuntiti, letali, e mi trafiggono ogni millimetro di pelle, ma anche gli organi e le ossa.

Sierra mi guarda intenerita, viene verso di me e per un attimo cessa di diluviare, alzo gli occhi annebbiati e scopro che mi sta coprendo con un ombrello.

«Su, tesoro, ora devi andare, non posso vederti ridotto in questo stato. Torna a casa, devi concederle del tempo.»

«Non sono stato io, Sierra, lo giuro…»

Ormai sono un disco rotto, mi faccio pena da solo, sono patetico.

Mi afferra per un braccio e mi aiuta ad alzarmi, sebbene sia minuta e più bassa di me.

«Guardati, sei zuppo» mi dice, affranta.

«Io la amo, non posso perderla, se Maggie non vuole perdonarmi io mi uccido.»

Scuote la testa, stringendo le dita attorno al mio braccio.

«Non dire stupidaggini, lei è molto scossa adesso, deve metabolizzare, e anche tu hai bisogno di razionalizzare l'accaduto, okay? Torna a casa, lascia che Maggie si calmi e poi ne riparlerete con calma. Adesso va', o ti prenderai un malanno.»

In questo momento mi sta parlando con affetto materno, come avrei voluto che almeno una volta mi parlasse mia madre.

«Non mi muoverò da qui. Passerò tutta la notte sotto la pioggia se servirà.»

Sierra sospira, impietosita.

«Ryker, ti prego, non costringermi a mandarti via con mezzi più duri, non ho nessuna intenzione di infierire. Fallo per Maggie, fallo per Millie. Va' dalla tua sorellina, ha bisogno di te.»

Respiro a fatica, i vestiti mi si sono attaccati addosso, le lacrime si mescolano alla pioggia, e io le ingoio, disperato.

«La mia vita non ha più senso, Sierra…»

«Mio amato John, aiutami tu» bisbiglia la donna, guardando verso il cielo. «Non dire così, Ryker, non darti per vinto, non arrenderti. Avete entrambi bisogno di allontanarvi un po', credimi, è la scelta migliore, ma dopo tornerete più uniti di prima.»

Scuoto la testa, portandomi una mano allo stomaco. Cazzo, quanto mi fa male.

Mi fa male ogni dannata cosa.

«Non è vero. Non è vero.»

«Sì che lo è. Ti sto parlando come se fossi la tua mamma, non sto cercando di assecondarti, fidati di me.»

«Fammi entrare, Sierra, ti prego… solo per un minuto» insisto, aggrappandomi a lei.

«Fratello, merda! Ora dobbiamo andare.»

All'improvviso vedo apparire accanto a me Rio e Jaden, che mi afferrano per le braccia intenzionati a portarmi via.

Non voglio andare via.

Non voglio…

«Lo scusi, signora, è un po' sotto shock» afferma uno dei due.

Sono troppo stanco anche per distinguere le voci dei miei amici.

«Non preoccupatevi, ragazzi. Vi prego, prendetevi cura di lui.»

«Lo faremo.»

Mi trascinano via con la forza, mentre io provo a opporre resistenza, a divincolarmi, abbaiando parole senza senso, ma sono privo di forze, a stento riesco a reggermi in piedi, così mi lascio caricare in macchina. Tengo gli occhi fissi sulla finestra di Maggie e, per un attimo, solo per un fottuto attimo, riesco a scorgerla, mentre, tra le lacrime, mi guarda andare via.

# PRIMA SETTIMANA DOPO LA ROTTURA

# Seconda settimana dopo la rottura

# TERZA SETTIMANA DOPO LA ROTTURA

# QUARTA SETTIMANA DOPO LA ROTTURA

# Maggie

# 50

Marzo ha lasciato il posto al nuovo mese, portando via con sé la speranza, la gioia, l'amore e la vecchia Maggie May.

Il tempo è passato lentamente. Quando soffri sembra dilungarsi e ogni attimo fa male come fuoco sui tagli.

Il venti di questo mese ho compiuto diciotto anni.

Sembra quasi che qualcuno si stia beffando di me, quel giorno avevo in programma di partire con R… con *lui,* trascorrere un weekend da soli, all'insegna dell'amore, delle risate e della spensieratezza.

E invece…

E invece ho trascorso il mio compleanno come tutti gli altri giorni di questo terribile periodo: a letto, a piangere sotto le lenzuola e a soffocare gli urli di strazio contro il cuscino.

Mi è mancato terribilmente il mio papà, lo avrei voluto accanto a me, ad accarezzarmi i capelli e a mormorarmi che sarebbe andato tutto bene.

Mi avrebbe detto che dalla cenere nascono i fiori più belli e io mi sarei fatta cullare nel suo abbraccio.

È passata a trovarmi Emma, mi ha lasciato un regalo che non ho ancora scartato, voleva che spegnessi le candeline su una pila di pancake, ma non l'ho fatto perché non ho proprio niente da festeggiare.

Così ha rinunciato, riservandomi uno sguardo impietosito, e non la biasimo.

La mamma mi è stata molto vicina, ha sopportato tutte le mie crisi, ha appoggiato la mia lunga assenza da scuola, mi ha chiesto addirittura se volessi tornare a vivere a Summerville.

Non nascondo che per un momento ho valutato l'idea di farlo, ma ora come ora non mi sento di compiere un solo passo, figuriamoci trasferirmi di nuovo.

Ryker… solo pensare a lui mi devasta. Mi ha cercata, la prima settimana dopo la nostra rottura, mi ha inviato una marea di messaggi e telefonate, ha bussato più volte alla mia porta, ma gli ho impedito di entrare.

Una sera ha cercato di intrufolarsi in camera mia dalla finestra, come faceva sempre. Era disperato, fuori di sé, ubriaco marcio, e io stavo per cedere… stavo per accoglierlo tra le mie braccia, per baciarlo e cancellare tutta la sofferenza, ma la mamma l'ha mandato via al posto mio.

Inizialmente mi sono arrabbiata con lei, ho urlato, ho singhiozzato, ho detto cose che non volevo, poi mi sono sentita in colpa, capendo che mia madre l'ha fatto per il mio benessere e per quello di Ryker.

Dopo il mio ennesimo rifiuto, lui ha smesso di cercarmi.

E io sono precipitata nell'oblio.

Ora che sono appena più lucida, sto cercando di razionalizzare, di comprendere il suo gesto, sto tentando di capire cosa gli può essere passato per la testa, ma i miei sforzi cadono nel vuoto, perché non trovo risposte plausibili.

Eppure la ragione continua a dirmi che può essere stato solo lui. Chi altrimenti?

E anche ammesso che qualcuno abbia rubato il diario dal suo armadietto, ciò che ha fatto Ryker è gravissimo.

Come ha potuto sottrarmi un oggetto privato che per me è un tesoro, solo per sfamare il suo desiderio di leggerlo? Dopo che gli avevo scongiurato di non farlo?

E poi, addirittura portarlo a scuola, rischiando di farlo cadere nelle mani sbagliate?

Avrà pensato che la scuola fosse più sicura di casa sua? I fatti hanno dimostrato il contrario.

La sua azione è comunque ingiustificabile, e non credo che ritornerò sui miei passi, sebbene io lo ami ancora. Non riesco a perdonarlo. Non stavolta.

Sono dilaniata, del mio cuore non è rimasto nulla, lui ha distrutto tutto ciò che mi apparteneva senza un briciolo di esitazione. Senza un briciolo di pietà.

Anche i suoi amici hanno tentato di mediare, la settimana scorsa sono passati Derek e Rio, ma ho impedito alla mamma di farli entrare in camera mia, il mio unico luogo sicuro.

E oggi mi costa davvero tanto sgusciare fuori dal letto, lavarmi, indossare dei vestiti e tornare a scuola; non ho nessuna voglia di farlo, ma la mamma me l'ha imposto e ha ragione, non posso perdere l'anno.

Anche se ora del diploma non mi interessa molto, riprenderò a studiare, perché sono una figlia responsabile e mia madre non merita una delusione così grande.

Quindi sì, questo lunedì mattina tornerò in quell'edificio

che detesto con tutta me stessa, tra quelle persone che odio, solo per portare a casa la mia pergamena.

Lego i capelli in una crocchia disordinata, indosso una tuta larga e, quasi per sbaglio, incappo nel mio pietoso riflesso.

Sono dimagrita tanto, ho mangiato ben poco durante le ultime settimane, ho il viso pallido e smunto, le occhiaie mi cerchiano gli occhi gonfi dai continui pianti. In pratica sembro il fantasma di me stessa.

Ma non m'interessa, il mio aspetto rispecchia la mia anima spenta e lacerata, e per molto, moltissimo tempo sarà così.

Sospiro forte, per niente pronta ad affrontare il ritorno alla North Miami High School.

Mi faccio accompagnare dalla mamma e arrivo molto presto, così da filare in classe prima dell'arrivo degli altri studenti; mi auguro che abbiano smesso di far girare il video del mio diario sui loro cellulari e che non si parli più di quella vicenda.

Il corridoio è deserto, così mi avvicino al mio armadietto e noto che sull'anta c'era una scritta che è stata in parte cancellata, ma è chiaro che le due parole sono degli insulti.

*Puttana succhiacazzi.* Mi pare che sia questo l'appellativo.

Penso che dovrei chiedere al bidello del solvente per eliminare quello scempio, intanto apro lo sportello per prendere i libri della prima ora e un album da disegno cade a terra. *Qualcuno* deve averlo infilato attraverso lo spiraglio dell'anta.

Mi si ferma il cuore.

Dovrei aprirlo, sfogliarlo e vedere cosa c'è disegnato, lui voleva consegnarmelo dopo il progetto, ormai quattro settimane fa, ma poi è successo quel che è successo e deve averlo lasciato qui.

Lo prendo e con le dita indugio un attimo, lo sfioro, avvertendone la viscerale necessità.

*No. Non farlo, Maggie, non farlo o correrai da lui, perdonandolo su due piedi, e non puoi.*

*Non questa volta.*

*Darò solo una rapida occhiata.*

*Promesso.*

Sto per aprirlo quando…

«Ben ritornata, amica mia.»

La voce affettuosa di Emma mi salva giusto in tempo, e mi giro verso di lei chiudendo l'anta con un colpetto.

«Ciao, Emma.»

Mi studia a lungo, dalla testa ai piedi.

«Non sembri tu, Maggie.» Il dispiacere trapela da ogni parola che pronuncia.

Lei invece è sempre la stessa, e questa cosa mi conforta tanto.

Faccio spallucce, stringendo i libri al petto.

«È così che sono adesso. Smunta, sciatta e con zero voglia di vivere. Ah, almeno ho compiuto diciotto anni.»

La mia amica mi rivolge un sorriso compassionevole.

«A… andiamo in classe?»

Le rispondo con un cenno, lei mi prende a braccetto e ci rechiamo in aula.

La giornata passa in fretta per fortuna, mi sono sentita bruciare sulla pelle gli sguardi crudeli degli studenti, è volata qualche parolina, ma niente che non potessi sopportare.

Il fatto è che, dopo una delusione che ti annienta, tutto il resto è nulla in confronto, impari a farti scivolare addosso la cattiveria altrui perché sei vuota e non possono arrecarti altro dolore.

Tuttavia, non va così male, il peggio è passato.

*Bugiarda, il peggio non è passato, lo stai vivendo ancora, ogni secondo lontana da lui.*

È un inferno, ormai sono fatta di dolore e sofferenza, le uniche emozioni che mi appartengono, e non so come andrò avanti in questo mondo incolore, privo di tutto.

Perché tutto per me era Ryker… e lo è ancora.

Ho intravisto i suoi amici durante la pausa pranzo, seduti sul muretto del cortile a fumare; mi aspettavo che ci fosse anche lui, e già mi stavo preparando psicologicamente ad affrontarlo, o ignorarlo, ma non è venuto, e forse è meglio così.

Emma ha ritenuto opportuno informarmi, notando la tristezza nei miei occhi spenti e il mio generale stato pietoso.

Siamo in biblioteca per l'ora di studio, prima di terminare la giornata e ritornare finalmente a casa.

Nel silenzio della stanza, si ode solo la sua voce.

«Vuoi sapere di *lui*? Te lo dico solo se te la senti» dichiara a bassa voce, tamburellando nervosa la penna sul banco.

*Voglio sapere di lui?*

*Certo, così ci starò male il triplo, tanto vale rigirare il coltello nella piaga, no?*

«Io… non lo so, Emma.»

Si tortura il labbro con gli incisivi, continuando a picchiettare la superficie legnosa.

«Te lo dico lo stesso» conviene.

Traggo un lunghissimo sospiro, facendo di sì con il capo.

«È stato sospeso dal preside per due settimane, ma ha deciso di ritirarsi definitivamente. Derek mi ha riferito che ha ripreso a spacciare, è ritornato a essere il vecchio Ryker. Droga, alcol, risse, violenza e rabbia. Persino i suoi amici non riescono a dargli un freno, si è perso del tutto, Maggie, e non so se riuscirà a ritrovarsi.»

Le parole di Emma mi bucano il petto e lo stomaco, pensavo di non provare più niente, pensavo di essere priva di sentimenti, ma è bastato che facesse il suo nome per sentirmi indifesa e vulnerabile.

Lui è il mio punto debole.

Sapere che Ryker si sta autodistruggendo mi annulla, sapere

che si è lasciato sopraffare dal suo lato peggiore mi annienta, sapere della sua vita senza me al suo fianco mi provoca un dolore lancinante che ben presto muterà in pianto.

Traggo un altro lungo sospiro di patimento, stringendo forte le palpebre per bloccare in qualche modo le lacrime.

«Avrei preferito non saperlo…»

Emma fa una smorfia colpevole, ma la rassicuro, prima che si scusi.

«Non è colpa tua, Emma. Prima o poi l'avrei scoperto.»

Si allunga verso di me, abbassando la voce per non disturbare un gruppo di studenti seduti a qualche metro di distanza.

«E ora cosa pensi di fare? Lascerai che si annienti con le sue stesse mani? Ha commesso un gesto imperdonabile, lo so, ma…»

«Ti prego, Emma, chiudiamola qui, non ne voglio parlare» dichiaro, senza giri di parole.

Lei ammutolisce all'istante, perché non mi ha mai vista così dura e risoluta, al punto che io stessa a stento riesco a riconoscermi.

Non sono più Maggie.

Annuisce, dirottando i suoi occhi sul libro aperto, e io ritorno a sottolineare il paragrafo con movimenti automatici, mentre la mia mente si arrovella su ciò che ho appena saputo.

Giunge la sera, sono rannicchiata sul mio letto, guardo un punto fisso sulla parete, passando l'indice sulla targhetta del braccialetto che mi ha regalato Ryker.

È ancora al mio polso, ho pensato più e più volte di strapparlo e gettarlo via, ma non ci riesco, è come se fosse marchiato a fuoco nella mia carne.

Come è possibile che ogni cosa che mi circonda, anche la più piccola, mi faccia pensare a lui?

Lui è in tutto, e io senza lui sono niente.

Mi manca così tanto.

Mi mancano il suo odore, le sue braccia attorno ai fianchi, i suoi baci sul collo, la sua voce profonda, i suoi sguardi burrascosi, le sue rare risate e le fossette ai lati della bocca.

Mi manca potergli sfiorare i capelli, delineare i suoi tatuaggi con i polpastrelli, accoccolarmi sul suo petto e parlare per ore di tutto, dalle cose più stupide a quelle importanti.

Mi manca potergli sussurrare che lo amo, mentre intenso e lento si muove dentro di me.

Mi manca ogni cosa, ogni attimo, ogni respiro.

Vorrei trasformarmi in una farfalla per poter volare da lui e seguire ogni suo passo, per vedere come se la sta passando, se mi sta pensando e se gli manco, ma forse farebbe troppo male.

È ritornato sulla cattiva strada, lo immagino con il volto tumefatto, sbronzo e collerico, che va in giro a seminare distruzione.

Ha abbandonato la scuola, perderà l'anno e si rovinerà per sempre il futuro.

Dovrei fare qualcosa, dovrei intervenire, tendergli le mani e riaccompagnarlo sulla strada giusta, sì, dovrei farlo perché lui ha bisogno di me. Tanto quanto io ho bisogno di lui.

Ma a quale prezzo?

Come potrei credere di nuovo in noi dopo quello che ha fatto?

Io, Dio, non so nemmeno se lui mi abbia mai amata, e sebbene me l'abbia urlato con disperazione sotto la pioggia, e giurato più volte che non è stato lui a commettere quel gravissimo atto di bullismo, non riesco proprio a ridonargli la mia fiducia.

Vorrei fidarmi ma, dopo tutti i suoi errori, non riesco più a farlo.

La verità è che sono sfinita, non posseggo più la forza per combattere, ho deposto le armi e non so se sarò più in grado di sguainarle.

Sono incastrata nella mia bolla di dolore, solo un miracolo potrebbe farla esplodere e permettermi di venirne fuori.

Ciò che mi rende difficile perfino respirare è che io, nonostante tutto, non riesco a odiarlo, nemmeno ora che mi ha ucciso dentro.

Come è possibile?

Come posso continuare ad amarlo con quel poco che resta di me, anziché detestarlo fino alla fine dei tempi?

Non me ne capacito, ma tanto vale arrendersi all'evidenza: lo amerò per sempre nonostante il male che mi ha fatto.

Vorrei solo che tutta questa sofferenza scivolasse via dal mio corpo, per tornare a sopravvivere almeno un po'.

Poiché vivere non è più possibile senza di lui al mio fianco.

*

I giorni seguenti sono un susseguirsi di ore tediose e tutte uguali, le lancette dell'orologio girano a vuoto, ogni singolo minuto che scatta è scandito dalla sofferenza che mi pervade il sangue.

Sono entrata in un *loop* terribile, la mattina vado a scuola, ascolto le lezioni, salto il pranzo e torno a casa, mi sforzo di studiare, mi stendo sul letto e fisso il soffitto fino a quando non mi addormento stremata.

Ormai le mie giornate non hanno più un senso.

La parte razionale della mia mente sa che sto sbagliando e che questo atteggiamento non mi porterà a niente, tuttavia sono come bloccata in un limbo, e al momento mi risulta impossibile trovare una via di uscita che mi conduca alla salvezza, che vedo molto lontana, irraggiungibile.

È un venerdì mattina come tanti quando, seduta al mio banco, in attesa che arrivi il professore, vedo entrare in classe Rio.

È venuto per me, dal momento che lui non segue il corso di scrittura creativa.

Fingo di non essermi accorta della sua presenza, tenendo gli occhi incollati al quaderno e scrivendo cose a caso.

«Ciao, Maggie, hai un minuto?»

Rio in realtà è una brava persona e un buon amico per Ryker.

Non mi mette in soggezione come fa Jaden e sembra davvero dispiaciuto per tutta questa situazione assurda e dolorosa.

Eppure, non mi va di parlare con lui.

Sostenendomi la testa con una mano, faccio cenno di no.

«Sta per iniziare la lezione.»

«È importante, si tratta di Ryker, come puoi ben immaginare. Vedi… non so come dirtelo.»

Il terrore si espande in ogni fibra del mio essere, non appena alzo lo sguardo portandolo sul viso affranto di Rio: ha gli occhi arrossati come dopo un lungo pianto e l'incarnato pallido.

Credo di non sentirmi bene…

«Cosa… cosa gli è successo?» bisbiglio tremante.

Mi aggrappo con forza al bordo del banco, non sono pronta a ricevere una brutta notizia, ma l'espressione di Rio è chiara, sta per darmene una.

Si schiarisce la voce, posandomi una mano sulla spalla in segno di conforto.

«Ieri notte è stato accoltellato durante una rissa, è in ospedale. Ho ritenuto opportuno avvisarti, anche se non state più insieme.»

*Dio, perché ti stai accanendo su di me?*

*Perché?*

Mi porto le mani al petto, stringendo il ciondolo portafoto, certa che stia per venirmi un infarto, il cuore che corre talmente veloce da non riuscire più a percepirlo.

Inspiro. Espiro. Inspiro. Espiro. Inspiro. Espiro.

Mi alzo dalla sedia di scatto, fregandomene dell'attacco di panico imminente, delle vertigini e della fame d'aria.

Devo andare da Ryker, il prima possibile, anche se la mia maledetta ansia farà di tutto per boicottarmi.

Devo sbrigarmi.

«Portami da lui, Rio, ora.»

Il ragazzo annuisce svelto, così usciamo dall'aula, attraversiamo il corridoio in corsa contro il tempo, e, una volta fuori dalla scuola, saliamo in auto.

Durante il tragitto, cerco di regolarizzare il respiro, abbasso il finestrino per inspirare ossigeno, ma l'aria è afosa e soffocante, come quando sono arrivata a Miami, il primo giorno.

Forse quello che sto vivendo è solo un incubo, forse aprendo gli occhi mi accorgerò che in realtà è ancora settembre, così da poter iniziare daccapo.

Ma i miei occhi sono ben aperti, anche se pesanti e velati, e, sebbene sfuggire alla realtà sembri l'unica alternativa, devo impormi di restare lucida.

«È… è fuori pericolo, vero?» domando al ragazzo, boccheggiando.

Rio tiene lo sguardo fisso sulla strada, senza rispondermi.

«Allora, Rio? Ti prego, dimmi che vivrà» farfuglio, avvertendo le lacrime pizzicarmi gli occhi.

«Non lo so, Maggie. Fino all'alba era in prognosi riservata, ho chiesto a Jaden di avvisarmi non appena avesse saputo qualcosa, lui e Derek sono lì.»

«Non può morire, non può…» balbetto.

Sento che il corpo mi sta abbandonando, tanti puntini bianchi mi vorticano intorno, forse sto per svenire dalla sofferenza, ma combatto perché non posso mollare ora, non posso.

«Non morirà, lui è forte, Maggie. Ce la farà» mi rassicura Rio, coprendo la mia mano fredda con la sua.

Annuisco. «Sì, è forte» mormoro ingoiando lacrime amare, e tra le dita stringo il braccialetto che rappresenta per me la metà del suo cuore, pregando che stia pulsando ancora.

Arriviamo in ospedale dopo circa cinque minuti che mi sono sembrati un secolo; non appena Rio ferma l'auto, mi catapulto fuori e sfreccio all'interno dell'edificio.

Raggiungiamo gli altri in sala d'attesa, Jaden e Derek sono stravolti, sui loro volti è impressa la stessa espressione afflitta e preoccupata, il che non è per niente un buon presagio.

«Avete saputo qualcosa? Vi prego, ditemi di sì» chiedo con il cuore in gola.

Mentre Jaden va su e giù per il corridoio asettico, l'odore di disinfettante mi infastidisce, le pareti grigie e i neon accecanti mi destabilizzano, perché questo luogo mi ricorda la morte del mio papà.

E ora non accetto che l'amore della mia vita sia in un posto come questo, e spero con ogni cellula che lo possa lasciare quanto prima.

«È stato operato e se la caverà. Il chirurgo ha detto che è stato miracolato, perché se l'avessero colpito mezzo centimetro più a destra… porca puttana, sarebbe morto» mormora con la voce incrinata.

Mi tengo al braccio di Rio, sentendo uno spiraglio di speranza farsi spazio dentro di me.

«Quindi… è fuori pericolo?»

Jaden annuisce.

Scoppio in un pianto liberatorio, le lacrime sgorgano a fiotti dai miei occhi stanchi e lascio che Rio mi abbracci, aggrappandomi alla sua maglietta.

«Il Signore ha ascoltato le mie preghiere. *Gracias Dios*» mormora, tenendomi stretta a lui per un po', poi si stacca, per cercare il mio sguardo. «Maggie, ora Ryker ha bisogno di te.

Non abbandonarlo, te lo sto chiedendo con il cuore in mano.»

Tiro su con il naso asciugandomi gli occhi con i palmi sudaticci, ma le lacrime continuano a solcarmi le guance.

«Non lo abbandonerò, ma allo stesso tempo… non posso perdonarlo» sussurro con rammarico.

Rio mi guarda fisso, sospirando forte.

«Non è stato lui, Maggie. So che non credi alle mie parole, e come posso contraddirti, ma ti assicuro che è così. Lui ti ama tantissimo.»

«Il diario l'ha preso lui, Rio, lo ha confermato e… probabilmente ha fatto quel video per ripicca, o perché arrabbiato, non lo so, io tuttora non riesco a darmi una spiegazione logica.»

«Non riesci perché nel profondo sai che non è stato lui.»

Scuoto la testa, esasperata.

«Vuoi difendere l'indifendibile. Ma ti capisco, sei suo amico. Cosa credi, che io non lo ami più? Lo amo ancora, più della mia stessa vita, ma, se gli dovessi concedere l'ennesima possibilità, continuerebbe a commettere altri errori, sempre più gravi, e dopo cosa ne sarebbe di me?»

Il ragazzo stringe gli occhi, esausto.

«Ryker è stato uno stronzo con te, ha sbagliato un casino di volte, ma poi si è ricreduto, è cambiato e te l'ha dimostrato. Sei la sua casa, la sua famiglia, sei l'unica ragazza che lui abbia mai amato e questa cosa non cambierà. Conosco il mio amico da quando eravamo bambini, e grazie a te non è più il Ryker di una volta. Questo non è un tentativo per convincerti, è semplicemente la verità. Poi sta a te crederci o meno. Rifletti bene, Maggie.»

«Lo farò» concludo.

Mentre i ragazzi prendono del caffè dal distributore automatico, io mi avvicino alla caposala leggendo il suo nome sul cartellino: si chiama Phoebe ed è una donna sulla sessantina dall'aspetto cordiale.

«Salve, Phoebe, potrei vedere Ryker Ash? È stato operato stanotte per una ferita da taglio.»

La donna sussurra qualcosa all'altra infermiera al computer.

«Sei una parente?»

«Sono la sua ragazza… ex ragazza. So che è concesso solo ai parenti, ma ho davvero bisogno di vederlo, la prego.»

Sbircia sul computer quella che immagino sia la cartella clinica di Ryker e poi riporta il suo sguardo sul mio viso desolato.

«Oggi non è possibile fargli visita, è ancora debole e lo stanno monitorando.»

«Capisco… nemmeno per cinque secondi? Non entro in stanza, mi basta guardarlo da fuori, la prego, sono disperata, infermiera Phoebe.»

Sbuffa annoiata.

«Ah, questi giovani! Dai, vieni con me, cinque secondi e a debita distanza.»

Annuisco, sforzandomi di sorriderle.

«Promesso. Croce sul cuore.»

Seguo Phoebe al di là della porta scorrevole che separa la sala d'attesa dalle stanze, mi torturo le pellicine del pollice mentre percorro il lungo corridoio freddo del reparto.

Quando giungiamo davanti alla stanza in cui è ricoverato Ryker, la caposala mi dice di aspettare.

«Entro prima io a controllare, tu potrai guardarlo da qui.»

«O… okay.»

Sparisce dietro la porta chiudendosela alle spalle, per poi ritornare da me dopo pochissimo.

Sospira.

«Mi dispiace dirtelo, ma non è un bel vedere. Perché non torni a fargli visita tra un paio di giorni?»

«No, la prego, voglio vederlo adesso.»

La donna, spazientita dalla mia insistenza, accetta, lascia la porta aperta e, restando accanto a me sulla soglia, mi lascia vedere Ryker.

Una pugnalata invisibile mi trafigge lo stomaco.

Dio mio, è ridotto malissimo.

Il suo viso stupendo è per metà tumefatto, come se durante la rissa non si fosse difeso, ma avesse lasciato che lo massacrassero, è a torso nudo e il suo addome è avvolto da una fasciatura.

Prendo coscienza che sto posando i miei occhi su di lui dopo più di un mese, non credevo però di rivederlo in una circostanza tanto tragica.

Non è giusto.

Non è giusto che lui sia in quel letto, da solo, ferito.

Niente di tutto questo è giusto.

Un'altra lacrima mi rotola sulla gota calda, mentre avverto le ginocchia piegarsi dalla disperazione.

Vorrei correre da lui, accucciarmi al suo fianco, carezzargli il viso e mormorargli all'orecchio che andrà tutto bene e che io sono qui per lui.

Ma ovviamente non posso.

Lo osservo dormire ancora per pochi secondi, vederlo in questo stato mi addolora, il pianto mi sta consumando. Se penso che sarebbe potuta andare peggio… Mio Dio, il solo lontanissimo pensiero mi uccide.

Mi uccide per la seconda volta.

Ma è vivo.

Lui è vivo, ed è solo questo che conta.

«Ti amo» sussurro in un filo di voce.

Faccio un passo indietro e Phoebe richiude la porta: il tempo è scaduto.

Anche se Ryker non può sentirmi, so che il mio amore può giungere a lui, perché non esiste nulla al mondo di più forte e assoluto.

# 51
# Ryker

La vita è preziosa e fugace, e basta un solo attimo per mandare tutto a puttane.

Un. Solo. Dannatissimo. Attimo.

Ho sempre giocato con la mia vita, l'ho sfidata più volte, spingendomi oltre il dovuto.

Ma quando l'altra notte sono stato accoltellato durante una rissa, ne ho capito l'importanza, una luce dorata ha illuminato la mia coscienza e mi è stato tutto chiaro.

Mentre perdevo sangue, riverso sul cemento con un fottuto coltello nello stomaco, il mio cervello ha fatto un *rewind* della mia esistenza, soffermandosi sugli avvenimenti accaduti durante l'ultimo anno.

I brividi mi percorrevano il corpo, sudavo freddo, il mio

respiro era affannoso, ero in stato confusionale, eppure davanti ai miei occhi vedevo il suo volto.

Maggie May. La mia amata *Peach*.

E ho capito, cazzo.

Guardando la morte in faccia, ho capito quali sono le mie priorità e che amare significa mettere al primo posto l'altra persona, soddisfacendo prima i suoi bisogni e poi i propri.

Sono vivo per miracolo, mi hanno detto i medici, e questa volta non sprecherò la seconda occasione che mi ha dato la vita, perché ho capito che non è mia nemica, bensì l'amica più leale.

Apro gli occhi, anche se avrei preferito dormire un altro poco, quando sento un profumo dolcissimo di *milkshake* alla pesca diffondersi nella stanza asettica.

Lei è qui.

Non ci credo.

Lei è qui.

Non sto sognando.

Dirotto il mio sguardo sulla sua figura, e rivederla dopo più di un mese è un sollievo per il mio cuore marcio, ma fa altrettanto male vederla soffrire ancora per colpa mia.

Ha il viso pallido, smunto, gli occhi arrossati e gonfi, i capelli legati, indossa una felpa che le sta larga e non sembra più la mia *Peach*, l'ho annientata, l'ho portata ad appassire, i suoi petali bianchi divenuti cenere.

Stringe la mia mano, quella in cui è inserito l'ago della flebo, tra le sue tiepide, e noto che porta ancora il braccialetto che le ho regalato: forse questo è un buon segno.

Forse mi ama ancora.

Forse posso ancora rimediare.

Forse esiste ancora un *noi*.

«*Peach*...» mormoro, avvertendo il dolore espandersi ovunque.

Dannazione, sono a pezzi sia fuori sia dentro, ci vorrà del tempo prima che mi rimetta in forze.

«Ryker» sussurra, rivolgendomi un sorriso triste. «Come… come ti senti?»

Una merda.

«Ora meglio, molto meglio.»

Mi accarezza il dorso della mano con il pollice, guardandomi come se fossi rotto, il che è vero, ma basta la sua presenza per rincollare i pezzi.

«Sicuro? Hai bisogno di qualcosa? Hai fame, o sete? Ti brucia la ferita? Vuoi che chiami l'infermiera?»

Faccio di no con il capo.

«Sto bene, giuro.»

Mi rivolge un minuscolo sorriso.

«Okay… ho parlato con i medici, dovrai restare in ospedale per altri dieci giorni, mi sono permessa di comprarti dei vestiti nuovi, uno spazzolino e altre cose che potrebbero servirti, è tutto in quel borsone. Inoltre, mi sono assicurata che Millie stesse bene, Derek e Jaden passeranno da lei ogni giorno. Ho anche portato i miei appunti, così durante le ore di visita posso venire qui ad aiutarti con lo studio e poi…»

*Piccola, dolce Maggie May.*

*Non immagini quanto io ti ami, non immagini che morirei per te.*

«Maggie» la interrompo.

Mi guarda speranzosa, dischiudendo le labbra che fremo dalla voglia di baciare; è troppo tempo che non lo faccio e mi fa male, è uno strazio fisico che dovrò sopportare probabilmente per sempre.

«Devi andartene.»

Mi costa carissimo pronunciare queste maledette parole, ma dopo gli ultimi avvenimenti allontanarla da me è l'unica soluzione, la più giusta, anche se sofferta.

Sbatte le palpebre, confusa.

«In che senso? Perché? Non è ancora finita l'ora di visita.»

Sfilo la mano dalla sua stretta, fissandola come se di lei non m'importasse più niente, come se lei fosse solo una seccatura e niente di più.

La amo così tanto che preferisco lasciarla andare anziché tenerla qui con me e spero che lei prima o poi comprenda il sacrificio enorme che sto compiendo.

Lo sto facendo per lei, solo per il suo bene.

«Cazzo, non capisci? Non ti voglio più vedere, Maggie. Guarda come sono ridotto, ed è solo colpa tua. Sei tu che mi hai portato a questo.»

Scuote la testa, gli occhi le si velano di lacrime, mentre cerca di combattere a testa alta contro l'ennesima ferita che le sto infliggendo. «Ryker, cosa… cosa stai dicendo?»

Ghigno, anche se la mia faccia tumefatta è una maschera di dolore.

«Sei scema o sorda? Sei qui, anche se ti ho presa per il culo fin dall'inizio? Che cazzo di stupida ingenua!»

Sbatte le palpebre, raggelandosi.

«Quindi è tutto vero?» chiede sbigottita in un bisbiglio.

«Ho programmato ogni cosa dall'inizio, ho fatto in modo che ti innamorassi di me per poi umiliarti davanti a tutta la scuola. Porca puttana, quanto mi sono divertito! Ti ho solo usata, manipolata e scopata a mio piacimento, ma non ti ho mai amata. Mai.»

Stento a credere di star sputando dalla bocca parole così schifose, è una fottutissima, immensa bugia, e muoio dentro mentre osservo il suo volto smarrito e addolorato.

Sto compiendo un atto di coraggio, finora non ne ho mai avuto le palle, ma è giunto il momento di liberarmi del mio egoismo e salvare Maggie dalla mia tossicità.

Scuote la testa impercettibilmente.

«Non è vero, non è vero, non è vero» bisbiglia, provando a riprendermi la mano, ma io mi scosto, spingendola via con le poche forze che posseggo.

«Sparisci! Non voglio più vedere la tua faccia.» Le riservo un'occhiata dura, crudele, e non so nemmeno io come ci riesca. «Non mi servi più» dichiaro infine.

Si morde il labbro con nervosismo, si passa una mano tra i capelli con gesti convulsi, tremando come una foglia.

«Non puoi dire sul serio, sei arrabbiato, confuso e ti capisco… stai dicendo queste cose terribili solo per far sì che io mi allontani da te, ma non lo farò. Non ti abbandonerò, perché ti amo e anche tu mi ami. Lo so, lo sento nel mio cuore, non sei mai riuscito a nascondermi ciò che provi davvero. Sono disposta a perdonarti… ti prego, Ry, ti prego, non farmi questo… non farci questo, meritiamo una seconda possibilità.»

Deglutisco forte, la gola mi arde, la sofferenza si propaga acuta in ogni fibra del mio essere; blocco le lacrime che sono sul punto di annebbiarmi gli occhi, mandando via con lei l'ultimo frammento della mia anima.

«Ho detto sparisci» scandisco bene le parole, cercando di non capitolare, di restare fedele alla promessa che mi sono fatto, quando vorrei solo afferrarla per i fianchi, tirarla a me e baciarla fino a non respirare più.

*È solo per te che lo faccio, Peach.*

*Spero che un giorno lo capirai e mi perdonerai, meriti una persona che si prenda cura di te e non uno stronzo come me.*

*Meriti di sorridere sempre, perché il tuo sorriso illumina il mondo.*

*Meriti solo cose belle, perché tu sei l'anima più pura che io abbia mai incontrato e non voglio più sporcarla.*

*Non smetterò mai di amarti, Maggie May, ma voglio che tu smetta di amare me.*

Con un cenno rapido indico la porta e lei scoppia a piangere a singhiozzi, farfugliando parole confuse, poi si alza dalla sedia e si trascina lentamente verso l'uscita.

Mi volto subito dall'altra parte per non farle notare che sto piangendo anch'io.

Cazzo, niente ha mai fatto così male.

È un dolore viscerale, lancinante, fatale.

È il tipo di dolore che non augurerei nemmeno al mio peggior nemico.

È un dolore che ti svuota di tutto, ti annulla, e faresti meglio a morire, anziché tirare avanti, tanto ormai non hai più alcun motivo per farlo.

Stringo forte gli occhi in modo che le lacrime mi offuschino la vista per non vederla andare via, per illudermi che questo non sia un dannatissimo addio.

Chiudo le palpebre e prendo diversi respiri profondi, ma sono in apnea, mi manca l'aria, vorrei solo… cazzo, vorrei solo morire.

La morte sarebbe una fottuta liberazione.

La porta della mia stanza si apre di colpo, ma non m'importa sapere chi sta entrando.

Non me ne frega più di niente.

«Fratello, ma che diavolo hai fatto? Maggie è scappata via in lacrime.»

Rio.

Sapevo che mi avrebbe fatto la paternale, me lo aspettavo, è tipico di lui.

«La cosa giusta.»

«Apri gli occhi e guardami, Ryker.»

«Non ci riesco, mi bruciano.»

«Stai piangendo…» nota, avvicinandosi.

«Sì, cazzo, sto piangendo» confesso, guardandolo a fatica, e non perché io mi vergogni di farmi vedere in questo stato, ma perché mi sento in colpa.

Mi sento in colpa per tutto.

Il mio amico scuote il capo, in totale disaccordo con la mia decisione.

«In questo modo la perderai per sempre, lo capisci?»

Sospiro, sentendo una fitta colpirmi le costole.

«Finora sono stato un egoista di merda, Rio. Ho capito che devo lasciarla andare per renderla felice.»

Si siede sulla sedia dove fino a pochi secondi fa c'era Maggie e mi fissa come se volesse scuotermi e subito dopo abbracciarmi.

«Io lo capisco, ma lei non sarà mai felice senza di te e tu morirai senza di lei. Non rischierò di perderti un'altra volta, Ryker, e farò di tutto affinché voi due siate felici. Insieme.»

Così non mi aiuta.

«Fammi un favore, se davvero io per te sono un fratello, e so di esserlo… lascia perdere, non intrometterti e impedisci anche a Jaden e Derek di farlo. Promettilo, Rio.»

«Porca misera, amico.»

Gli prendo la mano e la stringo con più forza che posso.

«Promettilo, Rio.»

Rassegnato, annuisce.

«Se è questo che vuoi.»

Un verso di sofferenza mi sconquassa il petto, fuoriuscendo strozzato dalla mia gola.

«Sì, è questo che voglio.»

Accenna un mezzo sorriso, sapendo bene che sto mentendo, ma rispetta la mia decisione, perché è questo che fanno gli amici, ti appoggiano nelle scelte più difficili restandoti accanto, senza giudicarti.

E io so che posso fidarmi di loro, e che anche questa volta non mi abbandoneranno.

*

I giorni seguenti sono i più vuoti e inutili da quando mia madre mi ha messo al mondo. A proposito di Angie, non si è nemmeno scomodata a telefonarmi per controllare se sono vivo o morto.

Non mi stupisce più di tanto il suo comportamento, d'altra parte è sempre andata così con lei, è una menefreghista del cazzo, pensa solo a sbronzarsi e a farsi sbattere da quel bastardo del suo uomo.

Per quanto mi riguarda, di lei non me ne frega più niente, potrebbe pure morire davanti ai miei occhi, non alzerei un dito per salvarla; è mia madre, sì, e forse dovrei esserle riconoscente per avermi fatto nascere, ma per come sono cresciuto e per come sono andate le cose finora, avrebbe fatto meglio ad abortire quel giorno.

La mia vita non ha mai avuto senso.

E ora più che mai.

Quando uscirò dall'ospedale e avrò ripreso le forze, cercherò un lavoro, metterò i soldi da parte e me ne andrò da quella topaia, portando ovviamente Millie con me; pagherò un avvocato che mi faccia ottenere la custodia, visto che sono maggiorenne.

Questi sono i miei piani.

Prima che Maggie mi lasciasse a causa di quel video, beh, avevo immaginato diversamente il mio futuro.

Grazie a lei avevo creduto nelle mie capacità e volevo davvero diplomarmi e iscrivermi al suo stesso college per studiare arte. Purtroppo è andato tutto a farsi fottere, ma va bene così.

Certo… cazzo, va bene così.

Anche se piango ogni stramaledetta notte.

Anche se ho un magone che mi sta mangiando le viscere.

Anche se lei mi manca ogni dannato secondo che passa.

Anche se vorrei uscire da questa stanza e correre da lei, urlando a squarciagola che la amo da impazzire.

Va. Bene. Così.

Devo farmene una ragione, sarà dura, forse impossibile, ma in qualche modo devo, o questo sacrificio non sarà valso a nulla.

Maggie pian piano mi dimenticherà, andrà all'università, conoscerà qualcun altro, magari un tizio a posto, alla sua altezza, che la riempirà di attenzioni, fasci di rose e cene galanti, e ritornerà ad amare.

Io resterò per lei solo un ricordo, il suo primo amore, il cattivo ragazzo che le ha fatto provare tutte le sue prime esperienze per poi lasciarla in malo modo.

Per me, invece, sarà diverso.

Io non potrò mai amare nessun'altra, Maggie May è e sarà la donna della mia vita fin quando non cesserò di esistere.

L'unica.

Me la sarei sposata e… merda, sarebbe diventata la madre dei miei figli.

Spesso ho immaginato noi due in una casa con giardino, con tre o quattro marmocchi a gironzolarci intorno, dagli occhi di cielo come i suoi, le lentiggini e i capelli rossi.

E il solo pensiero che un altro uomo prenderà il mio posto in quella fottuta casa con giardino mi fa consumare dallo strazio, mi fa bruciare il sangue e scoppiare il cervello, ma… è la cosa giusta.

Sì, lo è.

Magari, tra dieci o vent'anni, per noi due ci sarà un'altra occasione, o forse nella prossima vita.

Una cosa è certa, noi due siamo anime gemelle.

E le anime gemelle prima o poi si ricongiungono, qui sulla Terra o nell'universo, in questo mondo o nell'altro.

# Maggie

## 52

*Quindici giorni dopo*

Fisso sovrappensiero la pila di libri sistemati in ordine nel mio armadietto, incapace di ricordare quale mi serva per la prossima lezione.

Biologia? Fisica o letteratura?

Resto immobile, gli occhi persi nel vuoto, a lasciarmi pervadere dalla familiare sensazione di malessere, fin quando qualcuno mi sfiora adagio la schiena con la mano, facendomi sussultare.

«Siamo bellissime stamattina.»

Mi giro e incrocio due occhi azzurri come l'oceano che mi guardano incantati.

«Grazie, Bryce.»

«La prossima lezione è biologia, abbiamo il test» mi ricorda con un gran sorriso, indicando il libro in questione.

Sfuggo al suo sguardo, dandogli le spalle.

«Ah… giusto.»

Prendo il manuale di scienze e chiudo l'anta dell'armadietto, mentre lui non smette di osservarmi speranzoso.

«Hai riflettuto sulla mia proposta?»

*Oddio, ci risiamo.*

M'incammino verso la classe e Bryce mi affianca appoggiandomi il braccio sulle spalle. Glielo lascio fare, anche se il suo tocco mi infastidisce. Quando passiamo davanti a Jaden, Rio e Derek, abbasso il viso ma sento i loro sguardi bruciarmi la pelle.

«Sì, ci ho riflettuto e penso che non verrò al *Prom*» mormoro, una volta in classe.

Mi siedo al mio solito posto, in prima fila e sfilo il quaderno dalla cartella.

Bryce resta in piedi accanto al mio banco, l'espressione delusa sul suo viso da angelo biondo, eppure non si dà per vinto.

«Maggie, non puoi mancare al ballo di fine anno, è l'evento più importante della nostra vita studentesca, non ce ne sarà un altro e te ne pentirai per sempre. Ci divertiremo, saremo bellissimi, verrò a prenderti in limousine e sicuramente ci incoroneranno Re e Reginetta del Ballo. Non ti ho ancora convinta?»

Vedo Emma apparire dietro Bryce e fissarlo attraverso i suoi grandi occhiali con un ghigno di repulsione, ed è strano perché all'inizio dell'anno lo adorava.

«Maggie verrà con me al *Prom.* Niente accompagnatori» s'intromette la mia amica per salvarmi dall'insistenza di Bryce.

È da quando Ryker e io ci siamo lasciati che Bryce ha ripreso ad avvicinarsi a me, l'ha fatto pian piano, in modo discreto, a suo dire come amico, poi, tre giorni fa, si è fatto avanti con la richiesta di andare con lui al ballo e io ovviamente gli ho risposto che ci avrei riflettuto.

La verità è che non sono in vena di feste, tantomeno di andare a un appuntamento con un altro ragazzo.

Perché è di questo che si sta parlando, in realtà.

«Sì, se proprio dovessi cambiare idea verrei con Emma. Potremmo incontrarci direttamente lì» propongo, cercando di mascherare la mia depressione e la mia inesistente voglia di vivere.

Lui non sembra molto convinto, ma, ahimè, questa è la mia decisione al riguardo.

Mi rivolge un sorrisone, poi si aggiusta il ciuffo biondo grano.

«Certo, come preferisci, mi sarebbe piaciuto venirti a prendere in auto, ma va bene ugualmente.»

Emma si schiarisce la voce.

«Potresti spostarti, Bryce? Questo è il mio banco.»

Lui la guarda a stento.

«Sì, vado a sedermi anch'io, buona fortuna con il test, ci vediamo a fine ora.»

Annuisco, abbozzando un sorriso gentile.

Emma si allunga verso di me, per potermi parlare a bassa voce prima che entri la Prof.

«Cavolo! È appiccicoso come un chewing-gum.»

Mi sforzo di sorridere.

«Non era il tuo adorato Dio del liceo?» mormoro, scarabocchiando sul mio quaderno.

Sbuffa.

«Mi rimangio tutto. E poi non potrà mai prendere il *suo* posto, è inutile che si affanni tanto… ops, scusa, non volevo…»

«Fa niente, ormai tra me e Ryker è…» sospiro forte, una

voragine mi crepa il petto «… finita» dico in un filo di voce, cercando di non piangere. «Sto bene, giuro.»

*Sto bene, alla grande, meravigliosamente.*

*Patetica.*

*Sono patetica.*

«Sì, lo so, è evidente. L'hai superata» dice in fretta, come per convincere me e se stessa.

Ma sappiamo entrambi che è una grossissima bugia.

Per fortuna, l'arrivo della Prof interrompe il nostro discorso imbarazzante e sconclusionato, così Emma si mette a sedere composta e io continuo a fingere di non essere morta dentro.

Le due settimane dopo la rottura definitiva tra me e Ryker sono state indescrivibili, nelle successive ventiquattro ore al nostro addio penso di aver consumato tutte le mie lacrime, fino all'ultima goccia salata, perché poi non ho pianto più.

Mi sono rassegnata, sto provando a farmene una ragione, a metabolizzare ciò che mi ha detto e, sebbene io non riesca a capacitarmene, ho deciso di non provarci di nuovo perché sono stanca e non ho più la forza di combattere.

L'anno scolastico ormai è giunto al termine, tra meno di due mesi ci sarà la cerimonia per la consegna del diploma e dirò addio per sempre a questa scuola e ai ricordi legati a essa.

È scontato che non potrò mai dimenticare Ryker, lui è il mio unico grande amore, la persona che avrei voluto al mio fianco per la vita intera, il ragazzo con cui ho condiviso tutte le mie prime volte e con cui avrei voluto condividere molte altre esperienze, ma lui ha deciso per noi e le cose andranno diversamente da come le avevo immaginate.

Non andremo al *Prom* insieme, non trascorreremo la nostra prima estate insieme, non ci iscriveremo allo stesso college, non andremo a convivere, non ci sposeremo e non avremo dei figli.

Forse lui sì, si innamorerà di un'altra ragazza, e magari metterà su famiglia e si dimenticherà di me.

Io, è superfluo dirlo, non potrò mai più innamorarmi, perché ho lasciato il mio cuore nel suo petto dalla prima volta che l'ho visto, è suo e non potrà essere mai e poi mai di nessun altro.

Probabilmente diventerò una scrittrice solitaria, circondata da gatti e libri impolverati, scriverò romanzi d'amore strappalacrime che diventeranno *best seller* internazionali.

In qualunque modo andrà, lui non sarà al mio fianco, e prendere consapevolezza di ciò mi fa sentire… Dio, penso che non abbiano ancora inventato le parole adatte per descrivere come io mi senta in questo momento.

*Ma passerà, Maggie May, certo che passerà.*

*Tutto passa, non è così?*

*Tutto.*

*Tutto tranne lui.*

*Ryker non passerà mai.*

A fine giornata, incrocio fuori scuola i suoi amici, che mi salutano a stento: è come se Ryker avesse vietato loro di parlarmi, o semplicemente se ne fregano della sottoscritta.

L'unico che sembra meno freddo tra i tre è Derek, tant'è vero che si avvicina con la sua solita aria da spaccone, mentre sto cercando di defilarmi in fretta per non farmi trovare da Bryce, intenzionato a offrirmi un passaggio in auto.

«Ehi, Maggie, come te la passi?»

Accenno un piccolo sorriso, guardandomi intorno.

«Bene, a te come va?»

Si passa una mano tra i ricci afro, per poi ficcarla nella tasca dei jeans larghi.

«Benone. Senti, ti ho fermata per chiederti una cosa… Sai se qualcuno ha invitato Emma al ballo? O se accetterebbe il mio invito?»

Sono tutti in fermento per il *Prom*, proprio tutti a quanto vedo.

«Andrai al *Prom*? Non mi sembrate tipi da ballo scolastico, tu e gli altri…»

«Certo che lo siamo, per chi ci hai presi?» scherza, poi si gira per un attimo verso i suoi amici, con cui scambia degli sguardi complici, e ritorna a guardarmi. «Allora? Qualche bastardo ha invitato la mia bambolina?»

«No. Provaci, ma non accetterà.»

Si porta la mano al cuore simulando un infarto.

«Porca puttana! Dove lo tenevi nascosto tutto questo cinismo, eh?»

*Meglio non intavolare questo argomento, caro Derek.*

Intanto vedo Bryce sostare con l'auto davanti al cortile e bussare col clacson, richiamando la mia attenzione.

«Emma ama i BTS e il bubble tea al gusto litchi, non le piacciono i fiori ma la dionea, un tipo di pianta carnivora, il suo colore preferito è l'indaco e odia le smancerie e le sorprese. Penso di averti detto tutto, buona fortuna, Derek.»

Mi fissa con la bocca aperta e lo sguardo perso.

«Oh merda. Che cazzo di colore è l'indaco?»

«Ora devo andare» mormoro, superandolo.

Ma lui si piazza di nuovo davanti a me in tutta la sua altezza, e capisco che ha qualcos'altro da dirmi.

«Aspetta, Maggie. Non mi dire che andrai al ballo con quel coglione di Jordan.» E lo indica con il capo, facendo una smorfia di disgusto.

Bryce bussa un'altra volta il clacson e io gli dico a gesti di aspettare un attimo, la sua insistenza mi dà sui nervi.

Mi rendo conto di essere intrattabile e di non sopportare nessuno, ma a stento riesco a tollerare me stessa.

«E pure se fosse? Il tuo amico mi ha scaricata definitivamente, se non te ne sei accorto, Derek. E comunque non ne voglio parlare, né con te, né con gli altri.»

«Maggie, lui… l'ha fatto solo per…» accenna Derek.

Jaden lo interrompe avvicinandosi a noi, e il suo profumo intenso mi brucia le narici.

«Amico, andiamo?»

I suoi occhi verdi da rettile mi squadrano dalla testa ai piedi, provocandomi la pelle d'oca.

Di nuovo.

«Il tuo nuovo fidanzato ti sta aspettando, non vai?» si rivolge a me, con il suo solito tono odioso.

Incasso la frecciatina, abbasso lo sguardo e mi allontano a passo svelto, raggiungendo Bryce.

Una volta salita in auto, il ragazzo mette in moto guidando verso casa mia.

«Cosa volevano ancora da te quei teppisti?»

Scrollo le spalle, guardando apatica la strada, mentre con l'indice sfioro sovrappensiero la targhetta del braccialetto.

No, non l'ho ancora tolto, nemmeno dopo l'ultimo affronto subìto.

Probabilmente non lo leverò mai.

«Niente.»

«Stasera ti andrebbe di uscire insieme? In gruppo. Puoi portare pure Emma.»

*No, no e no.*

«Ho già un impegno con mia madre.»

Mi fissa con la coda dell'occhio e io mi sento soffocare, non c'è aria nell'abitacolo, voglio solo uscire al più presto da questa trappola e rifugiarmi nella mia camera.

«Che peccato! Allora ci vediamo direttamente domani sera al *Prom*?»

«Forse, non ne sono ancora sicura.»

Stringe le dita attorno al volante facendo sbiancare le nocche, come per trattenere un'ipotetica reazione, o forse sono solo io che lo guardo con occhi diversi.

«Va bene, in ogni caso mi troverai lì, Maggie.»

Esulto mentalmente quando si ferma davanti casa mia, chiedendomi perché ho accettato il suo passaggio nonostante non volessi, e di fretta esco dall'auto.

«Grazie per lo strappo, Bryce.»

Mi fa l'occhiolino e aspetta che io percorra il vialetto ed entri. Una volta chiusa la porta, odo il rombo del motore e la macchina sfrecciare via.

Sfinita, mi sposto in camera e mi tuffo sul letto, stringendo al petto il cuscino a forma di Harry Potter; lo annuso, vi è ancora impresso il *suo* profumo di menta, tabacco e oceano.

Così, ricacciando indietro le lacrime e soffocando un grido di disperazione, lo lancio contro il muro: il problema è che vedo lui ovunque si posino i miei occhi stanchi.

Tra le lenzuola, dove abbiamo fatto l'amore ogni notte, sul davanzale della finestra, che scavalcava di continuo, alla scrivania, dove ci sedevamo per studiare, nelle felpe che gli ho prestato e in quella rossa che mi ha regalato una sera quando avevo freddo… tutto è stato toccato da lui, tutto mi ricorda lui.

Anche quando mi guardo allo specchio vedo lui, il riflesso del suo passaggio su di me, le sue impronte sulla mia pelle, i suoi morsi sul mio collo, le sue mani tra i miei capelli.

Ryker mi ha marchiato come sua e di nessun altro.

Dio, quando avrà fine questo tormento?

Non credo di poterlo sopportare ancora. Sto lottando con tutte le energie per risalire in superficie, ma, non appena riesco a prendere una boccata di ossigeno, una forza oscura mi tira giù sul fondo, e io annego devastata.

Non trovo sollievo nemmeno la notte, perché lui invade

i miei sogni trasformandoli in incubi quando, anche nel mio subconscio, mi lascia dicendomi con sprezzo di non avermi mai amata.

E io ho finito per crederci, o magari ho preferito farlo per illudermi di riuscire a odiarlo e dimenticarmi di lui.

Peccato che non sia servito a niente: lo amo, lo amo più della mia stessa vita e solo la morte cancellerà questo sentimento.

O magari no. Forse, anche dal luogo che mi attende dopo la vita, dove aleggia l'anima del mio papà, continuerò ad amare Ryker.

*Per sempre.*

Mi alzo dal letto e apro il cassetto della scrivania, dove custodivo il mio diario andato ormai perso. Ora vi conservo l'album da disegno che ha lasciato nel mio armadietto. Decido infine di togliermi il braccialetto con l'incisione e di riporre anch'esso là dentro.

Sarei tentata di disfarmene, una volta per tutte, ma non ci riesco, non posso, così richiudo il cassetto, ingoiando altre lacrime amare.

Ormai i giorni mi sembrano tutti uguali, e spesso mi chiedo come stia vivendo lui la nostra separazione.

Ha lasciato la scuola, questo è risaputo, ma avrà ripreso a spacciare di nuovo o avrà cercato un lavoro onesto?

Trascorre il suo tempo con la sorellina, o a ubriacarsi e fumare spinelli al *Dark Maze*?

Pensa un po' a me, o mi ha cancellata del tutto?

Queste e altre domande mi arrovellano costantemente, e vorrei solo smettere di rimuginare, rimuginare e rimuginare, ma so che non è possibile.

So di essere condannata a una sofferenza eterna.

Più tardi, a cena, la mamma mi fissa con lo stesso sguardo impietosito che mi riserva da due mesi a questa parte.

Sta soffrendo quanto me, perché non mi aveva mai vista in questo stato, forse nemmeno quando è morto papà, e mi sento così in colpa.

«Mamma, questa pasta è molto buona» mormoro, girando e rigirando la forchetta tra i maccheroni al formaggio.

«Come stai, Margaret May Harmon?» mi domanda, ignorando il mio complimento.

I suoi bellissimi occhi chiari cercano i miei.

«Esattamente come ieri, l'altro ieri, e il giorno prima ancora. Non è cambiato niente, quindi potresti non chiedermelo più?»

Prende un sorso di vino, scuotendo la testa, esasperata.

«Io non ce la faccio a vederti così, sembri uno spettro che si aggira per casa in attesa di passare oltre. E non immagino come possa stare lui, mi piange il cuore se solo provo a visualizzarlo. Non potete andare avanti così, lo so che sono affari vostri, ma davvero non riesco più a sostenere questa situazione e forse è il caso che io faccia qualcosa.»

«Mamma, ti prego, non ti ci mettere anche tu, già è difficile così» dico in un sussurro, lasciando cadere la posata nel piatto.

«È proprio per questo motivo che voglio intervenire, adesso gli telefono e gli chiedo di passare a trovarti, così, davanti a una tazza di caffè potrete chiarirvi.»

«No, mamma, non farlo.»

«Ma, Maggie…» insiste.

«Ho detto di no, maledizione! Ryker mi ha lasciato, ha detto di non avermi mai amato, di avermi sempre preso per i fondelli. Cosa c'è da chiarire?»

«Tu sai che non è vero, Margaret.»

Un risolino nervoso mi vibra nella gola, e il mio stomaco si attorciglia dal nervosismo.

«Ovvio che lo so, ma lui vuole così, mica posso costringerlo a stare con me? Un giorno riuscirò a farmene una ragione, ma per ora lasciami vagare come uno spettro, perché è l'unica cosa che riesco a fare.»

Sorseggia altro vino, posa il calice e mi punta un dito contro.

«E invece no, tesoro. Tu domani andrai al ballo di fine anno, indosserai lo splendido vestito che ti ho comprato e proverai a divertirti insieme ai tuoi amici.»

Amici? Quali amici?

Ho solo Emma e non so come faccia a sopportarmi nell'ultimo periodo.

Sbuffo, stanca di sentire ancora quella parola.

*Ballo, ballo, ballo.*

*Non ne posso più.*

«Basta con questo cavolo di *Prom*, non ci andrò.»

«Non costringermi a portarti lì di peso, signorina.»

La mamma pensa davvero che le minacce mi faranno cambiare idea?

Non le è chiaro che mi scivola tutto addosso e che non m'importa più di niente?

«Ci penserò, okay? Ora vado a dormire, mi è passato l'appetito» concludo.

Mi alzo dalla sedia e, a testa bassa, mi dirigo in camera mia, chiudo la porta alle mie spalle e mi rifugio sotto le lenzuola leggere, conscia che trascorrerò l'ennesima notte a soffocare il pianto.

# 53
# Ryker

«Dove cazzo mi state portando?» domando annoiato, seduto nella vecchia auto di Rio.

Lui è alla guida, Jaden ha preso posto davanti e io dietro, di fianco a Derek. Hanno in mente qualcosa, sono troppo silenziosi, e così stupidi da farsene accorgere.

«Stiamo portando Derek al *Prom,* ha intenzione di infilarsi nelle mutandine di Emma» m'informa Rio, con una risatina perversa.

«E io che diavolo c'entro? Fatemi scendere, subito!»

«Dai, fratello, stiamo solo aiutando Derek, non abbiamo secondi fini» mormora Jaden, guardandomi dallo specchietto retrovisore.

«Detto da te» replico.

Derek mi assesta una gomitata affettuosa e io soffoco un urlo di dolore, piegandomi su me stesso.

«Merda, vacci piano, la ferita mi brucia ancora.»

«E tu piantala di fare la *bisbetica domata*.»

Rio scoppia a ridere divertito. «E questa da dove è uscita?»

Derek si aggiusta il bavero della giacca da smoking, mettendo su un'espressione soddisfatta.

«È la commedia preferita di Emma, non mi sfottete, razza di ignoranti.»

Abbozzo anch'io un mezzo sorriso, perché Derek sembra davvero preso da quella ragazza e sta facendo di tutto per piacerle; un po' mi diverte e un po' mi fa tenerezza.

«Quella Emma non te la darà mai, Derek. Arrenditi. Ascolta il consiglio di chi ci è già passato e ha finito per bruciarsi.»

Mi passa un braccio sulle spalle, avvicinandosi al mio orecchio, e il suo profumo fortissimo m'investe di colpo. Ma quanto ne ha messo?

«Ti sei bruciato perché sei uno stronzo fuori misura, fratello. Io sono diverso da te, metterò la testa a posto e la tratterò come una principessa» mi fa l'occhiolino «… sul pisello» aggiunge, scoppiando a ridere alla sua stessa pessima battuta.

*Che coglione!*

«Cazzo, sei irrecuperabile.»

Mi stringe in un abbraccio affettuoso e io lo lascio fare, è talmente su di giri che sarebbe inutile fermarlo, lo conosco fin troppo bene.

Circa quindici minuti dopo, arriviamo a scuola e vediamo il parcheggio zeppo di auto, tra cui limousine affittate per l'occasione. L'edificio è addobbato a festa, enormi striscioni dorati e neri incorniciano l'entrata della palestra, dove si sta svolgendo il ballo di fine anno.

*Che grandissima stronzata!*

«Io vi aspetto in macchina, non posso entrare lì dentro.»

In realtà non ne ho nessunissima voglia.

Se il mondo non mi fosse crollato addosso, a quest'ora sarei qui con Maggie.

L'avrei accontentata, perché so che per lei il *Prom* è importante.

Magari per l'occasione avrei affittato perfino un dannato smoking di seconda mano, sarei andato a prenderla con l'auto di Rio, mi sarei fatto scattare le foto di rito a casa sua e avrei reso la serata memorabile.

E invece…

E invece fa tutto schifo.

«Perché no? Sei ancora uno studente della North Miami High School, anche se stai completando l'anno con il corso serale» mi dice Jaden, e con il capo mi fa cenno di scendere.

Merda! Li detesto quando mi coinvolgono in situazioni cui non ho alcuna voglia di partecipare.

E sanno che in questo periodo sono intrattabile, apatico, privo di voglia di vivere, eppure non si arrendono all'evidenza.

Che rottura di coglioni!

Traggo un lungo respiro di rassegnazione.

«Maledizione, se state provando a ingannarmi, giuro che vi ammazzo.»

Derek si sistema i capelli guardandosi nel finestrino della limousine parcheggiata accanto alla nostra Pontiac GTO.

«Mica il mondo gira intorno a te, amico. Questa è la mia notte.»

Scuoto la testa irritato, sfilo una Marlboro dal pacchetto e me l'accendo, anche se i medici mi hanno consigliato di aspettare un po' prima di ricominciare a fumare. Ma come sedo le mie burrascose emozioni senza una buona dose di nicotina e marijuana?

Derek è tutto in tiro e anche gli altri due stronzi sono abbastanza eleganti, l'unico in jeans, T-shirt nera e tatuaggi in bella vista sono io.

'Fanculo! Non dovevo nemmeno essere qui stasera.

Avevo promesso a Millie di portarla al cinema, a vedere un cartone animato di cui non ricordo il nome, e invece questi stronzi mi hanno scombinato i piani.

Giungiamo all'ingresso della palestra, la musica *house* risuona a palla facendo vibrare i festoni e il bagliore delle luci stroboscopiche lampeggia sul pavimento.

«Voi entrate pure, io aspetto qui fuori» dico agli altri, prendendo un lungo tiro dalla sigaretta.

Sono nervoso, febbricitante direi.

Ovviamente per un unico motivo, che di nome fa Maggie May.

Tra l'altro non sono nemmeno certo che lei sia qui, ma potrei dare un'occhiata, fare un rapido giro, ammirarla, se ci fosse, e poi andarmene.

Diavolo! A cosa servirebbe?

L'ho lasciata dicendole cose orribili, e con la mia presenza del cazzo le rovinerei il ballo.

Magari è venuta insieme a quel coglione di Jordan, magari sta provando a dimenticarmi e si sta divertendo, il che sarebbe giusto.

Sì, dannazione, è giusto.

Quindi me ne starò qui, seduto buono buono sul gradino della scala antincendio, a rilassarmi con uno spinello.

Posso farcela.

*Devo* farcela.

«Sei sicuro di non voler entrare? Potresti fare qualche incontro interessante» dice Jaden, lanciandomi un'occhiata complice.

Il mio amico sa che muoio dalla voglia di vederla anche solo per un nanosecondo e mi sta chiaramente dicendo che lei è qui. Al solo pensiero di poter posare i miei dannati occhi sul suo viso stupendo, dopo quindici lunghi giorni di merda, mi si stritola il cuore.

Ma, se lo facessi, a cosa sarebbe servito il mio sacrificio e tutta la sofferenza provata finora?

Devo restare fedele alla promessa che ho fatto a me stesso e comportarmi da uomo.

«Sicuro» taglio corto, schiacciando il mozzicone sotto la suola della scarpa.

Annuisce con un cenno del capo ed entra in palestra insieme agli altri.

Trascorre circa mezz'ora, in cui sono rimasto seduto sotto un cielo privo di stelle, nell'afa di maggio, in compagnia della mia erba e della musica che filtra attutita dalle pareti dell'edificio. Ora il deejay sta pompando *After Dark* di Mr. Kitty.

Quella canzone è proprio forte.

Aspiro l'ultima boccata, sentendomi leggermente più rilassato, e inizio a pormi tra me e me una marea di sconclusionate domande esistenziali a cui non so dare una dannata risposta.

Forse dovrei entrare e andare a cercarla.

No, devo stare immobile qui, incollato a questa fottuta scala.

Ma che diamine...

Okay, basta, ora mi alzo e m'imbuco a quel ballo di merda, la prendo di peso e la porto via.

*Vai, Ryker, fallo.*

*Ora o mai più.*

*Lo faccio, cazzo!*

Mi alzo aggrappandomi al corrimano e con un saltello sono giù, prendo un lungo respiro e m'incammino a testa alta verso la palestra, ormai deciso a mandare a farsi fottere tutte le mie buone intenzioni, ma quando giro l'angolo incontro i miei amici e con loro c'è pure Emma.

Che diavolo stanno complottando?

Parlano sottovoce e sembrano tutti piuttosto incazzati, spero non con me, perché questa volta non ho fatto nessun danno.

Mi avvicino a loro e li interrompo, guardandoli a uno a uno.

«Cosa sta succedendo?»

Emma mi saluta con la mano e poi inizia a bisbigliare velocemente. «Ho appena scoperto chi è stato a rubare il diario di Maggie e a fare quel video… l'ho sentito con queste orecchie mentre ne parlavano in disparte, non si sono accorti della mia presenza, ero nascosta sotto al tavolo degli stuzzichini per non farmi trovare dal tizio mezzo coreano, ma questa è un'altra storia…»

«Chi, Emma? Chi?»

Mi rivolge uno sguardo spaventato, come se prevedesse fin troppo bene la mia imminente reazione.

«Bryce. È stato Bryce.»

Bryce? Ho sentito bene?

Quel cacasotto infimo di Bryce.

Cazzo.

«Lo sapevo! Che figlio di puttana» dice Jay tra i denti.

«Grandissimo pezzo di merda. Questa volta lo uccido. Questa volta ci finisco davvero in galera per colpa sua, ma gliela farò pagare cara» dico tra i denti, con il sangue che mi ribolle nelle vene, divenuto lava incandescente e corrosiva.

Rio mi blocca, poggiandomi una mano sulla spalla per tenermi buono.

«No, Ryker. Dobbiamo agire d'astuzia, o passerai come sempre per il colpevole.»

Emma ci guarda tutti sbarrando le palpebre, prima di riprendere a parlare. «E c'è dell'altro.» Si avvicina ancora di più e noi ci stringiamo attorno a lei. «Cito testuali parole: *stasera finalmente riuscirò a infilarmi tra le gambe di Maggie. Il reietto è fuori dai giochi e io mi prenderò la cosa che lui più ama al mondo.* Ha detto esattamente così quell'idiota. Dobbiamo farlo confessare, non può passarla liscia.»

Cosa diavolo pensa di fare quel bastardo?

Dovrà passare sul mio cadavere prima di avvicinarsi alla mia ragazza, dovrà morire per mano mia e poi rinascere, prima di sfiorare la mia *Peach*.

«Fermatemi o lo massacro» ringhio, stringendo i pugni, avvertendo nelle cellule l'insana necessità di spaccargli il cranio e mettere fine alla sua vita del cazzo.

I miei amici mi si parano davanti per cercare di farmi ragionare, ma sono come un feroce animale in gabbia, tra meno di due secondi entrerò in quella fottuta palestra e mi vendicherò.

Quell'insulso coglione ha studiato tutto nei minimi dettagli, solo per far sì che Maggie e io ci lasciassimo, l'ha fatto umiliandola pubblicamente e facendo passare me per il colpevole.

È riuscito a farmi odiare da Maggie e non doveva farlo, non sa cosa lo attende.

Si è divertito a giocare con il fuoco e tra poco lo getterò tra le fiamme dell'inferno.

La collera si mischia alla sete di vendetta, ma questa volta cerco di restare lucido e di ripagarlo con la stessa moneta.

Non ho intenzione di massacrarlo di botte, voglio distruggere la sua vita, come lui ha fatto con la mia.

So bene che potrei non riuscire del tutto nel mio intento perché lui è un raccomandato di merda, un ricco figlio di papà, ma a me basta che Maggie sappia la verità.

Che scopra che verme è Bryce Jordan.

«Facciamo così» detto un piano al volo. «Emma, tu attira Bryce in un'aula vuota con una scusa, magari gli dici che Maggie lo sta aspettando lì per parlargli in privato.»

La ragazza annuisce, attenta.

«Derek, tu distrai Maggie, non deve capire niente di quello che sta succedendo. Noi tre ci faremo trovare al suo posto e faremo confessare ogni cosa a quel bastardo. Rio, tu gli farai un video che proietteremo durante l'incoronazione del re e della reginetta del cazzo.»

I miei amici annuisco all'unisono, così ci dividiamo, pronti a fare giustizia e a sputtanare l'unico responsabile di tutto.

Jaden, Rio e io aspettiamo nell'aula di letteratura l'arrivo di Bryce ed Emma, intanto con un messaggio Derek ci informa che è con Maggie e che lei è ignara di tutto.

Dopo circa tre minuti, sento dei passi echeggiare nel corridoio silenzioso, per poi fermarsi davanti alla porta, che infine si apre.

«Maggie, volevi parlarmi?» domanda Jordan, facendo il suo ingresso.

Indossa uno smoking di alta sartoria, tutto impomatato, il ciuffo biondo incollato alla testa. Cazzo, quanto è ridicolo.

Non appena si accorge che ci sono io ad aspettarlo e non la mia *Peach*, sbianca di colpo e tenta di fuggire, ma Jaden glielo impedisce afferrandolo per le spalle, mentre Rio sbarra l'uscita con un banco.

*Ora a noi due, viscido pezzo di merda.*

«Guarda un po' chi si rivede. L'eroe della scuola, Bryce Jordan» proclamo, deridendolo e girandogli intorno come un alligatore che non si sfama da giorni.

Sono calmo per il momento, posseggo un autocontrollo mai avuto prima, forse perché sono stufo di affannarmi, è il momento che io risolva i miei problemi diversamente.

Bryce, impaurito, sposta lo sguardo da me ai miei amici, sentendosi braccato.

«Che cosa volete da me? Lasciatemi uscire subito! Al ballo ci sono anche i professori e tra un po' arriverà pure mio nonno, il preside, perciò è meglio per voi se la piantate di giocare a fare i bulli.»

Abbozzo un mezzo sorriso crudele.

«Giocare? Io non sto giocando manco per il cazzo. Siediti, Jordan.»

Gli indico con un cenno la sedia che ho posizionato davanti a me.

Lui scuote la testa, contrariato, e indietreggia, ma va a sbattere contro Jaden.

«Ho detto siediti. O vuoi che ti inchiodi il culo su quella fottuta sedia?»

Lo fa, blaterando parole senza senso.

«I miei amici mi verranno a cercare, Ash. E per te sarà la fine.»

Incrocio le braccia al petto, ghignando.

«Io sono già finito e solo per colpa tua, pezzo di merda. Non ho nient'altro da perdere.» Guardo il mio amico. «Jaden, legalo.»

«C… cosa?» balbetta Jordan, sbarrando gli occhi.

Ridacchio divertito, studiando la sua espressione da idiota cacasotto.

«Sto scherzando, ma ti consiglio di non mettere ulteriormente alla prova la mia pazienza.»

I miei amici scoppiano a ridere, circondandolo come un branco di lupi.

«Confessa tutto, Bryce, e forse ti lasceremo andare senza un solo graffio sul tuo bel faccino.»

Rio sfila il cellulare dalla tasca e punta la telecamera sul colpevole, mentre Jaden si mette alle sue spalle per immobilizzarlo, se necessario.

«Io non ho proprio niente da confessare, razza di schifosi reietti.»

Mi avvicino a lui inclinando il viso, e lo fisso con uno sguardo assassino, freddo e grave, sentendo l'autocontrollo iniziare a scemare.

«Ne sei proprio sicuro? Ti sto dando la possibilità di fare la scelta giusta.»

«Ho sempre fatto le scelte giuste, Ash. Come quando ti ho denunciato e fatto rinchiudere in riformatorio.»

Annuisco.

«Lo so, è per questo che ti ho picchiato ogni volta che ne avevo voglia, Jordan. Ma ora, vedi, non voglio usare la violenza, perché ho capito che non porta a niente, se non a danneggiare se stessi, la propria vita, le relazioni e le amicizie.»

«Tenermi chiuso qui dentro e minacciarmi è una forma di violenza.»

«Dici? Mi sa che hai ragione, rimango un violento, quindi ti conviene parlare» mormoro, tenendo a bada la collera. «Ora» aggiungo.

«Parla, pezzo di merda» ordina Jaden, tenendolo ancorato con forza per una spalla.

Bryce prova a liberarsi della morsa del mio amico, si dimena, così gli do un ultimatum.

«Senti, Jordan, parliamoci chiaro, o confessi subito, o dirò a tutti che in più di un'occasione avevi comprato la droga da me per migliorare le tue performance durante le partite. Ho salvato tutti i tuoi messaggi. Li serbo da talmente tanto tempo che devi aver creduto di essere al sicuro, vero? Invece no. Perciò, pensaci bene. Hai molto da perdere, la carriera sportiva cui ambisci al college sarebbe finita.»

Sebbene sia stato tentato molte volte di usare queste informazioni contro di lui, me le sono tenute di riserva finora, e a quanto pare ho fatto la cosa giusta. Il momento è perfetto, infatti il coglione crolla subito.

«No, non farmi questo, ti prego, Ryker… il rugby è tutta la mia vita.»

«Dipende tutto da te.»

«O… okay, okay, lo confesso. Sono stato io. Ho aperto il tuo armadietto col passe-partout custodito in presidenza. Ti avevo visto nasconderci qualcosa con fare sospetto e ho pensato fosse droga. Volevo incastrarti, ma ho trovato il diario di Maggie. A quel punto, ho architettato un piano diverso per vendicarmi di te, per avermela portata via. Ho scattato le foto alle pagine, montato il video e pagato l'addetto agli audiovisivi per mandare in onda il filmato durante la vostra presentazione, così da far ricadere la colpa su di te. Volevo che voi due vi lasciaste e che Maggie fosse mia, e questo è tutto. Sei soddisfatto, ora?»

Con una rapida occhiata faccio intendere a Rio di interrompere la registrazione, e lui lo fa.

«No.»

Stringo forte la mano e gli assesto un gancio in piena faccia, imprimendo nel pugno tutta la frustrazione e la rabbia che ho in corpo.

«Ora sono soddisfatto» concludo.

Bryce, scioccato, si tocca il punto dolorante.

«Sei un infido maledetto, avevi detto che non mi avresti colpito» mugugna, massaggiandosi la guancia.

Gli passo di fianco per raggiungere la porta.

«Mai fidarsi di uno come me, Jordan.»

Jaden lo lascia andare, abbiamo ottenuto la sua confessione e mostreremo il video a tutti. Rio lo ha già inoltrato a Emma e Derek.

Io, adesso, voglio solo correre da Maggie e riprendermela, dirle che la amo da morire e chiederle perdono.

Lei saprà la verità e tutto ritornerà come prima, almeno spero.

Peccato che i giocatori della squadra di rugby abbiano appena sfondato la porta per salvare il loro capitano. Non sembrano disposti a risolverla con le buone, al contrario, li vedo abbastanza agguerriti.

Bene, non volevo altro.

«Dove credi di andare, Ash» attacca uno di loro.

Faccio schioccare le nocche delle mani, accennando un sorrisetto storto, e con un cenno incito il mio avversario a farsi avanti.

Cazzo, un'altra rissa.

E rissa sia!

# Maggie

# 54

Avvolta nel mio bellissimo abito rosa *gold* dal corpetto tempestato di perline, lo scollo a cuore e gonna principesca in tulle, mi verso controvoglia del punch nel bicchiere, mentre Derek, non so per quale assurdo motivo, mi sta impedendo di lasciare la sala per andare un attimo in bagno.

Intanto che delle sonorità *reggaeton* rimbombano in palestra e le luci stroboscopiche danzano sulla pista da ballo affollata dagli studenti, cerco con gli occhi la mia amica.

Prendo un sorso di bibita, alzandomi sulle punte per raggiungere l'orecchio di Derek.

«Si può sapere che fine hanno fatto tutti?»

Emma, Jaden e Rio sono spariti, e non vedo più nemmeno Bryce, non che me ne freghi più di tanto.

Ho uno strano sospetto.

Derek mi rivolge un gran sorriso da mascalzone.

«Ti va di ballare?»

Sbuffo.

«No, vorrei sapere dove è andata la mia amica» esclamo, per sovrastare la musica.

Derek sfila il cellulare dalla tasca dei suoi pantaloni eleganti e legge un messaggio.

«Porca miseria!»

«Cosa succede?» chiedo allarmata.

«Aspetta qui, devo fare una cosa importante.»

Lo afferro per la giacca, inciampando con le scarpe nel mio stesso abito.

«Neanche per sogno, Derek. Dimmi cosa succede» insisto.

«Maggie!»

Emma richiama la mia attenzione, facendosi largo tra le persone che ballano e si divertono, e io le vado incontro, osservando l'espressione preoccupata sul suo viso.

Nel farlo, perdo di vista Derek, che è come sparito nel nulla.

La mia amica, affannata, si scosta un ricciolo dalla fronte sistemandosi gli occhiali sul naso.

«Cavolo, che corsa! Nell'aula di letteratura è appena iniziata una rissa tra Ryker e Bryce. C'è tutta la squadra di rugby e loro sono solo in tre.»

Un attimo…

Ryker è qui?

Sento le ginocchia piegarsi al solo udire il suono del suo nome, così mi tengo stretta alla mia amica, per cercare di capirci qualcosa e non farmi sopraffare dal vortice di emozioni contrastanti che mi mettono a soqquadro corpo e anima.

Ha lasciato la scuola… perché è qui?

Per me?

*Basta, Maggie May, non perderti in ragionamenti stupidi e insensati, resta concentrata.*

«Dobbiamo fermarli, subito» dico d'un fiato, iniziando a tremare per l'emozione di rivederlo e per la paura che possa farsi di nuovo male durante la colluttazione.

Dio, è uscito da poco dall'ospedale e ora cosa fa?

Partecipa all'ennesima maledetta rissa?

«Ma Derek?» mi domanda Emma, allarmata.

«Era qui fino a un secondo fa.»

«Speriamo che non facciano un casino. Prima di andare devo farti vedere una cosa, okay?»

Annuisco, Emma mi prende la mano e insieme attraversiamo a passo veloce la palestra. Una volta fuori, dove la musica è attutita e siamo sole, mi mostra un video sul suo cellulare.

C'è Bryce seduto su una sedia, Jaden lo tiene fermo e Ryker è di fronte a lui.

«E questo cos'è?»

«La verità, Maggie.»

Ascolto attentamente ogni parola pronunciata da Jordan, restando basita e nauseata; non mi aspettavo che potesse fare una cosa del genere, lui che sembrava così gentile e buono. Invece voleva riavvicinarsi a me solo per fare un torto a Ryker, rivelandosi il più spregevole di tutti.

I sensi di colpa non tardano ad arrivare, mi divorano in un sol boccone, prosciugandomi le energie, la speranza, e ogni cosa che era rimasta di me.

Ho puntato il dito contro il ragazzo che amo e che mi ama, credendo fermamente che mi avesse fatto una tale crudeltà.

Sono stata stupida e cieca.

Ryker potrà mai perdonarmi per il male che gli ho arrecato?

E se non mi volesse più?

*No, no, no, devo chiedergli scusa, devo far sì che torni ad amarmi, devo...*

«Emma, sono stata una povera idiota, come ho potuto accusarlo? Come ho potuto?»

Ripone il cellulare nella sua pochette, mi afferra per le spalle e mi scuote.

«Errare è umano, amica mia. Non fartene una colpa, sei ancora in tempo per rimediare. Lui è qui per te. E beh… ora conviene andare prima che la rissa finisca in tragedia.»

Annuisco svelta, sollevo il tessuto della gonna per non inciampare e corro lungo il corridoio, poi su per le scale fino all'aula di letteratura, seguita da Emma.

La porta della classe è spalancata, non riesco a individuare Ryker, c'è solo un marasma di ragazzi che urlano e se le danno di santa ragione; provo a farmi largo tra loro, ma vengo spinta e per un pelo scanso una gomitata.

Emma mi tira per un braccio, salvandomi da un cazzotto, e mi mostra l'allarme antincendio.

«Penso sia l'unico modo per mettere fine a tutto questo.»

«Lo penso anch'io.»

Mi avvicino alla parete dove è collocato il pulsante, lo premo con forza e l'allarme inizia a suonare con fastidiosa insistenza mentre gli erogatori spruzzano acqua dal soffitto, facendo bloccare di colpo la rissa.

«Ora basta!» urlo, con tutta la voce che ho in gola.

I presenti si girano verso di me fissandomi sorpresi, ma io con gli occhi intercetto Bryce: ho proprio bisogno di riferirgli cosa penso di lui.

«Bryce, sei la persona peggiore che io abbia mai conosciuto. Hai montato quel video umiliandomi davanti a tutti e inducendomi a credere che il colpevole fosse Ryker. Bravo, ci sei riuscito, hai architettato tutto alla perfezione, come un vero bullo. Eh sì, Bryce. Sei tu il bullo, insidioso come una serpe, ma pur sempre un bullo. A causa della tua stupida vendetta hai reso la mia vita e quella di Ryker un vero inferno, ma non puoi immaginare quanto abbiamo sofferto, e lo sai perché?»

Nel silenzio che segue le mie parole, sento dei passi sopraggiungere, mi volto e scopro che sono arrivati anche i professori, più altri studenti curiosi.

Proseguo determinata, sicura di me, forte come non sono mai stata: «Perché tu non sai cosa significhi amare. Sei disgustoso e mi auguro che la pagherai cara per il male che ci hai fatto. Il ragazzo che voi additate come crudele, reietto e teppista in realtà è la persona migliore di questo mondo.» Sposto il mio sguardo colmo d'amore su Ryker e lui ricambia, provocandomi uno spasmo tra il petto e lo stomaco.

È in un angolo dell'aula, ha i capelli umidi e la T-shirt nera bagnata, dal naso gli cola un rivolo di sangue, le nocche delle mani sbucciate e il labbro spaccato.

«Questa volta è stato accusato ingiustamente, e io chiedo a tutti voi, professori compresi, di concedergli una seconda possibilità e di punire il vero colpevole» aggiungo infine.

«Sono d'accordo con Maggie» interviene la professoressa Suarez. «Bryce Jordan, tu e la tua squadra filate di corsa in presidenza, il preside Jordan sta arrivando. Mi assicurerò io stessa che tu venga punito per l'atto di bullismo che hai commesso.»

Jordan non ribatte, ma, seguito dai suoi amici, esce dall'aula tenendo la testa bassa come un cane bastonato.

Gli altri studenti si dileguano pian piano ritornando al ballo: lo spettacolo è finito.

Io mi avvio in corridoio e aspetto impaziente che anche Ryker esca dalla classe. Non appena lo rivedo mi si incastra il cuore tra le costole, le mani iniziano a prudermi dal bisogno di toccarlo, e credo di essere sul punto di evaporare quando i suoi occhi burrascosi si scontrano un'altra volta con i miei, lucidi.

Non gli do il tempo di parlare o di fare altro, mi armo di coraggio, lo afferro per la mano e lo trascino via.

Corro verso il lato opposto del corridoio e lui mi segue, senza chiedere spiegazioni, con il rumore dei nostri passi veloci che echeggia nel silenzio. Solo quando arriviamo al nostro ripostiglio e accendo la fievole luce della lampadina, mi concedo di ammirarlo attentamente.

È ancora lui.

Il mio bellissimo angelo dannato.

Il mio Ryker.

Mi guarda a lungo, con gli occhi dell'amore, senza trascurare alcun dettaglio, ma non si muove di un millimetro, come se mi stesse mettendo a fuoco con l'obiettivo di una fotocamera.

«Cazzo, Maggie May, sei la donna della mia vita» dice in un mormorio affannoso.

Mi sposto dal viso i ciuffi sfuggiti alla pettinatura, ormai disordinata.

«Ryker, perdonami, io…» Trattengo le lacrime, ma queste spingono furiose dietro le palpebre. «Sono stata una stupida. Una grandissima stupida. Spero davvero che tu possa perdonarmi e che un giorno possiamo… no, tu mi odi, non mi ami più, lo so… come potresti amarmi ancora? Dopo tutta questa sofferenza, dopo averti abbandonato, dopo tutto il male che ti ho fatto…»

Mi posa il pollice sulle labbra, annullando la pochissima distanza tra noi.

«Shh, shh, shh, basta, *Peach*. Io ti amo, ti amo… Dio, non immagini quanto io ti ami. Va tutto bene, è finita, nessuno ci dividerà» mormora tremante. «Mai più.»

Gli prendo le mani e me le porto sul viso, beandomi del tocco dei suoi palmi caldi e ruvidi.

«Mio Dio, quanto mi sei mancato, Ryker, quanto mi sei mancato…»

Le sue iridi si incatenano alle mie, il suo corpo si addossa al mio fremente e la sua bocca mi sfiora la fronte.

«Io sono morto senza di te, Maggie.»

«Ti prego, baciami. Baciami fino a farmi morire sulle tue labbra, poi baciami ancora e riportami in vita, amore mio.»

Mi guarda con gli occhi velati di lacrime di commozione, le stesse lacrime che solcano le mie guance arrossate, prima che la sua bocca si impossessi della mia e ci lasciamo trasportare dal bacio più toccante e malinconico di sempre.

Le sue mani scivolano dal mio viso ai miei fianchi e le mie si aggrappano con forza alle sue spalle, le nostre lingue si assaggiano avide, impazienti di riassaporarsi dopo tutto questo tempo.

I nostri corpi si cercano, si reclamano, ma vogliamo goderci ogni secondo della nostra unione, senza fretta.

Piano.

Attimo dopo attimo.

Respiro dopo respiro.

«Ti amo, Ryker» gli sussurro sulle labbra, mentre le sue dita mi sciolgono i capelli.

«Il tuo profumo alla pesca, la tua bocca morbida, la tua voce delicata, i tuoi occhi di cielo, il tuo corpo esile, le tue lentiggini, cazzo… sono vivo o sei solo una visione?»

Gli prendo la mano e la bacio, poi gli afferro la faccia tra i palmi, piantando i miei occhi nei suoi.

«Sono qui con te e lo sarò per sempre. Per sempre. Per sempre. Per sempre…»

M'interrompe con un altro bacio passionale che mi fa girare la testa e io, portandomi ancora la sua mano al viso, mi accorgo che sul polso, proprio sotto al braccialetto, è inciso un nuovo tatuaggio.

Sbatto le palpebre, incredula.

«Hai tatuato il mio nome? Quando?» gli chiedo in un impeto di commozione.

Accenna un mezzo sorrisetto che si trasforma in una smorfia di dolore.

«Dopo il ricovero in ospedale. Ho fatto incidere *Maggie May* all'interno del polso sinistro perché è qui» mi porta il dito su quel punto «che si ascoltano le pulsazioni del cuore quando sei in fin di vita. E tu, Maggie May Harmon, mi riporti in vita ogni dannata volta. Perdonami per averti lasciata, quel giorno, l'ho fatto solo per…»

Il mio pianto si trasforma in singhiozzi, il petto si alza e abbassa a scatti mentre gli bacio il tattoo e di nuovo le labbra.

«Lo so… non aggiungere altro, lo so.»

Mi stringe forte a lui e io mi avvinghio al suo corpo, inspirando il suo profumo, sfiorando la sua pelle, assorbendo il suo calore, con le nostre lacrime che si mescolano e i nostri cuori che combaciano, dopo essere andati in mille pezzi.

Non so per quanto restiamo abbracciati senza parlare, ma quel tempo ci è necessario per poter recuperare tutte le emozioni che ci hanno strappato via, e per far sì che ritornino a essere più forti e indissolubili di prima.

«Ryker.»

Si stacca di poco per guardarmi e io capitolo nei suoi laghi di acqua calda e dorata.

«Sì, *Peach*?»

«Voglio fare l'amore con te.»

«Cazzo, non aspettavo altro. Sto per esplodere.»

Mi prende per mano e mi conduce fuori dal ripostiglio, poi percorriamo il corridoio silenzioso a passo svelto e varchiamo la seconda uscita dell'edificio.

Attraversiamo il parcheggio lanciandoci sguardi complici e sorrisetti languidi, saliamo sull'auto di Rio e partiamo.

«Dove andiamo?» gli chiedo, senza lasciargli la mano.

Guardo i nostri braccialetti completare la frase, e penso che averlo indossato stasera mi ha portato fortuna, riportando Ryker da me.

«Mi sarebbe piaciuto organizzarti una sorpresa romantica, ma niente di tutto questo era programmato e poi… non so se ne sarei capace, quindi ti porto al solito posto.»

Sorrido, ammirando il suo profilo spigoloso, e poterlo fare di nuovo mi fa sentire la persona più fortunata e felice su questo mondo, perché lui è qui e mi ama ancora.

Pensavo di averlo perso per sempre, ma non si può perdere chi ti vive dentro.

«Non mi interessa dove, né che sia romantico o meno. Con te andrei ovunque, Ryker.»

Ridacchia. «E infatti stiamo andando al *Dark Maze*.» Mi lancia uno sguardo provocante prima di riportarlo sulla strada. «Merda, mi sto chiedendo come farò a levarti quel vestito di dosso.»

«In effetti è un po' ingombrante.»

«Però mi piace, sembri una pesca da mordere e succhiare.»

«La tua *Peach*.»

«La mia *Peach*. Solo mia.»

Arriviamo al *Dark Maze* dopo pochi minuti, in tempo record parcheggiamo l'auto ed entriamo nel covo, dopodiché le sue mani avide mi strappano il corsetto dell'abito, che così è libero di scivolare giù lungo le mie gambe.

Lui si spoglia in fretta, e io ammiro il suo corpo nudo e tatuato a bocca asciutta, sentendo la testa volteggiare e lo stomaco riempirsi di farfalle svolazzanti.

Come la prima volta.

Diecimila volte più bello della prima volta.

Ryker mi agguanta per i fianchi e, tra mille baci, mi fa adagiare sul divano, poi si posiziona tra le mie gambe, mentre io lo tiro a me per baciarlo ancora e per sussurrargli un'altra volta che lo amo.

Mi penetra con una intensa stoccata che mi fa tremare le cosce, leccandomi la pelle accaldata.

«Oh sì, quanto mi è mancata la tua dolce fica» mormora sul mio collo, riempendolo di morsi.

Si muove dentro di me, e io con lui, in una danza vigorosa e passionale, fatta di baci, sussurri e gemiti.

«Sei» mi bacia le labbra, «da mia» il naso, «vita» e di nuovo le labbra, con dolcezza e amore.

Gli accarezzo i capelli, la mandibola, la bocca, scendendo poi a tratteggiare le linee dei suoi tatuaggi come mi è sempre piaciuto fare.

«La mia vita è tua, Ryker» bisbiglio, accogliendolo in profondità, sentendolo in ogni parte di me.

Ingombrante, caldo, intenso.

«Cazzo, rischio di venirti dentro.»

Premo forte le labbra sulle sue, afferrandogli i capelli tra le dita.

«Fallo.»

Mi guarda con gli occhi velati dall'eccitazione, schiacciandomi con il suo peso, mentre la nostra pelle calda si fonde e le nostre anime si ricongiungono per non lasciarsi più.

«Sicura, *Peach*?»

Annuisco, tremante e colma di emozione.

Colma di lui.

«Sicura. Avevo iniziato a prendere la pillola.»

E lo fa, affonda con impeto e sento il suo seme caldo inondarmi, così spingo il mio bacino contro il suo dischiudendo le labbra, mentre la sua lingua mi lambisce l'arco di cupido, per poi scontrarsi con la mia.

«Cazzo, sì» ringhia sulla mia bocca.

Ryker resta dentro di me e con il pollice va a sfregarmi il clitoride, poi a succhiarmi i capezzoli, conoscendo bene i miei punti sensibili, e difatti, dopo pochi secondi, raggiungo anch'io l'orgasmo, sussurrando il suo nome.

«Voglio tatuarmi anch'io il tuo nome» dico d'un fiato, ancora sulla scia del piacere, prendendogli il viso tra le mani.

Assottiglia lo sguardo, baciandomi la punta del naso.

«Non voglio che imbratti la tua pelle candida con dell'inchiostro.»

«Ma voglio farlo.»

«Te ne pentirai.»

«Ti sei pentito di aver tatuato il mio nome?»

«No, assolutamente.»

«Lo stesso varrà per me, perciò accompagnami.»

«Porca puttana, ora? Voglio scoparti tutta la notte e poi ritrarti nuda, non scombussolarmi i piani, *Peach*.»

Gli bacio più volte le labbra, il naso, la mandibola e ancora le labbra. «Lo faremo, ma dopo...» un altro bacio «... il tatuaggio.»

«Ma che diamine... Come faccio a dirti di no?» esclama rassegnato, sollevandosi dal mio corpo.

Ci rivestiamo, Ryker mi presta una sua T-shirt che mi calza come un vestitino, perché non indosserò di nuovo l'abito del *Prom,* e insieme, in questa notte afosa di inizio estate, ci rechiamo mano nella mano dal suo tatuatore, a far incidere sulla mia pelle il suo nome, che rimarrà lì per sempre.

Seduta sulla poltrona in pelle nera nel tattoo shop, stritolo le dita di Ryker tra le mie, mentre Mr. Rabbit – è così che si fa chiamare il tatuatore – sta per appoggiare sulla mia pelle bianca la sua macchina per tatuaggi.

«Se le fai sentire dolore, ti mozzo le mani, Rabbit. Sii delicato» lo avverte il mio ragazzo.

L'uomo, magro come uno spillo e con dei tatuaggi perfino sul viso, risponde con un cenno.

Ho scelto un font elegante in corsivo, e come posizione il punto in cui batte il mio cuore, appena sopra il seno sinistro.

«Sta per scarabocchiare, ma sarà indelebile. Ne sei proprio certa, Maggie?»

Annuisco.

«Voglio che sia indelebile.»

Ryker mi rivolge un sorrisetto spensierato, mi bacia la mano che stringe con la sua e mi parla per distrarmi, mentre l'ago punge la mia pelle incidendo il suo nome dentro e fuori di me, per sempre.

Una volta finito, mi guardo allo specchio, con lui posizionato alle mie spalle, che sfiora la scritta arrossata con la sua mano sinistra.

«Ryker» sussurra, poi accosta il polso al mio petto «e Maggie May.»

Sorrido al suo riflesso, emozionata e commossa come mai prima d'ora.

«Ryker e Maggie May» ripeto, poi mi volto per baciarlo. «Fiore e cenere.»

«Fiore di cenere» mi corregge, guardandomi con devozione. «Proprio così.»

Quando usciamo dal negozio di tattoo, scopriamo che ha iniziato a piovere; un acquazzone tropicale batte il selciato, e io lo trovo davvero romantico e magico.

Anziché ripararci, Ryker si posiziona al centro del marciapiede, mi tira a sé e mi bacia, poi mi prende in braccio quando mi avvinghio a lui, mentre le gocce d'acqua ci colpiscono la pelle infervorata. Dopo qualche minuto iniziamo a correre, ridendo come pazzi e baciandoci ancora.

Ritornati al covo, ci liberiamo ancora una volta dei vestiti ormai fradici e ricominciamo a fare l'amore, in ogni angolo del *Dark Maze*, sperimentando nuove posizioni, amandoci intensamente, come mai nessun ragazzo ha amato una ragazza.

Amandoci come solo noi sappiamo fare.

# Epilogo

# Ryker

*Un anno dopo*

«Ferma, non muoverti.»

Tratteggio con il pennello la forma ovale del viso, scivolando sulla tela con due linee lunghe e leggermente curve, poi disegno gli occhi e per farlo ci impiego più del solito, perché voglio catturare ogni sfumatura cangiante di azzurro.

«Mi hai disegnato un milione di volte, dovresti conoscere i miei tratti alla perfezione.»

Sposto lo sguardo dal ritratto alla mia modella, che è seduta su uno sgabello, il suo corpo seminudo coperto solo da un lenzuolo drappeggiato, la luce del sole che filtra attraverso le tapparelle delle finestre la fa apparire come un angelo, o una Venere.

«Li conosco, ma devo perfezionare alcuni dettagli, secondo il professore.»

«Siamo diventati degli studenti modello» mi punzecchia, arricciando il naso costellato di efelidi.

«Cazzo, ho detto ferma, *Peach*.»

Mette su quel suo broncio delizioso.

«Sai che anch'io dovrei studiare per un esame? Non posso trascorrere l'intero pomeriggio a posare per te.»

La guardo fisso, con il pennello a mezz'aria.

«Vuoi che cambi musa? Sai, mi sono arrivate già una marea di candidature.»

Stringe gli occhi, fulminandomi.

«Non dirlo neanche per scherzo, Ryker.»

Ridacchio. «Me lo fai venire durissimo quando ti ingelosisci. Allora sai che ti dico? Facciamo una pausa "scopata".»

Mi alzo dalla sedia, sorpasso il cavalletto e mi avvicino a lei che mi guarda smaniosa, le labbra dischiuse, i capelli che le incorniciano disordinati il viso, i capezzoli turgidi che fremo dalla voglia di succhiare.

«Ma, Ryker, dobbiamo studiare…» protesta.

Tentativo inutile, l'ho già catturata per i fianchi, me la carico in spalla e la conduco sul nostro letto, ve la sbatto sopra e il lenzuolo che la copriva scivola sul pavimento.

Nuda, tutta mia, solo mia, la mia *Peach*, la mia bellissima donna.

Mi sbottono i jeans in fretta e me ne libero insieme ai boxer, le divarico le gambe ma prima mi lubrifico il cazzo con la saliva, e la penetro con una stoccata violenta.

«Oh, sì» ansima, accogliendomi dentro di lei.

Avvolgo il palmo della mia mano sporco di carboncino e pittura attorno al suo collo candido, e la scopo forte, con passione, brama e amore.

«Quanto cazzo sei bella» le mormoro sulle labbra prima di addentarle, e lei soffoca un gemito, avvinghiandosi al mio bacino.

«Ti amo, Ry.»

Con la lingua traccio una scia lungo la sua gola, poi sfioro il tatuaggio sul suo seno sinistro e le prendo il capezzolo tra i denti, torturando prima quello, poi l'altro, mentre Maggie si contorce dal piacere sotto di me.

«Ti amo, Maggie May» sussurro sulla sua pelle bianchissima. Premo i polpastrelli nei suoi fianchi, mi sollevo e la giro a pancia sotto, per penetrarla da dietro.

Afferra le lenzuola tra le dita, la cascata di capelli rubino le ricade sulla schiena, e io affondo di nuovo in lei, sentendola vibrare nel mio sangue, nel mio corpo, in ogni fottuta parte del mio essere.

Le sue pareti calde si contraggono attorno al mio uccello duro quando le schiaffeggio il culo sodo, lasciando le impronte delle mie dita, mentre con la bocca le mordicchio la carne liscia e profumata.

La invado con brutalità, i nostri gemiti riempiono la camera, i nostri corpi sudati si incastrano e uniscono, perché solo insieme sono completi.

Non esiste Ryker senza Maggie.

Non esiste Maggie senza Ryker.

«Sto venendo...» boccheggia contro il materasso.

Mi spingo più in profondità, stringendole con forza una natica, fino a farla urlare dal dolore.

«Ahi...»

Un altro affondo feroce.

«Sei perfetta, piccola.»

«Sì, Ryker... sì» sussurra, dimenandosi sotto di me.

«Cazzo» ringhio, le avvolgo i capelli in un pugno e li tiro, facendole girare il viso verso di me, per poterle infilare la lingua in bocca.

«Oh…» mi bisbiglia sulle labbra, socchiudendo le palpebre.

È venuta e io subito dopo di lei.

«Cristo, *Peach*, ti scoperei ogni dannato secondo della giornata, senza un attimo di sosta. Ci vivrei sprofondato nella tua fica, mi sazierei mangiando te.»

Cambia posizione, voltandosi verso di me per potermi guardare, e io le resto addosso, perché non ho nessuna intenzione di farla alzare da questo letto, non ancora.

Sospira, sorridendomi divertita.

«Non ti accontenti mai, non ti basta vivere insieme e farlo ogni volta che vogliamo? Sai, ogni tanto bisogna anche fare altro, tipo lavarsi, vestirsi, uscire per andare a lezione, studiare, pranzare e magari dormire, giusto un po'.»

Le stampo un bacio sulle labbra gonfie e crollo sul suo petto, seppellendo il viso nell'incavo del suo collo, sniffando il suo odore, mentre lei percorre le linee dei miei tattoo con i polpastrelli tiepidi.

«Non mi basta, dannazione!»

Sento l'eco della sua risatina echeggiare nel mio orecchio.

«Quanto sei dolce.»

«Ancora? Non sono dolce.»

«Sì che lo sei.»

«Mmh… come ti pare» borbotto, per niente intenzionato a scollarmi dal suo corpo nudo, accaldato e profumato.

«Riposa un po', vado a preparare del caffè.»

«No, non ti azzardare a muoverti.»

«Ma dobbiamo studiare, testone scansafatiche.»

Le bacio la clavicola sporgente, carezzandole i capelli spettinati.

«Lo faremo più tardi, restiamo un po' così.»

Mi posa un bacio sulla fronte, continuando a tracciare i disegni d'inchiostro che mi imbrattano le braccia e la schiena.

«Tutto il tempo che vuoi.»

Quasi non ci credo che lei sia qui, tra le mie braccia, in un letto tutto nostro, in un appartamento tutto nostro, e invece è reale, vivido e fottutamente bellissimo.

Dopo il diploma, abbiamo trascorso un'estate grandiosa insieme, tra giornate in spiaggia, tuffi nell'oceano, falò, serate al luna park e feste al *Dark Maze*.

Sono stati i mesi più belli della mia vita, che abbiamo vissuto con spensieratezza, godendoci ogni singolo attimo, senza dividerci mai.

Ma è risaputo, l'estate non dura per sempre, così come l'adolescenza: a un certo punto della vita bisogna fare delle scelte, crescere e diventare adulti, senza però perdere se stessi.

Siccome non volevamo separarci, ci siamo iscritti allo stesso college pubblico, alla *University of Florida* a Gainesville, che dista circa cinque ore di auto da casa.

Maggie studia letteratura, io arte e storia dell'arte.

Abbiamo affittato un piccolo appartamento nei pressi dell'università e ci siamo trasferiti all'inizio dell'anno accademico.

Le nostre giornate trascorrono tra i corsi da seguire, lo studio, qualche festa a cui partecipiamo e l'amore.

Soprattutto l'amore. Folle, smisurato, carnale, assoluto.

Vivendo insieme, stiamo scoprendo giorno dopo giorno nuove sfaccettature delle nostre personalità, nuovi pregi e difetti.

È un riscoprirsi continuo.

I miei amici dicono che ho affrettato le cose, che siamo troppo giovani e che avrei dovuto lasciare a Maggie i suoi spazi, ma… diamine, non ce l'ho fatta.

La seguirei fino in capo al mondo, senza rifletterci su.

Così, mi sono buttato a capofitto in questa nuova realtà, lasciandomi alle spalle tutto il resto, compresa Millie.

Ma, prima di andare, ho cercato di mettere le cose a posto perché non avrei mai lasciato la mia sorellina nelle grinfie di quei due esseri ignobili.

Ho denunciato Jeff, raccontando alla polizia tutto ciò che poteva servire a farlo arrestare, dalla piazza di spaccio alle continue percosse che mi riservava.

L'hanno sbattuto dentro con diversi capi di accusa, tra cui violenza domestica, possesso di arma da fuoco e traffico di stupefacenti.

Angie è stata allontanata da Millie e ricoverata in un centro riabilitativo nella speranza che riesca a ripulirsi, mentre la piccola è stata affidata all'unica persona di cui mi fido ciecamente: Sierra.

Non è stato semplice per lei ottenerne la custodia, ma, dato il contesto familiare disastroso e la mia dichiarazione in suo favore, il giudice ha accettato la richiesta.

Ora Millie vive a casa di Maggie e sta finalmente conducendo la vita di una bambina della sua età, circondata da quell'amore materno che le è sempre mancato.

Lei e Sierra si stanno guarendo a vicenda.

La videochiamo ogni giorno e vedere il suo visino felice mi ripaga di ogni pugno, calcio, colpo e insulto subiti da parte di quel bastardo di suo padre.

L'incubo è finito, il bene ha trionfato sul male, l'amore sull'odio, la luce sulle tenebre.

Non nascondo che mi mancano la mia sorellina, la mia città e quegli stronzi dei miei amici.

Porca puttana, quanto mi mancano!

Ci sentiamo spesso, e durante le festività Maggie e io siamo tornati a Miami, li abbiamo rivisti e abbiamo trascorso del tempo insieme a loro, ma è stato diverso, perché siamo cresciuti e maturati, chi più, chi meno.

Rio e la sua fidanzata Natalia aspettano un bambino, e tra due mesi si sposeranno.

Jaden non ha ancora messo la testa a posto, al contrario, ha riallacciato la relazione clandestina con la professoressa giovane e non so come andrà a finire.

Derek è riuscito a convincere Emma a uscire con lui, ma dopo un paio di appuntamenti hanno capito di non essere fatti l'uno per l'altra e sono rimasti buoni amici.

In conclusione, quello che ha preso la strada migliore sono io, paradossalmente.

E ancora stento a crederci.

Il violento, crudele e collerico Ryker Ash, colui che ha terrorizzato la scuola, che ha trascorso sei mesi in riformatorio, spacciato droga e scatenato risse in continuazione, ora convive con l'amore della sua vita e studia al college.

È proprio vero, la persona giusta ha il potere di cambiarti, salvarti e renderti migliore, smussare gli spigoli, cancellare le ombre e rendere armonioso anche lo scarabocchio più brutto.

Sono grato alla bellissima ragazza che condivide ogni secondo della sua vita con me, perché non solo mi ha insegnato ad amare, ha fatto molto di più, mi ha insegnato a vivere.

Spesso ci si perde, si inciampa in scelte sbagliate lasciandosi coinvolgere da persone nocive che vogliono solo vederci affondare, e per rimontare si ha bisogno di una persona che ci indichi la luce, la strada verso la redenzione.

Maggie è la mia persona, colei che mi ha accettato per come sono, colei che ha combattuto per il nostro amore, colei che è caduta e si è rialzata più forte di prima.

Il mio delicato fiore bianco, dalle radici robuste e il profumo inebriante.

La mia *Peach*, la donna che sposerò e che diventerà la madre dei miei figli.

Il mio primo e unico amore.

«Ryker, hai visto la mia piantina? Stanno sbocciando dei bellissimi fiori bianchi.»

Maggie è accanto al davanzale della finestra e sta innaffiando la pianta che ci ha regalato Sierra quando ci siamo trasferiti; se ne prende cura meticolosamente, come se fosse un animale domestico.

La raggiungo, posizionandomi alle sue spalle, e con le braccia le circondo i fianchi.

«Tu sei il fiore più bello, Maggie.»

Gira il capo raggiungendo le mie labbra, e io la bacio adagio, premendo il mio petto contro la sua schiena.

«A proposito di fiori… ti andrebbe di leggere il romanzo che sto scrivendo? È ancora la prima stesura, potrebbe subire variazioni.»

Mi schiarisco la voce, guardandola dritto negli occhi.

«Sei sicura? L'ultima volta, per leggere il tuo diario è finita in tragedia, non ho nessuna voglia di una replica.»

Scoppia a ridere divertita, scioglie l'abbraccio e mi prende per mano conducendomi sul divano.

«Che stupido che sei.»

Mi siedo, seguendola con lo sguardo. Recupera il suo laptop, mi raggiunge e si accomoda appoggiando le sue gambe su di me, e io gliele accarezzo, andando su e giù con le dita.

Mi lancia un'occhiata imbarazzata da dietro lo schermo del pc.

«Ti avverto, è un po' spicy.»

Accenno un sorriso perverso.

«Piccola sporcacciona.»

«Beh, grazie a te ho un bel po' di esperienza, ora.»

«Ti ispiro le scene sozze?»

Emette un risolino.

«Mi ispiri tantissimo.»

Con la mano risalgo verso il suo interno coscia, insinuandomi nelle mutandine di pizzo, e la stuzzico con un dito.

«Lo sento, sei fradicia.»

Si morde il labbro, spingendo il pube verso la mia mano, e io con il pollice le sfrego il clitoride, che tra pochissimo inizierò a succhiare.

«Oddio, Ryker…» m'implora.

«Ti ascolto.»

«Ma se mi tocchi, non riuscirò a fare n… niente.»

«Mi fermo, promesso.»

Lascio le mie dita su di lei, ma riduco il movimento, per permetterle di leggere tranquilla.

«Mmh… ho cambiato idea, mi vergogno.»

Getto la testa indietro esasperato. «Di chi? Di me? Dai, leggi» la incito.

Mette il muso come una bambina, scuotendo la testa.

«No, non voglio farlo più.»

«Sei proprio una piccola idiota. Dimmi almeno di cosa parla.»

Chiude il pc e lo appoggia sul tavolino davanti al divano, sfuggendo al mio sguardo interessato.

«Parla di una ragazza ingenua e timida che si trasferisce in una nuova città, e il suo primo giorno di scuola viene presa di mira da un bullo e dai suoi amici. Lui è un cattivo ragazzo, bellissimo e tormentato, e lei… lei finirà per innamorarsi di lui.»

Sghignazzo, dandole un morso sulla coscia e Maggie sussulta.

«E lui? Si innamorerà di lei?»

Annuisce con un sorrisetto perspicace che le arriccia le labbra.

«Lui perde la testa a prima vista, va completamente in tilt.»

«Povero stronzo.»

«Lui? Non immagini lei quante ne dovrà passare per colpa di quel povero stronzo.»

Tenendo ancora le mani tra le sue cosce, le sfilo gli slip e mi posiziono su di lei, spingendo la mia erezione contro il suo bassoventre nudo.

«Probabile, ma saprà farsi perdonare, immagino.»

Avvolge le gambe attorno al mio bacino e con la testa raggiunge la mia bocca. «Questo è certo.» Mi bacia, e io mi perdo nei suoi limpidi sprazzi di cielo.

«Ha già un titolo questo romanzo?» le chiedo, impaziente di sprofondarle dentro e farla mia per tutta la notte, fino al mattino.

«Sì.» Strofina la punta del naso contro il mio, per poi prendermi la mano e congiungere i braccialetti che abbiamo ai polsi. «Ash Flower.»

La incateno alle mie iridi, sorpreso.

«Fiore di cenere.»

Annuisce, stringendosi forte a me.

«Il titolo perfetto, per una storia imperfetta, ma nostra. La nostra storia.»

Ash
FLOWER
DEBORA C. TEPES

Jeremy, il mio Ryker nella vita reale, mi hai ispirato a caratterizzare il suo personaggio, nell'aspetto, nello sguardo e nei modi di fare. Ho voluto fortemente la tua foto per la cover di Ash Flower, e ho adorato la tua simpatia e il tuo entusiasmo per questo progetto. Non vedevi l'ora di ricevere il libro, volevi addirittura leggerlo. Purtroppo, te ne sei andato via troppo presto, la notizia della tua scomparsa mi ha spezzato il cuore, non potevo crederci. Non me la sono sentita di pubblicare il romanzo con la tua foto in copertina, ma ho voluto che le persone in qualche modo ti vedessero, perché per me sei e sarai per sempre il mio Ryker.

# Ringraziamenti

*Ash Flower* è nato quasi per gioco nel 2016.

Ho iniziato a pubblicare i primi capitoli su Wattpad e poi nel mio gruppo autrice, suscitando la curiosità delle mie lettrici. Inizialmente l'avevo intitolato "Tu, la mia droga" ma per fortuna ho cambiato idea.

La persona che mi ha spinta a rendere *Ash Flower* un libro vero è stata la mia amica Valeria.

Ah, Vale, dovrei scrivere un altro romanzo per poter spiegare agli altri i nostri scleri, l'amore che proviamo per Ryker e Maggie, le scene che abbiamo immaginato, i lunghissimi vocali audio, le card, i video, le canzoni e la nostra chat di Instagram impazzita per tu sai chi. Senza di te, probabilmente *Ash Flower* non avrebbe mai visto la luce, ma tu mi hai fatto notare il suo potenziale e io non ho potuto fare a meno di assecondarti.

Anche perché sentivo Ryker e Maggie camminarmi nei pensieri giorno e notte, pensavo spessissimo a loro e alla loro storia travagliata, mi hanno parlato, chiedendomi di scrivere di loro.

È stato un viaggio pazzesco, divertente, commovente, che purtroppo è stato interrotto per cause di diversa natura, ma alla fine ce l'abbiamo fatta!

Grazie ancora, non dimenticherò mai il tuo amore per il *nostro ragazzo*, come diciamo spesso? Non la supereremo mai!

E non dimenticherò mai i nostri scleri e le nostre battute assurde su Jeremy, come potrei?

Lo ameremo per sempre.

Sei speciale, Vale!

Un'altra persona che mi è stata vicina durante il periodo di fine stesura, editing e pubblicazione è stata Silvia Carbone.

Amica, grazie di tutto!

Grazie per i consigli, per le risate e le chiacchierate, grazie per avermi aiutata a scrivere la sinossi (cosa che odio fare), a scegliere la data giusta per la pubblicazione e per aver sopportato i miei scleri.

Grazie per il supporto, sei stata davvero preziosa.

Grazie a Donatella Peluso per aver editato *Ash Flower,* lavorare con te è stato illuminante.

Grazie alle colleghe e amiche che hanno accettato di leggere *Ash Flower* in anteprima.

Grazie ad Alessandro, sei un santo, davvero io non so come tu riesca a sopportarmi, grazie per comprendermi soprattutto nei miei momenti *NO*.

Vuoi ancora sposarmi? XD

Grazie al mio piccolo Jaden, terribile diavoletto della mamma, ti amo tanto.

Ringrazio le blogger che hanno letto in anteprima o che leggeranno *Ash Flower* per le loro preziose recensioni.

Grazie alle lettrici per aver aspettato pazientemente Ryker e Maggie, perdonatemi, ragazze, ma avevo bisogno di tempo per poter scrivere di loro, e chissà magari potrei continuare la loro storia, mai dire mai.

Al prossimo romanzo.

Debora.

# Biografia

**Debora C. Tepes** scrive da quando era una ragazzina. È nata e cresciuta a Napoli, ma il suo cuore l'ha lasciato in California e sogna un giorno di trasferirsi in una villetta vista oceano a Santa Monica.

Ama viaggiare per il mondo, guardare serie tv su Netflix e drama coreani strappalacrime. Ha pubblicato in self publishing la sua prima serie New Adult nel 2015 e non si è più fermata. Scrive romanzi che spaziano dal NA al Dark Romance, le sue storie sono cariche di passione, oscurità, odio/amore e adrenalina. I suoi personaggi maschili sono degli autentici bad boy in cerca di redenzione e amore. Nel 2022 ha pubblicato Cruel per la Red Oak Manor Collection, un progetto che ha coinvolto altre nove autrici italiane e che prossimamente sarà ripubblicato da Magazzini Salani.

Altri romanzi di
DEBORA C. TEPES

DANGEROUS SOULS SERIES

#1 Sono sempre stata tua
#2 Sei tu il mio paradiso
#3 Come fuoco sulla pelle
#3.5 Para siempre

DILOGIA COLOMBIANOS

#Javier
#Cattleya

STANDALONE

Predestined
Savage
Eternal Night
Hate that I love you
Ruthless

RED OAK MANOR COLLECTION
Cruel -VI Vol.

# Indice

Printed by Amazon Italia Logistica S.r.l.
Torrazza Piemonte (TO), Italy

62809649R00353